Le secret de Church Island

LISA JACKSON

Le secret de Church Island

Roman

Titre original : YOU DON'T WANT TO KNOW

Traduction de l'américain par SYLVIE NEAUREPY

Ce roman a déjà été publié en novembre 2014

© 2012, Lisa Jackson LLC
© 2014, 2016, Harlequin SA

Ce livre est publié avec l'aimable autorisation de
KENSINGTON PUBLISHING CORP.

Tous droits réservés, y compris le droit de reproduction de tout ou partie de l'ouvrage, sous quelque forme que ce soit.
Cette œuvre est une œuvre de fiction. Les noms propres, les personnages, les lieux, les intrigues, sont soit le fruit de l'imagination de l'auteur, soit utilisés dans le cadre d'une œuvre de fiction. Toute ressemblance avec des personnes réelles, vivantes ou décédées, des entreprises, des événements ou des lieux, serait une pure coïncidence.

MOSAÏC® est une marque déposée

Le visuel de couverture est reproduit avec l'autorisation de :
Mer : © GETTY IMAGES / VALENTIN RUSSANOV / ROYALTY FREE
Réalisation graphique couverture : C. ESCARBELT (Mosaïc)

MOSAÏC, une maison d'édition de la société HARLEQUIN
83-85, boulevard Vincent-Auriol, 75646 PARIS CEDEX 13
Tél. : 01 42 16 63 63
www.editions-mosaic.fr
ISBN 978-2-2803-5265-9 — ISSN 2430-5464

Prologue

Encore et toujours ce rêve.

Il fait un temps gris et brumeux, et je suis dans la cuisine, en train de parler au téléphone. D'un rêve à l'autre, mon interlocuteur change. Parfois c'est mon mari, Wyatt ; parfois Tanya ; parfois ma mère, alors que je sais qu'elle est morte depuis des années.

Du séjour qui jouxte la cuisine me parviennent des voix… Celles d'un dessin animé. Noah s'amuse avec ses jouets sur le tapis, devant l'écran plat de la télé.

Je viens de faire du pain et la cuisine est encore tiède de la chaleur du four. Je pense aux préparatifs de Thanksgiving. En jetant un coup d'œil par la fenêtre, je m'aperçois que le crépuscule est déjà là. Il doit faire froid, dehors : les arbres frissonnent au vent ; seules quelques feuilles s'accrochent encore à leurs branches. A l'autre bout de la baie, Anchorville disparaît dans la brume. Mais dans ce vieux manoir bâti par mon arrière-arrière-grand-père, on est au chaud.

En sécurité.

La cannelle et la muscade embaument l'air.

Du coin de l'œil, je vois un mouvement à l'extérieur. Sans doute Milo, le chat.

Mais non ! Milo est mort, lui aussi. Depuis longtemps. *Des années.*

Je plisse les yeux, brusquement saisie par l'angoisse. Je ne vois pas grand-chose à travers les nappes de brume qui montent de l'océan, mais je sais que quelque chose a bougé dans le jardin, derrière la haie de rosiers difformes aux branches maigres et épineuses.

Un grand craquement retentit.

Une ombre passe devant la véranda. J'ai la chair de poule.

L'espace d'un instant, je me surprends à croire que quelque chose de maléfique se tapit derrière les barreaux de la grille en fer forgé.

Bang !

Le portail est ouvert. Fouetté par le vent.

C'est alors que j'aperçois Noah, avec son petit jean roulé aux chevilles et son sweat à capuche. Il a réussi à se faufiler hors de la maison, a franchi le portail ouvert et il court joyeusement dans le crépuscule, comme s'il poursuivait quelque chose. Il prend la direction du ponton.

— *Non !*

Le téléphone m'échappe des mains.

Comme au ralenti, il s'écrase contre mon verre d'eau et le renverse.

Je me précipite dans le séjour. Je dois me tromper. Mon fils est assis au pied du canapé, devant la télé, c'est sûr.

Non. La pièce est vide. Un Disney quelconque passe à l'écran. *Aladin*, peut-être.

— *Noah !*

Je veux courir vers lui.

Mais je suis en pyjama et mes pieds s'enfoncent dans des sables mouvants. Je n'arrive pas à sortir de la maison. En passant devant les hautes fenêtres qui donnent sur la baie, je le vois qui s'éloigne dans la nuit tombante. Il court droit vers l'eau.

Je tape du poing sur un des carreaux anciens.

Il vole en éclats.

Le sang jaillit.

Noah ne m'entend pas. J'essaie d'ouvrir les portes-fenêtres de la véranda et n'y arrive pas. On dirait qu'elles sont soudées par la peinture. Un filet de sang coule sur la vitre.

J'avance péniblement, hurlant les noms de mon fils et de Wyatt. Enfin, j'arrive devant la double porte d'entrée. Elle est ouverte et l'un des battants se balance sur ses gonds en grinçant. Je me précipite sur le perron.

— Noah !

De gros sanglots s'échappent de ma gorge. La peur au ventre, je dévale les marches. Je dépasse en courant les rhododendrons gorgés d'eau et les grands pins difformes de cette île perdue, battue par les vents, où j'ai passé la plus grande partie de mon existence.

— Noah !

Mon cri se perd dans le rugissement des vagues. Mon fils a disparu dans la brume, derrière les rosiers morts.

Mon Dieu, faites qu'il ne lui arrive rien !

L'air froid du Pacifique me saisit, mais ce n'est rien, comparé à la glace qui me transit le cœur. Je me précipite sur le sentier jonché de coquilles d'huîtres et de palourdes, et j'arrive devant le ponton.

— Noah !

Qu'est-ce qui lui a pris de sortir, bon sang ?

— NOAH !

Mais il n'y a personne.

Le ponton est désert.

Mon fils n'est plus là.

Avalé par la brume.

— *Noah ! Noah !*

Je hurle son nom. Des larmes inondent mes joues, des gouttes de sang coulent de ma paume coupée et s'écrasent dans l'eau saumâtre.

— NOAH !

Au loin, à la pointe, les vagues pilonnent les rochers dans un grondement de tonnerre.

Mon petit garçon a disparu.

— Non, non, non…

Une douleur insoutenable me plie en deux. Je m'effondre

sur le ponton, laisse mon regard se perdre dans l'eau sombre et glacée. L'idée me vient de m'y précipiter pour en finir.

— Noah… Je vous en supplie, faites qu'il ne lui arrive rien…

Le vent emporte ma prière et je me réveille dans mon lit.

Dans la chambre que j'occupe depuis des années.

L'espace d'un instant, je suis soulagée. Ce n'était qu'un rêve. Juste un rêve. Un horrible cauchemar.

Puis la réalité me revient d'un coup et mon espoir retombe.

Mon cœur s'alourdit de nouveau.

Mes yeux se remplissent de larmes.

Mon fils s'est bel et bien évaporé. Il a disparu. La dernière fois que je l'ai vu, c'était il y a deux ans.

Il était où, déjà ?

Sur le ponton ?

Dans son lit ?

En train de jouer sous les sapins ?

Oh ! Mon Dieu…

Cela me fend le cœur de l'admettre, mais…

Je ne m'en souviens plus.

1

— N'en parle à personne. Sérieusement... Je risque mon poste, tu sais.

C'était une voix de femme, étouffée.

Ava Garrison ouvrit péniblement les yeux.

— Elle n'est au courant de rien, répondit une autre voix féminine, plus grave, plus bourrue et qu'Ava eut l'impression de connaître.

Une migraine lancinante lui vrillait les tempes, tandis que son cauchemar s'engloutissait dans son inconscient. La douleur finirait par s'apaiser, comme d'habitude, mais, durant les premiers instants du réveil, elle avait toujours l'impression que des chevaux aux sabots d'acier galopaient à l'intérieur de son crâne.

Elle aspira une grande bouffée d'air et cligna des yeux. La chambre était assombrie par les rideaux tirés. Le glouglou de l'eau dans les radiateurs en fonte couvrait partiellement la conversation qui se déroulait derrière la lourde porte en chêne.

— Chut ! Elle ne va pas tarder à se réveiller.

A qui appartenait cette voix ? Etait-ce celle de Demetria, l'antipathique infirmière de Jewel-Anne ? Elle n'avait pas trente ans, mais arborait toujours une expression sévère que sa grande taille et sa maigreur n'adoucissaient en rien. Sa seule fantaisie apparente était un tatouage sur la nuque, qui reliait son sempiternel chignon à son oreille et évoquait un tentacule de pieuvre hésitant à s'aventurer hors de sa cachette.

— C'est quoi, au juste, son problème ? reprit la deuxième voix.

Etait-ce Khloé ? Le cœur d'Ava se serra douloureusement. Khloé avait été autrefois sa meilleure amie : elles avaient grandi ensemble sur cette île perdue. Mais depuis quelques années, la fraîche et insouciante Khloé avait cédé la place à une femme malheureuse, incapable de faire le deuil d'un amour tragiquement disparu.

Encore des chuchotements…

Ava ne percevait que des bribes de phrases, mais les mots la blessaient au vif.

— … de plus en plus cinglée.

— … ça fait des années, maintenant. Le pauvre M. Garrison…

Le pauvre M. Garrison ? C'était une plaisanterie !

— Comme il a souffert ! renchérit Khloé, si c'était bien elle.

Wyatt ? Souffrir ? Alors qu'il ne savait que jouer les éternels absents, au point qu'elle avait envisagé le divorce à plusieurs reprises ? Elle doutait qu'il ait souffert un seul jour de sa vie. Mais elle se retint de réagir, car elle voulait savoir ce qui se murmurait dans les couloirs lambrissés de Neptune's Gate, la demeure centenaire construite et baptisée par son trisaïeul.

— Ils pourraient quand même faire quelque chose, dit la voix plus grêle en s'éloignant. Avec tout l'argent qu'ils ont…

— Chut ! La famille ne lésine pas sur les soins, tu sais…

La famille ?

Le crâne taraudé par la douleur, Ava rejeta l'épaisse couette et posa les pieds sur la moquette moelleuse qui recouvrait le parquet. Du sapin, se rappela-t-elle. Des planches rabotées par la scierie située autrefois au cœur de Church Island.

Elle fit un pas chancelant, un deuxième...

Puis elle perdit l'équilibre et se rattrapa à une colonne du lit.

— La famille ne sait plus où donner de la tête... Ils ont besoin de réponses.

— Et nous, tu crois qu'on n'en a pas besoin ?

C'était dit avec un petit ricanement narquois.

Mon Dieu, faites que ce ne soit pas Khloé...

— Sauf que nous, on ne possède pas un centimètre carré de l'île.

— C'est bien dommage. Sans quoi...

Ava fit un nouveau pas en direction de la porte, la bile dans la gorge. Elle serra les dents et inspira profondément, s'interdisant de vomir.

— Elle est folle à lier. Mais il ne la quittera jamais.

Elle n'avait pas toujours été dans cet état. Elle avait même été brillante, la première de sa promotion, avant de devenir une femme d'affaires avec un sens aigu de... de... de quoi, déjà ?

La mâchoire crispée, elle parvint jusqu'à la porte entrebâillée et jeta un coup d'œil dans le couloir. Deux femmes disparaissaient dans l'escalier : Virginia Zanders, la mère de Khloé, qui faisait deux fois le volume de sa fille et travaillait comme cuisinière à Neptune's Gate, et Graciela, une femme de ménage employée à mi-temps. Comme si elle avait senti sa présence, cette dernière se retourna subitement et lui lança un sourire aussi sucré que le thé glacé qu'elle servait en été. Contrairement à Virginia, Graciela était petite et svelte, avec des cheveux noirs brillants attachés sur la nuque. Elle pouvait avoir un sourire éblouissant, mais celui dont elle venait de la gratifier ressemblait plutôt au sourire du chat du Cheshire et semblait indiquer qu'elle était au courant d'un secret honteux.

Un secret qui concernait son employeuse.

Les poils se dressèrent sur les bras d'Ava. Un frisson

ondula le long de son dos. Les yeux sombres de Graciela lancèrent un dernier éclat malicieux, puis les deux femmes disparurent dans l'escalier.

Ava claqua la porte de sa chambre et tenta de la fermer à clé, mais le pêne manquait. Une plaque en cuivre couvrait le trou laissé dans le montant.

— Dieu me vienne en aide…, chuchota-t-elle.

Ne baisse pas les bras. Ne te laisse pas transformer en victime. Défends-toi !

— Contre quoi ? demanda-t-elle à la pièce vide.

Depuis quand était-elle aussi peureuse ? Elle était pourtant forte, *avant*. Indépendante. Elle galopait sur sa jument au bord de la falaise qui surplombait l'océan, grimpait au sommet de la seule montagne de l'île, se baignait nue à l'endroit où les eaux écumeuses et glacées du Pacifique s'engouffraient dans la baie. Elle faisait du surf, de l'escalade… Mais tout cela remontait à des milliers, des millions d'années.

A présent, elle restait enfermée dans sa chambre, à écouter des gens murmurer des horreurs en croyant qu'elle ne pouvait les entendre.

Ou alors, ils savaient qu'elle était réveillée et ils la narguaient. Et si le ton doux et plein de compassion qu'ils prenaient pour lui parler n'était qu'une mascarade ?

Elle ne se fiait plus à personne, tout en ayant conscience que cela faisait partie de sa maladie. *La paranoïa.*

Elle chancela jusqu'au lit et s'y laissa tomber en attendant que la douleur s'apaise dans sa tête. Un élancement terrible la fit trembler des pieds à la tête, et elle dut se mordre la langue pour ne pas crier.

Personne n'était censé souffrir à ce point. Il n'existait donc pas de médicaments contre ça ? Le problème, c'est qu'elle prenait déjà tellement de cachets qu'elle se demandait si ses migraines n'étaient pas un effet pervers de son traitement.

Pourquoi se liguaient-ils tous contre elle pour la faire

souffrir, lui faire croire qu'elle était folle ? Car c'était ce qu'ils cherchaient, elle en avait la certitude ! Tous, des infirmières aux médecins en passant par la femme de chambre, les avocats et même Wyatt... Oui, lui aussi, elle en était presque sûre...

A moins que sa paranoïa ne lui joue des tours.

C'était possible, après tout.

Au prix d'un immense effort, elle réussit à se relever, à se stabiliser, à marcher jusqu'à la fenêtre et à tirer les rideaux.

Dehors, il faisait gris, comme le jour atroce où Noah...

N'y pense pas ! Ça ne sert à rien.

Elle jeta un regard par la fenêtre qui donnait sur le jardin. La nuit tombait sur le ponton ; des brumes s'accumulaient sur la jetée sombre.

La journée s'achevait déjà... Comment était-ce possible ? Depuis combien d'heures ou de jours dormait-elle ?

N'y pense plus. Tu es réveillée, maintenant.

Elle posa une paume contre le carreau froid et regarda le paysage. Le hangar à bateaux, au bord de l'eau, perdait un peu plus chaque année de ses couleurs. La marée était haute. Des vagues écumeuses s'écrasaient sur le rivage.

Comme ce jour-là.

Oh ! Seigneur...

Un froid glacé comme les profondeurs de l'océan se logea dans son cœur et s'étendit à son corps tout entier.

Elle se pencha vers la vitre que son souffle embuait et fixa le ponton en clignant des yeux.

Il était là. Son fils marchait en chancelant près du bord du ponton, minuscule et fantomatique dans la brume.

— Noah..., chuchota-t-elle avec terreur. Oh ! Mon Dieu, Noah !

Non, il n'est pas là. C'est ton esprit malade qui te joue des tours.

Mais elle ne pouvait pas prendre le risque.

Et si, cette fois, rien que cette fois, c'était vraiment lui ?

Il lui tournait le dos et son petit sweat à capuche rouge paraissait mouillé.

— Noah ! hurla-t-elle en tapant contre la vitre. Reviens !

Elle tenta désespérément d'ouvrir la fenêtre, mais le châssis était bloqué ; elle se cassa les ongles sans réussir à le faire bouger. Elle se précipita alors vers le bout du couloir, pieds nus, et dévala les marches à bout de souffle, une main sur la rambarde.

Noah, mon ange, mon trésor...

Elle traversa en trombe la cuisine et la véranda entourée de moustiquaires, déboucha dans le vaste jardin à l'arrière de la maison.

— Noah ! hurla-t-elle en courant le long d'une allée envahie de ronces.

Elle dépassa les rosiers malingres, les fougères dégoulinantes d'eau, arriva sur la plage. L'extrémité du ponton était à présent dissimulée par la brume et l'obscurité.

— Noah !

Elle voulait désespérément le retrouver, voir son petit visage se tourner vers elle, ses grands yeux pleins d'espoir et de confiance.

Mais le ponton était désert. Des nappes de brume flottaient sur l'eau noire. Les cris rauques des mouettes résonnaient au loin.

Elle courut sur les planches glissantes.

— Noah ! Noah !

Elle l'avait vu ! Il était là !

— Où es-tu, Noah ? C'est moi, c'est maman !

Un dernier regard circulaire sur le ponton et le hangar à bateaux confirma ses craintes. Alors, sans hésiter, elle se jeta à l'eau. Saisie par le froid, elle sentit le sel envahir sa bouche et ses narines, tandis qu'elle se débattait, cherchant désespérément son fils. Elle refit surface en toussant, crachant, puis plongea encore et encore dans l'eau noire, sondant du regard les profondeurs troubles.

Mon Dieu, aidez-moi à le trouver ! Aidez-moi à le

sauver ! Ne le laissez pas mourir. Il est innocent. C'est moi qui ai péché. Mon Dieu, je vous en supplie...

Elle plongea cinq, six, sept fois. Ses cheveux s'étaient échappés de leur élastique et flottaient autour de sa tête ; sa chemise de nuit gonflait. Le reflux l'emportait de plus en plus loin du rivage, l'épuisement la gagnait.

Refaisant surface, elle entendit vaguement une voix d'homme.

— Hé ! Vous, là !

Elle plongea de nouveau. Ses yeux étaient brûlés par l'eau salée, ses poumons prêts à éclater.

Où est-il ? Noah, mon bébé...

Elle n'arrivait plus à respirer, mais elle ne pouvait pas abandonner son fils. Elle devait le retrouver.

Sur le point de perdre connaissance, elle sentit un corps pénétrer dans l'eau tout près d'elle.

Des bras puissants la saisirent par le thorax et la hissèrent jusqu'à la surface.

Revenue à l'air libre, elle s'étrangla, cracha une gorgée d'eau et se retrouva nez à nez avec un inconnu au regard sévère.

— Vous êtes complètement folle !

Il se mit à nager vers le rivage d'un bras, la tirant de l'autre. Elle s'était laissé entraîner loin du ponton, mais il l'y ramena rapidement, avec des gestes puissants et assurés. Lorsque l'eau n'atteignit plus que sa taille, il la déposa sur le fond sableux.

— Allez, vite ! reprit-il sur un ton brusque.

Il passa alors un bras autour d'elle. Ensemble, ils fendirent les vagues qui lapaient le rivage et remontèrent la plage en direction de la dune. Ava claquait des dents, tremblait des pieds à la tête, mais ne sentait que la force de sa douleur.

Au bout d'un moment, elle déglutit et tourna le regard vers l'homme qui venait de lui sauver la vie. Qui était-il ?

Encore que... Il lui disait vaguement quelque chose. Grand, élancé, sa chemise et son jean trempés, il avait le visage de celui qui a passé les quelque trente années de son existence au grand air.

— Qu'est-ce qui vous a pris ? demanda-t-il en secouant la tête. Vous avez failli vous noyer !

Puis, comme s'il venait d'y penser :

— Est-ce que ça va ?

Non, bien sûr que non… Ça n'irait plus jamais.

— Venez, il faut rentrer.

Le bras encore autour de sa taille, il l'aida à remonter le sentier de sable qui menait à la maison.

— Qui êtes-vous ? demanda-t-elle.

Il la toisa.

— Austin Dern.

Comme elle ne réagissait pas, il ajouta :

— Et vous, vous êtes Ava Garrison, c'est bien ça ? La propriétaire de cet endroit ?

— D'une partie seulement.

Elle tordit ses cheveux entre ses doigts pour tenter d'en extraire l'eau froide et salée, mais cela ne servit à rien.

— Une très grande partie, rétorqua-t-il en l'observant attentivement. Vous ne savez vraiment pas qui je suis ?

— Je n'en ai pas la moindre idée.

Malgré l'état de choc où elle se trouvait, cet homme commençait à l'irriter.

Il marmonna quelques mots incompréhensibles, puis reprit :

— C'est marrant, parce que vous venez de m'embaucher. La semaine dernière.

— Moi ?

Sa mémoire flanchait-elle à ce point ? Parfois, elle lui semblait aussi fragile et trouée qu'une dentelle. Mais aujourd'hui, elle se sentait sûre d'elle. Elle n'aurait pas oublié le visage de cet homme, si elle l'avait déjà vu.

— Je crois que vous faites erreur, dit-elle.

— A vrai dire, c'est votre mari qui m'a embauché.

— Il a dû oublier de m'en parler.

— Apparemment…

Le regard de l'homme glissa sur sa silhouette. Fugitivement, elle se demanda à quel point sa chemise de nuit était transparente. Dans le crépuscule tombant, elle étudia ses traits. Des yeux enfoncés, d'une couleur indéfinissable, une mâchoire carrée ombrée d'une barbe de quelques jours, des lèvres fines, un nez pas tout à fait droit. Et des cheveux d'un brun foncé presque noir.

Avec une certaine raideur, ils reprirent leur marche en direction du vaste manoir biscornu.

La porte-moustiquaire de la véranda s'ouvrit brusquement, puis se referma en claquant derrière une silhouette qui se précipita vers eux.

— Ava ? Mais que s'est-il passé ? Tu es trempée !

Khloé secoua la tête avec une expression de peur mâtinée de pitié.

— Qu'est-ce que tu fichais dans… Oh ! laisse tomber. Je sais.

Elle la prit dans ses bras et la serra contre elle, manifestement indifférente à l'eau salée qui dégoulinait sur son jean et son pull.

— Il faut que tu arrêtes, Ava. Ce n'est plus possible !

Levant les yeux vers le nouvel employé, elle ajouta :

— Venez, rentrons vite au chaud.

Tous deux voulurent lui donner le bras, mais Ava les repoussa d'un geste brusque qui fit sursauter Mister T, le chat noir de Virginia, caché derrière un rhododendron ; il se réfugia en feulant sous la véranda à l'instant où Jacob, le cousin d'Ava, sortait de sa tanière aménagée au sous-sol de la vieille maison.

Ava en eut subitement assez de se retrouver dans le rôle de la victime. Ras le bol des airs compatissants et des regards lourds de sens qu'échangeaient les autres, comme pour dire « la pauvre » ! Ils la croyaient tous folle et il fallait bien reconnaître qu'elle venait d'apporter de l'eau à leur moulin.

N'empêche que la sollicitude doucereuse de son entourage commençait à lui taper sur les nerfs.

— Qu'est-ce qui s'est passé ? demanda Jacob.

Ses cheveux étaient ébouriffés, ses lunettes de travers, comme s'il venait de se réveiller.

Sans lui prêter plus d'attention, Ava monta les marches de la véranda, sa chemise de nuit dégoulinante plaquée contre son corps. Elle se fichait parfaitement de ce qu'ils pensaient. Elle était certaine d'avoir vu Noah. Elle n'était pas folle. Elle ne l'avait jamais été !

— Laisse-moi t'aider, proposa Khloé.

C'était bien la dernière chose dont Ava avait envie.

— Pas la peine. Je vais très bien.

— Tu plaisantes ?

— Laisse-moi tranquille, Khloé.

Khloé lança un regard à Dern, puis leva les mains en signe de défaite.

— D'accord...

— Pas besoin d'en faire tout un drame, grommela Ava.

— Parce que c'est moi qui en fais tout un drame ? Pour mémoire, qui vient de se jeter dans la baie ?

— C'est bon, c'est bon... N'en parlons plus.

Elle ouvrit la porte-moustiquaire et entra dans la maison, où elle fut assaillie par la chaleur et les effluves de fruits de mer et de tomate qui émanaient de la cuisine. Elle passa rapidement devant la baie vitrée. A part quelques veilleuses dispersées, le jardin était à présent englouti par l'obscurité, tout comme l'extrémité de la jetée. Le cœur d'Ava était déchiré à la pensée de son fils, mais elle se força à réprimer sa douleur.

Ses idées s'éclaircissaient peu à peu. Sans disparaître tout à fait, sa migraine s'était atténuée. Elle entendit la porte-moustiquaire s'ouvrir et se refermer derrière elle, et comprit que les explications avec Khloé, et peut-être avec l'inconnu qui l'avait repêchée, n'étaient pas terminées.

Génial ! Exactement ce dont elle avait besoin !

Elle s'éloigna vers l'escalier de service en claquant des dents. Au même moment, elle entendit le bruit sourd de l'ascenseur, le long de la cage d'escalier. L'instant d'après, les portes s'ouvrirent.

Pourvu que ce ne soit pas Jewel-Anne !

Mais ce n'était apparemment pas son jour de chance.

Un fauteuil roulant électrique s'avança en ronronnant dans le couloir, tandis que sa cousine la jaugeait à travers ses lunettes épaisses.

— Tu es encore allée te baigner ? demanda-t-elle avec ce petit sourire qu'Ava aurait aimé pouvoir effacer de son visage potelé.

Jewel-Anne sortit un écouteur de son oreille et Ava distingua les accords lointains et métalliques d'une chanson d'Elvis, *Suspicious Minds*.

« *We're caught in a trap...* »

Pour la centième fois, Ava se demanda comment une femme née si longtemps après la mort du chanteur pouvait en être aussi fanatique.

— On a le même anniversaire, lui avait répondu Jewel-Anne avec un sérieux absolu, le jour où elle lui avait posé la question.

Elle avait réussi à ravaler les sarcasmes qui lui étaient venus à l'esprit.

— Tu n'étais même pas vivante au moment de sa...

— Il me parle, Ava... Il a eu un destin tragique. Comme moi...

Elle avait levé vers elle un regard innocent et Ava avait alors ressenti cette culpabilité particulière que seule sa cousine savait lui infliger.

Tu n'es pas la seule à qui Elvis parle, s'était-elle dit. *Il y a des centaines de personnes qui croient le voir tous les jours. Je parie qu'il leur parle aussi, à ces cinglés !*

Pour éviter que la discussion s'envenime, elle était allée ranger son bol dans le lave-vaisselle à l'instant où Jacob, le seul vrai frère de Jewel-Anne, entrait nonchalamment dans la cuisine. Sans un mot, il avait attrapé un bagel grillé et était ressorti par l'autre porte, son sac à dos pendant sur une de ses épaules. Ancien champion de lutte, Jacob avait des cheveux roux bouclés et une peau claire tachetée de cicatrices d'acné. Eternel étudiant, passionné d'informatique et propriétaire d'une vaste collection de gadgets électroniques, il était tout aussi excentrique que sa sœur.

Laquelle était persuadée d'avoir un lien privilégié avec le prince du rock and roll.

Mais bien sûr, Jewel-Anne... Elvis te parle. Quoi de plus naturel ?

En montant les marches deux à deux, Ava songea qu'il était un peu paradoxal de s'inquiéter pour sa propre santé mentale alors qu'elle vivait entourée de gens qui étaient bons à enfermer, ou qui l'avaient été à un moment de leur vie.

2

Les lumières se mirent à vaciller pendant qu'Ava se douchait. Chaque fois que l'obscurité envahissait la salle de bains, elle se crispait et prenait appui contre le mur carrelé. Mais la coupure redoutée n'eut pas lieu. C'était le gros problème de cette île au large de l'Etat de Washington, seulement reliée au continent par les deux navettes quotidiennes du ferry — du moins quand le temps le permettait — ou par bateau privé.

L'endroit avait été découvert par ses arrière-arrière-grands-parents, qui avaient acheté la plus grande partie de l'île et avaient fait fortune grâce à l'exploitation du bois et à la scierie qu'ils avaient créée. Quand d'autres personnes étaient venues s'y installer, Stephen Monroe Church leur avait fourni du bois, du ravitaillement... et surtout du travail.

Ava s'était toujours interrogée au sujet de ces premiers arrivants. Pourquoi avaient-ils quitté le confort du continent ? Que cherchaient-ils ? Ou, plus probablement, que fuyaient-ils ?

En tout cas, ils avaient permis à Stephen et à sa femme Molly de construire cette demeure grandiose avec trois escaliers, un étage, un grenier et un sous-sol, qui abritait aujourd'hui, en plus d'un débarras, la cave à vin de Wyatt et le studio de Jacob. Construit sur un point culminant de l'île et baptisé Neptune's Gate, le manoir victorien jouissait d'une vue à presque trois cent soixante degrés depuis la tourelle de son belvédère. Par beau temps, ses façades émaillées de fenêtres chatoyaient de reflets irisés. Mais à cette époque de l'année, entre la pluie et le brouillard, la neige et la grêle, elles ne reflétaient que des rayons intermittents.

A grand renfort de savon à la lavande et de shampooing ultra-doux, Ava se débarrassa du sel et des résidus d'algues qui lui collaient à la peau et aux cheveux, et sentit l'eau chaude dissiper progressivement sa confusion.

Qu'est-ce qui lui avait pris ?

Noah n'était pas sur le ponton.

C'était son cerveau affaibli et malade qui lui avait joué un tour. Elle s'était laissé embrouiller par des vestiges de son rêve.

Pourtant, l'image de son fils se détachant dans la brume, à l'extrémité du ponton, restait étrangement réelle et refusait de la quitter.

Il a disparu depuis deux ans, Ava. Fais ton deuil. Lâche prise.

Elle se rinça en pensant que son fils, s'il avait survécu, aurait maintenant quatre ans.

Des larmes lui vinrent aux yeux et sa gorge se noua. Elle leva le visage vers le jet de la douche et laissa l'eau emporter ses larmes.

Le temps de s'habiller, elle se sentit mieux. Plus reposée. L'esprit moins à la dérive.

En sortant de la salle de bains, elle entendit frapper.

— Ava ? appela son mari d'une voix douce en entrouvrant la porte.

— Je croyais que tu étais à Seattle.

— Non, à Portland.

Il lui adressa un faible sourire. Ses traits étaient tirés par l'inquiétude et ses cheveux ébouriffés, comme s'il ne cessait d'y passer les mains.

— Ah…

— Aucune importance, dit-il en s'avançant tout près d'elle.

Elle se crispa mais ne recula pas, même quand il attrapa une boucle de ses cheveux et la lissa en arrière sur son front.

— Est-ce que ça va ? demanda-t-il.

L'éternelle question… A quoi bon y répondre, puisque tous ses interlocuteurs avaient déjà leur avis sur la question ?

— Mieux que tout à l'heure, fit-elle cependant au bout de quelques secondes.

Ils s'étaient connus à l'université, une petite faculté privée près de Spokane, et étaient tombés amoureux… Presque quinze ans s'étaient écoulés depuis. Wyatt était beau, sportif, sexy, et les années n'y avaient rien changé. Même aujourd'hui, avec ses cheveux décoiffés et sa barbe naissante, il avait toujours beaucoup d'allure. Il était bien bâti. Plein d'assurance. Un avocat dynamique et implacable, qui avait ce soir un petit air débraillé : veste de costume froissée, chemise blanche ouverte, cravate desserrée. Oui, décidément, Wyatt était encore un très bel homme.

Mais un homme auquel elle ne faisait absolument pas confiance.

— Que s'est-il passé ? demanda-t-il en s'asseyant sur le lit.

Le matelas s'affaissa un peu sous son poids. Combien de fois avait-elle dormi dans ce même lit entre ses bras ? Combien de fois y avaient-ils fait l'amour ? Quand avaient-ils arrêté ?

— Ava ?

Elle revint brusquement au présent.

— Oh…, murmura-t-elle. Comme d'habitude…

Elle tourna les yeux vers la fenêtre par laquelle elle avait été certaine d'apercevoir son fils.

— J'ai cru voir Noah… Sur le ponton.

— Ava, soupira tristement Wyatt. Il faut arrêter de te torturer. Il n'est plus là.

— Mais…

— Il n'y a pas de *mais* !

Il se leva en faisant grincer le matelas.

— Je croyais que tu allais mieux. Quand ils ont signé ta décharge, les médecins de Saint-Brendan étaient convaincus que tu étais sur la voie de la guérison.

— Peut-être que c'est une route cahoteuse.

— D'accord, mais là, j'ai l'impression que tu fais carrément demi-tour.

— J'allais mieux, dit-elle. Je veux dire… je *vais* mieux !

Elle déglutit péniblement. Elle ne voulait pas retourner dans le service psychiatrique de l'hôpital.

— C'est juste ces maudits cauchemars…

— Tu as vu le Dr McPherson, récemment ?

Evelyn McPherson était la psychiatre qu'il avait engagée pour la suivre, à sa sortie de l'hôpital. Il l'avait choisie, lui avait-il expliqué, parce qu'elle avait un cabinet à Anchorville et acceptait de se déplacer sur l'île. Cela paraissait logique, mais il y avait quelque chose chez cette femme qui dérangeait Ava. Elle l'écoutait trop attentivement, semblait trop impliquée, comme si elle s'appropriait ses problèmes.

— Bien sûr que je l'ai vue…

A quand remontait sa dernière consultation, déjà ?

— La semaine dernière.

Wyatt leva un sourcil sceptique.

— Quel jour de la semaine dernière ?

— Euh… vendredi, peut-être ?

Pourquoi mettait-il sa parole en doute ? Qu'est-ce que ça pouvait lui faire ? Depuis la disparition de Noah, leur relation allait à vau-l'eau. Wyatt passait le plus clair de son temps sur le continent, à Seattle ; il avait un appartement à un jet de pierre du cabinet d'avocats où il travaillait, un cabinet spécialisé dans le droit fiscal et les investissements.

Ava le soupçonnait de ne plus s'intéresser à elle, ayant même tout intérêt à la cantonner, elle, l'épouse « perturbée », sur cette petite île éloignée des regards.

— J'ai eu peur de te perdre, dit-il.

Une sorte de sincérité transparaissait dans sa voix et la gorge d'Ava se serra.

— Désolée, dit-elle. La prochaine fois, peut-être.

Une terrible expression s'afficha sur le visage de Wyatt, comme si elle l'avait giflé.

— Ce n'est pas drôle, Ava !

— Pardon… Cet Austin Dern, enchaîna-t-elle en tirant les rideaux, désireuse de changer de sujet au plus vite, c'est toi qui l'as engagé ?

— Pour s'occuper des chevaux et du bétail, confirma Wyatt en hochant la tête. Tu sais aussi bien que moi qu'Ian n'est pas fait pour être contremaître d'un ranch ; il ne connaît pas grand-chose aux bêtes. Je pensais qu'il pourrait reprendre la main, après la retraite de Ned, mais je me suis trompé.

— C'est moi qui m'occupais des chevaux, avant.

— Il y a très longtemps, Ava. Et même à l'époque, tu n'étais pas championne pour entretenir les clôtures, débroussailler, réparer le toit de la grange ou débloquer une pompe gelée. Dern est un bon bricoleur. Il fera tout ça très bien.

— Comment tu l'as trouvé ?

— Il travaillait pour un client qui vient de vendre son ranch.

Il ajouta avec un petit sourire :

— Je me suis dit qu'Ian avait besoin d'être secondé.

— Il t'en sera reconnaissant.

Son cousin Ian, le demi-frère de Jewel-Anne, n'était pas exactement un concentré d'énergie.

Ava referma la main autour d'une colonne du lit.

— Je suis surprise de te voir ici…

La mâchoire de Wyatt se crispa imperceptiblement.

— J'étais en route, de toute façon. Jacob m'attendait sur le débarcadère.

Jacob, chauffeur officiel de sa sœur Jewel-Anne, était

également devenu celui d'Ava lorsqu'elle s'était vu retirer son permis.

— Khloé m'a appelé pour me prévenir, ajouta Wyatt. Par chance, je n'étais pas loin d'Anchorville.

— Comme c'est gentil de sa part…

Il eut une moue attristée.

— Tu t'entends parler, Ava ? Khloé était ta meilleure amie, autrefois.

— C'est elle qui a pris ses distances.

— Vraiment ?

Voyant qu'elle ne répondait pas, il soupira et ajouta d'un ton légèrement sarcastique :

— OK, comme tu voudras… J'ai appelé le Dr McPherson ; elle est en route. Tu as besoin de lui parler, je crois.

— OK, comme tu voudras, répéta Ava en l'imitant.

Elle vit dans son regard qu'elle l'avait blessé, et regretta aussitôt le ton qu'elle avait adopté.

— J'abandonne, dit-il en filant vers la porte.

La gorge d'Ava se serra de plus belle.

— Moi aussi, chuchota-t-elle. Moi aussi.

— Vous savez que vous n'avez pas vraiment vu Noah, dit Evelyn McPherson sur un ton affable et protecteur.

C'était une jolie femme, svelte, habillée ce jour-là d'une jupe et de bottines. Ses cheveux clairs frôlaient ses épaules, son regard était plein d'inquiétude. Elle avait beau sembler sincère et engagée, Ava ne lui faisait pas confiance. Et ce depuis le début.

Elles étaient installées dans la bibliothèque qui jouxtait le séjour. Des rayons de livres anciens couvraient les murs du sol au plafond, des bûches disposées sur d'antiques chenets brûlaient doucement dans la cheminée.

— Si, je l'ai vu ! insista Ava.

Assise sur un canapé au tissu élimé, elle crispait les mains sur ses genoux.

— Il n'était peut-être pas là, mais le fait est que je l'ai vu.
— Ava…, soupira Wyatt, tu t'entends parler ?

Il se tenait debout dans un coin de la pièce, la mine sombre.

— Je sais que ça paraît dingue, mais je m'en fiche, puisque c'est la vérité.

Face au regard réprobateur de son mari, Ava eut un sursaut de révolte.

— Je croyais que je devais parler franchement !
— Mais oui, approuva Evelyn.

Elle était assise au bord d'un canapé disposé en diagonale entre l'âtre et l'autre canapé ; ses cheveux clairs reflétaient les lueurs du feu. Elle lança un regard par-dessus son épaule en direction de Wyatt et, l'espace d'une seconde, Ava crut y lire de la tendresse. L'instant d'après, son expression redevint indéchiffrable.

— Je crois qu'il vaudrait mieux qu'Ava et moi parlions seule à seule, dit-elle.

— Il peut rester, objecta Ava. Je m'en fiche. On pourrait même faire un peu de thérapie de couple, au lieu d'essayer de savoir si j'ai perdu la boule.

— Personne n'a dit que tu avais perdu la boule, fit remarquer Wyatt.

— Ecoutez, je sais que j'ai l'air folle… Complètement cinglée. Mais je vous assure que j'ai vu mon bébé sur le ponton !

Elle avait envie d'ajouter qu'elle soupçonnait son traitement d'être à l'origine de cette vision, mais elle ne voulait pas mettre la psychiatre sur la défensive, puisque c'était elle qui le lui avait prescrit.

Wyatt passa derrière le canapé et lui serra l'épaule. Etait-ce une marque d'affection ou d'exaspération ? Elle examina son visage et n'y lut que de l'inquiétude.

— Il faut que tu fasses le deuil de tes fantasmes, Ava. Noah ne va pas revenir.

Sur ces dernières paroles, il quitta la pièce et referma doucement la porte.

Evelyn le suivit du regard, puis se tourna de nouveau vers elle.

— Ava... Qu'est-ce qui se passe, à votre avis ?

— J'aimerais bien le savoir, répondit Ava en fixant les fenêtres qui donnaient sur la nuit. Je vous jure que ça me ferait plaisir.

Un petit coup résonna à la porte, qui se rouvrit sur Wyatt.

— Je voulais juste te prévenir que le shérif Biggs est là.

— Pourquoi ?

— Khloé l'a appelé.

— Parce que j'ai sauté dans la baie ?

— Oui. Elle a pensé que c'était peut-être une tentative de suicide.

— Quoi ?

Ava dévisagea tour à tour son mari et sa psychiatre.

— Vous essayez de me faire interner de nouveau ?

— Bien sûr que non ! répondit Wyatt.

— Tant mieux. Parce que, pour info, ce n'est pas la peine. Je n'ai aucun désir d'en finir avec la vie.

— Personne n'a parlé de te faire...

— Pas besoin, Wyatt. J'ai compris.

Elle se leva et se dirigea droit vers la porte.

— Il est où, le shérif ?

— Dans la cuisine.

Ava traversa la salle à manger et l'office, et arriva dans la cuisine, grande pièce chaude aux murs peints de jaune, qui sentait toujours le café et le pain chaud. Les carreaux noirs et blancs du sol étaient usés, les portes blanches des placards auraient eu besoin d'un coup de peinture... N'empêche que c'était indéniablement la pièce la plus gaie de la maison. Elle ouvrait d'un côté sur un petit salon, avec ses canapés anciens, sa télévision à écran plat et son grand coffre à jouets dans un coin. Les effluves de pain frais qui flottaient toujours dans l'air se mêlaient ce soir-là à ceux des palourdes marinières.

Le shérif était assis devant la table en marbre craquelé. Son corps ample débordait de l'assise de sa chaise paillée, et il buvait une tasse de café sans doute préparé par Virginia, qui faisait la vaisselle d'un air détaché, comme si elle n'était pas intéressée par ce qui allait se dire entre sa patronne et son ex-beau-frère.

Comme d'habitude, elle portait une blouse unie et un tablier bariolé tendu sur son ventre arrondi et ses seins lourds. Des tennis éraflées et des collants sombres complétaient sa tenue. Ava l'avait rarement vue habillée autrement, même à l'époque où elle n'était encore que la mère de Khloé. Comme leurs vies à tous s'étaient enchevêtrées, depuis l'école primaire…

— Bonjour, Ava, dit Biggs en se levant.

Ava lui serra la main avec une certaine appréhension. Ils s'étaient rencontrés plusieurs fois par le passé, mais toujours dans des circonstances tendues.

— Bonjour, shérif.

— Il paraît que vous vous êtes flanquée à la flotte ?

Il la fixa en plissant les yeux d'un air soupçonneux. Entre eux, cela n'avait jamais été le grand amour. Surtout depuis la mort de Kelvin, le frère d'Ava, quatre ans auparavant.

— Vous avez envie d'en parler ? ajouta-t-il.

— Ce n'est pas un crime, que je sache.

— De piquer une tête ? Sûrement pas. Mais votre entourage se fait du souci.

Son visage replet était tacheté de couperose et ses yeux, profondément enfoncés dans leurs orbites, l'observaient attentivement.

— Ils ont pensé que vous faisiez une sorte de crise… Du somnambulisme, ou un truc du même genre.

— C'est moi qui ai appelé Joe, dit Khloé en arrivant de la véranda.

Austin Dern, le nouvel homme à tout faire, lui emboîtait le pas. Ses cheveux étaient lissés en arrière et il avait enfilé des vêtements secs. Son regard d'ardoise attira aussitôt celui d'Ava. De nouveau, elle eut le sentiment de l'avoir déjà vu en d'autres circonstances, sans réussir à se rappeler lesquelles.

— Je me suis dit qu'on avait besoin d'aide, poursuivit Khloé.

— Ce n'est donc pas une visite officielle ? demanda Ava.

— Je suis passé comme ça, répondit le shérif sans la quitter des yeux. Parce que Khloé me l'a demandé.

Après tout, il est son oncle, songea Ava.

— Je me faisais du souci, expliqua encore Khloé.

Virginia, qui n'en perdait pas une miette depuis son poste devant l'évier, attrapa un torchon et s'essuya les mains en grimaçant, puis alla refermer la porte de la véranda, comme pour empêcher la chaleur de s'échapper et les créatures maléfiques de la nuit d'entrer dans la maison.

Il est passé « comme ça », avec son bateau de service, alors qu'il fait un brouillard à couper au couteau ? Sur un simple coup de fil de sa nièce ?

Ava n'en croyait pas un mot. Même Virginia lança un coup d'œil sceptique à son ex-beau-frère par-dessus son épaule.

— Ecoute, Ava, insista Khloé, si les rôles étaient inversés, et que je sortais de la maison au milieu de la nuit pour aller sauter dans la baie en plein mois de novembre, tu flipperais, toi aussi, non ? Ce n'est pas comme quand on était gamines et qu'on se faufilait dehors pour aller se baigner au clair de lune !

Ava se revit alors, courant vers le bord de l'eau en compagnie de son frère et de Khloé, sous la lumière chatoyante de la lune. Elle aurait tout donné pour retrouver cette insouciance d'autrefois…

Ils la regardaient tous. Wyatt, Dern et Virginia, qui avait cessé de rincer la vaisselle, étaient suspendus à ses lèvres.

Elle leva les mains en signe de capitulation. Il n'y avait

aucune raison de mentir ; ce n'était pas dans ses habitudes, de toute façon.

— J'ai fait une erreur, voilà tout. J'ai cru voir mon fils au bout du ponton et j'ai couru le rattraper... Par contre, on n'est pas au milieu de la nuit.

C'était peut-être un point de détail, mais quand même !

— Ça fait quoi... deux ans que le petit a disparu ? demanda Biggs.

Ava aperçut Evelyn McPherson qui se glissait discrètement dans la pièce et se postait près de la porte.

— Oui, répondit-elle d'une voix contrôlée, mais ses jambes chancelaient.

Elle posa la main sur le frigo et y prit appui en espérant que personne ne le remarquerait.

— Mais je vais bien, maintenant, reprit-elle avec un sourire forcé. Merci d'avoir fait tout ce chemin pour vous en assurer, c'est très gentil.

— Aucun problème, fit le shérif.

Mais son regard restait vissé au sien et elle comprit qu'il mentait, tout comme elle. Elle brûlait d'envie de ruer dans les brancards, mais devait se montrer prudente, sous peine de se retrouver pour la deuxième fois en observation dans un hôpital psychiatrique.

Prétextant une migraine — à vrai dire, ce n'était pas un mensonge —, Ava dîna dans sa chambre. C'était sans doute une lâcheté de sa part, mais elle n'avait pu faire autrement. La présence de Biggs dans la maison la perturbait, sans qu'elle sache pourquoi. Il n'allait pas la jeter en prison, mais elle avait l'impression qu'il était contre elle, comme tous les autres, ou du moins qu'il guettait le moindre faux pas, la moindre erreur de sa part.

Mais pourquoi agirait-il ainsi ?
Ne laisse pas ta paranoïa prendre le dessus, Ava...

— Je ne suis pas paranoïaque, murmura-t-elle.

Elle crispa la mâchoire. Il ne fallait surtout pas qu'on la surprenne en train de parler toute seule. Elle devait se reprendre en main. Faire le tri dans son entourage pour savoir à qui elle pouvait encore faire confiance.

Elle trempa un morceau de pain dans la sauce relevée où baignaient les palourdes, puis leva les yeux vers la fenêtre qui donnait sur le ponton. Par temps clair, elle aurait pu apercevoir les lumières d'Anchorville, à l'autre bout de la baie, et même les phares des voitures qui parcouraient la petite ville endormie.

Elle n'avait aucun appétit, mais elle mastiqua consciencieusement, tout en se demandant pourquoi Khloé s'était empressée d'appeler le shérif. Pas les policiers ni les pompiers, mais Biggs en personne. Parce qu'il était son oncle ? Pour éviter un voyage superflu aux urgences ou un scandale gênant ? Toutes ces explications lui semblaient un peu tirées par les cheveux.

Elle fixa son regard sur le bateau du shérif, amarré au ponton, presque invisible dans la brume.

— Bizarre, marmonna-t-elle en repoussant son assiette encore pleine.

Mais tout n'était-il pas bizarre, dans cette maison ? Le scandale semblait gravé dans la terre même de l'île autant que les criques et les anses creusées dans son littoral rocheux. Un frisson la parcourut ; elle enfila le vieux cardigan marron qu'elle avait laissé au pied de son lit.

On frappa à la porte qui s'entrouvrit avant même qu'elle ait répondu.

— Ava ?

C'était Khloé.

— Comment ça va ?

— D'après toi ? demanda-t-elle en essayant de calmer les battements frénétiques de son cœur.

— Pardon, je ne voulais pas te faire peur.

— Je sais. Pourquoi est-ce que tu as appelé Biggs, tout à l'heure ?

— Je te l'ai dit, j'étais inquiète !

Khloé se frotta les bras.

— Bon sang ! Ce qu'il fait froid, ici...

— Depuis toujours, dit Ava. Mais réponds à ma question.

Khloé s'assit au bord du lit.

— Et si... s'il t'était arrivé quelque chose et qu'on n'avait prévenu personne ? Tu aurais pu te noyer, mourir d'hypothermie, ou Dieu sait quoi encore.

— Mais non !

— Tu t'en es tirée, mais entre nous, tu avais l'air carrément à l'ouest.

De fines rides d'inquiétude se creusèrent sur son front.

— J'aurais sans doute mieux fait d'appeler les secours, mais j'avais peur qu'ils t'embarquent...

Elle haussa les épaules et se passa la main dans les cheveux.

— Pour te dire la vérité, Ava, il y a des moments où je ne sais plus quoi faire.

Moi non plus, tu sais.

— Je comprends, répondit piteusement Ava.

— Ecoute, puisque oncle Joe est encore là, pourquoi est-ce que tu ne descends pas parler avec les autres ? Pour leur montrer que tu vas bien.

— Tu veux que je fasse semblant ?

— Je veux juste que tu dises à Joe et à la psy que tu n'as pas vu Noah et que tu en es bien consciente.

— Mais...

— Ne discute pas !

Khloé l'implorait de ses grands yeux sombres.

— Dis-leur qu'à cause de tes médicaments, tu n'avais pas les idées claires. Joe n'est pas venu à titre officiel, mais pour me rendre service.

— Dans un bateau de la police...

— C'était le moyen le plus rapide. Mais c'est une visite de courtoisie. Il est d'ailleurs resté dîner.

— Vraiment ?

Khloé haussa ses épaules finement sculptées.

— Puisque c'est moi qui l'ai appelé, ça me rassurerait si tu pouvais lui montrer que...

— Que j'ai toute ma tête ? Que je n'ai pas de tendances suicidaires ?

— Grosso modo, oui. Fais-moi plaisir, Ava.

— Très bien. Mais la prochaine fois, attends un peu avant de paniquer.

— Il n'y aura pas de prochaine fois, Ava. D'accord ?

Espérons-le...

— Heureusement que Sea Cliff est fermé, dit-elle. Sinon, ton oncle m'y aurait traînée !

— Très drôle ! fit Khloé sans l'ombre d'un sourire.

Sea Cliff, l'ancien asile psychiatrique aménagé sur la pointe sud de l'île pour accueillir des patients criminels, avait fermé ses portes depuis un peu plus de six ans. Les habitants de Neptune's Gate avaient grandi à sept ou huit kilomètres de l'établissement, définitivement fermé après que Lester Reece, l'un des criminels les plus dangereux de toute l'histoire de l'Etat, eut réussi à franchir ses murailles épaisses et ses grands portails rouillés, et à disparaître dans la nature.

3

Rassemblant son courage, Ava descendit l'escalier derrière Khloé et elles retrouvèrent Ian, Jewel-Anne, Wyatt, Evelyn McPherson et le shérif dans la bibliothèque, une pièce à l'atmosphère douillette, avec ses lampes Tiffany, ses vieux canapés rembourrés et ses fauteuils assortis. Biggs était engoncé dans l'un d'eux, une tasse de café à la main. Tous parlaient à voix basse.

Pour une fois, Jewel-Anne ne portait pas ses écouteurs, mais berçait dans ses bras une de ses hideuses poupées — un poupon aux grands yeux fixes et aux cils démesurés, avec des lèvres rouge sang et une moue boudeuse — comme si c'était son enfant. Ian n'avait pas l'air d'avoir remarqué la poupée ; il ne cessait de lever la main vers sa poche poitrine, où il rangeait autrefois son paquet de cigarettes. Il prétendait avoir arrêté depuis un bon moment, mais Ava l'avait surpris en train de fumer en cachette près du ponton. Rien ne l'obligeait pourtant à mentir à ce sujet. Grand, dégingandé, des cheveux châtains bouclés où apparaissaient quelques mèches grises, Ian avait accepté un travail d'homme à tout faire sur l'île quelques années auparavant. Ava s'était souvent demandé pourquoi il s'entêtait à y rester. Comme ses autres cousins, il avait autrefois été propriétaire d'une partie de l'île.

— ... juste besoin de repos, entendit-elle la psychiatre dire à Wyatt.

Nul doute que tout ce petit monde débattait de son état

mental, ce que confirma l'air coupable qu'ils arborèrent en levant les yeux vers elle à son entrée dans la pièce.

— Ava ! s'exclama Wyatt.

Il se leva d'un bond et traversa rapidement le tapis aux couleurs fanées qui recouvrait le parquet ancien.

— Je croyais que tu avais mal à la tête, ajouta-t-il en lançant un regard de côté à Khloé.

— J'ai pris un cachet, répondit Ava.

— Je pensais que le shérif aurait d'autres questions à lui poser, expliqua Khloé.

— C'est le cas, confirma Biggs.

Khloé se tourna vers Ava.

— Je t'apporte un chocolat chaud ?

Demetria, l'infirmière de Jewel-Anne, en apportait justement une tasse fumante, garnie de marshmallows miniatures. Elle la tendit à Jewel-Anne et annonça :

— J'en ai un deuxième au micro-ondes. Je reviens tout de suite.

— Attendez, je vais vous aider, dit la psychiatre en lui emboîtant le pas.

— Vous me rapportez un café ? lança Ian à Demetria.

— S'il y en a, rétorqua celle-ci avec un sourire glacial.

Wyatt accompagna Ava jusqu'à un canapé en lui tenant la main. Elle était consciente des regards qui pesaient sur eux, sur elle en particulier. Les doigts de Wyatt restaient entrelacés aux siens comme pour lui signifier sa tendresse... ou pour l'empêcher de s'enfuir.

Pour aller où ? On est sur une île, bon sang !

Elle ne pouvait s'empêcher de penser que ce numéro d'époux dévoué n'était destiné qu'à donner le change aux autres... Ce qui était ridicule. Tous les habitants de Neptune's Gate savaient que leur couple partait à la dérive.

L'air de rien, elle retira sa main et la glissa dans la poche de sa veste. Ses doigts effleurèrent alors un objet froid et métallique. Une clé.

D'où sortait-elle ? Quand elle avait enfilé le cardigan, elle aurait juré qu'il n'y avait rien dans sa poche.

Demetria revint avec une tasse de chocolat chaud. Evelyn McPherson la suivait en tenant délicatement une deuxième tasse entre les mains.

— Pas de café ? demanda Ian.

Demetria secoua négativement la tête.

— Pourtant, je sens l'odeur d'ici ! Et puis…

Il jeta un regard vers Biggs, qui avalait justement une grande gorgée de café.

— Bon sang !

Il se leva lourdement, s'éloigna d'un air furieux vers la cuisine, tandis que Demetria réprimait un sourire.

Que de mesquineries ! pensa Ava avec lassitude.

Biggs se tourna vers elle.

— Dites-moi… Vous avez vu quelque chose sur le ponton, c'est ça ?

— Je vous l'ai déjà dit. J'ai cru voir mon fils et je me suis précipitée dehors.

Elle dut se forcer à ajouter :

— Ce n'était pas lui, bien sûr. Mais je suis certaine d'avoir vu quelque chose, ou quelqu'un.

Du coin de l'œil, elle surprit le regard que Wyatt lança à Evelyn. Dos à la cheminée, cette dernière faisait mine de se réchauffer, mais Ava devinait qu'elle l'observait.

Elle sentit sa gorge se serrer et baissa les yeux sur le contenu de sa tasse, où les marshmallows se désintégraient comme l'écume sur la plage.

— Je n'avais pas les idées claires, murmura-t-elle. J'ai eu peur.

— Vous avez cru devoir secourir quelqu'un ? demanda Biggs.

— Oui.

— Vous lui avez prescrit des hallucinogènes ? demanda-t-il alors en se tournant vers la psychiatre.

— Ce n'était pas une hallucination ! ne put s'empêcher de protester Ava.

Un toussotement discret attira alors son attention. Austin Dern se tenait près d'une des fenêtres, le regard apparemment perdu dans l'obscurité du dehors. Il croisa son regard dans le reflet de la vitre et hocha imperceptiblement la tête.

— Je veux dire..., reprit-elle. Oh ! Je ne sais pas ce que je veux dire.

Elle avait horreur de mentir, mais la mise en garde discrète de Dern l'avait impressionnée.

— Vous savez, dit Evelyn McPherson d'une voix douce, il y a près de deux ans que Noah a disparu.

Des larmes vinrent aux yeux d'Ava.

— Il aurait plus de quatre ans aujourd'hui, poursuivit la psychiatre. Son apparence aurait beaucoup changé.

La gorge serrée, incapable de parler, Ava hocha la tête.

— Bon... Eh bien, ravi d'avoir tiré tout ça au clair, déclara Joe Biggs en se levant.

Au clair ? Ava le dévisagea comme s'il avait perdu la raison, mais il sembla ne pas le remarquer. Vissant son chapeau sur la tête, il se dirigea lourdement vers la porte.

— Merci d'être venu, Joe, lui lança Wyatt. Et excusez-nous pour le dérangement.

— Je n'ai fait que mon boulot.

Ava entendit les pas lourds de Biggs décroître dans le couloir, puis la porte arrière s'ouvrir en grinçant.

Dans sa poche, ses doigts se refermèrent de nouveau autour de la clé mystérieuse. Bizarrement, elle avait l'impression que cet objet était important. Elle ne savait pas comment cette clé s'était retrouvée là, mais elle était certaine que cela voulait dire quelque chose.

Dans quoi est-ce que je me suis laissé embarquer ? se demanda Austin en s'éloignant à grandes enjambées vers l'écurie, où les chevaux dont il avait la charge étaient enfermés pour la nuit.

Cette île et ses habitants semblaient sortir tout droit d'un film d'Hitchcock, et pas d'un bon : plutôt d'un de ceux que sa mère regardait la nuit pour accompagner son insomnie.

Il lança un dernier regard au manoir décati qui se dressait derrière lui. Sa tourelle ressemblait à une longue dent de monstre tendue vers les nuages bas. Neptune's Gate… Qui lui avait donné ce nom ridicule ? Sans doute son premier propriétaire, ce capitaine de marine qui s'était installé sur l'île et y avait créé une scierie, à l'époque où la forêt vierge couvrait encore des milliers d'hectares de l'Etat de Washington et de l'Oregon.

Le vieux Stephen Monroe Church avait engendré une arrière-arrière-petite-fille sacrément givrée ! Belle, certes, avec ses grands yeux du même gris que les eaux hivernales du Pacifique, ses pommettes hautes et son menton pointu, d'une beauté presque fatale, du moins si l'on croyait que la beauté commandait la destinée, mais givrée…

En entrant dans l'écurie, il fut apaisé par les odeurs de foin, de poussière et de cuir graissé, mêlées à celles, plus astringentes, de l'urine et du crottin. Le piétinement des chevaux sur la paille et leurs petits hennissements étaient réconfortants, eux aussi. Il s'était toujours senti plus à l'aise avec les animaux qu'avec les gens, et ce sentiment ne faisait que s'accentuer depuis son arrivée à Neptune's Gate.

Après son tour d'inspection, il ferma la porte de l'écurie à clé et monta l'escalier extérieur qui conduisait au studio où il allait vivre pour un temps. Le logement ne faisait pas la moitié de la bibliothèque où il venait d'assister à la petite scène entre la famille Church, les employés de maison et le shérif. Sauf que les frontières étaient un peu floues. Certains employés faisaient partie de la famille, et même le shérif avait un lien de parenté avec Khloé Prescott, laquelle avait été la nounou du gamin disparu et veillait aujourd'hui sur Ava, son ancienne meilleure amie.

Quel panier de crabes…

Et tous des menteurs, en plus. Jusqu'au dernier. Y compris Ava. Austin le sentait.

Le studio ne comportait qu'un canapé-lit inconfortable, une table au plateau taché et une télévision qui devait dater des années quatre-vingt. Un poêle à gaz vert sombre, installé à un mètre de la porte, constituait le seul chauffage ; Austin y avait étendu son jean pour le faire sécher. Des reproductions de marines fanées étaient épinglées sur les murs recouverts de lambris pour en cacher les trous.

Home sweet home…

En arrivant, le matin même, il avait jeté son sac de couchage sur le canapé et rangé ses quelques vêtements dans une armoire exiguë qui lui suffisait amplement. La salle de bains se résumait à une cabine de douche, des W-C et un lavabo ébréché dissimulés derrière une porte pliante. Le coin cuisine comportait un placard, un évier, un minuscule plan de travail, un micro-ondes et un mini-frigo. Des marques de brûlures sur le formica du plan de travail semblaient indiquer qu'un de ses prédécesseurs avait disposé d'une plaque chauffante, pourtant introuvable dans le placard contenant du liquide vaisselle, deux assiettes, deux bols et une collection de verres et de bocaux. Il y avait une cafetière électrique dans un coin, mais pas de café.

Il entendit un grattement à la porte, alla ouvrir et se retrouva face à un chien au poil sale et trempé. Un genre de berger australien croisé avec un collie, tout noir, à l'exception de trois pattes qui devaient être blanches quand elles n'étaient pas maculées de boue.

— T'es qui, toi ? marmonna Austin. Attends…

Il attrapa une serviette dans le petit meuble sous la télévision et essuya les pattes du chien avant de le faire entrer. L'animal décrivit trois cercles avant de se laisser tomber sur la carpette usée qui recouvrait le linoléum devant le poêle. Il posa la tête sur ses pattes avant, et regarda Austin comme s'il attendait quelque chose de lui.

— Fais comme chez toi, mon vieux.

Austin retira son jean humide de sur le poêle et monta le thermostat. Il emporta ensuite son Levi's dans la salle de bains et l'étendit sur la porte de verre de la douche, à côté de sa chemise encore mouillée.

Le chien ne bougea pas, sauf pour taper de la queue contre le sol quand Austin revint.

— Ce n'est pas la première fois que tu viens ici, pas vrai ?

Il se pencha sur l'animal, puis fit tourner son collier autour de son cou et déchiffra une plaque usée.

— Rover ?

Il bascula sur les talons.

— Sérieux, tu t'appelles comme ça ?

Le chien lui répondit par une nouvelle tape de la queue. Austin défit la boucle du collier pour l'examiner de plus près. Il avait déjà passé le studio au peigne fin à la recherche de micros, et avait même vérifié chaque centimètre carré du minuscule grenier. Une habitude qui lui était restée de l'armée. Et vu les motifs de sa présence ici, c'était sans doute aussi bien.

— Rien à signaler, dit-il au chien en lui remettant son collier. Tu es clean.

Il lui tapota la tête, puis se releva en regrettant de n'avoir pas mis quelques bières dans le mini-frigo.

Le lendemain, après s'être occupé des bêtes, il sauterait dans le ferry et irait prendre la température des autochtones à Anchorville, en espérant qu'il y récolterait quelques ragots sur Church Island et ses étranges habitants.

Il s'avança vers la fenêtre et contempla la demeure colossale de ses employeurs. Des lumières brillaient encore à quelques fenêtres, mais celle d'Ava Garrison n'était pas visible depuis le studio. Ce qui était un peu dommage, surtout après le plongeon-surprise de cette dernière dans la baie. Mais il ne pouvait l'avoir à l'œil en permanence, au risque d'éveiller les soupçons. Il devait rester prudent.

Il descendit les stores et alla vérifier une fois de plus

la planque qu'il avait aménagée dans un trou du mur, derrière une image de clipper fendant une mer déchaînée. Quelques instants plus tôt, il y avait glissé une pochette en plastique étanche et très solide, en la faisant descendre aussi profondément que possible, puis l'avait fixée à la Super Glue contre les lambris. La pochette, fermée par un scratch, contenait un téléphone prépayé qui ne permettait pas de remonter jusqu'à lui, une clé 3G et une clé USB stockant toutes les informations qu'il n'osait pas conserver sur lui. Le reste se trouvait dans sa sauvegarde principale, sur un site professionnel de stockage de données. La pochette contenait également son arme, un Glock non enregistré.

Mais malgré toutes ces précautions, il ne se sentait pas tout à fait en sécurité.

Les inconvénients du métier, se dit-il en sortant les clés 3G et USB de leur cachette. Après avoir vérifié que la porte du studio était bien verrouillée, il alluma son ordinateur portable, se connecta à internet et commença à taper des notes au sujet de sa première journée au service d'Ava Garrison.

Malheureusement, à ce stade, il avait plus de questions que de réponses.

Mais tout cela allait changer.

Le chien poussa un long soupir et ferma les yeux.

Austin tourna le regard vers lui.

Cet animal serait sans doute son seul ami sur l'île.

Ce qui lui convenait parfaitement.

4

Ava se réveilla seule.

Une fois de plus.

A côté d'elle, la place de Wyatt était froide, comme s'il n'avait pas dormi dans le lit.

— Tant mieux, chuchota-t-elle.

Puis elle fit une grimace contrite. Elle avait déjà perdu son fils et, semblait-il, sa propre santé mentale : ne ferait-elle pas mieux de s'accrocher à son couple ? Or, elle semblait en bonne voie de perdre aussi son mari, et n'en éprouvait que du soulagement.

Quand est-ce que c'est arrivé ? se demanda-t-elle avec effroi.

Au début, après la disparition de Noah, ils s'étaient cramponnés l'un à l'autre. Ils faisaient l'amour avec une tendresse et un désespoir qui s'étaient amenuisés au fil des mois, à mesure qu'ils comprenaient que leur fils ne reviendrait pas, qu'il avait disparu pour toujours.

Wyatt s'était alors mis à rester de plus en plus sur le continent, et quand il revenait sur l'île, ils faisaient rarement chambre commune.

Alors qu'elle-même avait désespérément besoin d'un autre enfant.

Un enfant ne se remplace pas, bien sûr. Elle en était consciente. Mais elle voulait quelqu'un à aimer.

Un ronronnement se fit entendre dans le couloir : le fauteuil roulant de Jewel-Anne passait devant sa porte. Sa cousine l'espionnait-elle de nouveau ? En tout cas, elle lui fichait de plus en plus la frousse.

Sa migraine faisait de nouveau rage, au point qu'elle avait l'impression que le monde s'effondrait autour d'elle. Elle dut lutter pour ne pas replonger dans l'inconscience. Elle avait toujours eu le sommeil léger, mais, depuis quelque temps, c'était tout le contraire.

On t'a droguée. C'est évident ! Mais comme tu ne prends plus les somnifères qu'Evelyn t'a prescrits, elle a dû en glisser dans le chocolat chaud que tu as bu hier soir. Voilà pourquoi elle a suivi Demetria dans la cuisine...

Elle aspira une grande bouffée d'air.

Non... Arrête ton délire... Evelyn McPherson est un médecin respecté, une professionnelle qui essaie de t'aider.

Ava ferma les yeux un instant. La perspective de sortir du lit et d'affronter cette nouvelle journée l'assommait par avance.

Tu ne vas pas rester au lit à t'apitoyer sur ton sort et à cultiver ta paranoïa ! Lève-toi et bouge. Fais quelque chose, n'importe quoi !

Rejetant les couvertures, elle se força à poser les pieds par terre et à chercher ses chaussons. Son lit douillet la rappelait, mais elle résista à la tentation pourtant impérieuse de s'y laisser retomber, d'appuyer sa tête douloureuse contre l'oreiller et de fermer les yeux pour fuir le monde.

Du café, voilà ce qu'il te faut. Deux, trois tasses d'expresso bien serré, histoire de te changer les idées.

Elle tira les rideaux et contempla le jour déjà levé. A l'est, des reflets de soleil dansaient sur l'eau, si éblouissants qu'elle dut plisser les yeux pour distinguer le ferry qui passait doucement devant le village. Monroe était plutôt un hameau qu'un village, à vrai dire, avec son bureau de poste, son café ouvert au gré des caprices du patron, sa petite auberge, son kiosque à boissons, le tout entouré d'une poignée de maisons abritant une population fixe de soixante-dix-huit personnes. Les quelques enfants qui y grandissaient prenaient tous les jours le ferry pour aller à l'école d'Anchorville ; les adultes travaillaient soit sur le continent, soit dans l'ancienne auberge transformée en bed and breakfast, le seul hébergement touristique de l'île.

Le ferry s'éloignait en glissant sur l'eau émaillée de soleil. Quelques bateaux privés sortaient de la marina pour gagner le large.

D'instinct, Ava tourna son regard vers le ponton. Il penchait un peu et ses planches délavées par l'eau séchaient au soleil. Rien d'incongru, ce jour-là. Rien qui trahisse la présence d'un petit garçon au sweat-shirt rouge. Personne ne se tenait au bord de l'eau. Rien à signaler… vraiment…

— Tu débloques. Ils ont raison.

Elle se tourna pour essayer d'apercevoir l'entrée de l'écurie et celle de l'appartement d'Austin Dern, mais aucune des deux n'était visible depuis sa chambre.

Ce faisant, son regard tomba sur ses médicaments du matin. Trois comprimés rouge écarlate disposés dans une coupelle en cristal taillé, à côté d'un verre d'eau.

Quelqu'un les lui avait apportés pendant qu'elle dormait. Sans doute Wyatt. Elle n'avait rien entendu. Un frisson la parcourut soudain à l'idée de tout ce qu'on pouvait lui faire pendant qu'elle dormait aussi profondément. Elle n'avait plus envie de prendre quoi que ce soit qui puisse émousser ses réflexes, mais Wyatt et Evelyn soutenaient qu'elle devait poursuivre son traitement.

— Foutaises, murmura-t-elle.

Elle porta le verre jusqu'à la salle de bains, jeta les comprimés aux couleurs vives dans les toilettes et tira la chasse.

De retour dans la chambre, elle enfila un jean, un T-shirt aux manches longues, et fouilla dans sa garde-robe jusqu'à trouver une vieille paire de tennis et un gilet en laine polaire verte qu'elle possédait depuis des années, et dans lequel elle flottait à présent.

Apercevant le cardigan qu'elle portait la veille, elle glissa la main dans la poche droite et en retira la clé mystérieuse.

L'objet ne portait aucune marque ni indication. Ava le mit dans la poche de son jean, au cas où elle aurait plus tard une révélation.

En quittant sa chambre, elle se demanda si elle allait croiser Jewel-Anne, mais sa cousine n'était pas assez sotte pour se faire prendre la main dans le sac... A supposer, d'ailleurs, qu'elle l'espionne vraiment.

Dans la cuisine, elle se servit une tasse de café et une tranche du gâteau aux pommes qui refroidissait sur le plan de travail. Pour une fois, le silence y régnait : on n'entendait ni les fredonnements de Graciela, ni le fauteuil roulant de Jewel-Anne.

Bizarre..., pensa Ava. Mais pas plus bizarre que tout le reste, finalement. Depuis quelque temps, sa vie entière lui semblait irréelle.

Elle sortit par la porte arrière, qui donnait sur la véranda. L'air automnal était frais et vif. Quelques feuilles sèches volaient sur la pelouse et la brise était chargée de senteurs marines. Sous le soleil, l'île paraissait sereine et paisible : il n'y avait plus trace des maléfices qui semblaient suinter des collines pour infiltrer les murs de la maison dès la nuit tombée.

Tout ça, c'est dans ta tête, ma chérie. Dans ta tête.

Le regard fixé sur l'océan, Ava s'assit sur la balancelle et bascula doucement d'avant en arrière.

Le café, chaud et fort, lui brûla la gorge et apaisa un peu sa migraine. Le gâteau était encore tiède...

Tu fais quoi, là, Ava ? Tu attends que quelque chose se passe ? Tu n'as jamais été du genre à attendre. Tu étais une femme d'action. Tu l'es encore ! Tu t'en souviens ? C'est bien toi qui as monté ta propre agence de pub et qui as fait fortune grâce au marketing sur internet. Toi qui as fait fructifier ton petit héritage jusqu'à racheter les parts de ton frère et de tes cousins, ce qui t'a rendue propriétaire de la quasi-totalité de l'île. Et si Jewel-Anne n'était pas aussi têtue, Neptune's Gate serait à toi, à toi seule ! C'était ton rêve, non ?

Où était passée la battante qu'elle était autrefois, celle qui s'était entichée de Wyatt Garrison dès leur première rencontre et n'en avait jamais démordu ? La sportive qui courait des marathons ? La femme d'affaires décidée à rendre au manoir familial sa splendeur perdue ?

Elle est morte quand son unique enfant a disparu.

Une larme coula sur sa joue. Elle la balaya d'un geste impatient.

Assez, Ava ! Tu t'es trop longtemps morfondue ! Maintenant, c'est fini. Fini de laisser les autres te dicter leur loi. Fini de jouer les victimes. Si le passé te perturbe tant que ça, essaie d'en savoir plus. Découvre ce qui est arrivé à ton fils et, ensuite, passe à autre chose.

— Oh ! Mon Dieu, murmura-t-elle, effrayée par cette perspective.

Ava ! Pour l'amour du ciel, remue-toi !

Vidant sa tasse de café, elle la posa si brutalement sur la table de verre qu'elle faillit fendre le plateau. Elle froissa sa serviette et la mit dans sa poche, puis partit vers le hangar à bateaux. A l'intérieur, elle trouva le dériveur, mais pas le hors-bord : sa cale était vide et le monte-charge descendu. Lorsqu'elle était enfant, l'endroit la fascinait, son eau saumâtre et agitée, son grenier secret qui cachait le mécanisme du monte-charge au milieu des nids de guêpes abandonnés et des toiles d'araignée drapées sur l'unique fenêtre crasseuse.

Kelvin et elle s'y réfugiaient souvent, loin de leurs parents, dont les disputes étaient aussi intenses que leur amour était passionné.

Kelvin… Son cœur se tordait dans sa poitrine quand elle pensait à lui. Elle sortit brusquement du hangar, refusant de laisser le souvenir de son frère l'entraîner de nouveau vers ces profondeurs obscures qui semblaient l'appeler depuis toujours.

D'abord lui, puis Noah.

Et si tous ceux qui la croyaient folle avaient raison, après tout ? Si elle était juste bonne à enfermer ?

Elle monta les marches en pierre jusqu'au jardin où s'épanouissaient, à la belle saison, des roses, des hortensias et de la bruyère. Elle le trouva négligé et envahi de mauvaises herbes ; le gazon recouvrait petit à petit les pierres. Elle s'arrêta devant la stèle de Noah. C'était une pierre irrégulière, qui ne portait ni sa date de naissance, ni celle de sa disparition, mais simplement son prénom.

Elle s'agenouilla, toucha les lettres gravées, puis déposa un baiser sur le bout de ses doigts et les passa sur toute la surface de la pierre.

— Tu me manques, chuchota-t-elle.

Elle eut subitement le sentiment d'être épiée et lança un regard par-dessus son épaule, mais elle ne vit personne derrière les vitres sombres qui reflétaient la mer.

Wyatt avait raison. Elle ne pouvait pas continuer ainsi. Elle vivait dans le passé, sans aucune certitude quant à ce qui le constituait.

Il faut que tu découvres ce qui est arrivé à ton fils. Et tu vas devoir te débrouiller seule, parce que tu ne peux te fier à personne.

Elle se redressa et reporta son regard vers le ponton, plissant les yeux. Pourquoi croyait-elle toujours voir Noah *à cet endroit précis* ? Au moment de sa disparition, il ne jouait pas là-bas. Pourtant, dans ses cauchemars comme dans ses visions diurnes, il lui apparaissait toujours de dos, au bout du ponton, tout près du bord.

Pourquoi ?

Elle franchit un portail rouillé qui donnait sur l'écurie, l'étable et les dépendances. Les chevaux et quelques vaches paissaient dans un pré, leurs robes dorées par le soleil.

Elle balaya du regard les environs, à la recherche d'Austin Dern. Il n'était pas en vue.

Après avoir exploré l'écurie et l'étable, elle monta jusqu'à la porte de son studio et frappa. Mais comme les autres habitants de Neptune's Gate, Dern manquait à l'appel, ce matin-là. C'était dommage, car elle avait envie d'en savoir plus sur celui qui l'avait sauvée de la noyade.

Elle fit le tour de la maison et rentra par la grande porte. Elle n'était plus seule, à présent. Virginia faisait du bruit dans la cuisine, des pas résonnaient à l'étage et, au loin, le fauteuil roulant de Jewel-Anne faisait entendre son bourdonnement régulier.

Devait-elle s'en réjouir ?

Elle se rendit dans la cuisine. Perchée sur un escabeau, Virginia rangeait des conserves dans le garde-manger : les grandes boîtes au fond, les petites devant. Les cartons de pâtes étaient rigoureusement alignés au côté des épices et des bocaux de riz, de haricots, de farine et de sucre, tous étiquetés avec précision.

— Tu as déjeuné ? lui demanda Virginia en redressant une brique de bouillon de poule.

— J'ai pris un bout de ton gâteau. Il est délicieux.

— Tu n'as plus faim ?

— Non, merci.

Virginia ajusta une haute pile de boîtes de thon et consulta sa montre.

— Je ne vais pas servir le repas avant un moment.

— Je tiendrai le coup. Où est-ce que vous étiez tous passés, ce matin ?

Les épaules de Virginia se raidirent presque imperceptiblement et la colonne de boîtes de thon menaça subitement de s'écrouler.

— Salut ! lança soudain Wyatt depuis le couloir.

Ava se retourna et le vit s'avancer vers elle. L'anxiété gravée sur ses traits la veille au soir s'était évaporée ; il réussit même à lui sourire.

— Comment te sens-tu ?
— Pas mal.
— Tant mieux !

Il passa la main autour de son bras.

— Tu m'as fait peur, tu sais.
— Ne t'en fais pas trop quand même. Je vais bien.
— Je sais, dit-il avec un petit sourire, mais le doute flottait dans son regard. Ça te dirait d'aller faire un tour en ville ?
— Avec toi ?
— Evidemment. On pourrait déjeuner ensemble.
— Je croyais que tu avais du travail.
— Je repars en fin d'après-midi, mais, entre-temps, je me disais qu'on pourrait sortir de l'île, prendre l'air, passer du temps ensemble…
— *Passer du temps ensemble*, répéta-t-elle.
— Je sais, je sais…, soupira-t-il en relâchant son bras. Ça fait longtemps. Mais c'est peut-être le moment d'essayer de se retrouver, tu ne crois pas ?

Ava lança un regard vers le palier du premier étage, pour être sûre que personne n'écoutait. Elle baissa quand même la voix.

— Pourquoi tu n'es pas venu dormir avec moi, cette nuit ?
— J'étais là, Ava…
— Vraiment ? Mais…

Elle recula d'un pas en secouant la tête. Elle revit leur lit froid, l'oreiller qui ne portait pas trace de la tête de Wyatt, les draps et les couvertures intacts de son côté. Il n'avait pas pu dormir dans le même lit qu'elle. C'était impossible.

— Tu n'étais pas là.
— Je me suis levé tôt.
— Wyatt, dit-elle encore plus bas, c'est quoi, ces salades ?
— A toi de me le dire.
— Pourquoi est-ce que tu mens ?
— Bonne question, répondit-il en cessant de sourire. Quelle raison est-ce que j'aurais de te mentir ?

— Tu n'étais pas dans le lit quand je me suis couchée, ni quand je me suis réveillée.

— Ce n'est pas nouveau, Ava. Ça arrive tout le temps !

Il détourna le regard et, avec un soupir las, poursuivit :

— J'étais là, à côté de toi, pendant une grande partie de la nuit. Quand je me suis couché, tu dormais et je n'ai pas voulu te déranger. Mais vers 4 heures, tu as commencé à t'agiter. Comme je n'arrivais plus à dormir, je suis allé me reposer dans mon bureau jusqu'au matin.

Il indiqua d'un geste la pièce située derrière la cage d'escalier, qu'il s'était attribuée au moment de leur mariage. Il s'y réfugiait systématiquement, portes-fenêtres fermées et rideaux tirés, lorsqu'il travaillait à la maison, ce qui était de plus en plus rare.

— Ton côté du lit n'a pas été défait, insista Ava.

— Parce que je n'y ai pas beaucoup dormi, rétorqua-t-il, tandis que le rouge lui montait aux joues. Ecoute, oublie ce que j'ai dit, pour le déjeuner en ville. Ce n'est manifestement pas une bonne idée. On a besoin de respirer, tous les deux.

Après un dernier regard chargé d'agacement et de déception, il retraversa l'entrée de marbre à grands pas sonores.

C'est ta faute... Il t'a tendu un rameau d'olivier et tu l'as cassé en deux.

— Oh ! oh..., murmura Ian.

Elle fit volte-face : son cousin était appuyé contre le mur, près de l'ascenseur.

— Il y a de l'eau dans le gaz ?

— En quoi est-ce que ça te regarde ?

— Qu'est-ce qu'on est susceptible, aujourd'hui ! On a oublié de prendre ses médicaments ?

Ava repensa aux comprimés qu'elle avait jetés dans les toilettes.

— Ce n'est pas malin de mettre Wyatt en rogne, tu sais, reprit-il.

— Je ne le fais pas exprès.
— Bien sûr que si ! dit-il en la fixant avec insolence.
— Tu n'as pas de travail ?
— Plus vraiment, depuis que ton cher époux a engagé un ancien marine pour me remplacer.
— Dern, un marine ? Je croyais que c'était un cow-boy.
— Aussi.
— Qu'est-ce que tu penses de lui ?
— Que c'est un type à problèmes. Je sais que ça rassure Wyatt d'avoir des espions partout, mais là…
— Qu'est-ce qui te fait croire que c'est un espion ?
— Tu n'es pas de mon avis ?

Elle lui décocha un regard noir.

— O.K… Je ne sais pas grand-chose de sûr, juste ce que j'ai trouvé sur internet. Ce Dern a eu plusieurs fois affaire à la justice. Il s'est fait arrêter deux fois, mais n'a jamais été inculpé.
— Arrêté pour quoi ?
— Internet ne dit pas tout. Tu devrais peut-être lui poser la question…
— Wyatt n'aurait jamais embauché quelqu'un avec un casier judiciaire.

Ian lui décocha un regard méprisant.

— Je viens de te dire qu'il n'a jamais été inculpé. Ça ne veut pas dire qu'il est blanc comme neige.

Un grand sourire s'étira sur le visage de son cousin, qui ajouta :

— Mais enfin, personne ne l'est vraiment.

Son téléphone sonna à cet instant. Il prit l'appel et s'éloigna tranquillement en parlant à voix basse.

Ava monta l'escalier jusqu'au premier et entra dans sa chambre, où elle se retrouva nez à nez avec Graciela. Le lit était fait et ses affaires venaient d'être remises en ordre.

— Bonjour, lui dit cette dernière en lissant le couvre-lit.
— Bonjour… Vous n'avez pas besoin de faire mon lit, vous savez.

Elle rangeait elle-même sa chambre depuis qu'elle était toute petite ; elle n'avait jamais aimé que d'autres s'en chargent.

— Je sais, répondit Graciela en passant dans la salle de bains. Mais avec votre… euh… votre accident d'hier, je me suis dit que vous auriez envie d'un coup de main.

Ava se dirigea en hâte vers la salle de bains. Graciela était en train de décrocher sa serviette de la patère.

— Je peux m'en occuper, merci.

— Je sais…

Un sourire épinglé sur son joli visage, Graciela ramassa un gant de toilette humide sur le plan de travail à côté du lavabo, puis se pencha pour attraper le tapis de bain.

— Mais M. Wyatt m'a demandé de le faire, précisa-t-elle.

Elle se redressa, jeta un regard dans la cuvette des toilettes et se figea. Ava se rendit compte alors qu'une partie des cachets qu'elle y avait jetés étaient restés à la surface de l'eau.

— Il vous l'a demandé quand ?

— Hier soir.

Le sourire de la femme de chambre disparut et elle fronça ses sourcils bruns.

— Il y a un problème ? J'ai fait quelque chose de mal ?

— Non, non, répondit Ava. Simplement, je préfère m'en occuper moi-même.

— Je suis désolée, dit Graciela à voix basse.

Devant son air déconfit, Ava eut l'impression de se conduire comme une enfant gâtée.

— Ne vous excusez pas, ce n'est pas votre faute.

Ava s'écarta pour la laisser sortir.

— Simplement, à l'avenir, demandez-moi d'abord.

— Comme vous voudrez, madame Ava.

— Vous pouvez m'appeler Ava.

Graciela passa la porte avec raideur.

— Oui, mada…

Elle s'interrompit net et s'éloigna vers l'ascenseur.

Pour l'amour de Dieu, Ava, il n'y a pas de quoi en faire une montagne ! Tu cherches la bagarre, c'est ça ?

Elle retourna dans la salle de bains et regarda dans la cuvette des toilettes. Il ne restait plus une trace des comprimés.

— Et alors ? dit-elle à voix haute.

La découverte de son secret par la femme de chambre n'avait guère d'importance.

Pourtant, au fond d'elle-même, elle savait qu'elle se mentait.

Une fois de plus.

5

Ava descendait l'escalier principal quand le téléphone se mit à sonner. Une sonnerie. Deux. Trois. Virginia décrocha tandis qu'elle arrivait dans le couloir.

— Allô… oui… ah, bonjour, madame Church.

Madame Church ? Le ventre noué, Ava se demanda de qui il pouvait s'agir. De Piper, la deuxième épouse de son oncle Crispin, la mère de Jewel-Anne et de Jacob ? Lorsque, des années auparavant, Regina, la première épouse de son oncle, une femme acariâtre qui lui avait donné ses trois premiers enfants, Ian, Trent et Zinnia, était morte dans un accident de voiture, Crispin — c'était lui qui conduisait, et il avait survécu — s'était rapidement recasé avec Piper. Et en cet instant, Ava n'avait aucune envie de lui parler.

Elle attrapa son sac à main et, voyant que Virginia passait la tête dans le couloir, secoua la tête et agita la main en espérant qu'elle comprendrait le message.

— Elle est à côté de moi, continua Virginia d'un ton enjoué.

Puis, lui passant l'appareil avec un sourire glacé :

— C'est ta tante.

Génial !

Ava darda sur elle un regard lourd de reproches et porta le téléphone à son oreille.

— Allô ?

— Ava, je suis tellement soulagée de t'entendre !

Jewel-Anne m'a appelée hier soir... Je me suis fait tellement de souci !

D'une minceur extrême, Piper arborait une chevelure rousse flamboyante, aux boucles impossibles à dompter sans une dose massive de spray. Elle se l'imaginait parfaitement à l'autre bout du fil, les doigts expressivement plaqués contre sa poitrine disproportionnée par rapport à son corps minuscule.

— Ce n'était vraiment pas la peine, dit Ava en lançant un dernier regard outré au dos de Virginia, qui s'éloignait vers la cuisine.

— Tu es sûre ? Je suis dans tous mes états... Je ne savais pas si je devais t'appeler, mais au bout d'un moment, je me suis dit : Piper, c'est ta nièce, il faut que tu lui parles, la pauvre, pour voir comment elle va.

— Je vais très bien, Piper...

— Comment veux-tu aller bien, après tout ce que tu as enduré ? Je sais que ça ne me regarde pas, mais à ta place, je bazarderais cette vieille baraque et je recommencerais ma vie. Wyatt passe son temps à Seattle, de toute façon... Pourquoi t'enterrer sur cette île paumée, à revivre cette nuit atroce ? Je te le dis, Ava : il faut que tu réagisses si tu veux rester saine d'esprit ! Tant que tu vivras là-bas, tu seras toujours hantée par cette histoire... Ce n'est pas sain. Il vous faut un nouveau bébé et... oh, mon Dieu, me voilà partie à te donner des conseils alors que tu n'as rien demandé.

En effet, pensa Ava tandis que sa tante gloussait à l'autre bout du fil.

— Bref, je voulais juste entendre ta voix, savoir comment tu allais. Je transmettrai les nouvelles à ton oncle. Il s'est fait un sang d'encre !

Oncle Crispin, vraiment ? Celui-là même qui s'était fait ravir sa part de l'héritage familial par le père d'Ava ? Difficile de croire qu'il se préoccupait une seconde de la fille cadette de son frère !

— Ma chérie, j'ai un autre appel… On se tient au courant, d'accord ? conclut Piper avant de lui raccrocher au nez.

Ava alla reposer l'appareil sur sa base avec soulagement, puis traversa la cuisine et sortit de la maison avant que quelqu'un d'autre n'appelle. Combien de personnes Jewel-Anne avait-elle prévenues par téléphone, par e-mail ou sur Facebook ? Elle n'avait aucune envie de le savoir. En plus, elle avait besoin de se réconcilier avec Wyatt. Elle se comportait comme une hystérique, avec ses soupçons et ses doutes au sujet des motivations de son mari. Lui aussi était tendu et inquiet. Comment le lui reprocher ? Leur dernière dispute était symptomatique de leur relation. Elle devait essayer de tout reprendre à zéro… s'il n'était pas trop tard.

Son regard dériva vers l'écurie et ses pensées s'orientèrent de nouveau vers Austin Dern. De la même façon, elle devait faire confiance à son mari en ce qui le concernait.

Elle dévala les marches, franchit l'immense portail en fer forgé donnant sur la rue qui menait au village. Monroe était à moins d'un kilomètre en longeant le front de mer. La balade lui éclaircirait les idées et l'aiderait à se concentrer.

L'absence de médicaments aussi.

Avec un peu de chance, l'air frais et l'exercice achèveraient de dissiper la migraine constamment tapie dans son crâne, prête à faire rage à la première occasion.

Elle glissa une paire de lunettes de soleil sur son nez et partit en déambulant sur le bas-côté. La mousse et les mauvaises herbes qui poussaient entre les graviers n'avaient pas encore succombé à l'hiver approchant. L'air était vivifiant. Le soleil brillait au milieu des grands nuages. A l'ouest, au large, un front brumeux semblait attendre le moment propice pour déferler sur les terres. Mais, pour l'instant, la journée était belle, claire, le soleil chaud malgré le souffle frais de l'automne.

Arrivée dans la petite bourgade, Ava se dirigea vers le port, où les pêcheurs triaient leur butin, grattaient la coque de leur bateau ou entretenaient leur moteur. Une vedette portant le nom de *Holy Terror* était attachée au bout d'un embarcadère. Assis à la proue, cigarette au bec, une casquette miteuse couvrant sa calvitie précoce, Butch Johansen lisait le journal. Il portait un sweat-shirt, une doudoune sans manches, un jean qui avait connu des jours meilleurs et une barbe de trois ou quatre jours.

Elle s'approcha et il leva les yeux en sentant son ombre passer sur lui.

— Hé, sœurette !

Il l'avait surnommée ainsi des années auparavant, quand il était le meilleur ami de son frère et qu'elle les suivait tous les deux sur les sentiers qui sillonnaient l'île. Ils essayaient toujours de la semer, mais n'y arrivaient pas souvent.

— Paraît que tu t'es à moitié noyée en prenant un bain de minuit…

— C'est ce qu'on t'a raconté ?

Avec n'importe qui d'autre, elle se serait raidie, mais c'était Butch, le meilleur ami de Kelvin, un homme qu'elle connaissait depuis toujours. Il adorait la taquiner et trouvait hilarant le fait que son entourage la prenne pour une désaxée.

— Plus ou moins, ouais, répondit-il.

— Les mauvaises nouvelles vont vite !

— Dans un bled de cette taille, bonnes ou mauvaises, elles vont à la vitesse de la lumière.

— En parlant de vitesse, tu pourrais me déposer de l'autre côté de la baie ?

— Rendez-vous galant ?

— Je suis une femme mariée, Butch !

— Pour ainsi dire, grommela-t-il en jetant son mégot dans l'eau.

Puis il leva la main pour l'empêcher de protester.

— Ça va, ça va, c'était déplacé… C'est juste que Wyatt et moi, on n'est pas souvent sur la même longueur d'onde.

— Il y a des gens avec qui tu l'es souvent, Butch ?

Ses épais sourcils noirs se rejoignirent sous le bord de sa casquette effilochée.

— Pas trop. Du moins pas depuis Kelvin.

Détachant les amarres du *Holy Terror*, il ajouta :

— Des comme ton frère, on n'en fait plus.

— Je sais, acquiesça Ava avec un pincement au cœur.

Même si quatre années s'étaient écoulées depuis le jour funeste de la disparition de son frère, son souvenir les hantait tous.

— Il te manque encore, dit-elle en grimpant sur le bateau.

Ce n'était pas une question.

— Tous les jours, confirma Butch.

Elle s'installa sur un siège tandis qu'il manœuvrait entre les autres embarcations amarrées dans le petit port. Kelvin lui manquait terriblement, à elle aussi. La douleur se faisait parfois sentir jusqu'au tréfonds de son âme, même si elle avait refoulé une partie de ses souvenirs par incapacité d'y faire face. Elle était pourtant avec lui au moment du naufrage.

L'embouchure de la baie était difficile à négocier, car elle était gardée par sept grands rochers noirs coupants, visibles à marée basse, mais affleurant à la surface de l'eau à marée haute. Son arrière-arrière-grand-père les surnommait « l'Hydre », et Ava frissonnait toujours en les franchissant : c'était sur ces rochers sournois que son frère avait trouvé la mort.

Elle s'enveloppa de ses bras, refusant de sonder du regard les profondeurs de l'eau grise. Pour sa part, Butch passa sans accorder plus d'attention que cela à la seule pointe sombre visible à ce moment-là, couverte de coquillages et d'étoiles de mer.

Arrivé au large, il mit les gaz et sa petite embarcation fendit les flots en soulevant une grande houle. Une forte brise salée blanchissait la crête des vagues et des goélands planaient dans le ciel haut et clair.

En débarquant sur le quai d'Anchorville, Ava sentit son humeur s'améliorer. Elle aperçut le bateau de Wyatt amarré au loin. C'était un yacht de croisière à moteur, équipé d'une cuisine et de couchettes, même s'il ne servait généralement qu'à des allers-retours entre l'île et le continent.

— Tu veux que je t'attende ? demanda Butch.
— Non.

Elle lui tendit un billet de vingt dollars, qu'il fit mine de refuser mais empocha néanmoins.

— Je rentrerai avec Wyatt.
— Sûre ?
— Sûre.

Il leva un sourcil sceptique, puis hocha la tête. Parvenue au sommet des marches de bois de l'embarcadère, Ava se retourna pour le saluer de la main, mais Butch filait déjà.

Il était 14 h 30 à sa montre. Le dernier ferry pour l'île partant à 16 heures, elle allait devoir se dépêcher, si elle voulait faire tout ce qu'elle avait prévu.

D'abord, passer dire bonjour à Tanya, une copine du lycée qui était sortie avec Trent, le frère jumeau d'Ian, pendant quelques années. Leur histoire s'était terminée quand elle avait rencontré Russell Denton, un genre de cow-boy moderne abonné à l'alcool, aux filles et aux tables de poker.

Leur mariage s'était désintégré assez rapidement, mais Tanya avait tout de même eu le temps de se retrouver enceinte… deux fois. Leur relation était de celles, toxiques et volatiles, qui semblent ne jamais s'achever tout à fait. Leur divorce avait fini par être prononcé moins d'un an auparavant. Mère d'un petit Brent et d'une petite Bella, Tanya était aussi patronne de Shear Madness, l'un des deux salons de coiffure d'Anchorville. Avec son instinct des affaires et son goût pour les ragots, elle s'en sortait assez bien, du moins était-ce ce qu'elle prétendait. A l'issue de son divorce, elle avait gardé la maison, une villa ancienne dans une ruelle piétonne, et le petit local de son salon. Elle était l'une des rares personnes en qui Ava avait entièrement confiance.

Mais Shear Madness était fermé. Un petit mot indiquait qu'il ne rouvrirait pas avant le lendemain matin. Ava contempla à travers la vitre les murs roses ornés de photos en noir et blanc d'icônes des sixties : Marilyn, Jackie, Brigitte, Twiggy, Audrey et les autres fixaient toutes du regard les quatre fauteuils en skaï rose assortis aux murs.

Ava entra alors dans la boulangerie qui jouxtait le salon pour commander un café à emporter, résista au dernier roulé à la cannelle qui lui faisait pourtant de l'œil, tenta d'appeler Tanya et tomba sur une voix préenregistrée qui lui enjoignit de laisser un message.

Elle raccrocha.

Sirotant son café, elle déambula jusqu'au coin de la rue, d'où l'on apercevait la baie et Church Island, encore visible derrière les brumes qui montaient de l'océan. Elle parvint même à distinguer Neptune's Gate sur son promontoire et à deviner les toits sombres de Sea Cliff à la pointe sud de l'île. Son dernier détenu, Lester Reece, avait été soupçonné de plusieurs homicides et reconnu coupable du meurtre de sa femme et de sa meilleure amie. Ses avocats avaient soutenu qu'il souffrait de schizophrénie paranoïde, ce qui lui avait valu d'être interné à perpétuité à Sea Cliff.

Mais il avait réussi à tromper la surveillance des gardiens, à se glisser entre les portes de fer et à disparaître dans la nuit.

Ava sentit un frisson la parcourir. Enfant, elle avait toujours accepté la proximité de l'asile et de ses pensionnaires dangereux comme un fait établi ; à présent, quand elle y pensait, cela l'effrayait.

— On s'est fait la malle ? lança soudain une voix masculine derrière elle.

Ava sursauta et se retourna. Austin Dern avançait vers elle, son sac à dos négligemment jeté sur une épaule.

— Personne ne m'empêche de sortir !

— Si vous le dites... Vous arrivez ou vous repartez ?
— J'arrive. J'ai quelques courses à faire et je vais peut-être retrouver une vieille amie.
— Sympa.
— Et vous ?
— Des courses à faire, moi aussi. Il n'y a pas grand-chose, à Monroe, à part des cartes postales et du saucisson périmé.

Ava sentit un sourire naître au coin de ses lèvres.

Austin indiqua d'un geste de la tête le port, où étaient amarrées les vedettes privées qui transportaient des clients entre le continent et l'île.

— Je ne sais pas combien de temps vous restez, mais on pourrait partager un taxi.
— Non, ne m'attendez pas. Je reprendrai le ferry.
— Ça ne me dérange pas, vous savez...

Un court silence s'installa, pendant lequel Ava se demanda ce qu'il pensait vraiment d'elle, après l'avoir sortie à moitié morte de l'eau la veille au soir.

— Vous êtes sûre ? insista-t-il.
— Certaine. Quoi que vous puissiez penser ou que vous ayez entendu, je n'ai pas besoin d'un garde du corps.
— Je n'ai pas...

Elle leva la main pour l'interrompre.

— Je sais... Merci quand même.
— C'est vous qui y perdez, dit-il en s'éloignant.
— Si vous le dites !

Il eut un petit rire. Tandis qu'il descendait la colline en direction de l'eau, elle put observer à loisir la largeur de ses épaules sous la couture de son blouson, le tombé de son jean délavé sur ses fesses souples et musclées.

Ses joues s'embrasèrent tandis que son regard glissait vers la cale où Wyatt avait arrimé le yacht familial.

Redescends sur terre, Ava !

Tout en sirotant son café, elle attendit que Dern grimpe dans un bateau. En s'installant, il jeta un coup d'œil par-dessus son épaule et leurs regards s'accrochèrent un instant. Puis le capitaine démarra et manœuvra pour sortir du port.

Ce Dern était un homme bien mystérieux… Comment avait-il décroché ce travail sur l'île ? Et pourquoi avait-elle l'impression de l'avoir déjà rencontré ? Pourquoi était-elle persuadée qu'il cachait quelque chose, qu'il n'était pas celui qu'il prétendait être ?

Les premières gouttes de pluie se mirent à tomber. Ava releva la capuche de son blouson et, penchée contre le vent, s'éloigna d'un bon pas à travers les ruelles étroites. Elle décida de couper à travers le parc, où une vieille dame promenait deux chiens au bout de laisses séparées : c'étaient de jeunes lévriers whippets qui tiraient chacun dans un sens, flairant l'herbe mouillée. Ils finirent par s'accorder et prendre en chasse un écureuil gris qui avait eu l'audace de détaler devant leur museau.

— Harold ! Maude ! Au pied ! s'écria la vieille dame en tirant de toutes ses forces sur leurs laisses.

Les chiens résistèrent, debout sur leurs pattes arrière, obsédés par l'écureuil, tandis que leur propriétaire tentait en vain de les traîner jusqu'à une petite Subaru bleue garée au bord du trottoir.

Ava les contourna et sortit par le bout du parc, où un portail en fer forgé donnait sur la rue. Alors qu'elle était sur le point de traverser en dehors des clous, elle s'arrêta net.

Sur le trottoir d'en face, Wyatt tenait ouverte la porte d'un café. L'instant d'après, Evelyn McPherson en sortit. Elle portait des bottes, une jupe droite et un blouson en cuir ajusté. Elle ouvrit un parapluie, Wyatt posa la main sur son coude et tous deux s'éloignèrent en direction du front de mer.

La tête de Wyatt était penchée sous le parapluie et ses doigts ne quittaient pas le creux du bras d'Evelyn. Il la guidait sur le trottoir mouillé, d'un geste à la fois protecteur et possessif.

Qu'est-ce que cela signifiait ?

Rien du tout, Ava... Ça ne veut rien dire du tout...

Pourtant, elle n'arrivait pas à se défaire du soupçon qui la glaçait depuis sa sortie de l'hôpital, de cette impression que personne, dans son entourage, n'était ce qu'il ou elle prétendait être. Pas même son mari.

Il était tellement absorbé par Evelyn qu'il n'avait même pas remarqué sa femme, trempée, à quelques mètres de lui !

Tant mieux.

Elle préférait que personne ne sache ce qu'elle faisait sur le continent.

Ils la croyaient déjà suffisamment cinglée comme ça.

Si on s'apercevait qu'elle avait commencé à consulter une hypnotiseuse, elle s'exposerait à des interrogatoires et des remarques sans fin.

Le pire, c'était qu'elle l'aurait parfaitement compris.

6

Quand Wyatt et Evelyn eurent disparu, Ava jeta son gobelet de café dans une poubelle et prit le chemin du cabinet de son hypnotiseuse.

Se répétant que ce qu'elle venait de voir ne signifiait rien, qu'elle devait faire confiance à son mari, elle descendit un escalier en colimaçon menant à l'entresol d'une vaste demeure victorienne. Autrefois propriété d'un baron du bois, la maison avait été divisée en appartements par Cheryl Reynolds, sa propriétaire actuelle, une quinquagénaire qui affirmait avoir un « don » pour l'hypnose, mais aussi, moyennant quelques billets supplémentaires, pour la prédiction de l'avenir.

Tu n'as jamais été du genre à croire aux attrape-nigauds, Ava. Tu te rappelles, quand tu es allée à la foire du comté et que l'hypnotiseur a fait monter des volontaires sur scène ? Ils se sont tous endormis, puis se sont mis à battre des bras comme des poulets... C'est ça que tu veux ? La première fois, ça n'a pas marché, tu t'en souviens ? Et tu reviens quand même... Qu'est-ce que tu espères ? Des réponses au sujet de ton fils ? Que des souvenirs refoulés referont miraculeusement surface ?

Une brise fraîche souleva ses cheveux, lui rappelant son rêve si réel, puis sa vision de Noah sur le ponton.

Elle appuya sur la sonnette.

Deux chats perdus recueillis par Cheryl l'observaient depuis le muret du jardin.

Un instant plus tard, la porte s'ouvrit.

— Ava…, dit Cheryl en la faisant entrer, quel plaisir !

Elle mesurait à peine un mètre soixante et dissimulait ses rondeurs sous un caftan multicolore. Ses boucles blondes étaient retenues par un bandeau et son visage rond trahissait son inquiétude. Nul doute que l'histoire du « bain de minuit » lui était parvenue aux oreilles.

— Dites-moi, reprit-elle aussitôt, comment allez-vous ?

Une musique douce flottait dans le couloir, ainsi qu'un parfum d'encens qui ne masquait pas tout à fait les odeurs d'humidité et d'urine de chat.

— Je n'arrête pas de répéter que je vais bien, mais…

— Mais ce n'est pas le cas.

— Je fais toujours ces mêmes rêves. Je sais que ça paraît fou, que c'est impossible, mais chaque fois, je le vois… Je vois mon fils.

Elle lutta pour empêcher sa voix de se briser.

Cheryl lui tapota gentiment le bras.

— Venez. On va voir ce qu'on peut faire.

Ava la suivit à travers une enfilade de pièces jusqu'à son cabinet, une ancienne chambre à coucher peinte d'un gris pâle qui rappelait à Ava la couleur de l'océan en hiver.

— Installez-vous dans le fauteuil, ou sur le divan si vous préférez.

Elle alluma une bougie.

C'était leur deuxième séance. Le premier essai n'avait pas été probant : Ava n'avait eu aucune révélation susceptible de l'aider à résoudre ses problèmes.

Mais elle n'aurait de cesse qu'elle n'obtienne des réponses.

Elle s'installa dans le grand fauteuil, remonta le repose-pieds, puis ferma les yeux. Elle sentit Cheryl couvrir ses genoux d'un plaid chaud et doux. Un bien-être, un soulagement qu'elle n'éprouvait jamais sur l'île s'empara alors d'elle. Ici, elle se sentait en sécurité. En paix.

— Aujourd'hui, commença Cheryl d'une voix douce,

je veux que vous creusiez plus profond. Détendez-vous et cherchez en vous-même.

Ava entendait à peine le son de sa voix et celui de la musique relaxante. C'était une curieuse sensation : elle n'était pas vraiment endormie, ni tout à fait réveillée, mais flottait entre les deux états.

— Prenez de grandes inspirations… Maintenant, plongez au plus profond de votre esprit…

L'endroit du calme. C'était ainsi qu'Ava le nommait. Elle se visualisa alors dans la petite crique ensoleillée, près de la chute d'eau. Elle portait une robe jaune ; ses cheveux étaient attachés par un élastique. Le sable blanc miroitait sous le soleil. Des embruns lui chatouillaient les joues. L'eau était claire et fraîche…

Noah était là, lui aussi. Il jouait dans le sable. De ses petits doigts potelés, il tamisait les grains dorés. Une cinquantaine de centimètres les séparaient.

Il lui sourit, découvrant ses dents minuscules.

— Maman ! Regarde ce que z'ai trouvé !

Il brandissait un coquillage brillant d'or et de nacre, mais ébréché.

— Attention, chéri !

Elle s'avança, projetant l'ombre de son corps sur le petit visage de son fils, et décela une lueur de défi dans son regard.

— Ça coupe, Noah. C'est pour ça qu'on appelle ce genre de coquillage un couteau.

— A moi !

— Je sais, mais prête-le à maman. Juste pour voir.

— Non ! répéta-t-il en refermant les doigts autour du coquillage. A moi !

— Bien sûr que c'est à toi.

Elle s'agenouilla à côté de lui et tendit la main.

— Je veux juste être sûre que tu ne vas pas te faire mal.

Mais il s'éloigna à reculons, le coquillage serré dans son poing. Quelques gouttes de sang suintaient entre ses doigts.

— Noah, s'il te plaît…
— Non !

Il saignait de plus en plus.

Elle se précipita vers lui, mais il partit en courant à toutes jambes.

— Noah ! Attends !

Il allait tout droit vers l'eau. Glacée d'effroi, elle s'élança derrière lui, martelant le sable de ses pieds.

— Noah !

Sa voix fut emportée par le vent. L'océan bleu-vert se teignit subitement d'ardoise, et d'énormes vagues sombres agitèrent sa surface jusque-là tranquille.

— Arrête ! S'il te plaît ! Noah !

Avec horreur, elle le vit entrer dans l'eau et s'avancer parmi les vagues et l'écume.

Elle parvint enfin à le rejoindre, à bout de souffle, mais à l'instant où elle allait lui attraper le bras, il se retourna vers elle, les yeux écarquillés de peur, puis ses petits pieds glissèrent et il disparut dans les profondeurs.

— Noah ! Mon bébé !
— Et vous vous réveillez, dit une voix lointaine.

Des sanglots l'étouffaient.

— Inspirez profondément… Maintenant, ouvrez les yeux…

Ava se retrouva dans le fauteuil du cabinet de Cheryl. Son cœur battait à tout rompre, ses doigts étaient crispés autour des accoudoirs en cuir et son esprit plein d'images sombres qui lui déchiraient le cœur.

— Vous êtes calme, reprit Cheryl avec certitude.

Ava expira lentement et sentit son corps s'apaiser. L'affreux cauchemar était terminé. Elle décrispa les doigts et laissa ses épaules s'affaisser.

— Oh ! Mon Dieu…, murmura-t-elle.

Les larmes lui brûlaient les yeux.

— Vous l'avez revécu ?
— Non, répondit Ava.

Elle secoua la tête, se tapota les joues pour chasser ses larmes.

— C'est justement le problème… Je ne crois pas que je l'aie vécu, la première fois.

— En tout cas, vous ne vous en souvenez plus, dit Cheryl en se penchant vers elle. Ecoutez, Ava, vos peurs remontent à la surface. Ce qui m'embête un peu, c'est qu'elles se dressent autour de votre esprit et vous empêchent de creuser plus profond.

— Je sais.

Lors de la première séance, les choses s'étaient passées de la même manière. Cependant, Ava était convaincue que si elle parvenait à franchir la barrière mentale qu'elle s'était créée, elle recouvrerait la mémoire et découvrirait la vérité.

— Tenez…

Cheryl lui tendit une tasse d'infusion au gingembre.

— Vous voulez réessayer ?

Ava secoua la tête et but une gorgée du liquide.

— La prochaine fois. Est-ce que certains de vos patients ont le même problème ?

Cheryl sourit. La porte du cabinet s'entrebâilla et un chat à la robe écaille de tortue se glissa dans la pièce.

— Il y a quelques années, j'ai eu un client qui avait un gros blocage mental, mais on a réussi à le surmonter. Je pense qu'avec vous, on y arrivera aussi. Pour l'instant, dès qu'on s'approche trop près du but, vous reculez.

— Comment est-ce possible ? Je croyais qu'avec l'hypnose, on pouvait tout surmonter.

— Tous les cas sont différents, Ava. Même les patients les plus motivés sont parfois difficiles à atteindre.

Ava finit son infusion, paya et prit rendez-vous pour la semaine suivante.

Même si elle avait l'impression que ces séances ne servaient à rien, elle n'était pas prête à les abandonner. Pas encore, du moins. Trouverait-elle un jour la réponse à ses questions ou bien était-elle condamnée à rester dans ce purgatoire de doute et d'incertitude ?

Son récent séjour à l'hôpital ne l'avait pas aidée et elle ne faisait aucune avancée importante dans ses entretiens avec le Dr McPherson. Elle s'était tournée vers l'hypnose dans l'espoir de faire remonter des souvenirs refoulés ou des vérités cachées.

Mais peut-être qu'il n'y a rien à trouver... Peut-être que les réponses que tu désires n'existent pas.

Cette idée glaçante la poursuivit à travers les ruelles étroites et jusqu'aux marches du port, où elle tomba sur Butch, installé à la proue du *Holy Terror*, un livre de poche corné à la main, une cigarette au bec.

— Je t'avais dit que je rentrerais avec Wyatt…

Il leva les yeux pour la regarder par-dessus ses lunettes de soleil.

— Tu l'avais dit, ouais.

Il posa le livre et lança le moteur.

— Et alors ?

— Tu es une menteuse, Ava. On le sait tous les deux.

Avec un sourire qui lui donnait dix ans de moins, il lui fit signe de monter à bord.

— Tu n'étais pas obligé de revenir exprès.

— Je ne suis pas revenu exprès.

— C'est qui, le menteur, là ?

Il laissa fuser un petit rire.

— La pêche est mauvaise, de toute manière…

— Au point que tu es obligé de m'attendre ici ?

— Rien de mieux à faire. Alors…

Elle n'en croyait pas un mot, mais s'installa à bord.

Butch lança les amarres à l'intérieur de la coque, puis repartit vers la proue, louvoyant entre les embarcations de pêche et de plaisance. Une nouvelle fois, Ava se répéta que la vision qu'elle avait eue n'était que le fruit de son imagination fertile.

Comme d'habitude.

Butch mit les gaz et le moteur s'emballa. Quand Ava rouvrit les yeux, le port d'Anchorville était déjà derrière eux, et l'étendue d'eau grise entre le continent et l'île se réduisait à toute vitesse.

Je ne retourne pas en prison. Je suis une femme libre.

Tout en se disant cela, elle avait conscience qu'elle se mentait à elle-même.

Le froid l'envahissait au fur et à mesure que la silhouette de Neptune's Gate grandissait au loin. Autrefois, c'était le seul endroit au monde où elle se sentait en sécurité. Elle avait travaillé dur pour en devenir propriétaire... Enfin, quasi-propriétaire.

— Pourquoi est-ce que je te vendrais ma part ? avait demandé Jewel-Anne quand elle lui avait fait une offre. J'adore cet endroit. Il compte plus pour moi que tout l'argent du monde !

Elle avait levé vers elle son joli visage de poupée aux grands yeux innocents. La conversation s'était déroulée dans le couloir, près de l'ascenseur. Pour une fois, Jewel ne trimballait pas de poupée avec elle.

— Tu n'as pas envie de vivre en ville ? De voir des amis ? Tu pourrais t'installer à Seattle, à San Francisco, ou même à Los Angeles, au lieu d'être cloîtrée sur cette île.

Elle lui avait proposé plus du double de la valeur de sa part.

La petite bouche parfaitement dessinée de sa cousine s'était incurvée en un sourire narquois et une lueur de suffisance s'était allumée dans ses yeux.

— Je t'ai dit que j'adorais cette maison !

Elle avait rejeté ses cheveux par-dessus son épaule, fait demi-tour dans son fauteuil roulant et appuyé sur le bouton de l'ascenseur. Tandis que les portes s'ouvraient, elle lui avait lancé un dernier regard.

— Je ne partirai jamais, tu sais. C'est chez moi, ici.

Chez elle, pensa Ava avec amertume en regardant depuis le bateau les fenêtres de Jewel-Anne, au premier étage de la tour, qui offraient une vue sur les jardins, la baie, le continent et le grand large. « De là, je vois l'endroit où c'est arrivé, disait-elle souvent. L'endroit où Kelvin s'est noyé... » Son sourire se faisait alors mélancolique et un sous-entendu accusateur perçait dans sa voix.

Une seule fois, elle avait formulé clairement la chose.

— Tu l'as tué, Ava, avait-elle chuchoté en regardant par la fenêtre, en direction de la mer.

Elle serrait dans ses mains la poupée aux cheveux noirs et à la peau de porcelaine, celle dont un œil ne s'ouvrait plus. Sa voix était chargée d'une haine sourde.

— Il t'aimait... et toi, tu l'as tué. Tu es une hypocrite, Ava. Une menteuse, une meurtrière et Dieu sait quoi encore ! Tu joues la comédie. Tu fais semblant d'être une épouse et une mère dévouée...

Elle était plus forte, à l'époque, et avait failli gifler sa cousine handicapée.

— Et toi, tu es une garce, Jewel-Anne ! Fauteuil roulant ou pas, tu es une peau de vache !

— Tant mieux ! Parce que tu vas m'avoir sur le dos jusqu'à la fin de ta vie. Je ne te vendrai jamais ma part. Jamais !

Une haine intense raidissait son corps brisé.

— La vérité, Ava, avait-elle ajouté dans un souffle, c'est que je préférerais mourir.

7

Austin s'était acheté une bouteille de Jack Daniel's, un grand sac de Doritos et dix kilos de croquettes pour chien. Sur le plan nutritionnel, ce n'était pas idéal et, d'un point de vue symbolique, cet achat avait valeur d'engagement à long terme avec l'animal.

Et alors ?

Ce n'est pas le problème, pensa-t-il en rangeant la bouteille dans le placard presque vide. Ce n'était pas vraiment pour se ravitailler qu'il avait fait le voyage jusqu'à Anchorville. Malheureusement, sa petite excursion ne lui avait pas appris grand-chose.

Il avait engagé la conversation au sujet de Church Island et de ses habitants à l'épicerie, puis dans un magasin de spiritueux, un snack et un bar. Mais à part ressasser les ragots éculés qu'il connaissait déjà, personne ne semblait savoir grand-chose.

Le premier propriétaire était un capitaine de la marine, qui avait acheté la plus grande partie de l'île. La maison valait maintenant une fortune et elle appartenait presque entièrement à Ava. Tous s'accordaient à trouver que c'était une très belle femme. « Mais laissez-moi vous dire qu'elle était sacrément dure en affaires ! Elle a pété les plombs quand son gamin a disparu et elle a fini dans un hôpital psychiatrique parce qu'elle a essayé de se tailler les veines ou un truc du genre… » Tous s'accordaient également à dire que son mari, un avocat de la grande ville, l'avait épousée pour son argent. Et que tous les Church étaient givrés : impossible de leur faire confiance ! « Même celle en fauteuil roulant, cette Jewel-Machin-Chose, c'est une drôle de bonne femme. Au moins, elle a un peu de jugeote : c'est la seule de la famille qui a refusé de vendre sa part à sa cousine. »

Au Salty Dog, Austin avait mentionné Sea Cliff et récolté en retour des regards réprobateurs. Le moins qu'on puisse dire, c'était que personne ne semblait regretter la disparition de l'établissement.

— Ecoutez…, avait déclaré Gil, un homme âgé aux longs cheveux blancs et à la voix de fumeur qui sirotait un whisky au comptoir. Après l'évasion de ce psychopathe de Lester Reece, on a tous été drôlement contents de voir Sea Cliff fermer.

Un air de country passait sur le juke-box.

— Cet asile de fous n'a jamais rien donné de bon, avait-il ajouté en secouant la tête. C'était une prison, pas un hôpital.

Sur le tabouret d'à côté, un homme corpulent et silencieux avait confirmé d'un hochement de tête, avant d'enfouir le nez dans son verre de bière.

— Une prison pleine de criminels tarés ! avait renchéri un troisième client. J'y aurais pas mis les pieds si ma vie en avait dépendu…

Maigre, les dents écartées, il portait une chemise à carreaux usée et un jean un peu trop grand. Il avait fait glisser son verre vers le barman.

— Hal ! La même chose.

Le téléphone avait sonné à cet instant.

— J'arrive, Corky…, avait fait le barman.

Calant le récepteur entre sa tête et son épaule, il avait tiré une nouvelle Budweiser à la pompe.

— Comment s'appelle la psy du coin ? avait demandé Austin. McPhee, c'est ça ? J'ai entendu dire qu'elle y travaillait, autrefois.

— McPherson, avait rectifié Gil.

— Ouais, avait confirmé le maigrichon, McPherson… Ma tante allait la consulter, à l'époque. Ils avaient un cabinet ouvert au public, devant l'entrée de cet hôpital de malheur.

— Sur l'île ?

— Ouais. Mais le cabinet aussi, ils l'ont fermé. De toute façon, tante Audrey, ça lui plaisait pas, d'aller tout près de Sea Cliff. Elle a arrêté au bout de trois rendez-vous.

— Et McPherson ?

Corky avait haussé une épaule.

— Elle a ouvert un cabinet dans le coin.

— A Anchorville ?

— Près de la 3e Rue. Mais elle retourne régulièrement là-bas. L'île appartient plus ou moins à une cinglée qui a déraillé quand son gamin s'est noyé.

Austin sentit les muscles de sa nuque se crisper.

— Il a disparu, avait corrigé Gil.

— S'il était vivant, on le saurait, depuis le temps, avait fait remarquer Corky, attrapant la bière que le barman avait fait glisser sur le comptoir couvert d'éraflures. Merci, Hal… Vous savez, il y en a qui disent que Lester Reece est revenu sur l'île après son évasion et qu'il serait pour quelque chose dans la disparition du petit.

— Le pensionnaire de Sea Cliff ? avait demandé Austin en essayant de ne pas montrer trop d'intérêt.

— Ouais.

— Des suppositions ! A mon avis, Reece aussi est mort.

— M'étonnerait, avait repris Corky. Il y a des gens de par ici qui l'ont reconnu.

— Récemment ? s'était enquis Austin.

— Sûrement pas ! Personne ne l'a revu depuis son évasion.

— Mais le vieux Remus Calhoun…, avait insisté Corky.

— Il ment comme il respire ! avait rétorqué Gil. Si tu l'écoutes, il a aussi croisé Big Foot et puis le monstre

77

du Loch Ness, l'année où il est allé en Ecosse pour les vacances !

— Donc, avait repris Austin, personne n'a revu Reece depuis son évasion ?

Le gros client taciturne avait répondu en secouant la tête et Corky lui-même n'avait rien trouvé à ajouter.

— Il s'est probablement noyé en essayant de quitter l'île. Vous savez, comme tous les évadés d'Alcatraz... D'ailleurs, un des Church dit qu'il l'a vu nager au large, ce jour-là.

— Lequel ? avait demandé Austin.

— Oh ! Vous dire son prénom...

Il s'était interrompu pour réfléchir.

— Le frère de l'invalide... Comment il s'appelle, déjà ? Jim, Jack...

— Jacob, avait lâché Corky sur un ton de mépris.

— Jacob. C'est ça. Le fou d'informatique.

Le taciturne avait de nouveau hoché la tête.

— Le vieux Lester, c'est un peu notre Elvis à nous. Les gens croient le voir en permanence, mais en fait, non, il est plus là.

Gil avait laissé échapper un rire sarcastique qui s'était transformé en quinte de toux et avait empourpré son teint cireux.

— Ça va, Gil ? s'était inquiété le barman.

— Ouais, ouais...

— Tu ferais peut-être mieux de te mettre aux mentholées, avait suggéré Corky.

— Et toi de la boucler !

Austin avait terminé sa bière sans poser d'autres questions. La prochaine étape serait de bavarder avec Jacob, toujours étudiant alors qu'il semblait friser la trentaine, et qui passait apparemment pas mal de temps sur l'île. Il avait écouté les autres encore un moment : la conversation s'était orientée vers l'ouverture de la saison des crabes et le football. Ayant vidé son verre, il avait déposé quelques billets sur le comptoir, laissant les trois hommes débattre des chances des Seahawks d'arriver en quart de finale.

A présent, assis devant le poêle, le vieux chien à ses pieds, il réfléchissait à Ava Garrison. Derrière sa tristesse, des étincelles d'audace et de vitalité brillaient encore. A en croire la rumeur, elle débordait d'énergie avant que les événements ne la terrassent.

Elle était attirante, sexy, même, en dépit des vilaines cicatrices qu'il avait vues sur ses poignets et qui confirmaient certains bruits.

Il songea à se servir un whisky, puis décida d'aller jeter un coup d'œil aux bêtes. Il avait frappé à la porte de Jacob, quelques instants plus tôt, mais personne n'avait répondu, et son appartement, au sous-sol, était fermé à clé.

Wyatt regardait les informations dans son bureau et il leva la tête quand Ava traversa le couloir en direction de la cuisine.

— Tu es allée en ville, à ce qu'il paraît ?
— Toi aussi.
— Oui. Je t'avais proposé de m'accompagner, tu te rappelles ? Et que nous déjeunions ensemble.
— Wyatt…
— Tu as refusé mon invitation parce que tu n'as pas voulu croire que j'étais venu dormir avec toi, cette nuit.

Elle sentit la colère resurgir en elle, mais elle n'avait aucune envie de raviver leur dispute. Aussi leva-t-elle la main en signe de paix.

— N'en parlons plus, d'accord ?

Il parut fulminer un instant en silence, puis son visage se détendit.

— Tu as raison, ça ne sert à rien de nous disputer. On déjeunera ensemble une autre fois. J'ai été surpris d'apprendre que tu étais allée en ville, voilà tout.

— Je suis partie sur un coup de tête. J'avais besoin de

prendre l'air. Je pensais voir Tanya, mais son salon était fermé. Et toi ?

— Boulot-boulot. Je suis passé chez Outreach.

Outreach était une petite filiale de la firme pour laquelle il travaillait à Seattle. Il esquivait donc la vérité autant qu'elle. Depuis quand s'étaient-ils éloignés au point de ne pouvoir communiquer qu'en mentant ? Il devait l'avoir senti, lui aussi, car il la regardait à présent comme un puzzle compliqué qu'il n'arrivait pas à reconstituer.

— Tu aurais pu m'accompagner, je te l'avais proposé, répéta-t-il avec douceur.

— Je sais. J'avais juste envie de respirer un peu, d'être seule.

Elle promena son regard sur les meubles anciens et les grandes fenêtres de la pièce.

— J'ai besoin de sortir de temps en temps, tu sais... De voir autre chose que les murs de cette maison.

— Hum..., dit-il en hochant la tête. Je peux te comprendre. Il y a de quoi devenir dingue.

— Certains pensent que je le suis déjà.

Il se mit à rire, puis s'avança vers elle et la prit dans ses bras.

— Je sais, chuchota-t-il. Laisse-les dire.

Il avait toujours été musclé et athlétique, et quand il la tenait dans ses bras, elle avait l'impression qu'il était indestructible. Le parfum de son after-shave lui rappela cette époque lointaine où elle était tombée amoureuse de lui. Des larmes lui brûlèrent les yeux, mais elle cligna des paupières pour les retenir.

— La prochaine fois, on y va ensemble, d'accord ?

— D'accord.

Elle ne parvenait pas à s'abandonner à son étreinte.

Comment peux-tu lui faire confiance ? Il vient juste de te mentir !

Elle s'écarta un peu de lui, mais il laissa la main sur son épaule.

— Qu'est-ce qui nous est arrivé, Wyatt ? On était si...
— Proches ?
— Je ne sais pas. En tout cas, on s'amusait ensemble.
— Je sais, dit-il en déposant un baiser sur le dessus de sa tête. Et on s'amusera encore. Bientôt. Je te le promets.

Il eut le réflexe de ne pas ajouter « quand tu seras guérie », mais les mots flottèrent dans l'air comme une barrière invisible, impossible à nommer, à franchir.

— Attention, dit-elle sur un ton faussement enjoué, je risque de te prendre au mot !

Il attrapa sa veste, qu'il avait jetée dans un fauteuil.

— Tant mieux. Ecoute, je dois partir à Seattle. C'est juste pour une nuit ou deux, selon le temps que mettra mon client à se résoudre à l'idée d'une renégociation de son contrat. Je reviens dès que possible. Entre-temps, tu peux toujours me joindre sur mon portable.

Elle hocha la tête.

— Et j'ai demandé au Dr McPherson de passer.
— On a déjà rendez-vous en fin de semaine.
— Je sais, mais je l'ai vue en ville, tout à l'heure. Elle m'a demandé de tes nouvelles et on s'est mis d'accord pour qu'elle revienne. Ça ne peut pas faire de mal, non ?

Elle fut étonnée de l'entendre mentionner sa rencontre avec la psychiatre.

— Tu l'as croisée par hasard ?
— Pas vraiment. Quand j'ai su que je devais repartir, je l'ai appelée, on a pris un café ensemble et je lui ai proposé de passer du temps avec toi.
— Elle est très occupée.
— Pas à ce point. De toute façon, elle y pensait aussi.

Le visage de Wyatt redevint sérieux.

— Elle veut t'aider, Ava. Et elle a des chances d'y arriver, si tu arrêtes de te battre contre elle.
— Je ne me bats pas contre elle.

Il la fit taire d'un doigt sur ses lèvres.

— Essaie, d'accord ? Pour me faire plaisir.

81

Quand il retira sa main, elle le regarda bien en face.

— Tu me crois folle, Wyatt ?

— Je crois que tu n'as pas les idées claires.

— Ne noie pas le poisson !

Il expira lentement.

— Je crois que tu as besoin d'aide. D'aide psychiatrique. Les médecins de Saint-Brendan étaient d'accord avec moi sur ce point. C'est toi qui as insisté pour quitter l'hôpital et revenir ici pour... pour affronter tes démons.

Il reposa la main sur son épaule.

— Mais tu n'y arriveras pas seule, Ava. Et il n'y a personne parmi nous qui soit capable de t'aider. Ni moi, ni Graciela, ni Khloé, ni Demetria, même si elle est infirmière. On se sent tous démunis. Sauf le Dr McPherson.

Il eut un sourire un peu inquiet.

— Il faut que tu nous fasses confiance. On veut tous t'aider, mais on ne peut rien faire si tu ne t'aides pas toi-même. Et cette histoire d'hypnotiseuse, vraiment...

La respiration d'Ava se coinça dans sa gorge. Elle était sur le point de nier, mais il lui coupa la parole.

— C'est tout petit, Anchorville... Pas autant que Monroe, mais les nouvelles vont vite.

Il jeta un coup d'œil à sa montre, jura à mi-voix et se pencha pour l'embrasser sur le front.

— Je file. Butch doit m'attendre.

— Butch ?

— Johansen, précisa Wyatt.

Ava se sentit subitement accablée.

— Le copain de Kelvin. Tu as bien fait l'aller-retour sur sa vedette ?

— Oui.

— Je l'ai appelé pour lui demander d'aller te récupérer, puis de m'attendre.

Il la regarda avec étonnement.

— Il ne t'en a pas parlé ?

— Non, répondit Ava avec un sentiment de trahison.

— Eh bien, il me ramène sur le continent. Je laisse le yacht ici, au cas où quelqu'un en aurait besoin.

Y avait-il dans son regard une petite étincelle de cruauté, un soupçon de supériorité, ou bien se faisait-elle des idées ?

Il attrapa un imperméable dans le placard de l'entrée et empoigna un sac juste assez grand pour contenir son ordinateur, ses affaires de toilette et un costume de rechange.

L'instant d'après, il était parti. La porte se referma derrière lui avec un bruit sourd. Ava s'avança vers la fenêtre : le *Holy Terror* était amarré au ponton.

Pourquoi Butch ne lui avait-il rien dit ?

Il n'avait jamais aimé Wyatt ; il ne s'en était jamais caché. Et pourtant... Elle serra les poings, plantant ses ongles dans ses paumes.

Tu réfléchis trop. Laisse tomber. Wyatt est ton mari. Arrête de douter de lui.

Mais elle ne pouvait s'en empêcher.

Pourrait-elle un jour lui faire de nouveau confiance ?

Elle monta deux à deux les marches de l'escalier et s'enferma dans sa chambre pour vérifier que la clé mystérieuse se trouvait toujours dans le pantalon du jean qu'elle portait la veille.

Elle était en métal terni et semblait correspondre à une serrure de porte ancienne, car trop grande pour une serrure de malle ou de placard. Ava l'essaya sur la porte de sa chambre puis, entendant Graciela monter l'escalier, la glissa sous des papiers, dans un tiroir de son bureau. Elle chercherait plus tard. Elle n'avait aucune idée de la manière dont cette clé était arrivée dans sa poche : un mystère supplémentaire à résoudre.

Peut-être était-ce une erreur ? Un oubli ?

Mais bien sûr ! Pourquoi quelqu'un aurait-il mis sa clé dans ta poche par erreur ? A moins que cette personne n'ait emprunté ton cardigan ? Ou qu'elle ait eu besoin de cacher la clé rapidement ? Ou encore qu'elle l'ait fait tomber par erreur ?

Non, Ava... Quelqu'un voulait *te la faire parvenir. Et ça va enfin te permettre de faire quelque chose. De passer à l'action !*

Il était temps...

Elle s'approcha de la fenêtre. Dehors, Wyatt s'éloignait vers leur marina. Il leva la main pour saluer Butch, lequel agita la main à son tour.

— Bon sang..., soupira-t-elle.

Un nom de plus à rayer, sur la liste des personnes à qui elle pouvait encore faire confiance !

Elle regarda Wyatt s'installer sur le siège où elle s'était assise pour revenir d'Anchorville. C'était très simple : elle ne pouvait se fier à personne qui soit lié de près ou de loin à l'île. Et le pire, c'est qu'elle n'arrivait pas à se départir de l'impression que Wyatt, la personne dont elle aurait dû se sentir le plus proche, n'était plus l'homme qu'elle avait épousé.

Mais elle-même... était-elle encore la fille dont il était tombé amoureux ?

Sûrement pas, pensa-t-elle en apercevant son reflet dans le verre ondulé de la vitre. Cette fille-là était morte depuis belle lurette.

Alors qui es-tu, Ava ?

La gorge serrée, elle refoula une vague de panique. Quelque part, en route, elle s'était perdue. Depuis sa rencontre avec Wyatt, elle s'était transformée. Elle n'était plus la femme d'affaires coriace d'autrefois. Elle était encore une sacrée tête de mule, mais elle avait perdu son énergie, sa force, son audace.

Traversant du regard le pâle fantôme de son reflet, elle fixa la mer sombre et le bateau qui emportait son mari.

Peu à peu, une rage silencieuse s'infiltra dans ses veines. Elle était furieuse contre l'être faible et désarmé qu'elle était devenue.

— Ça suffit !

Elle ne se laisserait plus paralyser par ses peurs.

Il était temps pour elle de reprendre le contrôle de sa vie. Et tant pis si cela impliquait de s'opposer à son entourage « bien intentionné ».

8

Le lendemain, Ava se sentit plus forte, prête à affronter le monde entier. Une part disparue d'elle-même refaisait surface pour la première fois depuis sa sortie de l'hôpital.

Si elle avait fait des cauchemars pendant la nuit, elle n'en gardait aucun souvenir. Juste une inquiétude diffuse qu'elle s'efforça de chasser, déterminée à ne plus se laisser miner par des rêves délirants.

Ignorant la migraine qui lui martelait la base du crâne, elle prit une douche, enfila son peignoir préféré et, les cheveux encore humides, s'avança vers la fenêtre. Le ponton était vide.

Ses épaules s'affaissèrent de soulagement.

— Dieu merci…, soupira-t-elle.

Peut-être était-elle vraiment sur la voie de la guérison.

Dehors, les frondes des fougères, couvertes de rosée, tremblaient au vent. L'allée de pierres mouillées se divisait en deux : une des voies desservait l'appartement de Jacob au sous-sol, l'autre contournait le jardin et menait aux pâturages. Ce deuxième chemin était tout juste visible depuis sa chambre. Elle y aperçut Austin Dern qui ramenait les chevaux. Leurs robes louvettes, alezanes, noires et baies apparaissaient puis disparaissaient dans la brume en suivant la silhouette élancée de l'homme qui marchait vers l'écurie.

Ava sortit précipitamment de sa chambre et traversa un petit corridor qui menait à une chambre d'amis inutilisée depuis l'été précédent : les livres sur la table de chevet étaient couverts de poussière. Des portraits de ses arrière-grands-parents, accrochés sur les murs depuis des décennies, la fixaient de leur regard sévère.

L'air sentait la poussière et le renfermé, malgré les sachets de lavande rangés dans les tiroirs de la commode. Même les bougies parfumées, disposées devant le miroir ancien, avaient perdu leur arôme.

Elle s'avança vers la fenêtre, écarta les voilages et remonta les persiennes. De là, elle avait un point de vue idéal sur les dépendances et les pâturages humides qui s'étendaient au-delà de la clôture, jusqu'aux bosquets de sapins sur la colline.

Dern faisait travailler les chevaux. Il était visiblement à l'aise au milieu d'eux. Avec ses larges épaules, sa démarche nonchalante, son jean élimé, sa veste en mouton retourné et ses bottes, il semblait tout droit sorti d'un western. Il ne lui manquait qu'un Stetson et un accent traînant…

Comme s'il avait senti son regard, il leva brusquement les yeux. Ava frissonna.

De nouveau cette impression de déjà-vu…

Tu te fais des idées.

Elle s'écarta de la fenêtre, se rappelant le contact de ses bras puissants, de son corps mouillé serré contre elle, quand il l'avait sortie de l'eau.

Tout cela lui semblait irréel, à présent, comme si c'était arrivé à quelqu'un d'autre.

A l'abri derrière les fins rideaux, elle le regarda entrer dans l'écurie. Rover, le chien errant qui avait adopté la famille quelques années plus tôt, le suivait. L'espace d'un instant, elle envisagea de faire confiance à cet homme, puis en rejeta l'idée avec force.

Hors de question ! Tu ne peux faire confiance à personne. Personne, Ava… Encore moins à un inconnu embauché par Wyatt. Tu sais bien qu'ici, personne n'est ce qu'il prétend être.

Inutile, donc, de perdre son temps à fantasmer sur le nouveau venu. Elle ne savait rien de lui, à part qu'il lui avait sauvé la vie.

Elle porta de nouveau son regard vers le ponton et les battements de son cœur s'accélérèrent. Elle savait bien que ce n'était pas là que Noah avait disparu... Alors pourquoi cette fascination morbide pour cet endroit ?

La police avait émis l'hypothèse que Noah était tombé dans la baie, mais cela ne signifiait pas que c'était vrai.

Sa tête se remit à vibrer de douleur. Elle retourna dans sa chambre.

Tandis qu'elle s'aspergeait le visage d'eau froide, elle entendit quelqu'un frapper à la porte.

— J'arrive !

Elle attrapa une serviette, se tamponna la figure et revint dans la chambre, où elle se trouva nez à nez avec Graciela.

— Madame..., commença cette dernière avec son sourire machinal, Virginia aimerait savoir si vous voulez prendre votre petit déjeuner.

— Je prendrai quelque chose plus tard.

Le sourire de Graciela disparut.

— Elle me fait dire que le café est prêt.

— Très bien.

Ava attendit, mais Graciela ne bougea pas d'un cil.

— Je descendrai tout à l'heure. Je me débrouillerai.

Qui était la patronne, ici ? Ava lança sa serviette sur son lit.

— Vous vouliez me dire autre chose, Graciela ?

— Euh... oui.

— Je vous écoute.

— Votre téléphone portable a sonné plusieurs fois.

— Mon téléphone ?

Ava parcourut rapidement la chambre du regard.

— Je n'ai rien entendu.

— Il est en bas, dans le couloir, près de l'entrée, avec votre sac à main.

— Dans le couloir ?

Elle tourna les yeux vers la chaise où elle le posait tous les soirs. De fait, il n'était pas là.

— Merci, Graciela.

Le sourire de la jeune femme réapparut, teinté d'une légère suffisance devant cette nouvelle preuve du dérangement d'esprit de sa patronne.

Bon débarras..., songea Ava lorsque Graciela eut quitté la pièce. Elle n'avait rien fait de mal, mais il y avait quelque chose chez elle qui la hérissait.

En tout cas, elle ne se rappelait absolument pas avoir laissé son sac à main en bas. Ce n'était pas très grave, mais confirmait qu'elle n'avait pas les idées claires et que ses problèmes de mémoire ne se limitaient pas à d'inexplicables trous dans le passé. Il y avait aussi des petites déchirures dans les coutures du quotidien.

Elle gardait cependant la certitude que pour redevenir elle-même, elle devait cesser les traitements que les médecins lui avaient prescrits. Ces maudits cachets ne faisaient que l'engourdir. Or, elle avait besoin de clarté et de concentration pour découvrir ce qui était véritablement arrivé à son fils et d'où venaient ses hallucinations.

Elle ôta son peignoir et enfila rapidement un jean propre et un pull à grandes mailles. Elle était en train de passer la tête dans l'encolure quand de nouveaux coups résonnèrent à la porte : Demetria passa la tête dans l'entrebâillement.

— Hé ! Je suis en train de m'habiller ! protesta Ava.

— Ah, dit l'infirmière avec indifférence. Pardon...

Elle tenait un petit gobelet en papier et un verre d'eau à la main.

— Voici vos médicaments.

— Posez-les sur la table, dit Ava en secouant ses boucles pour les libérer du pull. Je les prendrai plus tard.

— Il vaut mieux les prendre à heures régulières, vous savez.

— Ah oui ? Laissez-moi deviner... pour éviter les sautes d'humeur ?

— Exactement, rétorqua l'infirmière avec une petite moue.

— Et les sautes d'humeur, c'est grave parce que...

Demetria lui lança un regard las.

— Vous vous rappelez quand même que vous vous êtes jetée dans la baie, l'autre soir ? Il vaudrait mieux éviter de risquer de nouveau votre vie, non ?

— Je vais mieux, maintenant.

— Ça fait à peine...

— Je sais !

Elle s'efforça de contenir son irritation.

— Je sais que je n'ai pas été très stable, dernièrement. Et si je me jette de nouveau à l'eau, j'envisagerai de prendre les médicaments.

— Le Dr McPherson ne va pas être contente.

— Mon objectif n'est pas de la rendre heureuse.

Comme Demetria continuait à lui tendre le gobelet, Ava lui fit signe de le poser.

— Ne vous inquiétez pas pour ça. Je vais l'appeler moi-même et lui expliquer.

— Vous ne pourriez pas prendre d'abord les médicaments ?

— Je vous ai dit de les poser sur la table de nuit !

— Avec vous, il faut toujours que tout soit compliqué ! s'écria Demetria, comme si elle ne pouvait plus se retenir.

— Je me faisais justement la même réflexion à votre sujet.

Ava passa à grands pas devant elle, heurtant volontairement son bras pour renverser les comprimés.

— Faites un peu attention ! Regardez-moi ça !

Demetria tomba à genoux et se mit à chercher désespérément les comprimés.

Ava dévalait déjà les marches de l'escalier. Elle ne pouvait supporter les madames Je-sais-tout moralisatrices dans le genre de Demetria. C'était très bien pour Jewel-

Anne, qui réussissait à manipuler son infirmière pour lui faire croire que c'était elle qui commandait, mais en ce qui la concernait, hors de question de se laisser entraîner dans une comédie de ce genre.

Dans la cuisine, Virginia fredonnait d'une voix discordante en faisant cuire quelque chose qui crépitait dans la poêle. Dehors, la pluie tapotait contre les hautes fenêtres qui encadraient la porte d'entrée.

Graciela avait dit vrai. Son sac à main se trouvait sur un petit banc dans l'entrée, comme s'il y avait été nonchalamment jeté. Elle avait dû l'y laisser la veille… sauf qu'elle ne s'en souvenait pas. *Aucune importance*, décida-t-elle. Elle ramassa le sac et fouilla dans les poches zippées à la recherche de son téléphone.

Elle avait raté trois appels : deux de Tanya et un troisième qui affichait « appel masqué ».

Elle avait aussi reçu un SMS :

Rappelle-moi VITE.

Elle appuya sur la touche « rappel » tout en remontant l'escalier.

— Ava ?

C'était Virginia.

Ava se retourna vers elle à l'instant où Tanya décrochait.

— Ava ! Je commençais à me demander si tu avais eu mon message. *Mes* messages… Ça t'arrive de regarder ton téléphone, de temps en temps ?

— Salut, Tanya. Une seconde, s'il te plaît.

Virginia s'était arrêtée net au pied de l'escalier.

— Oh… pardon. Je n'avais pas vu que tu étais occupée.

Reculant vers la cuisine, elle fit un geste désignant l'arrière de la maison.

— Le petit déjeuner est servi.

Ava répondit simplement :

— J'arrive tout de suite.

Puis elle continua à monter l'escalier. Une fois hors de portée de voix, elle reprit sa conversation téléphonique.

— Excuse-moi, Tanya…

— Aucun problème. Désolée de t'avoir ratée, au magasin, mais j'ai eu des problèmes de plomberie à la maison. La cave inondée, un conduit cassé… L'horreur, quoi…

— Pas très cool, en effet.

— Tu m'étonnes ! J'en frémis encore. Bref, le plombier est venu à la rescousse et tout devrait rentrer dans l'ordre d'ici quelques jours. Pour le moment, je suis obligée de faire ma lessive au magasin, mais j'imagine que ça pourrait être pire.

— Carrément, approuva Ava en entrant dans sa chambre et en refermant la porte.

— Désolée, Ava… J'aurais mieux fait de me taire. Je veux dire… Par rapport à ce que tu as enduré…

Un bip sur la ligne indiqua à Ava que quelqu'un d'autre essayait de la joindre.

— Pas grave. Je vais bien, tu sais.

C'était un mensonge et Tanya ne l'ignorait pas.

Appuyée contre l'encadrement de la porte, Ava sentit subitement tout le poids de son deuil, mais elle ne pouvait se permettre d'y penser. Pas aujourd'hui, alors que son énergie renaissait enfin.

— J'espérais qu'on pourrait prendre un café ensemble, ou déjeuner, ou boire un verre… si tu es libre…, reprit-elle.

— Avec joie. Quand tu veux ! Enfin, il faut que je regarde… Entre le salon et les emplois du temps des enfants, ça n'est pas évident ! L'école, le foot, la danse classique… J'ai l'impression de passer la moitié de ma journée en voiture, et tout mon fric en essence…

Ava ne jugea pas utile de dire que cela ressemblait au paradis.

— Tu es la plus occupée en ce moment, je te laisse choisir la date.

— OK, voyons… Oh ! là, là… peut-être demain, vers

14 heures, 14 h 15. J'ai une coupe et une coloration juste avant, ça risque de durer.

— D'accord.

— Tu passes me chercher au salon ?

— Vers 14 heures, ça marche. Prends des photos de Bella et de Brent.

— J'en ai déjà une tonne sur moi. Ça craint, je sais…

Elle éclata de rire et Ava se détendit un peu.

— A demain, alors.

Elle était sur le point de raccrocher quand Tanya ajouta :

— Attends ! Je n'ai fait que parler de moi. Et toi ? Est-ce que ça va ?

Toujours cette maudite question.

— J'ai… euh… j'ai entendu parler de ce qui s'est passé l'autre soir, reprit Tanya très vite. Tu tiens le coup ?

— Mais oui, ne t'en fais pas. Je te raconterai…

— Tu promets de tout me dire ?

On frappa à la porte.

— Promis juré, chuchota Ava.

Puis elle raccrocha et se précipita pour ouvrir.

— J'arrive !

Assise dans son fauteuil roulant, Jewel-Anne levait le poing, comme prête à frapper de nouveau.

— Ton petit déjeuner refroidit, dit cette dernière d'un ton impassible.

Une de ses poupées, une rouquine aux yeux verts, qui dépassait d'un sac attaché par des pressions à un accoudoir du fauteuil, semblait fixer Ava.

— J'ai déjà dit à Virginia que j'arrivais, répondit Ava avec un peu d'impatience.

— Je voulais juste que tu le saches, fit Jewel-Anne d'un ton guindé et dédaigneux. Et puis Trent m'a envoyé un SMS. Il dit qu'il n'arrive pas à te joindre.

— Il n'a pas…

Elle s'interrompit, se rappelant l'appel masqué.

— Il n'arrivait pas à me joindre, alors il t'a envoyé un SMS ?

— Apparemment.

— Pourquoi ?

— Peut-être parce qu'il savait que moi, je lui répondrais, expliqua Jewel-Anne, comme si elle parlait à une handicapée mentale.

Une attitude qui devenait décidément de plus en plus répandue, au sein de son entourage !

— Il a changé de numéro, ajouta-t-elle avant de le réciter à toute vitesse.

Sa mission accomplie, elle fit pivoter son fauteuil roulant et s'éloigna dans un bourdonnement électrique.

— De rien ! lança-t-elle par-dessus son épaule en passant devant la porte fermée de la chambre vide de Noah.

Ava secoua la tête. Redescendant l'escalier, elle appela Trent sur le numéro enregistré dans son répertoire et tomba effectivement sur un message d'erreur. Elle était sur le point de composer le numéro que Jewel-Anne lui avait indiqué et dont elle se souvenait encore — bizarrement, malgré tous ses problèmes de mémoire, sa capacité à retenir des suites de chiffres était restée intacte —, quand son téléphone sonna.

— Allô ?

— Content de te trouver encore vivante, dit Trent tout de go.

— Malgré tous mes efforts, diraient certains.

— Attention ! répliqua-t-il en riant. J'en fais peut-être partie !

De tous ses cousins, Trent était celui dont elle se sentait le plus proche. Le membre « le plus sain d'esprit de la famille », comme il se désignait lui-même, mesurait deux centimètres de moins qu'Ian, son jumeau, mais les compensait largement par son physique et sa personnalité. Au lycée, il s'était lui-même surnommé « le Tombeur », ce qui, malgré son ego démesuré, n'était pas une exagération.

Il suffisait de poser la question à Tanya. Ainsi qu'à plusieurs autres amies de lycée.

— Tout va bien, Trent… Piper m'a déjà appelée, hier.

— Ma belle-mère adorée ?

— En personne !

— Laisse-moi deviner… Elle se fait un sang d'encre pour toi ?

— Grosso modo.

— Mais moi, je n'ai pas le droit de m'inquiéter ?

— Et si tu jouais le rôle de celui qui me trouve tout à fait équilibrée ?

— Je ne vois pas ce qu'il y aurait d'amusant à ça, répondit-il en riant de nouveau.

Ils continuèrent à bavarder tandis qu'Ava traversait l'entrée en direction du solarium situé à l'arrière de la maison, lequel offrait une vue dégagée sur les dépendances, les prés et les collines autour du manoir.

— Prends soin de toi, Ava, d'accord ? N'oublie pas que tu vis au milieu d'une bande de dingues.

— Eux, ils trouvent que c'est moi qui suis dingue.

— Alors, tu es tout à fait à ta place !

— Ce n'est pas mon impression.

— Tu n'as qu'à leur donner tort, dans ce cas.

C'est exactement ce que je vais faire, pensa-t-elle en raccrochant.

Elle modifia le numéro de Trent dans son répertoire.

Mais d'abord, il faut que je me le prouve à moi-même.

9

Elle avala docilement un petit déjeuner composé d'œufs brouillés figés, de bacon froid et de pain grillé copieusement beurré, le tout arrosé de café tiède. Quand elle eut terminé, elle attrapa une pomme et une banane dans un panier, sur le buffet, et remonta dans sa chambre.

Elle fouilla alors dans son placard, en sortit son ordinateur portable et s'installa dans un fauteuil devant la fenêtre. Pour commencer, elle devait déterminer l'endroit où se trouvait chacun au moment où Noah avait disparu. Elle avait déjà songé à le faire à de nombreuses reprises, mais n'avait pas eu la force de s'y atteler sérieusement.

Le shérif et ses acolytes avaient planché sur la question, bien sûr, mais sans trop s'y attarder, persuadés dès le départ que Noah était sorti tout seul de la maison et s'était noyé. Ils avaient interrogé assez rapidement toutes les personnes qui se trouvaient dans la maison, puis décidé que son fils s'était aventuré sur le ponton et avait glissé dans l'eau. Une équipe de policiers et de volontaires avait été mobilisée pour passer l'île au peigne fin ; des plongeurs avaient sondé les eaux de la marina. En vain. Et la conclusion fut que la marée avait emporté son corps au large.

Sauf que la marée *montait*, au moment de sa disparition.
Elle avait vérifié.
Mais personne n'avait voulu l'écouter, ce qu'elle comprenait, d'une certaine façon. A l'époque, elle était bonne à enfermer. Folle de terreur et de désespoir…

Rien d'étonnant à ce que personne n'ait pris ses doutes au sérieux. Au cours des deux années suivantes, elle n'avait jamais perdu espoir de retrouver son enfant, mais son esprit perturbé s'était avéré incapable de se concentrer sur cet objectif.

A présent, les choses allaient changer…

Elle tourna son regard vers la table de nuit et le petit gobelet contenant les comprimés que Demetria avait ramassés par terre.

Des tranquillisants pour la calmer.

Des antidépresseurs pour la rendre plus positive.

Elle emporta le gobelet dans la salle de bains, jeta les comprimés aux toilettes et tira la chasse, s'assurant, cette fois, qu'ils avaient tous disparu. Son mal de crâne carabiné était peut-être lié à l'interruption brutale du traitement. Si c'était le cas, tant pis. Elle était prête à endurer les crises de manque pour recouvrer sa lucidité.

De retour dans sa chambre, elle replaça le gobelet vide sur la table de nuit et avala la moitié du verre d'eau. Personne ne croirait qu'elle avait pris ses médicaments, mais c'était symbolique.

Puis elle se remémora la nuit qui avait bouleversé sa vie pour toujours. C'étaient les vacances de Noël. Le manoir était rempli d'employés et d'invités…

Elle commença par dresser la liste de ceux qui y avaient passé la nuit et ceux qui avaient simplement fait un saut pendant la soirée. Ses doigts se déplaçaient avec maladresse sur le clavier. Il y avait si longtemps qu'elle ne l'avait pas utilisé ! Mais elle persévéra, corrigeant ses erreurs jusqu'à ce que la mémoire des muscles prenne le relais.

— C'est comme le vélo, murmura-t-elle.

Trouvant bientôt son rythme, elle créa un tableau dans lequel elle entra les noms, les liens des invités entre eux et les endroits où chacun prétendait se trouver au moment fatidique, tout en se demandant s'il servirait à quelque chose.

Il n'y a qu'un moyen de le savoir, Ava…

**

Trois heures plus tard, installée devant le bureau de sa chambre, elle se massait la nuque en regardant l'écran. Malgré sa migraine, elle avait réalisé un schéma et reconstitué une chronologie, s'appuyant sur ses souvenirs et ses conversations avec son entourage au cours des dernières années.

Des images du manoir, tel qu'il était ce soir-là, défilèrent devant ses yeux.

L'entrée était décorée de branches de pin ornées de guirlandes lumineuses blanches et de ruban doré. Au pied de l'escalier, un sapin haut de sept mètres était couvert de lumières clignotantes et de gros nœuds rouges ; sa cime frôlait le palier du deuxième étage.

Des chants de Noël s'élevaient d'enceintes dispersées à travers la maison, mais les airs familiers n'étaient audibles que dans les brefs intervalles de silence entre les rires, les conversations et le tintement des verres.

L'humeur était résolument festive. Elle avait juste éprouvé un moment de tristesse, au dîner, quand elle avait tourné son regard vers la place attitrée de son frère. Kelvin n'était pas là, bien sûr : sa chaise était occupée par Clay Inman, un jeune associé de la firme de Wyatt, originaire de Caroline du Nord ; il n'avait personne avec qui passer les fêtes et ne se doutait pas qu'il occupait la chaise d'un mort.

Vers 21 heures, Noah avait commencé à pleurnicher. Ava l'avait porté à l'étage et bercé dans ses bras avant de le placer dans son lit à barreaux.

— Non, avait-il objecté en montrant du doigt son nouveau lit sans barreaux, livré quelques jours auparavant.

— Ecoute, Noah…

— Grand lit, maman !

— D'accord, d'accord…

Comme elle allait regretter cette décision !

— Tu t'endors tout de suite, d'accord ?

Elle l'avait bordé et s'était installée dans le fauteuil à bascule pendant qu'il fermait les yeux, feignant le sommeil. Au bout d'un moment, il avait rouvert un œil.

— Dors, Noah !

Vingt minutes plus tard, il dormait tranquillement. Elle s'était alors levée du fauteuil et penchée sur lui pour l'embrasser doucement sur le front.

— Joyeux Noël, mon grand, avait-elle chuchoté. A demain matin.

Le fantôme d'un sourire avait flotté sur les lèvres de Noah, mais ses paupières étaient restées fermées. Ava se rappelait s'être retournée sur le pas de la porte pour s'assurer qu'il était bien couvert et que sa veilleuse était allumée.

Son cœur se serra douloureusement à la pensée de cet instant où elle avait vu son fils pour la dernière fois.

Elle était pressée, ce soir-là.

Certaine que Noah était endormi, elle avait quitté la chambre en laissant la porte entrouverte. Relevant sa robe rouge achetée pour l'occasion, elle s'était dirigée en hâte vers l'escalier pour rejoindre ses invités. Elle s'était figée un instant sur le palier, croyant entendre son fils l'appeler, avait tendu l'oreille pour essayer de distinguer sa voix au milieu du brouhaha de la fête, mais n'avait rien entendu de plus.

— Ah, te voilà enfin ! avait lancé Wyatt.

Il se tenait au pied de l'escalier, un verre à la main, un grand sourire aux lèvres.

— On a des invités, Ava !

— Je sais, je sais… Je mettais juste Noah au lit.

Elle avait rapidement descendu les dernières marches pour faire ses adieux à Inman et à quelques autres, qui s'étaient rassemblés dans l'entrée et enfilaient manteaux, gants et écharpes avant de reprendre la vedette en direction du continent.

Ensuite, elle s'était replongée dans la fête, allant et

venant, échangeant de menus propos, veillant à ce que les verres soient pleins, les bougies allumées, que personne ne se retrouve seul et que la musique ne s'arrête jamais. Pendant près d'une heure, personne n'était monté voir Noah. Le Babyphone était allumé et relié à des enceintes dans la chambre, le bureau et la salle du petit déjeuner. Il y avait aussi un moniteur vidéo ; l'objectif de la caméra était orienté vers le lit.

Aucun des deux n'avait été de la moindre utilité, ce soir-là. Le niveau sonore de la fête couvrait largement celui du Babyphone, et la caméra ne faisait que transmettre un flux d'images au moniteur sans les enregistrer ; de toute façon, vu son champ restreint, les images n'auraient sans doute livré aucun indice.

Depuis cette nuit-là, la culpabilité était devenue sa compagne constante.

Combien de fois avait-elle regretté de n'être pas retournée au chevet de son fils ?

Combien de fois s'était-elle reproché de n'avoir pas secouru son fils alors qu'il avait tant besoin d'elle ?

Elle ferma les yeux et sentit sa gorge se serrer, les larmes lui venir aux yeux. *Non*. Il était aussi inutile de pleurer que de maudire le ciel.

Elle avait déjà perdu suffisamment de temps à se flageller ! Elle n'avait pas écouté son intuition parce qu'elle était pressée de rejoindre Wyatt et ses invités. C'était ainsi.

Elle serra les poings et baissa la tête.

Concentre-toi, Ava.

Ne laisse pas la douleur prendre le dessus.

Cette douleur qui ne s'apaisait jamais, qui lui déchirait sans cesse l'âme, lui rappelant que c'était sa faute si son fils avait disparu...

Eh bien, maintenant, fais en sorte de le retrouver.

Parce que personne d'autre ne va s'en occuper.

Vers 23 heures, les derniers invités avaient quitté la maison, à l'exception de ceux qui dormaient sur place et s'attardaient encore au rez-de-chaussée. Wyatt s'était retiré dans son bureau pour faire goûter un vieux scotch à l'oncle Crispin.

Trent et Ian jouaient au billard dans la salle de jeux à l'entresol. Leur sœur Zinnia s'était isolée dans le jardin pour parler au téléphone, laissant la porte-fenêtre entrouverte et des bribes de sa dispute avec son nouveau petit ami leur parvenir en même temps qu'un courant d'air glacé.

Tante Piper avait quitté ses escarpins à talons pour se blottir dans un fauteuil crapaud. Jacob fumait une cigarette dans la véranda, à l'avant de la maison. Ava se rappelait avoir aperçu, par la fenêtre, l'extrémité de sa cigarette qui rougeoyait dans l'obscurité.

Jewel-Anne était montée se coucher. C'était la seule qui avait reconnu s'être trouvée au premier étage au moment de la disparition de Noah, dont elle jurait ne pas s'être approchée. Elle avait affirmé, plus tard, que la porte de la chambre de l'enfant était fermée.

Ava se rappelait l'avoir laissée entrouverte, et le vantail était trop lourd pour s'être refermé tout seul. Donc, quelqu'un l'avait refermée.

Qui ?

Elle nota le mot sur son calepin et l'entoura plusieurs fois. Puis, juste à côté, elle inscrivit :

« Pourquoi ? »

Le shérif Biggs et ses inspecteurs estimaient que Noah était sorti de son lit et s'était aventuré dans le long couloir qui menait vers l'escalier arrière, passant ainsi inaperçu auprès des convives au rez-de-chaussée. Depuis cet escalier aux marches raides, il aurait pu descendre dans la cuisine et sortir par la porte de derrière à un moment où les employés de maison ne s'y trouvaient pas.

L'hypothèse d'un enlèvement avait très vite été écartée. En l'absence de toute demande de rançon ou de revendication, la théorie de la noyade accidentelle restait la seule vraisemblable.

Le crayon qu'elle tenait entre ses doigts se cassa en deux.

Impossible !

Elle ne parvenait pas à y croire. Noah ne s'était pas noyé...

Il était vrai, cependant, que la véranda était restée ouverte à un moment de la soirée. Sa porte-moustiquaire battait au vent, mais le bruit n'avait alerté personne. Seule Virginia l'avait mentionné par la suite.

« J'ai entendu quelque chose, avait-elle reconnu, mais je croyais que ça venait de la grange ou de l'écurie... Il y a toujours quelque chose qui grince ou qui bat, dans cette baraque. »

Virginia avait passé presque toute la soirée en cuisine. Khloé et son mari, Simon Prescott, travaillaient eux aussi ce soir-là : Khloé aidait sa mère en cuisine, Simon se relayait avec Butch Johansen et Ned Fender, le palefrenier, pour faire traverser la baie aux invités qui arrivaient et repartaient.

Graciela avait aidé à préparer et servir les amuse-gueules et les boissons ; elle était aussi chargée de maintenir un semblant d'ordre en ramassant au fur et à mesure les serviettes, les couverts, les assiettes et les verres abandonnés.

Demetria avait passé une partie de la soirée à assister Jewel-Anne, et le reste à s'amuser. Ava l'avait vue discuter avec Ian, boire un verre avec Wyatt, et même bavarder avec Tanya.

Tout le personnel de maison avait des alibis, même s'ils étaient assez difficiles à établir avec précision, en raison de la foule qui allait et venait dans la maison et le jardin.

Mais pas à l'étage.

Rares étaient ceux qui avaient admis être montés au premier, et, lorsque c'était le cas, ils affirmaient avoir emprunté l'escalier principal ou l'ascenseur, à la recherche de toilettes inoccupées. En outre, ils juraient être montés avant 21 heures, ce que leurs alibis confirmaient.

Frustrée, Ava jeta les morceaux de son crayon cassé dans la poubelle à côté du lit.

A vrai dire, la liste des invités n'était pas si longue. Il y avait Inman, bien sûr, et Tanya, qui avait insisté pour traîner Russ à la fête alors qu'ils étaient théoriquement séparés.

« On essaie de recoller les morceaux, avait-elle expliqué. Pour les enfants. »

Cela n'avait pas marché. Moins de deux mois plus tard, elle demandait le divorce et Russ quittait définitivement Anchorville.

Il y avait quelques autres personnes, originaires de Church Island, et qui avaient connu ses parents. Celles-là étaient pour la plupart rentrées tôt, bien avant qu'elle n'emmène Noah au lit. Blotti contre sa poitrine, son fils n'avait cessé de protester : « Pas fatigué, maman. Pas fatigué ! »

Elle aurait donné n'importe quoi pour entendre de nouveau sa petite voix plaintive ! Les yeux fermés, elle s'affaissa dans son fauteuil. Elle avait revécu la nuit de sa disparition des milliers de fois sans jamais découvrir d'indice probant.

Comment s'appelait l'inspecteur chargé de l'affaire, celui qui l'avait interrogée ? Simms, Simons... *Snyder* ! Wes Snyder... Il avait environ quarante-cinq ans, un visage joufflu et un crâne ovale qu'il rasait de près. Il était sérieux, sympathique et nettement plus intelligent que Joe Biggs. Mais lui non plus n'avait pas réussi à résoudre l'affaire et avait fini par y renoncer, comme les autres.

Sauf toi, Ava. Tu n'abandonneras jamais.

Elle rouvrit les yeux, attrapa un stylo et inscrivit le nom de Snyder sur son calepin.

Puis elle appela le bureau du shérif et demanda à lui parler. On lui répondit qu'il était absent pour la journée. Elle laissa un message avant de raccrocher, dépitée. Comme d'habitude, tous ses projets étaient contrecarrés, les uns après les autres.

Sa tête vibrait de douleur, son corps entier était tendu comme une corde. Elle avala deux comprimés de paracétamol avec un grand verre d'eau, puis mangea pensivement la banane qu'elle avait prise dans la cuisine.

Ses nerfs s'apaisèrent un peu. Elle avait besoin de prendre l'air, de s'éclaircir les idées. Cette vieille demeure commençait à la rendre claustrophobe. Elle éteignit son ordinateur, le rangea dans le placard avec ses notes et enfila un vieux sweat-shirt.

Son regard glissa le long du palier qui desservait la chambre de Noah. Depuis sa sortie de l'hôpital, elle n'avait eu qu'une seule fois le courage d'en pousser la porte. La douleur l'avait aussitôt submergée et elle n'avait pas réussi à entrer. Depuis, la chambre était restée fermée ; personne ne s'y aventurait, sauf pour faire le ménage hebdomadaire.

Mais aujourd'hui, une force mystérieuse la poussait à y retourner.

Avant de changer d'avis, elle s'avança dans le couloir, tourna la poignée de verre et entra dans la pièce.

Son cœur battait à tout rompre.

Ses mains étaient froides et moites.

La lumière grise qui filtrait par la fenêtre à moitié masquée par les persiennes semblait décolorer les teintes vives de la housse de couette ornée de petits marins.

Ava sentit sa gorge se serrer.

Sa douleur était si intense qu'elle en avait la nausée.

Derrière les odeurs de cire et de poussière, elle crut discerner un vague parfum d'huile pour bébé. Mais son imagination devait encore lui jouer des tours.

Elle alluma la petite lampe et fixa le mobile figé au-dessus du lit à barreaux. Le cœur dans la gorge, elle le mit en route et regarda les petits crabes, les hippocampes et les étoiles de mer tourner lentement au son d'une berceuse.

Elle revit Noah bébé, étendu sur le dos, suivant des yeux

les mouvements du mobile, puis, un peu plus grand, se cramponnant d'une main aux barreaux tout en essayant d'attraper de l'autre les petits animaux marins.

— Ava ?

La voix de son mari interrompit brutalement sa rêverie. Elle sursauta violemment. Pivotant sur les talons, elle fit face à Wyatt dont la silhouette se détachait à contre-jour dans l'embrasure de la porte.

— Tu m'as fait peur !
— Je suis désolé.

Le sourire qu'il lui adressa ne réchauffa pas son regard. Il avait un manteau sur le bras et un sac de voyage à la main.

— Je me demandais ce que tu faisais ici.
— Je me souvenais, répondit Ava.

Elle passa la main sur le barreau supérieur du lit : il portait encore les marques des dents de lait de Noah.

— Tu es sûre que c'est une bonne idée ?
— Dieu seul le sait.
— Je… euh… J'ai encore un peu de travail, mais je me disais qu'on pourrait passer la soirée ensemble. Dîner tous les deux dans mon bureau, par exemple, puis regarder un film…
— Un rendez-vous à la maison ?

Il lui sourit de nouveau et, pour la première fois depuis longtemps, c'était un vrai sourire.

— C'est comme ça qu'on disait, avant, ajouta-t-elle.
— Je m'en souviens.

Elle sentit une vague de soulagement l'envahir, ainsi qu'un mince espoir : tout ce qu'ils partageaient autrefois n'était peut-être pas entièrement perdu.

— Ava ?
— Oui ?
— Il n'est plus là, tu sais… Il ne reviendra pas. Il vaudrait mieux que tu l'acceptes.

Elle redressa les épaules en secouant la tête.

— Impossible. Je n'en ai pas l'intention.

— Alors tu ne guériras pas.
— Je veux juste savoir la vérité, Wyatt.
— Quelle qu'elle soit ?

Une peur glacée l'envahit, mais elle la réprima avec fermeté.

— Quelle qu'elle soit.

Il plissa les lèvres et soutint un moment son regard. Puis il fit claquer sa main contre l'encadrement de la porte, exaspéré.

— Fais ce qu'il te plaira. Tu ne fais jamais autre chose, de toute façon !

Il s'éloigna à grandes enjambées et disparut dans l'escalier.

Ava éteignit la lampe de chevet.

Manifestement, le « rendez-vous à la maison » venait d'être annulé.

10

Furieuse contre le monde entier et contre Wyatt en particulier, Ava sortit de la maison en trombe. Dehors, un vent froid et salé montait de la mer. L'esprit assombri par leur dispute, elle suivit un chemin en pierres envahi de mauvaises herbes, qui serpentait entre les fougères délicates et les grandes feuilles des hostas.

Elle avait besoin de faire quelque chose, n'importe quoi, pour remettre sa vie sur les rails. Elle s'apprêtait à gagner le village à pied, quand son regard se posa sur les chevaux qui paissaient près de la clôture.

Enfant, elle adorait s'élancer au grand galop sur sa jument préférée, dans les champs trempés de rosée et les bois qui entouraient le manoir. Elle avait passé des heures à suivre les chemins creusés par les cerfs et les moutons à travers les bois et le long de la côte. Elle avait fini par connaître tous les recoins de l'île, même ceux que ses parents avaient décrétés dangereux. Indifférente à toutes les mises en garde, elle avait longé les remparts de l'ancien asile et les bords des falaises qui s'élevaient à pic au-dessus de la mer démontée. Elle avait exploré les vieilles cabanes abandonnées, la chute d'eau, l'ancienne carrière avec ses mines et bien d'autres endroits tout aussi tabous.

Elle s'était donné pour principe de faire tout ce qu'on lui interdisait.

Elle franchit le portail et s'avança sur le chemin aux profondes ornières qui menait vers le pré. Un grand sifflement suffit à capter l'attention de Jasper, un alezan belle-face. Le cheval leva la tête, tendit une oreille sombre et s'ébroua.

— Allez, viens, mon grand ! On va s'amuser, je te le promets.

Lentement, comme à contrecœur, le cheval s'approcha.

— Tête de mule, chuchota Ava.

Elle lui caressa le front. Jasper s'ébroua de nouveau et son souffle tiède blanchit l'air frais.

— Toi aussi, tu m'as manqué. Viens, on va se balader, tous les deux.

Jasper la suivit sans résister jusqu'à l'écurie. Quelques minutes plus tard, Ava l'avait équipé.

Elle se hissa en selle et guida l'animal à l'extérieur. Se retournant vers le manoir, elle aperçut Simon qui travaillait dans le jardin. Comme il levait la tête, elle s'éloigna rapidement.

Ras le bol d'avoir à justifier chacun de mes actes !

Elle ne connaissait pas très bien Simon : elle savait seulement qu'il avait une relation tumultueuse et passionnée avec Khloé, et qu'il avait travaillé autrefois pour les services de renseignements de l'armée.

Une fois passé la dernière barrière, Jasper et elle débouchèrent dans un grand champ ouvert.

— Montre-moi ce que tu vaux, mon grand, murmura-t-elle en se penchant sur son encolure lustrée.

Les pas du cheval s'accélérèrent et s'étirèrent ; ses sabots creusèrent profondément l'herbe mouillée. Des sapins défilèrent à toute vitesse, leurs hautes cimes disparaissant dans les nuages bas.

Puis le paysage devint flou et Ava ne sentit plus que le vent frais dans ses cheveux.

Un rire monta dans sa gorge. Depuis quand ne s'était-elle pas sentie aussi libre, aussi euphorique ? Sans ralentir, Jasper franchit le ruisseau au milieu du champ, faisant voler des gouttes d'eau boueuse autour de ses sabots.

Bientôt, Sea Cliff apparut au loin, forteresse de pierre et de ciment juchée au bord de la falaise. Ses grilles de fer forgé fléchissaient et des traînées de rouille tachaient ses murs gris. Les fenêtres étaient fermées par des planches ; un porte-drapeau solitaire surplombait le tout, sa chaîne volant au vent avec un bruit de ferraille.

Une ombre passa sur le chemin de ronde ; l'espace d'un instant, Ava crut distinguer une silhouette humaine au sommet de la muraille. Puis l'illusion s'évanouit. Ava frissonna. L'endroit lui faisait peur, à présent. Elle n'avait aucune envie de penser à ce qui s'était passé derrière ces murs. Pas maintenant, alors qu'elle venait d'éprouver sa première bouffée de liberté et de bonheur depuis des années !

Interdit de broyer du noir, Ava !

Elle tira sur les rênes pour forcer le cheval à ralentir. La pluie commençait à tomber. Ils se glissèrent dans la forêt de pins et déambulèrent au pas entre les branches trempées, respirant l'air chargé de sel et l'odeur de la terre mouillée.

De grandes volutes blanches sortaient des narines du cheval. Ava frissonna : la solitude de l'île se refermait autour d'elle. Autrefois, l'isolement ne lui faisait pas peur, lui apportant même de la force et de la tranquillité d'esprit. Mais depuis les drames qu'elle avait traversés, il n'en allait plus de même…

Le sentier montait en lacets jusqu'à un promontoire dénudé qui offrait une vue époustouflante sur le détroit.

Ava n'y était pas revenue depuis la nuit où Noah avait disparu. Dans les petites heures du matin, après la fouille de tous les recoins du manoir et des dépendances, elle était partie seule, à cheval, à travers les bois, jusqu'à ce même promontoire d'où elle avait regardé l'océan, craignant de voir le corps de son fils flotter à la surface des vagues.

Elle crispa la mâchoire au souvenir de cette nuit atroce. Elle était terrifiée, alors, mais son besoin de retrouver son fils était tellement fort qu'elle avait bravé l'escalier branlant qui descendait à pic et menait à une plage minuscule prolongée d'un ponton abandonné.

Le vent puissant l'avait fouettée sans relâche dans le bruit assourdissant des vagues. Une main serrée autour de sa lampe torche, l'autre autour de la rampe instable, elle était descendue lentement, pas à pas, en répétant toujours la même litanie.

Mon Dieu, laissez-moi le retrouver.
Faites qu'il n'ait rien... Je vous en supplie...

— Noah !

Le hurlement avait surgi de sa gorge et s'était perdu dans le rugissement de l'océan.

— Noah ! S'il te plaît, mon bébé... Reviens voir maman... S'il te plaît...

Sur le premier palier, elle avait aspiré une grande bouffée d'air avant de poursuivre sa descente.

Elle n'avait pas le choix.

Elle *devait* retrouver son enfant.

— Noah !

Le cœur palpitant de terreur, elle avait atteint le troisième palier, pivoté de cent quatre-vingts degrés, posé le pied sur la marche suivante.

C'est alors que le bois pourri avait cédé sous son poids.

Elle avait basculé dans le vide. Son pied s'était coincé dans le trou béant et sa cheville s'était tordue.

Tentant désespérément d'attraper la rambarde, elle avait laissé échapper sa torche, qui s'était abîmée dans le vide en dessinant une spirale lumineuse.

— A l'aide ! avait-elle hurlé. Au secours !

Une nouvelle rafale de vent avait fait grincer l'escalier accroché à la paroi rocheuse.

Rassemblant toutes ses forces, elle avait fini par dégager son pied de la marche cassée. Résolue à trouver son fils, elle avait continué à descendre à pas hésitants, en se laissant guider par la rambarde.

Sa cheville la mettait au supplice, mais ce n'était rien comparé à l'autre douleur.

Elle avait passé la fin de la nuit dans la crique, recroquevillée sur elle-même pour lutter contre le froid, pleurant doucement tandis que les vagues implacables s'écrasaient sur le rivage et que tous les démons du monde riaient de son désespoir.

Au matin, la tempête s'était calmée. Sur la vedette de la police maritime qui était venue à sa rescousse, elle avait entendu des bribes de phrases qui n'avaient cessé de la hanter depuis.

« Elle a perdu la tête, la pauvre… »

« A se demander si elle pourra s'en remettre… »

« Imagine-toi… Un coup terrible… Elle est forte, d'accord, mais qui pourrait surmonter un truc pareil ? »

Des paroles de gens bien intentionnés, qui s'inquiétaient pour elle.

Sur le moment, elle les avait ignorés, convaincue qu'on retrouverait bientôt Noah quelque part sur l'île. Effrayé, affamé, mais vivant et en bonne santé.

Au cours des heures, des jours, des semaines puis des mois qui avaient suivi, son espoir avait lentement décliné. Et voilà qu'elle se retrouvait au même endroit, sans savoir si elle reverrait un jour son fils. L'escalier accroché à la falaise avait été barricadé depuis cette nuit-là ; les marches blanchies par le sel étaient encore plus branlantes qu'avant, et un panneau et une clôture dissuadaient quiconque de s'y aventurer.

Un vent frais faisait voleter ses cheveux devant son visage. Une pluie fine continuait à tomber et des nuages bas couvraient l'horizon. Elle plissa les yeux, fixant l'ouest, où le détroit se jetait dans l'océan. Quelques petites îles, à peine visibles, surgissaient çà et là comme les vertèbres d'un monstre sous-marin ; elles semblaient monter et descendre sous la force de la marée.

Son regard dériva vers l'embouchure de la baie et un

frisson la parcourut, à la pensée du jour où son frère avait péri.

Elle descendit de cheval et laissa Jasper brouter. Pourquoi avait-elle pris le chemin du promontoire ? Pour faire face à une douleur qu'elle aurait préféré oublier ? Pour détruire le bien-être fugitif qu'elle avait ressenti ?

Elle s'avança au bord de la falaise et fixa l'embouchure de la baie.

Un isthme étroit et dangereux, invisible à marée haute, entouré de courants puissants, difficile à négocier pour les navigateurs qui ne le connaissaient pas.

Un frisson la parcourut. Elle s'entoura de ses bras pour se réchauffer et revit la baie telle qu'elle apparaissait ce jour-là. C'était une journée grise. Un grain imprévu s'était subitement déchaîné sur Kelvin et ce qu'il avait de plus cher au monde : un voilier tout neuf avec lequel il faisait sa première sortie.

11

Ils étaient quatre à bord du voilier, ce jour-là : Kelvin, Jewel-Anne, Wyatt et elle.

Le ciel s'était subitement assombri et l'orage avait fondu sur eux.

— Kelvin, fais demi-tour !

Agrippée au bastingage, Jewel-Anne avait les yeux dilatés de peur, et son visage était très pâle sous la pluie battante.

— Je fais ce que je peux, cria Kelvin. Descends dans la cabine et ferme les écoutilles !

— Pour y être piégée ? Non merci !

— Jewel, s'il te plaît !

— Fais demi-tour, pleurnicha-t-elle en se cramponnant à la rambarde.

— Descends, Jewel ! répéta Ava.

Le vent hurlait et le bateau faisait de violentes embardées.

— Merde !

Kelvin manœuvrait la barre, tandis que Wyatt filait l'ancre flottante depuis la poupe pour essayer de stabiliser le bateau, mais les vagues déferlaient et, sous leurs assauts, le *Bloody Mary* tournoyait comme une toupie.

— Mets-toi en fuite ! hurla Wyatt.

Une vague monstrueuse s'écrasa sur la proue et fit tanguer le bateau de plus belle.

— Le grain avance vers la côte ! Vent arrière !

— Non ! gémit Jewel-Anne en regardant les murailles d'eau qui montaient de plus en plus haut. Fais demi-tour !

— Il faut qu'on étale !

Wyatt et Ava luttaient pour déplier la voile de cape, censée servir en cas d'orage, et qui semblait aussi défectueuse que le moteur.

— Arrêtez de discuter ! Je veux rentrer à la maison !

Jewel-Anne pleurait, à présent. Ses pieds glissaient sur le pont, tandis qu'elle tentait désespérément de se retenir au bastingage.

— On ne passera jamais la barre des rochers !

— Alors on va mourir ! hurla Jewel-Anne. On va tous mourir, même le bébé !

Elle a raison, pensa Ava. Même son enfant à naître allait mourir. Son enfant et celui de Wyatt.

— Il faut qu'on rentre !

— Même si on arrive à passer la barre et à entrer dans la baie, on ne pourra jamais se mettre à quai, annonça lugubrement Wyatt.

Sa mâchoire était crispée, son visage trempé de pluie, ses cheveux plaqués contre son crâne.

— Pour l'amour de Dieu, baissez-moi cette putain de voile ! cria encore Kelvin.

Son calme légendaire volait en éclats face à l'ampleur de la tempête.

— Reste à quatre-vingt-dix degrés !

— J'y arrive pas, bordel !

Il luttait en vain contre la roue du gouvernail. Les rochers qui gardaient l'entrée de la baie se dressaient devant eux, de plus en plus menaçants.

Une vague énorme forma une crête avant de s'abattre sur eux. L'eau glacée tourbillonna autour d'Ava, qui se cramponna au bastingage, luttant contre la nausée.

— Il faut qu'on se dépêche ! hurlait Jewel-Anne, trempée jusqu'aux os, toujours accrochée à la rambarde.

Kelvin l'ignora. Ava le vit serrer la mâchoire tandis qu'une deuxième vague faisait gîter le voilier.

— Rentrez sous le pont ! ordonna Wyatt.

— On va s'échouer ! Pour l'amour de Dieu, Kelvin ! On va tous mourir !

— Ta gueule, Jewel-Anne ! Boucle-la et pousse-toi !

Le ventre noué de terreur, Ava serra les mains autour de la rambarde et scruta l'horizon, cherchant un point de repère, une lumière, quelque chose qui puisse les guider vers la côte. La promenade, lancée sur un coup de tête, se transformait en cauchemar : Kelvin ne parviendrait pas à ramener le voilier au port sans heurter les rochers qui entouraient l'île.

— On va y passer ! cria Jewel-Anne.

Le vent continuait à hurler, le voilier à basculer d'avant en arrière.

— Mets ton gilet de sauvetage ! lui ordonna Kelvin.

— Je peux pas !

Elle était en pleine crise d'hystérie. Son visage était d'une pâleur cadavérique. Elle saisit le bras de Kelvin, puis se plia presque en deux tandis que la coque gîtait violemment.

— On va tous mourir ! gémit-elle en s'effondrant aux pieds de son cousin.

— Eloigne-la de moi ! dit Kelvin à Ava. Vite !

— Ne me touche pas ! hurla Jewel-Anne en dardant sur elle un regard noir.

— Viens, Jewel-Anne !

Mais Jewel-Anne se cramponnait comme une sangsue aux jambes de Kelvin qui tenta de se dégager d'un coup de pied, tout en luttant pour garder l'embarcation à flot.

— Emmène-la sous le pont, bordel !

— Noooon !

Ava l'attrapa fermement par le bras.

— Jewel, viens !

— Fous-moi la paix !

Jewel-Anne finit par se relever tant bien que mal, attrapa le bastingage et faillit basculer tête la première dans la mer démontée.

Wyatt se rua vers elle.

— Mets-toi à l'abri sous le pont !

Mais Jewel-Anne ne semblait pas l'entendre. D'une voix aussi calme que possible, Ava l'incita une fois encore à la suivre, tandis que le voilier gîtait follement.

— Qu'est-ce que vous foutez ? hurlait Kelvin. Descendez tout de suite !

— Pour être piégée comme un rat quand tu feras chavirer le bateau ? gémit Jewel.

— Je ne vais pas... Oh ! Et puis merde !

Il se retourna vers la barre.

— On sera plus en sécurité dans la cabine, dit Ava d'une voix tendue.

Elle peinait à y mettre de la conviction, car son propre cœur battait à tout rompre, inondant ses veines d'adrénaline.

— Menteuse !

Ava enserra le bras de sa cousine d'une main ; de l'autre, elle extirpa un gilet de sauvetage de sous un siège. Bon sang, ce que Jewel-Anne pouvait être entêtée !

— Mets ça. Vite !

Elle lui fit claquer le gilet dans la main.

— Laisse Kelvin tranquille. Il a besoin de se concentrer.

— Non !

Jewel perdit l'équilibre et s'écrasa sur le pont dans un cri de douleur.

— Il faut qu'elle dégage d'ici ! rugit Kelvin, alors qu'il négociait le creux d'une vague géante, le regard empli de terreur.

Jewel-Anne recula maladroitement, évoluant sur le pont mouillé comme un crabe renversé sur le dos. Le vent avait emporté la capuche de son ciré et elle n'avait toujours pas enfilé son gilet de sauvetage.

— Ne t'approche pas de moi, Ava ! Oh ! Mon Dieu, mon Dieu... On va mourir !

Alors Ava perdit son sang-froid. Elle se rua vers sa

cousine et, l'attrapant par le bras, la secoua de toutes ses forces.

— Jewel-Anne, calme-toi !
— Ta gueule !

Ava lui décocha une gifle puissante.

— Ressaisis-toi ! Personne ne va mourir.

Jewel-Anne la fixa d'un regard ébahi, tandis que le bateau était propulsé d'avant en arrière.

— Salope !
— Ça suffit, toutes les deux ! hurla Wyatt. Bougez-vous, nom de Dieu !

La pluie les cinglait, l'eau ruisselait à torrents sur leurs cirés. Leurs gilets de sauvetage semblaient ridicules face à cette mer furieuse et aux rochers qui n'étaient plus qu'à quelques mètres devant eux. Ava tenta de remettre Jewel-Anne debout, mais cette dernière était inerte, et le pont mouillé n'offrait aucune prise.

La peur lui donna des forces et elle réussit enfin à relever sa cousine, qui se cala près de la barre, se frottant la joue où une marque rouge était apparue.

— Sale conne ! lui lança-t-elle. C'est ta faute, tout ça !

Le voilier menaçait de chavirer à tout instant.

Jewel s'agrippa à la rambarde, le regard subitement fixé sur la mer.

— Fais gaffe, Kelvin ! Fais gaffe !

Ava suivit son regard.

Son cœur faillit s'arrêter : tout près d'eux, les rochers. Noirs. Menaçants. Coupants.

— Mon Dieu..., dit-elle dans un souffle.

Jewel-Anne se jeta sur Kelvin.

— Demi-tour ! Kelvin ! Demi-tour !
— Accrochez-vous ! cria Wyatt.

Une vague monstrueuse surplomba alors le bateau. Wyatt se jeta sur Jewel-Anne et l'attira à lui.

— Mets ton gilet !

Trop tard.

La vague déferla en un mur assourdissant.

Ava sentit ses pieds se dérober sous elle.

Sa tête s'écrasa contre le plat-bord et une douleur atroce explosa derrière ses yeux. Un torrent d'eau glacée inonda sa bouche et ses poumons, menaçant de la broyer, de l'emporter.

Le bateau gémit, trembla...

Ava refit surface, à moitié aveuglée. C'était fini. Ils ne réussiraient pas à affronter cette tempête. Elle pensa au bébé, à ce petit être à venir qui n'aurait pas de seconde chance...

Ne baisse pas les bras ! Tu n'as pas le droit !

La mâchoire crispée, le regard lugubre, Kelvin était arc-bouté contre la barre, manifestement résolu à aller jusqu'au bout de ce combat perdu d'avance. Comme si tout le reste n'existait plus.

Wyatt !

Où était donc passé Wyatt ?

Et Jewel-Anne ?

Toussant, crachant, Ava attrapa le bout d'une corde déroulée et s'y cramponna, tandis que le voilier roulait sur les vagues.

Où diable était Wyatt ? Son cœur palpitait de terreur. Le pont était inondé d'eau ; elle n'y voyait rien. Mais elle refusait de croire que son mari ait pu passer par-dessus bord. Et Jewel-Anne ? Cédant à la panique, elle se mit à hurler, tout en priant pour qu'ils ne soient pas tous les deux tombés à la mer.

Oh ! Mon Dieu, mon Dieu, mon Dieu...

— Wyatt !

Le voilier continuait à tanguer, et les rochers... les rochers étaient tout près, maintenant...

— *Wyatt !*

Le bruit atroce du roc déchirant la fibre de verre de la coque résonna à travers le voilier.

Ava crispa les mains autour de la corde.

Mon Dieu, venez-nous en aide !

Une nouvelle vague colossale tomba en cascade sur les plats-bords et le pont.

— Accrochez-vous ! hurla soudain Kelvin.

La coque se souleva, les mâts grincèrent. La quille heurta les rochers coupants et se fendit en deux avec un hurlement presque animal. La mer déferla sur les ponts, inonda les parties inférieures et entraîna la coque dans les profondeurs.

Une autre vague la souleva très haut puis, dans un déferlement sauvage, la poussa une dernière fois vers les rochers pointus.

Catapultée dans l'eau glacée, Ava sentit la mer l'avaler. La corde de Nylon enroulée autour de sa paume l'entraînait à présent au fond, vers une mort certaine.

Elle tenta désespérément de se détacher.

Allez, allez !

Ses poumons commençaient à brûler. La corde n'était pas nouée, seulement entortillée autour de sa main, mais elle n'arrivait pas à s'en libérer.

Allez, Ava, tu peux y arriver !

La brûlure de ses poumons la mettait à la torture et ses doigts lui obéissaient de moins en moins. Des débris du *Bloody Mary* tourbillonnaient autour d'elle et la corde ne faisait que se resserrer.

La panique lui déchirait le cœur.

Elle fut soudain projetée contre les rochers et sentit sa mâchoire et ses côtes se fendre contre la pierre dentelée.

Un filet de bulles d'air quitta ses lèvres.

La douleur se propagea le long de sa colonne vertébrale.

Elle parvenait à peine à réfléchir. Tous ses sens s'émoussaient, l'incitaient à lâcher prise. L'obscurité l'entourait, l'entraînait vers le fond...

Non !

Dans un dernier sursaut, elle arracha la corde, s'éraflant la peau, se cassant les ongles ; puis, comme le Nylon cédait enfin et se déroulait autour d'elle, elle battit des jambes de toutes ses forces, luttant contre le courant furieux, doutant de s'en tirer malgré son gilet de sauvetage.

Elle fit brusquement surface et réussit à remplir ses poumons d'air, juste avant qu'un nouveau brisant ne déferle sur elle. Elle se laissa alors porter par la vague, et le courant l'entraîna par-delà les rochers, dans les eaux profondes de la baie.

Au milieu des vagues et du vent, elle entraperçut les lumières de Neptune's Gate qui chatoyaient au loin, petites parcelles dorées qui luisaient dans l'obscurité.

Son cœur se serra.

Aurait-elle la force de nager jusqu'au rivage ? Il n'y avait qu'un peu plus d'un kilomètre… Mais d'abord…

Elle parcourut du regard la surface moutonneuse de la mer, à la recherche de Wyatt, Jewel-Anne et Kelvin.

Ils étaient forcément vivants !

Ils avaient des gilets de sauvetage, eux aussi.

— Hé ! hurla-t-elle.

Sa voix fut emportée par la tempête. Les débris du *Bloody Mary* dansaient sur les vagues, mais elle ne vit aucun signe des autres.

Mon Dieu, je vous en supplie… Wyatt…

Sa gorge se noua, tandis qu'une vague puissante et glacée la poussait vers la côte.

Elle retint sa respiration, fit le vide dans son esprit. Elle ne devait pas penser que son frère, sa cousine et son mari étaient peut-être perdus. Qu'elle était peut-être la seule survivante. A supposer qu'elle s'en sorte…

— Hé !

Une main agrippa son bras, la faisant violemment sursauter.

Elle laissa échapper un cri de surprise, brusquement ramenée au présent.

Austin Dern la fixait d'un regard noir, sa main était serrée autour de son bras comme s'il comptait ne jamais le lâcher.

Et il avait l'air sacrément en rogne.

12

— Qu'est-ce que vous faites là ? demanda Ava.
Elle se dégagea et recula d'un pas.
— Attention ! s'exclama Dern en lui saisissant de nouveau le bras.

Elle n'était qu'à une trentaine de centimètres du bord du précipice et une bouffée d'adrénaline inonda ses veines lorsqu'elle vit les vagues qui s'écrasaient cinquante mètres plus bas. Perdue dans ses souvenirs, elle s'était inconsciemment avancée vers le bord. Il aurait suffi d'un ou deux pas supplémentaires pour…

— Mon Dieu…, dit-elle dans un souffle. Je n'avais pas…

Les battements de son cœur résonnaient dans ses oreilles. Et si Dern n'était pas arrivé ? Et si elle avait fait un pas de plus ?

Se rendant compte qu'elle retenait sa respiration, elle expira bruyamment, repoussa la main de Dern et s'éloigna vers les chevaux. Ils étaient deux, à présent : Jasper et une jument alezane du nom de Cayenne. Ils broutaient l'herbe éparse et leurs brides faisaient des petits bruits de ferraille.

— Et vous, qu'est-ce que vous faites là ? demanda Dern.
— Je réfléchissais.
— Vous ne pourriez pas choisir un endroit un peu moins dangereux ?

Ava s'éclaircit la gorge.

— J'avais envie de faire une balade pour prendre l'air, et...

Mais pourquoi se justifiait-elle ? En quoi cela le regardait-il ?

— Et vous ? reprit-elle, sans chercher à cacher son exaspération.

— Un de mes chevaux avait disparu. Le chien m'a guidé jusqu'ici.

Il indiqua du pouce Rover, qui fouinait dans les buissons, puis planta ses yeux dans les siens.

— Et apparemment, ce n'était pas une mauvaise idée...

— Je vais très bien, merci.

— Ah oui ? fit-il en levant un sourcil dubitatif.

— Je vous assure...

Elle s'était peut-être aventurée un peu trop près du bord de la falaise. N'empêche que l'attitude de ce type lui déplaisait de plus en plus !

— Je n'ai pas besoin qu'on me sauve la vie tous les jours, vous savez.

Puis, en proie à une pensée désagréable, elle ajouta :

— Ne me dites pas que mon mari vous a engagé pour jouer les... les baby-sitters... ou les gardes du corps ?

— Ecoutez, j'étais juste à la recherche d'un cheval qui avait disparu. Je ne me doutais pas que ce serait aussi compliqué.

Ava sentit la colère bouillonner en elle.

— Je ne sais pas ce qu'on vous a raconté, mais je n'ai pas besoin qu'on me surveille !

— Si vous le dites, soupira Dern sans conviction. Je vous laisse ramener Jasper. Et la prochaine fois, pensez à me laisser un mot.

— Je vous ai cherché quand j'ai sellé Jasper, mais je ne vous ai pas trouvé. Cela dit, je vois mal pourquoi j'aurais besoin de votre permission pour sortir mon propre cheval.

Dern garda le silence, mais ce qu'il pensait se lisait sur sa figure : à savoir qu'elle avait carrément besoin d'une autorisation pour partir seule à cheval. Qu'elle ne contrôlait plus rien. Qu'elle était complètement cinglée.

— Vous avez une grande propriété, Ava. Je ne peux pas être toujours dans l'écurie ou la grange, mais j'ai un téléphone portable. Si vous me prévenez, je pourrai même vous préparer votre cheval.

— Je suis parfaitement capable de le seller toute seule. Et les yeux fermés !

Avant qu'il ait pu répondre, elle ajouta :

— Je vais vous dire comment je vois les choses. C'est *ma* maison, *mon* domaine et *mon* cheval. Je n'ai donc rien à demander à personne !

— Je dis juste que…

— J'ai entendu, Dern !

Elle attrapa les rênes de Jasper, sauta en selle et partit au trot, plantant là son nouvel employé.

Décidément, ça ne se passait pas bien avec sa nouvelle patronne, songea Austin, déconfit. Pas bien du tout.

Or, il était censé se rapprocher d'elle.

Il la regarda s'éloigner, raidie par la colère, ses fesses s'arrondissant un peu tandis qu'elle se penchait sur l'encolure du cheval pour le lancer au galop.

Arrachant son regard de cette partie de son anatomie, il se frotta la nuque. Cette femme était une calamité et lui, il venait de commettre un gros impair. Elle n'était apparemment pas fan des preux chevaliers accourant en cas de danger. Ce qui pouvait se comprendre. Lui-même ne se sentait pas très à l'aise dans ce rôle.

Il poussa un long soupir. Le vent se levait, la pluie menaçait de se remettre à tomber, mais il restait figé sur place, ses pensées arrimées au mystère que constituait Ava Garrison.

Comment était-elle, dans l'intimité ? Faisait-elle encore

l'amour avec son goujat de mari ? Il y avait quelque chose qui clochait entre eux, c'était clair.

Mais qu'est-ce que ça pouvait lui faire, après tout ?

Cette femme ne lui était même pas sympathique. Et d'après ce qu'il avait entendu, quand elle n'était pas en dépression nerveuse, elle pouvait se comporter comme une sacrée garce.

Il devait pourtant admettre la puissance de l'attraction qu'elle exerçait sur lui.

Quel idiot ! Il ne pouvait se permettre de s'intéresser à une femme en ce moment, et Ava Garrison était triplement défendue : mariée, désaxée et réputée pour son caractère impossible.

Le jeu n'en valait certainement pas la chandelle.

Sauf qu'il était incapable de lutter.

Quand il l'avait repêchée dans la baie, à moitié évanouie, trempée, tout allait bien. Elle était belle, d'accord, mais vulnérable. En manque d'attention. Autrement dit, pas du tout son genre. La nouvelle Ava, en revanche, celle qui venait de lui passer un savon…

Son défaut, c'est qu'il ne savait pas refuser un défi. Or, celui qu'elle venait de lui lancer était de taille.

Il suivit du regard sa silhouette qui s'éloignait vers les bois. Elle semblait parfaitement à l'aise sur sa monture ; elle ne mentait pas quand elle disait s'y connaître en chevaux.

Pourquoi était-il si attiré par elle, et en si peu de temps ?

Ce n'était pas seulement son physique, ni ses yeux expressifs, incroyablement subtils. Ce n'étaient pas ses lèvres charnues, ses dents légèrement imparfaites, ses cheveux mouillés par la pluie, les petites mèches échappées de sa tresse qui frisottaient sur sa nuque… En dépit de sa minceur extrême, elle avait gardé un corps d'athlète, de coureuse, avec des hanches étroites, des petits seins et des jambes interminables. Il avait vu des photos d'elle datant de quelques années, avant la perte de son fils : elle était à peu près la même, en moins maigre.

Il savait, d'après ses recherches, qu'elle avait fait de l'athlétisme pendant ses études, et couru au moins un marathon lorsqu'elle avait une vingtaine d'années.

Il avait parlé à des gens qui avaient travaillé avec elle. Certains mots étaient revenus souvent pour la décrire.

Résolue.

Perfectionniste.

Dénuée de scrupules.

Rien à voir avec la femme brisée qu'il avait sortie des eaux glacées de la baie. Pour un peu, il aurait cru avoir affaire à deux personnes différentes : la somnambule perturbée et la femme d'affaires intraitable et tranchante.

Quand il avait brutalement interrompu sa rêverie pour l'écarter du bord de la falaise, elle l'avait dévisagé avec insolence, ses beaux yeux gris brillants de colère. Et il devait bien reconnaître que cette femme-là l'intéressait beaucoup plus.

Il s'efforça de chasser Ava Garrison de ses pensées et revint à la réalité. Il était seul sur le promontoire, sous le vent qui faisait moutonner l'océan et battait les arbres à la lisière de cette crête dégagée. Il avait trouvé le cheval manquant et n'avait plus qu'à rentrer.

Mission accomplie...

Du moins pour aujourd'hui.

Il grimpa en selle et, du haut de sa monture, se tourna de nouveau vers la mer, se demandant ce qu'Ava Garrison regardait tout à l'heure avec tant d'intérêt. Les eaux vert sale s'engouffraient dans l'embouchure de la baie, recouvrant cette barre dissimulée, dont les autochtones parlaient avec tant de crainte et de respect. Une poignée de rochers marquait son emplacement, minuscules îles sombres pointant la tête au milieu des vagues déchaînées.

Pourquoi Ava fixait-elle cet endroit avec une telle

intensité ? Ils n'avaient, a priori, rien à voir avec la disparition de son enfant.

Oh… Sans doute ces rochers étaient-ils liés à la mort de son frère…

Il en avait entendu parler. Kelvin Church était décédé dans un naufrage auquel elle-même n'avait survécu que de justesse. Son fils était venu au monde quelques jours plus tard. Et c'était à la suite de ce naufrage que Jewel-Anne s'était retrouvée en fauteuil roulant.

Il siffla le chien. Les deux grands drames de la vie d'Ava Garrison s'étaient-ils confondus dans son esprit ? A quel point cette confusion contribuait-elle à son instabilité psychologique ? Aujourd'hui, pourtant, elle lui avait paru lucide, suffisamment pour le remettre à sa place.

Mais quels maelströms d'émotions se déchaînaient en elle ?

Reprenant le chemin de Neptune's Gate, il ajusta la ceinture de son jean. Cachée sous son blouson et sa chemise, son arme au métal froid lui rappela qu'il n'avait pas beaucoup de temps. Ava était furieuse contre lui et ferait tout pour l'éviter. Cela lui laissait un peu de battement et, puisqu'il faisait encore jour, rien ne s'opposait à un changement de plan. Il tira sur les rênes de la jument pour l'engager sur un chemin qui s'enfonçait dans les bois et rejoignait l'ancienne route, à présent envahie par la végétation, de l'asile psychiatrique, au sud de l'île.

Il était temps pour lui de retourner à Sea Cliff.

Au petit galop dans les bois humides, respirant les senteurs de terre mouillée et d'air marin, Ava tentait de chasser de son esprit le visage consterné d'Austin Dern. Qu'est-ce qui lui avait pris de la suivre ?

Il t'a quand même sauvé la vie, non ?
Peut-être…
Elle n'était pas persuadée d'avoir risqué sa vie, mais

comment le savoir ? Si elle était tombée de la falaise et s'était noyée, les habitants de Neptune's Gate auraient secoué la tête avec tristesse en murmurant qu'elle avait sans doute décidé d'en finir.

Ne laisse pas ta paranoïa prendre le dessus !

Dern l'avait retrouvée sur le promontoire, mais cela ne voulait pas dire qu'il la suivait. Ni que Wyatt l'avait embauché pour la garder à l'œil.

Sortant des bois, elle tourna son regard en direction de Sea Cliff, et ne put s'empêcher de se demander si la silhouette qu'elle avait aperçue un peu plus tôt était celle d'Austin Dern.

Qu'aurait-il fabriqué là-bas ? C'est un cow-boy, Ava. Rien de plus. Son seul tort, c'est d'avoir essayé de te protéger contre toi-même.

Plissant les yeux pour y voir à travers la bruine, elle arrêta son cheval et fixa la forteresse de béton qui se dressait au loin. A cet instant, un hurlement s'éleva dans l'air et la glaça.

Un coyote, Ava... juste un coyote...
Rien de plus.

Il n'y avait personne sur le chemin de ronde.

— Idiote !

Elle se pencha sur l'encolure de Jasper.

— A la maison, mon grand.

Le cheval ne se le fit pas dire deux fois.

Tandis qu'ils approchaient du ruisseau, Ava le vit dresser les oreilles, quitter le sentier qui descendait progressivement vers l'eau et bifurquer vers une berge plus abrupte. D'instinct, elle lâcha les rênes ; l'instant d'après, Jasper contracta tous ses muscles, bondit par-dessus l'eau et atterrit sur l'autre rive dans un bruit sourd.

Dès que ses sabots touchèrent la terre ferme, il repartit au galop et Ava le laissa courir à bride abattue. Mais le bonheur qu'elle avait éprouvé à l'aller s'était envolé. Son humeur s'était assombrie ; les peurs et les soucis l'écrasaient de nouveau. Comme elle avait été naïve de croire qu'elle pouvait leur échapper !

En approchant de la maison, elle reprit la bride et leva les yeux vers la fenêtre de la chambre d'amis. Les stores étaient maintenant ouverts.

Graciela avait dû y entrer pour faire le ménage.

Elle scruta les vitres sombres, mais ne put rien distinguer de l'autre côté.

Avec l'impression tenace d'être observée, elle ramena Jasper vers l'écurie. Les rênes à la main, elle déverrouilla la série de portails qui menait à l'entrée du bâtiment. Elle ne put s'empêcher de lancer à plusieurs reprises un regard par-dessus son épaule, espérant un peu voir la silhouette d'Austin Dern apparaître à la lisière des bois.

Se moquant d'elle-même en silence, elle défit la bride, la selle et la couverture, puis brossa Jasper et lui donna une ration supplémentaire d'avoine.

— Tu l'as bien méritée, murmura-t-elle en lui grattant le front.

Le cheval s'ébroua, dispersant les flocons avant de les aspirer de nouveau.

— On se refera ça bientôt, mon grand.

Après avoir vérifié que les chevaux avaient tous de l'eau, elle éteignit les lumières et quitta l'écurie.

A peine avait-elle posé ses bottes dans la véranda et traversé la cuisine en direction de l'escalier principal que Jewel-Anne l'interpellait :

— Alors comme ça, on se balade à cheval ?

La poisse... Pourquoi n'avait-elle pas pris l'escalier de service ?

A moins d'être carrément impolie et de faire semblant de n'avoir pas entendu, elle ne pouvait l'éviter.

La mort dans l'âme, elle s'avança donc en chaussettes vers l'entrée du séjour. Un vieux film en noir et blanc passait à la télévision, éclairant de ses lueurs la pièce sombre. Les sourcils haussés au-dessus de la monture de ses lunettes, Jewel-Anne observa son blouson mouillé et ses cheveux décoiffés. Elle avait une poupée à côté d'elle et ses aiguilles à tricoter cliquetaient à toute vitesse. Entre ses doigts, un camaïeu de fils roses se transformait en un minuscule objet tricoté, sans doute un pull.

Ava détacha l'élastique de ses cheveux.

— Ça m'a fait du bien, répondit-elle simplement.

— De faire du cheval sous la pluie ?

— C'est plutôt de la bruine, corrigea Ava en secouant la tête pour dénouer sa tresse.

— Ça mouille quand même, non ?

Ne te laisse pas entraîner dans une dispute stupide. Elle est invalide. Tu ne sais pas ce que ça fait, d'être piégé dans un fauteuil roulant...

— Tu as vu quelqu'un pendant ta balade ?

Ava était sur le point de lui dire qu'elle avait croisé Austin Dern, puis comprit brusquement que sa cousine faisait allusion à Noah. L'instant d'après, Jewel-Anne tournait vers elle un regard angélique : le sourire qui incurvait ses lèvres ressemblait à s'y méprendre à celui de sa poupée.

Arrête. Ton imagination te joue des tours.

Cette vision lui glaça néanmoins le sang.

— Non, personne, mentit-elle.

— Ah, attends, Janey... Tu n'y vois rien...

Jewel-Anne repositionna sa poupée pour orienter son regard sans vie vers les lueurs bleutées de la télévision.

— C'est mieux, non ? demanda-t-elle à la poupée, avant de se remettre à tricoter.

Hou là... Elle m'en veut à cause de l'accident qui l'a handicapée et qui a coûté la vie à Kelvin, mais là, ça devient vraiment bizarre.

Elle commençait à regagner le couloir, quand la voix de sa cousine s'éleva de nouveau.

— Je me disais que tu avais peut-être croisé Dern.

— Dern ? répéta Ava.

Clic, clic, clic, firent les aiguilles à tricoter.

— Il est sorti à cheval juste après toi. Je l'ai vu partir. Simon aussi, d'ailleurs.

Elle arracha brièvement son regard à la télévision.

— Je me disais qu'il t'avait peut-être suivie.

— Qu'est-ce que tu sais de ce type ?

Jewel-Anne cessa de tricoter et réfléchit.

— Je crois qu'il a été présenté à Wyatt par une connaissance. Genre l'ami d'un ami, qui lui aurait parlé d'un emploi qui se libérait.

Clic, clic, clic.

— Tu n'as qu'à lui poser la question, ajouta-t-elle.

— C'est déjà fait.

— Alors ?

— Il m'a dit que Dern avait travaillé pour un client du cabinet.

— Eh bien, voilà ! fit Jewel-Anne avec un sourire hypocrite.

— Je me demande bien lequel.

— Qu'est-ce que ça peut faire ? Evidemment, si tu ne fais pas confiance à ton mari…

— Je n'ai pas dit ça. C'est juste que… j'ai l'impression d'avoir déjà vu ce Dern quelque part.

— Comment ça ?

— Je n'arrive pas à mettre le doigt dessus. J'ai l'impression que… que je l'ai déjà rencontré… Ou alors il me rappelle quelqu'un…

— Tu n'as qu'à lui poser la question, suggéra Jewel-Anne en la regardant fixement. Sauf s'il te fait peur.

— Peur ? Mais pas du tout !

— Je me disais, aussi… Tu es un peu désorientée, c'est tout.

Ava ne réagit pas. A quoi bon ? Sa cousine adorait les tactiques perverses en tout genre et passait son temps à la provoquer. Ce qui ne manquait jamais de raviver chez elle le sentiment de culpabilité qui la rongeait depuis l'accident du *Bloody Mary*.

Jewel-Anne avait des raisons d'être amère. Tandis qu'elle-même s'en était sortie, cette dernière avait ricoché sur les vagues comme une poupée de chiffon, et fini par s'écraser sur les rochers, la colonne vertébrale irrémédiablement abîmée ; Wyatt, excellent nageur, l'avait sauvée in extremis.

Ava n'était pas du tout à l'aise en sa compagnie, mais elle n'avait pas le cœur d'exiger qu'elle quitte Neptune's Gate.

« Tu es complètement folle ? avait rétorqué Jewel-Anne, la dernière fois qu'elle avait abordé le sujet. Où veux-tu que j'aille ? Dans une institution ? Ça te faciliterait la vie, pas vrai ? Tu n'aurais plus à me voir... Plus à y repenser... »

Puis elle avait manié les commandes de son fauteuil et s'était éloignée à toute vitesse vers l'ascenseur.

Wyatt, qui était présent pendant la discussion, lui avait alors lancé un regard de reproche. Il avait beaucoup insisté pour que Jewel-Anne continue à vivre au manoir. Ce qui ne lui coûtait guère, soit dit en passant : étant absent la majeure partie du temps, il n'avait pas à la supporter et adressait rarement la parole à Demetria, l'infirmière acariâtre qui fourrait sans cesse son nez dans les affaires d'autrui. Demetria était censée permettre à Jewel-Anne de développer une plus grande indépendance, mais Ava avait l'impression que c'était plutôt le contraire qui se produisait.

Après le naufrage, elle ne s'était pas opposée au retour de sa cousine dans la maison familiale. Noah était né quelques jours à peine après la mort de Kelvin et il accaparait alors toute son attention. Elle n'avait pas songé, quand sa cousine était sortie de l'hôpital, à refuser de l'accueillir avec son infirmière. La maison était bien assez grande. Et puis, elle estimait avoir une part de responsabilité dans le naufrage, puisque c'était elle qui avait eu l'idée de la sortie en voilier. Comme Jewel-Anne ne cessait depuis de le lui rappeler.

Au départ, on espérait qu'elle recouvrerait l'usage de ses jambes, ce que les médecins n'avaient jamais exclu. Mais au bout de cinq années ou presque sans amélioration tangible, cet espoir s'était évanoui, et Jewel-Anne semblait installée pour toujours à Neptune's Gate.

Ava essayait de ne pas lui en vouloir, mais son attitude provocatrice, voire agressive, ne lui facilitait pas la tâche. Il fallait reconnaître, cependant, que Jewel-Anne se contentait de peu : ses horribles poupées, sa collection de disques d'Elvis, dont certains qu'elle écoutait sur une ancienne platine que Jacob avait descendue du grenier, les vieux films qui passaient à la télévision. Quand elle ne faisait pas ses exercices de rééducation avec Demetria, elle passait son temps à lire des journaux, des magazines, des blogs sur la vie des célébrités. Elle adorait aussi les émissions de télé-réalité. Tous les deux ou trois mois, elle prenait le ferry pour aller se faire faire une coupe et une coloration chez Tanya, et en profitait pour se mettre au courant des derniers ragots.

Ava se demandait parfois si les deux femmes parlaient d'elle pendant ces séances, mais elle avait décidé de ne pas trop s'inquiéter. Tanya avait tendance à exagérer pour pimenter ses anecdotes, mais c'était une amie fidèle et digne de confiance. Contrairement à Jewel-Anne.

Chez sa cousine, toutes les occasions étaient bonnes pour la blesser. Surmonterait-elle un jour son ressentiment au sujet du naufrage ? Cesserait-elle de l'en tenir pour responsable ?

Probablement pas. Le grand plaisir de Jewel-Anne était d'apparaître brusquement au détour d'un couloir, la faisant sauter au plafond ou manquant l'écraser avec son fauteuil roulant. Tantôt elle jouait l'enfant espiègle, comme si elle avait encore onze ans, tantôt elle se métamorphosait en femme calculatrice et manipulatrice.

Mais c'était surtout une menteuse.

De cela, Ava était certaine.

13

— J'ai l'impression qu'on n'a plus grand-chose à se dire…

Assise près de la fenêtre du grand séjour, Ava regrettait déjà de ne pouvoir ressortir au grand air. Dehors, la nuit tombait. Des tiges sombres se découpaient devant la vitre, restes des luxuriantes fleurs d'hortensia de l'été passé. Evelyn McPherson était installée dans un fauteuil, près de la cheminée.

— Il y a quelques jours, vous avez eu une nouvelle hallucination, dit-elle de cette voix douce et cependant autoritaire qui tapait sur les nerfs d'Ava.

— Ce n'était pas une hallucination. J'ai vu mon fils !

Evelyn hocha la tête sans déplacer un cheveu de sa coiffure parfaite.

— Il paraît que vous refusez aussi de prendre vos médicaments.

— Qui vous a dit ça ?

— Ou que vous les jetez dans les toilettes.

— Est-ce que tous les habitants de cette maison participent à une opération secrète pour m'espionner ?

— Non. Ils s'inquiètent pour vous, c'est tout.

— Au point de compter mes comprimés, de noter tout ça et de venir cafarder auprès de vous… ou de mon mari, peut-être ?

Ava soupira et tourna son regard vers les flammes.

— Je n'ai plus envie de tout ça, Evelyn.

— Vous voulez dire…

— Ces séances. Les médicaments. Tous ces gens qui m'observent comme si j'étais une bête de foire.

Elle se leva et présenta l'arrière de ses mollets au feu. Debout, elle se sentait plus forte. Elle en profita pour étudier de haut son interlocutrice, qui semblait incarner tout ce qu'elle avait été et qu'elle avait perdu. Les cheveux d'Evelyn étaient noués en un chignon qui mettait en valeur les traits parfaits de son visage sans rides. Sa veste, sa chemise et sa jupe, de différents tons de gris, étaient elles aussi dénuées du moindre pli. Elle portait un foulard rose et noir, des bottes de cuir et un cartable assorti à son sac à main.

Ava coula un regard vers son propre reflet dans le miroir : aucun maquillage, des cheveux qui portaient encore la marque des tresses, un jean et un sweat-shirt trop grands d'une taille.

Autrefois, elle ressemblait à Evelyn McPherson.

Du moins était-elle le même genre de femme, mais en version combattive. Pas de sourires doux et patients chez Ava Church, connue dans les milieux financiers comme une dure à cuire.

— Vous êtes partie faire une promenade à cheval, tout à l'heure…

— Oui.

— Toute seule.

— Qui vous l'a dit ?

Evelyn secoua la tête, signifiant par ce geste qu'elle ne répondrait pas et Ava sentit sa colère devenir incandescente.

— Excusez-moi, lança-t-elle entre ses dents. Je ne savais pas que les balades à cheval étaient interdites.

— Je m'inquiète pour vous, c'est tout.

L'expression de son visage était presque convaincante, et pourtant Ava ne réussit pas tout à fait à la croire.

— Je vous suis reconnaissante d'avoir essayé de m'aider, Evelyn. Mais c'est fini. On en reste là. Je vais me débrouiller seule.

— Le déni est un signe de...
— Paranoïa ? Schizophrénie ? Vous savez quoi ? Je m'en fiche !
— Ava...
— Vous ne m'écoutez pas ! Je suis peut-être folle. C'est possible...

Avant qu'Evelyn ait pu l'interrompre, elle leva un doigt, lui intimant le silence.

— ... mais c'est mon problème et, à partir de maintenant, je vais m'en charger.

Evelyn fronça les sourcils.

— Vous n'avez plus aucune obligation envers moi, ajouta Ava en tournant son regard vers la fenêtre.

A cet instant, on frappa à la porte entrouverte.

— J'espère que je ne dérange pas ? dit Khloé en entrant dans la pièce. La porte n'était pas fermée...

Elle portait une théière et deux tasses sur un plateau.

— Ne vous inquiétez pas, Khloé, lui répondit calmement Evelyn. On avait presque fini, de toute façon.

Ava eut l'impression — et ce n'était pas la première fois — de se retrouver dans un thriller des années cinquante où tout le personnel complote, écoute aux portes, apporte du thé pour pouvoir espionner de plus près...

Est-ce que Khloé, sa vieille copine de lycée, ne venait pas d'échanger un regard de connivence avec la psychiatre ?

C'était franchement sinistre !

A moins que ce ne soit de la paranoïa ? Et si Evelyn avait raison ?

Khloé se glissa dans la pièce et posa le plateau sur la table basse.

— Je pensais que vous auriez envie de boire quelque chose de chaud.

Elle remplit une première tasse.

— Pas pour moi, merci, dit Ava.

Evelyn McPherson entoura de ses mains la tasse fumante.

— Tu es sûre ? demanda Khloé.

— Tu sais que je n'aime pas le thé.

Sauf de temps en temps avec Cheryl, l'hypnotiseuse.

— Je ne prends que du café. Et au temps du lycée, je buvais du Coca Light comme si c'était de l'eau. Tu t'en souviens ?

— Ça remonte à loin, commenta placidement Khloé. Tu veux que j'aille t'en chercher ? Maman a un carton de canettes dans la…

— Non.

Le ton, froid, figea Khloé tout net. Ravalant sa colère, Ava s'efforça de reprendre plus calmement.

— J'aimerais juste qu'on me traite comme un être humain *normal*. C'est possible, à votre avis ?

— Bien sûr, dit Evelyn d'une voix égale.

— Tu n'as jamais été « normale », fit remarquer Khloé.

Un sourire presque imperceptible flottait sur ses lèvres. L'espace d'un instant, Ava crut revoir la fille qu'elle avait connue des années auparavant, quand leurs seuls soucis dans la vie étaient de trouver un cavalier pour le bal de fin d'année et un moyen de quitter Anchorville.

Khloé ramassa le plateau.

— J'en ai assez ! reprit Ava. Je ne veux plus qu'on prenne des gants pour me parler, qu'on déboule dans ma chambre sans y être invité, qu'on insiste pour que je déjeune alors que je n'ai pas faim et ainsi de suite. Rien qu'une fois, j'aimerais… je ne sais pas… faire la grasse matinée, par exemple. Je ne veux plus qu'on vienne sans arrêt me demander si j'ai bu mon jus d'orange, si j'ai pris mes médicaments. Je veux qu'on me fiche la paix !

— Ava…, commença Evelyn sur un ton de reproche.

— Non, l'interrompit Khloé, il n'y a aucun problème. Tu as raison, Ava. Je comprends.

Leurs regards se croisèrent, et ce fut pour Ava comme si elle voyait vraiment son amie, pour la première fois depuis dix ans.

— Tant mieux.

Khloé hocha la tête, puis quitta la pièce.

Ava reconnaissait à son entourage le droit de s'inquiéter pour elle, bien sûr, mais elle était en voie de guérison. Elle le sentait. Et il était hors de question de continuer à avaler ces maudits médicaments.

Laissant Evelyn siroter sa tasse de thé, elle emboîta le pas à Khloé, qui disparaissait déjà dans la cuisine. Au lycée, elles avaient été inséparables. Elles s'étaient parfois disputées. Khloé avait mis un moment à lui pardonner son aventure avec Mel LeFever, mais elles avaient surmonté l'incident et fêté la fin de leurs études ensemble. Même si Ava se rappelait encore la soirée où Khloé l'avait accusée de lui avoir piqué le seul garçon auquel elle tenait vraiment.

Tout cela avait changé, évidemment, quand Khloé était tombée follement amoureuse de Kelvin. Mel LeFever avait vite été relégué au rang de lointain souvenir.

Khloé et Kelvin... Ils se surnommaient « le Double K ». Quelques mois avant sa mort, Kelvin avait offert à Khloé une bague de fiançailles. Ava avait à peine eu le temps de se réjouir que le naufrage était survenu, puis la naissance de Noah. Et plus rien n'avait été comme avant.

Après les obsèques de Kelvin, Khloé, brisée, avait quitté l'île pendant quelques mois. Quand elle était revenue, Wyatt l'avait engagée comme nurse pour Noah. A l'époque, Ava n'était pas persuadée que ce soit une bonne idée. Kelvin n'était plus là et Khloé semblait vouloir prendre ses distances, peut-être à force d'entendre les divagations venimeuses de Jewel-Anne. Leur amitié en avait souffert. Mais Wyatt avait fait la sourde oreille.

« Ça va lui faire du bien de sentir qu'elle fait toujours partie de la famille », avait-il argué.

Ce jour-là, ils attendaient le ferry dans la voiture de Wyatt, qui tapotait des doigts sur le cuir du volant, au rythme d'une chanson qui passait probablement dans sa tête. Ava regardait fixement devant elle. Il faisait un grand soleil ; des rayons éblouissants dansaient sur l'eau de la baie émaillée de bateaux de pêche et de plaisance. Ils avaient baissé les vitres pour laisser entrer une brise rafraîchissante, et un parfum d'embruns se mêlait à celui de la carrosserie neuve.

Noah, attaché dans son siège bébé, gazouillait et Ava s'était retournée pour caresser sa joue veloutée.

— Hé, avait-elle chuchoté, ça va, mon grand ?

Elle n'avait jamais été aussi heureuse.

— Un peu d'aide avec le bébé ne te ferait pas de mal.

— Ce n'est pas le rôle du père ?

— Eh bien, avait rétorqué Wyatt en lui caressant le bout du nez, ce père est souvent en déplacement. Et ça va continuer jusqu'à ce que j'arrive à convaincre mes associés de me laisser passer le plus clair de mon temps au bureau d'Anchorville.

— Qu'est-ce que tu attends ? Tu es avocat, tu dois pouvoir trouver de bons arguments.

Wyatt était parti d'un éclat de rire, ce rire profond qui plaisait tant à Ava.

— Eux aussi, ils sont avocats, ma chérie.

— Tu veux dire qu'ils voient clair dans ton jeu ?

— Je te demande juste d'y réfléchir, Ava. A mon avis, on y gagnerait tous.

— Je ne sais pas. Khloé n'est pas formée pour s'occuper d'enfants.

— Elle n'a pas de formation professionnelle, c'est vrai… mais nous non plus.

Il lui avait décoché un sourire irrésistible avant de poursuivre :

— Elle est l'aînée de six enfants et elle a passé toute son adolescence à aider Virginia avec les petits.

— Tu crois vraiment qu'on a besoin d'une nurse ?

Wyatt lui avait lancé un sourire oblique. Devant eux, le ferry entrait au port en soulevant des bouillons dans l'eau de la baie.

— On a besoin de temps pour nous, Ava. Et puis, il

va bien falloir donner à Noah un petit frère ou une petite sœur, non ?

— Un jour, oui, avait-elle répondu en souriant malgré elle.

— Le plus tôt sera le mieux. Tu sais aussi bien que moi que ces choses-là prennent du temps.

Il avait haussé les sourcils d'un air suggestif.

— On devrait peut-être s'y mettre dès ce soir ?
— Tu rêves !

Mais elle avait éclaté de rire, tandis que Wyatt guidait la voiture vers le pont du ferry. Pendant la traversée, elle s'était laissé fléchir.

Moins de quinze jours plus tard, Khloé travaillait pour eux, ainsi que sa mère, Virginia. Au bout d'un moment, elle avait commencé à fréquenter d'autres hommes, puis elle avait épousé Simon Prescott. Simon s'était installé sur l'île avec elle et, pendant quelques mois, la situation était redevenue presque normale.

Puis l'impensable s'était produit.

A Noël, Noah avait disparu.

Khloé, restée stable et fiable alors que la vie d'Ava volait en éclats, l'avait prise en charge.

Sa souffrance était telle qu'elle ne s'en était même pas rendu compte. Elle se rappelait seulement avoir passé des heures à pleurer dans les bras de son amie. Wyatt, lui-même effondré, avait été incapable de lui venir en aide. C'est ainsi qu'elle avait sombré progressivement dans un état que personne n'avait voulu qualifier, mais qui était caractérisé par des hallucinations et une perte de contact avec la réalité.

— Madame Garrison ? appela une voix bourrue.

Sur le point d'arriver au premier étage, Ava se retourna : Austin Dern était au pied de l'escalier.

— Je crois que c'est à vous.

Il tenait son téléphone dans sa main.

— Vous avez dû le faire tomber dans les bois.

— Ah ! Merci…

Elle ne s'était même pas aperçue qu'elle l'avait égaré. Elle redescendit l'escalier.

— Merci, répéta-t-elle.

Elle récupéra son téléphone, commença à remonter les marches, puis s'arrêta.

— Vous m'avez sauvé la vie à deux reprises, alors je crois que vous pouvez m'appeler Ava.

Il fronça les sourcils. Elle tenta de rester insensible à son aura de cow-boy sexy : sa mâchoire ombrée de barbe, sa peau tannée par le soleil, les fines pattes-d'oie qui marquaient le coin de ses yeux, sa silhouette déliée, son jean délavé, sa chemise à carreaux…

Leurs regards se croisèrent. L'espace d'un instant, elle se rappela le contact de son corps, quand il l'avait sauvée de la noyade.

— D'accord… Ava.

Elle croisa de nouveau son regard et ce qu'elle y lut était à la fois troublant et effrayant. Cet homme n'avait pas l'air de renoncer facilement aux objectifs qu'il s'était fixés…

La gorge nouée, elle recula et faillit trébucher sur la marche. Puis elle remonta précipitamment au premier étage et alla s'enfermer dans sa chambre. En fermant la porte derrière elle, elle sentit la tête lui tourner et ses joues s'embraser. Sans doute de l'hypoglycémie. Sûrement pas une réaction due à sa rencontre avec Austin Dern, en tout cas ! Il n'était pas du tout son genre.

Ah oui ? C'est quoi, alors, ton genre, en ce moment ? En as-tu seulement la moindre idée ?

Elle chassa ces questions importunes, sortit son ordinateur et ses notes du placard, et s'installa à plat ventre sur son lit. Pendant que la machine démarrait, elle tira ses cheveux en arrière et les attacha en queue-de-cheval.

Avant qu'elle ait pu commencer à travailler, on frappa doucement à la porte. L'instant d'après, la porte s'entrebâilla et une main se glissa par l'ouverture. Une main féminine qui tenait une canette de Coca Light.

Ava faillit éclater de rire.

Khloé passa alors la tête dans la chambre, puis entra.

— Je l'ai trouvée dans un coin du frigo. Ne le dis pas à maman, elle serait capable de piquer une crise.

Elle s'avança vers Ava et lui tendit la canette.

— Merci !

— Ava… Je sais que l'ambiance n'est pas au top, dans la maison et… parfois, je me dis qu'on ferait mieux, tous autant qu'on est, de quitter l'île et de repartir de zéro. Mais je sais aussi que c'est impossible. Et que ça va aller mieux.

— Tu veux dire que *moi*, je vais aller mieux ?

— Je veux dire qu'on va tous aller mieux.

Elle tourna son regard vers la fenêtre, comme en proie à une tristesse subite.

— Je dois y aller. Simon va bientôt rentrer.

Elle jeta un œil à sa montre et ajouta :

— Hou là, je suis en retard ! Souhaite-moi bon courage.

— Bon courage.

— Hé ! Tu ne peux pas faire attention ? s'écria Khloé en sortant dans le couloir. Qu'est-ce que tu fiches là ?

Ava reconnut le bourdonnement du fauteuil roulant de sa cousine.

Elle écoute aux portes, voilà ce qu'elle fait.

Elle était sur le point de sortir passer un savon à Jewel Anne quand son téléphone se mit à vibrer. C'était Wyatt.

— Salut…, dit-elle en s'affaissant sur son oreiller.

— Salut, toi.

La colère qui vibrait dans la voix de son mari, lors de leur dernier échange, s'était dissipée.

— Désolé pour la dispute, dit-il.

— On est mariés, Wyatt. Ça arrive.

Sauf que cela leur arrivait de plus en plus souvent.

— Je voulais juste te dire que je dois reporter notre

soirée. Je sors de ma réunion et j'ai encore un rendez-vous. Je vais rentrer tard…

Ava se doutait déjà que c'était annulé, de toute façon.

— Avec qui tu as rendez-vous ? demanda-t-elle sur un ton détaché.

— Orson Donnelly.

Ava le connaissait de nom et de réputation. Donnelly avait fait fortune dans les logiciels, avec des programmes principalement destinés aux start-up. Son fils venait de quitter l'entreprise familiale et semblait croire qu'il était en droit d'en réclamer une partie.

— Il faut que je le raisonne, ça risque de durer. Ne m'attends pas.

— OK.

— Au fait, Ava…

— Oui ?

— Je t'aime.

Il raccrocha avant qu'elle ait pu lui répondre.

14

— J'avais pourtant un Coca Light au frais, marmonna Virginia en fouillant dans le frigo.

Depuis le couloir, Ava la vit se redresser et claquer la porte du réfrigérateur.

— Faut rien laisser traîner, ici…

La vaisselle du dîner était entassée dans l'évier, le lave-vaisselle à moitié vidé, l'air chargé de parfums de fruits de mer, d'ail et de tomate. Sur le plan de travail, il y avait trois assiettes couvertes de film plastique et deux tupperwares.

Pour la première fois depuis des jours et des jours, Ava avait retrouvé son appétit : elle avait dévoré le pain frais, la salade César et les pâtes aux fruits de mer. Elle ne s'était même pas énervée contre Jewel-Anne ou Demetria. Ni même contre Ian, quand il lui avait fait remarquer la « chance » qu'elle avait de posséder la plus grande partie de l'île… alors qu'il lui avait vendu sa part de son plein gré, des années auparavant. En général, il arrivait à refouler son ressentiment, mais, de temps en temps, il ne pouvait s'empêcher de lui rappeler qu'elle avait « finement joué ». Ses remarques étaient faites sur le ton de la plaisanterie, mais Ava sentait bien que son sourire cachait la conviction qu'elle les avait manipulés, lui et le reste de la famille.

— Elles sont pour Khloé et Simon ? demanda-t-elle à Virginia en indiquant les assiettes.

— Mouais. Et pour le nouveau, là... Dern.

Virginia disparut quelques secondes dans le garde-manger et en sortit avec trois canettes de Coca Light qu'elle rangea dans la porte du frigo.

— Ça va lui faire plaisir. Ces célibataires... Ils sont incapables de se faire à manger !

— Je vais lui apporter son repas, proposa alors Ava.

Comme Virginia semblait sur le point de protester, elle ajouta :

— Je lui dois un service : il a retrouvé mon téléphone.

— Toujours ça de moins à faire, soupira Virginia en haussant les épaules.

Ava prit l'une des assiettes, enfila une veste et se faufila dehors. C'était exactement ce qu'elle cherchait : une excuse pour aller voir Dern, lui parler, essayer d'en savoir un peu plus à son sujet. En marchant, elle tenta de se convaincre que c'était parce qu'il était son employé, qu'il sortait de nulle part et qu'il avait l'air de cacher quelque chose. Pas parce qu'il était attirant, vu qu'elle était mariée... Pas forcément heureuse en mariage, peut-être même à deux doigts d'une séparation, voire d'un divorce, mais mariée tout de même.

Le brouillard enveloppait l'île ; les lampadaires autour de la maison étaient entourés d'un halo de brume et le bruit des vagues semblait sourd et lointain. En arrivant devant l'écurie, Ava sentit l'odeur des chevaux se mêler à celle de l'océan. Il y avait de la lumière chez Austin Dern.

Ses bottines résonnèrent sur l'escalier grinçant et elle entendit Rover aboyer bien avant d'être arrivée devant la porte. Celle-ci s'ouvrit brusquement et la silhouette de Dern se découpa à contre-jour dans l'embrasure.

En la voyant, Rover aboya de plus belle en tournant frénétiquement derrière les jambes de Dern.

— Système de sécurité intégré ? fit Ava en indiquant le chien d'un signe de tête.

Puis elle tendit l'assiette et expliqua :

— C'est de la part de Virginia. Elle a une tendance maladive à cuisiner en grandes quantités.

— Vraiment ?

— C'est un des avantages de travailler à Neptune's Gate. On n'y meurt pas de faim.

Rover finit par s'asseoir sur le plancher, mais continua à grogner, flairant l'air, le bout de sa queue battant les vieilles lattes en chêne.

— On dirait que vous lui avez manqué, commenta Dern en s'écartant pour le laisser entrer.

Rover se rua alors vers elle en couinant, tandis qu'elle se baissait pour le caresser.

— Ce traître ? dit-elle. Je ne le connais plus.

Elle releva les yeux vers Dern.

— C'est un chien errant que Ned, votre prédécesseur, a recueilli. Il est plus ou moins fourni avec le studio. Virginia lui donne à manger devant la véranda. On lui a découpé un passage dans la porte et même installé un panier sous l'escalier, mais il préfère squatter ici, ou dans l'écurie, ou encore rester sous la pluie. Pas vrai, espèce de vagabond ?

La queue du chien battit plus fort.

— Il a l'air de vous aimer.

— Disons que c'est le seul, sur l'île, à me faire confiance.

Dern leva un sourcil surpris.

— Je sais, je sais, j'ai un complexe de persécution ou un truc comme ça…

Elle se redressa. Rover dévala l'escalier et disparut dans la nuit.

— Un complexe de persécution ?

— Ça ou autre chose. Le diagnostic n'arrête pas de changer. Mais vous devez déjà le savoir, non ? Je suis sûre que Wyatt vous en a parlé.

— Il m'a seulement dit que vous traversiez une période

difficile depuis la disparition de votre fils. Entrez... Il faut que je pose cette assiette.

Ava le suivit dans l'appartement, tandis que Rover se faufilait de nouveau par la porte. Elle n'était pas venue ici depuis longtemps, mais les lieux n'avaient pas beaucoup changé. Mêmes images sur les murs, même tapis, mêmes meubles fatigués. Elle repéra quelques objets qui appartenaient à Dern. Mais aucun ne semblait indiquer qu'il avait l'intention de rester longtemps.

— Vous êtes bien installé ? demanda-t-elle. Vous n'avez besoin de rien ?

— C'est déjà très sympa de m'apporter mon dîner.

— N'hésitez pas à me dire si vous avez besoin de quoi que ce soit... Je vous laisse avant que ça refroidisse.

Elle se pencha pour caresser le chien.

— C'est Ned qui l'a baptisé Rover, expliqua-t-elle. Vous le connaissez, Ned, non ? Il me semble que Wyatt m'a dit ça.

— Je ne l'ai jamais rencontré. J'ai été présenté à votre mari par mon ancien patron, Orson Donnelly. Quand il s'est rendu compte que son fils n'était pas fait pour diriger un ranch, il a revendu la propriété. Je me suis retrouvé au chômage, et Donnelly m'a mis en contact avec Wyatt.

Un demi-sourire flotta sur ses lèvres et il ajouta :

— Il n'y a aucun mystère là-dessous. Demandez à votre mari.

Avant qu'elle ait pu répondre, il ajouta encore :

— D'ailleurs, je parie que vous l'avez déjà fait. Comme je vous l'ai dit, et contrairement à ce que vous semblez penser, je n'ai pas été engagé pour vous surveiller.

— Alors pourquoi ai-je l'impression de vous avoir déjà rencontré ?

— Ça arrive parfois. Une histoire de forme du visage, sans doute.

— Je ne crois pas.

— Si on s'était déjà rencontrés, je m'en souviendrais. Vous n'êtes pas le genre de femme qu'on oublie.

Ava sentit un petit frisson lui parcourir les veines. Elle naviguait décidément en eaux troubles.

— Bien, je vous laisse dîner.

Une fois dehors, elle bifurqua abruptement en direction de la pierre commémorative que Wyatt avait placée dans le jardin, un an après la disparition de Noah.

— Je n'en veux pas, avait-elle affirmé à l'époque. Il n'est pas mort.

— Ce n'est pas une tombe, Ava. C'est pour se souvenir de lui. A son retour, on gravera la date de nos retrouvailles, ou on l'enlèvera.

Mais une fois la pierre installée, près du rosier grimpant qui s'enroulait sur la treille, Ava s'était surprise à y puiser du réconfort. Elle aimait passer la main sur les lettres gravées du prénom de son fils, s'agenouiller pour penser à lui, se rappeler le contact de son petit corps, de ses bras tièdes autour de son cou, entendre résonner son rire aigu...

Comme il lui manquait !

Elle ralentit devant la pierre et se baissa pour frôler le petit mémorial.

— Je te retrouverai, Noah. Je ne sais pas où tu es, mon chéri, mais je te retrouverai.

Sa gorge se serra, mais elle s'interdit cependant de pleurer.

Elle entra dans la maison par la porte de derrière. A cet endroit, l'ancien escalier de service montait en colimaçon depuis le sous-sol, pour desservir les deux niveaux principaux, le grenier et le belvédère qui surplombait la maison. Il était aujourd'hui presque désaffecté : tous ceux qui vivaient et travaillaient à Neptune's Gate empruntaient l'escalier principal ou l'ascenseur.

Ava en ouvrit la porte d'accès, et fut aussitôt saisie par une forte odeur de poussière et de renfermé.

Son ventre se contracta : la dernière fois qu'elle avait emprunté ce passage, c'était pendant la semaine qui avait suivi la disparition de Noah. Aux côtés des autres habitants et des policiers qui avaient envahi les lieux, elle avait fouillé la maison de fond en comble, dévalé cet ancien escalier à maintes reprises, avec chaque fois un peu moins d'espoir.

Le cœur battant au souvenir de cette terrible période, elle appuya sur l'interrupteur et descendit les lourdes marches. Arrivée en bas, elle trouva un deuxième interrupteur. Cinq ou six ampoules nues et poussiéreuses, dont l'une ne cessait de clignoter, s'allumèrent poussivement et jetèrent une lumière blafarde sur le bazar entassé dans le sous-sol : rayonnages de bocaux vides, cadres cassés, ancien matériel de sport, et même un bandit manchot qui ne fonctionnait plus.

A part le studio de Jacob, pourvu d'une entrée indépendante, et la cave à vin que Wyatt avait insisté pour aménager cinq ans plus tôt, le sous-sol était resté inachevé. En passant devant la porte de verre de la cave à vin, avec sa température et son hygrométrie parfaitement contrôlées, Ava jeta un coup d'œil à la serrure. Ce qui était ridicule : elle était flambant neuve. La clé qu'elle avait trouvée dans sa poche était ancienne et d'une forme tout à fait différente.

Elle se tourna vers la partie principale du sous-sol, creusée au moment de la construction du manoir.

Le plafond était bas, constellé de toiles d'araignée collantes et poussiéreuses.

— Beurk, murmura-t-elle en se passant les mains sur les cheveux.

Au milieu de la pagaille, elle distingua la machine à coudre de sa grand-mère, une pile de livres de classe vieux d'un demi-siècle, l'arc et les flèches de son oncle, une paire de cuissardes, des pièges à crabe… En passant près d'un vélo d'appartement, elle faillit trébucher sur une série d'haltères.

Elle détestait cet endroit depuis toujours.

L'humidité et l'odeur de moisi auraient suffi à l'en écœurer, sans parler des souris, des rats, et Dieu sait quoi encore...

Elle se sentait néanmoins tenue de faire quelques recherches.

Son cœur se serra devant une caisse en plastique contenant des vêtements de bébé qui avaient appartenu à Noah. Au pied de la caisse s'entassaient quelques jouets : un camion de pompiers avec une roue cassée, un jeu de construction pas encore sorti de sa boîte. Ava caressa la crinière en chanvre d'un cheval à bascule qui n'avait jamais vraiment servi.

Ses genoux faillirent céder quand elle ôta le couvercle de la caisse et fouilla parmi les grenouillères, couvertures de bébé et tricots qu'elle y avait rangés aux alentours du deuxième anniversaire de son fils. Elle l'avait alors entreposée dans la penderie d'une chambre d'amis ; quelqu'un avait manifestement pris l'initiative de la descendre ici. La gorge serrée, elle souleva un petit pyjama : des larmes lui vinrent aux yeux tandis qu'elle revoyait Noah dans celui-ci, installé sous son premier sapin de Noël, mitraillé par Wyatt qui venait d'acheter un nouvel appareil photo. Elle le porta à son visage et sentit un parfum de lessive pour bébé.

— Tu me manques, Noah, mon chéri...

Des pas résonnèrent au-dessus de sa tête. Elle replia le pyjama et le remit dans la caisse.

Elle devait se dépêcher pour qu'on ne s'aperçoive pas de son absence.

Elle sortit la clé de sa poche. Il lui fallait passer en revue les boîtes, les coffres, les secrétaires à tiroirs, les commodes, bref, tout ce qui pouvait avoir une serrure. La mission semblait impossible : un siècle d'affaires cassées, oubliées ou délaissées s'entassaient autour d'elle, amassées par des générations de Church.

Elle décida de commencer par un coin, près des canalisations géantes de l'ancienne chaudière, et de procéder avec méthode.

Elle glissa la clé dans la serrure d'un bureau à cylindre. Négatif.

Deux malles du siècle précédent.

Même pas fermées à clé... A l'intérieur, des vêtements qui sentaient la naphtaline, parsemés de crottes de souris.

Un de ces jours, il faudrait penser à faire le ménage, ici.

Elle laissa de côté un attaché-case et un journal intime, tous deux fermés par des serrures minuscules.

Elle commençait à se sentir nerveuse. Tout se passait comme si les fantômes de ses aïeux se dressaient autour d'elle, lui glaçant l'échine par leur présence silencieuse.

Ne laisse pas ton imagination te jouer des tours.

Elle repéra un secrétaire poussiéreux dans un coin. La clé entra sans problème dans la serrure. Un sentiment de triomphe monta en elle, mais la serrure ne tourna pas.

Il y avait à présent près d'une heure qu'elle cherchait. Et rien ne prouvait que la serrure correspondant à cette clé se trouvait au sous-sol, ni même à Neptune's Gate.

Elle tenta de rassembler ses idées, de réfléchir logiquement. A quoi la clé pouvait-elle bien servir ?

— A rien, probablement.

Encore un de leurs sales canulars. C'est tout à fait le genre de Jewel-Anne.

Sa cousine s'ennuyait-elle à ce point ? Ou bien était-elle vraiment perverse jusqu'à la moelle ?

Secouant la tête, Ava poursuivit ses recherches. Elle croisa son reflet dans le miroir à trois pans d'une coiffeuse. Dans le verre poussiéreux et moucheté, son visage lui parut tiré par la fatigue et l'angoisse.

— Et alors, ça t'étonne ? chuchota-t-elle à son reflet.

Elle revit sa grand-mère, assise sur une banquette

molletonnée devant ce même miroir, alors dans sa chambre au premier étage. Elle portait toujours un chignon, mais le soir, elle défaisait ses longs cheveux blancs qui descendaient au-dessous de ses épaules osseuses, et les caressait en se regardant dans la glace. Ava était autorisée à entrer dans la pièce où flottaient les senteurs de Joy, un parfum coûteux aux essences de rose et de jasmin, censé être le préféré de Jacqueline Onassis… C'était en tout cas ce qu'aimait à dire sa grand-mère pendant qu'elle tournait la tête devant le miroir pour examiner son profil, et remontait du bout des doigts la peau qui pendait un peu sous son menton. Ava avait aussi le droit de lui brosser les cheveux, un privilège qu'elle était la seule de tous les petits-enfants à détenir.

Un souffle d'air froid sur sa nuque la fit frissonner. Il lui sembla presque entendre sa grand-mère chuchoter : « Ne baisse pas les bras, Ava. Tu es une battante, comme tous les Church. Ne les laisse pas te mener en bateau, ma chérie… »

Un bruit sourd la fit soudain sursauter. Quelque chose de lourd venait de s'écraser sur le sol. Elle laissa échapper un petit cri, se cogna le genou contre la coiffeuse et fit tomber la clé en se retournant.

— Qui est là ? demanda-t-elle, le cœur battant.

Pas de réponse.

Pas un bruit, à part le martèlement déchaîné de son cœur.

— Montrez-vous !

La gorge sèche, les yeux plissés, elle scruta les silhouettes des meubles plongés dans la semi-pénombre.

Personne.

Rien qui trahisse la présence de quelqu'un au sous-sol.

N'empêche qu'elle avait l'impression d'être observée…

Elle tendit l'oreille et elle crut entendre de la musique. Une chanson d'Elvis. Sans doute résonnait-elle dans les conduits au plafond.

Elle se força à respirer normalement.

Elle n'avait pas imaginé ce bruit.

Quelque chose était bien tombé.

Quelque chose que quelqu'un avait poussé...

Tout en surveillant du coin de l'œil la pièce remplie d'ombres, elle se pencha pour essayer de récupérer sa clé. Où était-elle passée ? Elle alluma la lampe torche de son téléphone et la repéra sous la coiffeuse. En se redressant, elle croisa son reflet dans le miroir poussiéreux.

Une ombre apparut derrière elle, traversa les trois pans du miroir à toute vitesse avant de disparaître.

Tétanisée, Ava dut se forcer à se retourner. L'ombre était partie vers l'escalier.

— Qui est là ? demanda-t-elle en tendant l'oreille.

Toujours pas un bruit.

Etait-ce son esprit malade qui lui jouait encore des tours ? Non ! Elle était certaine de ce qu'elle avait vu.

Elle avança lentement vers l'escalier, balayant du faisceau de son téléphone tous les recoins sombres où l'on pouvait se tapir.

Et s'il a une arme ? Un couteau ? Un pistolet ?

Une main glacée se referma autour de son ventre, et sa peau se couvrit de sueur froide, tandis qu'elle progressait lentement entre les ombres, les yeux rivés sur le faisceau lumineux, prête à hurler s'il se reflétait dans le regard de quelqu'un... ou de quelque chose...

L'instant d'après, elle se figea. Le cheval de Noah basculait d'avant en arrière.

Son cœur faillit exploser.

— Je sais que vous êtes là. Qu'est-ce que vous voulez ?

Pas de réponse. Elle n'entendait que sa propre respiration et le parquet qui grinçait à l'étage au-dessus.

— Très bien, dit-elle d'une voix forte. Comme vous voulez. Mais attention, je vais fermer la porte à clé !

Elle monta rapidement les marches. Arrivée sur le palier, elle aspira une grande bouffée d'oxygène.

Elle était sur le point de verrouiller la porte, quand une vibration familière se fit entendre. Un instant plus tard, Jewel-Anne, ses écouteurs vissés aux oreilles, apparut au coin du couloir. En l'apercevant, elle eut l'air surprise, puis un sourire sournois s'afficha sur ses lèvres.

— Tu viens de la cave ?

Elle fit la grimace en regardant les cheveux d'Ava, puis sortit un écouteur de son oreille. Quelques notes de *Suspicious Minds* flottèrent dans l'air, faibles et métalliques.

— Qu'est-ce que tu es allée trafiquer en bas ? C'est sale.

Ava tentait de décoller les toiles d'araignée de ses cheveux.

— Comment peux-tu le savoir ?

Jewel-Anne semblait abasourdie. Ses doigts se crispèrent autour des roues de son fauteuil et elle cligna des yeux pour retenir ses larmes.

— Ça, c'était un coup bas !

Ava eut un peu honte.

« *We're caught in a trap...* », roucoulait Elvis presque imperceptiblement.

— Tu sais, Ava, je n'ai pas toujours été dans ce fauteuil. Si tu n'avais pas insisté pour sortir en bateau, ce jour-là, Kelvin serait encore vivant, et moi, je marcherais encore !

— Arrête de me rendre responsable de l'accident, rétorqua Ava. Ce n'est pas ma faute.

— Continue à le répéter ! lança Jewel-Anne en faisant demi-tour. Peut-être qu'un jour, tu réussiras à t'en convaincre.

15

Austin n'avait pas prévu qu'Ava Garrison se montrerait aussi combative. On lui avait fait comprendre qu'elle était à moitié folle, alors qu'en réalité, elle possédait une intelligence et une intuition redoutables.

— Il y a toujours un truc qui cloche, soupira-t-il en montant rapidement l'escalier de son appartement.

Rover l'attendait avec impatience et, à son entrée, le foudroya de ce regard de reproche dont les chiens ont le secret.

— Je ne peux pas t'emmener partout, mon vieux.

Austin lui gratta les oreilles, et Rover eut l'air de lui pardonner. Il alla se rouler en boule devant le poêle.

— C'est bien, le chien…

Austin mit en route son ordinateur portable et y brancha sa clé 3G.

Quelques instants plus tard, il vérifiait pour la énième fois ses infos au sujet d'Ava Church Garrison, de Church Island, de Neptune's Gate et de toutes les personnes qui vivaient ou avaient vécu à un moment ou un autre sur ce malheureux bout de terre. Un premier dossier contenait des infos historiques, un autre des documents sur Anchorville ; le troisième était entièrement consacré à l'asile de Sea Cliff. Il serra la mâchoire en repensant à l'institution désaffectée. Il avait escaladé une grille et s'était promené dans les anciens couloirs où vivaient et travaillaient autrefois patients et personnel soignant. A part la poussière, l'odeur de renfermé et l'ambiance fantomatique, l'intérieur n'avait pas changé. A l'extérieur, en revanche, les façades rongées par la pluie et le vent étaient dans un état d'abandon plus prononcé, tout comme les tables de pique-nique pourrissantes, à la peinture écaillée, et couvertes de fientes de mouettes.

Il avait fait, sous une pluie fine, le tour de la pelouse autrefois réservée aux internés. Les vieux sentiers qu'il connaissait si bien étaient à présent envahis de hautes herbes et les chemins en béton sillonnés de fissures.

Il ne restait en ce lieu que décrépitude et désespoir.

Sea Cliff n'avait pas été conçu comme une prison, mais il en était devenu synonyme.

Du moins pour lui.

En attendant, il devait continuer à jouer la comédie aussi longtemps qu'il le faudrait.

Et si Ava Garrison menaçait de gâcher son plan, il lui réglerait son compte.

Elle ne serait pas la première à se mettre en travers de son chemin.

Ni la dernière.

N'empêche que quelque chose lui disait qu'elle allait lui donner plus de fil à retordre que les autres.

— Maman !
Noah !
Ava rejeta brusquement les couvertures. Nue, la peau offerte au souffle froid de l'hiver, elle tendit la main vers sa robe de chambre, mais ne parvint pas à la décrocher de la patère.

— Maman !
Etait-ce de la peur, dans sa voix ?
— J'arrive, Noah !
Elle se rua vers la porte et se retrouva subitement dans le hangar à bateaux. Une odeur de diesel et d'eau saumâtre y flottait. Que faisait Noah ici ? Elle fouilla du regard l'eau

d'un brun-vert, mais n'y vit que le reflet de son corps nu et celui d'un homme qui se tenait derrière elle. C'était Austin Dern. Ses yeux chargés de secrets croisèrent son regard à la surface ondoyante de l'eau. Lui aussi était nu. Il avança une main et referma ses doigts puissants autour de son flanc, lui arrachant un petit cri.

— Maman ?

Elle se retourna : Dern s'était évaporé. Elle franchit la porte du hangar. Dehors, les premières lueurs de l'aube tachaient le ciel, tandis qu'elle se précipitait, pieds nus, le long du chemin qui remontait vers la maison. Elle grimpa deux à deux les marches de l'escalier de service ; la petite voix de Noah l'appelait depuis le premier étage.

— J'arrive, mon chéri !

Ses pieds nus claquaient contre le parquet et les barreaux de la rambarde du grand escalier défilaient à toute vitesse.

Devant la porte de la chambre de Noah, elle l'entendit sangloter.

— Oh ! Mon chéri…, dit-elle d'une voix brisée.

Son cœur bondissait dans sa poitrine à l'idée de le revoir. Il y avait si longtemps qu'ils étaient séparés !

Elle tourna la poignée de verre.

Bloquée !

Elle la serra et tourna de toutes ses forces.

Mais la poignée ne céda pas d'un millimètre.

— Noah ? Maman est là, devant la porte… Tu ne l'as pas fermée à clé ?

Elle tira, tira encore, les muscles si bandés qu'elle en avait mal aux épaules. A travers la porte, elle entendait son fils sangloter doucement.

— J'arrive, Noah !

Elle ferma les yeux, attrapa la poignée à deux mains et la tordit. La poignée se brisa. Ses facettes coupantes lui entaillèrent les paumes et l'intérieur des doigts.

— Noah ?

Un petit gémissement s'éleva.

Ava se pencha alors pour regarder par le trou laissé par la poignée arrachée. La chambre était vide et silencieuse, à l'exception du tintement du mobile qui tournait doucement au-dessus du lit.

Elle s'effondra sur le sol, tremblante de terreur et de désespoir. Ses larmes se mêlèrent au sang qui suintait de ses poings serrés.

— Ava ! Réveille-toi !

Des mains puissantes entouraient ses épaules. Elle cligna des yeux, éblouie par le soleil qui inondait la chambre. Penché sur elle, Wyatt la secouait doucement.

— Quoi ? chuchota-t-elle.

Elle se redressa et s'adossa à la tête de lit. Son rêve, si réel, continuait à lui broyer le cœur. Elle baissa les yeux sur ses mains. Pas une égratignure.

Elle repoussa ses cheveux en arrière et tenta de se ressaisir, de réprimer la peur et la déception qui l'accablaient. Pendant un court instant, elle avait vraiment cru que son fils était vivant.

— Est-ce que ça va ?

Toujours cette même question...

— Tu faisais un cauchemar. Je t'ai entendue crier, j'ai pensé qu'il valait mieux te réveiller.

Elle ferma les yeux. Les pleurs de son fils lui avaient semblé si réels ! Sa voix apeurée résonnait encore à ses oreilles.

Le ronflement du fauteuil roulant lui fit rouvrir les yeux. Jewel-Anne et Demetria la fixaient à travers la porte ouverte. Ava décocha un regard noir à l'infirmière, qui poussa sa patiente hors de sa vue.

— J'aimerais bien un peu d'intimité ! s'insurgea-t-elle.

Wyatt alla refermer la porte.

— Je me suis précipité en t'entendant hurler. J'avais peur qu'il te soit arrivé quelque chose.

Il la fixait d'un regard inquiet. Elle remonta les couvertures jusqu'à son menton.

159

— J'ai fait un cauchemar. Ça m'arrive souvent.

Sa voix flancha un peu. Un tremblement la parcourut et elle s'efforça de refouler une montée de panique. Peut-être que les autres avaient raison, après tout. Peut-être qu'elle perdait vraiment la tête.

— Tu as dormi dans la chambre d'amis ? demanda-t-elle en cherchant à retrouver ses repères.

— Non, je viens d'arriver. Ian est venu me chercher à Anchorville. Tu n'as pas reçu mon texto ?

— Non...

Elle attrapa son téléphone sur la table de nuit. Il était éteint. Brusquement, elle comprit qu'elle s'était endormie devant son ordinateur allumé. Il était d'ailleurs encore ouvert sur le lit, en mode veille. Wyatt avait-il eu le temps d'en examiner le contenu ?

— Tu es là depuis longtemps ?

— Je n'ai pas voulu te déranger. Le Dr McPherson dit que tu as été très claire à ce sujet.

— Tu lui as parlé ? Mais quelle heure est-il ?

Elle jeta un coup d'œil au réveil. 10 h 30 ! Elle n'en croyait pas ses yeux. La dernière fois qu'elle s'était levée aussi tard, elle était étudiante et venait de passer une nuit blanche.

— Je t'apporte une tasse de café ?

— Merci, mais je vais me lever, répondit-elle.

— Je serai dans le bureau. Viens me retrouver.

— D'accord...

Elle sentit son cœur se gonfler d'un fragile espoir. Peut-être leur restait-il une chance, après tout. Ils s'étaient aimés si passionnément...

Mais alors, pourquoi se méfiait-elle autant de lui ? Peut-être connaissait-elle la réponse, mais qu'elle n'avait pas envie d'y penser pour l'instant...

Elle brancha la batterie de son téléphone, puis l'alluma. Elle avait deux messages en plus du texto de Wyatt. Le premier de Cheryl, qui voulait reporter leur prochain rendez-vous, l'autre de l'inspecteur Snyder. Un troisième appel en absence était enregistré, mais elle ne connaissait pas le numéro, et il n'y avait aucun message.

Elle rappela Cheryl, pour fixer avec elle un autre rendez-vous, puis Snyder. Elle tomba sur sa boîte vocale et lui demanda si elle pouvait passer au poste de police pour parler de l'enquête sur la disparition de Noah. Puis elle s'habilla à la hâte, et, sans même songer à se maquiller, dévala l'escalier jusqu'au rez-de-chaussée.

Dans la cuisine, Virginia épluchait des pommes de terre pour le repas de midi.

— Bonjour, Virginia.
— Salut…

Elle attrapa une tasse dans le placard et se fit réchauffer du café au micro-ondes.

— On m'a dit de ne pas t'appeler pour le petit déjeuner, déclara Virginia d'un air sombre.
— Aucun problème.
— Il y a des muffins et des bagels dans le placard…
— Je me débrouille, dit Ava en attrapant un biscotti au chocolat dans un grand bocal de verre.
— Pas très nourrissant, ça !

Ava ne releva pas et se dirigea vers le bureau de Wyatt.

Elle trouva son mari devant son ordinateur, son téléphone portable calé entre l'épaule et l'oreille, en train de griffonner quelque chose sur un bloc-notes. En la voyant, il leva un doigt ; comme elle allait repartir, il secoua la tête et lui fit signe d'attendre un instant. Elle s'installa alors dans le fauteuil, près des portes-fenêtres qui donnaient sur le jardin, avala une gorgée de café, puis trempa son biscuit dans sa tasse.

— Bien sûr, dit Wyatt. J'y serai.

Il tourna les yeux vers la petite horloge située au coin de son bureau et ajouta :

— Disons vers 16 heures ?

Son regard revint vers Ava, et il roula les yeux en écoutant une longue diatribe à l'autre bout du fil.

Elle se tourna vers la fenêtre en souriant. La vitre était encore couverte de gouttelettes d'humidité ; le soleil commençait tout juste à la réchauffer.

— Désolé, dit-il en raccrochant enfin, j'ai dû faire du soutien psychologique. Sacré Orson Donnelly...

Il bascula en arrière jusqu'à faire grincer les ressorts de son fauteuil.

— Entre nous, il commence à me taper sur les nerfs.
— C'est lui qui t'a recommandé Dern ?
— Exactement. Dern travaillait pour son fils. Il a été licencié après la vente du ranch et, comme on avait besoin de quelqu'un après le départ de Ned, j'ai passé un coup de fil pour qu'on me faxe ses références.

Il inclina la tête sur le côté.

— Pourquoi cette question ?
— Pour rien... Je me demandais juste comment il était arrivé ici.

Pour les autres, elle savait. Graciela avait grandi à Anchorville, et elle était une amie de la sœur cadette de Tanya. Demetria avait travaillé à Sea Cliff avant que Jewel-Anne ne l'engage, et Ned était un ami d'oncle Crispin.

— Ian a besoin d'être secondé, reprit Wyatt avec un petit sourire. Et qui sait, peut-être que ça le poussera à chercher sa vraie vocation ?

Il se pencha vers elle, posant ses coudes sur le bureau.

— Tu veux qu'on parle de ton cauchemar ?
— Non.
— C'était encore au sujet de Noah ?

Ava jugea superflu de répondre.

— C'est une des raisons pour lesquelles on t'a prescrit des médicaments, Ava... Pour que tu puisses te reposer. Bien dormir. Mais j'ai l'impression que ce traitement ne marche pas, à moins que tu n'aies arrêté de le suivre.

— Mmm..., se contenta-t-elle de répondre.

Le visage de Wyatt s'assombrit.

— Tu préfères avoir des hallucinations, manquer te noyer et passer la nuit à hurler plutôt que de prendre tes médicaments ?

Comme elle restait muette, il ajouta :

— Que tu n'aies pas envie de te bourrer de cachets, je peux le comprendre, mais là, tu ne fais de bien à personne. Ni à toi, ni à ceux qui t'entendent crier et te repêchent dans l'eau glacée. Je préfère ne pas imaginer ce qui serait arrivé si Dern n'avait pas été là, l'autre soir !

— Je sais nager.

— Ava, soupira-t-il, si tu ne t'étais pas noyée, tu serais morte d'hypothermie. Tu n'étais pas dans ton état normal. Et moi, je ne sais plus quoi faire.

— Si tu me laissais respirer un peu ?

— Te laisser risquer ta vie, tu veux dire ?

— Tu veux me renvoyer à Saint-Brendan ?

Il essayait déjà de se débarrasser d'elle ?

— Bien sûr que non ! s'écria-t-il en la fusillant du regard. Mais je ne sais plus quoi faire…

Il écarta les mains en signe d'impuissance.

— J'aimerais que tu arrêtes de te battre contre moi, Ava. Moi aussi, j'ai perdu mon fils… Et maintenant, je fais tout mon possible pour ne pas perdre ma femme.

La gorge d'Ava se serra et des larmes lui montèrent aux yeux, comme toujours lorsque Wyatt parvenait à l'émouvoir.

— Il est vivant, dit-elle.

— Moi aussi, j'ai envie d'y croire. Je te le jure ! Mais que Noah soit vivant ou non, il n'est plus là. Il faut que tu l'acceptes. Il ne va pas revenir. S'il a été enlevé, cette nuit-là, pourquoi est-ce qu'on n'a jamais reçu de demande de rançon ? S'il a été vendu à des gens prêts à tout pour avoir un enfant, pourquoi est-ce que personne ne l'a repéré ? Je te rappelle que sa photo a été diffusée partout. Dans les journaux. A la télé. Sur internet, sur Facebook et j'en passe… On a tout essayé !

Elle n'avait pas oublié ces premiers jours remplis d'espoir, de panique, et de la terreur innommable de retrouver son corps.

L'expression de Wyatt oscillait entre inquiétude et compassion.

— Il faut que tu acceptes cette réalité, ma chérie…

— La nuit dernière, je l'ai entendu crier.

— C'était un rêve.

— Non. Ça venait de sa chambre.

— Ava, c'était le vent, ou le parquet qui grinçait, ou Dieu sait quel bruit qui s'est gravé dans ton inconscient et a provoqué ton cauchemar.

— Je sais ce que j'ai entendu !

Du coin de l'œil, elle vit Jewel-Anne filer dans le couloir en direction de l'escalier, coulant au passage un regard vers l'entrée du bureau, mais sans oser croiser son regard.

Wyatt l'aperçut, se leva pour fermer doucement la porte, puis revint.

— Ava, je t'en supplie… J'essaie juste de recoller les morceaux.

— Et moi, dit-elle d'une voix brisée, j'essaie de savoir ce qui est arrivé à Noah.

— Au péril de ta santé ? De notre couple ?

— Je n'ai pas envie de sacrifier quoi que ce soit, Wyatt. Et je ne devrais pas avoir à le faire. Je veux retrouver notre enfant.

Elle quitta la pièce sans attendre de réponse.

16

Wyatt ne comprenait décidément pas ! Il refusait de voir ce dont elle avait besoin. En conséquence, il était incapable de l'aider. Depuis qu'elle était revenue de Saint-Brendan, ni elle ni lui n'avaient évoqué le spectre du divorce. Tout se passait comme si, d'un accord tacite, ils avaient décidé de se donner une deuxième chance.

Sauf que ça ne marchait pas.

Et ils le savaient tous deux.

Wyatt l'avait embrassée sur le front avant de repartir pour le continent, la veille au soir. Un baiser rapide, dénué de toute chaleur.

Leur relation n'était pas simple. Peut-être ne l'avait-elle d'ailleurs jamais été. Elle n'avait jamais voulu creuser la question.

Elle enfila sa veste, empocha son téléphone et attrapa son sac. Elle se dirigeait vers l'escalier quand elle croisa Ian.

— Je vais chercher Trent, lui annonça-t-il. Tu as besoin de quelque chose ?

— Trent est là ?

— Il est à Anchorville. Il m'a envoyé un texto pour me demander de venir le chercher. Apparemment, il a essayé de te joindre, mais tu ne répondais pas. C'est ton mari qui l'a invité.

— Il ne m'en a pas parlé.

— C'est ce que m'a dit Trent, en tout cas. Je ne pense pas que ce soit un secret d'Etat. Bref...

Ian a raison, pensa Ava. *Pas la peine d'en faire une histoire.*

— Tu m'emmènes ? demanda-t-elle.
— Ça marche.

Ils s'éloignèrent ensemble vers le hangar à bateaux.

— Tu y vas pour affaires ou pour le plaisir ? demanda Ian.
— A ton avis ?
— Ni l'un ni l'autre ! répondit-il en riant.

En passant devant le ponton, Ava jeta un regard sur ses planches délavées et tenta de se convaincre qu'elle n'y avait pas vu Noah, l'autre soir. Que c'était une illusion provoquée par la brume et son esprit perturbé.

En arrivant au port, Ian lui proposa de la ramener, plus tard, mais Ava refusa poliment et le laissa s'éloigner vers le Salty Dog, où l'attendait Trent.

Puis elle prit le chemin du poste de police, où elle avait rendez-vous avec l'inspecteur Wesley Snyder.

— Je suis vraiment désolé, madame Garrison, lui dit ce dernier en s'accoudant sur son bureau jonché de dossiers. Nous ne disposons d'aucun élément nouveau dans cette affaire.

Snyder était grand et ses poignets dépassaient de ses manches de costume. Son crâne chauve luisait et son visage sillonné de rides exprimait une sincère compassion. Son « bureau » était un box séparé des autres espaces par des cloisons à mi-hauteur. Un bruit diffus de sonneries de téléphones, de conversations, de pas lourds, d'imprimantes et de fax flottait dans l'air.

Assise au bord d'une chaise très inconfortable, Ava se demanda comment convaincre cet homme, le seul en qui elle avait confiance au sein de la police.

— Je me disais juste que si je pouvais voir vos notes

et les comparer à ce que je sais, je remarquerais peut-être quelque chose qu'on a négligé jusqu'ici...

La réponse s'afficha dans les yeux de l'inspecteur.

— Je suis désolé, mais c'est impossible. Nous en avons déjà parlé.

— Je suis la mère de Noah.

— Personne d'extérieur n'est autorisé à accéder au dossier. Ça pourrait compromettre l'enquête, vous le savez aussi bien que moi.

— Il y a deux ans que mon fils a disparu, inspecteur.

Snyder se passa la main sur la nuque.

— Je sais bien, madame Garrison, mais ça ne me donne pas le droit de déroger au règlement. Par contre, si vous avez des éléments susceptibles de nous faire progresser...

— Je n'ai pas de preuves solides, si c'est ce que vous voulez dire. Seulement mes souvenirs de cette nuit-là.

Snyder ouvrit un épais dossier parmi ceux qui jonchaient son bureau et mit une paire de lunettes.

— Voyons...

Il feuilleta le dossier, s'arrêta vers le milieu en grommelant et retira quelques pages de la pince qui reliait le document. Après les avoir parcourues du regard, il les tendit à Ava.

Elle reconnut la déposition qu'elle avait faite le soir où Noah avait disparu.

— Voilà ce que vous nous avez dit à l'époque. Ah, attendez, il y a autre chose...

Il chercha de nouveau et lui tendit plusieurs autres pages. Cette fois, il s'agissait de la retranscription d'un entretien enregistré.

— Vous voulez peut-être ajouter quelque chose ? demanda-t-il gentiment.

La gêne envahit Ava en même temps que le souvenir enfoui de sa déposition remontait en elle. Snyder l'avait enregistrée à Neptune's Gate, dans la salle à manger ; elle se rappelait le voyant rouge de l'appareil numérique qui avait clignoté tout au long de leur entretien. Elle lui avait parlé de la soirée, des invités, de l'endroit où se trouvait chacun d'entre eux.

— Non, avoua-t-elle, je ne me rappelle rien d'autre.

Snyder remit les pages en place et la regarda par-dessus ses lunettes.

— Si jamais quelque chose vous revient, n'hésitez pas. De mon côté, je garde ce dossier sous le coude.

Il se leva pour lui signifier la fin de l'entretien.

Il était évident que la police ne l'écouterait pas si elle n'apportait pas de preuves concrètes. Il leur fallait quelque chose de plus tangible que des visions et des suppositions.

En quittant le poste de police, elle aspira une grande bouffée d'air. De lourds nuages arrivaient du Pacifique, des rafales de vent fouettaient le port, et la température semblait avoir chuté de dix degrés. Resserrant la ceinture de sa veste en laine, elle se dirigea vers le salon de coiffure de Tanya.

Elle atteignit l'abri de son store rayé juste à l'instant où les premières gouttes s'écrasaient sur le trottoir. Elle poussa la porte, faisant tinter la sonnette, et un parfum de produits capillaires l'enveloppa aussitôt.

— Tanya est derrière, lui indiqua Hattie, l'assistante.

Se frayant un chemin au milieu des cheveux coupés qui jonchaient le sol, Ava trouva en effet Tanya dans la pièce située à l'arrière du salon. Son amie se tenait au milieu d'un espace en chantier contenant des toilettes, un lavabo, un lave-linge et un séchoir. Elle portait les gants qu'elle utilisait pour les colorations, et un tablier sombre protégeait sa jupe longue et son pull-over.

— Salut, lança-t-elle par-dessus son épaule. Je suis en train de me demander pour la millième fois comment faire rentrer ici un espace de manucure et d'épilation, et peut-être même un banc solaire ou une table de massage… Le problème, c'est qu'il me faut un couloir pour arriver au lave-linge et une porte à l'arrière…

Elle arracha ses gants, les jeta, se tourna vers Ava et la serra dans ses bras.

— Ça me fait vraiment plaisir de te voir ! J'imagine que tu te fiches pas mal de mes problèmes d'architecture intérieure ? Moi aussi, remarque... Je commence à en avoir vraiment marre. Je ferais sans doute mieux de ne rien changer. Allons déjeuner, je meurs de faim.

Elle dénoua son tablier et attrapa son blouson.

— On va chez Guido's ? proposa-t-elle.
— Tu lis dans mes pensées !

Tanya ouvrit la porte qui communiquait avec le salon et y passa la tête.

— Je m'échappe une heure ou deux, Hattie.
— Ça marche, je garde la maison.

Tanya entraîna alors Ava vers la sortie à l'arrière du salon de coiffure, attrapant au passage un parapluie rose.

Dehors, la pluie battait l'asphalte craquelé de l'impasse. Un chat noir traversa comme une flèche et alla se réfugier sous le quai de chargement d'un magasin de meubles.

Ava remonta la capuche de sa veste, regrettant de n'avoir pas pris un imper.

Elles s'élancèrent sous les gouttes, courant à moitié, contournant les flaques, les voitures garées et les poubelles. Guido's se trouvait trois rues plus loin. Ce petit restaurant italien, tenu depuis toujours par la famille Cappiello, était une véritable institution.

La salle sentait l'ail, la sauce tomate et le pain frais. Le sol était en carrelage noir et blanc, et un drapeau italien flottait au-dessus du passage cintré menant aux cuisines. Aux murs, des fenêtres en trompe l'œil ouvraient sur des vues de la côte méditerranéenne, de collines couvertes de vignes ou sur des représentations du Colisée, de la fontaine de Trevi et autres monuments célèbres. Tanya choisit un box sous une « fenêtre » donnant sur la tour de Pise.

— C'est ma table préférée, expliqua-t-elle en s'extirpant

de son blouson. En face de la porte. Mon père était flic, tu sais, et il se mettait toujours face à la porte. Au cas où.

— Tu es coiffeuse, Tanya.

— Les vieux réflexes ont la peau dure !

Elle attrapa un menu et le parcourut du regard.

— Je vais prendre les *linguine* au pesto. Je ne devrais pas, j'ai fait un régime toute la semaine. Mille calories *maximum* par jour. Mais ils font leur pesto maison avec du basilic bio, et il est hallucinant…

Elle referma le menu dans un claquement.

— Tu peux me faire confiance.

— Je sais.

C'était la vérité. Tanya était une des rares personnes à qui elle vouait une confiance absolue.

— Je ferais mieux de prendre une salade, cela dit. Avec de la vinaigrette allégée, voire pas de vinaigrette du tout…

Une serveuse filiforme, en jupe droite noire, chemise blanche et cravate rouge, vint leur apporter de l'eau.

— Je peux vous proposer quelque chose à boire ? demanda-t-elle.

— Un verre de chianti, répondit Tanya.

Puis, jetant un coup d'œil à sa montre, elle se ravisa.

— Non, attendez… J'ai encore une couleur à faire cet après-midi. Il ne s'agirait pas de rater les mèches de Mme Danake ! Ce sera plutôt un soda light. Et une salade maison. Oh ! et puis… tant pis ! Je prends aussi les *linguine* au pesto.

— Une petite assiette ou une grande ?

— Petite, petite.

Tanya leva les mains vers le ventilateur du plafond et psalmodia :

— Pardonnez-moi, Seigneur, je n'avais pas le choix.

— Une soupe minestrone et les mêmes pâtes, commanda Ava.

— Si tu en prends aussi, on peut les partager, suggéra alors Tanya. Ça fera deux fois moins de calories.

— D'accord, répondit Ava en souriant.

Tanya, ravie, se tourna vers la serveuse.

— C'est possible, vous croyez ? On partagera les *linguine*… mais une grande portion, alors.

— Aucun problème.

— Je prendrai aussi des *grissini* avec ma salade.

— C'est prévu.

— Génial !

Tandis que la serveuse s'éloignait, Tanya s'avachit contre la banquette et soupira bruyamment.

— Quelle plaie, ces régimes ! Ce qui me ferait *vraiment* plaisir, là, c'est un repas italien trois services avec de la saucisse et du tiramisu. Suivi d'une bonne clope.

— C'est à peu près ce que tu prenais quand on était au lycée et qu'on venait ici après un match. Tu devrais réintégrer l'équipe des pom-pom girls.

— Chut ! Personne ne savait que je fumais.

— Tout le monde était au courant, Tanya !

— Ne le dis pas à ma mère, elle me tuerait.

Sa mère était décédée six ou sept ans auparavant.

— Je crois qu'elle le savait aussi.

— Ouais, ouais… J'ai piqué trop de Salem Lights dans son sac à main, elle a fini par piger.

— Et les photos de tes enfants ? réclama Ava en riant.

— Ah, mais oui !

Avec un sourire jusqu'aux oreilles, Tanya fouilla dans son sac, trouva son téléphone et lança un diaporama.

— Qu'est-ce qu'ils ont grandi ! murmura Ava en se penchant vers l'appareil.

— Bella a neuf ans et Brent vient d'en avoir sept. Bella a déjà un fiancé, tu imagines ? Et regarde, ça, c'est tout récent… Brent veut être cow-boy quand il sera grand. Quelle surprise, hein ?

Brent portait un Stetson trop grand d'au moins trois tailles et une paire de bottes de cow-boy flambant neuves.

— Tel père, tel fils, commenta Ava.

— Dieu nous en préserve ! soupira Tanya en plissant le nez.

D'autres photos montraient Bella en train de danser, de faire du bateau ou de jouer au foot, tandis que Brent chevauchait un chien au poil moucheté, montait à cheval, ou apparaissait tout petit dans un costume de football américain.

— Ça non plus, ça ne me plaît pas trop, grommela Tanya. Il est beaucoup trop jeune pour ça, mais Russ lui a payé l'inscription et il prétend qu'ils ne se taclent pas, et… oh, je ne sais pas, Ava ! C'est si difficile d'élever des enfants…

A l'instant où les mots sortirent de sa bouche, elle prit un air contrit.

— Excuse-moi. Ce que je peux être idiote !
— Ne t'excuse pas. Il n'y a aucun problème.

Mais Ava fut soulagée de voir apparaître la serveuse avec les boissons. Elle laissa son regard divaguer sur le box voisin, où un couple d'amoureux, serrés sur la même banquette, gloussait au sujet des pièces de monnaie qu'ils voulaient lancer dans la fontaine en trompe l'œil.

— Ah, l'amour…, soupira Tanya.

La gêne qui avait flotté un instant entre elles se dissipa.

— Entre Russ et toi, ça va ? demanda Ava.
— Russ est un imbécile ! Je ne sais pas ce qui m'a pris de l'épouser. Sans doute qu'après Trent, j'avais besoin de rebondir. Le problème, c'est que Russ n'a jamais voulu croire que je m'étais remise de notre histoire.

Elle tourna sa paille dans sa boisson.

— Je l'ai vu, l'autre jour, tu sais…
— Qui ça ?
— Trent. Il était en ville. Enfin, sur le port.
— Vraiment ? Je sais qu'il est dans le coin. Ian m'a dit qu'il allait le chercher, mais la dernière fois que je l'ai eu au téléphone, il ne m'en a pas parlé.

Tanya haussa les épaules.

— Tu es sûre que ce n'était pas Ian ? demanda Ava.
— Hé ho ! Je suis capable de les distinguer, tout de même ! Je te rappelle que je suis sortie avec Trent pendant plus d'un an et qu'il a été mon premier mec. Enfin, le premier avec qui je suis allée jusqu'au bout… Bref, je ne suis pas près de le confondre avec son jumeau. Son faux jumeau, qui plus est.
— Ils se ressemblent quand même pas mal. Tu lui as parlé ?
— Non. J'ai été prise au dépourvu, je n'étais pas à mon avantage… J'aurais dû lui dire bonjour, c'est sûr.

Elle continuait à tourner sa paille dans son verre à toute vitesse.

— Il a jeté une telle ombre sur mon couple… Je me suis dit qu'il valait mieux laisser tomber. Avec Russell, on se dispute encore beaucoup au sujet de l'argent et même si j'ai le droit d'aller dire bonjour à mon ex, j'ai craint que Russ n'en entende parler et ne reparte dans ses vieilles jalousies. Je sais que c'est ridicule… Je dois mener ma vie sans tenir compte de Russ, et j'essaie de le faire. N'empêche que c'est le père de mes enfants, et que je suis obligée de composer avec lui.

— Tu ne peux pas te laisser contrôler par Russ, Tanya. C'est du chantage psychologique.

— Peut-être, concéda Tanya en lui lançant un regard de biais. Si tu vois Trent, dis-lui de me passer un coup de fil.

— Si je te donnais son nouveau numéro, plutôt ?

Joignant le geste à la parole, Ava sortit un stylo de son sac, afficha le numéro de Trent sur son téléphone et le nota sur une serviette en papier qu'elle fit glisser vers son amie.

— Russ, ça ne le regarde pas…, fit-elle remarquer.

— Encore faudrait-il qu'il le comprenne ! soupira Tanya.

Elle rangea la serviette dans la poche de son jean et posa un regard mélancolique sur le jeune couple.

— Franchement, Ava, je ne me rappelle même pas

avoir été amoureuse de lui. Pas comme Wyatt et toi… Ah, c'est pour nous !

La serveuse disposa les entrées sur la table et ajouta un panier de pain chaud entouré d'une serviette. Ava goûta sa soupe pendant que Tanya croquait un gressin trempé dans la vinaigrette de sa salade.

— La vache, c'est délicieux !

Elle avala une gorgée de soda et ajouta sans transition :

— Raconte-moi ce qui s'est passé l'autre soir. Tu sais, quand tu es tombée à l'eau.

— Quand j'ai sauté, rectifia Ava.

— Pourquoi ?

— J'ai cru voir Noah. Encore une fois. Je sais que ça paraît dingue, mais je l'ai vu comme je te vois maintenant, devant moi. Tu penses que je suis bonne à enfermer ?

— Bien sûr que non ! Mais il y a eu pas mal de troubles mentaux dans ta famille. C'est toi-même qui m'en as parlé.

— Je sais.

— Ton arrière-arrière-grand-mère ne s'est-elle pas jetée du belvédère ? Et le père de Trent ? Il a eu une crise en conduisant sa voiture et il a tué sa femme, non ?

— Oncle Crispin, oui… Sa première femme… Elle est morte dans l'accident.

Leurs regards se croisèrent et chacune sut ce que pensait l'autre : qu'il ne s'agissait nullement d'un accident, que la liaison entre l'oncle Crispin et Piper avait déjà commencé, et qu'un divorce aurait été trop coûteux. Rien de tout cela n'avait jamais été prouvé, mais les soupçons demeuraient.

— On a des tendances instables, reconnut Ava. Le problème, c'est qu'en ce moment, je bats tous les records.

— Tu as perdu les pédales à la disparition de Noah. Personne ne peut te le reprocher. J'en aurais fait autant.

— Je peux te dire quelque chose, Tanya ?

Cette dernière se pencha vers elle.

— Le soir où Noah a disparu, on a organisé des battues

sur toute l'île. Je suis même descendue sur la petite plage sous le promontoire, et j'y suis restée jusqu'à l'aube.

Tanya hocha la tête.

— Mais maintenant, chaque fois que je vois Noah, il est sur le ponton. Rien ne relie cet endroit à sa disparition, et pourtant ça revient systématiquement. Et ça semble tellement réel !

Tanya la fixa d'un regard perçant. Ava se prépara à s'entendre dire qu'elle était en plein déni, qu'elle refusait la mort de son enfant, que son esprit lui jouait des tours pour entretenir l'espoir.

A sa grande surprise, Tanya tendit la main, serra ses doigts autour des siens et hocha la tête.

— D'accord, Ava. Admettons qu'il soit vivant...

Ava en crut à peine ses oreilles. Enfin, quelqu'un acceptait de l'écouter !

— Le problème, poursuivit-elle, c'est qu'il n'a pas changé depuis la dernière fois que je l'ai vu.

— Tu veux me faire changer d'avis, maintenant ?

— Non, non ! Mais même pour moi, c'est incompréhensible.

— Ce n'est pourtant pas si compliqué...

— Comment ça ?

— Soit tu as un problème d'hallucinations, soit tu as affaire à un fantôme...

Ava retira sa main. La conversation prenait une tournure qui ne lui plaisait guère.

— ... soit quelqu'un te joue des tours.

— Comment ça ?

— Je ne sais pas. En te donnant des psychotropes, des hallucinogènes...

Ava pensa aux nombreux cachets qu'elle était censée avaler tous les jours.

— Quoi qu'il en soit, tu penses que tout ça, c'est dans ma tête ? demanda-t-elle. Que je ne vois pas vraiment Noah ?

— Tu l'as dit toi-même. Il n'a plus le même âge. Quoi qu'il lui soit arrivé, Ava, ces visions n'y sont pas liées.

Ava sentit un froid glacé l'envelopper.

— Tu veux dire qu'on essaie de me faire croire qu'il est vivant alors qu'il est mort ?

— Je ne sais pas… Après tout, c'est toujours Noah que tu vois apparaître. Pas des dragons mauves, ni des palmiers poussant sur des icebergs, ni ta mère ressuscitée, ni même Kelvin. Juste Noah. Je ne crois pas qu'il existe des drogues capables de provoquer des hallucinations ciblées. C'est toi qui les orientes vers ton fils. Mais il est possible qu'elles aient une cause extérieure.

Elle reprit sa fourchette en main.

— Alors selon toi, quelqu'un veut que j'aie des visions de Noah ?

— Non. Quelqu'un veut te faire croire que tu es folle. C'est toi qui fais intervenir Noah dans l'histoire.

— Mais qui pourrait vouloir faire ça ?

— A toi de me le dire. Qui aurait le plus à gagner, si tu perdais vraiment les pédales ou que tu étais internée ?

— Ou morte ? ajouta Ava, poussant le raisonnement jusqu'au bout.

— Non ! Ce serait trop facile !

— Qu'est-ce que tu veux dire ?

— Tuer, c'est facile. Il suffit d'avoir une arme, des cachets, d'engager un tueur, je ne sais quoi… Il y a mille manières de se débarrasser de quelqu'un. Le plus compliqué, c'est de le faire impunément. Alors, pour garder les mains propres, on se contente de rendre dingue sa victime.

— Tu m'inquiètes…

— Songes-y sérieusement, Ava.

— On voudrait se débarrasser de moi ?

— Te réduire à l'impuissance, en tout cas.

— Pourquoi ? A cause de l'île ?

— Ça peut être une piste.

— Elle ne m'appartient pas entièrement, tu sais. Et crois-moi, elle vaut son pesant de soucis !

— Alors cherche dans une autre direction, reprit Tanya en portant une fourchette de pâtes à sa bouche. C'était juste une idée…

Son regard se teinta de plaisir.

— Ce que c'est bon ! murmura-t-elle.

17

Ava essaya plusieurs fois le nouveau numéro de Trent, mais ce dernier ne répondait pas. Aussi lui envoya-t-elle un texto pour lui demander de la rappeler.

En montant vers le cabinet de Cheryl, elle se demanda si c'était vraiment lui que son amie Tanya avait aperçu sur le port.

Mais quelle importance ? Quand il lui avait téléphoné, il n'avait pas précisé l'endroit d'où il l'appelait, et il pouvait avoir débarqué à Anchorville sans la prévenir. N'empêche que quelque chose la chiffonnait dans cette histoire.

Elle fut tirée de ses pensées par une brume légère qui lui rafraîchissait le visage. La pluie s'était arrêtée pendant qu'elle déjeunait avec Tanya, mais la température avait chuté.

Les ruelles étroites étaient désertes. Pas un piéton en vue, et les voitures se faisaient rares. Çà et là, des fenêtres éclairées perçaient les nappes de brouillard, zones d'incandescence dans la nuit tombante. A deux reprises, Ava eut l'impression d'entendre des pas racler le pavé derrière elle, comme si elle était suivie, mais quand elle se retourna, elle ne vit que des lambeaux de brume.

Reprends tes esprits !

Un hurlement la fit sursauter : c'était un chien qui aboyait au coin de la rue. Elle se retourna de nouveau et, cette fois, vit quelque chose bouger au pied d'un grand sapin. Puis elle s'aperçut que c'était une branche poussée par le vent.

Arrête !

Restant cependant convaincue que des yeux cachés suivaient ses moindres gestes, elle pressa le pas, longea une rangée de voitures garées et une haie de thuyas dégoulinante d'eau.

Trois chats s'égaillèrent devant elle, lorsqu'elle arriva à l'entrée du cabinet de Cheryl.

Cette dernière vint lui ouvrir vêtue d'un de ses nombreux caftans aux imprimés hippies et la conduisit à travers son labyrinthe de petites pièces.

Ava se glissa dans le fauteuil, tandis que Cheryl allumait une bougie. Bientôt, des parfums de thym et de lavande flottèrent dans l'air. Une musique apaisante se mêla au bruit de l'eau qui s'engouffrait dans la gouttière au-dessus de la fenêtre et Ava se détendit peu à peu. Les murs sombres de l'entresol s'estompèrent et elle se retrouva sur la même plage ensoleillée que lors de la séance précédente, avec son fils.

La lumière du soleil dansait sur l'eau et sur les boucles blondes de Noah qui jouait dans le sable avec un petit bateau en plastique. En y regardant de plus près, Ava s'aperçut que c'était une réplique du *Bloody Mary*.

— Où tu l'as trouvé ? demanda-t-elle.

Son fils leva les yeux et lui fit un grand sourire.

— Oncle Kelvin, dit-il en articulant bien. C'est lui qui me l'a donné.

Impossible. Kelvin était mort avant sa naissance. Noah ne l'avait jamais rencontré.

— Tu veux dire que le bateau appartenait à oncle Kelvin ?

Noah secoua la tête.

— Non, c'est lui qui me l'a donné.

Il la regarda de nouveau. Ses yeux brillaient d'un savoir qui n'était pas de son âge.

— Pourquoi tu me crois pas, maman ?

— Mais je te crois, mon chéri...

— Non, tu crois personne, rétorqua-t-il en faisant la moue.

— Ce n'est pas vrai, Noah. Qui t'a dit ça ?

— Papa.
— Papa ?

Le soleil se coucha subitement et son fils disparut.

— Noah ?

L'obscurité se referma autour d'elle.

L'instant d'après, elle était sur le pont du *Bloody Mary*, qui gîtait violemment. La tempête faisait rage. Les voiles battaient l'air, le vent sifflait à ses oreilles, la pluie fouettait le pont et Jewel-Anne hurlait comme si elle était au supplice...

Puis ce fut la naissance de Noah, l'enfant qu'elle désespérait d'avoir après une série de fausses couches. Un miracle. Né juste après la tragédie. Elle se rappelait à peine sa grossesse ; les premiers mois, elle avait cru avoir la grippe.

— Trois, vous commencez à remonter... Deux, vous refaites surface, vous êtes là, avec moi... Et un, vous ouvrez les yeux.

Ava se réveilla dans le cabinet de Cheryl, les bras vides.

— Vous étiez encore à bord du bateau, n'est-ce pas ? demanda Cheryl avec douceur. Vous avez crié.

Ava se sentait à la fois affaiblie et écrasée. Il y avait tant de choses qui échappaient à sa mémoire ! A travers ces séances d'hypnose, elle essayait d'en savoir plus sur la mort tragique de son frère, ainsi que sur la disparition de son fils. Elle espérait faire resurgir ainsi des souvenirs refoulés. Mais à présent, elle commençait à se demander si elle serait capable de les affronter.

Khloé, tout comme Jewel-Anne, semblait lui en vouloir encore d'avoir lancé l'idée de la promenade en mer. Elle-même avait passé de longues heures à se le reprocher, même si elle savait que le naufrage n'était pas sa faute. Mais parfois, il lui semblait qu'il y avait autre chose. Quelque chose qui flottait sous la surface, sans qu'elle puisse mettre le doigt dessus.

— Est-ce que ça va ? demanda Cheryl.

— Toujours cette satanée question, grommela Ava.
Cheryl sourit, mais son regard était grave.
— Quoi ? demanda Ava.
— Rien.
— Si. Dites-moi.
Cheryl détourna brièvement le regard.
— Faites attention à vous, Ava.
— Qu'est-ce que vous voulez dire ?
— Les choses ne sont pas toujours ce qu'elles paraissent, ni ce qu'on voudrait qu'elles soient. Il y a beaucoup de mauvaises énergies sur cette île, vous le savez aussi bien que moi. Je me fais parfois du souci pour vous.

Ava repensa aux hypothèses de Tanya.

— Ne vous inquiétez pas, lui dit-elle. Je fais attention, même si je n'en ai pas l'air.
— Tant mieux ! dit Cheryl avec ferveur.
— On se revoit la semaine prochaine ?
— Bien sûr.

Mais les pensées de Cheryl étaient manifestement ailleurs. En la quittant, Ava se sentit plus troublée que lorsqu'elle était arrivée.

Cheryl referma la porte et s'appuya contre le chambranle. Il lui était toujours difficile d'avoir affaire à Ava. Parfois, elle en venait à se demander si elle ne lui faisait pas plus de mal que de bien.

— Tu l'aides, dit-elle à haute voix pour se rassurer. Tu finis toujours par les aider.

Elle repartit vers son cabinet de travail. Quelques chats vinrent se mettre en travers de son chemin ; Cheryl sourit et se pencha pour les caresser. Merlin, un matou au long poil gris qu'elle avait recueilli dans la rue, la devança en frétillant de la queue. Cheshire, un gros chat tigré, et Olive, une petite chatte nerveuse avec une robe noire sur laquelle se découpaient des pattes, une poitrine et une moustache blanches, lui emboîtèrent le pas.

Cheryl referma la porte du cabinet et commença à y mettre de l'ordre. Elle plia la couverture qu'elle avait disposée sur les jambes d'Ava et rangea son carnet dans un tiroir du bureau. Puis elle souffla la bougie et coupa le plafonnier, plongeant la pièce dans l'obscurité totale.

Un feulement qui semblait venir du couloir flotta jusqu'à ses oreilles.

— Merlin ? appela-t-elle en sortant du cabinet.

Le couloir aussi était plongé dans l'obscurité.

Bizarre : elle ne se rappelait pas l'avoir éteint.

— Minou, minou…

Elle appuya sur l'interrupteur. La lampe ne s'alluma pas.

L'ampoule devait avoir grillé. Les ampoules de rechange se trouvaient au bout du couloir, dans la cave.

Avançant à tâtons dans le noir, Cheryl entendit Merlin gronder de nouveau.

Son cœur se mit à battre plus fort, mais elle s'intima l'ordre de garder son calme.

Ce chat est une boule de nerfs. Il a peur de son ombre, tu le sais très bien. Tu n'as pas à t'en faire. Il suffit de trouver une ampoule pour le plafonnier du couloir. Et une lampe de poche pour y voir clair. Il y en a une dans la cave, au-dessus de l'évier…

Un nouveau feulement déchira l'air, suivi d'un miaulement affolé et de pas feutrés s'éloignant à toute vitesse. Cheryl se figea sur place et tendit l'oreille. Le silence retomba. Frôlant les murs du bout des doigts pour se repérer, elle repartit vers la cave.

La respiration un peu saccadée, elle passa le coin du couloir, entra dans la buanderie et actionna l'interrupteur.

Rien.

La chaudière aussi avait cessé de fonctionner, si bien que l'entresol était plongé dans un silence complet.

Cheryl fouilla dans le tiroir près de l'évier. Une odeur

âcre d'urine de chat lui picota les narines. Il était plus que temps de changer la litière ! Ses doigts heurtèrent des crayons, des tubes de détachant et un cutter sur lequel elle se coupa, avant de se refermer enfin autour du cylindre métallique de la torche qu'elle alluma aussitôt.

Un faible rayon lumineux perça l'obscurité.

Elle balaya le mur de ce faisceau tremblotant et repéra le tableau électrique. Elle l'ouvrit, laissant une empreinte ensanglantée sur le couvercle.

Le disjoncteur général avait sauté.

Du jamais-vu... Un ou deux fusibles, oui, mais là...

A l'instant où elle tendait le bras pour relever la manette, elle sentit un courant d'air froid s'engouffrer dans la cave.

Des bruits filtrèrent du dehors ; on aurait dit qu'une fenêtre s'était ouverte.

De nouveau, l'angoisse la saisit. Elle crut entendre derrière elle un pas crisser sur le sol en béton.

Elle actionna le disjoncteur. Les néons inondèrent enfin la buanderie de leur lumière froide, mais c'était déjà trop tard : deux mains puissantes se glissaient autour de son cou.

Elle tenta de hurler, de se débattre, mais les doigts d'acier se resserrèrent, lui coupant la respiration. Le cœur battant douloureusement, les poumons en feu, elle lutta à coups de pied et de poing, la tête renversée en arrière, mais en vain.

Mon Dieu, non, je vous en supplie !

Ses poumons étaient sur le point d'exploser ; elle sentait ses globes oculaires se dilater, les petits vaisseaux prêts à céder.

Non, non, non...

Cela ne pouvait pas lui arriver... pas à elle... pas à...

A l'instant où l'obscurité se faisait en elle, on la relâcha et elle s'écrasa sur le sol. Elle aspira une bouffée d'air et l'entendit s'engouffrer dans sa gorge avec un sifflement creux, comme si son larynx était broyé. Elle crut un bref instant qu'elle était sauvée, puis un objet apparut dans son champ de vision.

Une lame longue, fine et luisante.

Qui…

Une lame qui se glissa dans sa gorge.

Cheryl ne sentit qu'une petite brûlure. Elle entendit les pas de son assassin décroître dans le couloir. Puis des yeux dorés apparurent devant son visage et un petit miaulement résonna doucement.

Cheshire… mon petit chat…

Ensuite il n'y eut plus rien.

18

Il y avait un peu trop d'habitants de l'île à Anchorville, aujourd'hui, et Austin gardait prudemment ses distances.

Wyatt Garrison était venu retrouver la psychiatre, comme d'habitude. Ian avait jeté l'ancre au port quelques heures plus tôt. Il était passé au magasin de pêche, puis s'était installé au café comme s'il attendait quelqu'un. Et puis Ava avait débarqué à son tour.

Austin se méfiait autant des uns que des autres. Personne ne devait savoir qu'il se trouvait en ville. Si on s'apercevait qu'il filait Ava Garrison, cela pourrait lui valoir des ennuis. Aussi était-il resté dans l'ombre, le col remonté, la casquette baissée sur les yeux, tandis qu'elle quittait le poste de police. Il l'avait suivie de loin jusque dans le salon de coiffure, et avait failli la perdre quand elle s'était éclipsée par-derrière pour aller déjeuner avec sa copine. Deux heures plus tard, elle avait rejoint le cabinet de son hypnotiseuse.

Elle avait eu un après-midi drôlement chargé…

Quand elle ressortit de chez Cheryl Reynolds, à la nuit tombée, Austin la laissa passer devant, puis la rattrapa dans le port, sans se faire voir d'elle.

Même de loin, on voyait qu'elle était troublée. Elle sirotait le contenu d'un gobelet de café, la bouche plissée par l'inquiétude.

Elle grimpa bientôt à bord du *Holy Terror* et ce bon vieux Butch Johansen la raccompagna au bercail.

Austin regarda le bateau disparaître dans la brume, puis s'éloigna vers l'autre bout du village. Il traversa un bosquet d'arbres jusqu'au bord de la baie, où il avait amarré son petit bateau.

Il faisait nuit noire. Si sa chance ne tournait pas, personne ne saurait jamais qu'il avait quitté l'île.

— Je me doutais pas que tu le prendrais aussi mal, Ava !
— Je croyais que tu détestais Wyatt.

La vedette rebondissait sur les eaux houleuses de la baie. Les yeux plissés, Butch laissa son regard se perdre dans la nuit.

— Je le porte pas dans mon cœur, mais de là à refuser de le transporter sur mon bateau...

Il lui lança un regard de biais et ajouta :

— Moi, au moins, je l'ai pas épousé !
— Tu aurais quand même pu m'en parler, protesta Ava en s'enveloppant d'un vieux ciré qui sentait la mer et la cigarette.
— Pour que tu me sautes dessus ? T'étais assez énervée comme ça.
— Ce n'est pas faux, reconnut Ava.

La vérité, c'était qu'elle était fatiguée de se battre, de douter d'elle-même et de tous ceux qui l'entouraient.

Dans un puissant grondement de moteur, Butch traversa la baie et ralentit devant le ponton de Neptune's Gate. Les deux étages de la maison étaient plongés dans l'obscurité, mais des lumières brillaient au rez-de-chaussée et dans le studio de Jacob, au sous-sol.

— Autant te prévenir, dit Butch, j'ai rendez-vous avec Wyatt dans une heure pour le ramener ici.
— Ah... Je ne savais pas à quelle heure il rentrerait.

Butch coupa le moteur et attacha la vedette au ponton. Ava enleva le ciré et le posa sur un siège.

— Merci, dit-elle en payant sa course.

— Quand tu veux, petite sœur, fit Butch avec un sourire.

Elle monta les marches menant au perron. En poussant la porte de la maison, elle sentit des effluves de porc rôti flotter dans l'air. A l'autre bout du hall, la porte du bureau de Wyatt était entrouverte.

Ava jeta son sac à main sur une table dans l'entrée et s'avança vers le bureau de son mari, sa veste humide encore sur les épaules. Jewel-Anne se tenait derrière l'écran d'ordinateur qui luisait dans la pénombre de la pièce.

Elle leva les yeux en l'entendant approcher et tenta de rouler vers la sortie, mais c'était trop tard. Une roue de son fauteuil se coinça contre la chaise de bureau, qu'elle avait poussée sur le côté.

— Vue ! dit Ava à voix basse.

Elle s'appuya contre l'encadrement et croisa les bras sur la poitrine.

— J'avais oublié un truc…, bredouilla Jewel-Anne. Je suis venue le récupérer…

— Dans le bureau de Wyatt ? Tu l'as fait tomber sur le clavier de son ordinateur ?

Jewel-Anne hocha la tête, puis, croisant son regard, changea subitement de tactique.

— D'accord, d'accord… Je fouinais dans ses affaires.

— A la recherche de quoi ?

— Il y a des trucs bizarres qui se passent ici.

Ce n'est rien de le dire, pensa Ava.

Jewel-Anne lança un regard vers le hall et reprit à voix basse :

— Je vous ai entendus vous disputer, Wyatt et toi. Et puis je l'ai entendu pleurer.

— Qui ça ? demanda Ava en se figeant sur place. Wyatt ?

— Noah, chuchota Jewel-Anne. Je l'ai entendu pleurer. Je te le jure.

Les jambes d'Ava chancelèrent. Etait-ce un piège ? Elle fit un pas en avant et prit appui sur le bureau.

— Tu te fiches de moi ?

— Je suis sérieuse, Ava. J'ai entendu quelque chose, et ça ressemblait très fort à des pleurs d'enfant.

— Quel rapport avec le bureau de Wyatt ?

— J'ai eu l'impression que les cris venaient d'ici.

— N'importe quoi !

— La chambre de Noah est juste au-dessus.

— Oui, mais…

Ava ne termina pas sa phrase. Son regard dériva vers le plafond. La chambre de son fils se trouvait effectivement juste au-dessus.

— Les conduites de chauffage…, dit encore Jewel-Anne.

Elle roula vers l'espace situé au-dessous de la prise d'air du plafond.

— Tu te rappelles quand on était petites ? On se parlait à travers les prises d'air, on faisait semblant de s'espionner…

Ava se rappelait trop bien cette époque bénie où tous les cousins se poursuivaient d'un bout à l'autre de la maison en jouant à cache-cache… et parfois aux espions.

— Moi, j'avais toujours envie de savoir ce que faisaient Jacob et Kelvin, avoua Jewel-Anne. Je venais souvent dans cette pièce pour savoir ce qui se passait au premier. Alors, quand j'ai entendu les pleurs, j'ai pensé que…

Du coin de l'œil, Ava vit une ombre passer dans le couloir. Elle mit un doigt sur ses lèvres. Jewel-Anne se tut et la suivit du regard, les yeux exorbités derrière ses lunettes, tandis qu'elle s'avançait à pas furtifs vers la porte.

Le couloir était vide. Graciela fredonnait à voix basse au premier étage, des casseroles s'entrechoquaient dans la cuisine. Rien d'autre.

— Ecoute, Jewel, merci de m'avoir dit que tu as entendu des pleurs. Vraiment. Je suis contente de ne pas être la seule. Mais tu ne devrais pas fouiller dans les affaires de Wyatt.

Jewel-Anne redressa la tête d'un air de défi.

— Qu'est-ce que ça peut te faire ?

Elle fit brusquement pivoter son fauteuil vers la porte.

— Tu devrais plutôt te réjouir que quelqu'un accepte de te croire !

— J'apprécie ton aide, crois-moi. Et l'histoire des prises d'air, c'est…

— Je connais un secret, déclara sa cousine abruptement.

Son expression était devenue froide et adulte, comme si elle avait ôté son masque de petite fille pour la première fois depuis des années.

— Quel genre de secret ?
— Tu aimerais bien le savoir, hein ?

Le masque réapparut aussi rapidement qu'il avait disparu. Le visage de Jewel-Anne se fit de nouveau sournois et impénétrable. Elle appuya sur une commande au bras de son fauteuil, ralluma son iPod et, lançant un sourire de mépris à Ava, s'éloigna dans le couloir, au son de *Puppet on a String* d'Elvis Presley.

Elle faillit percuter Jacob, qui sortait du séjour.

— Regarde devant toi, nom de Dieu ! s'exclama-t-il en s'écartant d'un bond.

L'iPad qu'il tenait à la main s'écrasa sur le sol.

— Putain, Jewel, s'il est cassé…

Il ramassa la tablette et l'examina avec effroi.

— La coque est fendue ! J'ai tous mes cours, toute ma biblio, toutes mes dissertes là-dedans, merde !

Son visage était devenu écarlate. Imperturbable, Jewel-Anne poursuivit son chemin dans un ronron électrique tandis que Demetria, alertée par les éclats de voix, arrivait en courant de la salle à manger.

— Qu'est-ce qui se passe ? demanda-t-elle, haletante.
— Mon iPad est foutu, voilà ce qui se passe !

Jacob se redressa et lança un regard noir à Ava.

— Tu ne peux pas essayer de t'entendre avec Jewel-Anne ? Elle est en fauteuil roulant !

Ava le fixa d'un regard incrédule.

— Parce que c'est ma faute, maintenant, si ta tablette est cassée ?

— Tu te crois si maligne que ça ? La grande chef de l'île, ça allait encore quand tu avais toute ta tête, Ava… Tu te conduisais comme une garce, mais au moins, tu savais ce que tu faisais. Par contre, depuis que tu as perdu la boule…

— Non mais tu t'entends parler ?

Une colère incandescente montait en elle.

— Tu n'as plus d'ordres à nous donner !

— Des ordres ? Depuis quand est-ce que je te donne…

Elle s'interrompit brusquement, comprenant qu'il avait une longueur d'avance sur elle.

— Tu sais quoi ? reprit-elle. Je ne me rappelle pas t'avoir donné d'ordres, mais je vais m'y mettre. Là, tout de suite. Fais tes bagages, Jacob. Trouve un autre endroit où te planquer et bricoler Dieu sait quoi toute la journée. Je ne veux plus te voir.

— *Quoi ?*

— Cette situation a trop duré. J'ai été distraite par mes soucis, sans doute, sans parler des médicaments, mais c'est terminé !

— Attends… Tu me mets à la porte ?

— J'en ai bien l'impression.

Demetria s'interposa, levant la paume comme pour apaiser la situation.

— Calmez-vous, tous les deux. Prenez un moment pour…

— Je suis ton chauffeur !

— Je suis capable de conduire ma propre voiture.

— Alors tu me vires aussi de mon boulot ? Tu es complètement cinglée, tu le sais, ça ?

— Je ne crois pas, répondit posément Ava. A vrai dire, j'ai même l'impression de reprendre mes esprits. Et ce que je découvre autour de moi ne me plaît pas beaucoup.

— J'ai des études à finir !

— Eh bien, trouve-toi un studio à Anchorville. Ce sera plus pratique pour aller à la fac, de toute façon.

— Qui va s'occuper de faire tourner cette baraque ?

C'est moi qui entretiens tout le réseau wifi. C'est moi qui ai installé tout le matériel. L'ascenseur à bateaux, le câble de la télé, les ordinateurs et même le système de sécurité ! Tu vis sur une île, Ava, au milieu d'un océan ! Rien que la semaine dernière, j'ai changé le tableau de bord du micro-ondes pour Virginia.

Il avait raison, mais il était hors de question de le reconnaître.

— Contrairement à ce que tu sembles croire, Jacob, tu n'es pas indispensable. On se débrouillera autrement.

— Ils ont raison, les autres ! Tu es vraiment une salope !

Ce mot lui fit mal, mais elle ne cilla pas.

— Tu ne peux pas me virer ! cria-t-il en tendant vers elle un doigt accusateur. Cette île n'est pas à toi et la maison non plus ! Elle appartient aussi à Jewel-Anne, que je sache. Alors à moins que vous ne vous mettiez d'accord toutes les deux pour me faire dégager, je ne bougerai pas. Et connaissant ma sœur, elle ne risque pas de se ranger de ton côté de sitôt !

Jacob lui lança un dernier regard furieux, puis s'éloigna à grands pas vers l'arrière de la maison.

— Je ne l'ai jamais vu aussi énervé, dit Demetria en le suivant du regard.

Elle passa la main dans son cou pour détacher ses cheveux, qui retombèrent en boucles ternes autour de son visage.

— J'ai l'impression qu'il a de gros problèmes personnels, lui aussi.

— Comment ça, *lui aussi* ?

— Il n'est pas le seul, au cas où vous ne l'auriez pas remarqué…

Elle pencha la tête pour faire tomber ses cheveux autour de son visage, les rassembla dans sa main et les attacha derrière ses oreilles en se redressant. Puis elle s'éloigna à son tour vers l'ascenseur.

— Des fois, lança-t-elle sans se retourner, c'est pire que Sea Cliff, ici ! Pourtant, je vous jure que là-bas, c'était un cauchemar.

19

Jacob franchit l'entrée de son studio, appuya sur l'interrupteur et se figea, visiblement abasourdi.

— Qu'est-ce que vous foutez là ?

Austin l'attendait, assis au bord d'un lit jumeau défait. Des vêtements froissés s'entassaient sur le lit, et le sol était jonché de bouteilles et de canettes vides. Des barquettes de plats cuisinés, d'où surgissaient des fourchettes plantées dans les restes desséchés, s'offraient aux rats qui habitaient sans doute les fentes des murs. Une odeur de pizza froide masquait à peine celle de l'humidité et de la poussière. La vitre de l'unique fenêtre était peinte en noir. Un vaste écran plat occupait presque tout le mur au pied du lit. Sous la télévision, il y avait une collection de manettes et de casques pour la console de jeux encastrée dans un placard, dont Dern venait de découvrir qu'il possédait une porte secrète communiquant avec l'autre partie du sous-sol.

— Qu'est-ce que vous foutez là ? répéta Jacob. Comment vous êtes rentré ?

— La porte était ouverte.

— Ça m'étonnerait !

Austin avait mis moins de deux minutes pour ouvrir les deux serrures à l'aide de ses clés à crocheter et de sa clé dynamométrique.

— Vous avez pas le droit d'être là ! protesta encore Jacob, lançant un regard paniqué vers l'écran de son ordinateur.

L'appareil était relié par des câbles à une dizaine de

périphériques, dont un disque dur externe, un modem et un second moniteur.

— Vous êtes chez moi, ici, et vous y êtes entré par effraction ! Je pourrais appeler la police.

— Allez-y, dit Dern en lui tendant son téléphone. Vous pourrez en profiter pour leur montrer votre ordinateur et leur expliquer pourquoi vous visitez tous ces sites porno.

— Hé, attendez…

C'était du bluff, mais à en croire l'expression de Jacob, il avait visé juste.

— C'est pas de la pédophilie ni quoi que ce soit ! C'est des sites normaux !

— Vous verrez ça avec les flics. Moi, je m'en fiche.

— Qu'est-ce que vous me voulez ?

— Vous étiez où, aujourd'hui ? Je vous ai cherché.

— J'étais en cours.

Austin n'en croyait pas un mot, mais ne releva pas.

— J'espérais que vous pourriez me renseigner.

— Sur quoi ? demanda Jacob avec méfiance.

Il s'avança vers son bureau et Austin comprit qu'il s'assurait que l'écran de l'ordinateur était bien éteint.

— J'ai besoin de savoir comment les choses fonctionnent, ici. C'est vous qui vous occupez de la sécurité, non ?

— Pas officiellement, répondit Jacob d'un air gêné.

— Mais vous avez quand même installé des caméras ?

— Quelques-unes, ouais.

— Vous pouvez me montrer les enregistrements de la nuit où Ava s'est jetée à l'eau ?

— J'en ai pas mis sur le ponton.

— Et autour du hangar à bateaux ? En cas de vol ou de vandalisme ?

— Pourquoi est-ce que ça vous intéresse ?

— Je suis chargé de protéger les bêtes et d'entretenir les bâtiments, alors j'essaie de savoir à quoi j'ai affaire.

L'air sceptique, Jacob prit place devant son ordinateur.

— Je vois pas bien en quoi ça vous…

— On me demande d'être polyvalent. Vous pouvez bien me rendre un service, non ?

— Vous ne parlerez à personne de… de…

— Des sites porno ? Non.

Jacob écarta un gobelet vide et un carnet de notes dans un grand soupir, puis attrapa la souris. Le moniteur principal se ralluma rapidement ; quelques clics plus tard, une mosaïque de flux vidéo s'y affichait. La véranda de devant, celle de derrière, une façade du hangar à bateaux ; une vue plus large, presque panoramique, de l'entrée du garage, englobant aussi un angle de l'écurie. Dans un coin de l'image, Austin distingua également les premières marches de l'escalier menant à son studio.

Jacob afficha un menu qui lui permit de remonter dans les dates.

Des images en accéléré défilèrent alors. Des silhouettes allaient et venaient à toute vitesse, avec des mouvements saccadés. Jacob avança jusqu'au crépuscule, puis remit une vitesse de lecture normale.

— La voilà, dit-il.

Austin sentit un frisson le parcourir.

Il vit la porte de la véranda s'ouvrir brusquement et Ava, l'air affolé, traverser l'image à toute vitesse, sa chemise de nuit volant derrière elle. Quelques secondes plus tard, elle réapparut sur la caméra du hangar à bateaux, longea le ponton en courant et disparut de nouveau. Austin reconnut sa propre silhouette au pied de l'escalier du studio, puis devant le hangar à bateaux, courant en chaussettes et disparaissant hors champ.

Quelques secondes s'écoulèrent. Le moment où tous deux étaient dans l'eau.

Ils réapparurent dans une vue serrée de la plage devant le hangar. Le haut de leurs corps était coupé ; son propre jean dégoulinait et les jambes d'Ava apparaissaient clairement à travers sa chemise de nuit diaphane.

Deux secondes plus tard, la porte de la véranda s'ouvrit

sur Khloé Prescott, qui dévala la rampe pour handicapés avant de disparaître à son tour.

— Vous voulez en voir davantage ? demanda Jacob en se tournant vers lui.

— Non, ça ira.

— Alors, on est quittes ?

— Une dernière chose... Il paraît que vous avez cru voir Lester Reece, après son évasion de Sea Cliff ?

— Je l'ai vu. J'en ai la certitude.

— Comment ça ?

— J'étais parti chasser de nuit. Je sais que c'est interdit, mais bon... J'ai entendu quelque chose dans l'eau, alors j'ai braqué ma frontale sur le rivage et je l'ai vu. Comme je vous vois, là, devant moi. C'était Lester Reece. Il m'a foutu une peur bleue.

— Comment l'avez-vous reconnu ?

— Tout le monde sait à quoi il ressemble. Ce type est une légende, sur l'île. Et pas dans le sens positif, hein...

— Qu'est-ce qui s'est passé ?

— J'ai couru jusqu'à ma camionnette et j'ai foutu le camp aussi vite que j'ai pu.

— Vous n'étiez pas armé ?

— J'avais ma Winchester. Mais j'allais quand même pas lui tirer dessus !

— Vous auriez pu le prendre en photo avec votre téléphone.

— Je me suis pas attardé, j'avais les jetons ! Il a quand même tué deux personnes ! Je me suis barré au plus vite.

Il semblait sincère et presque effrayé de nouveau.

— Qu'est-ce que ça peut vous faire ?

— Simple curiosité.

— Je l'ai vu, ce salopard. Comme en plein jour. C'est bon ? Vous êtes content, maintenant ? Alors, foutez-moi la paix.

*
* *

— Je croyais que Trent arrivait aujourd'hui, fit remarquer Ava après le dîner.

Ils étaient assis près de la cheminée. Wyatt, à un bout du canapé, lisait les journaux, une paire de lunettes de lecture sur le nez ; elle-même était installée à l'autre bout. Près de la fenêtre, une de ses sinistres poupées à son côté, Jewel-Anne tricotait frénétiquement. Avachi dans un fauteuil inclinable, Ian sirotait un bourbon. La télévision était allumée, le son réglé au plus bas.

La scène semblait trop belle pour être vraie.

— Il a dû être retenu, répondit Ian avec flegme. Le boulot, sans doute.

— Il est représentant en pharmacie, objecta Ava. Il ne peut pas avoir des tonnes de choses à faire dans le coin !

— Il a pas mal de clients à Anchorville, reprit Ian en faisant tourner les glaçons dans son verre.

— Deux pharmacies en tout et pour tout, rétorqua Ava.

— Plus un hôpital et plusieurs cliniques privées, ajouta Wyatt en la regardant par-dessus ses lunettes.

— Le soir, il invite ses clients au restaurant, ajouta Ian, et ce sont des repas bien arrosés. Je parie qu'il va appeler vers minuit pour qu'on vienne le chercher !

— Ou alors, il dormira à Anchorville, dit Jewel-Anne avec un petit sourire mystérieux.

Des bruits de pas résonnèrent dans le couloir et Demetria apparut à l'entrée du séjour.

— Tu es prête ? demanda-t-elle à Jewel-Anne. Un peu de physiothérapie avant d'aller au lit ?

— Encore ? gémit Jewel-Anne.

Mais elle rangeait déjà ses aiguilles et son tricot dans le sac attaché à son fauteuil roulant.

— Juste quelques étirements, précisa Demetria.

Jewel-Anne quitta la pièce avec une expression de martyr.

— Ça ne lui arrive jamais, d'être de bonne humeur ? demanda Ian en croquant un glaçon.

Puis il se tapa les genoux et se leva.

— C'était une soirée délicieuse, mais je dois y aller.

Il s'éloigna vers la cuisine avec son verre.

— Il paraît que tu es allée en ville, dit Wyatt lorsqu'ils se retrouvèrent seuls.

Ava sentit son cœur se serrer.

— J'ai déjeuné avec Tanya.

Wyatt eut un petit rire froid. Il n'avait jamais apprécié la jeune femme.

— Tu aurais pu demander à quelqu'un de t'accompagner.

Y avait-il une note d'accusation dans sa voix ? Ou bien n'était-ce que de la sollicitude ?

— Je peux me débrouiller toute seule, tu sais.

— Tant mieux, Ava... Je me fais du souci, c'est tout. C'est pour ça que Khloé est restée. Pour t'aider.

— Je vais très bien, Wyatt.

Il leva un sourcil dubitatif.

— Bon, peut-être pas *très bien*, concéda-t-elle, mais mieux qu'il y a quelques jours. Tu n'as pas de raisons de t'inquiéter. Laisse-moi juger de ce que je suis capable ou non de faire.

— Je sais que tu me trouves surprotecteur.

— Tu l'es.

— Mais reconnais que tu m'as donné des raisons de m'inquiéter ! Et le Dr McPherson n'est pas convaincue que tu sois en état de prendre de bonnes décisions.

— Elle te l'a dit ?

— Oui.

— Elle n'aurait pas mieux fait de m'en parler directement ?

— Elle t'aurait dit exactement la même chose, si tu ne l'avais pas envoyée balader.

— Pour elle, je ne suis pas capable de décider si je peux ou non déjeuner avec une copine ?

— Le problème, c'est plutôt que tu as quitté la maison toute seule. Que tu es partie en ville toute seule. Que tu es allée à des rendez-vous toute seule.

— Erreur… Je ne suis pas restée seule une seconde ! Je me suis fait accompagner par Ian jusqu'à Anchorville et je suis revenue avec Butch. Entre-temps, j'ai déjeuné avec Tanya.

Elle omit de mentionner ses visites à l'inspecteur Snyder et à Cheryl.

— Et quand tu es rentrée, tu as cherché des noises à Jewel-Anne et à Jacob.

— C'est Demetria qui t'en a parlé ?

— C'est Jewel-Anne.

— Elle t'a dit aussi que je l'avais surprise en train de fouiller dans ton bureau ?

— Elle m'a parlé de bruits dans les prises d'air.

— Elle prétend qu'elle a entendu Noah pleurer.

— Quoi ? Pour l'amour de Dieu, Ava… Elle te fait marcher. Elle ne s'est jamais remise du naufrage et elle essaie de prendre sa revanche. C'est une réaction infantile. Ne fais pas attention.

— Je la crois, répondit fermement Ava.

Wyatt leva les mains, signifiant qu'il ne voulait plus en entendre parler.

— Pourquoi est-ce que tu t'es énervée contre son frère ?

— C'est lui qui s'est énervé contre moi quand sa sœur a failli l'écraser avec son fauteuil roulant. Son iPad s'est cassé et il a pété les plombs.

Elle s'interrompit brusquement.

— Attends un peu… Pourquoi est-ce que je suis en train de me justifier ? Tu n'as qu'à poser la question à Jacob ! Tu es mon mari, tu es censé être de mon côté !

— Et toi, tu es censée être du mien, Ava. Je ne suis pas ton ennemi.

— Tu en es sûr ?

En guise de réponse, il se leva et s'éloigna à grands pas vers la porte.

*

Cette nuit-là, Ava rêva de nouveau. Cette fois, elle entendit des pas d'enfant devant sa porte. Rejetant les couvertures, elle se précipita dans le couloir obscur. Les veilleuses, installées après la naissance de son fils, jetaient de minuscules flaques de lumière.

— Noah ? chuchota-t-elle. C'est toi ?

Etait-ce sa silhouette qui disparaissait au bout du couloir ? Sa respiration légère qui se mêlait au bourdonnement de la chaudière ?

Elle tourna l'une après l'autre les poignées de toutes les portes. Certaines étaient fermées à clé, d'autres donnaient sur des chambres vides et sombres, aux volets fermés.

Où était-il passé ?

Son cœur se serra douloureusement tandis qu'elle dévalait les marches de l'escalier.

Où est-il ?

Qui me l'a pris ?

— Noah !

Il n'y a pas d'ennemi, Ava. C'est dans ta tête, tout ça.

— Noah ! cria-t-elle désespérément.

Sa voix résonna à travers la maison vide.

— Noah !

Les jambes chancelantes, elle s'effondra au pied de l'escalier. Son cœur douloureux battait sourdement à ses oreilles.

— Ava ! Bon sang, qu'est-ce qui se passe ?

Wyatt se penchait par-dessus la rambarde du premier étage.

— Attends, j'arrive.

Un instant plus tard, il la serrait contre lui.

— C'est Noah ! dit-elle, le visage ruisselant de larmes. Je l'ai entendu marcher dans le couloir.

— Ma chérie, c'est impossible… Il n'est plus là.

— Ne dis pas ça !

Elle tenta de se dégager, mais il la serra de plus belle.

— Chut…

Il la souleva dans ses bras et la porta vers l'ascenseur ; puis, la serrant contre lui en chuchotant que tout irait bien, il appuya sur le bouton du premier.

L'instant d'après, ils arrivaient à la porte de sa chambre. Tandis que Wyatt l'emmenait vers son lit, Ava sentit les battements puissants et réguliers de son cœur.

— Tout va s'arranger, Ava. Allez, calme-toi.

Il la déposa sur le couvre-lit et embrassa sa joue mouillée.

— C'était un rêve. Juste un rêve.

Il repoussa de son visage une mèche de cheveux et la regarda dans les yeux. Ava lut de la compassion sur ses traits et quelque chose d'autre, qu'elle ne sut identifier.

— Il me manque tellement…, murmura-t-elle.

— A moi aussi.

Le visage de Wyatt refléta une profonde émotion.

— Et toi aussi, tu me manques, Ava. Notre couple me manque.

— Je sais.

— Vraiment ?

— Oui.

Sa voix se brisa quand les lèvres de Wyatt se posèrent sur les siennes. Il l'embrassa avec douceur, délicatesse, tout d'abord, puis avec plus de fougue. Les sens d'Ava s'enflammèrent avec une intensité qu'elle croyait perdue, et elle accueillit ce baiser avec empressement. Elle noua les bras autour de son cou. Il se glissa alors dans le lit, repoussant les couvertures, écartant tendrement ses genoux. Ava se blottit contre lui, s'efforçant de chasser de son esprit les doutes, la douleur et la peur.

Elle sentit les mains de Wyatt se promener sur son corps, le sculpter, toucher ses seins, en faire durcir les mamelons. Elle cambra le dos d'impatience, et il cala une main sous ses reins pour l'attirer à lui.

Ses muscles durs et bandés se pressèrent contre elle et elle céda à la chaleur qui se répandait dans ses veines, au désir qui vibrait dans les parties les plus secrètes de son corps.

Ne fais pas ça, dit alors une voix dans sa tête. *C'est trop dangereux. Tu ne peux pas lui faire confiance.*

Mais c'est mon mari, rétorqua-t-elle en silence, le corps déjà vibrant de plaisir. *Je l'aimais, autrefois.*

C'est de la folie. C'est un traître. Oui, à une époque, il embrasait ton corps et ton âme, mais c'était il y a très longtemps. Il n'est plus le même, Ava, et toi non plus.

Wyatt gémit près de son oreille, les mains enchevêtrées dans ses cheveux et, pendant une fraction de seconde, elle crut voir briller un éclair de triomphe dans ses yeux.

Au plus profond de son esprit, quelque chose se brisa. L'instant d'après, elle s'aperçut que l'homme dans ses bras n'était pas Wyatt, mais un inconnu.

Elle s'attendit à voir son ardeur diminuer et sa raison reprendre le dessus, mais son cœur continuait à battre la chamade. Le sang qui coulait dans ses veines brûlait encore de désir, et elle enlaça cet amant inconnu qui l'embrassait avec passion. Sa bouche fouilla la sienne, puis ses lèvres brûlantes se promenèrent sur son cou, y laissant un sillage de baisers brûlants.

Ses seins se tendirent davantage, et elle prit la tête de l'inconnu entre ses mains tandis qu'il embrassait et taquinait ses mamelons.

Des ondes de désir parcouraient son corps. Elle en voulait plus... tellement plus...

Il lui prit la main pour lui montrer comment leur donner du plaisir à tous les deux, et elle s'arc-bouta contre lui, folle de désir... Quand enfin elle ouvrit les yeux, elle s'aperçut que cet homme, cet inconnu qu'elle avait inventé de toutes pièces pour enflammer son corps et son âme, ressemblait beaucoup à Austin Dern.

20

Il n'y avait personne dans son lit.
Evidemment.
La place à côté d'elle était lisse et fraîche.
Son imagination détraquée lui avait joué un tour.
Encore une fois.
Elle était lasse de ces faux-semblants… Tellement lasse !

Le pire, c'est qu'elle avait l'impression d'avoir été vraiment touchée et caressée. Mais à l'exception d'une petite piqûre au doigt, elle ne constata rien de louche. Aucun signe d'activité sexuelle, pas de douleur entre les jambes, aucune trace sur les draps.

C'était juste un rêve.

Il faisait encore nuit, mais la maison commençait déjà à se réveiller. De la lumière électrique filtrait sous la porte ; des assiettes s'entrechoquaient au loin. Dehors, une mouette criait et le vent fouettait la maison, faisant vibrer les carreaux des fenêtres anciennes.

Son rêve refusait de se dissiper tout à fait, certaines images la poursuivant pendant qu'elle se douchait et s'habillait.

Un rêve érotique ? Avec Wyatt et Austin Dern !

Elle se rappelait rarement ses rêves, mais celui-ci semblait gravé pour toujours dans son esprit.

Elle sortit dans le couloir et se dirigea tout droit vers la chambre de Noah. Au moins était-elle capable, à présent, d'en franchir le seuil sans s'effondrer.

La pièce était telle qu'elle l'avait laissée la fois précédente.

Ava savait qu'il était grand temps de ranger les affaires de son fils, mais elle n'en avait pas le courage. Elle revit Noah gazouillant et se racontant de petites histoires à lui. Combien d'heures avait-elle passées dans cette chambre à jouer avec lui ? Elle revit ses petites mains qui se tendaient vers elle. Pour renforcer son souvenir, elle s'avança vers la commode, ouvrit les flacons de shampooing et de crème pour bébé restés si longtemps inutilisés, et porta un petit pot de crème à son nez.

Une latte du parquet grinça derrière elle.

Jetant un coup d'œil dans le miroir au-dessus de la commode, elle aperçut Wyatt qui se tenait dans l'embrasure de la porte, le regard sombre.

— Tu te fais du mal, Ava. Et à moi aussi. Pourquoi est-ce que tu te tortures ?

— Il n'y a rien de mal à vouloir se souvenir.

— Peut-être, mais vivre dans le passé ? S'accrocher à de faux espoirs ? Gâcher ta vie et celle des autres, parce que tu persistes à croire envers et contre tout que notre fils est vivant et qu'on va le retrouver ? C'est ridicule. C'est du fantasme à l'état pur !

— Je refuse de perdre espoir.

— Tu vis dans un mensonge.

Il s'avança et plaça les mains sur ses épaules.

— Je t'en supplie, Ava, arrête de te battre contre nous.

— « Nous » ? Qui ça, « nous » ?

— Tous ceux qui t'aiment et qui veulent t'aider. S'il te plaît…

Un muscle tressauta dans sa mâchoire et il baissa la tête pour que leurs fronts se touchent.

— Arrête de te battre contre moi.

— Je ne le fais pas exprès.

— Je sais que c'est douloureux, Ava, mais il faut tourner la page.

— C'est impossible.

— Tu peux y arriver !

Elle appuya la tête contre sa poitrine et écouta son cœur battre, se demandant s'il n'avait pas raison, après tout. Pourquoi s'entêtait-elle à refuser le réconfort qu'il lui offrait ?

— J'ai besoin de savoir quelque chose, dit-elle avec un peu d'appréhension. Tu es venu dormir avec moi, hier soir ? Dans notre chambre ? Dans notre lit ?

Sa mâchoire se contracta.

— Oui. Je t'ai entendue crier et je suis venu voir ce qui se passait... Je me demandais si tu t'en souvenais.

Le soulagement s'empara d'elle. Elle n'avait donc pas tout imaginé... Pourtant, quelque chose ne collait pas.

— Est-ce qu'on a... euh...

Il eut un rire sans joie.

— Non. Pas vraiment. Je... je me suis dit que ce n'était pas le moment.

— Et tu es parti sans rien dire, ce matin ?

— Je n'ai pas voulu te réveiller.

Elle leva un sourcil sceptique.

— Tu as eu beaucoup de soucis ces derniers temps et tu as besoin de repos, poursuivit-il. En plus, tu n'avais pas l'air de me reconnaître.

— Quoi ?

Son cœur s'emballa.

— Tu rêvais. Tu parlais en dormant.

Elle sentit son cou s'embraser.

— Tu as vu la rose ?

— Quelle rose ?

— Celle que j'ai glissée sous ton oreiller.

— Non.

Elle se rappelait pourtant avoir tapoté le lit en cherchant la chaleur d'un autre corps.

— Alors, elle y est encore.

Il déposa un baiser sur son front.

— J'espère qu'on va s'en sortir, Ava.

205

C'était dit avec le sourire, mais une note de résignation filtrait dans sa voix, comme s'il n'y croyait pas vraiment.

— On se voit plus tard, ajouta-t-il. Je file au bureau d'Anchorville. Je devrais être de retour en milieu d'après-midi.

— D'accord.

Elle attendit d'avoir entendu la porte d'entrée se refermer, puis revint à toute vitesse vers sa chambre. C'était quoi, cette histoire de rose sous l'oreiller ?

— Et avec tout ça, c'est moi qui suis dingue, soupira-t-elle en passant la porte.

Elle trouva Khloé en train de mettre de l'ordre dans la pièce. Son lit était déjà fait. Sur le couvre-lit défroissé reposait une rose blanche aux pétales bordés de rose.

— Où as-tu trouvé ça ? demanda-t-elle en indiquant la fleur écrasée.

— Dans ton lit, figure-toi ! Tu aurais quand même pu me prévenir. Je me suis fait mal !

Elle brandit la main droite : quelques gouttes de sang perlaient au bout de son index. Le doigt dans la bouche, elle s'éloigna vers la salle de bains.

— Tu as du désinfectant, j'espère ? Et des pansements ?

— Je crois.

Ava entendit l'armoire à pharmacie s'ouvrir en grinçant. Pendant que Khloé fouillait, elle prit la rose entre ses doigts.

— Elle n'était pas là hier soir.

— Quoi ? lança Khloé par la porte entrouverte. La fleur ?

— Oui.

— Mais alors… Oh ! La barbe !

Elle ressortit de la salle de bains en entourant maladroitement son doigt d'un pansement.

— Je n'ai jamais été ambidextre, murmura-t-elle.

Puis, voyant qu'Ava tenait la rose entre ses doigts, elle ajouta :

— Fais gaffe. Graciela est censée enlever les épines

avant de les mettre dans le vase, mais elle ne le fait jamais. Elle dit qu'on n'a qu'à prendre des roses sans épines.

— Les variétés sans épines ne s'appellent pas Church Isle White et elles n'ont pas été créées par mon arrière-grand-mère !

— Certes…

— Tu es sûre que cette fleur était dans mon lit ?

— Sous ton oreiller. Tu as de la chance, tu aurais pu te faire super mal.

Ava baissa les yeux sur l'égratignure à son doigt.

— Ah, dit Khloé en suivant son regard, tu vois que tu t'es piquée aussi !

— Peut-être, dit Ava sur un ton dubitatif.

Khloé secoua la tête et tendit son doigt pansé vers l'index d'Ava.

— Comment tu expliques cette marque, autrement ?

— Je ne sais pas.

Un quart d'heure plus tard, Ava buvait une tasse de café et, devant l'insistance de Virginia, avalait un yaourt aux fruits rouges.

Virginia faisait l'inventaire du garde-manger en griffonnant une liste sur son calepin.

— Je n'arrive pas à croire qu'on n'a déjà plus de bouillon de poule, marmonna-t-elle.

Au lieu de lui répondre, Ava monta en vitesse à l'étage, attrapa son ordinateur portable et redescendit s'installer dans la bibliothèque. Wyatt venant de partir, elle avait quelques heures de tranquillité devant elle.

Jewel-Anne prenait généralement le petit déjeuner dans sa chambre et y restait jusqu'à l'heure de sa séance de physiothérapie avec Demetria, en fin de matinée. Jacob était à la fac, ou bien retiré dans sa tanière au sous-sol ; les employés de maison occupés ; Ian parti pêcher, ou prendre un café au village, comme d'habitude. Bref, c'était un moment où elle pouvait échapper aux quatre murs de sa chambre sans crainte d'être dérangée. En plus, la connexion internet marchait mieux dans la bibliothèque, à proximité du bureau de Wyatt.

Elle organisa ses notes et enregistra des articles de presse qu'elle n'avait pas eu l'occasion de lire au sujet de la disparition de Noah. Elle entendit un bruit de sirène, à l'autre bout de la baie.

Tandis qu'elle éteignait son ordinateur, son regard dériva vers une photo de Noah, prise quelques heures après sa naissance. Elle s'avança vers le rayonnage où se trouvait le cadre et le prit entre les mains.

— Tu es un drôle de petit bonhomme…, dit-elle à l'image du bébé emmailloté, posé sur un divan.

Son accouchement avait été difficile. Du moins lui semblait-il, car cet événement béni, survenu si rapidement après la mort de Kelvin, était enfoui dans un coin inaccessible de sa mémoire. Sans doute était-ce aussi bien, puisque son fils avait failli mourir en venant au monde. Les mois qui avaient précédé l'accouchement avaient été angoissants, eux aussi ; elle avait vécu dans la terreur de ne pas mener cette grossesse à son terme. De fait, Noah était né avant la date prévue, mais cela n'avait pas affecté sa santé.

Ava gardait le même genre de souvenirs flous et lacunaires de l'hôpital que du naufrage qui avait coûté la vie à son frère. Mais peu importaient les détails, puisque Noah était né.

La gorge serrée, elle reposa le cadre sur l'étagère et s'avança vers la fenêtre qui donnait sur le jardin, la pierre commémorative et le petit banc. Puis elle descendit les quelques marches qui menaient à la salle de jeux où se trouvait la table de billard. Passant une porte-fenêtre ouverte sur le jardin, elle s'avança vers le petit mémorial. Des feuilles mortes, poussées par le vent, virevoltèrent sur l'allée en terre tandis qu'elle s'installait sur le banc.

— Où es-tu, Noah ? demanda-t-elle à voix haute.

Elle repéra d'autres traces que les siennes dans la terre humide. De grandes traces de pas, ceux d'un homme, et des sillons creusés par un fauteuil roulant.

Dans les rares moments où elle sortait de la maison, Jewel-Anne se promenait généralement dans le jardin. Elle emportait une de ses poupées et lui parlait, tout en se frayant un chemin dans les allées envahies de mauvaises herbes, entre les rhododendrons gorgés d'eau et les hortensias négligés. Ava l'avait souvent vue s'arrêter à ce même endroit et fixer son regard sur la pierre de Noah.

Elle frotta ses mains glacées par l'air automnal. Les fêtes de fin d'année approchaient et son cœur se serrait à l'idée d'endurer un Noël de plus. Toute sa vie, elle s'était réjouie à l'approche de cette fête, mais avec la disparition de Noah, tout avait changé.

Son regard se porta sur la baie, où des crêtes d'écume tourbillonnaient à la surface de l'eau grise et profonde.

Comment les autres pouvaient-ils laisser le souvenir de Noah s'estomper ainsi ? Comment pouvaient-ils accepter aussi simplement sa disparition ? Bien sûr, en l'absence de corps, de demande de rançon, ou de toute autre piste convaincante, ils pensaient qu'il n'y avait plus rien à espérer. Même Wyatt s'était résolu à ne jamais revoir son fils. Voilà pourquoi il avait insisté pour ériger ce mémorial.

Elle tourna les yeux vers la pierre.

Par-dessus le bruit du vent, elle entendit la porte arrière de la maison s'ouvrir, et le couinement d'un fauteuil roulant descendant la rampe.

Moi qui espérais un peu de solitude...

Elle se leva à l'instant où sa cousine apparut dans l'allée. Emmitouflée dans un épais blouson assorti à celui de sa poupée, Jewel-Anne roula droit vers elle.

— Qu'est-ce que tu fais là ? demanda-t-elle.

C'était la première fois qu'elle lui adressait la parole depuis la dispute dans le bureau de Wyatt.

— Je réfléchissais.

Jewel-Anne manœuvra son fauteuil jusqu'à la hauteur du banc et fixa son regard sur la pierre.

— Moi aussi… Ça fait du bien. Tu sais, il me manque, à moi aussi.

La glace qui entourait le cœur d'Ava fondit un peu.

— C'est pour ça que je viens ici. J'ai l'impression d'être plus proche de lui.

— Moi aussi, dit Ava d'une voix cassée. Tu ne fais pas ta séance de physio ?

— J'ai annulé. Ça ne sert à rien, de toute façon.

— Mais le docteur avait dit…

— Il raconte n'importe quoi ! Il me répète de faire de la rééducation ou de consulter un psy, mais en réalité, tout ça, c'est juste pour m'occuper.

Ses yeux se remplirent de larmes qu'elle chassa d'un revers de la main.

— Tu peux parler, toi ! ajouta-t-elle. Tu ne fais jamais ce qu'on te dit de faire… D'ailleurs, Khloé m'a demandé de te rappeler ton rendez-vous avec ta psy. Elle ne va pas tarder à arriver.

Le cœur d'Ava s'alourdit à l'idée d'une nouvelle séance avec Evelyn McPherson. La dernière chose dont elle avait envie, c'était de s'enfermer avec elle pour parler de ce qu'elle ressentait. Elle pourrait toujours essayer de la choquer avec son rêve érotique…

Un bip s'éleva du blouson de Jewel-Anne, qui sortit son téléphone de sa poche et consulta le message qu'elle venait de recevoir.

— Super ! Mme la marquise de Sade me réclame. Au plus vite.

Elle rangea son portable avec une grimace.

— Je ferais mieux d'y aller, sinon elle va encore faire la tête.

Elle fit un demi-tour habile et engagea son fauteuil sur l'allée.

Ava la regarda s'éloigner en se rappelant toutes les fois où elle l'avait vue sillonner le jardin, les rayons de ses roues dardant des reflets lumineux. Elle s'était souvent demandé quel effet cela faisait, d'être confinée dans un fauteuil roulant. Elle éprouvait de la compassion, mais Jewel-Anne se montrait si cruelle que son empathie ne tardait en général guère à s'évaporer.

Restée seule, elle s'agenouilla pour parcourir du bout des doigts la pierre du mémorial. Dieu merci, il n'y avait pas de corps ni de cercueil sous ces rosiers épineux, dont les fleurs avaient péri depuis des mois !

Une boule se forma dans sa gorge. Elle ferma brièvement les yeux pour essayer de se ressaisir.

Subitement, elle eut le sentiment d'être épiée. Une fois encore... Elle avait la chair de poule, et ce n'était pas à cause du froid. Elle rouvrit les yeux et balaya du regard le jardin et ses buissons.

Personne.

Une mouette solitaire traversa le ciel en piquant vers la baie.

En se retournant vers la maison, elle crut voir un mouvement derrière une fenêtre à l'étage. Un rideau qui retombait dans...

Dans la chambre de Noah ?

Son cœur palpita douloureusement.

Qui se trouvait dans la chambre de son fils ?

Sans doute Graclelu qui fait la poussière.

Elle s'élança cependant vers la véranda. Elle franchit la porte à toute vitesse, faillit heurter Virginia qui sortait une plaque de biscuits du four, se rua dans le couloir et monta les marches de l'escalier deux à deux.

La porte de la chambre était entrouverte.

La respiration saccadée, elle entra lentement, assaillie par un nouveau déluge de souvenirs. Elle s'attendait presque à trouver Noah endormi dans son lit...

Son cœur cessa de battre quand elle aperçut les chaussures.

Les tennis de son fils.

Au milieu de la pièce, comme s'il venait de les enlever.

En s'avançant, elle sentit une odeur de sel. C'est alors qu'elle remarqua que les chaussures étaient mouillées et que des petites flaques d'eau s'étaient accumulées sur le tapis.

Les yeux écarquillés, elle ramassa les minuscules tennis rouges ornées du logo Nike. Elles sentaient l'eau de mer à plein nez.

— Noah…

Elle vit alors son corps minuscule flotter au large, ses cheveux tourbillonner dans la marée descendante. Au milieu de son petit visage pâle, ses grands yeux la fixaient en une accusation muette.

— Mon bébé !

Une petite main se tendit vers elle, mais elle s'était changée en pierre et ne pouvait réagir.

— Maman !

Elle laissa échapper un hurlement.

— Noah !

Mais il n'était pas là.

— Mon Dieu, que m'arrive-t-il ? chuchota-t-elle.

Elle se retourna et s'aperçut qu'elle n'était pas seule.

Une silhouette masculine se découpait à contre-jour dans l'embrasure de la porte et lui barrait la sortie.

21

— Bon sang ! s'écria Ava en portant la main à son cœur. Vous m'avez fichu une de ces frousses !

L'homme, à la porte, n'était pas un spectre diabolique, mais Austin Dern.

— J'en suis désolé, dit-il.

Son regard alla de son visage à la minuscule paire de chaussures qu'elle tenait dans ses mains, puis à la flaque d'eau sur le tapis.

— Elles sont à Noah, dit-elle. Je viens de les retrouver ici, par terre, devant l'armoire.

— Mais elles sont mouillées, non ?

— C'est de l'eau salée, répondit-elle, la gorge serrée.

Qu'avait donc dit Tanya ? « Et si quelqu'un voulait te faire croire que tu perdais vraiment les pédales ? »

Eh bien, ce quelqu'un s'y prenait rudement bien ! Mais qui était capable d'une telle cruauté ? Et à quoi cela pouvait-il servir ? Toutes les personnes qui vivaient sous ce toit avaient accès à cette chambre. Le ventre noué, elle se rappela sa récente dispute avec Jewel-Anne et Jacob. Et ils n'étaient malheureusement pas les seuls à nourrir du ressentiment contre elle. Ils étaient plutôt les premiers d'une longue liste.

— Est-ce que ça va ? demanda Dern.

— D'après vous ?

— J'ai l'impression que vous êtes plus résistante que vous ne le croyez.

Si seulement c'était vrai !
Il lui prit une petite tennis des mains et la porta à son nez.
— C'est bien de l'eau salée.
— Quelqu'un les a placées ici volontairement.
— Pourquoi ? demanda-t-il, l'air sincèrement perplexe.
— Pour me faire passer pour folle. Encore plus folle que je ne le suis.
— Qui peut vouloir ça ?
— Bonne question ! répliqua Ava avec un petit rire crispé. Je ne suis pas la personne la plus populaire de l'île, vous savez.

Dern lui rendit la chaussure, puis s'avança vers la penderie et ouvrit la porte. Les vêtements de Noah étaient accrochés à de petits cintres, ou pliés sur des étagères. Ses chaussures étaient rangées les unes à côté des autres, sans qu'une paire dépasse. Il ne restait pas d'espace vide pour les tennis rouges.

— Est-ce que tout est à sa place ?

Ava s'avança vers la penderie, résistant à l'envie de toucher les petits vêtements que son enfant avait portés.

— Je crois. Je n'ai pas ouvert ce placard depuis très longtemps. La dernière fois, c'était avant de me faire...

Elle s'interrompit, cherchant les mots pour évoquer son internement.

— ... avant de quitter l'île pour un moment.

Dern n'était certainement pas dupe. Nul doute qu'il avait entendu les rumeurs au sujet de son séjour en hôpital psychiatrique, mais elle n'avait pas envie de les confirmer. Du moins, pas maintenant.

— Qui a pu faire ça ? demanda-t-il de nouveau.

Les sourcils froncés, il secouait la tête, se frottant la mâchoire, ombrée d'une barbe de deux jours.

— C'est peut-être un accident.

— Un accident ? répéta Ava d'un ton sarcastique. Quelqu'un a *accidentellement* pris les chaussures de mon fils, les a fait *accidentellement* tomber dans l'océan, puis

214

les a rapportées ici et les a *accidentellement* posées en plein milieu de la chambre ? Non, tout ça est calculé pour me faire souffrir...

— Mais pourquoi ?
— Je ne sais pas.

La colère monta en elle tandis qu'elle s'éloignait vers la porte.

— Vous ne comprenez pas ? Quelqu'un s'amuse à me torturer !

Dern la rattrapa en posant la main sur son coude.

— Calmez-vous, Ava.
— Vous vous moquez de moi ? Comment voulez-vous que je...
— Ecoutez, j'ai une mauvaise nouvelle à vous annoncer.
— Allez-y, je commence à être habituée.

Mais voyant son air grave, elle cessa de se montrer ironique.

— Que s'est-il passé ?
— Ian vient de m'appeler.

Ava attendit, en proie à une anxiété grandissante.

— Il m'a dit que vous connaissiez Cheryl Reynolds.
— Oui.

Dern serra un peu les doigts autour de son bras.

— Elle est morte, Ava.
— *Quoi ?*

Les petites chaussures lui échappèrent des mains et dégringolèrent sur le sol.

— Ça ressemble à un meurtre.
— Un meurtre ?

Un désespoir glacé s'empara d'elle.

— Non... non... c'est... c'est impossible ! C'est encore une mauvaise plaisanterie !
— Je ne crois pas, répondit Dern. Je viens d'appeler quelqu'un que je connais au port d'Anchorville. Il m'a dit qu'on ne parlait que de ça, et qu'il avait vu des voitures de police et une ambulance monter vers le haut de la colline.

— Je l'ai vue hier ! protesta-t-elle alors même que lui revenait à la mémoire le bruit lointain des sirènes qu'elle avait entendu un peu plus tôt.

— Je suis désolé...

— Non, non, je ne veux pas entendre ça !

Elle refusait de croire que Cheryl était morte. Non seulement morte, mais victime d'un meurtre ? Le cœur battant la chamade, elle sortit son téléphone portable. Elle était sur le point d'appeler Ian quand l'appareil sonna.

C'était Tanya.

— Mon Dieu, Ava, tu as entendu ce qui est arrivé à Cheryl ? Elle s'est fait tuer ! Chez elle, dans sa maison !

Tanya paraissait au bord de la crise de nerfs. Ava sentit la bile monter dans sa gorge.

— Je n'arrive pas à y croire... Ce genre de choses n'arrive jamais à Anchorville !

— Attends, la coupa Ava. Tu es sûre de ce que tu dis ?

— Sûre et certaine ! C'est trop horrible...

— Qu'est-ce qui s'est passé ?

— Personne ne sait. Les flics ne veulent rien dire, mais les nouvelles vont vite, surtout avec les clientes du salon... Apparemment, un intrus serait entré chez elle et l'aurait tuée. Une de mes clientes... Ida Sterns, pour ne rien te cacher... Elle a tendance à exagérer, mais elle m'a dit qu'ils avaient retrouvé le corps de Cheryl dans la cave, entouré de tous ses chats. Il paraît qu'il y en a même un qui lapait son sang !

— Mon Dieu...

— N'empêche qu'elle est morte, Ava, et qu'un salopard l'a tuée ! Toute la ville est à cran, comme quand Lester Reece s'est échappé de Sea Cliff. C'est dingue ! Il faut que j'aille récupérer les petits, mais... je sais que tu consultais Cheryl, alors je me suis dit qu'il fallait que tu le saches. Attends, j'ai un autre appel. Bon sang ! C'est Russell ! Super, j'avais vraiment besoin de ça ! Qu'est-ce qu'il me veut encore ? Il a dû entendre parler de Trent...

— Qu'est-ce qui s'est passé avec Trent ?

Ava descendit l'escalier et s'avança vers les fenêtres de l'entrée. Dern, qui lui avait emboîté le pas, s'arrêta juste derrière elle. A l'autre bout de la baie, Anchorville s'étalait dans la grisaille. De minuscules lueurs rouges clignotaient au sommet de la colline, dans le quartier de Cheryl.

— On a pris quelques verres ensemble, répondit Tanya. C'est tout. Pas de quoi en faire un plat. Ecoute, il faut que je te laisse…

La communication s'acheva brutalement. Sonnée, Ava se retourna vers Dern. Son désarroi devait être visible, car il lui reprit le bras.

— Je suis vraiment désolé, dit-il une fois encore.

Il la fixait et Ava sentait la chaleur de sa main à travers le tissu de sa chemise. Des bribes de son rêve lui revinrent à l'esprit : l'inconnu qui s'était glissé dans son lit, l'amant imaginaire au corps nu et musclé, le feu du désir qui brûlait dans son regard. Elle se rappela ses mains puissantes et déterminées, et sentit sourdre en elle ce même désir effronté, cette même attente.

Elle dégagea son bras et recula de quelques pas.

— C'est tellement difficile à croire…, dit-elle en s'éclaircissant la gorge.

Ses joues brûlantes devaient trahir son embarras. Ses pensées revinrent vers Cheryl : que savait-elle vraiment d'elle ? Elle avait été mariée deux fois, mais Ava n'avait jamais vu de photos d'enfants chez elle, et Cheryl n'avait jamais abordé le sujet.

— Je n'arrive pas à y croire…

— C'est l'éternelle question, commenta Dern.

A cet instant, l'ascenseur se mit en branle. Quelques secondes plus tard, ses portes s'ouvraient sur Jewel-Anne et Demetria.

— Vous savez ? demanda Jewel-Anne.

Son visage était exsangue, ses yeux écarquillés derrière ses grosses lunettes.

— Au sujet de Cheryl ? Oui.

— C'est tellement dur à croire !

— Tu la connaissais ?

Sa cousine lui lança un regard surpris.

— Evidemment que je la connaissais ! Anchorville, c'est tout petit. Tout le monde la connaissait !

Elle se mordit la lèvre et ajouta :

— Vous savez où est Jacob ? Il faut le mettre au courant.

Elle attrapa son téléphone dans sa poche et se mit à pianoter à toute vitesse sur le minuscule clavier.

— C'est horrible, chuchota Demetria en secouant la tête. On n'a pas eu de meurtre dans la région depuis des années. Vous ne croyez pas… qu'il… que Lester Reece soit revenu ?

Jewel-Anne se raidit dans son fauteuil.

— Ça m'étonnerait, dit-elle. Il a disparu dans la nature.

Ava eut l'impression de voir Austin Dern plisser les lèvres. Personne ne savait si le criminel le plus recherché d'Anchorville était mort ou vivant. Dans l'hypothèse où il vivait encore, il avait certainement trouvé refuge au sein de sa famille. Reece était le fils d'un juge d'instruction qui avait fini par démissionner à cause de rumeurs d'adultère et de corruption. Issu d'un milieu privilégié, doté d'un physique avantageux, l'homme avait aussi une propension à la cruauté qui l'avait progressivement conduit à la violence. Même s'il avait été reconnu coupable de deux meurtres, son avocat grassement payé avait réussi à trouver des psychiatres complaisants pour le déclarer instable, et Reece avait fini à Sea Cliff plutôt que derrière les barreaux. Jusqu'à son évasion, du moins.

— Il est peut-être revenu rôder dans le coin, suggéra Demetria. Corvin Hobbs l'a vu, il y a à peine quelques mois.

— Si tu crois tout ce que raconte Corvin Hobbs…, lança Jewel-Anne sèchement.

Le pêcheur, originaire d'Anchorville, était connu

pour ses histoires à dormir debout et ses affinités avec le Johnnie Walker.

— Tiens ! dit Demetria en regardant par la fenêtre. On a de la visite.

Ava suivit son regard et vit un bateau traverser la baie en laissant une traînée blanche dans son sillage. C'était le yacht familial et il y avait plusieurs personnes à bord. Non loin derrière, une vedette suivait, qui affichait l'effigie du bureau du shérif.

Comme le yacht ralentissait, Ava distingua Ian à la barre. A côté de lui se trouvaient Trent, Wyatt et Evelyn McPherson.

Ils venaient de débarquer quand le bateau du shérif accosta au ponton. Une femme était à la barre, accompagnée de l'inspecteur Wesley Snyder.

— Une soirée sympa en perspective, commenta Ava en lançant un regard à Dern.

— Qu'est-ce qu'ils viennent faire ici ?

— Ils savent que j'ai vu Cheryl hier. Ils doivent espérer que j'ai remarqué quelque chose qui puisse faire avancer l'enquête.

Ava s'éloigna vers l'escalier. Dern la suivit.

— Il y a peut-être un autre problème, dit-il en la rejoignant sur le palier du premier étage.

— Qu'est-ce que vous voulez dire ?

— Que vous pouvez être la dernière à l'avoir vue vivante.

— Vous voulez dire qu'ils me considèrent comme un suspect ? demanda Ava avec incrédulité.

— Je ne sais pas. Ce qui me paraît sûr, c'est que quelqu'un a décidé de vous déstabiliser. Et que ce quelqu'un a sorti la grosse artillerie.

A l'autre bout du palier, un chiffon à la main, Graciela observait par la fenêtre le petit groupe qui montait vers la maison.

— Qu'est-ce qui se passe ? demanda-t-elle.

— On a de la visite, répondit Ava.

— Et les chaussures ? demanda Graciela en ramassant les tennis de Noah. Qu'est-ce qu'elles font là ?

— Je les ai trouvées dans sa chambre.

— Mouillées ?

— Oui.

— Elles n'étaient pas dans le placard ?

— Non... Par terre, au milieu de la chambre.

Ava attrapa les chaussures.

— Mais... pourquoi ? demanda encore Graciela.

— Oh ! Mon Dieu ! s'écria Khloé, apparaissant au pied de l'escalier. Pourquoi tu ne m'as rien dit pour Cheryl, Ava ?

— Parce que je viens juste de l'apprendre, répondit Ava en la rejoignant au rez-de-chaussée.

— Ian m'a appelé il y a cinq minutes, expliqua Dern en se postant à côté d'elle.

Ava dépassa Khloé et alla ouvrir la porte d'entrée.

— J'ai une mauvaise nouvelle, annonça Wyatt en entrant, l'air sombre.

Il déposa un baiser rapide sur sa joue. Il sentait l'air marin et quelque chose d'autre. La cigarette, peut-être ?

— On est au courant, répondit Ava.

Les jumeaux entrèrent derrière lui. Aussitôt, Trent entoura Ava de ses bras et la serra contre lui.

— Quelle horreur..., dit-il tandis qu'Ian et Evelyn McPherson entraient à leur tour. Ian me dit que tu connaissais la victime.

— Tout le monde la connaissait, apparemment.

— Mais Ian m'a dit que tu la consultais ?

Tant pis pour les secrets, pensa Ava, sentant le regard d'Austin Dern peser sur elle.

— Je pensais que l'hypnose pourrait m'aider à recouvrer la mémoire, expliqua-t-elle. Et peut-être à me rappeler quelque chose qui nous aiderait à retrouver Noah.

Wyatt regardait les chaussures qu'elle tenait toujours à la main.

— Et ça, c'est quoi ? demanda-t-il en fronçant les sourcils. C'est à Noah ?

— Je les ai trouvées dans sa chambre. Elles étaient trempées d'eau de mer.

— Pardon ?

— Quelqu'un les a mises là. Pour me déstabiliser.

— Pour l'amour de Dieu, Ava, qui aurait...

Des pas résonnèrent dans la véranda.

— On en reparlera... Pour l'instant, on a la police à la porte.

22

— Il semble bien que Cheryl Reynolds n'ait pas eu d'autre rendez-vous, ce jour-là, reprit l'inspecteur Snyder. Vous êtes donc probablement la dernière personne à l'avoir vue vivante.

Il était installé sur le canapé de la bibliothèque ; sa coéquipière, Morgan Lyons, se tenait devant les portes vitrées qui donnaient sur le couloir, comme pour empêcher quiconque de venir interrompre l'entretien. Ava lui donnait trente-cinq ans environ. Mince, bien faite, avec des cheveux châtains qui s'échappaient de son chignon, Morgan Lyons observait Ava d'un regard circonspect.

En dépit des protestations de Wyatt, Ava avait accepté de s'entretenir seule avec la police.

— Ce n'est pas une bonne idée, lui avait-il dit. Pas sans un avocat.

— Tu veux dire... sans toi ?

Son regard s'était assombri et il l'avait attrapée par le bras pour l'attirer hors de portée de voix.

— Tu as besoin d'un avocat, Ava.

— Non. Je n'ai rien fait de mal !

Un soupçon de doute était passé dans les yeux de Wyatt.

— Tu me crois ?

— Bien sûr ! avait-il répondu précipitamment avant de la relâcher.

A présent, les deux policiers la regardaient d'un air

dubitatif, eux aussi. Snyder, le grand chauve pragmatique, et Lyons, la sceptique aux beaux yeux graves.

— J'ai quitté Cheryl à la porte de l'entresol où elle recevait ses patients, répéta Ava. Je n'ai pas eu l'impression qu'il y avait quelqu'un d'autre avec elle, mais je n'en suis pas certaine. J'étais venue pour me faire hypnotiser. Du coup, je n'étais pas consciente de tout ce qui se passait autour de moi. Mais je n'ai vu personne à part Cheryl et ses chats.

— Elle a fermé la porte à clé derrière vous ?
— Quand je suis arrivée ? Non.

Ava réfléchit avant d'ajouter :

— Du moins, je ne crois pas.
— Et après votre départ ?
— Je ne me rappelle pas avoir entendu le verrou tourner. Je me souviens juste qu'il faisait nuit. Les lampadaires étaient déjà allumés.

Ils s'allumaient tôt, à cette époque de l'année ; depuis le changement d'heure, les après-midi avaient bien raccourci.

— Vous avez dit qu'il était plus de 17 heures ?
— Oui. J'avais rendez-vous à 16 h 30 et je me suis dépêchée pour être à l'heure. Je sortais d'un déjeuner tardif avec une amie. Malgré tout, je suis arrivée avec un peu de retard. Disons vers 16 h 35. Et j'ai dû partir vers 17 h 30.

— Vos rendez-vous duraient généralement une heure ? demanda Snyder en apportant un réglage à l'enregistreur numérique posé sur la table.

— Plus ou moins. Cheryl n'est pas… n'était pas très à cheval sur l'heure.

— Et vous la consultiez pour quelle raison ?
— Celle pour laquelle je suis venue vous voir juste avant, répondit Ava avec un peu d'irritation. J'essaie de savoir ce qui est arrivé à mon fils. J'ai eu des problèmes de mémoire, et j'espérais que l'hypnose pourrait débloquer des souvenirs refoulés.

— Mais est-ce que vous vous rappelez bien tout ce qui

s'est passé pendant votre séance ? demanda Lyons depuis son poste devant la porte. Vos « problèmes de mémoire » ne vous ont pas affectée, hier ?

Ava s'efforça de ravaler la réponse acerbe qui lui venait à l'esprit.

— Non. Je me rappelle ce qui s'est passé avant et après l'hypnose. Pas pendant. Une fois sous hypnose, je ne suis plus vraiment consciente.

— Mme Reynolds est restée dans la pièce avec vous pendant toute la durée de la séance ?

— Je crois, mais je ne peux l'assurer.

— Quelqu'un d'autre aurait pu entrer ? demanda Snyder en fronçant les sourcils.

— Dans la pièce ? Je ne pense pas.

— Et dans le reste de la maison ?

— Aucune idée. Cheryl a des locataires dans les étages ; ils ont pu entrer ou sortir...

— Et au niveau de l'entresol ?

— J'étais dans son cabinet, mais j'ignore ce qui s'est passé dans les autres pièces. La porte entre le cabinet et le couloir restait toujours fermée pendant les séances.

Elle commençait à être à bout de patience.

— Tout ce que je peux vous dire, conclut-elle, c'est que je n'ai rien remarqué qui sorte de l'ordinaire.

— Vous étiez son dernier rendez-vous de la journée, répéta Snyder.

— Peut-être... Je ne connaissais pas son emploi du temps.

— Elle n'a pas parlé d'un autre rendez-vous ?

— Non.

Les questions se poursuivirent. Ava dut répéter tout ce qu'elle venait de dire, puis le répéter encore. A quelle heure était-elle arrivée ? Combien de temps était-elle restée dans le cabinet ? Avait-elle repéré quelqu'un de suspect entre le cabinet et le port ?

Elle fit de son mieux pour répondre. Non, elle ne voyait

personne qui ait des raisons de nuire à Cheryl. Oui, elle la connaissait depuis une dizaine d'années, mais ne la consultait que depuis peu. Oui, elle avait eu rendez-vous avec elle la semaine précédente.

— Donc, vous êtes repartie pour l'île presque quarante-cinq minutes après la fin de votre consultation ? demanda Lyons.

Il y avait une heure qu'Ava était enfermée dans la bibliothèque, et l'entretien commençait à prendre des allures d'interrogatoire.

— Oui. Je suis passée prendre un café au Local Buzz, puis je suis allée sur le port. Je suis tombée sur Butch Johansen, un vieil ami à moi, le capitaine du *Holy Terror,* et je lui ai demandé de me raccompagner.

L'ombre d'un sourire passa sur les lèvres de l'inspecteur Lyons.

— Vous n'avez rien à ajouter à votre déposition ? demanda Snyder.

— Non, répondit Ava.

Elle décida subitement de jouer le tout pour le tout.

— En fait, si. J'ai eu l'impression que quelqu'un m'observait. Depuis le moment où je suis sortie de chez Cheryl jusqu'au moment où je suis montée à bord du bateau, j'ai eu le sentiment d'être suivie.

Les deux inspecteurs se raidirent un peu.

— Par qui ?

— Je ne sais pas. Et je ne suis même pas sûre que ce soit vrai.

Elle vit le regard de l'inspecteur Lyons glisser vers ses poignets, tout juste visibles sous sa chemise.

Quand elle releva les yeux, Ava déclara calmement :

— Je connais les rumeurs. On dit que je suis folle. Et en un sens, je reconnais que je ne suis plus moi-même depuis la disparition de mon fils. Mais je ne suis pas une malade mentale, d'accord ? Je ne suis pas sûre à cent pour cent que quelqu'un me suivait. Je ne peux pas non plus vous jurer qu'il n'y avait personne chez Cheryl quand je l'ai quittée. Ce que je peux vous dire, c'est qu'elle avait l'air préoccupée. Elle m'a conseillé de faire attention à moi, de ne pas me fier aux apparences... Elle m'a parlé des mauvaises énergies sur l'île et m'a dit qu'elle se faisait du souci pour moi.

Les inspecteurs échangèrent un regard dubitatif.

— Pourquoi ? demanda Snyder.

— Peut-être parce que je m'entête à chercher Noah.

— Et ça vous mettrait en danger ? poursuivit Lyons.

— Je ne sais pas. Je n'ai aucune idée de ce qu'elle a voulu dire.

Les policiers lui posèrent quelques questions supplémentaires puis, sans dissimuler leur insatisfaction, se résolurent à mettre fin à l'entretien.

— Si vous vous rappelez quoi que ce soit, lui dit Snyder en lui glissant sa carte de visite dans la main, appelez-moi.

— D'accord, promit-elle sans conviction.

Elle glissa la carte dans la poche de son jean et sentit un petit objet froid et métallique. Cette satanée clé...

D'où venait-elle, à la fin ?

L'avait-elle distraitement ramassée quelque part et mise elle-même dans sa poche ? Après tout, ce n'était pas exclu, vu ses problèmes de mémoire.

C'était toujours pareil. Elle se sentait sur le point de se rappeler quelque chose d'important. De fondamental. Quelque chose qui flottait comme un nuage à l'horizon, et changeait sans cesse de forme. Elle avait beau essayer de mettre le doigt dessus, elle n'y parvenait jamais.

C'était peut-être le moment de s'interroger sérieusement sur cette clé. Quelqu'un de son entourage savait peut-être d'où elle venait. Peut-être la même personne qui avait déposé les chaussures mouillées de son fils au milieu de sa chambre... Ava reprit la paire de Nike dans sa main et quitta la bibliothèque.

Il était temps pour elle de découvrir l'identité de cette personne.

— Elle nous cache quelque chose, déclara Lyons une heure plus tard.

Ils avaient retraversé la baie et arrivaient devant le poste de police. Lyons coupa le contact du véhicule de service.

Ils descendirent et s'avancèrent le long de l'allée en béton qui traversait la pelouse et contournait le mât au sommet duquel flottaient le drapeau américain et celui de l'Etat de Washington.

Lorsqu'ils arrivèrent devant l'entrée, Snyder ouvrit machinalement la porte à sa coéquipière, même s'il connaissait son aversion pour tout geste empreint de machisme ou de condescendance. Elle se montrait catégorique à ce sujet ; il avait beau lui expliquer que c'était une simple question de courtoisie, elle campait obstinément sur ses positions.

Aujourd'hui, elle le remercia pourtant en marmonnant et entra la première dans le long bâtiment au toit plat et à l'atmosphère toujours chargée de désinfectant au pin.

Snyder se sentait fatigué. Ses lombaires le faisaient souffrir : une ancienne blessure de football qui se réveillait toujours dès qu'il quittait trop longtemps son fauteuil, sa télévision et ses chaînes sportives.

— Tu crois vraiment qu'Ava Garrison a tué Cheryl Reynolds ? demanda-t-il en passant la main sur sa poche poitrine.

Son paquet de cigarettes ne contenait qu'une seule Marlboro, qu'il gardait sur lui en cas d'urgence impossible à traiter par cigarette électronique. Ce gadget était sans doute génial pour éviter le cancer du poumon, les emphysèmes et ainsi de suite, mais il n'arrivait pas à la cheville d'une vraie clope.

— Quel serait son mobile ? ajouta-t-il.

— Je ne l'ai pas accusée de quoi que ce soit, protesta Lyons.

Elle était manifestement de mauvais poil, mais il n'osa pas lui demander pourquoi. Il avait commis suffisamment d'impairs au début de leur collaboration pour savoir ce qu'il risquait. La vérité, c'était qu'il l'aimait bien, malgré son tempérament nerveux.

— Qui sait ce qu'elle a pu raconter sous hypnose ? reprit Morgan. Cheryl Reynolds devait en savoir long sur elle. Peut-être que ça lui faisait peur…

— Dans ce cas, pourquoi l'aurait-elle consultée ?

— Je dis juste qu'Ava Garrison nous cache quelque chose. Peut-être qu'il y a un lien avec l'enquête, peut-être pas.

Ils entrèrent dans le box qui servait de bureau à Snyder. Son ordinateur continuait à charger les informations concernant l'affaire Reynolds, ainsi que les photos du lieu du crime. Les résultats de l'autopsie n'étaient pas encore tombés, mais c'était une formalité. La plaie ensanglantée sur sa gorge établissait clairement qu'il s'agissait d'un meurtre.

Snyder ôta son blouson et décrocha l'étui de revolver qu'il portait à l'épaule, tandis que Lyons consultait son smartphone pour la millième fois de la journée. C'était purement professionnel, il en était sûr, mais elle était tout de même gravement accro !

— Je vais faire un tour aux toilettes, annonça-t-elle. A tout de suite.

Elle s'éloigna en composant un texto.

Au fil des heures précédentes, ils avaient parlé à tous les clients de Cheryl, s'attardant avec ceux qui l'avaient consultée le jour de sa mort. Ses amis et ses connaissances s'étaient montrés unanimement ébahis à l'idée que quelqu'un ait pu lui vouloir du mal.

Snyder avait également réussi à joindre ses deux ex-maris, qu'il avait tous deux écartés de la liste des suspects. Le premier vivait à une centaine de kilomètres d'Anchorville, était remarié et avait passé la journée à son travail ; l'autre vivait à Seattle, était au chômage et avait « traîné avec des amis » dans un bar du coin. Ce que le barman avait confirmé.

Par ailleurs, la victime n'avait aucun conflit avec ses locataires. Ni, apparemment, avec des amoureux éconduits.

Selon le testament retrouvé dans un tiroir de son bureau, les seuls héritiers de son maigre compte d'épargne et de sa vieille maison biscornue étaient une nièce, âgée de neuf ans, qui vivait dans un autre Etat, et la SPA locale. Le testament stipulait que cette dernière devait accueillir ses sept chats jusqu'à leur mort. Snyder en avait repéré cinq lors de sa première visite sur les lieux. Impossible de savoir où étaient fourrés les deux autres. Le quintette avait déjà été embarqué par la SPA.

Les historiques des téléphones fixe et portable de Cheryl, ainsi que de son navigateur internet, étaient en train d'être examinés, mais on n'avait rien trouvé de suspect pour l'instant.

Rien ne semblait avoir été dérobé dans la maison, du moins à première vue. L'équipe du labo était en train de passer le bâtiment et les alentours au peigne fin.

L'enquête ne faisait que commencer.

Il restait encore beaucoup de travail.

Un ami ou un voisin pouvait avoir vu ou entendu quelque chose.

Le meurtrier pouvait avoir laissé une empreinte.

Lyons réapparut à l'entrée du box. Elle rangeait son téléphone dans sa poche et avait un paquet de M&M's à la main.

— Biggs a lancé l'idée que l'homicide pourrait être l'œuvre de Lester Reece.

— A supposer qu'il soit en vie, soupira Snyder.

Il jugea inutile d'ajouter qu'il ne tenait pas les idées

de son chef en très haute estime. J.T. Biggs était un flic médiocre, voire nullissime.

— Pourquoi un tueur échappé de Sea Cliff reviendrait-il dans la seule ville où il est sûr d'être reconnu et repéré ?

— Parce qu'il a été interné pour troubles mentaux ?

— Schizophrénie paranoïde, si ma mémoire est bonne.

Elle ouvrit le paquet de bonbons.

— Ce type est officiellement zinzin, Snyder. Il est capable de faire n'importe quoi.

— Mouais… J'étais là, au moment des faits, tu sais… Et je peux te dire que ce type n'était pas plus dingue que les autres salopards qu'on met derrière les barreaux. Il avait juste un portefeuille mieux garni et un super-avocat.

Il tourna le regard vers la photo de Cheryl Reynolds qui s'affichait sur l'écran et ajouta :

— Si tu veux mon avis, Reece mange les pissenlits par la racine depuis un bon bout de temps.

— Il a tué son ex-femme, c'est ça ?

— Deena, oui. Et sa copine… Mary… ou Marsha… *Maryliss*, voilà… Maryliss Benson. Je n'aurais jamais cru oublier son nom un jour. Elles étaient les meilleures amies du monde, mais Reece avait eu une liaison avec Maryliss à un moment donné. On n'a jamais pu savoir si c'était l'ex-femme ou l'ex-maîtresse qu'il visait en priorité. Ce salopard se croyait tout permis. Jamais vu un type aussi cruel.

— Littéralement, un bourreau des cœurs.

— Il a eu des histoires avec un bon paquet de filles du coin avant qu'on ne comprenne que c'était un danger public. Et même après, il y en a qui se sont obstinées. A croire qu'elles étaient attirées par sa mauvaise réputation.

— Quelle toile enchevêtrée nous tissons ! déclara Lyons d'un air faussement solennel, en fourrant deux ou trois M&M's dans sa bouche.

Snyder se mit à rire. Il rechignait à s'avouer à quel

point il avait de l'affection pour cette fille. Impertinente, intelligente, l'esprit vif et la langue bien pendue... Elle se débrouillait aussi bien que les vétérans, alors qu'elle était arrivée depuis moins d'un an. Elle sortait de cinq années dans la police de l'Etat de l'Oregon, et ne lui avait jamais vraiment confié les raisons de son départ. Il savait seulement qu'elle faisait bien son boulot et qu'elle constituait un gros danger en termes d'attraits physiques. Elle avait un corps aussi tonique que son tempérament, une poitrine qui n'arrivait pas à se faire oublier, une taille fine et des fesses qui faisaient fantasmer l'ensemble de la population locale masculine.

Mais il n'était pas prêt pour autant à tenter sa chance. Avec deux ex-femmes à son actif, il était bien placé pour savoir que la séduisante Morgan Lyons était un fruit totalement défendu.

Il avait appris la leçon.

Du moins l'espérait-il.

Par ailleurs, le bruit courait qu'elle avait un ex-mari au caractère explosif et autoritaire, qui était, comme par hasard, un ancien flic et qui raffolait de toutes sortes d'armes, depuis les petits calibres jusqu'aux fusils d'assaut.

— On sort prendre un café ? suggéra-t-elle.

Snyder jeta un œil à sa montre.

— Il est un peu tard, non ?

Tu n'as jamais entendu parler du déca ? Allez, viens. On demandera à la serveuse du Local Buzz ce qu'elle pense de l'histoire d'Ava Garrison.

— Tu ne la tiens pas en grande estime, hein ? fit-il en attrapant le blouson qu'il venait d'enlever.

— Elle est dingue. Elle l'a reconnu elle-même. Tu as vu les cicatrices sur ses poignets ? Ça nous donne une indication de son état mental, non ? Allez, c'est moi qui régale.

— Laisse tomber le café, dit Snyder en souriant. On

passe discuter avec la serveuse, et puis on va prendre une bière chez O'Malley's. C'est moi qui te l'offre.
— OK.
Elle lui avait presque souri en retour.
Presque.

23

— Comment ça s'est passé ? demanda Wyatt lorsque Ava sortit de la bibliothèque.

— D'après eux, je suis probablement la dernière personne à avoir vu Cheryl avant sa mort. Ils espéraient que j'aurais vu ou entendu quelque chose.

Secouant la tête, elle ajouta :

— Je ne pense pas leur avoir servi à grand-chose.

Le regard de Wyatt se porta sur les tennis de Noah, qu'elle tenait toujours à la main.

— Tu fais quoi, avec ces chaussures ?

— J'essaie de savoir qui les a déposées dans la chambre de Noah.

— Ava…

— Quoi ? Tu es pétrifié de honte parce que ta femme est complètement cinglée, c'est ça ?

— Je me fais du souci, voilà tout.

— Au point d'embaucher une psy pour me surveiller ?

— Pour t'aider, rectifia-t-il sèchement.

Elle tenta de s'éloigner, mais il la rattrapa, posant la main au creux de son bras.

— Ne fais pas des choses que tu pourrais regretter ensuite…

— Trop tard ! rétorqua Ava.

Wyatt tressaillit comme si elle l'avait giflé.

— Est-ce que tout va bien ? demanda Evelyn McPherson en apparaissant au coin du couloir.

Son regard était sombre et inquiet. Elle tenait une tasse de café entre les mains, et les talons de ses bottes résonnaient sur le parquet.

— Cheryl Reynolds est morte, lui rappela Ava. Je vois difficilement comment tout pourrait aller bien.

— Je suis désolée, dit Evelyn sur ce ton apaisant qui avait le don d'exaspérer Ava. Vous voulez qu'on en parle ?

Ava promena son regard sur ses bottes griffées, sa jupe droite, son pull soyeux.

— Franchement ? Non.

— S'il te plaît, Ava…, dit Wyatt.

Toi, tais-toi !

Elle les laissa là et s'éloigna vers le séjour où tous les habitants de Neptune's Gate s'étaient rassemblés.

Les conversations en sourdine s'interrompirent dès qu'elle apparut. Il y eut un petit silence, entrecoupé par les crépitements du feu.

— Comment ça va ? demanda Trent.

Il lui adressa le premier sourire bienveillant qu'elle avait vu depuis des heures. Il s'était servi un verre et se chauffait les jambes, dos au feu. Ian était à côté de lui, un verre à la main, également.

— Pas génial, avoua Ava.

Wyatt et Evelyn McPherson entrèrent à cet instant.

— Un peu comme d'habitude, murmura Jewel-Anne.

Mister T, le chat, tourna en chaloupant dans la pièce et finit par se glisser sous le canapé, d'où il sortit la tête pour les dévisager.

Blottie dans son fauteuil près de la fenêtre, Jewel-Anne tenait sur les genoux une poupée aux cheveux bruns et aux grands yeux bleus qui s'ouvraient et se fermaient quand on la changeait de position. Pour une fois, ses aiguilles à tricoter s'étaient tues ; elles étaient plantées dans la pelote de laine rangée dans un sac attaché au fauteuil.

Debout près d'elle, Jacob avait des allures de pseudo-biker, avec son blouson, son treillis en cuir noir et une demi-douzaine de bagues argentées qui attiraient le regard sur ses doigts tatoués. Une barbe de trois jours achevait ce déguisement de gros dur, destiné à contredire sa nature profonde de boutonneux obsédé par l'informatique.

— Je viens de perdre une amie, dit Ava à Jewel-Anne. Et pas d'une crise cardiaque. Alors, non, tu vois, je ne suis pas très en forme.

— Qu'est-ce qu'ils te voulaient, les flics ?

— J'ai vu Cheryl hier.

— Comme amie ou comme hypnotiseuse ?

Ava ne répondit pas et posa les chaussures de Noah, presque sèches à présent, sur la table basse au milieu de la pièce.

— Ce ne sont pas les chaussures de Noah ? demanda Khloé.

Elle était assise un peu à l'écart sur un canapé, entre son mari et sa mère. Simon lui tenait la main.

— Si, répondit Ava.

A cet instant, elle aperçut Austin Dern qui se tenait tranquillement dans un coin de la pièce, à moitié dans l'ombre. Une fois de plus, elle eut une impression de déjà-vu. L'avait-elle rencontré avant qu'il ne vienne travailler sur l'île ?

— Elles étaient dans sa chambre, ajouta-t-elle.

— C'est là qu'elles sont d'habitude, non ? demanda Khloé d'un air perplexe.

— Oui, sauf qu'elles étaient gorgées d'eau de mer.

— Quoi ?

Khloé la fixa comme si elle la soupçonnait d'affabuler, mais Graciela, qui avait touché les chaussures quelques instants plus tôt, confirma d'un hochement de tête. Elle se tenait près de la porte donnant sur le couloir et son expression indiquait qu'elle aurait préféré se trouver ailleurs.

— Attends…, reprit Khloé. Tu crois que quelqu'un a

trempé ces chaussures dans l'eau de la baie et les a remises dans la chambre de Noah pour que tu les découvres ?

— Je crois que quelqu'un essaie de me faire paniquer, répondit Ava.

— Tu y arrives très bien toute seule, commenta Jacob avec un petit rire sec.

— Ça suffit ! coupa Wyatt en lui décochant un regard furieux. Ava, ton histoire ne tient pas debout.

— Je sais. C'est ce que j'essayais de t'expliquer quand la police est arrivée.

Elle s'avança vers lui et lui tendit la paire de tennis.

— Tiens, dit-elle. Sens-les !

— Il n'a qu'à les goûter, aussi, lança Jacob.

Jewel-Anne lui décocha un coup de coude pour le faire taire.

— Pour l'amour de Dieu…, soupira Wyatt.

Il porta néanmoins l'une des chaussures à son nez.

— Tu les as trouvées dans la chambre de Noah, tu dis ? Tu étais donc encore dans cette pièce ?

Ava se raidit. Pourquoi retournait-il la situation contre elle ?

— Qu'est-ce que tu faisais là-bas ? poursuivit Wyatt.

— Ce n'est pas une zone interdite, il me semble, fit observer Trent. Ava a le droit d'y aller quand elle veut.

Wyatt fit comme s'il n'avait pas entendu.

— Tu n'y as pas mis les pieds depuis des mois, et tout d'un coup, tu passes ton temps là-bas. Avoue que c'est un peu bizarre…

— J'ai vu quelqu'un dans sa chambre ! rétorqua Ava avec agacement. J'étais dans le jardin avec Jewel-Anne, tout à l'heure. Après son départ, j'ai levé les yeux vers la maison et j'ai vu quelqu'un derrière le rideau.

— Quelqu'un ? répéta Wyatt.

— Oui ! Je ne sais pas qui… C'était juste une silhouette.

En s'entendant parler, elle mesurait à quel point sa version des faits semblait improbable. Au centre de tous les regards, elle pouvait presque entendre penser ses interlocuteurs, tant ils étaient convaincus qu'elle délirait.

Demetria, Graciela, Virginia... Même Simon le maussade. Ainsi que Khloé et toutes les personnes de sa famille...

Malgré l'angoisse qui montait en elle, elle tenta de garder un ton calme et poursuivit :

— J'étais seule dans le jardin. Et tout d'un coup, j'ai eu l'impression qu'on me surveillait. Vous savez, parfois, on sent la présence de quelqu'un avant de l'avoir vu...

Personne ne réagit, mais elle surprit un regard entendu, presque complice, entre Wyatt et Evelyn McPherson.

— Quand j'ai levé les yeux vers la fenêtre de Noah, j'ai vu une ombre derrière les rideaux.

— Un fantôme, peut-être ? ironisa Jacob.

— Laissez-la parler ! lança Dern depuis le fond de la pièce.

Les bras croisés sur la poitrine, il fit signe à Ava de continuer.

— Je suis montée en courant. Quand je suis arrivée dans la pièce, il n'y avait plus personne.

— Pfuit ! dit Jacob. Disparu !

— Et là, continua Ava en le foudroyant du regard à son tour, j'ai vu les chaussures au milieu de la chambre.

— Et alors ? demanda Jewel-Anne. Pas de quoi en faire un drame.

— C'en est peut-être un pour Ava, fit remarquer Trent. Si on envisageait qu'elle ait raison ? Qui a pris les chaussures, les a trempées dans la mer et les a remises dans la chambre de Noah ?

Enoncée ainsi, la chose paraissait ridicule. Ava se sentit un peu sotte. Faisait-elle une montagne de rien du tout ? Cheryl Reynolds avait été assassinée et elle, elle s'inquiétait d'une paire de chaussures mouillées ? Pas étonnant qu'ils la croient tous à moitié folle !

Trent engloba d'un geste Wyatt, son frère et lui-même.

— Ça ne peut être l'un de nous, puisqu'on était sur le continent. Et Evelyn aussi. Il reste donc tous les autres.

— A supposer que quelqu'un soit vraiment entré dans la chambre, fit remarquer Demetria.

Elle se tenait dans l'embrasure de la porte qui donnait sur le couloir ; elle n'était ni vraiment dans la pièce, ni à l'extérieur, comme si elle ne savait pas si elle était conviée à la réunion. Exactement comme Graciela.

— Il a bien fallu que quelqu'un y entre, pour déposer les chaussures.

— La dernière fois que j'ai vu ces chaussures, dit Khloé sur un ton solennel, elles étaient dans ta penderie, Ava.

— La mienne ?

Ava sentit son assurance décliner.

— Tu les as rangées là parce que c'étaient les préférées de Noah. Tu t'en souviens ?

— Non... Non, je ne crois pas.

— Sur l'étagère du haut, à côté de ses livres favoris.

C'est faux !

En même temps, Ava se rappelait vaguement les avoir aperçues du coin de l'œil en attrapant un sac à main dans sa penderie...

— Elles y étaient ce matin, intervint Graciela en la regardant comme si elle était vraiment dérangée. C'est pour ça que je vous ai demandé pourquoi elles ne se trouvaient pas dans le placard. Je voulais dire *votre* placard.

Tout se retournait décidément contre elle...

— Mais... si tu les as vues dans mon placard ce matin, qui les a sorties pour les...

La lumière se fit subitement en elle. On essayait de lui faire croire qu'elle avait elle-même trempé les chaussures dans la baie, avant de les replacer dans la chambre de Noah, au cours d'une de ces crises où elle perdait le contact avec la réalité.

— Vous croyez que c'est moi qui l'ai fait ? chuchota-t-elle.

A vrai dire, elle n'était plus tout à fait sûre du contraire.
— Personne n'a dit ça, répondit Wyatt d'un ton apaisant.
Une pointe d'irritation perçait cependant dans sa voix, comme s'il l'adjurait de se secouer, de se souvenir, de redevenir la femme qu'elle était autrefois, celle qu'il avait épousée.

Tous les regards continuaient à peser sur elle.

Lorsque le vin est tiré..., songea alors Ava, rassemblant ses forces intérieures. Ils la croyaient déjà folle. Le moment était peut-être venu de leur donner raison. Elle croisa le regard sombre de Dern, y lut des doutes et des questions, mais résolut néanmoins de se lancer.

— Je sais que vous pensez tous que je perds la tête.
— Personne n'a dit ça, objecta Wyatt.
— Je le lis dans vos yeux.
— Il faut dire aussi que tu t'es jetée dans la baie, l'autre soir, lui rappela Jewel-Anne d'un ton sentencieux. Et tu as des hallucinations.
— C'est possible.
— C'est plus que possible, intervint Jacob.
— Et ça, vous en pensez quoi ?

Elle sortit la clé de sa poche et la leur montra, avant de la poser sur la table, à côté des chaussures de Noah.

— Une clé ? fit Jewel-Anne en ricanant. La clé de quoi ?
— J'espérais que l'un d'entre vous pourrait me le dire.
— Parce que... ?
— Je l'ai trouvée dans ma poche. Et ce n'est pas moi qui l'y ai mise.

Du coin de l'œil, elle vit les épaules de Wyatt s'affaisser et Evelyn esquisser une grimace.

— C'est important ? demanda Trent.

Pour la première fois, il semblait douter d'elle et du tour que prenait la discussion.

— Je ne sais pas d'où vient cette clé, ni ce qu'elle peut ouvrir.

— Et si elle n'ouvrait rien du tout ? suggéra Ian. Elle a l'air plutôt ancienne.

Il s'avança, ramassa la clé et ajouta :

— Si tu ne sais pas d'où elle vient et que ça t'ennuie de l'avoir dans ta poche, tu peux la mettre à la poubelle, non ?

Wyatt haussa les sourcils, comme s'il lui enjoignait de suivre le conseil de son cousin.

Mais pour elle, il n'en était pas question.

— Je crois que quelqu'un avait une bonne raison de la mettre dans ma poche.

— Vraiment ? soupira Ian en levant les yeux au ciel. C'est juste une clé, Ava. Personne ne s'est faufilé dans ta chambre pendant que tu dormais pour la cacher dans la poche de ton pantalon. Il faut que tu arrêtes avec ces histoires…

Il lança un regard à la ronde. Tous les visages étaient sombres et tendus.

— Ce n'est pas un grand mystère, Ava, poursuivit-il. Tu as sans doute mis toi-même cette clé dans ta poche, et puis tu l'as oubliée.

Et pour souligner ses propos, il la jeta au feu.

— Voilà !

Ava laissa échapper un petit cri.

— Problème résolu, conclut Ian.

Wyatt traversa la pièce à grands pas.

— Ça, c'était tout à fait déplacé ! dit-il. C'est quoi, ton problème, Ian ?

— Moi ? Un problème ? C'est toi qui as épousé cette cinglée !

— Je suis chez moi, ici, s'écria Wyatt, et je ne supporterai pas qu'on me parle sur ce ton !

— Excuse-moi, rétorqua Ian, mais tu n'es pas chez toi. Tu es chez elle.

Il indiqua Ava d'un geste du pouce.

— Voilà pourquoi tu la laisses porter la culotte, qu'elle en soit capable ou non !

— Assez !

A l'aide des pinces en fonte, Wyatt récupéra prudemment la clé et l'attira, à travers un lit de cendres, jusqu'au rebord de la grille.

— J'en ai ras le bol de ces histoires ! déclara Ian d'une voix rageuse. Ça ne sert strictement à rien !

Il porta son verre à ses lèvres, avala une gorgée, puis se reprit avec un visible effort.

— Ecoute, Ava, je suis infiniment désolé de ce qui est arrivé à Noah. Vraiment. Et je comprends que tu t'obstines à le chercher. Mais le reste... Te jeter à l'eau en pleine nuit, ces histoires de chaussures, cette clé ridicule... Ça n'a aucun sens, tu comprends ? Tu n'arrêtes pas de nous répéter que tu n'es pas folle, mais regarde-toi, bon sang ! Ton comportement n'est pas celui d'une personne équilibrée.

Il regarda autour de lui, cherchant manifestement le soutien des autres, mais personne ne dit mot.

— On le pense tous, Ava, poursuivit-il sans se décourager. Je te le répète, je t'admire de ne pas abandonner les recherches. Mais tes méthodes... cette façon d'accuser les autres, de suggérer que tu es la victime d'un coup monté, ce n'est plus possible... Tout le monde le pense, mais personne n'ose te le dire, de peur de perdre son boulot ou de se faire renvoyer de la maison.

Il s'avança vers elle et posa la main sur son épaule.

— Tu fais fausse route, Ava. Laisse tomber ces bêtises.

Sur ces mots, il quitta la pièce.

— Ian a raison, intervint Jacob. Vous, je ne sais pas, mais moi, j'en ai ma claque des cris, des pleurs et des accusations. C'est de l'hystérie pure et simple !

Se tournant vers Ava, il ajouta :

— Ton fils n'est plus là, point barre. Fais-en ton deuil et passe à autre chose.

— Jacob ! lança Khloé avec horreur.

Ava en eut le souffle coupé, comme si elle venait d'encaisser un direct à l'estomac.

— Quoi ? dit Jacob en regardant les membres de l'assistance l'un après l'autre. Ne faites pas cette tête ! Vous êtes tous d'accord avec moi, non ?

Wyatt traversa la pièce d'un bond.

— Moi aussi, j'en ai assez, dit-il en se dressant de toute sa hauteur au-dessus de Jacob. Fiche-moi le camp ! Une femme vient de mourir, tu n'es pas au courant ?

— Hé ! Pas la peine de dramatiser. Avouez que je dis tout haut ce que vous pensez tout bas.

Il lança un regard à la ronde. Personne ne vint à sa rescousse.

— Ben voyons ! s'exclama-t-il.

Ses rangers résonnèrent sur le parquet tandis qu'il s'éloignait. Le chat sursauta et courut vers la cuisine en manquant heurter Demetria.

Le téléphone de Khloé sonna à cet instant et elle quitta le séjour en le pressant contre son oreille.

Ava aussi en avait assez. Peut-être Ian et Jacob avaient-ils raison, après tout. Peut-être faisait-elle des histoires pour rien.

Peut-être voyait-elle le mal partout.

Mais elle n'y croyait guère.

24

Snyder enfourcha son vélo, ajusta la lanière de son casque et s'éloigna en pédalant. Ce vieux clou lui valait souvent des remarques narquoises de la part de ses collègues, mais il lui avait permis de perdre presque quinze kilos, et de faire chuter son cholestérol et sa tension artérielle. Par conséquent, il endurait aussi patiemment les sarcasmes que les intempéries.

Il décida de faire un crochet par le port. S'arrêtant un instant dans l'air qui sentait l'eau saumâtre et le diesel, il observa au loin Church Island, bastion de la famille Church.

Une brume épaisse en voilait les contours, semblable aux rumeurs qui circulaient sur Ava Garrison et empêchaient Snyder d'y voir clair dans toute cette affaire. Par une nuit plus claire, il aurait distingué les lumières éparses de Monroe, le quai où accostait le ferry et même les fenêtres illuminées du monstrueux manoir de Neptune's Gate.

Il ne s'était guère intéressé à cette maison ni à ses habitants, jusqu'à la disparition de l'enfant. Il connaissait les bruits et les rumeurs, bien sûr, mais n'y avait jamais prêté attention.

Reprenant le guidon, il s'engagea dans une ruelle étroite et dépassa une camionnette garée en double file, moteur allumé, dont le chauffeur déchargeait à toute vitesse des fûts de bière destinés à la taverne.

Filant à travers une rue parallèle au quai, Snyder se fit la réflexion que dans l'affaire Reynolds, il lui manquait à la fois le mobile et l'arme du crime. Butch Johansen et la serveuse du Local Buzz avaient confirmé la version des faits donnée par Ava Garrison. Et Snyder n'arrivait pas à imaginer cette femme commettant un meurtre de sang-froid.

Evidemment, il pouvait se tromper.

Lester Reece en constituait un excellent exemple. C'était lui-même qui avait dirigé l'enquête, à l'époque.

Il consulta sa montre dans un soupir. Il croyait fermement à la théorie des « quarante-huit premières heures », qui voulait que les chances de retrouver un meurtrier diminuent fortement après les deux premiers jours suivant le crime. Or, il y avait déjà vingt-quatre heures que Cheryl Reynolds était morte.

Il s'arrêta chez Ahab's pour acheter des huîtres. Avec ses vitrines de verre et ses fruits de mer étalés sur de la glace pilée, la poissonnerie n'avait pas changé depuis des lustres ; sa dernière rénovation devait dater de l'invention de la réfrigération. Des enseignes décolorées des années trente, quarante et cinquante pendaient aux murs, et des feuillets scotchés sur la vitrine annonçaient la pêche du jour. De grandes cuves d'eau salée contenaient dans leurs profondeurs froides et scintillantes des couteaux, des crabes de Dungeness et des huîtres.

Snyder bavarda quelques instants avec Lizzy, qui allait sur ses quatre-vingt-dix ans et constituait depuis toujours un pilier du marché aux poissons. Malgré son visage ridé, ses épaisses lunettes et ses cheveux blancs comme neige retenus par un filet, elle restait vive et agile, et elle était au courant de tout ou presque ce qui se passait en ville.

— Alors, dit-elle en glissant six huîtres dans un sac de glace, vous l'avez coincé, le meurtrier de Cheryl Reynolds ?

— L'enquête suit son cours.

— C'était une drôle de bonne femme, cette Cheryl. Toujours sapée comme si elle partait à un rassemblement de hippies...

— Mmm...

— Il faut dire aussi que quand on fréquente des cinglés…

— Vous pensez que Cheryl avait de mauvaises fréquentations ?

Snyder ne put s'empêcher de jeter un coup d'œil alentour : le quartier était connu pour accueillir toutes sortes de trafics. La moitié des arrestations pour possession de stupéfiants se déroulaient à moins de cinquante mètres du magasin.

— Oh ! C'est pas pareil ici, reprit Lizzy, semblant lire dans ses pensées. Et puis, je ne fais pas entrer les clients chez moi ! En plus, j'ai mon p'tit gars et les chiens juste à côté.

Snyder connaissait Jimmy, le fils quinquagénaire de Lizzy, qui tenait le magasin d'appâts et semblait défoncé en permanence. Il lui était aussi arrivé de caresser George et Martha en passant chercher des appâts ou son permis de pêche, et il doutait que l'un ou l'autre des deux labradors ait l'énergie de mettre en fuite un agresseur potentiel.

— Et voilà !

Lizzy tapa le montant, rangea le billet de vingt dollars que lui tendit Snyder dans l'ancienne caisse enregistreuse, qui sonnait encore lorsque le tiroir se refermait, et fit tomber la monnaie dans sa main.

— Pour moi, c'est un coup de Lester Reece, déclara-t-elle.

— Lester Reece est mort.

— J'en crois pas un mot.

Elle fit le tour du comptoir et éteignit le néon qui indiquait *Ouvert*.

— Cheryl le connaissait, vous savez.

— Vraiment ?

— Bien sûr. Enfin, pour être exacte, c'est sa mère qu'elle connaissait. C'était même une de ses clientes. Encore une qui n'avait pas toute sa tête, si vous voyez ce que je veux dire… Sinon, pourquoi elle serait restée avec ce salopiaud de juge, alors qu'il la trompait aux quatre coins du comté ?

Avec un grand sourire qui découvrit ses dents, elle ajouta :

— Moi, si ç'avait été mon bonhomme, je lui aurais mis un coup de fusil !

— Et vous auriez eu des ennuis.

— Circonstances atténuantes, vous savez ce que ça veut dire, non ?

Riant dans sa barbe, Snyder quitta le magasin à l'instant où un autre client, penché contre le vent, arrivait devant la vitrine.

Lizzy se posta dans l'embrasure de la porte.

— On est fermés. Revenez demain.

— Mais…

Elle claqua la porte et commença à éteindre les lumières.

— Oh ! Bon sang…, soupira l'homme à mi-voix. Stella va me tuer !

Snyder remonta sur son vélo et commença à gravir la colline en direction de son appartement.

Il eut à peine le temps d'ouvrir les huîtres, de décapsuler une bière et d'allumer son écran géant que son téléphone se mit à sonner. C'était Morgan Lyons.

— J'espère que c'est une urgence, dit-il en décrochant.

— Je viens de parcourir toute la liste des clients de Cheryl Reynolds. Je l'ai trouvée sur une disquette de sauvegarde… Tu sais qui en fait partie aussi ?

— Je ne suis pas d'humeur à jouer aux devinettes.

N'empêche qu'il sentit une petite bouffée d'adrénaline monter en lui.

— Jewel-Anne Church !

L'excitation de Snyder retomba aussitôt.

— Elle est handicapée physique, Morgan. Je ne pense pas qu'elle ait pu tuer qui que ce soit.

— Elle ne l'a pas toujours été. Le listing date d'avant l'accident qui l'a paralysée.

— Et alors ?

— Ça ne t'intéresse pas ?

— Franchement… Elle a consulté Cheryl il y a des années et elle est parente de la dernière personne à avoir vu la victime vivante. Ça n'en fait pas un suspect prioritaire. A moins que tu n'aies d'autres éléments…

— Non.

Ce qui était plus préoccupant, pensa Snyder, c'était qu'Ava Garrison s'était rendue au poste de police pour parler de la disparition de son fils le jour même de sa dernière séance avec Cheryl. Il pouvait s'agir d'une coïncidence, bien sûr, les gens de l'île ayant tendance à grouper leurs rendez-vous sur le continent.

— Il n'y a personne de plus intéressant sur la liste ?
— Pas pour l'instant. Je te tiens au courant.
— C'est ça, dit Snyder.

Il sortit sur sa minuscule terrasse et alluma son barbecue pour y faire griller les huîtres. Des fruits de mer baignés de beurre et saupoudrés de fromage râpé n'allaient sûrement pas faire du bien à son cholestérol, mais on ne vivait qu'une fois, et il avait ingurgité suffisamment de nourriture sans saveur depuis le début de la semaine.

Ce soir, il allait se la couler douce devant le match Seahawks-Steelers. Durant ses huit années de mariage avec sa deuxième femme, il avait hérité d'un beau-frère originaire de Pennsylvanie, un de ces imbéciles qui croient que la vie se résume à gagner des paris sportifs. Il avait pris un immense plaisir à le battre à son propre jeu. Ce soir, ça s'annonçait bien : les Seahawks étaient donnés à trois contre un.

Il dénicha son plateau préféré dans le placard du couloir et s'installa devant la télé avec sa bière, ses huîtres et un paquet de chips à moitié plein. Mais alors même que Seattle marquait un point dans la deuxième mi-temps et qu'il engloutissait les dernières chips, il se rendit compte qu'il avait perdu le fil du match. L'image de Cheryl Reynolds étendue dans une mare de sang, entourée de ses chats en train de miauler, ne cessait de lui revenir à l'esprit.

*
**

Austin avait presque fini avec les chevaux. Il tapotait leurs museaux soyeux tout en versant des rations d'avoine dans leurs mangeoires. Les bêtes s'ébrouaient, piaffaient, faisant bruisser le foin sous leurs sabots.

Il faisait chaud et sec dans l'écurie, et, mis à part la lumière brutale des néons, c'était un endroit accueillant. Les odeurs mêlées des chevaux, du grain, de la poussière et du cuir huilé de la sellerie rappelaient à Austin le ranch de ses grands-parents, où il avait grandi.

La vie était plus simple, alors... Ou bien n'était-ce que de la nostalgie ? Car c'était à cette époque-là que tout avait commencé : son impatience, son désir de modifier le cours de son destin...

Quand il eut terminé, il éteignit tout et quitta l'écurie, Rover sur ses talons. Des lumières brillaient au rez-de-chaussée de la grande maison et quelques fenêtres du premier trouaient la nuit de carrés dorés. Après le départ des flics et la petite réunion dans le séjour qui avait suivi, il était parti sous prétexte de soigner les chevaux, et n'était pas revenu depuis.

Il devait garder ses distances. Certes, les Garrison traitaient leurs employés comme des membres de la famille, mais il venait d'arriver et il ne voulait surtout pas éveiller leur curiosité.

En montant l'escalier qui menait à son studio, il se demanda s'il n'avait pas fait une erreur en acceptant cette mission. Au départ, l'occasion semblait rêvée, mais plus il passait de temps avec Ava Garrison, plus il sentait qu'il ferait mieux de s'arracher à ce pétrin avant d'y être embourbé jusqu'au cou et de voir tous ses plans capoter.

Cette femme l'intriguait. Elle était cinglée, d'accord, mais terriblement belle... Sous sa mélancolie se cachait une personne intelligente et sensuelle, qui exerçait sur lui une attraction puissante.

— Espèce d'imbécile ! murmura-t-il.

Rover fit entendre un petit aboiement, comme pour

approuver, et Austin lui caressa la tête. Il avait une mission à accomplir. Ava Garrison et ses beaux yeux ne devaient pas l'en détourner.

Il jouait un jeu dangereux et ne pouvait absolument pas se permettre de la protéger.

Dès qu'il ouvrit la porte de son studio, il sentit que quelque chose n'allait pas.

Au premier abord, tout semblait à sa place. Son livre ouvert sur la table basse devant le canapé. L'assiette et les deux verres sales dans l'évier. Les miettes de pain sur le plan de travail. Son blouson accroché au dossier d'une chaise.

Et pourtant…

Quelque chose d'insondable flottait dans l'air : un parfum d'étrangeté qui se mêlait aux odeurs du bacon et de l'oignon qu'il avait fait revenir le matin même pour son petit déjeuner.

Il ne vérifia pas d'emblée sa cachette, de peur qu'une caméra ne soit planquée quelque part. Il ne s'y aventura qu'après avoir passé le studio au peigne fin. Il se détendit alors un peu, souleva la reproduction punaisée au mur et constata avec soulagement que son matériel était intact.

Rassuré, il sortit son portable à carte prépayée et composa un numéro qu'il connaissait bien.

— Je commençais à m'impatienter, dit une voix féminine.
— J'imagine. Mais tout se passe comme prévu.
— J'ai vu qu'une femme s'était fait tuer à Anchorville…
— C'est exact.

Il n'osa pas en dire plus.

— Fais attention à toi…

Sa voix lui rappelait toujours de chaudes nuits d'été aux cieux émaillés d'étoiles.

— Comme toujours.

Il raccrocha avant que la conversation ne prenne un tour trop personnel et recommença à se demander qui s'était introduit chez lui.

Et surtout pourquoi.

∗∗∗

La séance était interminable ! Comme d'habitude, Evelyn se montrait encourageante, allant jusqu'à dire qu'elle faisait de grands progrès et recouvrerait sans doute la mémoire au même rythme que son équilibre psychique, mais Ava n'en pouvait plus.

— J'ai envie de diminuer les médicaments, avait-elle déclaré.

Evelyn n'avait pas cillé, même si elle se doutait probablement qu'elle ne les prenait déjà plus.

— C'est l'objectif final, bien sûr. Mais ne brusquons pas les choses. Je sens vraiment de l'amélioration chez vous.

— Ah bon ? Il y a trois jours, je me suis jetée à l'eau pour sauver mon fils. Et maintenant, tout le monde semble croire que j'ai de nouveau des hallucinations...

Elle n'avait pas ajouté qu'elle avait récupéré la clé noircie et qu'elle la conservait en permanence sur elle. Un comportement paranoïaque et obsessionnel, sans doute... Mais cela la rassurait de la sentir dans la poche de son jean.

— Vous avez subi un stress très important, reprit Evelyn en se penchant vers elle, mais vous êtes sur la bonne voie, Ava. J'ai bien entendu que vous avez envie de prendre moins de médicaments et nous allons y travailler ensemble.

Son sourire semblait sincère, mais une certaine inquiétude se lisait dans son regard.

Une inquiétude sans doute mêlée de culpabilité, pensa Ava.

Après la séance, elle se rendit dans la cuisine, où elle se prépara une tisane à la pêche censée avoir des vertus apaisantes. Un verre de vin ou un margarita aurait été plus efficace, mais, puisqu'elle était supposée suivre un traitement incompatible avec l'alcool, elle joua le jeu.

Trempant le sachet dans sa tasse, elle regarda Virginia ranger la cuisine. De son côté, Graciela se préparait à partir : elle enfila un imper et rentra ses longs cheveux sous le col.

Un morceau des années quatre-vingt passait à la radio, à peine audible à cause du lave-vaisselle.

— Je te dépose à Anchorville ? proposa Ian en entrant dans la pièce.

Il posa un verre vide sur le plan de travail. Il venait de terminer une partie de billard avec Trent : Ava avait entendu le cliquetis des boules et les rires des deux frères pendant son entretien avec la psychiatre.

— Je vais me débrouiller, répondit Graciela avec un sourire.

— J'y vais, de toute façon. Je suis à court de cigarettes.
— Dans ce cas…
— Je croyais que tu avais arrêté, fit remarquer Ava.
— C'est pour ça que j'en ai pas sur moi, répondit Ian tranquillement.

Il attendit un instant, puis ajouta :
— Je suis assez grand pour savoir ce qui est bon pour moi.
— Le goudron et la nicotine ?
— Avec un chouïa d'arsenic et d'ammoniaque.
— Ce sont tes poumons, après tout, commenta Ava. C'est toi qui vois.

— C'est une habitude dégoûtante, grommela Virginia en s'essuyant les mains sur son tablier.

— Arrête, maman, soupira Khloé qui venait de les rejoindre. Tu as fumé pendant des années !

— A l'époque, on ne savait pas que c'était mauvais !
— Eh bien, moi, je ne suis toujours pas au courant ! déclara Ian.

Il plaça la main au creux du dos de Graciela pour la guider vers la véranda, puis se retourna en agitant la main.

— A tout à l'heure. Je dépose juste Graciela et je passe à l'épicerie.

Ava s'éloignait vers l'escalier principal, sa tasse de thé à la main, quand elle vit Evelyn McPherson et Wyatt qui se parlaient en chuchotant, tout près l'un de l'autre. Elle se réfugia précipitamment au coin du couloir et tendit l'oreille.

— ... au sujet de Noah... je sais..., disait Evelyn.

La réponse de Wyatt était incompréhensible.

— ... des progrès... Kelvin... j'en suis sûre... patience... avec elle...

De nouveau, la réponse de Wyatt fut inaudible. Lasse d'écouter aux portes, Ava sortit la tête et vit que Wyatt avait posé la main sur l'épaule d'Evelyn.

D'un coup, elle en eut assez.

— C'est quoi, le diagnostic ? demanda-t-elle en s'avançant vers eux.

Wyatt tourna brusquement la tête et son regard s'assombrit.

— C'est vrai, reconnut-il, se redressant. On parlait de toi.

— Et le secret médical, docteur, ça existe aussi pour les psys, non ?

Evelyn rougit.

— Toi qui es avocat, Wyatt, tu devrais être au courant. Qu'est-ce que vous trafiquez, tous les deux ?

Le visage de Wyatt se crispa.

— Je n'aime pas tes insinuations, Ava.

— Ah non ? Alors que tu viens de me conseiller de prendre un avocat ? Alors qu'Evelyn et toi passez votre temps à vous peloter, dès que vous en avez l'occasion ?

— Ava ! s'exclama Evelyn d'un air horrifié.

Mais Ava n'en pouvait plus des faux-semblants et des mensonges.

— Vous avez une liaison avec mon mari ?

Evelyn recula d'un pas en secouant la tête.

— Certainement pas !

Ava la fixa, affichant un air sceptique.

— Qu'est-ce que tu racontes ? s'écria Wyatt. Tu perds complètement la tête, ma parole !

Il semblait sincèrement outré.

— Je me suis adressé à Evelyn parce qu'elle m'avait été recommandée et qu'elle t'avait suivie à Saint-Brendan ! Je l'ai engagée pour essayer de t'aider !

— Alors, pourquoi est-ce que j'ai l'impression que vous êtes ligués contre moi ?

— Je n'aurais jamais…, dit Evelyn.

Mais le regard qu'elle lança à Wyatt la trahit.

— Je n'ai plus besoin de vos services, la coupa Ava.

— En tant que professionnelle, j'estime que nos séances vous font progresser.

— J'en suis moins sûre que vous.

— Tu plaisantes, Ava ?

Wyatt attrapa sa main et la tourna vers le haut pour exposer les cicatrices sur ses poignets.

— Tu as oublié l'état dans lequel tu étais après la disparition de Noah ?

Il la regarda droit dans les yeux.

— Je ne veux pas que tu rechutes. Il faut continuer ton travail avec le Dr McPherson.

— Si vous préférez, je peux vous recommander quelqu'un d'autre, proposa Evelyn qui paraissait avoir retrouvé son sang-froid. Elliot Sterns, par exemple. Il est très…

— Non ! trancha Wyatt. Vous avez aidé Ava et vous allez continuer. Elle a besoin de vous.

— Je crois que c'est à moi d'en juger, fit remarquer Ava.

— En effet, reconnut Evelyn.

Wyatt les regarda l'une après l'autre.

— Le Dr McPherson va dans ton sens pour ne pas te contrarier, mais la vérité, c'est que c'est moi qui décide. D'un point de vue juridique, en tout cas.

— *Quoi ?*

Ava manqua de s'étouffer.

— Après ta tentative de suicide, je t'ai fait placer sous tutelle. Tu ne t'en souviens pas ?

De vagues images lui revinrent d'un rendez-vous chez le juge. Elle était tellement engluée dans sa douleur, alors, qu'elle n'avait rien compris à ce qui se passait.

— Le Dr McPherson reste, affirma Wyatt avec un regain d'autorité. Sauf si tu préfères repartir à l'hôpital.

Les mains tremblantes, Ava posa sa tasse sur une desserte, prit son mari par le bras et l'entraîna plus loin dans le couloir.

— Tu me ferais interner ? demanda-t-elle à voix basse.

— En dernier recours.

— C'est une menace ?

— Bon sang, Ava, c'est de ta sécurité qu'il s'agit ! J'essaie juste de te protéger, c'est ma responsabilité en tant qu'époux.

— Ma sécurité ? répéta-t-elle. Qu'est-ce que tu racontes ? Tu as vraiment peur que je fasse une bêtise ?

— Je veille sur toi. Pour ton propre bien.

— Je n'ai pas besoin d'un père, Wyatt.

Elle le fixa longuement, tâchant de comprendre ce qui se tramait derrière son regard.

— Malgré mes problèmes de mémoire, je n'ai pas oublié qu'on était sur le point de divorcer, quand je me suis retrouvée à Saint-Brendan.

— Tu ne t'es pas « retrouvée » là-bas, lui rappela-t-il. Tu y as été internée parce que tu avais essayé de te suicider. Tu as pris des médicaments et tu t'es ouvert les veines. Tu t'en souviens ?

— Non !

— Alors tu n'es pas guérie, Ava. Loin de là.

Il lui frôla l'épaule d'un geste doux, presque tendre, mais elle savait que c'était de l'hypocrisie. Il jouait la comédie, comme d'habitude.

— Je ne retournerai jamais à l'hôpital, déclara-t-elle.

Wyatt soutint son regard de cet air un peu condescendant qu'elle n'avait pas remarqué chez lui, avant de l'épouser. Il ne prononça pas un mot et pourtant sa réponse muette flottait dans l'air, presque audible.

« C'est ce qu'on verra. »

Une terrible appréhension monta en elle et la glaça jusqu'au tréfonds de l'âme.

25

Ce soir, elle n'en pouvait plus ! Elle ne supporterait pas de passer une minute de plus à Neptune's Gate ! Il lui semblait que les murs de sa chambre se rapprochaient d'elle, qu'elle était prisonnière de cette vieille maison qu'elle avait toujours adorée.

Ava croisa son reflet dans la glace de la salle de bains : ses cernes, ses lèvres pincées devenues incapables de sourire, sa pâleur lui firent horreur.

Elle en avait assez d'être une mauviette.

Une victime.

De se faire mener en bateau.

Il était grand temps de mettre fin à tout cela !

Elle enfila un pantalon et un haut de jogging qu'elle n'avait pas portés depuis des années, puis son coupe-vent imperméable aux bandes réfléchissantes. Wyatt ne risquait pas de l'empêcher d'aller courir dans la nuit, puisqu'il venait de s'embarquer avec Ian et Evelyn McPherson pour le continent.

— Tu sors ? lui demanda Khloé en la voyant descendre l'escalier. A cette heure ?

— J'ai besoin de prendre l'air.

— Tu vas à Anchorville ?

Khloé tourna un regard inquiet vers les fenêtres de l'entrée et l'obscurité au-dehors.

— A Monroe.

— Mais il pleut, fit remarquer Virginia en sortant de la cuisine.

— C'est juste de l'eau, répondit Ava.

Virginia lui lança un regard lourd de sens, dans une tentative malvenue de lui rappeler qu'elle avait failli se noyer quelques jours plus tôt.

— Il faut que j'y aille, dit Ava précipitamment, attrapant une lampe de poche et enfilant une casquette.

Puis elle descendit rapidement les marches du perron, et s'engagea sur le sentier de gravier qui menait à la route. Une fois sur le bitume, elle se mit à courir à petites foulées. L'air froid lui fouetta le visage. Elle songea qu'elle aurait dû prendre des gants. Tant pis. Hors de question de faire demi-tour pour aller les chercher et se voir soumise à un nouvel interrogatoire !

Elle prit petit à petit de la vitesse, heureuse de courir, de sentir les muscles de ses cuisses et de ses mollets s'activer, de respirer profondément l'air salé. La route suivait la courbe de la baie, ruban d'asphalte longeant le rivage jusqu'à Monroe, dont les lampadaires épars diffusaient leur faible lumière bleue.

Elle pressa un peu l'allure, le regard fixé sur le faisceau de sa lampe, et sentit les muscles de ses jambes s'étirer, sa respiration se stabiliser. Des gouttes de pluie glacée dégoulinaient sur sa nuque, mais cela ne la dérangeait pas. Le sentiment de liberté, l'euphorie du mouvement, après tant d'inaction, le valaient bien.

Elle ne croyait pas un instant à la mort de Noah. Elle s'y refusait. Mais si quelqu'un l'avait enlevé, ce n'était manifestement pas dans l'espoir d'obtenir une rançon. Quelqu'un voulait son fils et il s'agissait soit d'un invité de la fête, soit d'un employé, soit de quelqu'un qui avait profité de la confusion pour se glisser dans la maison sans se faire remarquer.

A moins qu'on n'ait utilisé un intermédiaire.

Elle avait déjà réfléchi à cette dernière possibilité. Si le ravisseur avait un complice, c'était forcément quelqu'un que Wyatt et elle connaissaient. Les noms des personnes présentes dans la maison cette nuit-là défilèrent dans son esprit pour la énième fois. Jewel-Anne, Jacob, Trent et Ian ; Zinnia, Piper et oncle Crispin ; Wyatt et tous les employés de maison, dont la plupart y travaillaient aujourd'hui encore. Et enfin les invités : Butch Johansen, plusieurs clients et connaissances de Wyatt, Tanya et Russell…

Seigneur, elle s'y perdait…

Et Evelyn McPherson ? Etait-elle là, ce soir-là ? Est-ce qu'elle ne fréquentait pas déjà Wyatt ?

Non. Ava l'avait rencontrée pour la première fois à l'hôpital Saint-Brendan, où Evelyn avait été désignée pour la suivre.

Une image prit soudain forme dans son esprit. Une pièce bondée de gens qui allaient et venaient. La musique, les bruits de verres qui s'entrechoquaient, les rires et les voix saturaient l'air. Elle descendait l'escalier en hâte, laissant glisser sa main sur la rambarde patinée. En passant devant les plus hautes branches du sapin décoré, elle avait remarqué une femme derrière les portes vitrées du bureau. Une femme assez corpulente qui se tenait de profil, et qu'elle ne connaissait pas. Elle avait d'abord cru que l'inconnue était seule dans la pièce, qu'elle parlait au téléphone, puis s'était rendu compte qu'elle discutait avec quelqu'un d'invisible depuis l'escalier. Elle en était sûre à présent : cette femme, dont l'apparence s'était considérablement modifiée depuis, était Evelyn McPherson.

Cette dernière avait-elle brièvement tourné son regard vers l'escalier pour la regarder ? Ou bien se l'imaginait-elle après coup ? Pourquoi le nom de la psychiatre n'apparaissait-il sur aucune des listes qu'elle avait dressées depuis la disparition de Noah ? Pourquoi Evelyn n'avait-elle pas été entendue par la police ? Et pourquoi…

La pointe d'une de ses chaussures accrocha le rebord d'un nid-de-poule. Ava trébucha, perdit l'équilibre et laissa échapper sa torche. L'asphalte et les graviers lui entaillèrent la paume des mains et déchirèrent son jogging aux genoux.

— Merde !

Elle regarda la lampe rouler jusqu'au bas de la pente, projetant un faisceau sautillant sur le pavé mouillé. Elle se releva péniblement, soulagée qu'il n'y ait eu aucun témoin de cette chute ridicule. Elle avait un peu mal au dos, les paumes et les genoux en feu, mais c'était surtout sa fierté qui en avait pris un coup.

Essuyant ses mains sur son blouson, elle regarda autour d'elle, s'attendant presque à voir Dern sortir de derrière un arbre. Elle commençait à s'habituer à le voir arriver sur son cheval blanc dès qu'elle avait un problème. Mais personne ne surgit dans la nuit silencieuse, que seuls le clapotis des vagues et le bruissement de la pluie troublaient.

— Idiote ! murmura-t-elle.

Elle récupéra sa lampe qui avait fini sa course au bord d'un caniveau, à moitié immergée dans une flaque, et l'essuya. Puis elle continua en direction du centre du village. Devant Frank's Food-O-Mart, deux ados en parkas et bonnets de laine fumaient des cigarettes en buvant une Red Bull, abrités sous le surplomb du toit.

Elle dépassa l'auberge et arriva devant le petit café qui, par miracle, était encore ouvert. Rosie, à la fois propriétaire, gérante et serveuse, passait un torchon sur le vieux comptoir en formica.

— Je ferme dans un quart d'heure, lança-t-elle sur un ton hostile.

Puis, reconnaissant Ava, elle se fendit d'un grand sourire.

— Madame Church ! Vous savez que je suis souple sur les horaires, hein… Rentrez vite !

Rosie n'avait jamais réussi à retenir son nom de femme mariée. Elle rangea son torchon et attrapa un menu plastifié. A plus de soixante-dix ans, frêle et le dos légèrement voûté, elle tenait pourtant toujours le café.

— Mettez-vous où vous voulez. Comme vous voyez, y a pas foule.

De fait, la salle était presque vide. Un gros homme était installé devant le comptoir que Rosie venait d'astiquer. Près de lui, un enfant d'une dizaine d'années picorait des frites dans une assiette où apparaissaient les restes d'un hamburger.

— Comment est-ce que vous allez, madame Church ?
— Bien.
— C'est sûr ?
— Oui. Mais n'allez pas le demander à ma famille. Ils me croient tous folle.

Rosie partit d'un petit rire qui se transforma en toux de fumeuse, puis y coupa court en s'éclaircissant la gorge.

— Ça sert à ça, les familles. Ils vous aiment à la folie tout en vous arrachant le cœur de la poitrine. Je vous sers quelque chose à boire ?
— Euh... Un verre de vin blanc ?
— Ça marche. Dites, vous voulez la dernière part de tarte au potiron ? Décidez-vous vite, sinon le gros George va la boulotter.

Elle indiqua, d'un geste du pouce, l'homme qui se trouvait au comptoir.

Ava songea à la qualité sans doute médiocre du vin et décida qu'il passerait mieux avec du salé.

— Une assiette de fromage et de crackers, ce serait possible ?
— On n'a que des biscuits de mer.
— Parfait.

Rosie secoua la tête.

— Normalement, on les sert avec la soupe de palourdes. Clyde en a fait ce matin, mais il n'y en a plus.

Clyde et Rosie étaient mariés depuis plus de quarante ans. Ils vivaient dans l'appartement au-dessus du café.

Ava goûta une gorgée du vin que Rosie lui servit, le trouva finalement buvable et laissa son regard divaguer.

Depuis sa place au coin de la salle, elle voyait l'eau noire de la baie s'étendre jusqu'aux lumières d'Anchorville et au littoral émaillé de faibles éclats.

Il était impossible de distinguer clairement quoi que ce soit, néanmoins son regard se fixa sur les hauteurs de la ville, où avait vécu Cheryl. Son visage inquiet s'afficha devant ses yeux, et ses dernières paroles résonnèrent dans son esprit.

« Faites attention à vous, Ava. Les choses ne sont pas toujours ce qu'elles paraissent, ni ce qu'on voudrait qu'elles soient. Il y a beaucoup de mauvaises énergies sur cette île, vous le savez aussi bien que moi. Je me fais parfois du souci pour vous. »

Une heure plus tard, Cheryl était morte. Victime d'un meurtre. C'était elle, apparemment, qui était en danger. Ava fronça les sourcils. Pourquoi, après leur dernière séance, Cheryl était-elle aussi troublée ? Aurait-elle dit quelque chose, pendant qu'elle était sous hypnose ?

Elle fit pivoter le pied de son verre entre ses doigts, tout en regardant le liquide tournoyer à l'intérieur. Le mouvement évoquait celui des vagues et, de nouveau, un souvenir fulgurant lui traversa l'esprit.

Il concernait le jour où Kelvin était mort. Sans qu'elle sache pourquoi, les terribles événements du naufrage se mêlaient dans son souvenir à la disparition de Noah. Elle entrapercevait parfois un lien entre les deux drames, mais, ne réussissant jamais à l'éclaircir, finissait toujours par conclure qu'il s'agissait simplement des deux grands deuils de sa vie : la perte de son frère et celle de son fils.

Du vivant de Kelvin, ils étaient moins nombreux à vivre à Neptune's Gate. Eux-mêmes entretenaient alors des liens plus distants avec leurs cousins. Ava avait déjà racheté leurs parts et, à l'exception de Jewel-Anne, ils étaient tous partis de Church Island, se félicitant sans doute de pouvoir quitter ce caillou perdu au milieu du détroit de Juan de Fuca, entre l'île de Vancouver et l'Etat de Washington.

Ils n'y étaient revenus que pour l'enterrement de Kelvin, et quelques-uns, dont Ian, avaient proposé de « rester donner un coup de main ».

— C'est fermé, monsieur !

La voix stridente de Rosie sortit brusquement Ava de ses pensées. Elle leva la tête et vit Austin Dern qui se frayait un chemin à l'intérieur du café, sans se laisser intimider par les récriminations de la patronne.

— Vous êtes sourd ou quoi ?
— J'en ai pour une seconde.

Il s'avança vers la table d'Ava et se glissa sur la banquette en face d'elle.

— Ne vous en faites pas, dit Ava à Rosie. C'est… un ami.
— Mmm…, grommela-t-elle d'un air dubitatif.
— Pourquoi ne suis-je pas étonnée de vous voir ? demanda Ava, tandis que Dern enlevait son blouson. Dès que je quitte la maison, vous me collez aux baskets, prêt à me secourir.

Dern eut un faible sourire. Ava remarqua que ses lèvres étaient serrées, sous sa barbe de plusieurs jours.

— Quelque chose me dit que vous n'avez pas besoin d'être secourue, répondit-il.
— C'est vrai. Quoi qu'en pense ma famille.

Elle avala une gorgée de vin et ajouta :

— Je vous offre un verre ?

Dern lança un regard vers le comptoir, où Rosie s'activait en lui décochant des regards meurtriers.

— J'ai l'impression que ça ferme.
— Qu'est-ce que vous fichez, Dern ? Pourquoi est-ce que vous me suivez comme ça ?

Elle tendit l'index vers lui.

— Et pas de salades du genre « je passais dans le coin et j'ai vu de la lumière » ! Je ne me rappelle pas vous avoir engagé comme garde du corps. Vous devez donc avoir vos propres raisons de me suivre.

Rosie choisit ce moment précis pour venir déposer sur

la table une petite assiette de fromage et trois paquets de biscuits de mer.

— Et pour vous ? demanda-t-elle à Dern. Vu que vous êtes apparemment un ami d'Ava.

— Je veux bien une bière pression.

— J'en ai pas.

— Alors, une Budweiser.

— Mmm.

Au comptoir, le gros George ordonna à son fils d'enfiler son blouson, puis, après avoir piqué quelques frites dans l'assiette de l'enfant, déposa des billets sur le zinc et s'éloigna d'un pas lourd vers la porte.

Rosie ferma derrière eux et tira le verrou.

— Elle est accueillante comme un porc-épic, fit observer Dern.

Ava réprima un sourire tandis que Rosie apportait la bière.

— Vous voulez manger ? demanda cette dernière à Dern sur un ton de défi.

— Non, merci.

— On ferme la cuisine, de toute façon, conclut-elle en regagnant le comptoir avec raideur.

Dern porta la bouteille directement à ses lèvres. Ava le regarda avaler une gorgée, observant le mouvement de sa pomme d'Adam, puis se força à le regarder dans les yeux.

— Vous n'avez pas répondu à ma question. Pourquoi est-ce que vous me suivez partout ? Et n'essayez pas d'insinuer que c'est de la paranoïa de ma part.

Il posa la bouteille et secoua la tête.

— Je n'essaierai pas. C'est vrai que je vous garde un peu à l'œil. Par contre, je ne vous suis pas. La première fois, je vous ai vue sauter à l'eau, la deuxième, je cherchais un cheval manquant, et tout à l'heure, je vous ai vue quitter la maison et j'ai eu envie de prendre l'air. J'avais des courses à faire, de toute façon.

— Ouais…, répondit Ava sur un ton sceptique.

— Bière, café, dentifrice. L'essentiel.

— Mais au lieu de vous arrêter chez Frank, vous vous êtes retrouvé ici.

— Je vous ai vue entrer et je me suis dit qu'on pourrait bavarder sans que les membres de votre famille écoutent à la porte.

— Parce qu'ils écoutent aux portes ?

Un sourire s'épanouit lentement sur les lèvres de Dern.

— J'en ai bien l'impression.

Il se laissa aller en arrière sur la banquette et ajouta :

— Ce n'est pas si grave. Toutes les familles ont leurs excentricités.

— Et la vôtre ?

— Ça vous intéresse ?

— Oui.

— Elle est plutôt éclatée, répondit-il en haussant les épaules. Mes parents ont divorcé quand j'avais dix ans. Je n'ai pas revu mon père depuis le lycée.

— Des frères et sœurs ?

— Une sœur à Baton Rouge et un frère Dieu sait où. On s'est perdus de vue il y a une quinzaine d'années.

Son regard s'assombrit.

— On n'était pas tellement proches, de toute façon.

— Pas de cousins ?

— Je n'en connais aucun. J'ai eu une enfance solitaire. Ça m'a appris à me débrouiller.

— Alors… vous n'êtes pas marié ?

Il partit d'un grand rire, comme si la question était à la fois drôle et ridicule.

— Plus maintenant. C'était ma petite amie du lycée. Ça n'a pas marché.

— Pourquoi ?

— Je suppose qu'on était trop jeunes. Je me suis engagé dans l'armée. Quand je suis rentré de ma première période de service, elle avait préparé les papiers du divorce, que je n'avais plus qu'à signer. Je n'ai pas voulu me battre ; elle était déjà avec un autre. Ensuite, j'ai repris mes études.

— Pas d'enfants ?
— Heureusement.
— Et après la fac, vous avez décroché un job dans un ranch...
— Vous n'approuvez pas mon plan de carrière ?

Il vida sa bière et enchaîna :

— Je me suis rendu compte que je préférais travailler avec des bêtes plutôt qu'avec des gens. Et vous ?
— Vous ne connaissez pas mon histoire ? demanda Ava en vidant son verre à son tour. Je croyais pourtant qu'elle était de notoriété publique.
— Je ne suis pas d'ici, vous savez.

Ava ne répondit pas.

— J'ai grandi dans l'Est, du côté de Pendleton, reprit-il. J'ai travaillé pendant un moment dans un ranch... Pour Rand Donnelly, dans l'Oregon.

Il sortit son portefeuille.

— Vous n'avez pas vérifié mes références ?
— Je ne savais même pas qu'on vous avait engagé.
— Vraiment ? Je croyais que c'était vous, la patronne.
— Dans une autre vie, peut-être.

La voyant fouiller dans son sac, il posa quelques billets sur la table.

— C'est pour moi, dit-il.
— J'avais dit que je vous offrais un verre.
— La prochaine fois, vous n'y couperez pas.

Ava se leva et vit le regard de Dern s'attarder sur son jogging déchiré aux genoux.

— Je suis tombée, dit-elle pour devancer ses questions.
— Rien de grave ?
— Des égratignures. Je survivrai.

Il lui ouvrit la porte et ils quittèrent le café ensemble. La lampe d'Ava s'était remplie d'eau et ne fonctionnait plus, mais l'iPhone de Dern leur éclaira le chemin.

Ils montèrent la colline côte à côte, en silence. Rover les attendait à l'entrée de l'allée menant à la maison ; il emboîta le pas à Dern comme s'il le connaissait depuis toujours. A la vérité, Ava avait un peu le même sentiment. Elle ne le connaissait que depuis quelques jours et, pourtant, elle se sentait plus à l'aise avec lui qu'avec son mari.

Avant la disparition de Noah, Wyatt et elle ne passaient que très peu de temps ensemble. Ensuite, ils s'étaient accrochés l'un à l'autre, pour voir finalement leur couple se désintégrer davantage. Tout au long de cette période de terreur et de deuil, le sujet du divorce était revenu sur la table par intermittence... Du moins était-ce le sentiment d'Ava...

Les mains enfouies dans les poches, sa respiration formant des volutes blanches dans l'air froid, elle se rappela le rêve où Wyatt s'était métamorphosé en Dern, et où ils avaient fait l'amour avec passion. Elle se rappela le contact de ses mains rugueuses descendant le long de ses côtes et enserrant ses fesses.

S'agissait-il en réalité de Wyatt ?

Il t'a laissé cette rose, tu te rappelles ?

Du bout de l'index, elle caressa la minuscule piqûre sur son pouce. Puis elle chassa résolument de son esprit ces questions insondables. Il était vain de chercher à comprendre ses rêves. Cela ne faisait que la détourner de l'essentiel : retrouver Noah.

C'était son seul objectif. Rien d'autre n'avait d'importance.

26

— J'ai l'impression de vous avoir déjà rencontrée. Je veux dire… avant que Wyatt ne vous engage. Et il me semble que vous vous faisiez appeler Eve.

Ava était de nouveau en rendez-vous avec Evelyn McPherson. Au lieu de faire un esclandre, elle avait accepté de s'entretenir avec elle, dans l'idée, cette fois, de récolter des informations plutôt que de lui en donner.

Evelyn hocha la tête, les mains sur les genoux.

— On en a déjà parlé, vous vous souvenez ? On s'est rencontrées la première fois à votre réception de Noël, le soir où Noah a disparu. Puis de nouveau pendant votre convalescence à Saint-Brendan. C'est à ce moment-là que votre mari m'a demandé si j'accepterais de vous suivre quand vous sortiriez de l'hôpital. Il savait que j'avais un cabinet privé à Anchorville.

— On n'en a jamais parlé, protesta Ava. Je m'en souviendrais, sinon…

Tandis qu'elle parlait, une impression de déjà-vu traversa pourtant son esprit, si évanescente qu'elle ne put l'examiner.

Le sourire d'Evelyn se fit doucereux.

— Vous refoulez les événements de cette nuit-là, Ava. Ils vous reviennent petit à petit, mais restent encore très lacunaires. Je suis là pour vous aider à combler ces lacunes.

— D'accord. Alors commençons par le commencement… A l'époque, vous disiez vous appeler Eve Stone.

— Je venais de me séparer de mon mari. Mon divorce

n'avait pas encore été prononcé, et je n'ai repris mon nom de jeune fille que quelques mois plus tard.

— Vous étiez… différente.

— C'est fou la différence que peuvent faire vingt kilos en moins et une nouvelle couleur de cheveux !

Etait-ce possible ? Avait-elle déjà entendu ces explications ?

— C'est Trent qui m'a invitée à votre soirée, poursuivit Evelyn. Vous ne vous en souvenez pas ?

— Trent ?

— On s'est connus à la fac.

— L'U-Dub ?

— L'université d'Oregon. On était en psycho ensemble.

Un sourire amusé flotta sur ses lèvres.

Ava la dévisagea, abasourdie. Se trompait-elle sur son compte depuis le début ? Evelyn avait fermement démenti tout lien personnel avec Wyatt… et elle commençait presque à la croire.

— Je suis arrivée à l'université de Washington plus tard, pour y faire ma thèse.

— Tandis que Trent, lui, a laissé tomber la psycho.

Quelque chose clochait dans cette histoire…

Evelyn passa la main dans la poche du grand sac en cuir posé sur la chaise à côté d'elle.

— Ava, j'ai bien réfléchi, hier soir… Et je suis arrivée à la conclusion que je ne peux pas vous aider si vous n'avez pas confiance en moi.

Elle sortit une carte de visite et la fit glisser sur la table basse.

— Voici les coordonnées du Dr Rollins. Son cabinet est à Seattle, mais nous avons déjà travaillé ensemble. Il connaît l'île et votre famille. Il travaillait à Sea Cliff du temps où votre oncle en était le directeur.

Ava connaissait ce nom. L'image d'un grand Afro-Américain lui vint alors à l'esprit : une peau lisse couleur café, des lunettes à la monture énorme, une barbe blanche et des cheveux très courts.

— C'est là que nous nous sommes connus, poursuivit Evelyn. A Sea Cliff. Il a encore des patients à Anchorville et consulte deux jours par semaine dans un cabinet qu'il partage avec d'autres médecins.

Ava prit la carte de visite entre ses doigts.

— Il est impératif que vous ayez confiance en votre thérapeute, insista Evelyn, pour éviter de retenir des choses en vous. Si vous souhaitez que je vous recommande au Dr Rollins, ou à quelqu'un d'autre, je ferai tout ce qui est en mon pouvoir pour faciliter la transition. Dites-moi simplement ce qui vous convient le mieux.

A vrai dire, elle semblait presque soulagée de passer la main.

— Je ne suis pas sûre que vous trouviez quelqu'un qui accepte de se déplacer sur l'île, mais vous pourrez toujours en discuter.

Ava baissa les yeux sur la carte.

— Wyatt est d'accord ?

— Je ne lui en ai pas encore parlé. Comme vous l'avez dit, c'est de votre vie qu'il s'agit. Je suis votre médecin, pas le sien.

— Mais c'est lui qui vous a engagée. Il prétend être mon tuteur.

— Il pourrait théoriquement s'opposer à mon départ, mais entre nous, ça m'étonnerait.

Elle se leva et passa la lanière de son sac sur son épaule.

— Il ne veut que votre bien, vous savez.

— C'est ce qu'il ne cesse de me répéter, en tout cas.

Evelyn fronça les sourcils, puis lui frôla délicatement l'épaule.

— Tenez-moi au courant de ce que vous souhaitez, Ava…, dit-elle en quittant la pièce.

C'était ridicule : voilà qu'à présent, Ava se sentait abandonnée ! Elle était enfin libérée de la psychiatre que son mari lui avait choisie, de la femme qu'elle soupçonnait d'avoir une liaison avec lui, et tout d'un coup, elle n'était plus sûre d'avoir fait le bon choix.

Ne remets pas en question tes décisions. Tu sais ce que tu as vu !

D'accord... Mais si tu t'étais trompée ?

Elle s'avança jusqu'aux rayonnages sur lesquels était disposée une collection de photos de famille. Son regard se posa sur un cliché où Wyatt tenait Noah dans les bras. Ils étaient sur la plage et le vent soulevait les cheveux de son mari. Le cœur d'Ava se serra douloureusement : elle saisit le cadre et, du bout des doigts, suivit le contour du visage de son fils.

Puis elle remit la photo à sa place et en examina une autre, celle où Jewel-Anne chevauchait une jument alezane sur le promontoire, devant Sea Cliff. Elle avait un sourire jusqu'aux oreilles, et l'ombre du photographe se découpait sur le sol. La photo datait d'avant le naufrage, quand sa cousine avait l'usage de ses jambes et savait encore sourire. Bien qu'un peu ronde pour sa taille, elle était jolie ; son visage n'était pas marqué par la frustration, comme aujourd'hui.

Ava reposa le cadre et s'avança vers la fenêtre. Des traces des pneus du fauteuil roulant apparaissaient dans le gravier, et les grandes fougères frissonnaient au vent. Et si, comme ils semblaient tous le croire, elle était effectivement atteinte de paranoïa aiguë ? Elle pensa à sa dernière séance avec Evelyn. Et s'il n'y avait jamais rien eu entre Wyatt et elle ? Et si son cerveau dérangé avait forgé cette histoire d'infidélité ?

« L'intuition féminine ne ment pas. » C'est ce qu'on dit toujours.

Mais si l'adage était faux ?

**
***

Plus tard, dans la salle de billard qui sentait l'encaustique, Trent confirma à Ava qu'Evelyn McPherson l'avait bien accompagné à la fameuse réception de Noël.

— Tu ne t'en souviens pas ? Je me rappelle même te l'avoir présentée. C'était dans la cuisine. On est rentrés par-derrière et on s'est fait engueuler par Virginia.

L'air perplexe, il plaça les boules au centre du tapis et les stabilisa avec le triangle.

— Tu es passée en coup de vent. Tu cherchais quelque chose… des verres, peut-être ? Virginia était en pétard, elle t'a passé un savon à toi aussi, du genre : « C'est pas possible de travailler dans ces conditions ! »

Tandis qu'il retirait précautionneusement le triangle, Ava fouilla dans ses souvenirs. La mauvaise humeur de Virginia lui disait en effet quelque chose. Sur le moment, elle l'avait attribuée au fait qu'elle n'avait pas envie de travailler ce soir-là, et que sa fille venait de se marier avec Simon, qu'elle ne portait pas dans son cœur.

Oui, oui… Elle se souvenait d'avoir traversé la cuisine à toute vitesse, manquant de percuter un serveur. Il s'était écarté en faisant pivoter son grand plateau argenté chargé d'amuse-gueules et n'en avait pas fait tomber un seul.

— On s'est croisés entre la remise et la porte de l'escalier de service, reprit Trent. Virginia nous a fichus dehors, au prétexte de laisser les traiteurs travailler. Quel accueil !

— Ça y est, dit Ava. Je m'en souviens.

Des images plus précises lui revinrent à l'esprit. Elle était distraite car Wyatt était sur le point de prononcer son discours de Noël annuel et qu'il manquait trois verres pour les invités. Elle s'était alors rappelé les cartons dans le placard, près du garde-manger. C'est en allant les chercher qu'elle avait croisé Trent, accompagné d'une inconnue.

— Tu m'as dit qu'elle s'appelait Eve.

— Parce que pour moi, c'est son prénom. C'est comme ça qu'on me l'a présentée, il y a des années, à une fête d'avant-match à la fac.

Etait-ce bien ce qu'il lui avait dit, à la fête de Noël ? Ava n'en avait pas l'impression, mais elle ne parvenait pas à s'en souvenir. Subitement, alors que Trent se penchait sur la table pour ajuster son coup, elle se rappela avoir serré la main de l'inconnue quand il les avait présentées l'une à l'autre.

— Ça te revient, maintenant ? lui demanda-t-il avec un sourire. Tu vas voir, bientôt, tu vas te souvenir de tout...

D'un coup de queue, il percuta la boule blanche et dispersa les autres.

— J'espère.

— Sois patiente.

— Je ne fais que ça !

— Ça n'a jamais été ton point fort, la patience.

Ava pouvait difficilement affirmer le contraire. Trent expédia la boule blanche vers un essaim de billes colorées qu'il fit tomber les unes après les autres dans l'angle.

— Le problème, c'est que j'ai de gros trous de mémoire, et que j'ai l'impression de ne pas avancer.

— Ça ne va pas aussi vite que tu le voudrais, mais ça viendra.

Ava n'en était pas convaincue.

— Depuis la disparition de Noah...

— Ça a commencé avant, l'interrompit Trent en gardant les yeux sur la table de billard. Après la mort de Kelvin.

— Quoi ? Non !

— Si. C'est à ce moment-là que tu as commencé à avoir des... des troubles mentaux.

— *Avant* l'enlèvement de Noah ?

Trent releva brusquement la tête.

— Il n'a pas été *enlevé*, Ava. Il n'y a jamais eu de demande de rançon.

Il s'avança vers elle.

— Personne ne vous a jamais contactés.

— Quelqu'un a volé Noah, Trent ! Quelqu'un l'a pris dans son lit et l'a emporté !

271

Son cœur se mit à battre violemment dans sa poitrine.

— Il a disparu, c'est sûr. On ne sait pas comment.

— Il avait deux ans, Trent. Il n'a pas pu sortir tout seul de son lit et…

Son cœur se glaça tandis qu'elle l'imaginait descendre du lit, se promener dans sa chambre puis sortir dans le couloir.

Puis une autre idée lui vint.

— Tu me soupçonnes d'être responsable de la disparition de mon fils ?

Trent lâcha sa queue de billard.

— Bien sûr que non, Ava !

Il fit le tour de la table et vint la serrer dans ses bras.

— Je n'envisage pas une seconde que tu aies pu sciemment faire du mal à Noah.

— *Sciemment ?* répéta-t-elle dans un chuchotement horrifié.

Comment pouvait-il croire… Son regard tomba sur les cicatrices à ses poignets ; cet épisode ne lui avait laissé que des souvenirs flous et refoulés. Après la disparition de son fils, la police s'était intéressée à elle de très près. Biggs avait même insinué qu'elle pouvait être impliquée. Après tout, elle était la dernière personne à avoir vu Noah… en tout cas à l'avoir reconnu. Et elle savait que pour les policiers, les membres de la famille étaient toujours des suspects prioritaires.

— Ce n'est pas ce que je voulais dire, lança Trent avec irritation. Ne déforme pas mes propos, d'accord ?

Il paraissait sur le point de céder à la colère, mais finit par soupirer :

— Allez, Ava. Arrête un peu.

Il la serra de nouveau dans ses bras, plus fort, cette fois, lui rappelant en silence le lien qu'ils avaient forgé depuis l'enfance.

Pourtant, elle le sentait tendu et incertain. Pour la première fois, elle devinait une fêlure dans ce lien si solide, une fêlure qui pouvait être plus profonde qu'elle ne l'imaginait.

Austin se sentait impliqué bien plus qu'il n'aurait dû.

Il en fut frappé comme par une évidence tandis qu'il traversait la pelouse humide en direction de l'écurie. Le chien sur ses talons, il lança un regard vers la maison, et se demanda pour la énième fois pourquoi Ava Garrison le fascinait à ce point.

Quelle que fût la réponse, c'était une grave erreur.

Il ne devait pas envisager une aventure avec elle, et pas seulement parce qu'elle était mariée. Il y avait des raisons plus importantes : celles-là mêmes qui faisaient qu'il se trouvait sur Church Island et travaillait pour elle.

Pourtant, il avait du mal à garder ses distances. Il avait beau se répéter qu'il l'avait suivie, la veille au soir, uniquement dans le cadre de son travail, il savait qu'il se mentait à lui-même et il n'aimait pas ça. Elle l'intriguait au-delà de toute mesure. Elle était troublée, déséquilibrée, mais derrière son regard triste et sa bouche inquiète, il entrevoyait une autre femme, forte et pleine de vie.

C'était cette femme-là qu'il avait envie de connaître, de faire parler. C'était la seule personne sur l'île dont il se sentait proche.

Erreur, Austin. Ava n'est pas ton alliée. Elle fait plutôt partie de tes ennemis.

Rappelle-toi pourquoi tu es ici. Ne te laisse pas berner par son joli visage et ses manières élégantes. Ce n'est pas elle, la victime, tu le sais très bien.

Laissant le chien renifler les coffres à grain, il ouvrit la barrière du box où il avait enfermé le matin même la jument alezane. Il l'avait vue boitiller, avait examiné sa jambe antérieure droite et n'avait rien trouvé. A présent, tandis que l'animal s'ébrouait avec mécontentement, il examina de nouveau son sabot à la recherche de fentes, de graviers ou d'épines. Il en sonda toute la surface avec douceur ; la jument se contenta de remuer les oreilles. Elle n'eut pas non plus l'air de souffrir quand il lui tâta la jambe ; il ne détecta rien de suspect au niveau de la couronne, du paturon ou du boulet.

— C'est quoi, au juste, ton problème, ma belle ?

Il n'était pas vétérinaire, mais il avait passé toute sa vie avec des chevaux. Il fit sortir la jument de son box et la conduisit jusqu'au pré. Elle leva la tête vers le ciel, laissa échapper un hennissement et rejoignit ses congénères ventre à terre, sans l'ombre d'un boitement. Elle ne ralentit qu'en arrivant à la hauteur de Jasper.

— Elle jouait la comédie, tu crois ? demanda-t-il au chien.

Il l'observa durant quelques minutes et décida qu'elle se portait comme un charme.

— On va quand même la garder à l'œil, pas vrai ?

Rover inclina la tête comme s'il avait tout compris.

— Allez... On rentre.

Austin reprit le chemin de l'écurie en sifflant. Il avait l'intention de contrôler la sellerie et de réparer un gond cassé dans un des box.

Du moment qu'il donnait l'impression de faire le travail pour lequel on l'avait engagé...

Comme tous les habitants de ce caillou maudit, il n'était pas ce qu'il prétendait être et ce n'était qu'une affaire de temps avant que quelqu'un s'en aperçoive.

Et là, la situation se corserait vraiment.

Il pensa à Cheryl Reynolds gisant dans une mare de sang, et sa mâchoire se crispa involontairement.

27

Comme elle le faisait systématiquement depuis quelques jours, Ava jeta ses médicaments aux toilettes et tira la chasse. En regardant les cachets disparaître, elle éprouva une satisfaction fugace.

— Bon débarras !

Elle retourna dans sa chambre, s'attendant à voir apparaître la sévère Demetria, l'autoritaire Khloé ou l'hypocrite Jewel-Anne.

Mais il n'y avait personne, à part Mister T, qui avait dû se tromper de porte et s'éloigna furtivement dans le couloir.

— Pas par là, minou, chuchota-t-elle.

Il allait vite se rendre compte que la porte de l'escalier de service était fermée, et rebrousserait chemin pour prendre le grand escalier, comme tout le monde.

Ava se sentait agitée et n'avait aucune envie de dormir. Depuis sa conversation avec Trent, elle s'était enfermée dans sa chambre avec son ordinateur. Son dos et ses épaules lui faisaient mal ; elle ne cessait de tourner et retourner ses pensées dans sa tête.

Elle avait commencé par relire les comptes rendus de presse au sujet de la mort de Kelvin, s'était rappelé sa propre expérience dans les eaux glacées de la baie, puis elle avait tenté de faire le lien entre la mort de son frère et la disparition de son fils. A part ses « visions » de Noah au bord du ponton, elle ne parvenait à rien.

Quelque chose lui échappait. Son frère n'avait jamais

rencontré son neveu, évidemment : il était mort peu avant sa naissance.

Ava attrapa son sweat-shirt préféré sur la colonne de lit, l'enfila et descendit au rez-de-chaussée.

Le bureau de Wyatt était plongé dans l'obscurité. Il avait téléphoné pour prévenir qu'il rentrerait tard ; leur conversation avait été brève et froide. Il y avait tant de non-dits entre eux ! A commencer par le départ d'Evelyn, qu'Ava n'était pas pressée de lui annoncer.

Elle entendait le bruit diffus de la télévision, ponctué par les chocs des boules de billard. Ses cousins se trouvaient dans la salle de jeux, comme d'habitude.

La cuisine était éteinte : Virginia rentrait chez elle après le dîner. Demetria avait disparu ; Khloé et Simon étaient partis à Anchorville, et Jewel-Anne avait dû se retirer dans ses appartements avec ses poupées, ses jeux en ligne et son iPod plein de morceaux d'Elvis.

Ava se glissa dehors. L'air froid de la nuit lui fit du bien. Elle descendit à la hâte les marches qui menaient au ponton. Les mains enfoncées dans les poches de son sweat-shirt, elle en gagna le bout à petites foulées et contempla l'eau noire et mouvante. Combien de fois, dans ses rêves, avait-elle vu Noah à cet endroit précis ?

Pas seulement dans tes rêves. Un jour, tu l'as vu ici juste après t'être réveillée.

Son regard balaya les lumières d'Anchorville, de l'autre côté de la baie, puis celles de Monroe, au bout du rivage. Les lampadaires du village jetaient des halos bleutés dans l'obscurité et l'enseigne au néon de Frank's Food-O-Mart, vénérable institution depuis les années cinquante, était clairement visible. A l'ouest s'ouvrait l'océan ; dans son dos, au sommet de la colline, s'élevait le manoir.

Pourquoi Trent avait-il insinué que la mort de Kelvin était liée à la disparition de son fils ?

Parce que Noah est né seulement quelques jours après

le naufrage. Tu lui as donné son deuxième prénom en souvenir de ton frère : Noah Kelvin Garrison...

Mais il y avait autre chose, un lien, fuyant, insaisissable, qui ne se montrait que pour disparaître aussitôt dans des profondeurs obscures.

Quelque chose lui échappait, elle le savait, mais quoi ?

Son regard erra sur le jardin plongé dans la pénombre et s'arrêta sur la pierre du mémorial. Elle y croisait souvent Jewel-Anne, qui semblait fascinée par l'endroit.

« Tu n'es pas la seule à faire ton deuil, avait-elle dit quelques jours plus tôt. Il me manque aussi, tu sais ! »

Les yeux rivés sur le jardin, Ava sentit un frisson glacé descendre le long de son échine.

— Impossible..., murmura-t-elle.

Mais c'était trop tard. L'embryon d'une pensée, d'un cauchemar, s'était implanté dans son esprit et se développait à toute vitesse.

Son cœur se changea en glace.

Sa bouche s'assécha.

Y avait-il quelque chose, sous ce petit bloc de marbre ?

Y avait-il une autre raison, plus obscure, à la présence de cette pierre dans le jardin ? Et si ce n'était pas un mémorial... mais une pierre tombale ?

— Non, non, non...

L'atroce idée s'était enracinée en elle. Impossible de s'en défaire.

Elle n'avait aucun souvenir du jour où l'on avait placé la pierre, mais à présent, elle était certaine que son emplacement n'avait pas été choisi au hasard.

— Oh ! Seigneur, murmura-t-elle. Faites que j'aie tort...

Elle se précipita dans le hangar à bateaux. Le yacht était dans son mouillage, les gilets de sauvetage pendaient à leurs crochets, les rames et les cannes à pêche étaient rangées contre le mur. Mais il n'y avait pas de pelle.

Rien qui puisse lui servir à creuser.

Elle ressortit en claquant la porte. Elle se comportait comme une aliénée !

Mais alors, pourquoi était-elle subitement persuadée que le coin dédié à la mémoire de son fils cachait quelque chose de plus sinistre ?

Le cœur tambourinant, les veines inondées d'adrénaline, elle tenta de réprimer l'affolement qui s'emparait d'elle et menaçait de la faire basculer dans la folie.

Son enfant n'était pas enterré sous cette pierre ! Non !

Pourtant, son imagination ne cessait de forger d'atroces images du petit corps enfoui sous la terre.

Elle s'éloigna en courant vers l'allée qui menait au jardin. Des toiles d'araignée humides s'accrochèrent à son visage, mais elle n'y prit pas garde. Elle avait besoin d'être fixée. Coûte que coûte…

Le regard brouillé de larmes, elle passa le coin de la serre, trouva la porte entrouverte. D'un geste frénétique, elle actionna alors l'interrupteur et tressaillit, saisie par l'éclat éblouissant du plafonnier. Des pots cassés s'étalaient sur une longue table et quelques plants de tomates difformes grimpaient sur des tuteurs. Près de la porte se trouvaient deux pelles. Ava en attrapa une et repartit en courant.

Les yeux remplis de larmes brûlantes, elle s'arrêta devant la pierre et planta la pelle sous son rebord. Elle pouvait lire le nom de son fils gravé dans le marbre lisse, à la faible lumière de la lune.

— Oh ! Mon ange…

Sa respiration se muait en volutes blanches dans l'air froid et son cœur vibrait de douleur.

Elle enfonça la lame, appuya sur le manche et sentit la pierre bouger.

— Allez, allez…, murmura-t-elle.

Ses muscles se tendirent ; la pierre se décolla. Ava ne savait à quoi s'attendre. Elle savait seulement ce qu'elle redoutait.

Sans doute n'y avait-il là rien d'autre que de la terre

mouillée, du gravier et des insectes. Elle était néanmoins incapable de couper court à la folie qui s'était emparée d'elle. A mesure qu'elle creusait, le vent se levait, chargé d'un parfum de pluie.

— Il n'y a rien là-dessous, dit-elle à voix haute, poussant malgré tout la plaque de marbre sur le côté et commençant à creuser.

Ses doigts se resserrèrent autour du manche et, très vite, elle trouva son rythme, forçant la lame à s'enfoncer au maximum avant de déloger la pelletée de terre.

Arrête tout de suite, avant qu'ils te voient faire et te renvoient à Saint-Brendan !

Le trou qu'elle creusait commençait à prendre de l'ampleur. Des gouttes de sueur perlaient entre ses omoplates et sur son cou. Des crampes parcouraient ses mains, qui n'étaient pas habituées à ce genre d'effort, mais elle continua à creuser.

Désespérément.

Poussée par une sorte de fièvre.

Il n'y a rien… Rien du tout ! Et si quelqu'un t'aperçoit…

Le tas de terre grandissait à côté du trou. La bouche sèche, les muscles douloureux, Ava continua à creuser.

— Hé !

Levant les yeux, elle vit une silhouette s'approcher et crispa les doigts autour du manche.

— Ava ? Qu'est-ce que vous faites ?

C'était Dern.

Elle se détendit un peu en le voyant sortir de l'ombre.

— Je creuse.

— Je vois. Mais pourquoi ?

Elle se sentit subitement ridicule.

— Je ne sais pas.

Il se rapprocha, Rover sur les talons.

Elle osait à peine formuler ses angoisses.

— Peut-être… peut-être que mon fils est là-dessous.

— Quoi ?

Il attrapa le manche de la pelle et l'empêcha de la planter de nouveau.

— Ava, qu'est-ce que vous racontez ?

Elle avala sa salive, passa ses doigts sales dans ses cheveux et tenta de se ressaisir.

— Il se passe quelque chose de bizarre, ici.

— Dans le jardin ?

— Partout ! Sur l'île !

— Et vous croyez qu'il y a quelque chose d'enterré là-dessous ? Le corps de votre fils ?

Elle perçut le scepticisme dans sa voix.

— Je ne sais pas. C'est juste une impression.

Elle tira la pelle vers elle, mais Dern refusa de lâcher prise.

— Ava… Je ne pense pas que…

— Que quoi ? Que Noah soit enterré ici ? Que je vais trouver quoi que ce soit ? Vous pensez que je suis complètement cinglée, c'est ça ?

— Non. Mais je ne pense pas que ce soit une bonne idée de faire ça maintenant.

— Fichez-moi la paix !

Elle croisa son regard à l'instant où de lourds nuages masquaient la lune.

— Lâchez cette pelle, Dern ! C'est mon problème. Ça ne vous regarde pas !

Il lui arracha l'outil des mains et, sans ajouter un mot, se mit à creuser.

— Arrêtez. Je suis sérieuse. Vous n'avez pas besoin de faire ça.

Il l'ignora. Elle sentit les premières gouttes de pluie s'écraser sur sa nuque.

— Vous me direz quand vous voudrez que j'arrête, lança-t-il.

Il plongea de nouveau la pelle dans le trou, rejeta la terre sur le côté d'un geste souple et recommença. Tandis que le trou s'approfondissait, Ava prenait conscience de son erreur. Elle avait laissé son imagination s'emporter. Encore une fois, elle était la victime de son désespoir, de...

Bang !

La pelle avait heurté quelque chose dans un bruit métallique.

— Merde..., murmura Dern.

Le cœur d'Ava cessa de battre.

Bang !

De nouveau le bruit. Dern releva la tête et croisa son regard.

— On ferait peut-être mieux d'arrêter.

S'armant de tout son courage, Ava secoua violemment la tête.

— Il faut que je sache !

Son cœur martelait sa poitrine, ses paumes étaient moites, son esprit tout entier se mobilisait déjà pour refuser ce qu'elle allait apprendre.

— Vous êtes sûre ?

Non, non, non ! hurla une voix en elle.

« Oui », fit-elle de la tête.

Comment pourrait-elle continuer à vivre, si elle retrouvait le corps de son fils ? Si elle était forcée d'abandonner tout espoir de le revoir vivant ?

Dern continua à creuser. Au fond du trou, les contours d'une boîte, de la taille d'un cercueil d'enfant, se dessinèrent peu à peu.

Mon Dieu, faites qu'il ne soit pas à l'intérieur !

— On a de la compagnie, fit soudain remarquer Dern.

La pluie s'était mise à tomber pour de bon, mais Ava la sentait à peine. Son regard était rivé sur la boîte tachée de terre que Dern souleva avec force et fit glisser sur le sol, devant le banc.

— Qu'est-ce que vous fichez ?

C'était Jacob. Rover fit entendre un grognement sourd, mais toute l'attention d'Ava était concentrée sur la boîte.

— Elle n'est pas vide, dit Dern sur un ton d'avertissement.

— C'est quoi, ce bazar ?

Jacob arriva tout près d'eux et, à l'aide du faisceau de son iPhone, éclaira la boîte.

— Putain !

Son dédain disparut d'un coup.

— Vous avez déterré ce truc sous la pierre ?

— Oui, répondit Ava dans un souffle.

Elle n'avait presque plus de voix, ni de forces, et elle vacillait sur ses jambes. Mais il fallait qu'elle sache ! Il le fallait absolument.

— Ouvrez-la, dit-elle.

— Vous êtes sûre ? demanda Dern.

— Oui !

Non, non, Seigneur, non !

Sans cesser de braquer le faisceau de son iPhone sur la boîte en métal, Jacob recula de quelques pas. Son visage était livide et la main qui tenait son téléphone tremblait.

— Je… je ne sais pas ce que c'est, mais ça ne me plaît pas…

— Ouvrez-la ! répéta Ava.

Un rugissement sourd montait dans ses oreilles.

Dern se pencha et tenta de forcer le couvercle.

— Elle est fermée à clé. Je vais devoir aller chercher un couteau ou un pied-de-biche.

— Essayons avec ça.

Avec une certitude glacée, Ava sortit la clé rouillée de la poche de son jean, s'accroupit devant la boîte et la glissa dans la serrure.

Elle y entrait parfaitement.

— Putain, répéta Jacob, vous n'allez pas…

Ava fit tourner la clé dans la serrure.

— Ava…, souffla Dern, posant une main dure et calleuse sur la sienne.

Rassemblant toutes ses forces, elle ouvrit le couvercle d'un geste brusque.

Jacob en éclaira l'intérieur.

Etendu sur le dos, caressé par le faisceau vacillant, un petit corps sans vie les regardait de ses yeux grands ouverts.

28

— Putain de merde ! cria Jacob.

Son téléphone lui échappa des mains et il battit précipitamment en retraite, faisant sursauter le chien qui se mit à aboyer.

Ava réprima un hurlement et se força à regarder le corps. Il portait le sweat-shirt rouge de Noah, son minuscule jean délavé, ses…

La bile inonda sa gorge et la nausée eut raison d'elle. Pliée en deux, elle régurgita le contenu de son estomac, alors même que son cerveau lui répétait que ce n'était pas le corps de son fils. Cette chose, à l'intérieur de la boîte, n'était même pas un cadavre !

— C'est une poupée, dit Dern d'une voix étonnamment calme.

Il tourna son regard vers Jacob.

— Reviens ici pour nous éclairer.

Mais Ava ramassait déjà l'iPhone sur le sol et braquait son faisceau sur la boîte en fer. A l'intérieur, sur une couverture pliée, reposait une grande poupée de chiffon ancienne, à la tête en porcelaine craquelée. Une de ses oreilles était cassée, un œil regardait fixement vers le haut, le second était à moitié fermé. Ses cheveux, maladroitement coupés, se dressaient en petits épis irréguliers.

La poupée avait manifestement été altérée pour ressembler à Noah.

La farce était atroce.

Ava tremblait de la tête aux pieds. Dieu merci, ce n'était pas le corps de son fils ! Il lui restait un espoir de retrouver Noah vivant. Mais cette affreuse mise en scène... Qui avait pu faire une chose pareille ? Qui pouvait la haïr assez pour se donner tout ce mal ? Elle dut se mordre les lèvres pour ne pas se mettre à pleurer.

— Vous avez déjà vu ce truc ? demanda Dern.

— Non, répondit-elle en secouant la tête. Mais... les vêtements... Ils sont bien à mon fils.

Dern contempla un moment la poupée en silence.

— Ce sweat-shirt, chuchota Ava, je le reconnais...

— Putain, mais c'est dégueulasse ! s'exclama Jacob.

Il recula d'un pas, comme s'il craignait que la poupée ne prenne subitement vie.

Pour une fois, Ava était d'accord avec lui.

— Vous pensez qu'on a habillé cette poupée avec les vêtements de votre fils avant de l'enterrer ici ? demanda Dern doucement.

— Oui. Absolument. Regardez, on lui a même coupé les cheveux pour la faire ressembler à un garçon. A mon fils.

Un froid glacial la pénétrait jusqu'au fond de l'âme.

— Ensuite, on a laissé la clé du cercueil à un endroit où j'étais sûre de la trouver. C'est un jeu tordu, vous ne voyez pas ? Une épreuve, pour savoir combien de temps il me faudra pour résoudre l'énigme...

Son désarroi laissait progressivement place à la colère.

— Quelqu'un me déteste tellement qu'il a décidé de m'infliger la pire douleur qui soit pour une mère.

— Mais vous auriez pu ne jamais trouver cette boîte, fit remarquer Dern. Ne jamais avoir l'idée de creuser sous la pierre.

— Ils se seraient débrouillés pour que je le fasse. Si je n'en avais pas eu l'idée ce soir, ils m'auraient laissé d'autres indices, jusqu'à ce que je comprenne.

— Qui ça, *ils* ? fit Jacob en déglutissant péniblement.

La bile lui monta de nouveau aux lèvres, tandis qu'elle

passait en revue la liste des membres de sa famille. Beaucoup devaient nourrir du ressentiment envers elle, la critiquer derrière son dos, éprouver une satisfaction perverse à la voir dégringoler de son piédestal de battante pour sombrer dans l'instabilité mentale. Mais cette haine… c'était tout à fait autre chose.

Pivotant sur elle-même, elle regarda le manoir. Il était presque entièrement plongé dans l'obscurité, à l'exception de quelques fenêtres encore allumées au niveau de la cuisine et de la salle à manger. Au premier étage, des lueurs bleutées flottaient dans l'appartement de Jewel-Anne, qui devait regarder la télévision ou surfer sur internet dans le noir.

Mais un des rideaux se souleva un peu.

Comme si un observateur venait de se mettre à l'abri.

— Jewel-Anne, chuchota Ava.

Sa liste de suspects venait de se réduire à un seul individu, un individu au psychisme tordu, une femme qui refusait de grandir, jouait continuellement les victimes et la tenait pour responsable de son handicap et de la mort de Kelvin.

— La sale garce…, marmonna-t-elle.

Avec une énergie retrouvée, elle sortit la poupée macabre du cercueil et s'éloigna à grands pas.

— Vous allez où ? demanda Dern.

— Là-haut !

Jewel-Anne. C'est forcément elle ! Qui d'autre s'amuserait à travestir une poupée ?

Elle se mit à courir sous la pluie en direction de la maison, les doigts crispés autour du petit corps mou. La poupée avait à peine la taille d'un bébé de six mois ; elle flottait dans les vêtements de Noah, mais elle avait produit son effet.

Dern courait derrière elle. Ava entendait ses pas résonner sur la terre humide, mais elle ne se retourna pas. Elle n'avait plus qu'un objectif en tête.

Elle monta les marches de la véranda et traversa la cuisine sans ralentir.

Dern la rattrapa au pied de l'escalier.

— Vous n'avez aucune preuve que c'est elle, Ava.

— Bien sûr que si !

Elle monta les marches deux à deux, brûlante de colère. Elle savait qui était la coupable. Ce qu'elle ne comprenait pas, en revanche, c'était pourquoi sa cousine se montrait aussi cruelle.

— Laissez-moi m'occuper de ça, Dern !

Elle ne prit pas la peine de frapper. La porte n'était pas fermée à clé.

— Hé ! s'écria Jewel-Anne en la voyant faire irruption. Qu'est-ce qui…

Les écouteurs aux oreilles, avachie devant son ordinateur, elle les dévisagea, stupéfaite.

— Oh ! Mon Dieu, c'est quoi, cette horreur ?

Son regard de myope se fixa sur la poupée mouillée, qu'Ava lui lança.

— Qu'est-ce que tu crois ?

Jewel-Anne eut un mouvement de recul et laissa échapper un cri. Le sinistre objet glissa sur le sol.

— Tu ne reconnais pas ton œuvre ?

— Qu'est-ce que tu racontes ?

Ava attrapa le fil qui reliait les minuscules écouteurs et les arracha des oreilles de sa cousine.

— Hé ! Qu'est-ce que tu fais ?

— J'ai besoin de toute ton attention.

— Ava…, lança Dern sur un ton d'avertissement.

— Où est-ce que tu as dégoté ce truc affreux ? demanda Jewel-Anne en montrant du doigt la poupée échouée au sol.

— Dans un cercueil enterré dans le jardin. Sous la pierre de Noah. Là où tu l'as mise pour que je la trouve !

Jewel-Anne la regarda fixement. Son visage était devenu crayeux, ses yeux dilatés derrière ses lunettes.

— Un cercueil ? Enterré où ? Tu es complètement folle !

— A toi de me le dire ! Qui d'autre aurait fait une chose pareille ? Enterrer une poupée sous cette pierre… Je te vois toujours tourner autour. Je me demandais pourquoi elle t'intéressait autant... Maintenant, je le sais !

— Non, Ava. Tu te trompes. Je fais simplement honneur à la mémoire de Noah.

— Tu mens !

— Tu es en plein délire ! Je n'ai jamais vu ce... ce truc de ma vie !

Ava tendit le doigt vers la poupée.

— Regarde-la bien ! ordonna-t-elle.

Puis elle la ramassa et la brandit si près du visage de sa cousine que le nez de porcelaine ébréché touchait presque celui de Jewel-Anne.

— Tu as vu ? On lui a coupé les cheveux pour qu'elle ressemble à un garçon.

— Arrête, Ava, tu me fais peur ! s'écria Jewel-Anne en se tassant dans son fauteuil.

— Tant mieux ! Parce que tu as de bonnes raisons de t'inquiéter !

— Ça suffit, dit Dern en s'avançant vers elles.

— C'est elle qui a fait ça ! rétorqua Ava en lui décochant un regard noir.

— Comment ? demanda Jewel-Anne. Pour l'amour de Dieu, Ava, comment veux-tu que je creuse un trou et que j'y enterre... un cercueil, c'est bien ce que tu as dit ? *Un cercueil ?* Comment est-ce que je pourrais mettre un cercueil dans un trou et le recouvrir de terre ? Je ne serais même pas capable de déplacer la pierre !

Elle paraissait tellement choquée de ces accusations qu'Ava sentit le doute s'immiscer en elle.

Sauf que c'était forcément Jewel-Anne. Qui d'autre ?

Des pas résonnèrent dans le couloir. Un instant plus tard, Demetria apparut.

— Qu'est-ce qui se passe, ici ?

— Jewel-Anne cherche à me torturer, affirma Ava en lui montrant la poupée. Avec ce truc.

— Pardon ?

— Elle croit que je lui ai joué un sale tour, expliqua Jewel-Anne.

Elle avait repris contenance et la colère nimbait ses joues de taches roses.

Dern, impassible, les observait.

— D'abord, les chaussures mouillées de Noah, reprit Ava. Ensuite, la clé déposée dans ma poche... Clé qui, comme par hasard, ouvre le cercueil. Et maintenant, cette abominable poupée !

Elle secoua si fort celle-ci que sa tête de porcelaine se balança d'avant en arrière.

— N'exerce pas ta paranoïa sur moi, Ava. Tout ça, tu l'as sans doute fait toi-même ! Pas étonnant que tu aies essayé de te suicider ! C'est ta culpabilité qui remonte à la surface...

— N'essaie pas de retourner la situation contre moi.

— Tout le monde le pense, Ava, même la police ! C'est à cause de toi que Kelvin a sorti son voilier. C'est par ta faute qu'il est mort et que je suis dans ce fauteuil roulant ! Tu es la dernière personne à avoir vu Noah vivant. La dernière à avoir vu Cheryl Reynolds avant qu'elle se fasse tuer. Cette « découverte » que tu viens de faire, c'est toi qui l'as mise en scène. Comme l'histoire des chaussures. Quant à cette clé... Tu l'as mise toi-même dans ta poche ! Peut-être que tu ne t'en souviens plus, qui sait ? Si j'avais voulu te faire peur, pourquoi est-ce que j'aurais utilisé une poupée ? Autant dessiner une grosse flèche rouge pour m'accuser ! Pourquoi est-ce que j'aurais fait ça ?

— Parce que tu croyais pouvoir me faire souffrir en toute impunité.

— Tu te fais souffrir toi-même, Ava.

— Il faudrait être...

— Malade mentale, oui ! Si ça se trouve, tu n'en es même pas consciente. Tu crois à toutes ces bêtises que tu racontes. Comme ces gens qui ont plusieurs personnalités. Comment ça s'appelle déjà ? Pas de la schizophrénie...

Elle lança un regard interrogateur à Demetria.

— Un trouble dissociatif de l'identité, suggéra cette dernière.

Ava fixa un instant l'infirmière, puis ramena son regard vers sa cousine.

— Ce n'est pas moi qui ai fait ça !
— Vraiment ?

Jewel-Anne se redressa, fit pivoter son fauteuil et darda sur elle un regard accusateur.

— Comment le saurais-tu ?

La poupée s'écrasa au sol en un tas hideux ; son œil à moitié ouvert semblait l'accuser, lui aussi. Ava l'entendait presque lui parler... « C'est toi qui as fait ça, pauvre cinglée. Tu t'es tendu un piège à toi-même. » Puis un rire glaçant retentit, comme si la poupée était dans le secret d'une blague cruelle. Ava dut se retenir pour ne pas se boucher les oreilles et s'enfuir en courant. Où serait-elle allée ? Elle n'était en sécurité nulle part et ne pouvait faire confiance à personne. Elle coula un regard en direction de Dern ; son expression était dure et figée.

Comme s'il avait senti son désarroi, il dit :

— Je crois qu'on devrait tous calmer le jeu et arrêter avec les accusations en tout genre.

— Attendez ! s'exclama Ava. Quelqu'un a déguisé cette poupée avec les vêtements de mon fils, l'a mise dans une boîte qui ressemble à un cercueil, a attendu que je la trouve en me donnant des indices...

— Pour quoi faire ? demanda Demetria.
— Pour me pousser à bout !
— Tu te débrouilles très bien toute seule ! lança Jewel-Anne d'un air écœuré.
— OK. Ça suffit, maintenant...

Austin attrapa la poupée d'une main, le bras d'Ava de l'autre. Les yeux de Jewel-Anne se plissèrent, chargés de colère et d'autre chose. Une fugitive lueur de victoire ?

Entraînée de force, Ava eut juste le temps d'entendre Demetria s'inquiéter de l'état de sa patiente.

— Qu'est-ce que vous faites ? demanda-t-elle une fois qu'ils furent dans le couloir.

— Je vous sauve la mise.

— Vous plaisantez ?

Elle essaya d'échapper à son emprise, mais il la conduisit avec fermeté jusqu'à la porte de sa chambre, lui en fit franchir le seuil, et referma la porte derrière eux d'un coup de pied.

— Je n'ai aucune idée de ce qui se passe dans cette maison de fous, dit-il, mais je suis sûr d'un truc, c'est que vous devez garder votre sang-froid.

Ava lui arracha la poupée et l'agita devant son visage.

— Comment voulez-vous que je garde mon sang-froid face à ça ?

— Je ne sais pas. Mais si vous êtes vraiment convaincue que quelqu'un s'en prend à vous, il faut arrêter de vous comporter comme une dingue.

— Je ne me comporte pas…

— Imaginez que le Dr McPherson ou n'importe qui d'autre vienne faire une expertise, là, maintenant… Qu'est-ce qu'ils diraient, à votre avis ?

— Je ne suis pas folle, Dern !

Elle s'approcha de lui et le regarda au fond des yeux.

— Vous étiez là. Vous avez vu le cercueil !

— N'empêche que j'ai beaucoup de mal à croire que c'est une femme en fauteuil roulant qui l'a enterré. A la limite avec l'aide d'un complice, mais qui ? Son frère ? Jacob est un imbécile, mais à voir sa réaction, il était aussi flippé que vous. Qui reste-t-il à accuser ? Qui pourrait vous en vouloir à ce point ?

— Beaucoup de gens.

Dern resta un instant silencieux, comme s'il établissait lui aussi une liste de suspects dans son esprit.

— Je sais que c'est éprouvant, mais…

— *Eprouvant ?* répéta Ava avec incrédulité.

— Jusqu'à ce qu'on sache ce qui se passe, qui vous joue ces tours et pourquoi, il faut vous débrouiller pour garder un minimum de sang-froid.

Les doigts qui entouraient son avant-bras se resserrèrent.

— Vraiment, Ava. Je ne plaisante pas.

Elle expira lentement, comptant jusqu'à dix dans sa tête, pour essayer de calmer le tourbillon de ses émotions. Au moins Dern était de son côté.

En es-tu certaine ? Il te fait peut-être marcher, lui aussi. Il profite de ta fragilité psychologique. Il est peut-être de mèche avec quelqu'un d'autre. Tu as bien vu comme il te suit partout... Comment est-ce que tu expliques ça ? C'est un chevalier servant ou un opportuniste ? Tu n'as aucun moyen de le savoir. Tu ne peux pas lui faire confiance.

Mais elle ne pouvait s'en empêcher. Elle n'avait personne d'autre sur qui s'appuyer.

— Et vous, dit-elle finalement, vous croyez qu'on essaie de me rendre folle pour de bon ?

— Quelque chose ne tourne pas rond, je vous l'accorde, mais je ne sais pas quoi.

Puis, presque comme s'il se parlait à lui-même, il ajouta :

— Qui pourrait vouloir faire ça ?

— Je ne sais pas...

— Eh bien, dit-il avec un sourire à peine perceptible, c'est ce qu'il faut essayer de comprendre. Je vous aiderai.

Tout à coup, cette main qu'il avait posée sur son bras la rassura. Et Dieu sait qu'elle en avait besoin !

C'était stupide de sa part, mais elle se laissa aller contre lui et ferma les yeux, retenant un soupir de soulagement. Depuis combien de temps n'avait-elle pas baissé la garde ? Sous la chemise de Dern, elle sentait les battements d'un cœur fort et solide.

Au loin, elle entendit un moteur de bateau gronder au loin.

Dern laissa la poupée tomber sur le sol et entoura Ava de ses bras.

— On va y arriver, lui promit-il.

Elle sentit des larmes lui brûler les yeux.

— J'espère…, chuchota-t-elle. Je n'en peux plus.

Dehors, le chien laissa échapper un brusque aboiement, et une bourrasque de vent souffla sur les branches nues des arbres.

Mais ici, dans la sécurité de la chambre, Austin Dern sentait l'automne, la pluie et la terre, un mélange d'odeurs masculines et réconfortantes. Fiables. Solides. Elle le connaissait à peine, mais cela n'avait plus d'importance. Elle se blottit contre son épaule avec l'envie de se jeter à son cou, de sentir la chaleur de ses lèvres. Elle se rappela de nouveau son rêve et, cette fois, au lieu d'en être gênée, elle n'éprouva que du désir.

C'était ridicule et dangereux de se fier à un étranger, un homme dont elle ne savait rien. Le problème, c'est que les gens qu'elle connaissait depuis toujours lui semblaient à présent des étrangers, voire des ennemis. Mais cela ne ressemblait-il pas à de la paranoïa, justement ?

Au fond, c'était simple : elle perdait le contact avec la réalité. Elle n'arrivait plus à distinguer les faits réels des fantasmes. Une onde de peur la parcourut. Et si Jewel-Anne avait raison ?

Sa détresse émotionnelle était-elle assez forte pour lui avoir fait perdre ses repères, au point de se mentir à elle-même ?

Elle entendit la porte d'entrée s'ouvrir puis se refermer. Dern se raidit.

— Quelqu'un vient, dit-il.

L'espace d'un instant, Ava crut qu'il allait poser un baiser sur le dessus de sa tête.

Quelqu'un montait.

Dern s'écarta d'un pas.

Un coup résonna à la porte, qui s'ouvrit brusquement. Wyatt apparut, vêtu d'un imperméable dégoulinant d'eau. Ses cheveux mouillés étaient plaqués sur son crâne, son visage rougi par le vent.

— Qu'est-ce qui se passe, ici ? demanda-t-il.

Son expression s'assombrit davantage lorsqu'il aperçut son employé.

— Dern ? lança-t-il avec incrédulité. Qu'est-ce que vous faites dans la chambre de ma femme ?

29

Ava n'avait pas l'intention de se laisser intimider.

— Il est venu m'aider à creuser dans le jardin…

— A creuser dans le jardin ? répéta Wyatt. Et vous avez atterri ici ?

— J'étais en colère, j'ai accusé Jewel-Anne de toutes sortes de choses et il a essayé de me calmer…

— En quoi est-ce que ça le regarde ? demanda Wyatt.

— Ecoute, je viens de passer une soirée éprouvante… Je n'ai pas la force de me disputer.

— Je sais, excuse-moi, dit-il sur un ton un peu penaud. Jacob m'a appelé. Il m'a parlé d'une boîte avec une poupée à l'intérieur.

— Regarde !

Ava ramassa la poupée et la secoua devant le nez de son mari. Ses bras et ses jambes s'agitèrent en une danse macabre tandis que son œil valide clignait à toute vitesse.

— Bon sang !

Wyatt recula d'un pas, le visage empreint de répulsion.

— C'est censé ressembler à Noah, comme tu peux le constater !

Le regard de Wyatt glissa vers Dern, puis revint se fixer sur elle. Sa raideur outrée parut s'atténuer un peu, mais il restait méfiant.

— Très bien, dit-il en croisant les bras sur sa poitrine. Si vous me racontiez tout depuis le début ?

— J'ai eu une sorte de révélation. Je n'arrêtais pas de voir Jewel-Anne traîner dans le jardin et…

Elle raconta alors ce qui venait de se passer.

— J'avais besoin d'être fixée, tu comprends ? Jewel-Anne est déterminée à me faire subir un véritable enfer. Elle me tient pour responsable de son handicap et de la mort de mon frère. Et elle se sert de Noah pour me torturer.

— Je ne la crois pas capable d'aller jusque-là, déclara Wyatt.

Sa voix manquait toutefois de conviction. Son imperméable dégoulinait sur le sol ; il s'en aperçut, se débarrassa du vêtement et le plia sur son bras.

— En tout cas, dit Dern, quelqu'un a bel et bien enterré cette poupée.

Wyatt se tourna vers Ava.

— D'accord… Je veux bien croire que quelqu'un s'amuse avec toi de cette horrible manière. Mais je ne pense pas que ce soit Jewel-Anne. D'abord parce qu'elle en est physiquement incapable.

— Sauf si elle a un complice, fit remarquer Ava.

— On parle donc d'un complot, maintenant ? demanda Wyatt, coulant un regard vers Dern pour voir s'il approuvait cette théorie.

Ce dernier ne releva pas. Tout comme elle, il observait Wyatt.

— Même si Jewel-Anne était derrière cette histoire, reprit celui-ci au bout de quelques instants, même si elle avait mis au point un plan infernal, ce à quoi je ne crois pas une seconde, pourquoi quelqu'un d'autre marcherait-il dans la combine ?

— Je ne sais pas, avoua Ava. Jacob est peut-être de mèche avec elle. Il déteste tout le monde. Ou encore leur père ? Oncle Crispin n'a jamais supporté d'avoir perdu Neptune's Gate. Il a dû assumer la responsabilité de l'évasion de Lester Reece, puis l'hôpital a fermé et, pour terminer, il a été contraint de vendre sa part de la maison.

— Tu crois donc qu'oncle Crispin et Jewel-Anne auraient pu déguiser une poupée avec les vêtements de Noah et l'enterrer dans le jardin ?

Même aux oreilles d'Ava, cette hypothèse sonnait faux.

— Je ne sais pas ce qui s'est passé, Wyatt, mais il s'est bien passé quelque chose. Si ce n'est pas Crispin, quelqu'un d'autre est complice.

— Ava…, laissa tomber Wyatt d'un ton abattu, ne rends pas les choses pires qu'elles ne sont.

Du coin de l'œil, Ava vit Dern plisser les lèvres. Wyatt dut le sentir, car il se tourna vers lui.

— Vous êtes d'accord avec elle ?

— De toute évidence, quelqu'un essaie de terroriser votre femme.

Il laissa passer quelques secondes, puis ajouta :

— Je vous laisse. C'est à vous de résoudre ce problème.

Et sur ces derniers mots, il quitta brusquement la pièce. Les talons de ses bottes résonnèrent dans le couloir, puis s'estompèrent.

Wyatt referma la porte. Ils étaient à présent en tête à tête.

— Je ne sais pas quoi dire, reconnut-il.

— Et si tu disais : « Je te comprends mieux, maintenant, Ava » ou : « Tu avais raison, quelqu'un t'en veut à mort » ? Ou même : « Quel soulagement que ce ne soit pas le corps de Noah dans ce cercueil ! Si on essayait de le retrouver, tous les deux ? »

Il la dévisagea en silence, comme si elle était une étrangère plutôt que la femme qu'il avait choisi d'épouser des années auparavant. Comme c'était loin, maintenant !

— D'accord, dit-il enfin.

Il repoussa ses cheveux mouillés de son front.

— On va essayer de retrouver notre fils.

Le cœur d'Ava s'emballa, jusqu'à ce que Wyatt ajoute :

— Mais d'abord, j'aimerais tirer une chose au clair : dis-moi que tu n'es pas amoureuse d'Austin Dern.

— Quoi ?

Elle faillit éclater de rire.

— Non ! Je le connais à peine.

C'était la vérité. Wyatt leva cependant un sourcil circonspect.

— Et je te rappelle que nous sommes mariés.

— Mais avant ton départ, tu étais sur le point de demander le divorce.

Elle hocha doucement la tête. Ses souvenirs de cette époque n'étaient pas complètement clairs.

— Où on en est, Ava, par rapport à ça ?

— Si seulement je le savais ! répondit-elle avec franchise.

— Il paraît que tu as renvoyé Evelyn.

— Elle est partie d'elle-même. Elle m'a conseillé un autre psychiatre.

— Elle s'est sentie obligée de le faire. A cause de tes accusations ridicules.

— C'est elle qui te l'a dit ?

— Elle m'a appelé. Comme c'est moi qui l'avais engagée, elle a cru bon de me prévenir. Elle est en bas, dans le salon.

— Tu l'as ramenée ici ?

— Oui.

— Mais...

Un irrépressible sentiment de trahison s'empara d'elle, mais avant qu'elle ait pu l'exprimer, Wyatt poursuivit :

— Quand Jacob m'a appelé pour me dire que tu creusais dans le jardin en pleine nuit, j'ai téléphoné à Evelyn... je veux dire au Dr McPherson, et je l'ai convaincue de venir sur l'île avec moi pour te parler.

— Je n'ai rien à lui dire.

— Même au sujet de *ça* ?

Du bout des doigts, il ramassa la poupée.

— Ça me donnerait presque envie de consulter un psy, moi aussi !

— Eh bien, je te laisse la mienne.

Elle en avait assez de recevoir des ordres. Elle en

avait assez de ce simulacre de mariage, assez de se faire manipuler.

— Et emporte cette horreur, ajouta-t-elle en désignant la poupée à l'œil cassé.

— Ava…

— Ne me demande pas de me calmer, d'accord ? Surtout pas !

Toute trace de tendresse, tout vestige de l'amour qu'ils avaient autrefois partagé disparurent du visage de son mari.

— Tu fais une grosse erreur, Ava, dit-il sur un ton d'avertissement.

— Sans doute. Mais ce n'est pas la première, et je suis à peu près sûre que ce ne sera pas la dernière.

— Tu sais, les choses pourraient être plus faciles…

— Tu crois ?

Elle croisa calmement son regard, en dépit du tourbillon d'émotions qui s'agitait en elle. Après son départ, elle s'avança jusqu'à la porte et tira le verrou.

Un carton de pizza en équilibre sur une main, Snyder tournait la clé dans la serrure de son appartement lorsque son téléphone se mit à sonner dans sa poche.

Poussant un juron, il se dépêcha d'entrer, de poser sa pizza et de répondre à sa coéquipière, dont le nom s'affichait à l'écran.

— Ça commence à devenir une habitude ! dit-il en décrochant. A force, les gens vont se faire des idées.

Lyons partit d'un de ses grands rires rauques que Snyder affectionnait.

— Je voulais juste te mettre au courant d'un truc. Ce n'est sans doute pas grand-chose, mais…

— Oui ?

En quittant le bureau, un peu plus tôt, il avait fait un tour à la salle de sport et siroté deux bières en attendant que sa pizza soit prête.

— Je viens d'avoir un coup de fil de Biggs. Tu savais qu'il a un lien de parenté avec certains habitants de l'île ?

— Ouais...

Snyder ouvrit le carton : quelques malheureuses tranches de saucisse et de chorizo baignaient dans la sauce tomate et la mozzarella fondue.

— C'est l'ex-beau-frère de la cuisinière, reprit-il.

— Eh bien, cette même cuisinière vient de l'appeler pour lui raconter une histoire à dormir debout au sujet d'un mannequin enterré dans le jardin du manoir, une sorte de poupée habillée avec les affaires de l'enfant disparu...

— *Quoi ?*

— Il n'y a pas eu de délit et personne ne s'attend à ce qu'on aille sur place. C'est juste qu...

— Attends, c'est quoi, cette histoire ? Un canular ? Une espèce de rituel glauque ?

— Aucune idée. Selon Biggs, Ava Garrison a eu subitement l'idée de creuser dans le jardin et a découvert la poupée dans un petit cercueil. Elle a accusé sa cousine handicapée, laquelle jure qu'elle n'y est pour rien. Ils sont tous plus cinglés les uns que les autres, si tu veux mon avis.

Snyder en oublia momentanément sa pizza.

— Tu penses qu'il y a un lien avec l'affaire Reynolds ?

— Je ne vois pas comment... Par contre, ça pourrait être lié à l'histoire de l'enfant disparu.

— Biggs veut qu'on aille faire un tour là-bas ?

— Il n'a rien dit, mais il peut encore changer d'avis.

Tous deux étaient exaspérés par leur patron, qui manquait cruellement d'expérience pratique mais possédait les appuis nécessaires pour se faire systématiquement réélire. Ses principales qualités étaient de savoir choisir ses collaborateurs et de verser des pots-de-vin. Il avait également eu beaucoup de chance. Mis à part l'évasion de Lester Reece, les crimes violents s'étaient faits rares dans la région, ces dernières années.

Mais à présent, le vent semblait tourner.

— Et toi, tu as du nouveau ? demanda Lyons.
— Rien.

Snyder sentait le temps leur filer entre les doigts. Ils attendaient encore le rapport de l'autopsie de Cheryl Reynolds et quelques réponses téléphoniques de la part d'amis et de parents. Ainsi que les informations concernant son assurance vie. A part ça, ils ne disposaient pas de la moindre piste.

Snyder raccrocha, prit une part de pizza qu'il leva presque à hauteur de visage pour la détacher des fils de fromage fondu.

Continue comme ça, mon vieux, et c'est la crise cardiaque assurée !

Mais ce soir, il s'en fichait.

Des voix dans le couloir.

Clignant des yeux, Ava se glissa hors du lit. Elle avait un mal de tête atroce, comme si elle souffrait d'une gueule de bois carabinée, alors qu'elle n'avait pas bu une goutte d'alcool.

La main appuyée contre la tête de lit, elle tenta de rassembler ses idées. Des bribes du rêve qu'elle venait de faire persistaient dans les recoins de son esprit, mais elle n'arrivait pas à les rassembler.

Elle était seule. Sa dispute avec Wyatt lui garantissait qu'il ne chercherait plus à partager le lit conjugal. La comédie était terminée. A vrai dire, elle l'était depuis la disparition de leur fils.

Marchant sur la pointe des pieds, osant à peine respirer de peur d'interrompre la conversation qui filtrait depuis le couloir, elle s'approcha de la porte.

Pas de pleurs de bébé.

Pas de sanglots, pas de « maman ! » chuchoté.

Ce soir, c'étaient des voix d'adultes, et elle eut la quasi-certitude de reconnaître celle de Wyatt. Il y avait aussi une voix de femme, mais les échanges étaient bizarrement désynchronisés, comme si deux conversations séparées se mêlaient dans l'escalier.

Ava se retourna vers son réveil : les chiffres rouges annonçaient minuit pile. A cet instant précis, l'horloge de son arrière-arrière-grand-père se mit à sonner.

Dong !
— Elle n'en a plus pour longtemps, dit une voix féminine.
Dong !
— ... curieux, je ne sais pas quoi en penser.
Etait-ce la même femme ? Non, il y en avait une deuxième.
— ... comment elle était avant.
— J'aimerais pouvoir faire quelque chose... un cas désespéré.

Une troisième femme ? Evelyn McPherson ? A cette heure tardive ?
Dong !
— Vous avez fait de votre mieux, répondit une voix masculine.

Wyatt. Forcément. Il devait s'adresser à Evelyn.
— ... plus qu'une question de temps...
La deuxième voix féminine de nouveau.
Dong !
Chaque fois que la pendule sonnait, Ava sentait un élancement de douleur lui trouer le crâne. Les conversations devenaient de plus en plus hachées et incompréhensibles. Elle entrebâilla la porte et, ne voyant personne dans le couloir assombri, se glissa hors de sa chambre.
Dong !
— ... faire attention... elle commence à se douter de quelque chose...

La voix était à peine audible entre les coups de l'horloge. Etait-ce celle de la troisième femme ? Ou bien quelqu'un qui parlait si doucement qu'il était impossible de deviner son sexe ?
— Soyez prudents, c'est tout.

Un bruit de verrou.

La porte d'entrée qui s'ouvrait en grinçant.

Se mordant la lèvre inférieure, Ava descendit rapidement l'escalier, la main sur la rampe.

Dong !

La porte se referma avec un claquement sourd. Dans l'entrée, seule une veilleuse était allumée, mais un parfum de pluie flottait encore dans l'air.

Ava s'avança vers les fenêtres situées de part et d'autre de la porte. Deux silhouettes s'éloignaient dans la nuit en direction du ponton. Un homme élancé, probablement Wyatt, la main posée au creux du dos d'une silhouette plus menue. Celle d'une femme, sans doute Evelyn McPherson.

En dépit de leurs démentis formels, ils étaient manifestement amants. Et ils venaient d'avoir une discussion à son sujet.

— ... presque déraillé, chuchota une voix de femme dans l'entrée déserte.

Le cœur d'Ava se glaça. La deuxième conversation se poursuivait. Mais où se déroulait-elle ? Avec les coups de pendule assourdissants, elle n'arrivait pas à situer l'origine des voix.

Dong !

Le douzième coup... Mais les voix se turent aussi, comme si la conversation avait été planifiée pour se fondre dans les bruits de l'horloge.

Ava glissa furtivement vers le séjour. Elle était chez elle, après tout, et elle avait le droit d'entrer où bon lui semblait, à toute heure du jour ou de la nuit. Elle était néanmoins remplie d'appréhension : son cœur cognait à grands coups dans sa poitrine, ses nerfs étaient à vif. En dépit de la conversation murmurée qu'elle venait d'entendre, elle avait le sentiment d'être seule à évoluer dans une maison où tout le monde dormait.

Et pourtant...

Les mains moites, elle entra dans le bureau de Wyatt. Une ombre s'agita près de la bibliothèque.

Son cœur faillit s'arrêter de battre.

Quelque chose se rua sur elle dans un grognement. Elle poussa un cri et battit en retraite. C'était Mister T, le chat, les poils hérissés. Il fit entendre un feulement haineux avant de filer par la porte entrouverte.

Ava s'affaissa contre le coin du bureau.

C'était le chat. Juste le chat.

Elle perçut au loin un moteur de bateau. Wyatt et Evelyn McPherson partaient.

Bon débarras…

Ce fut à cet instant que retentit le premier cri étouffé.

— *Maman !*

Ava sentit ses entrailles se liquéfier.

— Mon bébé ? répondit-elle malgré elle.

Elle savait que Noah n'était pas là. Pas dans la maison. Et pourtant…

Elle fit le tour du bureau et fouilla dans les tiroirs jusqu'à trouver une lampe de poche. Puis, au lieu d'allumer, elle s'aida de son faisceau pour remonter jusqu'à la chambre de Noah, au premier. Elle hésita un instant devant la porte, puis la poussa brusquement. Sous le faisceau blafard de la lampe, les barreaux du lit ressemblaient à ceux d'une prison. Les jouets paraissaient grotesques. Les yeux du tigre rayé brillaient d'une vigueur maléfique et le dinosaure préféré de son fils ressemblait à une gargouille à la gueule grande ouverte.

Arrête, Ava. Ce sont juste des jouets ! Des jouets dont tu n'as pas eu le courage de te débarrasser…

— Mamaaaaann !

Son sang se glaça dans ses veines et elle faillit faire tomber la lampe de poche. Le cri avait résonné dans la pièce même.

30

— *Maman ! Maman !*
C'était bien la voix de Noah, entrecoupée de sanglots. D'où venait-elle, cette voix ? Au bord de l'hystérie, Ava décrivit un rond avec sa lampe, puis actionna l'interrupteur. Le plafonnier inonda la chambre de lumière.
Réfléchis ! s'ordonna-t-elle.
Il y avait forcément un dispositif pour que sa petite voix innocente se répercute dans cette pièce, dans le séjour au-dessous, et même dans le couloir.
Ava inspecta le plafond, le plancher et même les plinthes. Rien ne lui sauta aux yeux. N'empêche que quelqu'un, quelque part, se débrouillait pour diffuser des cris d'enfant dans la maison. Et quoi qu'en pensent les autres, elle était convaincue qu'il s'agissait d'une machination de Jewel-Anne.
N'ayant rien trouvé dans la chambre de Noah, elle éteignit la pièce et repartit dans le couloir. Les cris s'étant momentanément arrêtés, elle ne pouvait s'orienter au bruit ; de toute façon, elle ne trouverait probablement rien à cet étage, ni au rez-de-chaussée. Il y avait trop de passage. Restait le sous-sol aux monstrueuses toiles d'araignée, où elle n'avait aucune envie de remettre les pieds, et le grenier, autrefois habité par les domestiques et qui servait aujourd'hui de débarras.
Impossible...
L'ascenseur ne desservait pas le dernier étage et l'accès depuis le premier avait été condamné. On ne pouvait

monter que par le petit escalier donnant sur l'office, à l'arrière de la cuisine.

Elle redescendit au rez-de-chaussée et se glissa dans la cuisine. Arrivée dans l'office, elle entrouvrit la porte de l'escalier de service inutilisé, qui avait l'âge de la maison et un besoin urgent de réparations.

N'empêche qu'elle préférait s'y aventurer plutôt que d'affronter de nouveau le sous-sol ! Elle actionna l'interrupteur, mais une des ampoules avait grillé et l'autre n'éclairait que faiblement les marches. Arrivée au premier, elle promena le faisceau de sa lampe sur la porte verrouillée qui communiquait avec le couloir, au niveau des chambres d'amis. Il y avait un verrou et il tournait avec souplesse, comme s'il avait été récemment huilé.

Ce qui était plutôt bizarre.

Inquiétant, même.

Ava éclaira l'escalier et constata que la poussière sur les marches n'était pas uniformément répartie.

Et si quelqu'un se trouvait dans le grenier en ce moment précis ?

Il n'y a qu'un moyen de le savoir, Ava...

Aussi silencieusement que possible, elle monta les marches restantes, au sommet desquelles elle se trouva devant une autre porte.

Fermée à clé, bien sûr.

Et maintenant ?

Quand elle était enfant, deux femmes de chambre et une gouvernante occupaient cet étage. A l'époque, si ses souvenirs étaient bons, la porte n'était jamais fermée. Le seul autre accès vers le grenier était l'échelle d'incendie sur la façade arrière... Au-delà de la porte, l'escalier décrivait une dernière spirale en se rétrécissant.

Ava s'y aventura avec prudence : ici, la poussière sur les marches était intacte et les toiles d'araignée plus nombreuses. Lentement, elle monta vers la dernière porte, celle qui ouvrait sur le toit et le belvédère, où personne n'avait mis le pied depuis des années.

Elle poussa de toutes ses forces avec son épaule, mais la porte ne bougea pas. Elle éclaira le haut de l'encadrement, espérant trouver une clé posée sur le dessus. Ç'aurait été trop beau ! Mais il fallait quand même bien qu'on puisse accéder au toit, pour faire des réparations, par exemple. De même pour le grenier. Autrefois, elle possédait un trousseau qui rassemblait toutes les clés de la maison et des dépendances, mais elle ne l'avait pas revu depuis son retour de Saint-Brendan. Elle en avait parlé à Wyatt. Il s'était contenté de sourire et de lui promettre qu'elle pourrait le récupérer quand elle irait mieux.

Sur le moment, elle se sentait tellement fragile qu'elle n'avait pas insisté. Mais les choses avaient changé.

Elle redescendit jusqu'au bureau et se mit à inspecter méthodiquement les tiroirs de la table de travail. Certains étaient fermés à clé ; dans les autres, elle ne trouva rien d'utile, pas même un coupe-papier.

Elle était de plus en plus nerveuse, tremblant à l'idée que Wyatt la surprenne en train de fouiller dans ses affaires. Depuis combien de temps était-il parti en bateau ? Reviendrait-il ce soir ? Il devait y avoir un moyen plus simple...

Réfléchis, Ava. C'est ta maison. Tu y as passé la plus grande partie de ta vie. Tu connais tous ses secrets. Il y a forcément plus d'un jeu de clés. Ne serait-ce que par précaution...

Elle se précipita vers la cuisine et le petit placard coincé entre l'office et l'escalier. Elle y trouva de vieux outils, des bocaux de confiture vides et, enfin, sur un crochet planté dans une poutre, plusieurs trousseaux de clés étiquetés. « Hangar à bateaux » ; « Granges » ; « Ecurie » ; « Maison ». Elle attrapa le dernier et s'apprêtait à refermer le placard quand le faisceau de sa lampe fit briller un objet métallique tout au fond d'un casier. Elle y passa la main, tombant sur un autre trousseau, un trousseau qui ne ressemblait pas aux précédents. Son porte-clés en laiton portait deux initiales gravées : *CC*. Sans doute celles de son père : Connell Church. On avait dû le déposer ici à sa mort. Mais elle n'avait pas le temps d'y réfléchir davantage. Pour l'heure, il fallait qu'elle remonte et tâche d'ouvrir la porte du dernier étage. Elle n'était pas sûre que Wyatt reviendrait ce soir, mais elle n'avait pas envie d'être surprise. Elle prit toutefois le temps de fouiller dans les outils et de récupérer un tournevis, au cas où.

Puis elle se précipita jusqu'au dernier étage, où elle essaya l'une après l'autre toutes les clés. Mais aucune ne rentrait dans la serrure. Sentant l'heure tourner, elle essaya de nouveau, plus soigneusement cette fois. En vain.

En examinant mieux la serrure, elle comprit subitement. Elle avait été changée. Sa plaque métallique était plus neuve et plus brillante que les serrures des niveaux inférieurs.

Une vague d'angoisse s'empara d'elle.

Allons, Ava, se morigéna-t-elle, *c'est juste une serrure. Pas forcément la preuve d'un complot.*

Pourtant, elle avait l'intuition tenace que le dernier étage recelait quelque chose d'important.

Frustrée, elle regarda autour d'elle. Que faire ? L'air frais glaçait les gouttes de sueur qui perlaient sur sa peau ; la maison était silencieuse, mis à part un craquement de poutre intermittent ou le sifflement du vent à l'extérieur.

Eclairant de sa lampe l'étroite volée de marches qui montait jusqu'au belvédère, elle se demanda si elle pouvait ouvrir cette porte-là. Pourquoi ne pas essayer ? Si elle y parvenait, elle pourrait redescendre jusqu'au grenier par l'échelle d'incendie.

La serrure de cette dernière porte paraissait aussi ancienne que la plupart des autres. Ava reprit son trousseau ; au bout de quatre essais, il y eut un cliquetis et la serrure tourna.

Mais au moment d'ouvrir, Ava s'aperçut que la porte était bloquée. Le bois avait joué.

— Saloperie ! murmura-t-elle en se jetant de tout son poids contre le panneau en chêne.

Un, deux, trois essais n'y firent rien. Haletante, Ava posa sa lampe et son trousseau, empoigna le bouton de porte à deux mains et essaya de nouveau. Le vieux bois se fendit autour du cylindre et la porte s'ouvrit brusquement. Des bourrasques de pluie s'engouffrèrent aussitôt dans l'escalier. La lampe de poche dégringola en tambourinant sur les marches. Se maudissant de n'avoir pas mis de chaussures, Ava la rattrapa, sortit sur le toit plat et, les cheveux fouettés par le vent, fixa son regard sur la mer.

L'eau était sombre, émaillée de crêtes blanches. Le bruit des vagues lui rappela le naufrage qui avait entraîné la mort de Kelvin. L'océan déchaîné, le bateau qui tanguait, l'issue funeste… Le souvenir était cruel, infiniment douloureux. Jewel-Anne l'avait toujours tenue pour responsable, car c'était elle qui avait suggéré cette sortie.

Mais était-ce vraiment *son* idée ?

Pourquoi aurait-elle pris ce risque, alors que la mer était déjà agitée et qu'elle arrivait au terme de sa grossesse en ayant fait auparavant tant de fausses couches ? Non, quelque chose clochait…

Ne t'y attarde pas. Ce n'est pas le moment. Bouge-toi avant que Wyatt revienne et réclame des explications !

Le cœur battant à se rompre, elle s'avança sur le toit mouillé jusqu'à l'échelle d'incendie. Des aiguilles de pin mêlées à de la boue glissaient sous ses orteils, mais au moins, le revêtement semblait solide. Elle aurait pu redescendre au premier et grimper depuis une chambre d'amis, mais l'échelle passait tout près de l'appartement de Jewel-Anne. Mieux valait donc descendre depuis le toit.

Ballottée par les rafales de vent, elle agrippa les prises de l'échelle et passa une jambe par-dessus le rebord du toit. La pluie rendait tout extrêmement glissant. Si quelqu'un l'apercevait, elle se ferait renvoyer à l'hôpital avant d'avoir eu le temps de dire ouf ! A supposer qu'elle ne tombe pas d'abord...

Son pied dérapa sur le premier barreau, mais elle crispa les orteils pour s'y agripper, cala le tournevis entre ses dents et commença à descendre lentement. Elle tenait toujours la lampe de poche d'une main ; de l'autre, elle s'accrochait de toutes ses forces à la rampe.

S'interdisant de regarder en bas, elle progressa lentement d'un barreau à l'autre, tandis que l'échelle bringuebalante grinçait sous son poids.

Et si tu ne trouves rien dans le grenier ? S'il n'y a que des meubles couverts de vieux draps et des araignées qui s'enfuient ?

Elle chassa les doutes de son esprit et continua à descendre.

Elle arriva enfin sur un minuscule palier qui donnait sur une ancienne fenêtre.

Tu es bel et bien cinglée, ma pauvre !

Elle se mit néanmoins au travail. Accroupie sur le palier, la lampe calée entre les dents, elle tenta d'ouvrir la fenêtre. Elle n'eut même pas besoin du tournevis !

Elle tira sur la persienne, la laissa doucement remonter, puis se glissa à l'intérieur. L'endroit sentait le renfermé, comme si personne n'y était entré depuis des années.

Le cœur serré, Ava referma la fenêtre derrière elle, redescendit la persienne et s'avança à travers un labyrinthe de petites pièces mansardées. Il y avait là des meubles entassés couverts de tissu, une minuscule salle de bains qui ne comportait qu'un lavabo et des toilettes tachées, une petite cuisine aux placards ébréchés qui semblait dater des années quarante.

— Il n'y a personne ici, à part des fantômes, murmura-t-elle en parvenant à la porte qui donnait sur le couloir et dont la serrure était... flambant neuve !

C'était à n'y rien comprendre.

— *Maman... maman...*

La voix de Noah s'éleva brusquement tout près d'elle.

Réprimant un hurlement, Ava chancela et se cogna à un vieux tourne-disque. Elle fit tomber son tournevis, puis marcha dessus en essayant de le ramasser.

Réfléchis, Ava ! Ne te laisse pas aller à la panique !

Son fils n'était pas ici. C'était exclu.

Les pleurs entrecoupés résonnèrent de nouveau.

Ravalant sa douleur, elle parcourut les pièces en sens inverse. Le silence retomba. L'avait-on entendue marcher, depuis l'étage inférieur ?

Tout semblait intact, comme si personne n'était entré dans le grenier depuis des décennies.

Et le silence y était soudain écrasant.

Seul le vent continuait à hurler au-dehors.

D'abord avec prudence, puis de plus en plus frénétiquement, elle se mit à découvrir les uns après les autres les meubles recouverts, faisant apparaître des chaises de cuisine oubliées, la méridienne de sa grand-mère, un téléviseur des années quatre-vingt, des portraits de parents depuis longtemps disparus, le fauteuil préféré de son père.

Elle se figea brusquement en entendant un moteur de bateau. Wyatt était de retour.

Il fallait qu'elle se dépêche et qu'elle pense efficacement.

Les cris avaient résonné dans la chambre de Noah, au premier étage, et dans le bureau de Wyatt, au rez-de-chaussée. S'ils avaient transité par des conduites d'air, ils devaient logiquement émaner d'une pièce située au-dessus ou au-dessous.

Elle parcourut le petit couloir menant aux chambres de bonnes et repéra celle qui lui semblait se trouver dans l'alignement.

A cet endroit, le plancher ne paraissait pas aussi poussiéreux qu'ailleurs. L'aménagement était sommaire : deux cadres de lit jumeaux sans matelas, repoussés contre les murs, de part et d'autre d'une fenêtre.

Ava remonta la persienne, colla son nez contre la vitre et

aperçut la cime de l'arbre que l'on voyait depuis le bureau de Wyatt et la chambre de Noah.

Elle se trouvait donc au bon endroit.

Sauf qu'il n'y avait rien à voir…

Elle balaya de sa lampe de poche toutes les lattes du plancher, puis ouvrit un placard à vêtements. Il contenait une malle ancienne, des valises poussiéreuses et une boîte à chapeau.

La boîte à chapeau contenait une toque rose à la Jackie Kennedy et quelques tabliers à fanfreluches aux couleurs passées, le tout datant du début des années soixante.

En entendant le bruit de moteur s'amplifier, Ava comprit qu'elle avait échoué. N'empêche qu'elle avait entendu la voix de son fils et que cela venait du grenier. Elle en était convaincue.

Elle jeta alors un regard sur les bagages au sol. Deux anciennes valises Samsonite rouges avec des poignées en plastique, et une troisième, plus petite, avec des roulettes.

Elle sentit ses poils se hérisser sur ses bras. De quand dataient les premières valises à roulettes ? Sûrement pas des années soixante ! Osant à peine respirer, elle ouvrit la fermeture Eclair, souleva le rabat et découvrit un petit lecteur numérique.

— Espèce de sale garce ! dit-elle entre ses dents.

Mais comment Jewel-Anne avait-elle fait, depuis son fauteuil roulant ?

Son premier élan fut d'attraper la valise, d'aller la jeter sur le lit de sa cousine et d'exiger des explications.

Mais cela ne servirait à rien.

Jewel-Anne nierait, insinuerait que c'était Ava elle-même qui avait caché le matériel au grenier. La cause était perdue d'avance… Elle devait procéder autrement. Plus finement. Elle devait trouver le moyen de battre Jewel-Anne et ses complices à leur propre jeu.

Tandis que le moteur ralentissait, signe que le bateau s'amarrait au ponton, elle remit la valise à sa place, referma le placard et replaça rapidement les draps sur les meubles. Tout n'était pas exactement tel qu'elle l'avait trouvé, mais elle n'avait pas le temps de se soucier des détails.

Le cœur battant, elle regarda autour d'elle. Le tournevis ! Elle le récupéra à tâtons, puis éteignit sa lampe de poche, sortit par la fenêtre et s'engagea de nouveau sur l'échelle d'incendie en priant pour que Wyatt, si c'était bien lui, ne la remarque pas. Avec une agilité qui la surprit elle-même, elle parvint au sommet des barreaux sous une pluie torrentielle, se hissa par-dessus la grille du belvédère et se hâta de rejoindre la porte donnant sur l'escalier.

Elle regagna la cage d'escalier et verrouilla la porte derrière elle. Sa chemise de nuit dégoulinait sur les marches, qu'elle dévala à la hâte. Sur le palier du premier, elle s'arrêta. Oserait-elle sortir ici ? En espérant que l'auteur de toute cette machination ne remarquerait pas que le verrou avait été tourné...

D'un geste résolu, elle ouvrit. A cet instant, la porte d'entrée, au rez-de-chaussée, s'ouvrit en grinçant.

Comment expliquerait-elle sa chemise de nuit trempée ? Si seulement elle avait pu faire confiance à Wyatt... Mais elle était certaine maintenant qu'il appartenait au camp de ses ennemis.

S'il est amoureux d'une autre femme, pourquoi ne pas divorcer, tout simplement ?

A cause de l'argent, Ava. Il veut s'approprier la maison et tout le reste de ton patrimoine.

Cette pensée lui avait déjà effleuré l'esprit, mais elle l'avait aussitôt écartée. Wyatt avait une fortune personnelle et une situation professionnelle très avantageuse. Il n'avait pas besoin de son argent. Et même s'il en avait eu envie, pourquoi ne pas en finir et la tuer ? Elle connaissait la réponse. Il n'était pas un meurtrier. Ce n'était pas dans sa nature.

Alors pourquoi est-ce que j'ai si peur ?

Parce que le projet de Wyatt était de la faire enfermer à Saint-Brendan, ou dans un endroit pire encore.

Elle l'entendit entrer dans son bureau. C'était le moment de saisir sa chance !

Avançant sur la pointe des pieds, elle jeta un coup d'œil par-dessus la rampe, vit les lumières s'allumer dans le bureau et se précipita vers sa chambre.

Un raclement de gorge la fit sursauter et presque trébucher, mais elle reprit l'équilibre et fonça. La porte de sa chambre était ouverte ; elle n'osa pas la refermer derrière elle, de peur de faire du bruit. Restant dans l'obscurité, elle sortit un pyjama de sa commode et se glissa dans la salle de bains, où elle se changea rapidement et se sécha les cheveux avec une serviette. Puis, craignant que Wyatt n'ait entendu quelque chose, elle dissimula sa chemise de nuit dans un coin et tira la chasse d'eau.

En revenant dans sa chambre, elle laissa échapper un cri étranglé.

Un homme se tenait dans l'embrasure, éclairé à contre-jour par la lumière du couloir.

— Qu'est-ce qui se passe, Ava ?

C'était Trent.

Elle faillit s'effondrer, tant elle était soulagée de n'avoir pas à se justifier auprès de son mari.

— Je viens d'aller aux toilettes.

— En passant par le couloir ?

— Eh bien…, improvisa-t-elle. Je suis allée dans la chambre de Noah. N'en parle à personne, s'il te plaît, mais j'ai cru l'entendre de nouveau, alors je suis retournée dans sa chambre… Et puis, j'ai compris que c'était impossible. J'ai dû faire un cauchemar.

Le regard de son cousin s'attarda sur ses cheveux encore humides.

— Et toi, qu'est-ce que tu fais debout à cette heure de la nuit ?

— Je rentre d'Anchorville. Wyatt m'a demandé de raccompagner Eve. Je veux dire Evelyn.

— Il ne pouvait pas le faire lui-même ?

Trent se contenta de hausser les épaules.

— Il est où, là ?

— C'est plutôt toi qui devrais me le dire.

Il posa un regard appuyé sur le lit défait.

— Vous faites chambre à part, maintenant ?

Ava ne répondit pas. Trent inclina alors la tête comme pour signifier que la question était entendue.

— Je vais me coucher, dit-il en tapotant du bout des doigts l'encadrement de la porte. A demain.

— Dors bien, Trent.

— Au fait, Ava…

— Oui ? fit-elle en s'éloignant déjà vers son lit.

— La prochaine fois que tu décides de monter sur le toit au milieu d'une tempête, prends au moins un parapluie.

— Quoi ?

— Je t'ai vue. En train de te balader sur le toit. Qu'est-ce que tu foutais, bon sang ?

— Je n'arrivais pas à dormir, mentit-elle une fois encore. Je n'arrêtais pas de penser à mon fils et à mon frère. Au fait que Kelvin n'a pas connu son neveu. Et j'ai eu envie de monter sur le belvédère pour regarder l'endroit où son bateau a coulé.

— Pourquoi est-ce que tu ne me l'as pas dit tout de suite ?

— Peut-être parce que j'en ai assez de m'entendre traiter de folle ?

Trent soupira, lança un regard dans le couloir, derrière lui, et se massa la nuque.

— Monter là-haut au milieu de la nuit, en pleine tempête, ce n'est pas un comportement sensé, Ava. C'est dangereux. Aussi dangereux que de te jeter dans la baie en courant après le fantôme de Noah.

— Je t'en supplie, Trent, n'en parle à personne…

Il hésitait à le lui promettre. Elle sentait son indécision.

— S'il te plaît…

Il expira bruyamment à l'instant où l'horloge du rez-de-chaussée sonnait un coup.

— D'accord. Mais promets-moi de te faire aider. Par Eve ou n'importe qui d'autre. Il faut que tu réagisses, Ava !

— Je ne suis pas folle, Trent. Je te le jure.

— Tu as besoin d'aide, répéta-t-il.

Puis, secouant la tête, il ajouta :

— Peut-être qu'on en a tous besoin. Maintenant, au lit, d'accord ? Et restes-y jusqu'à demain matin. Il est tard.

— C'est promis.

Refermant la porte, elle comprit qu'elle venait de perdre la confiance d'un de ses rares alliés. Trent ne la croirait plus jamais.

A présent, elle allait vraiment devoir se débrouiller seule.

31

Le problème des mensonges, c'est qu'ils continuent de grandir et de croître, et pas toujours en ligne droite. Parfois ils s'entortillent comme un serpent, parfois se scindent en deux comme un arbre fourchu ; parfois encore ils volent en éclats et projettent des fragments qui vous atteignent au moment où vous vous y attendez le moins. Pour être un bon menteur, il faut toujours être en éveil, toujours se souvenir de ce qu'on a dit, et à qui.

Ava n'avait jamais eu à se soucier de cela. Elle avait toujours été d'une franchise absolue.

Jusque-là.

Debout devant la fenêtre, le téléphone contre l'oreille, elle regardait les nuages flotter au-dessus de la baie en attendant que Tanya décroche. Après ses découvertes de la nuit précédente, elle avait besoin de parler à une personne de confiance. Et dans son entourage immédiat, les candidats diminuaient à toute vitesse !

Elle entendit Tanya parler d'une voix étouffée à quelqu'un près d'elle, puis lui dire d'une voix plus distincte :

— Ava, j'ai vérifié mon planning, je ne peux pas me libérer avant 15 heures. Gloria Byers vient à 13 heures pour une coupe et une couleur, et avec elle, il y en a toujours pour des heures. Mais après, je suis libre. Russ va chercher les petits à l'école et s'en occupe ce soir. Il essaie de jouer les pères idéaux, en ce moment. Ça me fait un peu flipper, mais je ne vais pas l'en empêcher… J'ai donc ma soirée…

Ava lança un regard au réveil, sur sa table de chevet. Il était déjà près de 10 heures du matin.

— J'aimerais partir avant midi. Réfléchis et rappelle-moi vite.

— OK. Tu sais, parfois, c'est l'enfer d'être une mère célibataire !

Tanya raccrocha brusquement. Que ferait-elle si son amie ne pouvait lui servir de couverture ? Sans quelqu'un pour l'accompagner à Seattle, il lui serait presque impossible de ne pas éveiller les soupçons.

Ava se repassa mentalement la liste du matériel dont elle avait besoin : des micros et des caméras vidéo. Si elle utilisait sa carte bleue, Wyatt verrait apparaître ces achats sur leur relevé de compte.

Elle avait toujours eu des comptes courants et d'épargne personnels, ainsi qu'un portefeuille d'investissements qu'elle gérait elle-même jusqu'à son entrée à l'hôpital. Depuis, dès qu'elle abordait le sujet, Wyatt lui promettait qu'ils s'en occuperaient dès qu'elle irait mieux.

Elle devait absolument mettre fin au contrôle total qu'il exerçait sur ses finances !

Dès son retour de cette expédition à Seattle, se promit-elle.

Pendant qu'elle enfilait un cardigan, son téléphone vibra dans sa poche.

— J'ai chamboulé mon planning, lui annonça Tanya avec entrain. Cette bonne vieille Gloria avait prévu d'annuler, de toute façon. Je devrais être prête à partir vers 11 heures.

— Parfait. On peut prendre ta voiture ?

— Bien sûr. Du moment que tu m'invites à déjeuner. Et je ne parle pas d'un hot-dog et d'un soda sur le quai, hein ! Je veux un truc sérieux, avec vin hors de prix et vue sur le port. Le grand jeu, quoi.

— Tu es dure en affaires, dis donc !

— Je l'ai toujours été.

— Ça marche !

Heureusement que Tanya était là !

**
*

L'affaire Reynolds était dans une impasse. Affalé devant son ordinateur, un café oublié devant lui, Snyder n'entendait ni les téléphones sonner, ni les deux adjoints du shérif passer d'un pas nonchalant devant son bureau. Il était trop absorbé par le rapport d'autopsie de Cheryl Reynolds, qu'il lisait pour la troisième fois.

Non que ce fût à ce point passionnant, mais il espérait avoir raté quelque chose les deux premières fois. Selon le légiste, Cheryl était morte parce qu'on lui avait tranché la jugulaire et la carotide après l'avoir étranglée.

Ce qui signifiait que le tueur avait eu suffisamment de force pour lui broyer le larynx avant de lui trancher la gorge. Un meurtre d'une violence inouïe, comme si son auteur avait voulu faire passer un message...

Une fois de plus, Snyder relut la liste des éléments de preuve relevés sur la scène. Rien d'utile ni de remarquable, à l'exception d'un cheveu brun, qui pouvait très bien appartenir à une cliente. Rien ne semblait avoir été dérobé ; le tueur n'avait même pas essayé de maquiller son crime en cambriolage qui aurait dégénéré.

Il n'y avait aucun témoin oculaire ; les voisins n'avaient rien remarqué d'anormal. Les locataires du premier, qui, à en croire l'odeur qui régnait dans leur appartement, fumaient pas mal d'herbe, n'avaient rien entendu.

Comme d'habitude.

Pourquoi une femme qui vivait en paix à Anchorville depuis des décennies, et qui n'avait aucun ennemi connu, avait-elle été la cible d'un meurtre aussi haineux ?

Ce ne pouvait être un malheureux hasard.

La dernière personne dont on savait qu'elle avait vu Cheryl Reynolds vivante était Ava Garrison, mais son alibi semblait solide. Il avait été corroboré. Cela dit, elle était loin d'être stable mentalement. Elle avait même une tentative de suicide à son actif.

Ce qui pouvait avoir son importance.

Elle n'avait cependant pas de passé violent. Ava Garrison était réputée pour avoir un sale caractère et être intraitable en affaires… sauf que tout avait basculé depuis la disparition de son unique enfant.

Snyder fit la grimace. Un beau gâchis, cette histoire !

La jeune femme n'avait pas renoncé à retrouver son enfant. Après sa visite, Snyder avait sorti le dossier des archives et l'avait relu. La police n'avait trouvé aucune piste au départ, et n'en avait pas découvert depuis. L'enfant s'était tout simplement évanoui, sans que rien vienne étayer l'hypothèse de l'enlèvement. Sa théorie, qu'il ne pouvait prouver et gardait donc pour lui, était qu'il y avait eu un accident grave, que le petit était mort, et que le responsable avait planqué le corps en lieu sûr avant de le balancer à la mer.

S'agissait-il de la mère ? Sans doute pas.

Un raclement de gorge le ramena à la réalité. Il leva les yeux sur la silhouette corpulente de Biggs, qui occupait les trois quarts de son box.

Ses lunettes de lecture perchées sur le sommet du crâne, il mastiquait son chewing-gum à puissants coups de mâchoires.

— Du nouveau sur Cheryl Reynolds ? lança-t-il.

— Je suis en train de relire les rapports du labo et du légiste, mais il n'y a pas grand-chose à se mettre sous la dent.

Biggs mastiqua plus furieusement encore.

— Les journalistes arrêtent pas d'asticoter la fille des relations publiques. Faudrait qu'elle puisse leur dire qu'on progresse.

Ben voyons…

— Dès que j'ai des éléments qui ne compromettent pas l'enquête, je lui passe un coup de fil, promit Snyder.

— Le plus tôt sera le mieux. Je peux pas me permettre d'avoir un homicide non éclairci.

Il secoua la tête, délogeant au passage ses lunettes, qu'il replia et rangea dans sa poche poitrine.

— Et j'en ai jusque-là de mon ex-belle-sœur qui m'appelle tous les deux jours pour me raconter les salades de cette île de malheur ! Des histoires de poupées enterrées et tutti quanti...

Il eut un grognement écœuré.

— Virginia, elle sait pas ce que ça signifie, le mot *ex*.

Les sourcils froncés, il ajouta :

— Toujours rien sur Lester Reece, je présume ? Ça occuperait bien les journalistes, ça...

— Rien de nouveau, non.

— C'est quand même bizarre qu'on n'ait jamais retrouvé son corps.

— Il a pu se noyer, fit remarquer Snyder en haussant les épaules, se faire emporter au large et bouffer par les requins... Ça fait un bail, vous savez.

— N'empêche...

— N'empêche qu'on ouvre l'œil, chef.

— Tant mieux, grommela Biggs.

Puis il grimaça de douleur.

— Mon genou me fait un mal de chien.

Selon la rumeur, son médecin lui avait conseillé de se faire poser une prothèse, mais Biggs lui aurait répondu qu'il pouvait se la fourrer quelque part.

Sans cesser de mastiquer, il s'éloigna lourdement.

Snyder se replongea dans son travail, levant à peine les yeux en entendant Morgan Lyons approcher.

— Tu as eu droit au même discours que moi ? « Les gars, faut me coincer ce salopard et le pendre haut et court » ?

— Ouais, ouais. Et toi, du nouveau ?

— Je viens de récupérer le disque dur de Cheryl. Je compte le passer au peigne fin.

— Ce n'est pas confidentiel, tout ça ?

Morgan leva les yeux au ciel.

— Elle n'était pas médecin ni avocat, que je sache. Je

321

cherche juste un indice qui puisse nous aider à coincer le tueur.

Depuis l'abreuvoir dont il réparait le robinet, Austin vit Ava quitter la maison et s'éloigner vers Monroe d'un pas pressé. Il trouva bizarre qu'elle ne prenne pas la voiture, mais cela pouvait s'expliquer par la fréquence réduite des ferrys. Et puis, il savait que Wyatt avait deux voitures dans un garage, de l'autre côté de la baie : elle allait peut-être se servir de l'une d'elles.

En la voyant disparaître en direction du port, il résista à l'envie de la suivre. Ce qui exigea de lui un effort de volonté considérable. Il lui était de plus en plus difficile de refouler ses pulsions et de respecter la résolution qu'il avait prise de la laisser en paix.

La mâchoire crispée, il partit en courant vers l'écurie, rouvrit le robinet d'arrêt général, revint vers l'abreuvoir, vérifia que le flot coulait normalement, puis ferma le robinet et s'assura que le nouveau joint tenait le coup.

Il sentit un cheval approcher dans son dos et, du coin de l'œil, reconnut Jasper qui s'ébrouait doucement.

— Tu veux m'aider ? lui demanda-t-il. Ou boire un coup, peut-être ?

Il remplit le grand abreuvoir de ciment qui devait avoir une cinquantaine d'années. Le cheval s'avança doucement, positionna sa tête juste au-dessus de l'eau et s'ébroua de nouveau en créant des ondes à la surface.

— Ne te sens surtout pas obligé, lui dit Austin en lui tapotant le front.

Au loin, un bateau s'éloignait doucement sur les eaux grises en direction d'Anchorville.

— On va faire une balade, tous les deux ?

Tout en continuant à songer à Ava, il accrocha une bride au licou du cheval et le conduisit à l'écurie pour le seller.

Peu importait qu'elle ait quitté l'île. A vrai dire, c'était même plutôt bon signe. Sauf qu'elle semblait s'attirer des ennuis partout où elle allait.

Et les ennuis appelaient invariablement le danger.

C'est un peu l'hôpital qui se fout de la charité, Austin. Vu ton propre programme...

La vedette s'éloignait à toute vitesse et il eut une irrésistible envie de se précipiter derrière elle.

Imbécile !

Il ne devait révéler son jeu à personne. Pas encore... Et s'il suivait Ava chaque fois qu'elle quittait l'île, elle finirait par avoir des soupçons. L'histoire de la coïncidence ne marcherait plus ; elle n'était pas dingue à ce point. A vrai dire, il commençait même à croire qu'elle n'était pas folle du tout. En revanche, il y avait bel et bien quelqu'un qui débloquait, sur cette île. La poupée enterrée dans le jardin suffisait amplement à le prouver.

Il lança un regard vers l'endroit où ils l'avaient découverte. Dans quel cerveau avait pu surgir cette idée macabre ?

Tout le monde ne jouait pas franc-jeu à Neptune's Gate, mais ce n'était sans doute pas nouveau. Le vieux manoir renfermait de nombreux secrets, certains plus sombres que d'autres.

Aujourd'hui, il profiterait du fait que personne n'était sur son dos pour consacrer quelques heures à ses propres préoccupations. Le temps s'écoulait à toute vitesse depuis son arrivée sur l'île, et il ne devait en aucun cas se laisser détourner de sa mission. Surtout pas par Ava Garrison.

Si troublante soit-elle.

— On y va, dit-il doucement.

Le cheval prit un petit trot souple. Ils emprunteraient le chemin qui montait à travers les bois, décida Austin, et ne vireraient vers le sud que lorsqu'il serait certain d'être hors de vue.

Il s'orienterait alors vers sa destination réelle : l'asile abandonné de Sea Cliff.

***

— Des caméras de surveillance, des enregistreurs numériques…, énuméra Tanya. Ne me dis pas que tu veux devenir détective privé ! Quoique… Je te chargerais de surveiller Russ les soirs où il prend les enfants.

Elles marchaient côte à côte sur un trottoir pentu de Seattle. Tanya portait un manteau doublé de fourrure et des bottes aux talons de douze centimètres. Elle se débattait avec un parapluie que le vent ne cessait de retourner.

— Je ne crois pas que ce soit ma vocation, répondit Ava.

Pendant le trajet en voiture depuis Anchorville, elle n'avait pas dit un mot de son projet. Mais à présent qu'elles sortaient d'un magasin d'électronique, où elle avait réglé ses achats avec la carte de crédit de Tanya, elle se sentit obligée de lui fournir quelques explications.

— Alors ? Tu vas faire quoi, avec ce matériel à la James Bond ?

— J'essaie de retourner la situation contre des gens qui veulent me manipuler.

Elles contournèrent un passant qui arrivait en sens inverse avec son chien, puis attendirent que le feu passe au vert pour traverser la rue. Elles se dirigèrent alors vers le restaurant en front de mer que Tanya avait choisi pour leur déjeuner.

— Tu crois qu'il y a un lien entre tes histoires et le meurtre de Cheryl ? demanda Tanya, que l'hypothèse rendait visiblement nerveuse.

— Je ne vois pas lequel.

C'était vrai. Sauf qu'Ava ne cessait de ruminer cette question.

— C'est sacrément flippant, en tout cas. Moi, ça me rend parano.

— Bienvenue au club !

Le feu pour piétons passa au vert. Elles attendirent un

instant pour laisser passer une Coccinelle jaune qui avait grillé le feu rouge.

— Imbécile ! s'écria Tanya tandis que le conducteur d'une Ford Escape klaxonnait et que la voiture disparaissait au détour d'un virage.

Elles traversèrent l'avenue et s'avancèrent sur le port. L'air sentait le grand large et des mouettes hurlaient en tournoyant dans le ciel gris. Des ferrys passaient en hoquetant, laissant un sillage mousseux dans les eaux agitées. Au loin, derrière un léger voile de brume, se découpaient les pics des Olympic Mountains.

Elles se dirigèrent vers la jetée numéro 57, et passèrent les portes battantes d'une brasserie connue pour ses fruits de mer. Seules quelques tables étaient encore occupées ; le coup de feu de midi était passé.

Installées dans un box devant une baie vitrée qui donnait sur Puget Sound, elles commandèrent des cocktails, un hors-d'œuvre au crabe à partager, suivi d'une matelote de poissons et de quenelles.

— OK, dit Tanya quand le serveur lui eut apporté son martini à la grenade. Crache le morceau. Qu'est-ce que tu comptes faire avec ton matos d'espionnage ?

Ava soupira profondément et lui raconta en détail ce qui s'était passé la nuit précédente, y compris son entrée par effraction dans le grenier et sa découverte du lecteur numérique. Pour une fois, Tanya ne l'interrompit pas, se contentant d'écouter en sirotant son cocktail et en tartinant de petits morceaux de pain avec la terrine au crabe.

— Il y a quelque chose de franchement pourri au royaume des Church ! dit-elle quand Ava eut terminé. Mais de là à accuser Jewel-Anne… Sois réaliste… Même si elle était capable de monter jusqu'au grenier, tu crois vraiment qu'elle saurait mettre en place un dispositif aussi sophistiqué ?

— Elle a pu se faire aider par son frère. C'est un génie de l'informatique. Il n'a pas fini la fac et a déjà pourtant été approché par des entreprises de Seattle et de la Silicon Valley.

Ava goûta une cuillerée de sa matelote. La tomate, l'ail et le fenouil complétaient à merveille les arômes du flétan, des moules, des crevettes et du loup de mer.

— Mais pourquoi ? demanda Tanya. Pourquoi se donner tant de mal ?

— Je ne sais pas. Peut-être parce que j'ai racheté la maison ?

— L'argent, alors ? Le mobile universel…

— Oui.

— Et Noah ? Tu crois qu'ils sont impliqués dans son enlèvement ?

Le cœur d'Ava s'alourdit de nouveau. Par moments, la peur de ne jamais revoir son fils devenait si écrasante qu'elle avait l'impression de ne plus pouvoir respirer.

— Je ne sais pas.

Elle fixa son verre de chardonnay sans le boire. Son plat de poissons ne lui disait plus rien, soudain.

— Je ne vois pas comment ils auraient pu faire.

— Tu sais que les ragots voyagent plus vite que la lumière, à Anchorville, et que mon salon en est l'épicentre ?

— Bien sûr.

— J'ai entendu dire qu'on avait déterré un corps dans le jardin de Neptune's Gate.

Tanya posa un regard perçant sur Ava et ajouta :

— Quand tu parles de manipulations, c'est à ça que tu penses ?

— Ce n'était pas un corps. C'était une poupée.

Décidant que se confier entièrement à quelqu'un lui ferait le plus grand bien, Ava raconta alors à Tanya tout ce qui s'était passé. Tant pis si cette dernière la prenait pour une folle. Elle vida son sac, depuis les visions de son fils sur le ponton jusqu'à la liaison qu'elle soupçonnait entre son mari et sa psychiatre, en passant par la découverte des tennis mouillées dans la chambre de Noah.

Quand elle eut fini, elle se sentit mieux. Délivrée d'un poids.

— Waouh…, fit Tanya qui avait à peine touché à son assiette durant ce récit. Je vais commencer à t'appeler Alice. Tu es vraiment passée de l'autre côté du miroir !

— A plusieurs reprises…

Elles finirent de manger en silence. Ava commanda un expresso sans même regarder la carte des desserts, mais Tanya demanda une tourte aux pommes et aux canneberges, accompagnée d'une énorme boule de glace à la vanille. Ava accepta d'avaler quelques bouchées du gâteau en sirotant son café noir.

Elle venait de signer le reçu de sa carte de crédit quand Tanya reprit :

— Sur le chemin du retour, tu me raconteras tout sur Austin Dern.

— Quoi ? Qu'est-ce que tu veux que je te raconte ?

— Je ne sais pas… Que tu t'imagines être amoureuse de lui, par exemple ?

Ava en resta stupéfaite.

— C'est vraiment ce que tu penses ?

La dernière chose dont elle avait besoin, c'était de complications dans sa vie sentimentale.

Tanya braqua sa cuillère vers elle.

— Tu n'as pas beaucoup parlé de lui, mais chaque fois, tu as rougi. Pas la peine de nier, je suis experte en la matière. Je te rappelle que je tiens un salon de coiffure. Ça fait des années que j'écoute des femmes me raconter leur vie, et il y a toujours un homme à la clé, voire plusieurs.

— Je le connais à peine, Tanya. Et pour mémoire, je suis une femme mariée.

— Pas tant que ça. Où sont ton alliance en or et ta bague de fiançailles avec son diamant à deux carats ?

Bonne question…

— Elles doivent être rangées quelque part… dans le coffre-fort, peut-être…

Elle frotta les doigts nus de sa main gauche, un peu gênée.

— Tu ne t'en souviens pas ?

— Apparemment, non.

— Tu les as jetées dans la baie.

— *Quoi ?*

— J'étais là, confirma Tanya en mettant une cuillerée de glace dans sa bouche.

— Mais je n'aurais jamais...

— Eh bien si, tu l'as fait. Parce que Wyatt t'avait trompée, et que ce n'était pas la première fois.

— Non ! Quoi ? Je ne...

Sa voix se brisa sous les douloureux coups de boutoir d'un passé qui commençait à prendre forme.

— Avec qui ?

— Qu'est-ce que ça peut faire ? Tromper, c'est tromper. Peu importe l'autre moitié de l'équation.

Le ventre d'Ava se contracta et une légère nausée monta en elle. Il y avait de la vérité dans ce que disait Tanya. Elle le sentait. Une part de vérité, en tout cas.

— Ecoute, Ava, tu as plus que des absences. Tu as perdu des des mois entiers de souvenirs, peut-être des années.

Tanya posa sa cuillère et repoussa les restes de son dessert.

— Je n'ai rien dit parce que je ne voulais pas te perturber davantage. Ça fait un moment que je te vois te démener pour essayer de savoir où tu en es. Mais là, ça prend une tournure trop inquiétante. Il faut que tu fiches le camp de Neptune's Gate avant qu'il soit trop tard.

— Tu penses que je suis en danger ?

— Peut-être. Sans doute. Regarde ce qui est arrivé à Cheryl.

— Ça n'a rien à voir !

— Tu crois ça ? C'est quand même une drôle de coïncidence, non ? Moi, j'ai l'impression que tout est lié. Et je suis sûre que tu le sens, toi aussi.

C'était vrai. Les peurs qu'elle essayait désespérément d'enfouir remontèrent brusquement à la surface.

— Non, répéta-t-elle pourtant. Ce ne sont que des suppositions. Si quelqu'un voulait me tuer, ce serait fait depuis longtemps...

— Ce n'est pas si facile de maquiller un meurtre en accident. Avec toutes les expertises médico-légales qu'ils pratiquent, de nos jours... Et c'est toujours la famille qui est soupçonnée en priorité. Non, je crois qu'ils espèrent te pousser à bout pour que tu passes toi-même à l'acte.

Tanya tendit la main par-dessus la table, prit le bras d'Ava et le retourna doucement pour exposer les cicatrices de son poignet.

— Je te connais depuis longtemps, Ava. Avant la disparition de ton fils, tu étais la dernière personne que j'aurais crue capable de se suicider. Qu'est-ce qui s'est passé, cette nuit-là ?

Une boule grossit dans la gorge d'Ava.

— Je ne sais pas, chuchota-t-elle. Je ne m'en souviens plus.

Mais des images troubles lui vinrent à l'esprit, comme des photos surexposées. Elle se rappelait la baignoire remplie de bulles, l'eau tiède et réconfortante qui caressait son corps nu. Le sang qui s'épanouissait dans l'eau, teignant celle-ci d'un rose sinistre. La lame de rasoir posée sur le rebord de la baignoire, si facile à attraper, à faire glisser sur sa peau blanche aux veines apparentes...

Son cœur battait à tout rompre. Un goût métallique envahit sa bouche.

— Réfléchis, Ava... C'est important.

La voix de Tanya lui parvenait de très loin. Elle avait l'impression de se trouver dans une grotte glacée au bord de l'océan, où le tonnerre des vagues et les hurlements du vent étaient si assourdissants qu'elle ne parvenait pas à réfléchir.

— Il y avait quelqu'un avec toi, à ce moment-là ?

Secouant la tête, s'intimant l'ordre de dissiper les brumes qui voilaient sa mémoire, Ava s'obligea à affronter les images de cette nuit-là. Elle se revit allongée dans la baignoire, les bras et les jambes comme détachés de son corps, la glace du lavabo embuée, les lumières baissées au minimum, les bougies allumées, leur cire rouge coulant comme le sang de son corps...

Y avait-il quelqu'un avec elle ?

Non.

— Qui t'a retrouvée ? Wyatt ?

Les images se fondaient les unes dans les autres, s'engouffraient dans un vaste tourbillon, mais elle était encore là, dans la baignoire, et la tête lui tournait de plus en plus.

— Ava ? Est-ce que ça va ?

Etait-ce Tanya qui lui parlait dans le restaurant, ou bien quelqu'un derrière la porte de la salle de bains, quelqu'un qui frappait désespérément, puis essayait d'enfoncer la porte ?

— Qui t'a trouvée ?

Ava cligna des yeux, revenant au présent. Elle s'aperçut qu'elle s'était agrippée au bord de la table. En face d'elle, Tanya s'était à moitié levée de sa chaise, comme si elle craignait qu'elle ne s'évanouisse.

— Je ne me rappelle plus. Non... ce n'est pas lui. Pas en premier.

Se trompait-elle de nouveau ? Non, c'était bien ça. Elle se rappela soudain le visage de sa cousine, déformé par l'horreur.

— C'est Jewel-Anne. Elle a complètement paniqué, elle s'est mise à pleurer, à hurler...

L'image était sur le point de lui échapper ; elle s'efforça de la retenir, certaine d'avoir entendu sa cousine appeler au secours, hurlant qu'elle était morte. Elle revit les éclats des gyrophares qui filtraient par la fenêtre et se reflétaient sur l'eau...

Tandis qu'on la hissait hors de la baignoire, elle avait entendu Wyatt demander aux ambulanciers de couvrir son corps nu. Mais tout cela était entouré d'un brouillard. Le brouillard d'illusions et de faux-semblants créé par sa dépression et par les médicaments qu'elle avait avalés avant de se glisser dans l'eau apaisante.

Elle s'en était sortie de justesse : elle avait perdu connaissance à bord du bateau des secouristes et n'était revenue à elle que plusieurs jours plus tard.

Elle déglutit péniblement et, les bras couverts de chair de poule, se força à revenir au présent.

— J'ai menti, dit-elle en s'éclaircissant la gorge. Je me souviens de certaines choses. Mais pas de tout.

— Tu ne voulais pas te suicider ?

— Non, affirma-t-elle avec certitude.

— Alors qui t'a poussée à le faire ?

— Je ne sais pas encore, mais j'ai l'intention de le découvrir.

— Fais attention à toi, dit Tanya d'un air effrayé. Fais très attention.

32

Austin sentit les premières gouttes de pluie à l'instant où il attachait sa monture à la branche tombante d'un pin, près de l'ancien asile. Sea Cliff commençait à montrer son âge. Le béton était fissuré, les gouttières rouillées, les jardins recouverts de mousse ; les embruns qui soufflaient de l'océan ne parvenaient pas à en masquer l'odeur d'abandon.

Sur un toit, un corbeau croassa et hérissa ses plumes en surveillant la cour vide. Par-dessus le rugissement de la mer, Austin entendit une chaîne heurter un porte-drapeau.

L'un dans l'autre, c'était un endroit lugubre, que l'on ferait sans doute mieux de démolir, songea-t-il en se dirigeant vers l'une des entrées. Il s'orientait bien, à présent, car c'était sa troisième visite. Chaque fois, il avait passé une ou deux heures à explorer une aile différente, avant de regagner son appartement au-dessus de l'écurie, espérant que personne ne l'avait vu partir à cheval. Il avait des excuses toutes prêtes. Il avait déjà évoqué une clôture à réparer ; aujourd'hui, il dirait si besoin qu'il avait aperçu quelqu'un dans les bois, et qu'il voulait vérifier s'il s'agissait de campeurs sauvages.

Pour l'instant, il avait réussi à garder son secret.

Arrivé devant un portail latéral, il sortit une clé à crocheter de sa poche, ouvrit la serrure rouillée et s'introduisit dans l'enceinte du bâtiment. Un chemin de gravier étranglé par les mauvaises herbes serpentait à travers d'anciens jardins. Il passa une rangée de maisonnettes identiques et contiguës, construites pour loger le personnel. Deux d'entre elles avaient été rénovées et réunies pour former un logement plus spacieux ; les autres n'avaient pas changé depuis la présidence d'Eisenhower.

Austin aboutit devant l'hôpital de jour, longé par une haie d'arbustes agonisants. Bien que l'ensemble fût protégé par de hautes murailles, le bâtiment principal, au centre de l'enceinte, possédait sa propre série de verrous, de portails et de clôtures.

Il n'y avait pas de tours de guet, ni de fils barbelés en vue, et pourtant Sea Cliff ressemblait fortement à une prison.

Dern crocheta une deuxième serrure.

Quelques instants plus tard, il se glissait au cœur de l'aile psychiatrique. Un portique au toit affaissé s'étendait au-dessus de l'entrée des visiteurs, avec ses larges baies vitrées et ses grandes portes doubles.

Il écarta quelques toiles d'araignée en pénétrant dans ces lieux d'où le temps et l'humanité semblaient avoir été effacés.

La réception donnait sur le grand bureau de l'administrateur général, dont le dernier occupant avait été Crispin Church, l'oncle d'Ava. Les armoires étaient vides, bien sûr, tout comme l'enfilade au pied cassé qui bouchait les prises d'air.

Il était déjà venu ici et n'avait rien trouvé à cet étage. Ni dans la rangée de maisons du personnel, ni dans les autres bâtiments de la clinique. Restait à fouiller les étages supérieurs du bâtiment central, véritables labyrinthes de couloirs tortueux reliant les chambres des patients aux locaux des infirmiers et aux grandes salles communes.

Les ascenseurs ne marchaient plus, aussi prit-il l'escalier. Les talons de ses bottes résonnaient sur les marches en béton. L'endroit était assez glauque, mais Austin n'était pas du genre à s'effrayer facilement. Sans quoi il aurait perdu tous ses moyens en déterrant le minuscule cercueil.

Ça, c'était véritablement angoissant. A se demander par quel miracle Ava avait tenu le coup !

La configuration du premier étage était presque identique à celle du rez-de-chaussée, sauf que la zone correspondant à la réception était réservée aux cuisines et au réfectoire. Il parcourut quelques chambres : un matelas taché traînait par terre, ainsi que deux cadres de lit, une chaise renversée contre une fenêtre qui vomissait la garniture de son siège en faux cuir.

Il reprit l'escalier jusqu'au second et dernier étage. De nouveau, il dépassa la réception et le local des infirmiers, mais, cette fois, il sentit un picotement d'appréhension. Il parcourut le couloir et s'arrêta devant une chambre d'angle qui se distinguait des autres par ses deux fenêtres.

La poussière y avait-elle été récemment déplacée ? L'espace d'un instant, il crut voir une empreinte de chaussure, mais c'était simplement un reflet de lumière.

La pièce était vide. Son plus célèbre occupant n'avait laissé aucune trace de son passage.

— Où es-tu, Reece ? demanda-t-il à voix haute.

Sa voix ricocha sur les murs écaillés et les carreaux ébréchés au sol. Lester Reece n'était plus qu'un fantôme qui continuait à hanter l'île et la ville d'Anchorville, laissant derrière lui un sillage presque tangible. Malgré les actes monstrueux qu'il avait commis, sa disparition mystérieuse lui avait conféré une aura de légende. Les vieux chnoques du bar ne s'y étaient pas trompés. A l'instar de D.B. Cooper, qui avait sauté de l'avion qu'il venait de détourner en emportant deux cent mille dollars et deux parachutes, Lester Reece avait son lot d'admirateurs, fascinés par les criminels qui échappent à la justice et disparaissent dans la nature. Les gens aiment croire aux mythes, et celui de Reece perdurait.

Sauf qu'Austin avait pour mission de détruire ce mythe en prouvant que Reece était mort, ou en le mettant derrière les barreaux une fois pour toutes.

Il porta son regard sur la vitre crasseuse dont le rebord était maculé de fientes d'oiseau, les murs marqués de taches noires comme si on y avait écrasé des cigarettes, il n'y avait pas si longtemps.

Une onde d'excitation le parcourut. En cherchant bien, il détectait presque un relent de tabac froid… Un effet de son imagination, sans doute…

Impossible de savoir si les traces noires dataient de la veille ou de plusieurs décennies.

Depuis le point de vue élevé où il se tenait, il distinguait, au-delà de l'étendue de mer agitée, le continent et son lointain rivage rocheux hérissé d'arbres. Une étendue d'eau qui avait permis à Reece de s'échapper de l'île — du moins était-ce ce que présumaient ceux qui le croyaient encore vivant.

Va savoir…

Un éclat de lumière attira soudain son regard au nord de l'île. Là, entre les arbres, il y avait comme une étincelle…

Tendant le cou, il comprit qu'une faille du promontoire, à un endroit où les arbres étaient particulièrement épars, laissait entrapercevoir l'arrière de la maison d'Ava Garrison.

Cela ne voulait rien dire, bien sûr.

Pourtant, il avait le sentiment trouble qu'il venait de découvrir un élément crucial, un lien entre Lester Reece et le manoir, ou plutôt l'un de ses occupants.

Du calme… Pas de conclusions hâtives.

Il distinguait certaines portions du belvédère et les chiens-assis du dernier étage, qui devaient éclairer les chambres de bonnes. A sa connaissance, ce niveau n'était plus utilisé. L'éclat de lumière qu'il apercevait provenait de l'étage inférieur.

Bizarre, cette lumière en plein après-midi…

Combien de fois Lester Reece s'était-il tenu à cet endroit pour observer les fenêtres de Neptune's Gate ?

Peut-être jamais.

Mais le plus probable, pensa Austin en sentant son

humeur s'assombrir, c'était qu'il l'avait fait tous les jours de son internement.

— Ça ne va jamais marcher, Ava !

Les mains crispées autour du volant de sa Chevy TrailBlazer, Tanya louchait sur la route. Il était presque 18 heures, la nuit était tombée et un épais brouillard l'avait obligée à allumer les essuie-glaces. Des feuilles tombaient en tourbillonnant devant les phares tandis que le 4x4 sillonnait la deux voies à travers la forêt obscure.

La vérité, c'était qu'Ava non plus n'était pas très rassurée : serait-elle capable de rapporter son matériel d'espionnage à Neptune's Gate sans éveiller les soupçons ?

Comme elles approchaient d'Anchorville, Tanya devenait plus sombre et plus silencieuse. L'ambiance n'était plus à la plaisanterie : la réalité reprenait ses droits à mesure qu'elles retraversaient Puget Sound sur le ferry, puis empruntaient la route qui reliait les petites villes portuaires de l'Olympic Peninsula à Anchorville.

Une radio de Seattle diffusait dans l'habitacle un mélange de pop et de hard rock. Tanya coula un regard vers la banquette arrière, où s'entassaient leurs sacs de courses. La version officielle, c'était qu'elles rentraient d'une journée de shopping débridé entre filles, avec massage dans un centre thermal et déjeuner sur le port. Elles avaient fait toutes ces choses-là, et leurs achats le prouvaient — sauf qu'au fond d'un sac se trouvaient les dispositifs qu'Ava avait achetés dans le petit magasin d'électronique situé près de l'université. Elle les avait cachés à l'intérieur de boîtes à chaussures et d'un sac à main, et elle espérait réussir à les monter jusqu'à sa chambre sans que personne s'y intéresse.

Elle n'était pas experte en mensonges, mais commençait à apprendre.

— Sérieux, dit Tanya en indiquant les sacs d'un geste, tu vas en faire quoi, de ces engins ?

— Les installer.

— Tu sauras comment faire ?

— Il y a un mode d'emploi. Et puis, tu as entendu ce qu'a dit le vendeur : c'est à la portée d'un enfant de dix ans.

Cela dit, le vendeur en question travaillait dans un magasin d'électronique et semblait capable d'installer un système informatique pour la NASA.

— Un enfant de dix ans, peut-être... Mais toi ?

— Ta confiance me touche.

Tanya déplaça nerveusement ses mains sur le volant et ralentit à l'entrée d'un virage.

— Ces histoires me mettent mal à l'aise, Ava.

— Tu n'es pas la seule.

— Idiot ! s'écria Tanya en faisant une embardée pour éviter un raton laveur qui traversait en se dandinant.

Anchorville n'était plus qu'à quelques kilomètres, à présent, et Ava sentait son angoisse grandir.

Wyatt lui avait téléphoné pendant qu'elle se trouvait dans le magasin d'électronique ; elle avait vu son appel, mais n'avait pas voulu décrocher.

Elle décida de le rappeler.

— Je viens de voir que tu m'as appelée, mentit-elle.

— Je voulais juste avoir de tes nouvelles.

— Tanya m'a kidnappée, expliqua-t-elle sur un ton léger. On est allées faire les magasins, on s'est payé un massage et on a déjeuné au restaurant. La totale, quoi.

— Tu as passé une bonne journée ?

— Excellente !

— Et là, tu es où ?

— A quelques kilomètres d'Anchorville.

— Tu sais que tu as raté le dernier ferry ?

— Je trouverai bien quelqu'un pour me ramener. Butch, par exemple.

— Non, je viens te chercher. On se retrouve au bar.

Le cœur d'Ava se serra d'inquiétude à l'idée de jongler avec ses paquets sous le regard de Wyatt.

— Merci, dit-elle, mais je me débrouillerai. Sinon je t'a...
— Je pars tout de suite, la coupa-t-il.
— Franchement, Wyatt, tu n'es pas obligé.
Elle croisa le regard inquiet de Tanya.
— Aucun problème, répliqua-t-il. A tout à l'heure.
Il raccrocha avant qu'elle ait pu protester davantage.
— Je le savais ! s'exclama Tanya. Il a des soupçons !
— Il a toujours des soupçons.

Ava laissa tomber le téléphone dans son sac à main et s'affaissa contre son siège en essayant de se convaincre que tout irait bien.

Les phares d'une voiture arrivant en sens inverse balayèrent l'habitacle, illuminant un instant le visage soucieux de Tanya.

— Tu peux toujours venir dormir chez moi.
— Merci, dit Ava en lui touchant l'épaule. Mais ça paraîtrait encore plus louche. Ne t'inquiète pas, tout va bien se passer.

Un silence suivit cette affirmation, à laquelle ni l'une ni l'autre ne croyait.

— Je suis une mère de famille, reprit Tanya au bout de quelques minutes. M'inquiéter, c'est une seconde nature, chez moi.

Elle passa un dernier virage et les lumières d'Anchorville apparurent devant elles.

En passant le panneau « Bienvenue à Anchorville », Ava se dit qu'elle était capable de surmonter cette épreuve. Au pire, quelqu'un découvrirait son plan et la traiterait encore de paranoïaque, ou essaierait de la faire interner de nouveau. Elle était déjà passée par là.

N'empêche que son assurance s'érodait à toute vitesse.

— Ava, Cheryl a été tuée pour une raison bien précise. Je ne sais pas laquelle, mais je te parie un mois de pourboires qu'il y a un lien avec toi.

Ava ouvrit la bouche pour répondre, mais Tanya n'avait pas fini.

— N'essaie même pas de me dire le contraire ! C'est trop bizarre, tout ça. Cheryl, victime d'un meurtre... Un *meurtre*, Ava ! Depuis que c'est arrivé, je vérifie et revérifie tous les soirs que j'ai bien fermé les portes à clé. Et les fenêtres aussi. Et malgré tout, je saute au plafond dès que j'entends le moindre bruit à la cave.

— Mais... de quoi est-ce que tu as peur ?

— Je n'en sais rien ! C'est bien le problème. Tant qu'on ne saura pas pourquoi Cheryl est morte...

Elle attendit devant un feu clignotant pour laisser passer un pick-up qui quittait la ville, puis s'engagea sur la route qui descendait la colline en direction de la marina.

— Tu veux dire que tu te sens en danger parce que tu es mon amie ? Tu crois que c'est moi qui étais visée ?

— Je ne sais plus quoi penser.

Elle se gara dans un parking presque vide, face à la baie.

— Pour être franche, je suis soulagée que Russ ait pris les enfants ce soir. Bon sang, tu aurais cru m'entendre dire ça un jour ?

— Non.

— Comme quoi j'ai vraiment peur.

D'un geste brusque, elle mit le point mort et laissa le moteur tourner au ralenti.

— Sois très prudente, Ava. Promets-le-moi.

— D'accord.

— Tu ne préférerais pas aller voir la police, tout simplement ?

Ava pensa aux inspecteurs Snyder et Lyons, puis au shérif.

— Pas encore. Pas avant d'avoir au moins quelques preuves tangibles.

Elle ouvrit la portière ; une bouffée d'air froid et humide s'engouffra dans la voiture.

— Merci pour tout, Tanya.

— Mais je n'ai rien fait !

— Détrompe-toi. Tu as fait énormément et ça compte beaucoup pour moi.

— Eh bien, pour me remercier, tu diras bonjour à Trent de ma part.

Certaines choses ne changeront jamais...

Ava attrapa ses sacs sur le siège arrière, agita la main en direction de Tanya, puis s'éloigna sur le chemin qui menait au port. Son estomac se contractait un peu plus à chaque pas. D'une manière ou d'une autre, elle allait devoir endurer les prochaines heures avec Wyatt et feindre d'être détendue, alors qu'elle n'avait qu'une hâte : installer son matériel d'enregistrement. Elle s'enfermerait dans la salle de bains, ferait couler la douche et assemblerait les éléments de son dispositif. Puis, quand toute la maison dormirait, elle n'aurait plus qu'à placer la caméra et l'enregistreur dans le grenier. Grâce à une fonction de détection du mouvement, les appareils ne se déclencheraient que si quelqu'un s'introduisait au grenier.

Mais d'abord, elle devait affronter son mari.

Elle passa devant le marché aux poissons, d'où s'élevait une puissante odeur, et vit Lizzy servir une petite montagne de crevettes à un couple qui scrutait ses étals vitrés.

Trois portes plus loin, elle entra dans le petit bar qui embaumait toute la rue. Des cadeaux de Noël aux couleurs chatoyantes, destinés aux connaisseurs en café, étaient exposés à côté d'une vitrine de gâteaux, de donuts et de croissants. Elle n'avait envie de rien, mais commanda un café latte aux épices de Thanksgiving, et s'installa à une table haute près de la vitre, ses sacs de courses à ses pieds.

Les coudes calés sur la table, elle regarda la mer, redoutant la traversée du retour avec Wyatt.

Quelques heures plus tôt, Tanya lui avait dit qu'il l'avait déjà trompée. Elle n'avait pas pu, ou pas voulu, lui donner les noms de ses prétendues maîtresses. A présent, trempant les lèvres dans la mousse épicée de son café, le regard fixé sur les eaux noires de la baie, elle tenta de se rappeler ce qui s'était passé, et quand.

Il faut que tu te souviennes de tout. Le bon, le mauvais.

Le beau, le moche. Le vrai, le faux. Réfléchis, Ava... Concentre-toi. Tout est là, enfermé à double tour dans un coin de ta tête. Si tu cherches vraiment, tu vas tout retrouver. Réfléchis !

Son cœur s'accéléra, son ventre se noua. Plus que quelques heures avant de mettre son plan en action !

Son téléphone sonna à cet instant.

Elle fouilla dans son sac et tomba sur le trousseau de clés qu'elle avait trouvé la veille. Dans l'excitation, elle l'avait oublié ; elle le posa sur la table et mit enfin la main sur son téléphone.

— Wyatt ? dit-elle en essayant de réprimer son angoisse.

— J'arrive, je suis tout près. On peut dîner ensemble, avant de rentrer sur l'île, si tu veux.

Elle baissa les yeux vers les sacs qu'elle avait désespérément besoin de cacher dans sa penderie.

— Virginia ne nous attend pas ?

— Aucune importance. On lui téléphonera.

Ne le rends pas plus soupçonneux qu'il ne l'est déjà.

— D'accord. Je suis déjà au bar. Je t'attends.

Ses derniers mots résonnèrent dans son esprit et lui firent l'effet d'une gifle.

Je t'attends...

A quelle occasion les avait-elle déjà prononcés ? Elle aperçut dans la vitre son propre reflet, pâle et soucieux : le fantôme de la femme qu'elle avait été autrefois.

De nouveau, elle s'interrogea sur la (ou les) maîtresse(s) de Wyatt. Le cœur battant, elle creusa dans son esprit, tâchant de recoller les morceaux du passé jusqu'à ce qu'ils forment de nouveau un motif cohérent.

C'est alors que la porte qui verrouillait cette partie de sa mémoire bascula brusquement sur ses gonds.

Et tous les détails sordides de cette époque de sa vie resurgirent.

33

C'était l'automne. La première gelée avait jauni l'herbe et enflammé le feuillage des érables autour de la maison.

Noah, actif comme toujours, explorait tout, ouvrait les portes, montait et descendait l'escalier, insistait pour jouer à cache-cache, au chat et à la souris.

Ce soir-là, Ava parlait au téléphone en portant son fils vers la maison. Il s'était émerveillé des potirons qui grossissaient dans le jardin, et avait montré du doigt un écureuil dans les hautes branches d'un sapin.

— Je ne pourrai pas être rentré pour le dîner, avait dit Wyatt tandis qu'elle posait Noah sur le sol de l'entrée.

Le téléphone coincé entre l'épaule et l'oreille, elle avait vainement tenté de défaire la fermeture Eclair de son petit blouson, puis avait renoncé et l'avait laissé partir en courant vers le bout du couloir.

— Pas de problème, avait-elle répondu. Je vais donner à manger à Noah, puis le mettre au lit. Il est fatigué, mais moi, je t'attends.

— Ce n'est pas la peine, j'en ai pour un moment. Peut-être que je ne rentrerai même pas.

— Mais tu vas dormir où ?

— Sur le canapé du bureau. J'ai un costume de rechange et il y a une douche dans les toilettes de la direction.

— Mais…

— Embrasse Noah pour moi, avait-il ajouté avant de raccrocher.

A cet instant précis, la vérité s'était imposée à elle avec une force aveuglante. Il était avec une autre femme. Il lui avait menti.

Transie, elle avait fixé le téléphone, tandis que lui revenaient à la mémoire toutes les autres fois où il avait appelé pour annuler leurs projets ou lui annoncer qu'il rentrerait plus tard que prévu.

— Maman ! Attrape-moi !

Surprise, elle avait levé les yeux. Noah se tenait sur le palier du premier étage. L'espace d'un instant, elle avait cru qu'il allait sauter.

Chassant de son esprit toute image de Wyatt et d'une quelconque maîtresse, elle s'était élancée vers lui et l'avait rattrapé en lui arrachant des gloussements de joie. Puis elle avait réussi tant bien que mal à passer les heures suivantes. Pendant le dîner, seule à table avec Noah dans sa chaise haute, elle avait cru détecter une lueur de pitié dans le regard de Virginia, mais l'avait mise sur le compte de son imagination. Personne ne pouvait être au courant de la liaison de Wyatt : elle-même venait à peine de comprendre.

Les aiguilles de la pendule semblaient tourner deux fois plus lentement que d'habitude. Elle avait donné son bain à Noah, lui avait lu une histoire et l'avait mis au lit. Enfin, elle s'était enfermée dans la chambre, qu'elle partageait encore avec son mari à l'époque, et avait regardé les minutes défiler sur le réveil.

Cette nuit-là avait été la plus longue de sa vie. Les questions se bousculaient dans sa tête, d'autant plus douloureuses qu'elle n'avait aucune réponse. Et c'était terrible, de ne pas savoir… Terrible de s'imaginer son mari faisant l'amour avec une autre. Etait-il passionné, débridé ? Lui murmurait-il des mots tendres ? Faisait-il de petites plaisanteries à ses dépens, elle, la bonne épouse confiante ? Cela l'avait rendue littéralement folle ! Après avoir somnolé quelques heures, elle s'était réveillée résolue à ne pas jouer le rôle de la victime.

343

Pendant une ou deux semaines, Wyatt avait nié en bloc. Puis, au cours d'une grande scène de ménage dans le salon, il avait enfin renoncé.

Le visage crispé par la colère, il avait reconnu avoir été « un peu amoureux » d'une autre femme. En dépit de tous ses soupçons, cet aveu avait fait à Ava l'effet d'un coup au ventre. Elle avait compris alors qu'elle espérait encore, au fond d'elle-même, qu'il s'agisse d'une erreur.

— D'accord…, avait-il soupiré. J'ai eu une aventure avec une collègue de travail. Voilà. Tu es contente, maintenant ?

— Bien sûr que non !

Malgré les larmes qui lui brûlaient les yeux, elle avait gardé la tête haute. Elle refusait de s'effondrer ou de verser une larme sur ce mariage qui n'avait pas fait long feu.

— Comment s'appelle-t-elle ?
— Ça n'a aucune importance.
— Tu te fiches de moi ?
— Elle n'est plus là, de toute façon. Elle se sentait trop coupable. Son couple n'y a pas survécu non plus et elle a quitté le cabinet pour un emploi à l'autre bout du pays.

Il serrait les poings, visiblement à bout de nerfs, et elle s'était demandé s'il allait la menacer physiquement.

— Dis-moi son nom !
— Qu'est-ce que ça peut te faire, franchement ?

Il était sorti en trombe, avait attrapé ses affaires dans l'entrée et avait quitté la maison en claquant la porte de toutes ses forces. Depuis la fenêtre, elle l'avait regardé s'éloigner vers le hangar à bateaux, les pans de son manteau flottant derrière lui.

— Salaud…, avait-elle murmuré.

Avant de se rappeler qu'il était le père de son enfant.

Au cours des mois qui avaient suivi cette dispute, il avait passé plus de temps sur le continent que sur l'île, tout en jurant qu'il avait mis un point final à cette liaison. « C'est de l'histoire ancienne, lui avait-il dit un mois plus tard. N'en parlons plus, d'accord ? »

Sceptique, Ava avait alors pris contact avec un de ses amis, Norm, un jeune associé du cabinet juridique, qui avait confirmé l'histoire.

— Je me suis demandé si je devais t'en parler, Ava, mais je ne voulais pas m'immiscer dans votre couple. Et pour te dire la vérité, je voyais mal à quoi ça pouvait servir. A part faire du mal à toutes les personnes concernées.

— Alors tu l'as laissé me tromper ?

— Je l'ai fait pour te protéger, pas à cause de Beth. Mais ce n'est plus important. C'est du passé.

— Bien sûr que si, c'est important !

Elle avait raccroché, pleurant des larmes de rage et de chagrin. Elle avait besoin d'en savoir plus, de connaître la moindre parcelle de cette histoire sordide, pour assouvir sa curiosité et réussir à aller de l'avant.

Norm lui avait donné le prénom de la femme en question. L'avait-il laissé échapper par mégarde, ou bien avait-il fait exprès ? En tout cas, c'était un début. Ava avait alors engagé un détective privé. Trois jours plus tard, il lui confirmait qu'une certaine Bethany A. Wells avait quitté Seattle moins de deux mois auparavant pour s'installer à Boston. Son divorce était sur le point d'être prononcé. Selon le détective, Wyatt n'avait pas été en contact avec elle depuis son départ. La liaison était bel et bien finie.

Mais peu importait. Tromper, c'était tromper. Ava avait lancé elle aussi une procédure de divorce contre Wyatt. Et puis, Noah avait disparu... Tout le reste, y compris la trahison de Wyatt, était passé au second plan, à mesure qu'elle perdait contact avec la réalité.

A présent, ce même sentiment d'abandon et de trahison revenait la glacer. Que disait sa mère, déjà ? « Infidèle un jour, infidèle toujours. »

Bien qu'il eût nié, Ava savait, en son for intérieur, qu'il était de nouveau « un peu amoureux ». Sauf que, cette fois, elle ne se sentait pas anéantie. Plutôt soulagée. Evelyn McPherson pouvait bien le garder, si elle y tenait !

Elle rangea son téléphone dans son sac et laissa son regard vaguer de nouveau sur la baie. Les phares d'un yacht approchaient du port. Le cœur serré, elle avala une nouvelle gorgée de café. Elle ramassa le trousseau de clés pour le ranger et se figea. Une des clés était différente des autres. C'était une clé de voiture. Une clé de Mercedes, constata-t-elle en la retournant.

Son père avait toujours conduit des Ford, sa mère des voitures américaines, sa grand-mère des Cadillac. Le seul membre de la famille qui ait jamais possédé une Mercedes, c'était oncle Crispin. C'était donc à lui, ce trousseau !

Curieux...

La Mercedes avait disparu depuis belle lurette ; il l'avait vendue juste après avoir été licencié...

Ce trousseau devait contenir aussi les clés de Sea Cliff. Mais pourquoi son oncle l'aurait-il laissé dans la maison ? Et avec la clé d'une voiture qu'il avait vendue des années auparavant ?

Il a dû l'oublier. Ou le perdre.

Elle se redressa sur sa chaise avec l'impression d'avoir fait une découverte. En plus, elle commençait à recouvrer la mémoire. Par la vitre du café, elle vit son mari ranger le yacht dans le mouillage. Elle glissa alors le trousseau dans une poche de son sac à main, puis elle finit son café et alla rejoindre Wyatt.

Les cheveux ébouriffés par le vent, le teint hâlé, un sourire apparemment sincère aux lèvres, il déposa un baiser sur sa joue. Elle réussit à sourire à son tour tandis qu'il désignait d'un geste ses deux grands sacs en papier.

— Waouh ! Vous avez tout dévalisé ? Attends, laisse-moi t'aider.

Il attrapa les sacs. Ava le remercia d'une voix étranglée, priant pour qu'il ne regarde pas à l'intérieur.

— Qu'est-ce que tu as trouvé de beau ?

— Pas mal de trucs. Des chaussures, un sac à main, un jean...

Ils marchèrent côte à côte dans l'air brumeux jusqu'à un restaurant de poisson situé sur le front de mer, à quelques centaines de mètres du port.

Après les avoir installés dans un coin tranquille, près de la cheminée où crépitait un bon feu, le serveur prit leur commande de boissons et leur laissa des menus et un panier de pain tout chaud. Quelques autres couples étaient dispersés à travers la salle : les voix et les cliquetis des couverts se fondaient en un murmure indistinct.

Wyatt lui posa d'autres questions sur sa journée. Ava avait l'impression que les mots *matériel d'espionnage* clignotaient en lettres de néon sur ses sacs de courses.

— J'ai été contente de sortir de la maison, dit-elle après avoir commandé. On a eu de la chance avec le temps... Pas une goutte de pluie !

— Vous êtes allées au centre-ville ?

— Mmoui..., répondit Ava en fixant son verre d'eau. Tanya connaît tous les meilleurs endroits. Il y avait des soldes monstres chez Nordstrom, elle était au septième ciel.

— Comment va-t-elle, au fait ?

Le serveur apporta un verre de vin pour Wyatt, et le soda qu'Ava avait commandé pour entretenir l'illusion qu'elle continuait à prendre ses médicaments.

— Toujours aussi folle.

Elle beurra soigneusement un morceau de pain pour cacher sa nervosité.

— Elle a parlé sans interruption de ses enfants et de la rénovation de son salon de coiffure. J'ai eu droit au compte rendu minute par minute des récitals de danse et des matchs de foot de Bella et de Brent. Qui sont adorables, évidemment, mais...

Elle parvint à débiter quelques autres inepties avant de demander :

— Et toi ?

A cet instant, le serveur apparut avec un steak aux gambas

pour Wyatt et une salade de pâtes au saumon pour elle, bien qu'elle n'imaginât pas en avaler une seule bouchée.

— J'ai été parti presque toute la journée, dit-il. Et demain, je repars de bonne heure, d'abord au bureau, puis au tribunal pendant quelques jours.

— Tu travailles sur quelque chose d'intéressant ? demanda Ava.

— Rien dont j'aie le droit de parler, répondit Wyatt entre deux bouchées.

La conversation se tarit. Ava chipota sa salade pendant que Wyatt dévorait son steak avec le même appétit que toujours. Le couple de la table d'à côté termina son repas et quitta le restaurant.

Enfin rassasié, Wyatt repoussa son assiette.

— Il faut qu'on parle, Ava.

— De quoi ?

Comptait-il remettre sur le tapis ses disputes avec Jewel-Anne ? Ou s'agissait-il de quelque chose de pire ?

— De nous deux.

Son cœur se mit à battre à toute vitesse.

— Comment ça ?

— C'est bien le problème. Il n'y a plus de « nous deux ».

Il regarda ses mains avant de relever les yeux vers elle.

— Tu le sens aussi, Ava. Je le sais.

Elle ne répondit pas, ne sachant comment réagir à cette franchise inédite.

— On arrive à peine à rester polis. On ne se fait plus confiance. On ne se consacre plus de temps. C'est autant ma faute que la tienne, je le reconnais.

— Alors… quoi ? demanda Ava. Tu veux qu'on se sépare ?

— Je veux que tu guérisses, Ava. Je sais que tu ne prends plus tes médicaments, et maintenant, tu essaies de te débarrasser du Dr McPherson sous des prétextes fallacieux.

Elle n'était pas préparée le moins du monde à cette

discussion. Pas en cet instant, alors qu'elle était sur le point de reprendre le dessus.

— Tu es sûr que tu veux en parler maintenant ? demanda-t-elle. Ici, au restaurant ?

— Je veux juste mettre les choses au clair. Premièrement, il n'y a absolument rien entre Evelyn et moi. C'est entièrement dans ta tête. Deuxièmement, tu te fais du cinéma au sujet de Noah. On sait tous les deux qu'il a disparu. Pour toujours.

Elle hoqueta de stupeur.

— Tu avais dit qu'on essaierait de le retrouver !

Il se pencha vers elle et baissa la voix.

— Je veux que tu retrouves ton équilibre, Ava. Et je ne crois pas que tu puisses y arriver sans retourner à Saint-Brendan.

Quoi ? Il voulait la renvoyer à l'hôpital psychiatrique ?

— Ecoute, si l'endroit ne te plaît pas, on en trouvera un autre, à Seattle, ou à San Francisco, n'importe où !

Il la dévisageait comme s'il la voyait pour la première fois.

— Tu es malade, Ava... Tu as besoin d'aide.

— Pourquoi est-ce que tu tiens tellement à ce que je parte ?

— Je viens de te le dire.

— Tu ne me croiras sans doute pas, Wyatt, mais je vais de mieux en mieux. Je commence même à retrouver mes souvenirs. Et ce ne sont pas des médicaments qui me transforment en zombie, ni une psy qui se croit amoureuse de toi qui vont...

— Je t'ai dit qu'il n'y avait...

— Arrête ! Arrête, d'accord ? Je viens de te dire que je recouvrais de plus en plus la mémoire.

Elle savait qu'elle aurait mieux fait de tenir sa langue, mais elle n'en était plus capable. L'ancienne Ava renaissait de ses cendres.

— Une des choses dont je me souviens nettement, c'est que tu n'en es pas à ta première infidélité.

Le visage de son mari demeura impassible et il garda le silence. Mais une pulsation au coin de son œil trahissait sa nervosité.

— Je croyais que j'avais entamé la procédure de divorce parce que je n'arrivais pas à me reconstruire après la disparition de Noah, mais il y avait autre chose. Tu as eu une aventure avec une autre femme. Et puis on a perdu notre fils, et tout est allé à vau-l'eau.

— C'était il y a longtemps, Ava. Et je t'ai dit toute la vérité au sujet de cette histoire avec ma collègue.

— Beth Wells… oui… Je m'en souviens très bien.

S'il fut surpris, il n'en laissa rien paraître.

— Je reconnais les symptômes, Wyatt. Je sais que tu me trompes de nouveau. Ceci dit, tu as raison au sujet de notre couple : le lien qui nous unissait a disparu. Mais cela fait longtemps.

— As-tu songé un instant que c'est toi qui l'as détruit ? Ton obsession au sujet de Noah t'a éloignée de moi.

— C'est faux.

La mâchoire de Wyatt se crispa.

— Ton seul espoir de guérison, c'est l'hôpital. J'ai longtemps espéré l'éviter. Je pensais qu'avec l'aide d'un médecin, tu pourrais redevenir toi-même. Mais ça ne marche pas. J'ai commis une erreur en te laissant sortir de Saint-Brendan. Je suis ton tuteur et je vais m'assurer que tu suives le traitement dont tu as besoin. J'en ai déjà parlé au Dr McPherson. Elle pense aussi que tu as besoin d'une aide supplémentaire.

Ava se leva précipitamment, faisant tomber un couteau à beurre et renversant son verre.

— Mon tuteur ? Sérieusement, Wyatt ! Je n'ai pas besoin de toi, ni de personne d'autre, pour décider de mon destin ! Tu n'as pas le droit de m'obliger à faire quoi que ce soit. Je repasserai devant le juge, je prouverai que je suis capable de prendre soin de moi-même.

— Vraiment ? Et si Dern ne t'avait pas repêchée, la

dernière fois ? Et s'il ne t'avait pas rattrapée au bord du précipice, quand tu es partie faire une balade à cheval ?

— Qui t'en a parlé ?

— D'après toi ? Pourquoi crois-tu que je l'aie engagé ?

Quoi ?

Un nouveau sentiment de trahison la brûla. Pourtant, elle n'arrivait pas à y croire. Elle qui commençait à faire confiance à Dern, à le considérer comme un de ses rares alliés au sein de la maison ! Alors qu'il complotait avec Wyatt !

— Tu as embauché Austin Dern pour m'espionner ?

— Ça te surprend ?

Il eut un sourire amusé, puis, s'apercevant de son désarroi, prit une expression plus dure.

— Ah, je vois…, lança-t-il d'un ton lourd de sarcasme. Tu as le culot de jouer les victimes, de m'accuser de te tromper avec ta psy, alors que tu te crois amoureuse d'un homme que tu connais à peine…

— Je ne suis pas…

— Laisse tomber. Ça crève les yeux.

Ne tombe pas dans son piège. Il a dit ça au hasard, il n'en sait rien du tout.

Wyatt observait attentivement son visage.

— Dis-moi, Ava, ça te paraît normal de fantasmer sur le palefrenier ? Alors que tu es dévorée par une paranoïa qui te fait croire que tous ceux qui t'entourent veulent te faire la peau, tu tombes amoureuse d'un inconnu et tu t'en remets entièrement à lui ?

Son visage était neutre, son tic nerveux avait disparu. Ava se sentit flancher, tandis que les paroles de son mari se frayaient un chemin en elle. Il avait donc tout planifié depuis le début ? Même l'engagement d'Austin Dern.

— Espèce de salopard…, dit-elle doucement.

Elle ramassa ses sacs et s'éloigna vers la sortie.

— Ava ! Attends !

Wyatt brandit sa carte de crédit en essayant d'attirer l'attention du serveur.

Ava ouvrit les portes d'un coup d'épaule tout en essayant de se ressaisir. L'air froid lui fouetta le visage. L'idée que Wyatt veuille la faire interner de nouveau était accablante, mais elle aurait dû s'y attendre. Elle ne retrouverait jamais Noah si elle était enfermée, gavée de médicaments, surveillée en permanence... Pour réussir à convaincre les psychiatres du service qu'elle n'était pas folle, il lui faudrait des semaines...

Ne te laisse pas faire ! Défends-toi ! Tu en es capable. Tu n'as pas le choix. Ton fils a besoin de toi.

Prise de panique, elle se mit à courir en direction de la marina.

Un adolescent en skate-board, emmitouflé dans un blouson chaud et un bonnet en laine, qui fumait et écrivait un SMS en même temps, faillit la heurter de plein fouet.

— Hé ! Regarde devant toi, merde !

Sa cigarette tomba de ses lèvres ; d'un geste souple, il la ramassa, se redressa et repartit en roulant, la bousculant au passage.

Ava glissa sur le trottoir mouillé. Son genou gauche s'écrasa sur le béton.

Une douleur fulgurante remonta le long de sa cuisse. Un des sacs lui échappa des mains et rebondit sur la chaussée.

L'adolescent disparut au coin de la rue sans se retourner.

— Ava !

C'était Wyatt.

Luttant pour se redresser, elle s'accrocha à un parcmètre, se hissa et souleva son sac. Les anses se décrochèrent, et le sac et tout son contenu tombèrent sur le trottoir.

La poisse ! C'était celui qui contenait la caméra. Tous ces préparatifs, ces efforts, ces mensonges... pour rien !

Furieuse contre elle-même, elle ramassa le tout et serra le sac entre ses bras. Le deuxième sac à la main, elle se remit à avancer.

— Ava ! hurla Wyatt derrière elle.

Elle décida de l'ignorer.

— Hé, dit-il en la rattrapant à l'entrée du port. Je suis désolé…

— Laisse-moi !

— Je n'aurais pas dû me mettre en colère.

Il voulut lui prendre le bras, mais elle s'écarta, jonglant avec ses paquets, tandis qu'une douleur sourde se diffusait dans sa jambe.

— J'ai dit que j'étais désolé, répéta Wyatt sur un ton offensé.

— J'ai entendu !

— J'essaie de faire la paix, Ava !

Comme il tentait de nouveau de poser la main sur son bras, elle fit volte-face et répondit en articulant nettement :

— Je veux divorcer, Wyatt. Pas un de ces jours, pas dans le futur. Maintenant. J'appellerai un avocat dès demain matin.

Brûlante de colère, elle ajouta :

— Ce n'est pas la peine de revenir sur l'île.

— Oh ! Ava…

Le ton paternel qu'il employa fut la goutte d'eau. Ava tourna les talons et s'éloigna vers la baie. Ses eaux houleuses étaient aussi effrayantes et incertaines que son propre avenir. Un frisson la parcourut, car elle sentait, sous la surface opaque, la vérité remonter à toute vitesse.

La bonne nouvelle, c'était qu'au moins, maintenant, elle savait où elle en était avec son mari.

34

S'enfonçant à chaque pas dans la terre molle du jardin, Austin faisait le tour de la maison. Rover l'accompagnait en zigzaguant entre les arbres, sans jamais s'éloigner.

En plein jour, Neptune's Gate semblait accueillant, avec son architecture biscornue qui rappelait l'ère des grands voiliers, du transport à cheval et de l'invention de l'électricité. La nuit, en revanche, le manoir devenait sombre et menaçant, comme les sinistres châteaux des vieux films de vampires, et tous les éclairages du monde auraient été incapables d'adoucir ses angles durs et sa masse lugubre.

Austin était certain que la fenêtre éclairée que l'on voyait depuis la chambre de Lester Reece, à Sea Cliff, se trouvait dans l'aile de Jewel-Anne, et il avait décidé de s'introduire dans ses appartements. Quant au belvédère et aux fenêtres mansardées du grenier, il trouverait un prétexte lié à l'entretien du toit pour y monter plus tard et vérifier la vue qu'on y avait sur Sea Cliff.

Voyait-il des liens là où il n'y en avait pas ? se demanda-t-il pour la énième fois. Lester Reece s'était évaporé depuis tant d'années... Et pourtant, Austin était prêt à passer au peigne fin chaque centimètre carré de l'île pour être certain qu'il ne s'y trouvait plus.

Il dépassa l'angle de la maison et leva brièvement les yeux vers les fenêtres de la chambre d'Ava. Elle passait la journée sur le continent : ses responsabilités de garde du corps étaient donc suspendues jusqu'à son retour.

Au départ, Wyatt Garrison l'avait engagé pour s'occuper des chevaux, du bétail et de l'entretien de la propriété. Puis, une fois qu'il avait accepté, il lui avait demandé de « garder un œil » sur sa femme. Il se disait inquiet pour sa sécurité ; il désirait soi-disant lui laisser un peu de liberté, tout en évitant qu'il lui arrive quelque chose.

Puis, avant même d'être présenté à la femme en question, il l'avait vue se jeter dans la baie. Pas étonnant que le mari ait été inquiet ! Aussi avait-il pris sa responsabilité très au sérieux, croyant qu'Ava Garrison était une vraie déséquilibrée. Cette mission de quasi-garde du corps, ajoutée à son travail auprès des animaux, ne l'avait pas empêché de poursuivre son but personnel : retrouver Reece.

Le problème, c'est qu'il commençait à croire que la seule personne sensée sur l'île, c'était Ava. Tous les autres, depuis Jacob, l'adolescent attardé qui vivait au sous-sol, jusqu'à Ian, le cousin dilettante qui n'en fichait pas une, semblaient déséquilibrés, voire pire. Même Trent, déboulé sur l'île sans raison valable, ne semblait pas disposé à en repartir. Personne n'avait donc de travail, dans cette famille ?

Et la liste ne s'arrêtait pas là… Jewel-Anne avait ses propres problèmes. Virginia était une peau de vache qui revendiquait une parenté floue avec cet imbécile de shérif ; Khloé et son mari, le sinistre jardinier fantôme, semblaient entretenir une relation tourmentée et ne lui adressaient même pas la parole ; Demetria, l'infirmière maussade, se renfermait sur elle-même lorsqu'elle ne s'occupait pas de sa patiente. Quant à Graciela, la seule à ne pas loger sur place, il la soupçonnait d'avoir une double vie, même s'il n'avait pas encore mené de recherches à ce sujet. Le tout n'offrait pas exactement l'image d'une grande famille heureuse.

Finis ce que tu as à faire ici et fiche le camp. Pourquoi perdre ton temps à fantasmer sur une femme que tous les autres considèrent comme proche de l'effondrement mental ?

Parce qu'il n'en croyait pas un mot.

Sachant ce qu'il savait d'elle par les archives et les articles trouvés sur internet, mais aussi par ce qu'il avait vu lui-même, il estimait qu'Ava, sous sa façade frêle et traumatisée, avait encore une chance de remonter la pente.

Mais elle est mariée, mon vieux...

Voilà pourquoi il devait conclure cette affaire au plus vite. Il avait un coup de fil à passer, un rapport à effectuer.

Il remonta son col et, le chien toujours sur ses talons, rebroussa chemin dans la nuit en direction de son appartement.

Wyatt était parti quelques heures plus tôt chercher sa femme à Anchorville.

Les époux n'allaient pas tarder à rentrer...

Tu n'as aucun droit sur elle. Pas le moindre.

Si seulement il avait été capable de s'en convaincre.

— Je suis désolé, Ava..., répéta Wyatt.

Cette fois, quand il lui toucha l'épaule, elle ne recula pas.

— Tu n'as pas le droit de faire ça, chuchota-t-elle. Me tomber dessus ainsi, puis venir t'excuser comme si tout allait bien.

— Je ne sais plus quoi faire avec toi !

Pour la première fois de la soirée, elle le crut.

— Tu es de plus en plus distante, tu ne me fais plus confiance, j'ai même l'impression que tu m'évites et que tu fantasmes au sujet d'un autre... Tu te comportes comme une folle, puis tu renvoies ta thérapeute en l'accusant d'être ma maîtresse.

— C'est elle qui est partie. De son plein gré.

Il la fit pivoter et l'obligea à le regarder dans les yeux.

— Tu ne m'aimes plus ?

— Je ne te reconnais plus.

Des rides d'amertume se creusèrent autour de sa bouche.

— Je pourrais dire la même chose de toi. Je ferais n'importe quoi pour te voir guérie.

Ava sentit sa résistance s'amollir. Elle avait envie de le croire, envers et malgré tout.

— J'ai engagé Dern d'abord pour s'occuper des bêtes, reprit-il, puis je lui ai demandé de garder un œil sur toi. Et tu as raison, j'ai beaucoup d'affection pour Evelyn McPherson. Je trouve qu'elle a fait des miracles avec toi. Mais ça ne va pas plus loin.

Le vent qui soufflait de la mer lui ébouriffait les cheveux et glaçait Ava jusqu'aux os.

— C'est vrai que j'ai eu une aventure, mais c'était il y a longtemps, et je croyais… j'espérais qu'on avait tourné la page.

Il laissa ses mains pendre le long de ses cuisses.

— Je veux juste retrouver ma femme. C'est trop demander ?

— Ça ne suffit pas, répondit Ava doucement. Il faut que tu veuilles aussi retrouver ton fils.

Elle refusait de se laisser fléchir.

— Viens, rentrons à la maison, soupira-t-il. Laisse-moi porter tes sacs.

— Je me débrouille, dit-elle d'une voix crispée.

Mais, craignant d'éveiller ses soupçons, elle finit par lui tendre le grand sac en plastique et garda celui aux anses cassées.

— Allons-y.

Le cœur battant, elle avança le long du quai et laissa Wyatt l'aider à monter à bord du yacht. L'embarcation tangua un peu et une pointe de douleur, à son genou, lui rappela sa chute. Elle regarda le large, songeant qu'il serait facile pour Wyatt de mettre en scène un accident mortel.

Il pourrait prétendre qu'elle avait sauté à l'eau. Elle était assez déséquilibrée pour le faire, elle l'avait amplement prouvé. Il pourrait aussi déclarer qu'il s'agissait d'un accident : ils étaient passés dans des eaux agitées, elle était tombée à l'eau et n'avait pas réapparu. Que, comme son frère, elle s'était noyée dans l'eau glacée. L'un après l'autre, des scénarios dans lesquels elle n'arrivait jamais à Neptune's Gate se succédaient dans son esprit.

Quand Wyatt monta derrière elle, elle dut se retenir de bondir sur le quai. Rester seule à bord avec lui, c'était de la folie !

Ne l'énerve pas. Reste calme. Garde ton sang-froid.

Des souvenirs du naufrage resurgirent en elle : la douleur, le froid, la terreur, quand elle avait cru se noyer.

Sa panique s'intensifia.

Descends du bateau, Ava !

A cet instant, le sac que Wyatt avait posé sur une banquette glissa sur le pont, éparpillant son contenu sur le teck huilé. Ava s'empressa de tout ramasser, mais Wyatt se penchait déjà pour regarder ce qu'il avait renversé.

— C'est quoi, ça ? demanda-t-il. Un nouveau sac à main ? Il est énorme…

— J'espère pouvoir y faire rentrer mon ordinateur portable.

La respiration coupée, elle le regarda tourner le sac entre ses mains.

Ne l'ouvre pas. Pour l'amour de Dieu, Wyatt, n'ouvre pas la poche zippée !

— C'est possible, dit-il en le remettant dans le sac en plastique. Alors, on est réconciliés ?

Sûrement pas ! Mais il s'agissait de jouer finement.

— Non, répondit-elle prudemment, pas encore. Mais je crois que ça nous a fait du bien de parler. Peut-être que ça va nous permettre d'avancer dans la bonne direction…

— Donc, tu ne me mets plus à la porte ?

Elle se força à sourire.

— Je n'ai pas encore décidé.

— En tout cas, pas ce soir ? insista-t-il avec un regard perçant.

Elle confirma d'un hochement de tête, s'efforçant de refouler sa nausée.

Tu es une belle hypocrite, ma vieille ! Mais il faut que tu lui donnes le change, que tu joues le rôle de la femme qui veut sauver son couple, le temps de découvrir la vérité et de prouver que tu n'es pas folle...

— C'est de bonne guerre, commenta-t-il.

Puis il ajouta sur un ton plus autoritaire :

— Et au fait, Ava...

— Oui ?

— Mets ça.

Il attrapa un gilet de sauvetage sous un siège et le lui tendit.

— On n'est jamais trop prudent.

— Donc, on a un témoin qui prétend avoir vu Lester Reece, résuma Lyons.

Snyder et elle retournaient au poste de police à pied, après avoir dîné sur le pouce.

— Pour moi, dit Snyder, Wolfgang Brandt n'est pas un témoin fiable. Il est juste un peu moins déglingué que tous ceux qui prétendent avoir vu Reece au cours des dernières années.

Brandt avait dans les trente-cinq ans, et un parcours émaillé de problèmes avec la justice.

— Après lui avoir parlé, des adjoints du shérif sont allés jeter un coup d'œil à l'ancien pavillon de chasse qu'il leur avait indiqué, poursuivit Snyder. Ils n'ont rien trouvé du tout. A peine quelques canettes de bière, sans doute laissées par des ados qui en avaient forcé la porte. Tu es nouvelle ici mais tu t'habitueras vite aux fausses alertes à ce sujet. En plus, il est où, le rapport entre Reece et notre affaire ?

— Tu es obligé d'être aussi négatif ?

Lyons dénoua son écharpe et commença à déboutonner sa veste tandis qu'ils traversaient l'entrée du poste. Ils s'arrêtèrent pour composer le code d'accès aux bureaux, sous le regard d'une caméra de sécurité. Ce qui rappela à Snyder une question qui le tracassait. Avec tous ces smartphones et ces tablettes en circulation, pourquoi est-ce que personne n'avait rien repéré ni photographié d'anormal près de chez Cheryl Reynolds ? Evidemment, son cabinet était situé dans un quartier purement résidentiel ; les caméras de surveillance étaient d'ordinaire orientées vers les commerces et les intersections plus proches du port et du centre-ville.

— Brandt n'est pas le seul à l'avoir vu, reprit Lyons. J'ai surpris des bribes de conversation entre plusieurs adjoints. Il y en a un, Gorski, je crois, qui joue au poker avec un dénommé Butch Johansen. Après quelques bières, ce Johansen a prétendu avoir récemment embarqué sur son bateau un type qui ressemblait fortement à Reece et qui lui aurait demandé de l'emmener à Church Island.

— Il y a toujours des rumeurs qui circulent sur des types qui lui ressemblent fortement, mais ça n'aboutit jamais. L'histoire du pavillon de chasse en est un parfait exemple. Lester Reece, c'est de l'histoire ancienne.

— Ce n'est pas l'avis de notre patron.

Parvenu dans son box, Snyder retira son blouson et son arme, tandis que Lyons s'éloignait en direction des toilettes. Il entendit les talons de ses bottes décroître dans le couloir.

Cette affaire Reynolds commençait à lui taper sur le système. Leur premier homicide depuis des années et ils n'avaient pas assez d'éléments pour le résoudre.

Il s'installa devant son ordinateur, parcourut la liste de ses mails et tomba sur un message du labo accompagné d'une pièce jointe. Quelques clics plus tard, il ouvrait une analyse du cheveu prélevé dans la buanderie de Cheryl Reynolds.

Le temps pour Lyons de revenir avec un café et une tisane qui sentait le parfum pour vieille dame, le rapport était sorti de l'imprimante.

— Merci, dit Snyder en prenant le café. On dirait que le mystère du cheveu brun est résolu.

Lyons lut par-dessus son épaule.

— Du synthétique ? Il viendrait d'une perruque ? Portée par le tueur ?

— A voir.

Il cliqua sur le fichier qui rassemblait les photos de la scène de crime.

— Regarde, là, sur les rayonnages de son bureau…

Lyons se pencha vers l'écran ; Snyder fit son possible pour ne pas fixer son attention sur ses seins qui frôlaient le bureau. Il cliqua pour agrandir une photo encadrée, posée sur la bibliothèque. On y voyait Cheryl déguisée en féline, entourée de tous ses chats. En plus d'une combinaison à imprimé léopard, d'une fausse queue et d'un maquillage de chat avec museau et moustaches, elle portait une longue perruque brune.

— On a retrouvé la perruque ? demanda Lyons en sirotant son infusion sans quitter l'écran des yeux.

— Attends un peu…

En quelques clics supplémentaires, Snyder trouva la liste des éléments prélevés à proximité de la scène de crime.

— Négatif.

— Halloween, c'était il y a juste quelques semaines.

— Tu supposes que la photo date de cette année, mais elle peut très bien avoir dix ans.

Lyons secoua la tête.

— Regarde les chats. Ce sont les mêmes que ceux retrouvés autour d'elle. Certains sont tout jeunes ; un voisin a confirmé qu'elle les avait adoptés récemment. La photo date donc de cette année.

— Alors où est passée la perruque ?

Un sourire s'épanouit lentement sur le visage de Lyons.

— Elle est chez le tueur.

— Ou au fond de la baie.

— Avec Lester Reece ? demanda-t-elle d'un ton taquin.

Elle plongea une dernière fois son sachet de tisane dans l'eau de sa tasse, le pressa entre ses doigts et le jeta à la poubelle avant d'ajouter :

— Si ça se trouve, quand ses restes échoueront enfin sur la plage, son squelette sera travesti en féline sexy.

— Mmm..., grommela Snyder.

Ce cheveu brun ne menait à rien du tout. Or, c'était le seul élément matériel dont ils disposaient.

Le yacht gîta dangereusement en croisant le sillage d'un bateau à moteur qui filait en sens inverse.

— Merde ! lança Wyatt.

Debout à la barre, il scrutait l'obscurité et les lumières de Monroe.

— L'imbécile ! Il mériterait que je le signale.

Ava l'entendit à peine, tout comme elle sentait à peine le vent glacé qui soufflait sur ses joues et emmêlait ses cheveux. Elle en oublia même les fameux sacs de shopping, tandis que le bateau tanguait, la replongeant dans le passé, au cours de cette autre traversée, l'après-midi où Kelvin était mort. Un souvenir qu'elle n'avait pas envie de revisiter, et qui semblait pourtant destiné à repasser régulièrement dans son esprit.

Une tempête puissante s'était brusquement levée. Ava se rappela la terreur qui s'était emparée d'eux ; elle se rappela avoir prié pour qu'ils puissent gagner le rivage sains et saufs. Elle se rappela que ses peurs s'étaient concentrées sur le bébé à naître...

Elle était tout près du terme de sa grossesse. Non... Elle fronça les sourcils. Elle se trompait. Noah était né prématurément.

Quelque chose de cruel et d'acéré, le tranchant d'un mensonge, se dessina. Son ventre se contracta tandis qu'elle essayait de mettre le doigt sur son souvenir... mais il disparut comme une murène se tapit sous les rochers de l'océan.

Il y avait un lien avec le bébé, la grossesse...

Une idée naquit en elle, mais elle la chassa aussitôt. C'était ridicule !

Et pourtant...

Elle n'avait eu aucune nausée au cours de son premier trimestre de grossesse.

Quand avait-elle appris qu'elle attendait un garçon ? Pourquoi n'avait-elle aucun souvenir de visites chez le gynécologue, d'échographies, aucune image du fœtus qui grandissait en elle ?

Une certitude glacée l'enveloppa soudain et accéléra sa respiration.

Pourquoi avait-elle si peu de souvenirs de l'hôpital, de la naissance de Noah ? Pourquoi n'y avait-il aucune photo de ces moments-là ?

Parce que c'est arrivé juste après le naufrage. Kelvin était mort et les médecins essayaient de sauver Jewel-Anne. Ton accouchement s'est fait dans la panique, sans fleurs, ni appareils photo...

La boule grossit dans sa gorge et sa respiration se bloqua. Des bribes de souvenirs épars — le naufrage, l'arrivée des secours, l'hôpital, la nouvelle de la mort de Kelvin, la peur que Jewel-Anne ne s'en sorte pas... Et le bébé... Elle le revit à l'hôpital, hurlant, petite boule chauve et rougeaude, les poings serrés...

— Il a faim, s'entendit-elle dire. S'il vous plaît... Il a besoin de manger.

— On s'en occupe, avait répondu l'infirmière.

Pourquoi les infirmières me l'ont-elles repris ?
Pour le mesurer et le peser ?
Pour vérifier que tout allait bien ?

D'autres images surgirent, qui contredisaient tout ce qu'elle prenait pour la réalité de son existence.

Wyatt réduisit la vitesse. A l'aide d'une télécommande, il

ouvrit la porte du hangar qui donnait sur l'eau. Une lampe automatique s'alluma à l'intérieur. Il rangea le yacht dans son mouillage, l'arrima, puis aida Ava à grimper sur le quai.

Non, pensa-t-elle frénétiquement. *Non, non, non !* C'était impossible. Elle devait se tromper.

— Je prends tes affaires, dit-il.

Sa voix lui parvenait de très loin. Sans la moindre protestation, elle le laissa ramasser ses sacs de courses et s'éloigner.

Accablée par la révélation qui venait de se produire en elle et par son désir forcené de la repousser, elle suivit docilement son mari vers la maison, puis dans l'escalier qui menait au premier étage.

— Est-ce que ça va ? demanda-t-il en arrivant dans sa chambre. Tu ne dis plus grand-chose.

Il déposa les sacs par terre, devant la penderie.

— Je… je suis fatiguée, c'est tout.

— On dirait que tu as vu un fantôme.

— J'ai eu une longue journée, j'ai juste besoin de me reposer…

— D'accord.

Cette fois, il ne prit pas la peine de l'embrasser.

A l'instant où la porte se referma derrière lui, elle se débarrassa de ses bottes, puis arracha ses vêtements et les jeta en tas sur le lit. Elle ôta son soutien-gorge et sa culotte, se précipita dans la salle de bains et se dressa, nue, devant le grand miroir en pied.

En dépit de sa maigreur, son corps était ferme et musclé, ses côtes peut-être un peu trop marquées. Ses seins aux mamelons sombres se dressaient bien haut, et ses hanches étaient aussi étroites et lisses qu'à l'époque où elle faisait de la course à pied à l'université.

Où étaient les éventuelles vergetures sur ses seins, son ventre ? Elle se retourna pour examiner ses fesses par-dessus son épaule.

Rien, dans sa morphologie, ne laissait deviner qu'elle

avait porté un enfant. Evidemment, elle pouvait être de ces chanceuses qui ne prennent pas beaucoup de poids et dont la peau est assez élastique pour éviter les vergetures. Elle ne se rappelait pas avoir allaité, mais ses seins pouvaient avoir gardé leur forme.

N'empêche...

Le corps reflété par le miroir ne ressemblait pas à celui d'une femme qui était allée jusqu'au terme d'une grossesse.

Prise de nausée, elle revint en trombe dans sa chambre, enfila un vieux pyjama et descendit au rez-de-chaussée où Wyatt était déjà installé derrière son ordinateur. Il n'avait même pas desserré sa cravate.

— Je croyais que tu étais fatiguée, dit-il en levant les yeux de l'écran.

— Je l'étais. Je le suis. Mais...

Il ne servait à rien d'y aller par quatre chemins.

— Où sont les photos de ma grossesse ?

Elle entendit le bruit sourd de l'ascenseur.

— Quelles photos ? demanda Wyatt, l'air surpris.

— Je veux les voir.

— Maintenant ?

Un ronronnement, dans le couloir, annonça l'arrivée imminente de Jewel-Anne.

— J'ai besoin de voir à quoi je ressemblais.

Sa voix tremlait ; son cœur semblait sur le point de se fendre.

— J'ai besoin d'être sûre que j'ai vraiment été enceinte.

35

Wyatt se leva d'un bond et fit le tour de son bureau.
— Bien sûr que tu as été enceinte !
— Prouve-le-moi.
— Pour l'amour de Dieu…
— Je ne plaisante pas, Wyatt. Tu devrais les avoir sur ton ordinateur, non ? On avait déjà un appareil numérique, à l'époque. Il y a forcément des dizaines des photos de moi.
— Tu n'avais pas trop envie d'être photographiée. Tu étais superstitieuse à cause des fausses couches.
— Il doit bien y en avoir une, insista-t-elle. Une photo de vacances, de barbecue, une photo de groupe où j'essaie de cacher mon ventre, ou alors de le montrer.
— Je ne crois pas.
Elle fit le tour du bureau, et tourna l'écran de l'ordinateur vers elle.
— La plupart de nos photos sont là, sauf celles qu'on a fait tirer, c'est bien ça ?
Elle leva les yeux vers la bibliothèque, où divers cadres étaient disposés. Son regard s'arrêta sur une photo de Kelvin et elle datant de quelques semaines avant l'accident. La photo était prise sur le port : des mâts de voiliers apparaissaient au-dessus de leurs têtes. Le cadrage les coupait à mi-poitrine. Ils riaient.
— Attends, Ava…
Jewel-Anne entra dans la pièce.
— Laisse-la faire, dit-elle à Wyatt.

Ces mots sonnèrent presque comme un avertissement.
— OK, murmura Ava. Si je remonte quatre ans en arrière…

Wyatt lui abandonna son fauteuil avec réticence. Elle s'installa derrière l'ordinateur et pianota sur le clavier pour ouvrir les dossiers des photos de famille. Elle fit défiler des dizaines d'images ; toutes celles où elle apparaissait la montraient de dos ou bien en portrait serré. Il n'y en avait aucune de sa grossesse.

— Pourquoi cette obsession, tout d'un coup ? demanda Wyatt.

Ava ne répondit pas, continuant à chercher. Les doigts volant sur le clavier, elle fit défiler un dossier après l'autre, sans rien trouver, quand, tout à coup…

Des centaines de clichés de son fils défilèrent. Au retour de l'hôpital ; la première fois où il avait réussi à s'asseoir ; rampant, puis faisant ses premiers pas… Et puis les vidéos qu'elle avait regardées à de nombreuses reprises au cours des deux dernières années, pour essayer de garder son image vivante en elle.

Il y avait quelque chose qui clochait. Quelque chose de fondamental.

Elle se tassa un peu dans le fauteuil.
— Je ne crois pas que j'aie…

Elle déglutit péniblement et rassembla son courage.
— On a adopté Noah ? C'est ça ?

Wyatt ne répondit pas, mais détourna le regard. En soi, c'était une réponse.

Le silence tomba sur la pièce et s'étira en longueur. Ava écoutait les battements de son cœur résonner dans ses oreilles, regrettant déjà les paroles qu'elle venait de prononcer.

Mon Dieu, c'est donc vrai ? Je ne suis pas la mère de Noah ?

— Dis-lui, insista Jewel-Anne.

Une lueur de malice brillait dans son regard et Ava eut l'impression que le monde s'écroulait autour d'elle.

— Tu étais au courant ? s'écria-t-elle.

Puis, se retournant vers Wyatt :

— Qu'as-tu à me dire, Wyatt ?

Elle prit appui sur le bureau et tenta de calmer les martèlements dans sa tête. Alors qu'elle attendait depuis si longtemps de connaître la vérité, elle en avait subitement peur. Son regard erra vers l'ordinateur qui contenait des centaines de photos de Noah. *Son* bébé. *Son* fils.

— Evidemment que tu n'es pas sa mère ! s'exclama Jewel-Anne.

— Tais-toi ! lança Wyatt d'une voix sourde.

Décidant d'ignorer sa cousine, Ava braqua un regard accusateur sur son mari.

— Dis-moi, Wyatt.

Il parut lutter un moment contre lui-même, puis capitula.

— Tu ne lui as pas donné naissance, Ava.

Elle ne cilla pas, même si elle ne parvenait pas à respirer, si son cœur battait à tout rompre, si son corps tout entier rejetait ce qu'elle venait d'entendre. Même si elle sentait qu'on lui disait enfin la vérité. Ou du moins une partie de la vérité.

— Tu étais enceinte de cinq ou six mois… Ça se voyait à peine, c'en était étonnant… Et tu as perdu le bébé.

Le cœur d'Ava se fendit et la douleur la submergea.

— Tu n'en étais pas à ta première fausse couche, poursuivit Wyatt à voix basse, mais c'est cet enfant-là qui est arrivé le plus près du terme. C'était un garçon. Tu as pris la chose si mal que tu en as perdu contact avec la réalité. L'adoption a alors semblé être une bonne solution. J'avais entendu parler d'une adolescente qui cherchait à faire adopter son futur enfant par le biais de notre cabinet. Le timing était parfait. Elle a accouché juste après le naufrage. Tu étais encore sous le choc et on a décidé de ne parler à personne de l'adoption.

— Et personne ne s'en est douté ? demanda Ava.

Certains éléments de cette histoire lui disaient quelque chose, mais ils restaient éparpillés, déconnectés, comme des débris d'épave flottant sur les eaux sombres de sa mémoire.

— Et les employés ?
— Ils ont été bien payés.
— Personne n'a brisé le silence ?

C'était impensable ! Elle tendit un doigt accusateur en direction de Jewel-Anne.

— Elle était au courant et elle n'aurait rien dit à personne ?
— Je suis capable de garder un secret quand il le faut !
— Pourquoi le fallait-il ?
— C'était mieux pour tout le monde, répondit Jewel-Anne. En particulier pour toi.

Elle caressait distraitement la tête de sa poupée. Ava se rappela celle qu'elle avait déterrée dans le cercueil. Jewel-Anne y était forcément pour quelque chose.

— Je ne vois pas pourquoi tu ferais quelque chose dans mon intérêt, parvint-elle à articuler.

— Peut-être que tu ne me connais pas aussi bien que tu le crois, Ava…

— On a tous gardé le secret, reprit Wyatt. Jewel-Anne était au courant, ainsi que Khloé et sa mère. Virginia est très loyale et Khloé, une de tes meilleures amies. Je doute même qu'elle en ait parlé à Simon. Quant à Demetria, elle a été engagée plus tard, après le retour de Jewel-Anne sur l'île. Graciela ne travaillait pas ici à ce moment-là et l'employé de ranch de l'époque savait garder un secret.

— Mais… les autres…

— Personne d'autre n'est au courant. Même pas Ian. Pour eux, Noah est notre fils biologique.

— Je n'y crois pas, chuchota Ava.

Pourtant elle sentait au plus profond de son cœur que Noah n'était pas issu de son corps, qu'une autre femme lui avait donné vie... Une femme sans visage, qui avait abandonné son fils.

— Tu n'aurais pas dû me mentir, dit-elle d'une voix tremblante.

— Tu étais dans un tel état...

Wyatt s'avança vers la bibliothèque et se planta devant une photo d'eux trois, prise alors que Noah avait à peine un an. Une petite famille heureuse, parfaite...

Dire que tout était faux ! Une supercherie !

Il toucha le cadre du bout du doigt et reprit :

— J'ai essayé de t'en parler, à l'hôpital, mais la simple mention du mot « adoption » te mettait dans tous tes états.

Elle avait si peu de souvenirs de son séjour à Saint-Brendan !

— Alors... le personnel du service psychiatrique... Il est au courant ?

Il devait bien y avoir un moyen de vérifier cette histoire.

— Seulement le Dr McPherson. Et c'est couvert par le secret médical, bien sûr.

— Qui est la mère ?

— Aucune importance.

— Tu te moques de moi ? s'écria Ava en se levant d'un bond. C'est elle ! Tu ne comprends pas ? C'est la mère biologique qui a enlevé notre enfant !

— Ne dis pas n'importe quoi.

— *N'importe quoi ?* Je viens d'apprendre que le bébé que je croyais avoir mis au monde a été adopté et tu dis que *moi*, je délire ?

Son esprit était sens dessus dessous : des images incandescentes du passé s'y succédaient et s'effaçaient à toute vitesse, anéanties par la vérité qu'elle venait d'apprendre.

— Et le père ? Le père biologique, je veux dire ?

— Il n'a jamais été au courant.

Elle secoua la tête, essayant d'assimiler tout ce qu'elle entendait.

— Tu veux dire qu'il a renoncé à ses droits parentaux ?

— Il ne sait même pas qu'il a eu un enfant.

— Il n'empêche qu'il est peut-être impliqué !

Hébétée, elle les regarda tour à tour. Le sourire satisfait de Jewel-Anne avait disparu ; elle semblait à présent aussi ébahie qu'Ava.

— Tu as essayé de retrouver ces gens ? La police est au courant ? Il faut appeler Snyder tout de suite !

Elle tendait déjà la main vers le combiné du téléphone, mais Wyatt attrapa son poignet.

— Ne fais pas ça, Ava.

— Pourquoi pas ?

— Ça ne servirait à rien.

Les doigts crispés autour du récepteur, elle eut subitement une intuition.

— Tu sais ce qui est arrivé à Noah !

Le visage de Wyatt n'était qu'à quelques centimètres du sien ; ses traits étaient durs et figés, son regard d'une noirceur absolue.

— Les parents biologiques de notre fils sont morts, Ava.

Elle eut un mouvement de recul.

— Morts ?

Cela faisait trop de choses à digérer d'un coup.

— Comment ?

— Dans un accident de moto.

— Tous les deux ? Ils étaient ensemble ? Et tu me dis qu'il n'était pas au courant, pour le bébé ?

— Ils s'étaient séparés.

Il lui lâcha le poignet et elle reposa le récepteur sur sa base.

— Ensuite, ils se sont réconciliés. Je ne sais pas si elle lui a parlé de Noah, mais le fait est qu'ils ont été tués ensemble, sur une route au bord de l'océan. D'après ce que j'ai compris, c'est lui qui conduisait. Il a voulu doubler un camping-car et n'a pas vu le véhicule qui arrivait en face.

— Oh ! Mon Dieu...

Ne prends pas ses explications au pied de la lettre. C'est peut-être un tissu de mensonges. Il te mène en bateau depuis des années !

Jewel-Anne restait silencieuse. Elle avait perdu tout son entrain et paraissait sombre et déroutée.

— Comment s'appellent-ils ?

— Laisse tomber...

— Je veux connaître le nom des parents biologiques de mon fils ! insista-t-elle.

La colère montait en elle à la pensée qu'il lui avait caché ce secret pendant si longtemps.

— Qui étaient-ils, Wyatt ? Dis-le-moi ! Donne-moi leurs noms !

Il la dévisagea pendant quelques longues secondes.

— Tracey, articula-t-il enfin. Tracey Johnson et Charles Yates.

Jewel-Anne inspira bruyamment. C'était manifestement la première fois qu'elle en entendait parler, elle aussi.

Ava sentit quelque chose se briser en elle. Ces noms rendaient beaucoup plus réel ce couple sans visage qui avait donné la vie à son fils.

— Des clients à toi ?

— A l'un de nos associés.

— Tu aurais dû me le dire, Wyatt.

Elle s'éloigna vers la porte.

— Tu aurais dû me faire suffisamment confiance pour me dire la vérité au sujet de notre fils !

— Ava !

Elle se mit à courir. Elle s'attendait à ce qu'il la poursuive, mais elle n'entendit qu'un juron étouffé. Elle monta les marches deux à deux, bouleversée, le cœur déchiré.

Tracey Johnson ? Charles Yates ?

Avait-elle déjà entendu ces noms quelque part ?

Ne te laisse pas embobiner, Ava. Wyatt est un menteur invétéré.

Une fois dans sa chambre, elle alluma son ordinateur

et lança une recherche à partir des noms qu'il lui avait donnés, associés à « Oregon » et à « accident de la route ».

Il y avait bien eu un terrible accident de moto, trois ans plus tôt, alors que Noah avait près d'un an. Charles Yates, vingt-six ans, et Tracey Johnson, sa fiancée de vingt et un ans, avaient succombé à leurs blessures.

Elle trouva leurs notices nécrologiques. Au moment de leur mort, Tracey faisait des études d'infirmière et Yates travaillait pour une petite entreprise de transport routier.

Ils avaient donc vraiment existé.

Et ils avaient de la famille, citée dans les notices.

Ava se mit à trembler, tout en continuant à pianoter sur le clavier. Elle avait besoin de voir à quoi ressemblait le couple, de juger d'une éventuelle ressemblance physique avec son fils.

Il lui fallut du temps, mais elle réussit à découvrir des photos. Elle contempla les petites images pixellisées, se demandant si Noah avait le menton pointu de Tracey ou les cheveux bouclés de Charles. C'était possible... mais cela ne prouvait rien.

Il allait falloir plus que la parole de Wyatt et des photos floues pour la convaincre qu'elle avait identifié les parents biologiques de son fils.

Pourtant, il semblait y avoir une part de vérité dans les aveux de Wyatt. Mais devait-elle croire qu'il lui avait caché ce fait essentiel uniquement pour la protéger ? Parce qu'il craignait que la vérité ne la fasse basculer de nouveau dans la folie ?

Selon la nécrologie de Tracey, ses parents, Zed et Maria Johnson, vivaient à Bellevue, une agglomération située à l'est de Seattle.

Recoupant les résultats de ses recherches, elle localisa trois Z. Johnson dans la région de Seattle. Evidemment, les parents de la disparue pouvaient être sur liste rouge, avoir divorcé ou déménagé. Une bonne dizaine de raisons d'abandonner lui vinrent à l'esprit. Elle les écarta toutes.

Qui ne risque rien n'a rien.

A cet instant, un coup résonna à la porte.

— Oui ? dit-elle en s'attendant à voir entrer Wyatt.

C'était Khloé.

— Hé, demanda cette dernière, est-ce que ça va ?

C'était dit d'une voix prévenante, mais Ava n'était plus sûre de rien. Depuis la mort de Kelvin, leur relation était devenue... ambiguë.

— Oui, dit-elle. Ça va. Entre...

— Jewel-Anne vient de me raconter. Je suis passée dans la cuisine chercher mes lunettes et je l'y ai trouvée, dans un drôle d'état, comme si elle avait vu un fantôme. J'ai fait l'erreur de lui demander ce qui n'allait pas.

Ses lunettes à la main, Khloé se tut un instant, puis reprit :

— Ecoute, Ava, je ne sais pas quoi dire... Je savais que Noah était adopté. J'ai eu envie de t'en parler mille fois. Mais tu étais tellement... fragile, tellement méfiante, tellement... à côté de la plaque ! J'avais peur que tu ne retombes encore plus bas.

— Alors tu comptais ne jamais m'en parler ?

— On voulait tous que tu le saches. C'était juste une question de temps.

Elle soupira et lança un regard vers le bout du couloir.

— Avec maman, on en a souvent parlé, mais on pensait qu'il fallait attendre que tu sois assez forte pour encaisser le coup. Sans... te faire encore du mal à toi-même.

Ava tira sur ses manches pour cacher ses cicatrices, gênée.

Khloé fronça les sourcils avec inquiétude en croisant son regard. Puis elle haussa les épaules, l'air embarrassé, elle aussi.

— En fait, je voulais m'excuser. Je suis désolée pour... pour tout.

— Moi aussi, dit Ava, sentant une boule se former dans sa gorge.

Pourquoi était-elle au bord des larmes dès que quelqu'un faisait preuve de la moindre gentillesse envers elle ?

— Je... je me suis conduite comme une imbécile quand Kelvin est mort, murmura Khloé en baissant les yeux. Je t'en ai voulu.

— Comme tout le monde.

— Je sais, mais ce n'était pas ta faute. Je ne veux pas parler à la place des autres, mais en ce qui me concerne, j'avais tellement besoin de rejeter la responsabilité de sa mort sur quelqu'un, n'importe qui, que je n'ai pas réfléchi au fait que toi, tu avais perdu ton frère.

— Comment se fait-il que personne n'ait remarqué que je n'étais plus enceinte ?

Khloé secoua la tête.

— Tu avais pris tellement peu de poids, au début de ta grossesse... et tu ne sortais plus beaucoup...

Elle haussa les épaules, contrite.

— Pour te dire la vérité, je n'ai pas fait très attention à tout ça. J'étais trop absorbée par ma douleur. Peut-être qu'on l'était tous. En tout cas, je voulais que tu saches que je regrette. Je ne me réjouis pas que ton frère ait disparu, mais, s'il avait survécu, je n'aurais peut-être pas rencontré l'amour de ma vie.

Son visage s'illumina un peu. Ava ne répondit pas. Le couple qu'ils formaient, elle et Simon, était loin d'être idéal, mais ici, chacun semblait vivre dans son propre monde imaginaire.

— Ça te dirait de noyer ton chagrin dans le sucre ? reprit Khloé. Maman a fait un énorme gâteau au chocolat pour l'anniversaire de Simon.

Ava entrevit de nouveau l'enfant que Khloé avait été, l'aînée d'une fratrie de six, celle qui relevait les défis les plus absurdes, qui était toujours prête à se lancer dans l'aventure, sa meilleure amie.

— Avec du glaçage au caramel, ajouta-t-elle pour l'appâter.

— Merci, mais j'ai fait un dîner copieux.

— Suivi d'une grosse dispute ?

— Oui.
— Tu as envie d'en parler ?
— Pas maintenant. Mais pour le gâteau, c'est d'accord.
— Parfait ! dit Khloé avec un grand sourire.

Elles descendirent ensemble dans la cuisine, où Khloé prépara du café soluble. Ce genre de boisson n'avait aucun goût, mais qu'importait ? Elles le sirotèrent en partageant une part de gâteau, assez grosse pour nourrir la moitié d'Anchorville.

Ava était consciente de chaque seconde qui passait, de ce temps qu'elle aurait pu utiliser à localiser la famille biologique de Noah ou à se familiariser avec son nouveau matériel électronique. Mais la prudence s'imposait : elle ne voulait éveiller aucun soupçon. Aussi s'attarda-t-elle sur les dernières bouchées de gâteau, comme si elle ne voulait pas en perdre une miette.

Elle jouait la comédie, bien sûr. Et même si ses retrouvailles avec Khloé lui avaient mis du baume au cœur, elle n'avait pas vraiment de temps à lui consacrer.

Après avoir avalé les dernières gouttes de son café, elle bâilla et étira les bras au-dessus de sa tête, comme si elle tombait de sommeil. Intérieurement, elle bouillonnait d'énergie, prête à mettre son plan en application.

A l'instant où elle repoussait sa chaise pour se lever, Wyatt apparut dans l'embrasure de la porte. Ava ne savait pas quoi lui dire, mais Khloé le fit à sa place.

— On dirait que le secret est éventé, pas vrai ? Jewel-Anne m'a tout raconté.

— Ça n'aurait jamais dû être un secret, commenta Ava.

Wyatt secoua la tête, mais elle ne sentait pas de contrition chez lui. En outre, sa manière de réagir la laissait perplexe. Alors qu'elle-même trépignait d'impatience en attendant de remonter une nouvelle piste dans la disparition de son fils, il n'avait même pas essayé de retrouver les grands-parents biologiques de ce dernier. Pourquoi n'avait-il pas mis la police sur leur piste ? Pourquoi cette manie du secret ?

Parce qu'il sait ce qui s'est passé. Il sait que Noah ne reviendra pas.

Son cœur se brisa de nouveau à cette idée, mais elle réussit à déposer sa tasse de café dans l'évier et à la rincer. Espérant que personne n'avait remarqué à quel point elle tremblait, elle mit la tasse dans le lave-vaisselle, souhaita une bonne nuit aux deux autres et monta rapidement au premier étage.

En arrivant sur le palier, elle entendit le fauteuil roulant de Jewel-Anne s'éloigner. L'espace d'un instant, elle se demanda si Khloé était venue la distraire pour permettre à sa cousine de fouiller dans sa chambre.

Arrête ! Elles ne peuvent pas se sentir... Tu te fais des idées. Concentre-toi sur ce que tu as à faire.

Rien n'indiquait que sa cousine était entrée dans la pièce : pas de traces de roues sur la moquette, aucun objet déplacé. Elle ralluma son ordinateur. Puis elle lança une recherche internet, prit son téléphone portable et alla s'enfermer dans la salle de bains pour appeler le premier des trois Z. Johnson répertoriés dans l'annuaire.

Elle composa le numéro et attendit nerveusement. Un message enregistré lui annonça que la ligne n'était plus en service. Le deuxième numéro sonna dans le vide ; il n'y avait même pas de boîte vocale. Elle composa le troisième...

Au bout de quelques sonneries, une voix féminine ensommeillée lui répondit.

— Allô ?
— Madame Johnson ?
— Oui.

Jette-toi à l'eau, Ava.

— Je m'appelle Ava Garrison. Je suis désolée de vous déranger, mais j'espérais que vous pourriez me renseigner au sujet de Tracey.

Silence.

— C'était votre fille, c'est bien ça ?
— Qui ? Pourquoi appelez-vous ?
— Je sais que c'est difficile pour vous... mais mon fils a été adopté et je crois que Tracey était sa mère biologique.
— Quoi ? Non !
La femme lui raccrocha au nez.
— Bon sang !
Ava rappela. Cette fois, ce fut un homme qui décrocha.
— Laissez-nous tranquilles, dit-il avant qu'elle ait pu prononcer un seul mot. Je ne sais pas ce que vous nous voulez, mais laissez notre fille reposer en paix !
— Ne raccrochez pas, je vous en supplie... Mon fils a disparu depuis deux ans et je viens de découvrir que Tracey était peut-être sa mère biologique. Je vous supplie de m'aider !

Il y eut un silence, puis un long soupir.
— Ecoutez, je suis désolé, mais c'est trop douloureux pour nous...
— Je comprends, mais moi aussi, j'ai perdu mon enfant. J'essaie de le retrouver. Je m'appelle Ava Church Garrison, et j'ai adopté cet enfant il y a quatre ans. Vous pouvez deviner ce que j'endure... Seriez-vous d'accord pour m'aider ?

Elle entendit une conversation étouffée à l'autre bout du fil et retint sa respiration en comptant les battements de son cœur.
— Tout ce qu'on sait, reprit enfin l'homme, c'est que Tracey s'est mise dans une situation délicate. Elle nous en a parlé, mais ensuite, elle a quitté la maison et a donné le bébé à adopter. On n'en sait pas plus. Maintenant, je vous demande de ne pas nous rappeler. Sinon, on sera obligés de prévenir la police.

Il hésita, puis ajouta :
— Bonne chance.
Cette fois, Ava comprit qu'il ne servirait à rien de

rappeler. Mais pourquoi avait-il parlé de prévenir la police ? Etait-ce une menace en l'air ? Sa femme et lui savaient-ils où se trouvait Noah, ou bien n'était-ce qu'une fausse piste de plus ?

36

Aujourd'hui, Snyder avait inversé les rôles et bravé le froid pour aller chercher des cafés au bar, près du port. De retour au bureau, où régnait un calme surprenant, il gagna directement le box de sa coéquipière et déposa un gobelet en carton sur son bureau. C'était une de ces horribles préparations sucrées et mousseuses qu'elle engloutissait sans jamais se soucier de leur coût ni de leur apport calorique. Il avait même pensé à lui prendre une paille.

Penchée en avant, les coudes calés sur son bureau impeccablement rangé, Lyons écoutait quelque chose au casque sur un vieux magnétophone, une pile de cassettes posées devant elle.

— Waouh ! dit-elle en levant les yeux. Merci.

Elle coupa le magnétophone, ôta son casque, planta la paille dans le gobelet et aspira une petite gorgée.

— Qu'est-ce qui me vaut ces attentions ?

— Je me suis dit que tu avais certainement besoin de faire une pause.

— Tu as des nouvelles de la perruque de Cheryl Reynolds ?

— *Nada*. Et toi ?

Elle tapota du bout du doigt la pile de cassettes étiquetées par l'hypnotiseuse, se laissa aller en arrière dans son fauteuil et lui fit signe de s'asseoir.

— Super-instructif, dit-elle. Sauf que je n'ai toujours

pas trouvé les derniers enregistrements d'Ava Garrison, et que ça me chiffonne un peu.

— Moi aussi.

— On va continuer à chercher, mais en attendant, je suis en train d'écouter les autres.

— Qui concernent…

— Jewel-Anne Church. Tu savais que son père a été le directeur de Sea Cliff et que sa famille a habité sur place pendant un moment ?

— Tu veux dire dans l'hôpital ?

Lyons confirma d'un hochement de tête et fixa le magnétophone d'un air songeur.

— D'après ce que j'ai compris, ils ont commencé par habiter au manoir, puis il y a eu un désaccord entre Crispin et son frère, Connell, le père d'Ava et de Kelvin. Connell est mort peu après, puis il y a eu le décès de Kelvin dans ce fameux naufrage. Le reste de la tribu a été engendré par Crispin et ses deux épouses : Regina, qui est décédée, et Piper, qui est la mère des deux plus jeunes, Jacob et Jewel-Anne. Après la brouille entre les deux frères, Crispin a fait donation de ses parts de la maison à ses enfants, qui les ont revendues à Ava. Sauf Jewel-Anne. Elle a toujours refusé de vendre la sienne.

— Les enregistrements disent pourquoi ?

— Peut-être, répondit Lyons en mâchouillant sa paille, le regard perdu dans le vide. Mais le plus intéressant, c'est que la famille occupait une maison de fonction dans l'enceinte de Sea Cliff au moment où Crispin a été licencié et l'hôpital fermé.

— Et alors ?

— Alors, il se trouve que Jewel-Anne a été en contact avec certains patients.

— *Détenus*, rectifia Snyder.

— Appelle-les comme tu voudras. Beaucoup d'entre eux n'étaient pas dangereux, ils avaient juste des problèmes psychologiques.

— Une belle bande de cinglés, oui…

— Le fait est, reprit Lyons en se renfrognant, que l'un de ces patients fascinait particulièrement Jewel-Anne.

Snyder entrevit subitement ce qu'elle s'apprêtait à lui annoncer, mais garda le silence.

Avec un sourire satisfait, Lyons tourna sa paille dans sa boisson.

— Il semble que Jewel-Anne se soit entichée du plus célèbre des patients de son papa. Eh oui… Notre bon vieux Lester Reece !

— Vous n'êtes qu'un sale espion ! lança Ava en entrant dans l'écurie, le lendemain matin.

Dern était occupé à brosser Cayenne. Les pâles rayons du soleil hivernal filtraient par les fenêtres et faisaient luire les touffes de poils roux tombés sur le sol. Il faisait chaud dans l'écurie qui sentait bon le foin et les chevaux, mais Ava, qui avait passé une bonne partie de la nuit à installer son nouveau matériel, s'en aperçut à peine.

— Pardon ?

Dern tourna son regard vers elle sans cesser de passer l'étrille sur le large dos de la jument.

Les autres chevaux levèrent la tête et remuèrent les oreilles en voyant Ava passer. Rover, étendu près d'un coffre à grain, tapa le sol de sa queue pour manifester sa joie, avant de refermer les yeux.

— Vous m'espionnez pour le compte de Wyatt. Vous le tenez au courant de mes moindres faits et gestes ! Quand je vous ai accusé de jouer les gardes du corps, vous m'avez ri au nez.

— Parce que c'était faux.

Il attrapa une serviette-éponge et essuya doucement la robe de la jument. Cayenne agita la queue et s'ébroua un peu, mais se laissa panser.

— Pas de salades, Dern. Je suis au courant. Wyatt l'a reconnu.

— Ah oui ?

— Oui !

Bon sang, ce qu'il pouvait être exaspérant ! Autant que son mari mais dans un style tout à fait différent.

— Eh bien, il était temps, commenta Dern placidement, puis, se tournant vers Cayenne : Voilà, ma belle.

Il sortit du box et ferma le loquet.

— Je n'apprécie pas du tout d'être surveillée par un espion à la solde de Wyatt, déclara froidement Ava.

— Et l'espion serait qui ? Moi ?

— D'après Wyatt, oui.

— Et vous lui faites confiance ?

— Il est au courant de ma balade à cheval sur le promontoire, et vous êtes le seul à avoir pu lui en parler. Vous êtes à sa botte, comme tous les autres !

— Je lui ai parlé de cette histoire parce que quelqu'un d'autre avait pu vous voir partir à cheval et que je voulais gagner sa confiance.

— Vous vous moquez de moi ?

— Je n'oserais pas.

Il eut un sourire nonchalant qu'Ava trouva tout simplement irrésistible. Au diable ce type, avec sa mâchoire carrée, sa barbe de trois jours et son regard intense ! Dans la semi-pénombre, qui soulignait les angles de son visage, il lui paraissait bien trop séduisant.

— Alors expliquez-moi ce que vous trafiquez !

— Si vous vous calmiez et que vous commenciez par le commencement ? demanda-t-il en croisant les bras sur sa poitrine.

Les nerfs à fleur de peau, épuisée par une nuit presque blanche, Ava sentait son exaspération atteindre un point critique.

— Hier soir, nous nous sommes disputés et il a fini

par m'avouer qu'il vous avait demandé de me surveiller. Comme si j'avais cinq ans !

— C'est vrai, confirma Dern, il me l'a demandé. Je viens de vous le dire.

— Vous ne trouvez pas que vous auriez pu me prévenir ?

— Ç'aurait été contre-productif.

— Comment ça ?

Il la regarda droit dans les yeux.

— Parce que je voulais pouvoir faire le tri dans ce que je lui rapportais.

— Attendez…

— Ecoutez-moi jusqu'au bout, Ava, s'il vous plaît. Je ne vous en ai pas parlé parce que je savais que vous vous mettriez en colère. Mais j'ai l'impression qu'en ce moment, vous avez bien besoin d'un allié.

— Comme vous, par exemple ? demanda-t-elle d'un ton sarcastique.

— Je suis de votre côté.

— En mouchardant ?

— Je ne me suis pas proposé pour vous surveiller, et ça ne faisait pas partie du contrat de départ. Mais j'ai accepté parce que j'avais besoin de ce travail.

— Vous auriez pu me le dire. Je suis capable de garder un secret.

— Ah oui ? Eh bien, moi aussi. Par exemple, je n'ai parlé à personne de vos balades sur le belvédère en pleine nuit.

— Je ne suis jamais…

— Menteuse ! Je vous y ai vue à deux reprises.

Il lui attrapa le bras et elle sentit la chaleur de sa main puissante à travers son pull et sa veste.

— Je vous ai vue et je vous ai même suivie. Je me suis dit que si vous étiez assez folle pour grimper sur cette échelle rouillée, il n'y avait rien à faire. Je n'avais pas l'impression qu'elle résisterait au poids de deux personnes, alors je me suis contenté d'assister au spectacle…

Ses doigts se resserrèrent autour de son bras.

— C'est quoi, au juste, votre problème ? Vous êtes pressée de mourir ?

— Bien sûr que non !

— Alors vous faisiez quoi, là-haut ?

— Je ne peux pas en parler.

Dern plissa les lèvres et la regarda fixement. Même s'il n'avait pas prononcé un mot, une menace silencieuse flottait dans l'air.

— Vous allez le dire à Wyatt ?

— Pas si vous me racontez ce que vous trafiquiez.

— Je le savais ! Espèce de mouchard !

— Dites-moi la vérité, Ava.

— Je ne peux pas vous faire confiance.

— Mais si.

— Vous venez de me dire que vous travailliez pour mon mari.

— J'ai dit que je ne lui répétais que certaines choses.

Le regard de Dern continuait à se promener sur son visage. Elle sentit les battements de son cœur s'accélérer et la tête lui tourner.

Ne te fie pas à lui. Il te fait marcher ! Comme tous les autres, sur cette île de malheur.

Il rapprocha lentement son visage, et elle comprit qu'il avait l'intention de l'embrasser. Son cœur martela de plus belle sa poitrine ; sa respiration se bloqua dans sa gorge. D'une simple pression sur son bras, il la fit basculer vers lui.

— C'est une mauvaise idée, dit-il tout près de son visage.

— Je sais. Je ne…

Mais à cet instant, la bouche de Dern se posa sur la sienne. Il l'attira contre lui et l'entoura de ses bras puissants. Ses lèvres étaient chaudes, dures, sensuelles.

C'est de la folie pure !

Elle ferma son esprit à la voix intérieure qui la mettait en garde et s'abandonna à l'étreinte. Passant les bras autour du cou de Dern, elle pressa ses lèvres contre les siennes. Son sang bouillait dans ses veines, palpitait au rythme effréné de son cœur. Elle sentait chaque centimètre carré de sa peau s'électriser au contact de cet homme. Il défit les boutons de son manteau. Elle glissa alors les mains sous son blouson et sentit les muscles durs de son torse à travers sa chemise.

Toute sa raison s'évanouit alors. Ses genoux ployèrent sous elle et son esprit se remplit d'images torrides : muscles luisants de sueur, fesses nues et galbées, pectoraux sculptés… Elle l'imagina au-dessus d'elle, lui écartant les jambes et la pénétrant, tandis qu'elle s'accrochait à lui en lui mordillant le cou…

Comme s'il avait entraperçu des images de son fantasme, il releva la tête et jura à mi-voix, puis la lâcha et s'écarta d'elle. Son regard brûlait encore d'un feu mal éteint.

— Ça ne va pas du tout, dit-il.

— Je sais, répondit-elle en rougissant de honte. Je suis désolée…

— Ne dites pas ça.

Il lui attrapa la main et la serra si fort que c'en était presque douloureux.

— C'est ma faute, reprit-il en la relâchant aussitôt. Ça n'arrivera plus.

— Il faut être deux pour ce genre de choses, fit remarquer Ava d'une voix rauque. J'étais consentante. Et ce n'est pas vous qui êtes marié.

— Ça n'a rien à voir.

— Détrompez-vous.

Elle s'éloignait déjà vers la porte quand la voix de Dern l'arrêta.

— Je ne sais pas ce que vous faisiez sur le toit, mais ne recommencez pas, d'accord ? Vous pourriez vous tuer.

Elle lui lança un regard par-dessus son épaule.

— Vous ne direz rien ?

— Si vous me promettez de ne pas y remonter sans moi. Si vous tenez absolument à mourir, autant que je meure avec vous.

— Vous êtes dingue !

— C'est plus ou moins la norme, par ici, non ?

Ava quitta l'écurie en riant. Il aurait fallu être folle pour faire confiance à cet homme.

Elle ne devait se fier à personne. Personne…

Remontant vers la maison, elle croisa les doigts pour que Dern garde le silence. Et pour que Trent en fasse de même. Avec un peu de chance, personne d'autre n'était au courant de ses péripéties nocturnes, et le dispositif qu'elle avait installé la veille au soir avait toutes les chances de faire son œuvre.

Elle avait attendu 2 heures du matin pour reprendre le chemin du grenier. L'installation de la caméra vidéo et de l'enregistreur numérique s'était révélée aussi simple que l'avait promis le vendeur. Après avoir assemblé les éléments dans sa salle de bains, Ava avait regardé les aiguilles de l'horloge tourner jusqu'au milieu de la nuit. Transie d'angoisse à l'idée que quelqu'un pouvait la surprendre, elle avait d'abord pris le risque de couper l'électricité au tableau général, comme le lui avait suggéré le vendeur, pour que la personne qui avait installé le lecteur dans le grenier soit obligée de monter le réinitialiser. Puis elle avait attendu cinq longues minutes, certaine que quelqu'un allait se réveiller. La maison était beaucoup trop silencieuse sans le ronronnement de la chaudière, le bourdonnement du frigo ou les bips des appareils électroniques.

Debout dans l'escalier de service, elle avait senti son cœur battre si fort qu'il lui avait semblé que le monde entier pouvait l'entendre. Mais personne ne s'était levé. Au bout d'un moment, elle avait expiré lentement et placé la minuscule caméra dans un coin sombre. Puis, n'entendant toujours aucun bruit suspect, elle avait grimpé jusqu'au belvédère et était redescendue au grenier en empruntant l'échelle d'incendie. Elle avait caché deux autres caméras miniatures dans les chambres de bonnes, dont une dans le placard où se trouvait le lecteur.

L'opération l'avait mise à bout de nerfs ; à deux reprises, elle avait sauté au plafond en croyant entendre quelqu'un se déplacer à l'étage inférieur. Figée sur place, en proie à des sueurs froides, elle avait fini par comprendre que les grincements venaient de la charpente.

Avec un peu de chance, la coupure de courant qui devait avoir déprogrammé tous les réveils électroniques serait mise sur le compte d'un orage. Restait à espérer que le matériel jouerait son rôle. Le système était activé par un détecteur de mouvement : la caméra ne filmerait qu'en cas de passage dans l'escalier, et transmettrait les données audio et vidéo à son ordinateur ainsi qu'à son téléphone portable.

Le plus difficile avait été de se débarrasser des emballages. Elle les avait aplatis et glissés entre le matelas et le sommier à ressorts d'un lit d'une chambre d'amis inutilisée, et avait enfoui le papier bulle dans un carton contenant des décorations de Noël.

Il lui avait fallu près de deux heures pour s'endormir après son retour dans sa chambre.

Ce matin, personne à part Dern n'avait évoqué son expédition nocturne, ni fait de commentaires sur sa mauvaise mine ; sans doute attribuaient-ils son épuisement à sa scène de ménage avec Wyatt.

C'était une bonne couverture.

Pour l'instant.

Il était maintenant 10 heures passées. Graciela passait l'aspirateur dans le couloir ; elle leva à peine la tête lorsque Ava entra dans sa chambre. Celle-ci alluma son ordinateur et vérifia les flux retransmis par les caméras. *Aucune activité.* Elle referma l'interface et accéda à ses comptes bancaires en ligne.

Tanya et Dern lui avaient tous deux conseillé de se pencher sur les questions d'argent pour essayer de savoir qui en avait après elle. Mais elle ne repéra rien d'anormal. Elle ne pouvait vérifier le détail de ses comptes, mais n'était pas à découvert et, malgré les fluctuations de la Bourse et du marché immobilier, ses placements semblaient intacts.

A mesure qu'elle recouvrerait la mémoire, elle serait mieux à même de repérer des transactions suspectes, mais pour l'heure, rien de particulier ne lui sautait aux yeux. Elle en parlerait bien sûr à son banquier et à son courtier, mais en premier lieu, elle allait appeler un détective privé.

Elle voulait découvrir tout ce qu'elle pourrait au sujet de Tracey Johnson, Charles Yates et tous les membres de leur famille. Ne pouvant effectuer les démarches elle-même sans éveiller les soupçons de son entourage, elle devait faire appel à un professionnel.

Tanya, qui n'avait jamais fait confiance à son ex-mari, en connaissait justement un.

Pas de temps à perdre…

Ava attrapa son téléphone, appela son amie et obtint le nom du détective, dont le bureau se trouvait à Seattle.

— Il est très efficace, lui assura Tanya, mais pas bon marché.

— La vérité ne l'est jamais.

Quinze minutes plus tard, elle avait passé le barrage d'une secrétaire à la voix monocorde, s'était entretenue avec un certain Abe Crenshaw, et l'avait engagé.

A présent, elle avait enfin, peut-être, une chance de découvrir la vérité.

37

De toute évidence, Dern constituait une distraction.

Une distraction très malvenue contre laquelle, malheureusement, Ava se sentait incapable de lutter. Elle l'avait évité depuis leur confrontation dans l'écurie, deux jours plus tôt, mais elle ne cessait de penser à lui, à sa trahison et surtout à son baiser.

Elle n'avait pas eu de nouvelles d'Abe Crenshaw, et sa caméra n'avait rien enregistré au cours des deux nuits précédentes. Par bonheur, elle n'avait pas non plus été réveillée par les cris de Noah. Wyatt était revenu et reparti, chargeant l'air d'une électricité qui évoquait le calme avant la tempête et semblait annoncer un désastre imminent. Ils n'avaient pas reparlé de l'adoption : elle n'en avait aucune envie et, pour une fois, Wyatt semblait être sur la même longueur d'onde.

Le troisième soir, l'orage éclata.

Ils avaient tous dîné dans la grande salle à manger. Le poulet au riz de Virginia — un des plats préférés d'Ava — était particulièrement délicieux, mais, ce soir-là, elle arriva à peine à en avaler une bouchée. Assis en face d'elle, Wyatt évitait son regard. Autour d'eux, la conversation portait sur le départ de Trent, prévu pour le samedi suivant, et le fait que Jacob était remonté à bloc contre un de ses professeurs. Ian envisageait de prendre quelques jours de congé pour raccompagner son frère sur le continent. Jewel-Anne mangeait du bout des lèvres, se plaignant d'avoir mal au ventre et, dès la fin du repas, demanda à Demetria de la raccompagner dans sa chambre.

Les jumeaux parlèrent d'aller prendre un verre à Anchorville. Jacob hésita à les accompagner, puis il reçut un texto et marmonna quelque chose au sujet d'un copain qui avait besoin de lui pour un dépannage de réseau wifi.

Les uns et les autres se dispersèrent aux quatre coins de la maison et Ava resta seule avec Wyatt.

Il écarta son assiette et déclara :

— J'ai parlé avec le Dr McPherson, aujourd'hui.

— D'accord, dit Ava prudemment.

— Je l'ai rétablie dans ses fonctions. Ça n'a pas été facile, mais j'ai réussi à la convaincre que c'était la meilleure solution.

— On était convenues toutes les deux…

— Peu importe ce que vous avez décidé, répondit Wyatt froidement. Pour l'amour de Dieu, Ava, j'essaie de t'aider.

— On a déjà eu cette conversation.

— Tu m'as dit que tu ne voulais pas retourner à l'hôpital. L'alternative, c'est ça.

— Je n'ai pas *besoin* de retourner à l'hôpital. Ça aussi, je te l'ai dit. Et je ne veux pas revoir le Dr McPherson.

— Je m'en doutais un peu. Du coup, j'ai appelé Saint-Brendan. Il se trouve qu'ils ont une chambre libre avec vue sur…

— Tu m'écoutes, quand je parle ? Je ne repartirai pas là-bas ! C'est hors de question !

— C'est pour ça que j'ai réengagé Evelyn, répéta-t-il avec une logique exaspérante.

— Je ne sais pas qui te fait croire que tu dois prendre les décisions à ma place, Wyatt, mais c'est fini. J'ai déjà demandé à un avocat d'entamer la procédure qui te destituera de ta fonction de tuteur.

Furieuse, elle quitta la pièce. Comment garder son sang-froid devant cet homme qui croyait pouvoir régenter sa vie ? Elle avait menti — elle n'avait pas encore appelé d'avocat —, mais elle s'était procuré une liste d'adresses. Dès qu'elle aurait établi l'identité de la personne qui la harcelait, elle s'adresserait au meilleur avocat de la région et reprendrait le contrôle de son existence.

Et elle divorcerait. C'était aussi simple que ça. Elle s'était engagée pour le meilleur et pour le pire, elle y avait cru de tout son cœur, mais elle était bien certaine que le pire n'était pas censé inclure l'adultère... ni Dieu sait quoi d'autre.

En montant l'escalier, elle entendit le téléphone de son mari sonner, puis Wyatt parler brièvement. Quelques minutes plus tard, elle le vit quitter la maison et se diriger vers le hangar à bateaux. Ian, Trent et Jacob le suivirent peu après.

Les premières gouttes de pluie tapotaient déjà contre les vitres de sa chambre quand elle vit les lumières du hangar s'allumer. Elle entendit le moteur du yacht ronfler, puis le vit s'éloigner doucement du ponton. Wyatt quittait l'île sans un mot d'adieu, et elle n'éprouvait que du soulagement. Se détournant de la fenêtre, elle vit qu'on avait disposé ses médicaments à côté d'un verre d'eau. Elle était sur le point de les jeter dans les toilettes quand il lui vint subitement à l'esprit qu'elle pouvait être surveillée, elle aussi, par de minuscules caméras cachées dans sa chambre.

Qu'est-ce qui te fait penser que tu es la seule à en utiliser ?

Elle alluma la télévision, mais éprouva des difficultés à se concentrer, même devant le flash d'info évoquant une nouvelle personne qui aurait aperçu Lester Reece. L'écran fut envahi par la dernière photo connue du meurtrier, tandis que la voix off rappelait son parcours criminel et son évasion de Sea Cliff. Reece avait un physique assez séduisant : une carrure athlétique, un visage taillé à la serpe, d'épais cheveux bruns et un regard intelligent. Ses anciens voisins le décrivaient comme un homme charmant, discret, solitaire. C'était aujourd'hui le criminel le plus célèbre d'Anchorville.

Sa légende ne mourra décidément jamais, pensa Ava. Elle était sur le point d'éteindre la télévision quand une Afro-Américaine d'une quarantaine d'années apparut à l'écran. Le journaliste la présenta comme la chargée de communication de la police d'Anchorville, avant de commencer à l'interroger sur le meurtre de Cheryl Reynolds.

La femme esquivait les questions. Non, on n'avait pas de nouvelles pistes, mais la police faisait tout ce qui était en son pouvoir pour amener le responsable du crime devant la justice. On incitait toute personne ayant des informations à ce sujet à prendre contact avec le bureau de police.

Une photo de Cheryl s'afficha à l'écran et le cœur d'Ava se remplit de tristesse. Elle aimait beaucoup Cheryl. Elle l'avait considérée comme une amie, une confidente. Penser qu'on l'avait brutalement assassinée… c'était atroce. Qui avait pu faire une telle chose ? Et pourquoi ?

Le numéro du poste s'afficha sous la photo, laquelle laissa brusquement place à une publicité pour un concessionnaire automobile de la région. Ava éteignit et attrapa un roman à suspense qui prenait la poussière sur sa table de nuit depuis des semaines. Calant ses oreillers contre la tête de lit, elle tenta de lire, mais, après avoir parcouru la même page quatre fois, referma le livre. Remontée à bloc, elle sortit de sa chambre et erra un moment à travers les couloirs de la maison. A part de lointains échos d'Elvis qui filtraient de l'aile de Jewel-Anne, la maison était silencieuse.

La porte de la chambre de Noah était entrouverte. Ava y entra, contourna le lit d'enfant surmonté du mobile d'animaux marins et se dirigea vers la commode, où étaient disposés les flacons de crème et de pommade.

— Où es-tu, mon ange ? dit-elle à haute voix.

Même après avoir engagé le détective privé, elle avait passé internet au crible, à la recherche de liens entre son fils et le jeune couple décédé dans l'accident de moto.

Elle avait envie de se rendre sur place, mais il y avait trois cents kilomètres de route. Elle avait essayé de rappeler les Johnson, mais ils n'avaient pas décroché ; sans doute avaient-ils reconnu son numéro.

Après avoir caressé un castor élimé, la peluche préférée de Noah, elle se dirigea vers la chambre d'amis qui offrait une vue dégagée sur l'écurie et l'appartement de Dern. Elle ouvrit les persiennes sans allumer la pièce, et sonda l'obscurité du regard.

Dern disait l'avoir vue sur le belvédère. Mais que faisait-il debout à une heure aussi tardive ? Il sortait promener le chien ? Il avait une insomnie ? Ou bien il l'espionnait ?

La porte du studio au-dessus de l'écurie s'ouvrit subitement, et un homme musclé, au physique taillé à la serpe, en sortit. L'espace d'un instant, Ava fut certaine de voir Lester Reece. Ce qui était évidemment ridicule. Elle était influencée par les images qu'elle venait de voir à la télévision. L'homme qui descendait les marches à toute vitesse n'était autre qu'Austin Dern.

L'observant de loin, elle sentit son pouls s'accélérer et son sang s'échauffer sottement dans ses veines. Tandis qu'il prenait le chemin de l'écurie située sous son minuscule logement, elle éprouva une forte envie de le suivre, d'aller lui parler, d'en savoir plus sur lui, de…

N'y pense même pas ! Tu as eu ton baiser, tu as satisfait ton fantasme… Ça suffit. Reste loin de lui. Du moins pour l'instant.

Elle s'écarta de la fenêtre, redescendit les persiennes et retourna dans sa chambre. Puis, chassant de son esprit toute image de Dern, de Wyatt ou Noah, elle se glissa entre les draps et se força à lire.

Elle s'occuperait dès le lendemain matin de Wyatt et de la farce qu'était devenue leur existence.

*
* *

Certaines choses ne changent décidément jamais, songeait Evelyn McPherson en réfléchissant à l'état pitoyable de sa vie amoureuse. Elle avait passé une mauvaise journée. *Non, une mauvaise semaine…*, rectifia-t-elle en tournant la clé dans la serrure de son appartement. Elle avait acheté cette petite maison séparée en deux logements quand elle avait décidé de s'enraciner à Anchorville, après la fermeture de Sea Cliff. A l'époque, cela semblait un bon investissement ; à présent, elle n'en était plus sûre. L'autre partie de la maison était vide ; un panneau « A LOUER » était placé à la fenêtre, et elle venait de déposer une annonce sur Craigslist. Son dernier locataire, parti trois mois plus tôt, avait saccagé les lieux et omis de payer les deux derniers loyers. Elle venait à peine de remettre l'appartement en état.

Elle laissa tomber ses clés sur la table près de la porte avec un soupir, y déposa également son ordinateur et son sac à main, puis dénoua son écharpe. Il faisait frais dans l'appartement : la chaudière avait besoin d'être remplacée. Elle appuya sur le bouton du thermostat jusqu'à entendre l'appareil s'enclencher. La température avoisinait dix-sept degrés. Quelques degrés de plus seraient les bienvenus.

Ce soir, plutôt que de prendre son thé habituel, elle allait ressortir la bouteille de chardonnay ouverte deux soirs plus tôt et laissée au frigo. Après avoir enlevé son manteau, elle dénicha quelques biscuits salés et un morceau d'édam fumé. Cela ferait l'affaire.

Après tout, que mangeait-on lorsqu'on venait non seulement de se faire renvoyer, mais aussi d'être accusée d'avoir une liaison avec le mari d'une patiente ? En théorie, c'était elle qui avait proposé d'arrêter les séances avec Ava, sauf que Wyatt s'était ensuite interposé. Malgré les quelques jours écoulés depuis l'incident, l'humiliation restait cuisante.

La vérité, c'était qu'elle était en train de rater lamentablement sa vie.

Les accusations d'Ava Garrison n'étaient pas vraiment

fausses. Elle s'était surprise plus d'une fois à rêver à ce que serait sa vie, si elle était l'épouse de Wyatt. Séduisant et bien bâti, il était aussi riche et charmant. Il avait des bureaux à Anchorville et Seattle, un vaste manoir avec une vue fabuleuse sur la baie.

Et une femme !

Une femme qui essaie de comprendre ce qui est arrivé à son fils.

Et qui se trouve être ta patiente.

— Quel embrouillamini…, soupira-t-elle.

Elle promena son regard sur son séjour impeccable. Les meubles contemporains parfaitement agencés semblaient sortir de la vitrine d'un showroom. Deux fauteuils identiques, un long canapé bas et quelques lampes de verre qui dégageaient une lumière chaleureuse. La cheminée au gaz s'allumait d'une simple pression sur un interrupteur. Sa large tablette était surmontée de photophores assortis aux couleurs des bougies parfumées qu'ils contenaient, exactement comme dans le magasin de Seattle. Il y avait aussi quelques photos encadrées. Toutes la représentaient. Soit seule, soit accompagnée d'amies de l'université où elle avait rencontré Trent Church.

— Allez, les Ducks ! articula-t-elle, répétant tristement le cri de guerre de l'université de l'Oregon.

Allons, tu ne vas pas commencer à t'apitoyer sur ton sort, à présent…

S'éclaircissant la gorge, elle se servit un verre de vin, en se répétant qu'elle n'était pas amoureuse de Wyatt Garrison. Mais elle savait que c'était un mensonge.

Wyatt le savait, lui aussi. De toute évidence, l'électricité circulait entre eux. Il semblait s'épanouir quand elle était dans les parages, et il cherchait toujours à l'isoler dans un coin tranquille pour lui parler sans être interrompu.

Oui, mais pour te parler de sa femme, je te rappelle.

Elle avala une gorgée de vin. Le liquide frais glissa agréablement dans sa gorge. Il était aussi délicieux qu'au premier jour ; elle pourrait bien descendre toute la bouteille, ce soir. Et pourquoi pas ? Qu'est-ce que ça pouvait faire, si elle finissait un peu pompette ?

Qui va s'en formaliser ? Personne. De toute façon, tu vas rester seule toute ta vie... Sans mari, sans enfants, sans grande maison avec vue sur la mer.

Elle but une deuxième gorgée, puis une troisième, avant de remplir son verre de nouveau.

Elle ferma les yeux un instant.

Un petit bruit discret éveilla soudain son attention. Un petit bruit qui venait de la chambre. Elle se figea, tendit l'oreille, mais le bruit ne se répéta pas.

C'est ton imagination.
Ou alors un robinet qui goutte ?
Rien de grave, en tout cas.

Elle était un peu à cran, sans doute à cause des accusations d'Ava Garrison, une des patientes les plus difficiles de sa carrière, et aussi, autant l'avouer, à cause du meurtre qui venait de se produire, le premier dont elle eût entendu parler dans cette petite ville. A part ceux commis par Lester Reece, bien sûr.

Pas envie de penser à lui...

Ce tueur sadique et charmeur dont elle savait, pour l'avoir suivi à Sea Cliff, qu'il aurait été capable de débaucher une bonne sœur. Il avait ce petit quelque chose, cette noirceur dangereusement attirante, à laquelle elle-même n'avait pas été insensible.

Repensant aux hommes qui avaient fait partie de sa vie et aux erreurs qu'elle avait commises, elle sentit ses joues s'embraser de honte.

Avait-elle fait une erreur monumentale au sujet de Wyatt ? Avait-elle mal interprété les signes ? Sa main ne s'attardait-elle pas régulièrement sur son bras ou son dos ?

Il lui semblait que oui.

N'avait-il pas saisi le prétexte de l'inquiétude que lui

inspirait sa femme pour la revoir dans son cabinet, puis ici même, chez elle ?

— Idiote ! murmura-t-elle en découpant le fromage en tranches.

Depuis quand son intuition féminine fonctionnait-elle aussi mal ?

Depuis toujours, en fait... Rappelle-toi Chad Stanton, au lycée... que tu as surpris avec ta meilleure amie. Puis toute la série de types de la fac. Pas un seul ne s'est révélé être l'amour de ta vie. Et surtout pas Trent Church ! Tu en pinçais pour lui, cependant...

Elle tressaillit au souvenir du soir où elle avait trop bu et s'était jetée sur lui. Ils avaient fini au lit, mais Trent s'était esquivé discrètement pendant la nuit. Elle s'était réveillée avec un mal de tête carabiné et une fleur sur sa table de chevet, cueillie sur un des rosiers rachitiques qui poussaient devant chez elle. Mais Trent n'avait pas laissé de mot, ni ne l'avait rappelée les jours suivants. Quand elle l'avait enfin recroisé, il s'était montré très amical, comme s'il ne s'était rien passé. A force d'insistance de sa part, il lui avait répondu : « Il n'y a pas de quoi en faire un plat, si ? Je veux dire... On s'est bien amusés, rien de plus. »

Elle avait eu envie de disparaître sous l'herbe verdoyante du campus. Malgré tout, ils étaient restés amis et il l'avait même invitée à la fameuse fête de Noël des Garrison. Mais ils ne s'étaient plus jamais retrouvés au lit, ensemble.

Et pendant ton doctorat, ça n'a pas été mieux... Rappelle-toi ton directeur de thèse qui n'avait que six ans de plus que toi... Et ensuite... Sea Cliff...

Ses yeux se fermèrent. Elle peinait à admettre qu'elle avait eu une attirance pour un patient, un homme, en outre, jugé coupable de plusieurs meurtres. C'était pourtant arrivé... Elle avait toujours été attirée par les mauvais garçons, ceux qui étaient distants, indisponibles ou carrément dangereux. Il y avait bien sûr toutes sortes de raisons à cela.

Au fond, elle avait de la chance de s'être fait renvoyer

de chez les Garrison avant de commettre une vraie bêtise ! Elle avait été à deux doigts de…

Aïe !

Une petite douleur se fit sentir au bout de son index. Elle s'était coupée.

— Idiote, idiote, idiote !

Son doigt ensanglanté dans la bouche, elle se dirigea vers la chambre et appuya sur l'interrupteur qui commandait la lampe de chevet. Il faisait cinq degrés de moins dans cette partie de l'appartement ; il fallait absolument qu'elle s'occupe de ce problème de chaudière ! Elle se dirigea vers la salle de bains, à la recherche du désinfectant.

Elle ne prit pas la peine d'allumer le plafonnier. La lumière de la chambre suffisait à éclairer la petite pièce et l'armoire à pharmacie, où elle repéra tout de suite ce qu'elle cherchait. Ce fut en refermant l'armoire qu'elle aperçut dans la glace un visage derrière elle.

Elle lâcha alors le tube de désinfectant et se mit à hurler. Mais des mains puissantes entourèrent aussitôt son cou, s'enfoncèrent profondément dans sa gorge et lui coupèrent la respiration. Elle se débattit désespérément, battant des bras et des jambes, mais, peu à peu, son champ de vision s'obscurcit.

Ses poumons étaient sur le point d'éclater.

Elle sentit la chaleur s'accumuler dans son crâne tandis qu'elle griffait les mains gantées qui entouraient son cou. Oh… Seigneur, elle allait mourir ! Ce monstre essayait de la tuer ! Elle lutta frénétiquement, renversant les flacons sur le plan de travail. Un bougeoir de verre alla se fracasser sur le sol carrelé.

Pourquoi ?

Si seulement elle avait une arme… un couteau, une barre pour ranger les serviettes, une lampe, n'importe quoi !

Le feu qui dévorait ses poumons devint insupportable.

Elle ne pouvait pas mourir maintenant !

Pas seule, sans enfants ! Ce n'était pas ça, son destin !

Elle continua à se débattre, mais plus mollement. Ses réactions s'émoussaient ; la tête lui tournait.

Elle croisa le regard de son assaillant dans la glace. Elle y lut une haine froide, dure, inhumaine… et reconnut ce regard malgré la pitoyable perruque brune.

Mais pourquoi ? se demanda-t-elle de nouveau, tandis que les mains se desserraient un peu autour de sa gorge pour lui permettre d'aspirer une infime bouffée d'air.

Prise de vertige, elle tenta de se redresser et faillit s'avachir sur le lavabo. Elle vit l'assassin sortir un couteau de sa veste.

Elle trébucha en tentant de lui échapper.

Trop tard !

La lame darda un reflet luisant dans la glace, puis lui traversa la gorge.

Evelyn hoqueta.

Tenta de hurler.

Avec horreur, elle vit son propre sang asperger le miroir, puis les gouttes rouges dégouliner, dissimulant peu à peu le sourire maléfique de son assassin.

38

Ava se réveilla en sursaut. Quelque chose l'avait réveillée… Quelque chose qui sortait de l'ordinaire. Quelque chose qui clochait.

Puis elle l'entendit de nouveau. Ce même cri plaintif et déchirant.

— *Maman… maman !*

Les sanglots apeurés de son fils résonnaient dans le couloir.

— Bon sang…, chuchota-t-elle entre ses dents.

Elle rejeta les couvertures, s'avança furtivement jusqu'à la fenêtre et scruta le ponton qui apparaissait entre les crêtes blanches des vagues. Elle s'attendait à voir la silhouette de son fils, mais il n'en fut rien. Ses apparitions précédentes étaient le produit de son esprit désemparé et des substances hallucinogènes contenues dans ses médicaments.

Evelyn McPherson avait insisté pour qu'elle continue à suivre son traitement et son généraliste était du même avis.

Les imbéciles…

La voix de Noah résonnait à travers la maison. Pourquoi personne ne réagissait ? Etait-elle la seule à l'entendre ?

Quand elle sortit dans le couloir, la voix de son fils se réduisit à un chuchotement. Pour la première fois, Ava se rendit compte que l'enregistrement n'était pas diffusé très fort. Seuls les occupants des chambres adjacentes pouvaient percevoir les cris apeurés de son enfant.

Elle se dirigea alors vers la chambre de Noah.

Au rez-de-chaussée, l'horloge sonna bruyamment, la faisant sursauter. A cet instant, les cris cessèrent et la maison redevint silencieuse.

Mais quelqu'un était réveillé.

Forcément !

Au lieu de frapper aux portes en lançant des accusations à tort et à travers, Ava retourna dans sa chambre, alluma son ordinateur et lança l'application qui diffusait le flux des caméras. Une fenêtre vidéo s'ouvrit alors à l'écran.

L'image en noir et blanc, d'une netteté stupéfiante, montrait Jewel-Anne se levant de son fauteuil roulant et montant maladroitement l'escalier branlant en s'aidant de ses bras pour hisser ses jambes traînantes. Elle disparut un instant de l'écran, puis réapparut, filmée par une autre caméra, celle du placard de la chambre de bonne qui contenait la boîte à chapeau. Prenant appui sur les crochets prévus pour les vêtements, elle sortit la valise, l'ouvrit et, fredonnant la chanson *Suspicious Minds* d'Elvis, réinitialisa l'appareil avant de replacer la valise dans le placard.

Sans perdre une seconde, Ava sauvegarda la vidéo en la joignant à un mail qu'elle s'adressa à elle-même ainsi qu'à Tanya, avant de la copier sur une clé USB. Puis, galvanisée par la rage, elle déconnecta la clé et partit à grands pas vers l'appartement de sa cousine.

Pourquoi Jewel-Anne tenait-elle à ce point à lui faire du mal ? Que lui avait-elle donc fait pour qu'elle la torture ainsi et tente de lui faire perdre la raison ?

Avait-elle eu le temps de redescendre du grenier ? Sans doute. De toute façon, Ava n'avait plus la patience d'attendre. Elle frappa furieusement à la porte.

— Jewel-Anne ! Je veux te parler !

— Va-t'en ! répondit une voix ensommeillée.

Ava frappa plus fort.

— Il est 3 heures du matin ! gémit sa cousine.

— Ouvre-moi, ou j'enfonce la porte !

Ava tourna la poignée, s'aperçut que la porte était ouverte et pénétra dans cet appartement qui ressemblait à une chambre de petite fille. Jewel-Anne disposait d'un espace plus grand que celui de son frère au sous-sol : il comprenait une chambre, un bureau et un coin séjour, ainsi qu'une salle de bains spécialement aménagée pour une personne handicapée.

— Pourquoi ? demanda Ava en bouillant de colère. Pourquoi est-ce que tu fais ça ?

— Faire quoi ? demanda Jewel-Anne en bâillant, comme si elle se réveillait d'un profond sommeil.

Etendue sous les couvertures, elle était entourée d'innombrables poupées aux yeux vitreux, toutes vêtues de pyjamas. Ses cheveux étaient tressés et quelques mèches retombaient en désordre autour de son visage. Elle portait une chemise de nuit mais avait ses lunettes sur le nez. L'ordinateur sur son bureau finissait de s'éteindre.

Ava traversa la pièce à grands pas et le ralluma d'une pression sur le clavier.

— Qu'est-ce que tu fais ?

Jewel se redressa dans son lit, bousculant une poupée rousse, laquelle alla s'écraser sur le sol à côté d'une paire de ridicules chaussons en forme d'oreilles de lapin.

— Regarde ce que tu m'as fait faire !

Elle ramassa la poupée et la remit sous les couvertures avec les autres.

— Qu'est-ce que tu fiches chez moi au milieu de la nuit ? Je dormais, je...

— Arrête de mentir ! Tu ne dormais pas.

— Bien sûr que si !

— Ah oui ?

Ava peinait à garder son sang-froid. Elle lança un regard vers l'ordinateur qui redémarrait, émettant une série de borborygmes.

— Ne touche pas à mes affaires !

403

Jewel-Anne sortit les jambes de son lit et attira à elle le fauteuil roulant.

— Sors de ma chambre, Ava !

— Pas avant que tu m'aies expliqué pourquoi tu essaies de me faire croire que je suis folle.

— Je t'ai dit de ne pas toucher à mes affaires ! répéta Jewel-Anne en se hissant dans son fauteuil.

Elle attrapa son téléphone sur la table de nuit.

— Je préviens Demetria et Wyatt !

— Bonne idée ! Je pense que ça va les intéresser !

— Quoi donc ?

Pour la première fois, une note d'anxiété perçait dans sa voix.

— Ça ! dit Ava en branchant sa clé USB sur l'ordinateur.

— Arrête ! Je t'interdis de toucher à mon ordinateur ! Tu n'as même pas le droit d'être là ! C'est chez moi, ici ! Je...

Sa voix s'érailla et sa peau prit une pâleur mortelle tandis que sa propre image apparaissait à l'écran, et qu'elle se voyait quitter son fauteuil roulant, puis monter l'escalier du grenier pour réinitialiser la caméra dans le placard.

— Tu as fabriqué ce truc de toutes pièces !

— Eh bien, appelle donc Demetria et Wyatt... Appelle aussi tous les autres, pendant que tu y es, pour qu'ils voient qui est la folle, ici !

Une série d'émotions se succédèrent sur le visage de sa cousine : horreur, incrédulité, ressentiment, puis rage pure. Elle redressa le menton.

— Sors de chez moi ! Maintenant !

— Sinon quoi ?

Ava se laissa brusquement tomber sur une chaise.

— Pourquoi, Jewel ? Pour l'amour du ciel, pourquoi est-ce que tu t'es donné tout ce mal pour me faire croire que j'entendais des voix ? Que j'avais perdu la tête ?

Elle tremblait, à présent, et la colère faisait vibrer le sang dans ses veines.

— Tu dois bien avoir une raison !

Sa cousine tressaillit.

— Dis-moi pourquoi. Et dépêche-toi, parce que j'ai l'intention de montrer cette petite séquence à tout le monde ! Quelle raison est-ce que tu peux bien avoir de me torturer, de me faire croire que mon enfant me hante, que j'entends sa voix ? Tu as la moindre idée de ce que j'ai ressenti ?

— Oui ! hurla sa cousine.

Son visage de petite fille était déformé par une haine si intense qu'Ava en eut un mouvement de recul.

— Je me l'imagine très bien, Ava.

Une lueur s'alluma dans ses yeux, comme si elle savourait d'avance la révélation qu'elle s'apprêtait à lui faire.

— Pour une femme soi-disant brillante, avec un QI proche du génie, tu peux être sacrément bornée !

Ava secoua la tête en silence. Elle avait l'impression d'avoir mis le pied dans des sables mouvants qui menaçaient de l'engloutir.

— Je suppose qu'il est temps que tu saches toute la vérité.

Le sourire mauvais de Jewel-Anne s'étendit presque d'une oreille à l'autre.

— Tu ne te rappelles même plus qui est la mère biologique de ton enfant, pas vrai ?

Les murs de la pièce s'avancèrent subitement vers Ava, comme si elle-même se précipitait le long d'un corridor. Elle leva la main pour se protéger contre ce qui allait suivre, en vain.

— Eh oui, Ava, reprit Jewel-Anne avec un rire amer. L'histoire de Wyatt avec... comment déjà ? Charles Machin et Tracey Truc ? Un sacré bobard inventé pour t'embrouiller !

Elle était presque en transe, à présent, comme embrasée par le désir de faire éclater la vérité, en la blessant le plus douloureusement possible. Sa voix résonnait de plus en plus fort.

— JE suis la mère de Noah, pauvre idiote ! C'est moi qui

l'ai porté. C'est moi qui l'ai senti me déchirer de l'intérieur, sur le bateau, le jour du naufrage ! Noah était mon fils.

— Non...

Ava refusait de le croire. Etait-il possible que son fils, cet enfant magnifique, soit vraiment celui de Jewel-Anne ?

— Non !

— C'est la vérité, Ava. La simple vérité.

La mémoire lui revint, comme un flash... Jewel-Anne avait été enceinte en même temps qu'elle et n'avait jamais voulu dire qui était le père.

Les entrailles d'Ava se contractèrent violemment et elle se retint de vomir, tandis qu'elle se rappelait à présent la perte de son propre enfant et sa volonté éperdue de le remplacer à tout prix...

— Noah était *mon enfant*, Ava !

Ava se rendit subitement compte que, depuis le début, Jewel-Anne parlait de lui au passé.

Mais Noah n'était pas mort. Il ne pouvait pas être mort. Elle s'avança vers sa cousine et se dressa au-dessus d'elle de toute sa hauteur.

— Qu'est-ce que tu as fait de mon fils, Jewel-Anne ?
— Je ne sais pas ce qui lui est arrivé.
— Menteuse !

Ava l'attrapa par les épaules et la hissa hors de son fauteuil.

— Lâche-moi ! s'écria Jewel-Anne avec horreur.
— Dis-moi où il est ! hurla Ava en la secouant de toutes ses forces.

La tête de Jewel-Anne s'agitait d'un côté et de l'autre, la faisant ressembler à l'une de ses sinistres poupées.

— Je ne sais pas !
— Menteuse ! Tu mens depuis le début... Depuis deux ans ! Tu me fais croire que je vois mon fils, que j'entends sa voix !

— Lâche-moi !

Ava la traîna dans le couloir. Sa cousine se tortillait en

battant des bras, les jambes agitées par des convulsions incontrôlables.

— Ava, qu'est-ce que tu fais ? Non !

Ava l'entraînait vers l'escalier.

— Non ! Oh ! Mon Dieu !

— Où est mon fils ?

— Je ne sais pas…, répéta Jewel-Anne.

Ses yeux ronds s'emplirent de panique, tandis qu'elles arrivaient au sommet des marches.

— Je te jure, Ava, je ne sais pas ! Arrête !

Elle se mit à sangloter.

Ava la poussa contre la rambarde, lui renversant la tête en arrière. Jewel-Anne s'agrippa désespérément à elle.

— Pourquoi est-ce que tu as caché cet enregistrement dans le grenier ? Pourquoi est-ce que tu m'as fait croire que Noah était là, dans la maison ? Pourquoi est-ce que tu cherches à me faire perdre la tête ?

— Ava, je t'en supplie…

— Pourquoi ?

— Parce que tu as tout eu ! lança alors Jewel-Anne. La maison, le domaine, la beauté. Tout ! Kelvin et toi, vous avez hérité de tout ! Je voulais racheter vos parts, mais ce n'était même pas la peine d'y songer ! Je fais pourtant partie de cette famille autant que vous ! Mon père possédait la moitié de cette maison. Tu aurais pu avoir la bonté de me revendre les parts que tu as achetées à mes imbéciles de frères et sœurs… Mais tu n'as jamais voulu. *Jamais*.

Les larmes inondaient maintenant ses joues et ses doigts s'enfonçaient dans les épaules d'Ava, tandis qu'elle s'arc-boutait sur la rambarde.

— Et puis… tu m'as pris mon fils ! Wyatt m'a proposé de l'argent et tu me l'as pris ! Comme tout le reste !

— Ava ! rugit une voix masculine.

C'était Wyatt. Il s'avançait vers elles.

— Qu'est-ce que tu fais, bon sang ? Arrête !

Une porte s'ouvrit et des pas résonnèrent dans le couloir.

— Jewel-Anne ! s'écria Demetria. Doux Jésus !

Ava avait envie de rendre à Jewel-Anne tout le mal que cette dernière lui avait fait. De l'étrangler jusqu'à lui arracher la vérité, de couper l'air qui circulait dans sa gorge de menteuse. Mais des bribes du passé resurgissaient devant ses yeux : sa fausse couche, la naissance de Noah...

Jewel-Anne disait la vérité. Noah était bien son fils...

Les genoux d'Ava ployèrent sous elle et Jewel-Anne se remit à hurler, tandis qu'elles étaient sur le point de basculer ensemble par-dessus la rambarde. Au dernier instant, Ava reprit pied.

— Tu as vendu Noah ! cria-t-elle.

Jewel-Anne hocha désespérément la tête, tout en s'agrippant à elle de toutes ses forces.

— Oui ! J'ai vendu mon fils !

Des sanglots pitoyables lui échappèrent, comme si son cœur se brisait en un millier de petites échardes douloureuses.

— Mais, reprit-elle en hoquetant, toi aussi, tu as joué un rôle dans cette histoire !

Au rez-de-chaussée, l'horloge se mit à sonner.

— J'ai vendu mon bébé... c'est vrai... mais toi, Ava, tu me l'as acheté !

39

« *Tu me l'as acheté. Tu me l'as acheté. Tu me l'as acheté.* »

Ava sentit la tête lui tourner comme si elle venait d'encaisser un coup de pied en pleine poitrine.

L'accusation ne cessait de résonner dans sa tête. *Tu as participé à ce mensonge. Tu as acheté ton propre fils et étouffé la vérité. Tu ne vaux pas mieux qu'elle !*

— Où est-il ? demanda-t-elle d'une voix rauque.

Elle se pencha sur sa cousine et pesa sur elle de tout son poids. Dans un coin de son esprit, elle se demanda si elles allaient passer par-dessus la rambarde. Cette éventualité lui était presque indifférente.

Jewel-Anne hurla de terreur.

— Arrête, Ava ! ordonna Wyatt.

Il se précipita vers elles, pieds nus, les cheveux en bataille, vêtu seulement d'un pantalon de pyjama.

Arrivant à leur hauteur, il la tira par le bras.

— Bon sang, ne fais pas ça !

Jewel-Anne se remit à hurler et Ava revint subitement à la réalité. Elle prit conscience de la gravité de la situation tandis que Wyatt la tirait en arrière, les entraînant toutes deux jusqu'au palier, en sécurité.

Elle fut prise alors de tremblements incontrôlables. Elle aurait facilement pu perdre l'équilibre et plonger par-dessus la rambarde, conduisant avec elle sa cousine dans la mort. Elle imagina un instant son propre corps désarticulé, écrasé à côté de celui de Jewel-Anne, leurs têtes tordues, leurs sangs mêlés sur le carrelage verni...

Jewel-Anne gisait sur le tapis, son visage blafard sillonné de larmes. Se redressant à moitié, elle lança :

— Espèce de folle ! Tu serais mieux dans un asile !

Avant même d'avoir repris son souffle, elle pointa un doigt accusateur vers elle.

— Tu as besoin d'être enfermée à double tour ! Pour toujours ! Tu n'as pas le droit d'attaquer les gens comme ça !

Son visage était convulsé de haine.

— C'est toi qui aurais dû mourir, le jour du naufrage ! Toi, pas Kelvin ! Tu m'entends ? Toi, Ava ! Tu aurais dû mourir en même temps que ton bébé !

Ava resta figée sur place, hébétée par la violence de sa cousine.

Lentement, le regard rivé sur elle, Jewel-Anne se redressa en s'accrochant aux barreaux de la rampe. Quand Wyatt voulut s'interposer, elle tourna vers lui un visage écarlate, dégoulinant de sueur.

— Toi, hurla-t-elle, fous-moi la paix !

Puis son regard revint à Ava.

— La prochaine fois que tu veux te suicider, passe-moi un coup de fil. Je me ferai un plaisir de t'aider !

— Ça suffit ! s'exclama Wyatt.

Jewel-Anne le toisa avec mépris.

— Tu ne vaux pas mieux qu'elle. La seule chose qui t'intéresse, c'est son argent ! Tu as raison, Ava, tu sais ! Il a bien une maîtresse. Je l'ai surpris en train de lui parler au téléphone.

— Ça suffit, Jewel-Anne ! répéta Wyatt sur un ton d'avertissement.

Demetria s'avança vers eux, poussant le fauteuil roulant.

— On va tous se calmer ! ordonna-t-elle en prenant sa patiente par le bras pour l'installer dans son fauteuil.

Mais Ava n'avait pas fini.

— Comment s'appelle-t-il ? demanda-t-elle à sa cousine. Le père de Noah… Qui est-ce ?

Jewel-Anne crispa la mâchoire, l'air obstiné.

— Je n'arrive même pas à croire que tu avais une liaison…, poursuivit Ava.

— Bien sûr que tu n'y arrives pas ! Pour toi, c'est inconcevable que quelqu'un puisse me désirer, pas vrai ?

— Qui est-ce ? lança Ava en se tournant vers Wyatt.

— Elle n'a jamais voulu le dire.

— Tu ne lui as pas posé la question ?

— Bien sûr que si, coupa Jewel-Anne, mais je ne le dirai jamais !

Petit à petit, elle retrouvait sa suffisance habituelle. Elle lissa sa tresse de petite fille et ajouta :

— Tu ne pourras jamais le savoir !

Ava se tourna vers son mari.

— Jewel-Anne a enregistré Noah en train de pleurer et a diffusé ses pleurs dans ma chambre, dit-elle d'une voix sourde. J'ai des preuves. Son matériel est au grenier et je l'ai filmée. C'est pour ça que je suis allée à Seattle : pour acheter du matériel informatique et la piéger !

Wyatt et Demetria la fixaient, éberlués, comme si elle délirait purement et simplement.

— Regarde sur l'ordinateur de Jewel-Anne, si tu ne me crois pas. J'ai téléchargé les images sur une clé USB. Elles y sont encore. Elle essaie de me faire passer pour folle.

— Tu l'es, Ava, dit Jewel-Anne. Tu n'as pas besoin que je fasse quoi que ce soit.

Se tournant vers Wyatt, elle poursuivit :

— Elle m'a piégée. On peut faire n'importe quel trucage avec un ordinateur, de nos jours. Elle m'a montré une vidéo où je suis censée monter l'escalier de service. Comme si j'en étais capable !

— Je n'ai jamais entendu ces pleurs, Ava, fit remarquer Wyatt.

Ava se ressaisit et se précipita derrière Jewel-Anne et

son infirmière, en direction de l'appartement de sa cousine, Wyatt sur ses talons. Quand Jewel-Anne voulut éteindre son ordinateur, il l'empêcha d'arriver jusqu'au clavier. Puis il regarda en silence les images qui la montraient en train de monter l'escalier.

— Alors comme ça, tu peux te déplacer…, dit-il d'une voix sans expression.

Son regard restait rivé à l'écran.

— Et tu as vraiment fait ça ? Tu as fait passer Ava pour une paranoïaque ?

— Elle *est* paranoïaque ! Et je ne marche pas. J'arrive juste à… à tenir debout.

Demetria, hypnotisée par la vidéo, dit à voix basse :

— Avec le kiné, on travaille sur l'équilibre et la force, et on espère développer le mouvement. Mais je ne me doutais pas que…

Elle inclina la tête en direction de sa patiente.

— Jewel-Anne ?

Prise au piège, dénoncée par les images, Jewel-Anne darda un regard noir sur Ava.

— Bon, d'accord, c'est bien moi, lança-t-elle.

Puis elle grimpa dans son lit et se glissa au milieu de ses effrayantes poupées.

— Pourquoi ? demanda Wyatt.

— Elle m'en veut pour la mort de Kelvin, dit Ava. Et parce que je n'ai pas voulu lui vendre la maison, et pour son accident, et parce qu'elle a dû abandonner son bébé, et tout le reste… Toutes ses souffrances, j'en suis responsable.

— C'est vrai ! s'exclama Jewel-Anne. Tu n'as jamais compris à quel point je souffrais. Tu fais toujours comme si j'étais invisible.

— Bonté divine…, chuchota Wyatt.

— Et toi ! reprit Jewel-Anne avec hargne. C'est toi qui as insisté pour qu'on joue la comédie ! Qu'on lui fasse croire qu'elle avait donné la vie à Noah ! Alors ne viens pas me donner des leçons de morale.

— C'est toi qui as mouillé les chaussures de Noah et qui les as laissées au milieu de sa chambre... C'est toi qui as enterré cette horrible poupée dans le cercueil...

Ava sentait à présent une rage incandescente lui parcourir les veines.

— C'est toi qui as mis la clé du cercueil dans ma poche et qui m'as narguée en tournant autour de la pierre dans le jardin, jusqu'à ce que je comprenne qu'il y avait quelque chose là-dessous !

— Non, je...

— Il faut que tu partes d'ici, la coupa Ava. Que tu quittes cette maison.

— Elle m'appartient, à moi aussi !

— On rachètera ta part, répondit abruptement Wyatt.

— *Je* la rachèterai, rectifia Ava.

Wyatt n'était pas innocent, dans toute cette histoire. Sur ce point, Jewel-Anne avait raison.

Cette dernière secoua violemment la tête et réarrangea ses poupées autour d'elle.

— Je ne vendrai jamais !

— Je trouverai un autre moyen, rétorqua Ava.

— Tu n'y arriveras pas.

— C'est ce qu'on verra, murmura Ava entre ses dents.

Wyatt posa la main sur son bras et l'incita à reculer.

— Je crois que ça suffit, dit-il doucement.

Ava se dégagea d'un geste brusque.

— Je n'ai pas fini !

— Comment veux-tu que Jewel-Anne ait pu creuser une tombe ? demanda Wyatt.

— Avec l'aide d'un complice. Jacob, probablement. Sa réaction étonnée, c'était de la comédie.

— Je suis vraiment fatiguée, se plaignit Jewel-Anne à Demetria d'une voix de petite fille.

— Très bien ! s'exclama Ava. Puisque tu refuses d'avouer la vérité, je vais demander à quelqu'un d'autre.

Elle était allée trop loin pour s'arrêter en si bon chemin. Elle se dirigea vers la porte.

— Attends ! lança Wyatt. Qu'est-ce que tu vas faire ?
— Parler à Jacob.
— Mais il est…
— 3 heures du matin. Je sais !

Il lui emboîta le pas, mais elle l'ignora. Comme l'avait souligné Jewel-Anne, Wyatt était impliqué dans cette affaire, sans doute plus qu'elle ne pouvait l'imaginer. Et il n'était pas le seul. Tous ceux qui savaient que Noah avait été adopté faisaient partie du complot. Pas seulement Jacob, mais aussi certains employés de maison, Ian, Trent, peut-être même leur sœur Zinnia, en Californie. Et Noah, dans tout ça ? Quelqu'un savait-il ce qui lui était arrivé ?

— Il faut que tu te calmes, Ava, fit Wyatt tandis qu'elle filait à travers la cuisine et débouchait en trombe dans la véranda.

La talonnant de près, il lui saisit le bras et la fit pivoter.

— Attends… Réfléchis. Tu ne peux pas aller réveiller des gens en pleine nuit pour les accuser sans preuves.

Comment avait-elle pu, un jour, être amoureuse de cet homme ?

— Je ne te comprends pas, Wyatt. Tu devrais être en train de remuer ciel et terre pour savoir ce qui est arrivé à ton fils. *A notre fils*. Pourquoi est-ce que tu ne m'as rien dit ? Pourquoi ?

— Parce que le Dr McPherson pensait qu'il valait mieux que tu t'en rendes compte par toi-même. Elle est persuadée que tes cauchemars ont autant à voir avec l'enfant que tu as perdu qu'avec Noah. Au plus profond de ton inconscient, ta fausse couche continue à te faire souffrir et tu as transféré cette souffrance sur tes angoisses au sujet de Noah.

— Merci pour tes éclairages, Wyatt, mais j'ai mieux à faire que d'écouter ce bla-bla psychologique de bas étage !

Elle dégagea son bras et dégringola les marches du

perron en courant. Au loin, un hibou hulula comme pour la mettre en garde. Mister T, qui se trouvait près des marches, s'éloigna en feulant, tandis qu'Ava s'élançait sur le chemin dallé qui menait à l'entrée du studio.

Elle frappa de toutes ses forces à la porte.

— Jacob !

Wyatt lui attrapa le poignet et l'empêcha de continuer à frapper.

— Lâche-moi !

— C'est quoi, ce bordel ? demanda une voix étouffée à l'intérieur.

— Ouvre, Jacob !

— Il y a un incendie, ou quoi ?

La porte s'ouvrit brusquement. Son cousin apparut, hirsute, les yeux rouges et ne portant qu'un caleçon. Une odeur persistante de cannabis flottait dans l'air ; le studio était rempli d'un amoncellement de vêtements sales, de cartons de pizza et d'écrans lumineux. Le lit était défait, les couvertures traînaient sur le sol.

— Tu sais qu'il y a un lecteur numérique planqué dans le grenier ? demanda Ava.

— Un… quoi ? Je sais que tu es cinglée, Ava, mais là…

Il chancela, fit quelques pas en arrière. Ava et Wyatt le suivirent à l'intérieur.

Ava avait du mal à contenir sa colère tandis qu'elle expliquait à Jacob sa découverte.

— Sans déconner ? articula-t-il en s'asseyant sur son lit.

— Tu l'as aidée.

— Ah non ! Sûrement pas !

— Elle n'est pas capable d'avoir installé ce système toute seule.

Wyatt gardait obstinément le silence.

— Là… je suis d'accord avec toi, reconnut Jacob. Je ne vois pas comment elle a pu se débrouiller.

Il paraissait sincèrement ébahi.

— Tu l'as forcément aidée, Jacob. Tu es le seul qui soit assez fort pour ça.

— Non, je te dis ! Je suis aussi étonné que vous.

Il leva les deux mains et regarda Wyatt.

— Je te le jure.

Ava peinait à le croire, mais il semblait sincère. Ou alors il méritait un oscar pour sa performance d'acteur.

— Viens, Ava, dit Wyatt en cherchant à l'entraîner dehors. On éclaircira tout ça demain matin.

— Qu'est-ce qu'on va éclaircir ? L'histoire des faux parents biologiques dont tu m'as parlé ? J'ai téléphoné aux Johnson, tu sais… Je les ai obligés à revivre la mort de leur fille ! Qui sont ces gens, en réalité ? Des clients de ta boîte ?

Il ne répondit pas, mais elle comprit qu'elle avait touché juste. Les Johnson avaient dû le consulter sur des questions juridiques : voilà comment il avait été au courant de l'histoire tragique de leur fille.

— Jewel-Anne a raison, dit Jacob à Wyatt.

Il indiqua Ava.

— Elle débloque à plein tube.

Ava le fixa, abasourdie, puis quitta le studio.

Dehors, un souffle de vent automnal faisait grincer les branches. S'était-elle trompée sur toute la ligne, en ce qui concernait Jacob ? Si ce n'était pas lui, alors qui était le complice de sa cousine ? Car Jewel-Anne en avait un, cela ne faisait aucun doute. Restait à le débusquer.

Ou à la débusquer. C'est peut-être une femme…

Wyatt suivait à quelques pas derrière elle. Sa simple présence donnait à Ava l'impression de suffoquer. Elle se mit à courir à petites foulées vers la maison et la sécurité relative de sa chambre.

Lyons lui annonça la nouvelle à la minute où il entra dans son box.

— Devine quoi ? dit-elle.

Une fois de plus, son regard étincelait d'excitation, comme un enfant qui se retient de garder un secret.

— Quoi ?

— Devine qui était enceinte pendant ses séances avec l'hypnotiseuse ?

— Jewel-Anne Church ?

— Gagné !

— Vraiment ?

Snyder se laissa tomber dans son fauteuil. Appuyée contre le chambranle du box, Lyons hocha la tête. Elle tenait son téléphone dans une main et une cassette audio dans l'autre.

— Je viens de l'apprendre, en écoutant ce petit bijou.

— Qui est l'heureux papa ?

— Inconnu au bataillon.

— Et... où est passé le bébé ?

— Ça non plus, on ne le sait pas. J'ai encore trois séances à écouter, je te tiens au courant.

— Parfait, dit Snyder. Même si je ne vois pas vraiment le lien avec notre affaire.

— Moi non plus, pour l'instant. Mais j'ai l'impression qu'il y en a un.

— Moi, j'ai surtout l'impression que tu adores écouter ces cassettes.

— Tu as une meilleure idée ?

Il haussa les épaules.

— C'est bien ce qu'il me semblait, reprit-elle.

Le téléphone se mit à sonner. Snyder décrocha tandis que sa coéquipière s'éloignait en direction de son propre box. Il ne la suivit pas du regard, ne s'attarda pas sur la forme de ses fesses, sous sa jupe droite. Il s'en moquait, de ses fesses. Parfaitement...

*
* *

Pour Ava, le lendemain de sa découverte fut une journée atroce. Jewel-Anne, qui avait le culot de jouer les victimes, resta presque toute la journée enfermée dans sa chambre. Jacob lui avait décoché des regards meurtriers avant de partir pour le continent. Et Virginia ne cessait de marmonner : « On récolte ce qu'on sème » et autres dictons du même acabit. Ian était tellement nerveux qu'il ne se cachait même plus pour fumer. Trent, Wyatt et lui avaient quitté la maison dès la fin du petit déjeuner ; Ava les avait regardés s'éloigner en yacht. Graciela faisait son travail sans dire un mot ; quant à Demetria, elle fixait Ava d'un regard lourd de reproches, dès qu'elle la croisait.

Pitié… Elle n'allait tout de même pas se sentir coupable à la place de sa cousine !

Khloé la suivit jusqu'à sa chambre après le petit déjeuner.

— Tu n'aurais pas pu trouver un meilleur moyen de t'expliquer avec Jewel-Anne ? Menacer une femme en fauteuil roulant de la balancer par-dessus la rambarde, c'est juste impossible, Ava !

Ava referma son ordinateur portable et le posa sur son lit. Elle était en train de faire le tri dans les avocats qu'on lui avait conseillés, afin d'en trouver un qui ne soit pas en lien avec son mari, qui puisse faire casser la mise sous tutelle et lancer la procédure de divorce. Elle avait hâte de retourner à cette recherche, mais pas en présence de Khloé.

— Jewel-Anne est la mère de Noah et elle en profite pour me torturer sans rien m'expliquer depuis des années. Ce n'est pas très facile de rester calme.

— Tu n'arranges pas les choses en l'agressant. C'est une handicapée, quand même…

— Je sais, soupira Ava. Surtout que Wyatt veut me renvoyer à Saint-Brendan…

— Quoi ?

— Evelyn McPherson et lui trouvent que ce serait mieux pour moi.

— Je croyais que tu l'avais renvoyée.

— Oui, enfin… Officiellement, c'est elle qui a décidé d'arrêter. Quoi qu'il en soit, Wyatt l'a réengagée. Il en a le pouvoir, il est mon tuteur légal.

— Tu ne peux pas t'y opposer ?

— Je suis justement en train de chercher un avocat.

Elle reprit son ordinateur et alla s'asseoir dans un fauteuil.

— Je croyais qu'il suffirait de filmer Jewel-Anne pour prouver que je ne suis pas paranoïaque, mais, comme d'habitude, ça s'est retourné contre moi.

— C'est vraiment trop bizarre, murmura Khloé. Je ne me rappelle pas que Jewel-Anne ait eu un seul petit ami. Qui peut bien être le père biologique de Noah ?

Ava aussi était à court d'idées. Elle avait envisagé tour à tour tous les habitants de Monroe, le kiné qui traitait sa cousine à l'époque, Wyatt et même Kelvin. Sauf que ce dernier était fiancé à Khloé à l'époque et qu'Ava l'imaginait difficilement la tromper, et surtout pas avec sa cousine germaine. Cela ne ressemblait vraiment pas à son frère.

Le téléphone de Khloé sonna ; elle le sortit de sa poche et fit la grimace.

— C'est Simon, soupira-t-elle. Depuis son anniversaire, il est d'humeur massacrante. Un vrai chameau.

— Pourquoi est-ce que tu restes avec lui ?

— Ce n'est pas si simple… Ecoute, Ava, si tu découvrais ce qui est vraiment arrivé à Noah et que… les nouvelles étaient mauvaises ?

— Il est vivant. Je le sais.

— D'accord. Je dis juste que tu devrais te préparer au pire. Même s'il est vivant, il est possible que tu ne le retrouves jamais. Tu es prête à passer le reste de ta vie à le chercher ?

— S'il le faut.

Le téléphone de Khloé se remit à sonner.

— Il faut que j'y aille, dit-elle en s'éloignant vers la porte.

Pendant les premières secondes qui suivirent son départ, Ava resta assise sans bouger. Puis elle reposa son ordinateur et s'étendit sur son lit, se répétant les paroles de Khloé. Sa gorge se noua et des larmes lui brûlèrent les yeux tandis qu'elle s'imaginait passer toute une vie sans savoir ce qui était arrivé à son enfant.

Il y avait une chance pour que Khloé et les autres aient raison. Et si la vérité se révélait pire que toutes les incertitudes ?

Sur sa table de nuit, sa dose quotidienne de médicaments... Quelqu'un — Khloé ? Graciela ? Wyatt ? — s'était chargé de l'y déposer. D'un seul coup, les médicaments lui parurent alléchants, capables d'émousser la douleur, de créer autour d'elle un cocon protecteur.

— Qu'ils aillent au diable, chuchota-t-elle en ramenant ses genoux contre sa poitrine, tandis que les larmes débordaient de ses yeux.

Elle sanglota doucement, pensant à la possibilité, si forte, de ne jamais revoir son fils.

Elle regarda de nouveau les cachets.

Ses poings se serrèrent.

Non, elle refusait de baisser les bras !

Elle ne renoncerait pas !

Elle se leva brusquement et alla jeter les comprimés dans les toilettes. Il fallait qu'elle reprenne tout depuis le début. Si Jewel-Anne était la mère de Noah, qui pouvait être son père ? Etait-ce lui, le mystérieux complice de Jewel-Anne ?

Elle se jura de le découvrir. Cet homme était peut-être la clé de la disparition de Noah.

40

— Nom de Dieu !

Snyder raccrocha violemment et attrapa son arme de service. Dix secondes plus tard, il filait vers le bureau de Lyons, enfilant son blouson. Sa coéquipière avait le casque sur les oreilles et les sourcils froncés par la concentration.

Le voyant approcher, elle leva le doigt pour l'empêcher de parler.

— Une seconde, dit-elle d'une voix un peu trop forte.

Elle rembobina la cassette et refit défiler les quelques secondes qu'elle venait d'écouter. Son expression perplexe laissait progressivement place à l'ébahissement.

Coupant le magnétophone, elle arracha son casque et annonça :

— Je sais qui est le père du bébé de Jewel-Anne. Je te le donne en mille !

— On jouera aux devinettes dans la voiture. On a un homicide potentiel sur les bras, et je dis « potentiel » pour la forme. L'agent sur les lieux me dit qu'aucun doute n'est permis.

— Quoi ? Qui ? Où ?

— Evelyn McPherson.

— La psychiatre qui s'occupait d'Ava Garrison ?

— La seule et unique. On l'a retrouvée morte chez elle. Une voisine s'est étonnée de ne pas la voir, elle lui a téléphoné, puis elle est allée sonner chez elle. La voiture de

McPherson était dans son garage, mais, comme personne ne répondait, elle a fini par appeler les flics.

Lyons repoussa brusquement sa chaise et attrapa son manteau, son écharpe et son arme.

— Pas d'autres éléments ?

— Pas encore.

Elle lui lança un sourire crispé, déverrouilla le tiroir de son bureau et en sortit son sac à main.

— On y va. Je conduis.

Ils traversèrent ensemble le bâtiment jusqu'au parking et se précipitèrent, sous la pluie battante, vers la voiture de Lyons, qui s'installa au volant.

Snyder lui donna l'adresse d'Evelyn McPherson tout en bouclant sa ceinture de sécurité.

— OK, dit-il tandis que Lyons manœuvrait. Je n'y tiens plus. Qui a mis Jewel-Anne Church dans une situation délicate ?

Lyons lui lança un regard triomphant.

— Le fantôme préféré d'Anchorville !

Snyder la dévisagea comme si elle avait perdu la raison.

— Lester Reece ?

— Oui, monsieur !

Elle alluma les essuie-glaces, sortit en trombe du parking et prit un virage en faisant crisser les pneus.

— La chronologie se tient. La famille de Jewel-Anne vivait dans l'hôpital même, à l'époque. On sait qu'elle a rencontré Reece et elle a très bien pu s'enticher de lui. Elle n'aurait pas été la seule, si j'ai bien compris.

— Alors, selon toi… Ils ont eu une aventure, elle est tombée enceinte, puis l'a aidé à s'évader ?

— D'après ce que je sais de l'affaire, on a toujours pensé qu'il avait eu un complice, sauf que les soupçons pesaient plutôt sur son infirmière. Et si c'était Jewel-Anne ? Elle est suffisamment intelligente pour ça.

— C'est une sacrée supposition, dit Snyder en laissant

son regard errer sur les arbres nus et dégoulinants qui longeaient la chaussée.

Ce n'était pas impossible, après tout…

— Le nom de Reece n'arrête pas de revenir sur le tapis, fit remarquer Lyons d'un air songeur.

— Et alors ?

— Toutes sortes de gens prétendent l'avoir revu. Et là, on a deux meurtres coup sur coup, deux femmes tuées d'une manière qui fait penser à lui.

Snyder ne répondit pas. Le raisonnement ne lui plaisait pas du tout, mais il était forcé de reconnaître qu'il se tenait.

— Je sais que tu préfères penser que Reece s'est fait bouffer par les poissons, mais il y a une probabilité pour que ce ne soit pas le cas. Le meurtre d'Evelyn McPherson pourrait être de son fait.

Comme il ne réagissait toujours pas, elle ajouta dans un soupir :

— Je dis ça, je ne dis rien… Mais il faut rester ouvert à toutes les possibilités.

Il leur fallut moins d'un quart d'heure pour traverser les rues lavées par la pluie et éclairées par la pâle lumière des lampadaires. En passant le coin de la rue d'Evelyn McPherson, ils furent accueillis par une horde de véhicules de la police régionale et municipale, dont les gyrophares illuminaient les façades des maisons alentour. Quelques voisins s'étaient rassemblés sur le trottoir, et des policiers en uniforme finissaient tout juste de sécuriser les lieux.

— Le cirque est déjà en place, marmonna Snyder.

— Et ça ne va faire qu'empirer ! prophétisa Lyons en se garant.

Ils s'avancèrent tous deux vers l'entrée de la maison d'Evelyn McPherson en zigzaguant entre les flaques.

— Faites attention, les prévint l'officier en uniforme qui faisait signer le registre à l'entrée du périmètre. Les gars du labo ne sont pas encore passés.

— On ne touchera à rien, promit Snyder.

Après avoir signé le registre et enfilé des chaussons de protection, ils entrèrent. C'était toujours troublant de pénétrer chez une victime de meurtre. Snyder n'était jamais vraiment à l'aise lorsqu'il s'agissait de fouiller dans les effets personnels d'une vie tragiquement abrégée : il avait toujours l'impression de commettre une violation supplémentaire, même s'il savait qu'il travaillait pour la victime.

Il avança avec circonspection vers le coin cuisine. Un verre de vin à moitié vide et une assiette de fromage étaient disposés sur le bar, à côté d'un couteau.

— Un en-cas solitaire, fit-il remarquer.
— Son dîner, corrigea Lyons.

En le voyant hausser un sourcil, elle ajouta :

— Je suis célibataire, moi aussi. Je sais de quoi je parle.
— Si tu le dis...

Le salon était scrupuleusement ordonné. Chaque objet était à sa place, comme dans un magazine de décoration. Il n'y avait certainement pas eu de lutte ici.

Ils se rendirent ensuite dans la chambre et la salle de bains, où Evelyn McPherson, habillée d'un pantalon et d'un pull qui paraissaient coûteux, était étendue par terre, les yeux fixés sur le plafond. Son regard s'opacifiait déjà. Sous son menton, une entaille béante virait au rouge carmin, et une flaque de sang couvrait presque le sol de la petite pièce.

Sa mort avait été extrêmement violente.

Des traces boueuses dans la baignoire indiquaient que l'on y était entré en chaussures, sans doute pour attendre la victime. Du sang avait giclé sur les murs, la glace, le lavabo, puis coulé le long des rangements en s'accumulant dans les tiroirs. Des produits de beauté jonchaient le sol, au milieu de débris de verre.

— Pour l'homicide, je n'ai pas trop de doutes, fit Lyons en crispant la mâchoire.
— Ouais... Ça te rappelle quelque chose ?

Elle hocha la tête.

— Cheryl Reynolds… On dirait qu'il a remis ça. Deux victimes proches d'Ava Garrison…

— Et de plein d'autres gens aussi. C'est une petite ville, ici, Lyons.

— Ouais, ouais…

Mais ils pensaient tous les deux à la même chose. Ava Garrison souffrait de troubles psychiatriques et était obsédée par l'idée de retrouver son fils disparu. Pour Snyder, l'obsession d'Ava était directement proportionnelle à sa culpabilité. Mais il n'était pas psy… Et celle qu'Ava avait consultée ne pouvait plus leur donner aucun éclairage à ce sujet.

— Le sale fils de pute…, marmonna-t-il.

Sur le point de s'éloigner, il tendit subitement le doigt vers la baignoire.

— C'est quoi, ça ?

Sur le rebord de la surface émaillée, sillonnée de ruisselets de sang, il y avait un long cheveu brun.

— Merde alors…, dit Lyons en se penchant pour l'examiner. On l'a, notre lien. A se demander si Ava Garrison a piqué le costume d'Halloween de Cheryl Reynolds.

— Tu la crois capable de faire ça ? demanda Snyder en indiquant d'un geste le corps ensanglanté d'Evelyn McPherson.

— Ce que je crois, c'est que la personne qui a volé la perruque a aussi pris les cassettes des séances d'hypnose de Mme Garrison. Or, qui pourrait bien en vouloir, à part l'intéressée ?

Snyder sentit un frisson d'excitation lui parcourir le dos.

— Si ta théorie est exacte, les cassettes manquantes se trouvent probablement chez l'auteur des crimes.

— Ou alors elles sont déjà détruites.

Lyons se redressa et revint dans la chambre à coucher. Dans un coin, un bureau presque vide ne comportait qu'un emplacement pour ordinateur portable.

— Il faut qu'on retrouve cet ordinateur, dit-elle.

— Allons faire un tour à son cabinet.
— Tu lis dans mes pensées !

Ils s'attardèrent quelques minutes de plus, sans trouver l'arme du crime, que le meurtrier avait peut-être nettoyée et remise à sa place au milieu des autres ustensiles de cuisine. Mais Snyder n'y croyait pas trop. En plus de l'ordinateur portable de la psychiatre, il manquait son sac à main et son téléphone portable. On n'avait relevé aucune trace d'effraction : les portes étaient toutes fermées à clé et les loquets des fenêtres tirés.

Soit le Dr McPherson avait ouvert elle-même la porte à son meurtrier, soit il avait réussi à trouver une porte ouverte qu'il avait refermée en partant. Bizarre, tout ça… Restait à espérer qu'elle avait un deuxième ordinateur à son cabinet, ou tout au moins un disque dur externe. Et que l'historique de son téléphone portable, de ses comptes mail et de ses réseaux sociaux permettrait d'établir l'identité de la dernière personne qui l'avait vue vivante.

Ils discutèrent un peu avec les techniciens du labo qui venaient d'arriver, puis avec la voisine qui avait donné l'alerte, sans en apprendre davantage.

Laissant les adjoints du shérif chargés de la scène de crime, ils prirent la route du cabinet du Dr McPherson.

A l'instant où ils y arrivaient, la première camionnette de télévision se garait au bout de la rue.

— Tu sais qu'on va devoir traverser la baie pour aller bavarder avec Ava Garrison, à un moment ou un autre, dit Lyons.

Son visage était illuminé par les phares de la camionnette.

— Je sais, oui.

— Ça donne quand même à réfléchir, non ? Qu'est-ce qu'il y a d'assez important pour que deux femmes se fassent taillader comme ça ?

— C'est une vengeance personnelle, suggéra Snyder en regardant par la vitre.

Il songeait à la violence des deux meurtres. Cheryl

Reynolds avait été presque étranglée, puis le meurtrier avait pris le temps de finir son travail avec une lame qui mesurait sans doute une trentaine de centimètres. Il était prêt à parier un an de primes que l'autopsie d'Evelyn McPherson révélerait exactement le même mode opératoire.

Et le tueur avait toujours l'arme du crime.

Assis à sa table, Austin but une gorgée de Jack Daniel's directement au goulot. Un vieux film de Clint Eastwood passait à la télévision avec le son coupé.

Sur la carpette devant le poêle, Rover le fixait d'un regard sombre.

— Me regarde pas comme ça. Tu as vu l'heure qu'il est ?

Il revissa néanmoins le bouchon sur la bouteille. La journée avait été longue et la nuit mouvementée. Il avait été réveillé par le grabuge dans la grande maison, mais ne s'en était pas mêlé. A ce qu'il avait compris depuis, Ava avait criblé de coups de poing la porte de sa cousine handicapée, après quoi elle avait failli la tuer. Evidemment, Jewel-Anne l'avait cherché, d'après ce que lui avait expliqué Ian un peu plus tôt.

— C'est une vraie maison de fous ! lui avait-il confié.

Il fumait une cigarette derrière la serre où Austin était venu chercher une pelle.

— Ava est complètement jetée et Jewel-Anne... Elle a de gros problèmes, et ça ne date pas d'hier... Je veux bien croire qu'avoir fait adopter son bébé et perdu l'usage de ses jambes lui ait tapé sur le ciboulot, mais là, c'est le pompon... Elle torture Ava depuis qu'elle est revenue de l'hôpital psychiatrique.

Ian lui avait ensuite résumé les événements de la nuit tels qu'on les lui avait racontés ; ayant bu « quelques verres » à Anchorville, son frère et lui prétendaient n'avoir rien entendu du vacarme.

Ce qui est déjà assez incroyable en soi.

Ian avait tiré sur le filtre de sa Camel avant de jeter le mégot dans l'herbe mouillée, où il s'était éteint en grésillant.

— C'est contagieux, en plus. L'autre jour, en arrivant d'Anchorville avec le yacht, je te jure que j'ai cru voir Lester Reece sur la pointe de l'île ! Il regardait en direction du hangar à bateaux.

Il avait glissé la main dans sa poche poitrine et en avait sorti une nouvelle cigarette.

— N'importe quoi, hein ? J'ai attrapé la paranoïa d'Ava !

Il avait coincé la cigarette entre ses lèvres et cherché son briquet.

— Ce salopard n'a aucune chance d'avoir survécu, encore moins de se balader sur l'île…

Il avait appuyé plusieurs fois sur le briquet avant d'en faire jaillir une minuscule flamme, puis, aspirant de toutes ses forces, comme pour inhaler jusqu'à la dernière particule de nicotine, il avait laissé la fumée remplir ses poumons, puis expiré.

— Le temps de cligner des yeux, il a disparu. C'était sans doute une hallucination, mais pour moi, c'est la goutte d'eau. Je fais mes valises !

— Pour aller où ? avait demandé Austin en repérant enfin la pelle qu'il cherchait à travers les vitres sales de la serre.

— Aucune idée. J'ai des amis à Portland qui peuvent m'héberger un moment. Quoi qu'il en soit, je fous le camp.

Il s'était éloigné vers la maison sans un mot de plus, le laissant récupérer la pelle et revenir vers l'écurie.

Austin sortit avec réticence son téléphone portable prépayé et se décida à passer le coup de fil qu'il redoutait tant.

Reba décrocha au bout de deux sonneries.

— Allô ?
— Hé…, dit-il en entendant sa voix. Comment tu vas ?
— J'ai connu mieux.
— Il t'a rappelée ?
— Non.

Il l'imagina en train de secouer la tête, les sourcils froncés.

— Tu l'as retrouvé ? demanda-t-elle.

— Pas encore. Mais il est ici, sur l'île. Je n'ai pas encore de preuves, mais je le sens.

Il ne précisa pas qu'il avait cru l'apercevoir, mais que le salopard s'était évanoui comme par enchantement à la dernière seconde. Il faisait alors le tour de Sea Cliff à cheval. Il avait le pressentiment que Reece s'y planquait, mais l'endroit était trop labyrinthique pour qu'il puisse le coincer, ou même localiser l'endroit où il squattait. Le problème, c'était que Reece connaissait les lieux comme sa poche. Dès qu'Austin pourrait prouver qu'il s'y cachait, il préviendrait la police. Mais il ne le dirait à sa mère qu'après coup.

— Ne lui fais pas de mal, dit-elle d'une voix suppliante.

Il comprit qu'il allait être obligé de mentir. A la longue, ça commençait à devenir une seconde nature, chez lui...

— Je ferai de mon mieux.

— Promets-le-moi, Austin. Il faut que tu l'attrapes vivant.

— Si possible.

— Promets-le-moi !

Il la visualisa dans son fauteuil roulant, regardant fixement par la fenêtre, les doigts crispés autour du téléphone.

— Si j'avais pu, reprit-elle, je t'aurais accompagné, mais ce n'est pas possible. Il faut que tu le fasses pour moi. Pour nous. Pour notre famille.

Sa voix se brisa, mais Austin savait que ses yeux étaient secs. Elle avait appris à retenir ses larmes des années auparavant.

— Je te le promets, maman, dit-il enfin.

— Ne mêle pas la police à ça. Ils l'abattraient comme un animal, tu es bien placé pour le savoir...

Elle faisait référence à son bref passage au sein de la police.

— Ils font ce qu'ils peuvent.

— Austin ! Je te supplie de ne pas…
— Je vais essayer de le coincer vivant, maman. Sain et sauf.

Le cœur d'Austin se serra.

— Trouve vite ton frère…

Il raccrocha avec la même tristesse qu'il éprouvait à chacune de leurs conversations. Elle était en train de mourir bien avant l'âge et, d'après les médecins, il y avait déjà un moment qu'elle était en sursis.

Il le savait.

Elle le savait.

Et Lester aussi. Voilà pourquoi ce dernier avait refait surface et pris contact avec une mère qu'il avait à peine connue, parce qu'elle avait permis au père, riche, manipulateur et violent, de le lui enlever. Lester avait à peine quatre ans quand elle avait refait sa vie avec un autre homme, qui ne valait pas beaucoup mieux que le premier, mais qui lui avait donné un deuxième fils. Un fils qu'elle avait prénommé Austin, comme la ville dans laquelle elle s'était réfugiée.

Lester avait eu une enfance privilégiée et une éducation de premier ordre, mais il avait souffert des mauvais traitements infligés par son père et toute une série de belles-mères, lesquels, d'après ses avocats, étaient largement responsables de ses tendances criminelles.

Lui-même avait grandi avec le reste de sa fratrie dans une famille pauvre et relativement stable. Son père, un employé de ranch qui lui avait appris son métier avant de se volatiliser quand il avait dix ans, était un gros travailleur et un gros buveur, qui préférait la compagnie des chevaux à celle de ses semblables.

Austin ne l'avait jamais revu et n'avait aucune idée de ce qui lui était arrivé.

Quand sa mère s'était installée, quelques années plus tard, avec un homme qu'il n'avait pas eu envie d'apprendre à connaître, il avait quitté la maison. Ce ne fut que beaucoup plus tard, pendant son service militaire à l'étranger, qu'il avait appris la vérité. Reba, qui venait d'avoir son premier grave problème de santé, lui avait écrit une lettre où elle lui parlait de son premier mariage éphémère et de l'enfant qu'elle n'avait pas vu depuis vingt-cinq ans. Un fils qui était accusé d'avoir tué son ex-femme et une amie à elle.

Sa mère culpabilisait de l'avoir abandonné. Lui estimait qu'il valait mieux garder ses distances. Il n'avait pas besoin de connaître ce demi-frère qui avait tendance à tuer des femmes.

Puis Lester avait été arrêté, jugé et interné à Sea Cliff.
Bon débarras, avait-il alors pensé.

Mais Lester avait réussi à s'évader et à disparaître dans la nature. Et maintenant, sa mère mourante voulait être sûre non seulement qu'il allait bien, mais encore qu'il ne ferait plus de mal à personne.

Bonjour la mission !

Il regarda de nouveau le chien, rouvrit la bouteille de whisky et en avala une autre gorgée. Rover se mit subitement à tapoter le sol de sa queue ; au même instant, Austin entendit des pas résonner dans l'escalier. Le chien laissa échapper un faible aboiement.

Austin jeta un coup d'œil à la pendule. Il était plus de 22 h 30. Qui pouvait bien lui rendre visite ?

Il glissa rapidement son téléphone dans sa poche, alla ouvrir la porte et se retrouva face à Ava Garrison.

— J'ai vu de la lumière…, dit-elle en haussant les épaules. J'aimerais te parler.

Puis, comme si elle se rendait subitement compte qu'elle pouvait mal tomber :

— Si je ne te dérange pas, bien sûr.
— Entre.

Il ouvrit la porte un peu plus grand pour lui montrer qu'il n'y avait personne, à part le chien et la télévision en sourdine.

— Je t'offre un verre ?
Elle entra, jeta un coup d'œil à la petite table de bois et à la bouteille ouverte, puis hocha la tête.
— Volontiers. J'ai bien besoin d'un remontant.

41

— Voilà…, conclut Ava en fixant son verre où quelques glaçons finissaient de fondre.

Elle avait décidé de donner à Dern sa version des faits, sûre qu'il aurait déjà entendu celles des autres employés.

— Je me suis mise en colère et je suis allée trop loin, mais je ne pouvais plus supporter ces mensonges.

— Je comprends.

Assis à califourchon sur sa chaise, les bras croisés sur le dossier, il n'avait presque pas touché à son verre. Il avait écouté sans un mot son récit, la manière dont Jewel-Anne l'avait terrorisée en diffusant des enregistrements de pleurs d'enfant, et le fait qu'elle prétendait être la mère biologique de Noah.

— Je sais que j'étais enceinte, mais ma grossesse n'était pas aussi avancée que celle de Jewel-Anne… Ensuite, après la mort de Kelvin, je ne me souviens plus…

— Ainsi, elle n'est pas paralysée.

— Elle arrive à se mettre debout. Sur les images de surveillance, elle se déplace, mais on ne peut pas vraiment appeler ça marcher. Elle se tracte plutôt avec le haut du corps.

Ava éprouva un pincement de culpabilité à l'idée d'avoir laissé sa colère prendre le dessus. Jewel-Anne restait malgré tout une handicapée.

— Je sais qu'elle a énormément souffert, mais quand même…

Dern tendit le bras par-dessus la table et lui prit la main.

— Toi aussi, tu as souffert, dit-il en resserrant les doigts autour de sa main. Elle a essayé de te gâcher la vie et de te faire croire que tu perdais tes capacités mentales. Elle t'a torturée en te faisant écouter des enregistrements d'un enfant que tu croyais être ton fils.

Ces paroles lui réchauffèrent le cœur. Pouvait-elle faire confiance à cet homme ? Comment le savoir ? Pour l'instant, en tout cas, il semblait sincère, et elle avait beau peu le connaître, cela suffisait à lui donner une impression d'intimité.

— Merci, dit-elle.

De nouveau, les doigts de Dern se resserrèrent autour de sa main et, pendant une fraction de seconde, son pouce caressa le sien.

Elle leva les yeux, croisa son regard et s'imagina aussitôt faisant l'amour avec lui. Elle retira sa main et toussota.

— Bref, j'avais envie de te donner ma version des faits. Même si on s'est disputés la dernière fois qu'on s'est vus…

— On n'a pas fait que se disputer.

Le regard de Dern était rivé au sien et elle se rappelait très précisément ce qu'elle avait ressenti pendant leur baiser, au contact de son corps musclé.

— C'est vrai.

Soudain mal à l'aise, elle prit son verre et le fit tourner entre ses doigts, fixant les glaçons qui ondulaient dans le liquide ambré.

— Mais je t'ai quand même accusé de faire partie d'une conspiration…

— Quelque chose comme ça, oui, répondit-il avec un sourire.

— Depuis, je me suis dit que ce n'était peut-être pas si mal d'avoir un allié…

Le sourire de Dern s'élargit.

— Laisse-moi deviner, dit-il. Tu n'aurais pas dédaigné un peu d'aide, hier soir, c'est ça ? Par exemple, celle de ce fameux garde du corps qui te cassait tant les pieds, il y a quelques jours…

Elle finit par sourire à son tour, s'effrayant du réconfort qu'elle puisait en compagnie de cet homme, dans son minuscule appartement, avec un chien endormi devant le poêle et une bouteille de whisky sur la table. Comment était-ce arrivé ? La situation était presque aussi irréelle que le reste de sa vie.

Comme s'il sentait, lui aussi, que leur intimité devenait périlleuse, il détourna le regard.

— Comment va Jewel-Anne ?

— Je ne sais pas. Elle est restée cloîtrée dans sa chambre presque toute la journée. Elle est descendue déjeuner, m'a lancé des regards noirs, a dîné dans sa chambre et n'en est plus ressortie. Je devrais sans doute regretter de lui avoir flanqué la peur de sa vie, mais après ce qu'elle m'a fait subir…

— Et maintenant, qu'est-ce que tu vas faire ?

— Continuer à chercher mon fils, comme avant.

Elle avala une dernière gorgée de whisky et se leva.

— C'est tout ?

— Non. J'ai aussi envie de faire le ménage à Neptune's Gate ! Si j'arrive à trouver un moyen de faire partir Jewel-Anne et ses frères de chez moi, je n'hésiterai pas.

— Et les employés ?

— Je ne sais pas encore.

— Vous allez rester en tête à tête, Wyatt et toi, à savourer votre bonheur conjugal ? demanda-t-il en se levant pour la raccompagner.

— Tu as été marié, je crois ? Alors tu dois savoir que, parfois, la vie conjugale n'a rien à voir avec le bonheur.

Avant son internement, Wyatt avait pris un appartement à Anchorville. Mais quand elle était revenue de l'hôpital psychiatrique, il était de nouveau au manoir, installé dans une autre chambre, attendant qu'ils « fassent le point, tous les deux ».

— Mon mariage est mort et enterré depuis un bon moment. Malheureusement, j'ai été la dernière à m'en rendre compte.

Avant de céder à la tentation de l'embrasser sur la joue, ou de faire quelque chose d'encore plus stupide, elle se glissa dans la nuit froide de novembre. La lune n'était pas visible à travers les bourrasques de pluie, et la plupart des fenêtres étaient éteintes, sauf chez Jewel-Anne. Soudain, Ava décida d'aller lui parler. Elle ne laisserait pas les choses dégénérer comme la veille au soir, mais elle était certaine que l'identité du père de Noah était un élément clé pour comprendre la disparition de son enfant.

Et la seule qui pouvait la renseigner, c'était Jewel-Anne.

Reste calme. Laisse-la penser qu'elle a l'avantage. Flatte son orgueil, fais semblant d'être longue à la détente, elle ne pourra pas se retenir de lâcher des bribes d'infos pour le plaisir de se sentir supérieure. Quoi que tu fasses, évite la violence. Fais-la marcher comme elle essaie de te faire marcher.

Elle entra par la porte de derrière et traversa la cuisine obscurcie. La pièce était silencieuse, à l'exception du ronronnement du réfrigérateur et du bruit d'un robinet qui gouttait. Passant devant l'évier, Ava s'arrêta pour le resserrer, puis continua vers l'escalier. Au loin, des bribes de musique. Une chanson d'Elvis, bien sûr.

La musique s'amplifia au fur et à mesure qu'elle s'approchait de l'appartement de sa cousine. Bizarre… Depuis quand Jewel-Anne mettait-elle de la musique en pleine nuit ?

Elle frappa et attendit.

Aucune réponse.

Jewel-Anne ne devait pas l'avoir entendue.

— Jewel-Anne ! Je peux entrer ?

Toujours pas de réponse.

Elle tourna la poignée et pénétra dans le sanctuaire des poupées et froufrous roses.

— Jewel ?

Elle n'était pas dans son lit ni dans le coin séjour. Son ordinateur, allumé et branché à son iPod, diffusait la musique tonitruante. Son fauteuil roulant vide était abandonné à l'entrée du dressing.

Ava eut un frisson d'appréhension.

— Jewel ?

Elle éteignit l'iPod, plongeant la pièce dans le silence.

— Est-ce que tout va bien ?

Elle activa l'interrupteur du dressing, assez vaste et entièrement réaménagé, comme il convenait à quelqu'un en fauteuil roulant.

Pas de Jewel-Anne.

Il ne restait que la salle de bains. Ava frappa à la porte.

— Jewel… C'est moi, Ava. Je voulais m'excuser et discuter un peu.

Elle attendit, s'attendant à une rebuffade.

Aucune réponse.

Ce n'était pas prudent, elle le savait, mais elle entrouvrit néanmoins la porte.

— Je ne veux pas te déranger, j'aimerais juste…

Sa voix mourut dans sa gorge tandis qu'elle enregistrait ce qu'elle avait devant les yeux.

Jewel-Anne était allongée dans la baignoire, habillée et coiffée d'une perruque brune. Une entaille fendait sa gorge d'une oreille à l'autre, comme un grotesque sourire écarlate. A côté d'elle, deux poupées regardaient fixement le plafond. Leurs petits cous en plastique avaient été tranchés, leurs têtes se détachaient presque de leurs corps, et elles étaient enduites d'une substance rouge et poisseuse.

Elles étaient toutes les deux brunes, avec des cheveux raides.

Le hurlement qu'Ava poussa fit vibrer toute la maison. Tremblant de la tête aux pieds, elle se força à prendre le pouls de sa cousine, mais ne trouva rien. Sa peau n'était même plus tiède.

— Oh ! Mon Dieu, oh… mon Dieu, oh…

Elle ressortit de la salle de bains à reculons et se cogna contre le fauteuil roulant.

— A l'aide ! hurla-t-elle. Appelez les secours !

Puis elle se souvint qu'elle avait son téléphone et tâtonna dans la poche de son cardigan.

— A l'aide !

Elle composa le 911 et entendit aussitôt décrocher.

— Les urgences, que puis-je pour…

— Envoyez vite de l'aide ! Il y a eu un meurtre ! Sur Church Island !

— Je peux avoir votre nom, madame ?

— Je m'appelle Ava Garrison et j'ai besoin d'aide. Ma cousine Jewel-Anne Church a été tuée ! Oh ! Mon Dieu, envoyez vite quelqu'un à Neptune's Gate, sur l'île !

Des pas résonnèrent dans le couloir et Demetria entra en trombe, l'air effrayée et mal réveillée.

— Qu'est-ce qui se passe ?

Sans attendre sa réponse, elle s'engouffra dans la salle de bains. Son hurlement figea le sang d'Ava. L'instant d'après, toute la maison se mettait en branle. Ava, en état de choc, s'adossa lourdement au mur de la chambre. Wyatt arriva en courant, vêtu d'un simple pantalon de pyjama. Il entra dans la salle de bains et en ressortit aussitôt à reculons.

— Bon sang, Ava…, dit-il d'une voix sourde. Qu'est-ce que tu as fait ?

L'appel arriva à 0 h 57, d'après les chiffres rougeoyants du réveil. Snyder faisait un rêve très agréable qui se déroulait à l'époque où il était champion de foot au lycée, rêve qui fut brusquement interrompu par des sonneries stridentes et la voix du shérif, lequel lui transmit des infos confuses au sujet d'un homicide potentiel sur Church Island. La victime serait Jewel-Anne Church, la mère biologique de l'enfant disparu d'Ava Garrison, ancienne maîtresse de

Lester Reece et handicapée moteur qui vivait à Neptune's Gate. Deux policiers avaient été envoyés sur place pour sécuriser les lieux et interroger les témoins.

Il passa chercher Lyons, laquelle, même arrachée à son lit en pleine nuit, paraissait fraîche comme une rose. Elle avait les cheveux attachés et portait un jean, des bottes et un blouson d'homme, mais elle était encore trop attirante à son goût.

— Tu y crois ? demanda-t-elle avec un regard lumineux, tandis qu'ils roulaient en direction du port.

Il pleuvait à verse et les essuie-glaces balayaient la vitre à une cadence redoublée.

— Difficilement, répondit-il.

— Biggs a demandé des chiens et une équipe pour faire une battue sur l'île, demain, à l'aube.

— Quoi ?

— Il cherche à couvrir ses arrières. Il y a trop de rumeurs au sujet de Reece.

— Il t'a appelée, toi aussi ?

— Oui. Il a l'air de se sentir personnellement concerné par tout ce bordel.

— Il sait que Reece est le père biologique de l'enfant disparu ?

— Eh bien, je lui ai dit que c'était possible. Enfin, probable.

Ça dégénère à vitesse grand V..., songea Snyder.

— Qui a prévenu Biggs ? demanda-t-il.

— Il l'a appris par quelqu'un de l'île.

La voiture commençait tout juste à se réchauffer, mais, déjà, ils arrivaient sur le front de mer. Une vedette de la police les attendait, un adjoint du shérif à la barre.

— La cuisinière ? demanda Snyder.

— Sûrement. Elle a aussi dit à Biggs qu'il y avait eu du grabuge la nuit dernière et qu'Ava Garrison avait failli tuer sa cousine en la poussant dans l'escalier.

— Sa cousine... tu veux dire la victime ?

— Oui.

— On dirait qu'on a un suspect tout trouvé, répondit Snyder avec lassitude.

— Sauf que ce n'est jamais aussi simple, fit remarquer Lyons avec un sourire, détachant sa ceinture de sécurité.

— Hélas, non…

En descendant de voiture, Snyder fut heurté de plein fouet par le vent glacial qui soufflait du Pacifique.

— Allons-y…

La capuche de son blouson remontée, l'étui de sa tablette coincé sous le bras, Lyons se hâtait déjà en direction du quai.

Le téléphone de Snyder sonna. C'était un message pour confirmer que la police avait prévenu la famille d'Evelyn McPherson. La presse était déjà sur le coup ; les habitants de Church Island ne tarderaient pas à apprendre la nouvelle.

Au moins aurait-il l'occasion d'observer leurs réactions… Ce qui ne serait pas sans intérêt, dans la mesure où les trois femmes tuées avaient un lien avec Ava Garrison, et que presque toutes les autres personnes avec qui elle était quotidiennement en contact vivaient, elles aussi, sur cette île de malheur.

— Bouge-toi, Snyder ! cria Lyons depuis la vedette.

Il rangea son téléphone et la rejoignit en courant.

— On a prévenu la famille de McPherson, annonça-t-il.

— Parfait. On va voir ce que les habitants de cette foutue île auront à nous dire à ce sujet.

Moins d'une demi-heure plus tard, ils passaient le port de Monroe et s'amarraient au débarcadère privé de Neptune's Gate. Le vent hurlait et la pluie s'abattait sur eux en rafales tandis qu'ils remontaient vers la maison, flanqués de l'adjoint du shérif.

— Un vrai film d'horreur ! commenta Lyons en levant la tête vers la façade. La grande maison lugubre, la famille de cinglés, le meurtre sanglant en pleine nuit… Tout y est.

Postée à l'entrée, une adjointe de police tenait le registre des entrées et sorties. Elle leur expliqua que son coéquipier avait rassemblé les témoins dans le séjour et que la victime se trouvait à l'étage. Le corps n'avait pas été touché depuis sa découverte par Ava Garrison, propriétaire des lieux.

Et qui a failli tuer la victime la nuit dernière, songea Snyder.

Il suivit Lyons dans la vaste entrée. Il se rappelait l'escalier massif qui montait en colimaçon vers une grande galerie donnant sur les chambres.

— Dillard est avec la famille, leur dit l'adjointe. On n'a pas encore pris de dépositions individuelles, mais, pour vous résumer les choses, Ava Garrison a rendu visite à l'employé du ranch dans son studio au-dessus de l'écurie.

Elle vérifia ses notes et lut la suite sur son calepin.

— En repartant, ayant vu de la lumière dans l'appartement de la victime, elle est montée lui parler. Il était aux alentours de minuit, elle dit avoir entendu l'horloge sonner. Elle a frappé plusieurs fois à la porte avant d'entrer et de découvrir la victime déjà décédée dans la salle de bains.

Elle leur indiqua la direction de l'aile occupée par Jewel-Anne.

— Allons voir, dit Lyons en s'élançant dans l'escalier.

Snyder la suivit. Ils trouvèrent la porte de l'appartement entrouverte. A l'intérieur, le décor paraissait tout droit sorti du château de Blanche-Neige à Disneyland : coloris roses et lavande, lit à baldaquin et froufrous à volonté.

— La chambre de mes rêves quand j'avais neuf ans, grommela Lyons.

Elle ouvrit la porte de la salle de bains, dévoilant la scène macabre.

— Du vernis à ongles, fit-elle remarquer en désignant le cou tranché des poupées. C'est plutôt bizarre...

Elle sortit son iPad pour prendre des photos.

— Tu as remarqué la perruque ? demanda Snyder.

Lyons lui lança un regard par-dessus son épaule.

— Tu crois que…

Snyder fit la grimace. Il n'aimait pas du tout les pensées qui lui venaient à l'esprit.

— Je te parie mon badge que les cheveux viennent de là !

42

Confinée dans le salon avec sa famille et ses employés, Ava se sentait sur le point de craquer. Dern était là, bien sûr, mais elle gardait ses distances, de peur de révéler aux autres ce qu'elle ressentait pour lui, et aussi parce qu'elle était bouleversée.

Qui a pu faire ça ? se répétait-elle à l'infini. *Qui a tué Jewel-Anne ?* L'assassin se trouvait-il parmi eux en ce moment même ? Y songer lui donnait la chair de poule ! La vision atroce ne cessait de resurgir devant ses yeux : sa cousine baignant dans une mare de sang, entourée de ses poupées badigeonnées de peinture écarlate.

Le pire, c'étaient les accusations muettes qu'elle lisait dans le regard des autres.

Elle avait la tête douloureuse, le cœur lourd, l'estomac retourné, et elle ne parvenait pas à éviter les regards de Jacob et Demetria. Même en se tournant vers la fenêtre pour laisser son regard errer au-dehors, elle sentait qu'ils l'observaient. Ils la croyaient tous coupable.

Tous, sauf un.

Car il y en avait forcément un qui savait la vérité.

Le meurtrier…

Des gouttes de pluie coulaient en zigzag sur la vitre. Dehors, les rhododendrons frissonnaient au vent, éclairés par les lumières de la maison. Mais en dépit de ce temps de chien, Ava se serait sentie plus en sécurité à l'extérieur.

Jamais le séjour ne lui avait semblé aussi exigu. La

pièce avait toujours été un refuge, avec sa cheminée au gaz et ses canapés surdimensionnés — endroit parfait pour paresser, regarder la télévision ou s'absorber dans un livre. Elle se rappela avec tristesse à quel point elle aimait se blottir sur un divan avec son fils, pour lui lire son histoire préférée. Même Jewel-Anne aimait y passer du temps avec son tricot, ses écouteurs et ses poupées.

A présent, ce refuge était devenu une prison. Entassés les uns à côté des autres, ils se parlaient à peine : Ava supposait qu'ils devaient tous se poser les mêmes questions. Jacob et Demetria, les plus proches de Jewel-Anne, paraissaient en état de choc. Serrés sur un coin de canapé, Khloé, Simon et Virginia parlaient à mi-voix. Ian et Trent étaient devant la cheminée ; Ian faisait cliqueter un jeu de clés dans sa poche en regardant les flammes lécher les bûches.

Debout près de la porte, les bras croisés sur la poitrine, Wyatt avait un teint de cendre et affichait presque un air de défi. Il s'était ostensiblement placé aussi loin d'elle que possible, creusant entre eux un gouffre d'hostilité et d'accusations muettes. Il ne jouait plus les époux attentionnés ; tout se passait comme si, à ses yeux, le meurtre de Jewel-Anne avait porté le coup de grâce à leur mariage bancal et qu'il se résignait à son échec.

Ava laissa son regard se perdre dans la nuit qui s'étendait derrière son propre reflet fantomatique. Wyatt pouvait penser ce qu'il voulait. Elle s'en moquait royalement.

Dern s'appuyait au cadre d'une autre fenêtre, et fixait lui aussi l'obscurité. Sans doute aurait-il préféré être n'importe où, plutôt que dans cette pièce chargée de tensions.

Elle ne croisa pas une seule fois son regard.

Seule Graciela manquait à l'appel : elle ne travaillait pas ce matin-là.

Elle entendit les deux inspecteurs redescendre bruyamment au rez-de-chaussée et trouver le chemin jusqu'au séjour. Tout en se préparant à les affronter, Ava s'intima l'ordre de garder son calme et sa présence d'esprit.

— On va vous parler chacun à votre tour, annonça Snyder. Pendant ce temps, un adjoint du shérif restera ici avec les autres. Vous allez tous devoir faire une déposition. Je vais m'entretenir avec certains d'entre vous dans le bureau, tandis que l'inspecteur Lyons en interrogera d'autres dans la salle à manger.

Il se frotta la nuque comme s'il cherchait les mots pour leur annoncer d'autres mauvaises nouvelles. Ian cessa d'entrechoquer ses clés. Les chuchotements s'estompèrent.

Ava sentit son ventre se contracter. L'attitude de l'inspecteur ne lui disait rien de bon.

— Avant d'entamer les questions, soupira-t-il, vous devez savoir qu'il y a eu un autre homicide très semblable à celui-ci…

— Quoi ? s'écria Trent. Un autre ? Vous voulez dire, en plus de Cheryl Reynolds ?

— Un troisième, précisa Snyder.

S'il vous plaît, faites que je ne connaisse pas la victime…

— Il semble que cette troisième personne ait été tuée par le même meurtrier.

Il s'arrêta pour aspirer une bouffée d'air. Tous les regards étaient rivés sur lui.

— Il s'agit d'Evelyn McPherson.

— Quoi ? Non !

Ava plaqua la main sur sa bouche et sentit ses genoux se dérober sous elle. La femme qu'elle avait accusée d'être la maîtresse de son mari ?

— Il doit y avoir une erreur, dit-elle en secouant la tête.

Elle vit le visage d'Evelyn s'afficher devant ses yeux, avec son petit sourire triste et son regard entendu…

— C'est impossible ! dit Wyatt, qui était devenu livide. Evelyn va très bien !

Trent s'avança d'un pas.

— Je n'arrive pas à croire que quelqu'un ait pu…

L'expression grave des deux inspecteurs l'arrêta net.

— Bon sang ! Pourquoi ?

Chacun à son tour, ils entraient en état de choc à mesure qu'ils assimilaient l'information. Deux meurtres coup sur coup, frappant deux personnes liées à Neptune's Gate !

— Quand ? murmura Ava.

— Chez elle, hier, sans doute dans la soirée. On attend confirmation de l'heure.

— Ils n'en ont pas dit un mot aux infos ! protesta Wyatt.

— On n'a découvert son corps qu'aujourd'hui.

Jacob se leva.

— C'est quoi, cette histoire ?

— Nous sommes ici pour essayer de le savoir, monsieur.

— Eh bien, grouillez-vous avant qu'on soit tous morts ! dit-il en attrapant son blouson, comme s'il comptait partir.

Lyons leva la main.

— Doucement ! ordonna-t-elle. On sait que vous êtes tous sous le choc, mais il faut garder votre calme.

— Vous vous foutez de nous ? Deux personnes de notre entourage viennent de se faire tuer, merde ! Ma sœur et la psy !

Lyons n'eut pas l'air impressionnée.

— On peut aussi vous embarquer, vous savez. Alors à votre place, je respirerais un grand coup et j'essaierais de me détendre.

Son regard était fixé sur Jacob, mais ses paroles s'adressaient à toute l'assistance.

Jacob se laissa retomber sur le canapé et Snyder reprit la parole :

— Ecoutez, je suis désolé… Je sais que vous connaissiez tous Mme McPherson. C'est un coup dur. On en a bien conscience. Mais étant donné ce qui est arrivé ici, je me devais de vous mettre au courant.

Il s'éclaircit la gorge, marqua une petite pause, puis reprit :

— On a découvert son corps en début de soirée. On pense qu'elle était décédée depuis vingt-quatre heures. On attend encore l'heure et la cause officielle de la mort. Sa famille vient d'être prévenue et on a maintenant le droit d'en parler. La presse ne devrait pas tarder à prendre le relais. A notre départ, le bureau était déjà inondé d'appels.

— Ça va être pareil ici, fit remarquer Ian avec répulsion. Des journalistes partout.

— J'en ai bien peur, répondit Snyder.

Lyons confirma d'un hochement de tête.

— C'est effrayant, dit Khloé en frissonnant. Cheryl Reynolds, Jewel-Anne... et maintenant Evelyn... Ça paraît impossible !

— Je sais, mais il faut tenir le coup, tenta de la réconforter Simon.

Il passa un bras autour de ses épaules, mais son geste était raide et maladroit, comme s'il jouait la comédie. Soudain, Ava se demanda si cet homme impénétrable avait quelque chose à voir avec les meurtres. Mais cette pensée fugitive lui parut aussitôt ridicule.

— Vous nous direz tout ce qui vous semblera pouvoir nous éclairer sur le meurtre de Jewel-Anne, poursuivait Snyder. Mais il faudra aussi nous préciser à quand remonte votre dernier contact avec le Dr McPherson.

Ava eut l'impression que la température de la pièce avait chuté de dix degrés. Elle venait de prendre la pleine conscience de ce qui était en jeu.

Trois femmes étaient mortes.

Trois homicides.

Et la police pensait qu'ils étaient liés.

Parce que les victimes te fréquentaient toutes ! Le dénominateur commun, c'est toi, Ava. Voilà ce qu'ils pensent.

Elle déglutit péniblement. La vision de Jewel-Anne morte la hantait. Elle se demanda comment Cheryl et Evelyn avaient pu mourir. Portaient-elles des perruques, elles aussi ? Etaient-elles entourées d'objets chéris, comme Jewel avec ses poupées ? Cheryl avait ses chats, bien sûr, mais Evelyn... A quoi tenait-elle ?

N'y pense pas !

Elle avait certes connu ces femmes, sans doute de

manière plus intime que les autres personnes présentes dans la pièce. Cheryl à cause des séances d'hypnose et des confidences qu'elle lui avait faites, Evelyn en raison de sa thérapie, Jewel-Anne par leur longue et complexe histoire commune.

Elle n'était pas seulement le lien entre les victimes, mais sans doute aussi le principal suspect. Avec son passé psychiatrique et sa tentative de suicide, il n'était pas difficile d'imaginer qu'elle ait pu commettre un meurtre. Les preuves s'accumulaient contre elle.

— Madame Garrison ? dit l'inspecteur Snyder. Si vous voulez bien me suivre...

Elle chancela et faillit trébucher. Elle n'était pas prête, mais n'avait aucun moyen de se défiler. Elle devait faire sa déposition maintenant, si difficile que ce soit. Sentant tous les regards braqués sur elle, elle réussit à suivre Snyder en direction du bureau sans flancher.

Près de la fenêtre, Austin avait observé la scène et décidé de tenir sa langue pour l'instant. Il avait pas mal de choses à dire aux flics, mais il trouvait plus judicieux d'attendre d'être seul avec eux.

Comme par hasard, Wyatt n'était pas de son avis...

— Je suis avocat, protesta-t-il, montrant enfin un peu d'inquiétude pour sa femme.

Les deux inspecteurs échangèrent un regard.

— Je ne veux pas que vous interrogiez ma femme sans la présence d'un avocat.

Austin ne croyait pas à cette comédie. Il avait plutôt l'impression que Garrison aurait jeté sa femme aux loups, si ça avait pu lui profiter d'une manière ou d'une autre. Par ailleurs, il jugeait Ava tout à fait capable de se débrouiller sans l'aide de qui que ce soit. Il n'aimait pas son mari, ne lui faisait pas confiance, et se demandait même ce qu'Ava lui avait trouvé, au départ.

— Tu n'es pas obligée de leur parler, lui glissa Wyatt d'une voix douce.

Snyder, qui avait commencé à conduire Ava jusqu'à la porte, se retourna vers lui et lui lança un regard interrogateur.

— Vous voulez assister à l'entretien ? Si votre femme est d'accord, ça ne me pose aucun problème.

— Ce n'est pas nécessaire, répondit Ava.

— Tu es sûre ? demanda Wyatt en faisant le tour du canapé sur lequel Jacob attendait en boudant.

Ava secoua la tête avec fermeté.

— Je peux me débrouiller.

— Dans ce cas, c'est réglé, trancha Snyder. Il s'agit juste de prendre la déposition de votre femme, monsieur Garrison. Elle n'est pas accusée de quoi que ce soit, pas plus que vous ni les autres, d'ailleurs.

— Mais elle a été malade, objecta Wyatt.

Puis, frôlant l'épaule d'Ava, il ajouta à voix basse — suffisamment fort cependant pour que tout le monde entende :

— Il n'y a pas si longtemps que tu es sortie de Saint-Brendan, ma chérie...

Elle eut un mouvement de recul.

— Ne t'inquiète pas. Je n'ai rien à cacher.

— Mais...

— Allons-y, dit-elle à l'inspecteur avant de quitter la pièce.

— Ça va être un désastre ! s'exclama Wyatt quand ils eurent disparu, se mettant à faire les cent pas dans la pièce.

— Essayez de lui faire un peu confiance, suggéra Austin, convaincu qu'Ava avait nettement plus de force que son entourage ne le croyait.

— Elle est fragile. Elle peut craquer d'un instant à l'autre.

— J'ai l'impression que vous la sous-estimez, dit encore Austin en haussant une épaule.

— Vous n'êtes pas payé pour réfléchir ! rétorqua Wyatt.

Entendant ses paroles résonner dans la pièce silencieuse,

il s'arrêta de marcher, soudain conscient des regards qui pesaient sur lui.

— Excusez-moi… Je suis inquiet, voilà tout.

Mais oui, inquiet, bien sûr…, songea Austin. *Rien à voir avec le fait que tu es un connard égocentrique.*

Il décida cependant de laisser tomber. Il n'avait aucune raison de se mettre davantage Garrison à dos, ni d'infliger de nouveaux problèmes aux flics.

Autant attendre le moment de lâcher ses propres bombes.

— Donc, reprit Snyder, après avoir passé un peu plus d'une heure dans l'appartement d'Austin Dern, vous êtes montée chez votre cousine pour lui demander le nom du père de son enfant… Cet enfant que vous ne vous rappeliez plus avoir adopté ?

Installé dans le fauteuil ergonomique de Wyatt, il prenait des notes dans son calepin à spirale, même si l'enregistreur numérique posé sur la table était allumé.

Face à lui, un peu raide, Ava était assise dans le fauteuil préféré de sa grand-mère.

— C'est ça.

Elle lui avait raconté tous les événements de la nuit précédente.

— J'étais furieuse contre elle, je le reconnais. Et résolue à découvrir qui était le père biologique de mon fils. Je pensais qu'elle me mentait, qu'elle savait ce qui était arrivé à Noah. J'ai frappé à sa porte. Comme elle ne répondait pas, je suis entrée et…

L'image du corps de Jewel-Anne dans la baignoire, entouré de ses poupées peinturlurées, lui fit perdre la voix un instant.

— Et je l'ai vue…

Frissonnant au souvenir de cette terrible vision, elle mesurait aussi à quel point les événements semblaient l'incriminer. Elle avait tout de même menacé de pousser sa cousine par-dessus la rambarde, la veille au soir...

Snyder cessa de prendre des notes et leva les yeux.

— Vous n'avez aucune idée de l'identité du père de Noah ?

— Non, aucune.

Le visage de l'inspecteur était un peu trop inexpressif au goût d'Ava. Une vibration électrique lui parcourut soudain la colonne vertébrale.

— Parce que vous, oui ? demanda-t-elle, le cœur battant.

L'inspecteur hocha la tête.

— Nous avons des raisons de croire que votre cousine a pu avoir une liaison avec un patient de Sea Cliff.

— Un patient ? répéta-t-elle tandis que les battements de son cœur devenaient assourdissants.

— Lester Reece.

Un petit cri lui échappa. Ce meurtrier psychotique ? Ce serait *lui*, le père de son adorable petit Noah ?

— Non !

Non, non, non !

— Vous faites erreur. Il est impossible qu'un tueur en série... Non !

Elle se rappela le sempiternel sourire sibyllin de Jewel-Anne.

Lester Reece ?

— Je n'y crois pas, dit-elle.

— Elle vivait à Sea Cliff avec sa famille. Son père était le directeur de...

— Je sais ! s'écria Ava avec impatience.

Tout se bousculait dans sa tête. Etait-ce possible ? Non, non, absolument pas !

— Elle était en contact avec les patients, poursuivit Snyder. Elle a même été employée un temps comme aide-soignante.

Le cœur d'Ava se glaça. C'était exact. Jewel-Anne lui

parlait de son travail à l'hôpital, disait qu'elle apprenait à mieux connaître certains patients...

N'empêche qu'elle ne pouvait croire un mot de ce que lui disait Snyder. Elle s'y refusait de toutes ses forces.

— Oncle Crispin n'aurait jamais laissé une chose pareille arriver...

Sauf que Jewel-Anne avait toujours été entêtée, révoltée et retorse. Se pouvait-il que Snyder ait raison ? Elle voulait le nier, désespérément, mais...

— Vous n'y aviez jamais songé ?
— Non, murmura-t-elle.

Ravalant la bile qui lui montait dans la gorge, elle se répéta qu'elle était capable de faire face à tout, du moment qu'elle retrouvait son fils. C'était ça, l'essentiel.

Elle ferma les yeux, entendant son cœur battre follement à ses oreilles, inspira profondément et rouvrit les yeux.

— Pourquoi ? Pourquoi croyez-vous qu'il soit le...

Le mot refusait de franchir ses lèvres. Elle ne parvint que difficilement à garder son calme pendant que l'inspecteur Snyder lui expliquait le lien entre Reece et Jewel-Anne. La police essayait de confirmer l'hypothèse auprès de ses proches, entre autres son père et sa mère, qu'on avait prévenus de la mort violente de leur fille et qui étaient en route pour Neptune's Gate.

— Il faut que vous le retrouviez, dit-elle à Snyder. Lester Reece, je veux dire... Il faut que je le voie.

D'un seul coup, elle éprouvait un besoin irrépressible de se retrouver face à face avec ce monstre.

— On ne sait même pas s'il est vivant.
— Il l'est forcément ! Vous ne comprenez donc pas ? C'est lui qui a enlevé Noah !

Sa voix montait malgré elle, son désespoir transparaissait. Tout prenait subitement sens. Il était revenu chercher son fils !

— C'est possible, bien sûr, concéda Snyder, mais, pour l'instant, on enquête sur la mort de votre cousine.

— Et si c'était Lester Reece, le tueur ? Il n'en serait pas à son coup d'essai. D'ailleurs, vous avez l'air de penser qu'il est peut-être encore sur l'île.

— Pour vous, c'est lui l'auteur des trois homicides ?

— Je... je ne sais pas.

— C'est vous qui avez découvert le corps de Jewel-Anne, madame Garrison. Vous croyez vraiment que Lester Reece aurait pris la peine de placer des poupées autour de votre cousine ? Sans parler de les découper et de les peindre ?

— Je n'en sais rien, répondit Ava en secouant la tête.

— J'ai entendu dire que vous aviez trouvé une autre poupée, ajouta-t-il avec circonspection. Dans un cercueil. Une poupée que la victime aurait enterrée pour se venger de vous.

Elle soutint le regard de l'inspecteur, sentant les événements s'accumuler comme des dominos pour la désigner comme coupable. Lentement, elle se leva du fauteuil et se pencha par-dessus le bureau.

— Je n'ai pas tué Jewel-Anne, dit-elle en articulant soigneusement. Ni qui que ce soit d'autre. J'essaie juste de retrouver mon fils, et je suis prête à le jurer sur sa vie.

43

Cantonné dans le séjour avec les autres, Austin prenait son mal en patience. Dehors, la nuit était opaque, impénétrable, et à l'intérieur de la maison régnait une atmosphère lourde et lugubre.

D'autres flics étaient arrivés, ainsi que le médecin légiste et les types du labo. Au petit matin, le shérif avait lui aussi fait son apparition, en grand uniforme, même s'il s'était essentiellement consacré à la coordination des recherches à l'extérieur.

Pendant que les membres de la famille Church et le personnel défilaient les uns après les autres dans le bureau et la salle à manger pour y faire leur déposition, les techniciens et les enquêteurs commencèrent leurs prélèvements sur la scène du crime. Graciela arriva sur ces entrefaites et fut accompagnée par la police dans le séjour. Elle venait d'apprendre la mort de Jewel-Anne par un texto de Khloé.

Le tour d'Austin arriva enfin, juste après celui de Wyatt Garrison. Snyder l'accompagna dans la salle à manger, lui proposa du café et lui indiqua une chaise en face de l'inspecteur Lyons, qui prenait des notes à toute vitesse sur sa tablette.

L'entretien fut rapide.

— Racontez-moi ce que vous avez vu hier soir, lui demanda simplement Lyons.

De toute évidence, ils étaient déjà au courant de l'altercation qui avait eu lieu la veille entre Jewel-Anne et Ava.

Ce qu'ils ne savaient pas, c'était l'endroit où se cachait Lester Reece… ni le fait que lui-même était son demi-frère. Austin décida que le moment était venu de jouer cartes sur table. D'abord avec la police, ensuite avec Ava. Il le lui devait. Après avoir fait sa déposition au sujet de la nuit passée, il ajouta :

— Vous savez, il y a une petite complication…

— Oui ? dit Lyons en continuant à taper. Laquelle ?

— Je suis le demi-frère de Lester Reece.

Elle cessa de taper et leva sur lui un regard sceptique.

— Allons bon…

Austin hocha la tête pour confirmer.

— Je n'ai vu nulle part dans son dossier qu'il avait un frère, reprit-elle.

— Alors, c'est que votre dossier n'est pas complet.

Il s'était préparé à cette réaction d'incrédulité. Il ne tenait pas particulièrement à convaincre les flics : il devait simplement leur dire la vérité.

— Pour aller vite, Reece et moi avons la même mère.

Lyons tapota sur son iPad. Sans doute vérifiait-elle les infos en même temps qu'il parlait.

— Ma mère s'appelle Reba Melinda Corliss Reece Dern McDaniels. Son mariage avec Reece père n'a pas duré longtemps. Elle vit au Texas, mais a pas mal bougé : El Paso, Houston et plusieurs autres bleds que vous ne connaissez pas. Elle s'est fixée dans une petite ville qui s'appelle Bad Luck. Un nom assez approprié, malheureusement.

Le regard de Lyons quitta la tablette pour se fixer sur son visage.

— Ça fait beaucoup de noms de famille, tout ça. C'est une addict au mariage, votre mère ?

— Si vous voulez.

Il tenta de ne pas s'offusquer, même si la remarque le blessait.

L'inspectrice fronça les sourcils. Austin pouvait presque

voir les rouages tourner dans sa tête, tandis qu'elle jouait avec le bouton-poussoir de son stylo.

— Je ne comprends pas comment on a pu rater ça, dit-elle enfin.

— Moi non plus. Mais j'avais envie d'être au clair avec vous.

— OK, dit-elle d'un air plus ouvert. Je vous écoute.

Elle se carra au fond de son fauteuil et attendit.

— Eh bien…, déclara-t-il prudemment. La bonne nouvelle, c'est que je peux vous montrer l'endroit où Reece se cache.

— Ah oui ?

— Oui.

Le sourire de Lyons indiquait qu'elle n'en croyait pas un mot, mais elle cessa au moins de faire cliqueter son maudit stylo.

— Admettons. Et la mauvaise nouvelle ?

— Il ne va pas être content.

— J'aurais sans doute dû t'en parler avant, conclut Austin.

— *Sans doute ?* répéta Ava, furibonde.

Il venait de lui annoncer qu'il était le demi-frère de Lester Reece et il aurait *sans doute* dû lui en parler plus tôt ? Elle n'en croyait pas ses oreilles !

Ils s'étaient retrouvés dans la cuisine, moins d'une heure après la fin de son entretien avec la police. Vu le temps qu'Austin était resté avec eux, Ava s'était doutée qu'il avait quelque chose d'important à leur dire… mais elle ne s'attendait absolument pas à ça ! Est-ce que tout le monde, autour d'elle, avait un lien de parenté avec ce psychopathe ? D'abord Noah, maintenant Austin Dern…

Pas tout le monde. Juste ceux auxquels tu tiens.

Ava avait vu Lyons, manifestement agitée, débarquer dans le bureau où elle-même se trouvait avec Snyder et interrompre sa propre déposition. Puis tous deux étaient sortis. Même Biggs avait daigné quitter l'écurie, où il supervisait les recherches, pour s'enfermer quelques instants avec les inspecteurs.

La déposition d'Austin avait manifestement produit un effet considérable...

Finalement renvoyée dans le séjour, Ava y avait retrouvé le reste de sa famille.

— Qu'est-ce qu'ils vont encore nous annoncer ? avait grommelé Jacob.

Il avait à peine terminé sa phrase que son téléphone sonnait.

— Génial... Maman et papa viennent d'atterrir à Seattle. Il ne manquait plus qu'eux !

Ian était sorti fumer une cigarette, ce qui était enfin autorisé par la police. Trent, qui semblait avoir pris cinq ans en quelques heures, était parti chercher une tasse de café dans la cuisine, tandis que Virginia, Khloé et Simon attendaient toujours que les policiers les appellent.

Ava se demandait elle aussi ce qu'Austin avait pu leur révéler.

Maintenant, elle le savait.

Mais elle avait beaucoup de mal à digérer l'information.

— Je ne te crois pas, répéta-t-elle dans la cuisine qui sentait le café réchauffé.

— Pourquoi est-ce que je te mentirais ?

— Qu'est-ce que j'en sais ?

— Je te jure que c'est vrai.

— Tu peux jurer tout ce que tu veux, ça ne changera rien.

Elle se sentait fatiguée et à bout de nerfs. Elle était encore sous le choc de la mort de Jewel-Anne et malade à l'idée que Lester Reece puisse être le père biologique de son fils. Et maintenant, Austin venait lui annoncer qu'il en était le demi-frère ?

— Ava..., dit-il en tendant la main vers elle.

Elle s'écarta d'un pas.

— C'est la vérité, Ava. Mais crois-moi, elle ne me plaît pas plus qu'à toi !

La sincérité qui éclatait sur son visage la toucha malgré elle. Sans compter d'autres raisons qui la poussaient à le croire, même si elle n'en avait aucune envie. N'avait-elle pas eu l'impression, dès le départ, de l'avoir déjà vu quelque part ? Ne l'avait-elle pas pris pour Reece en l'apercevant, dans le brouillard, une fois, au sortir de son studio ?

— Ecoute-moi, Ava...

Il lui expliqua rapidement l'histoire de sa famille, mais après tout ce qu'elle venait d'encaisser, elle n'était plus capable d'enregistrer quoi que ce soit. Epuisée, elle l'écouta parler en se demandant ce qu'il lui cachait d'autre. Comment avait-elle pu faire confiance à cet homme aussi évanescent que la brume ? Et même s'en croire amoureuse ?

Parce que tu es une idiote. Une idiote pétrie d'idéaux romantiques. Voilà pourquoi !

— Pourquoi est-ce que tu ne m'en as pas parlé avant, Austin ? Pourquoi ne m'as-tu pas dit qui tu étais vraiment ?

— J'attendais le bon moment.

— Il serait arrivé quand, le bon moment ?

— Je ne sais pas.

— Peut-être jamais, tu ne crois pas ? Entendons-nous bien... Tu es en train de me dire que tu es... l'oncle biologique de Noah ?

— Je ne sais pas. Tu n'es pas sûre que Noah soit son fils.

S'appuyant contre le plan de travail, Austin frotta les carreaux usés d'un doigt distrait.

— La vérité, c'est que je ne connais pas Lester. Il a été élevé par son père, que je n'ai jamais rencontré. C'est à peine si j'en ai entendu parler par ma mère. Elle n'avait pas envie qu'on sache qu'elle avait été sa femme. Crois-moi, Ava, je ne me doutais absolument pas que Lester avait un enfant. De toute façon, ce ne sont que des suppositions, non ? La seule qui aurait pu trancher avec certitude, c'était Jewel-Anne.

— Mais...
— Pour l'instant, ce ne sont que des conjectures.
— Comme pour tout le reste...

Elle regarda une goutte se former sur le robinet de l'évier.

— Tu ne peux pas savoir comme j'en ai assez des doutes et des suppositions, poursuivit-elle. Je n'en peux plus !
— Je sais.

Il croisa son regard, et la gorge d'Ava se serra. Elle crut qu'il allait la prendre dans ses bras, mais il eut l'intelligence de garder ses distances. En plus, la maison grouillait de monde, même s'ils étaient seuls dans la cuisine en cet instant.

Pendant que les policiers continuaient leurs prélèvements, discutaient entre eux et passaient des coups de fil, que les dépositions se poursuivaient, Ava peinait à trouver un sens à tous ces événements : sa vie, la disparition de son fils, ces morts mystérieuses... En vain. Tout n'était qu'un indescriptible chaos. Austin s'avérait être le demi-frère d'un odieux meurtrier, peut-être l'oncle de son fils... Et Wyatt l'avait engagé sur la recommandation d'un client, sans se douter de rien ?

— C'est pour ça que tu as pris cet emploi ? demanda-t-elle soudain. A cause de Reece ?
— Entre autres, oui. Je le soupçonnais d'être de nouveau sur l'île.
— Mais pourquoi y serait-il revenu après avoir réussi à s'évader ?
— Peut-être qu'il n'avait plus d'autre choix. Peut-être qu'il s'y sentait en sécurité, qu'il croyait que les flics ne reviendraient pas, vu qu'ils avaient déjà passé les lieux au peigne fin. Peut-être qu'il est revenu à cause de Jewel-Anne, ou de quelqu'un d'autre... Qui sait ? Le fait est que cette île est couverte de forêts, entourée par l'océan et peu habitée. Il pouvait y trouver une certaine liberté sans craindre de se faire repérer à chaque instant.
— Oui, mais ici, le premier venu est capable de l'identifier. Il aurait pu disparaître dans une grande ville... A

Boston ou Miami, là où personne ne connaît son visage ni ne se soucie de lui.

Austin hocha la tête comme s'il y avait déjà pensé.

— C'est justement une des choses qui ont attiré mon attention : le fait que plusieurs personnes du coin prétendaient l'avoir récemment croisé. J'avais envie de savoir si ces rumeurs qui circulaient étaient des légendes, ou s'il y avait du vrai là-dessous. C'est pourquoi j'ai décidé de venir voir par moi-même.

— La police avait déjà fouillé l'île.

— C'était il y a longtemps. Pour moi, Reece a quitté l'île pendant un moment. Puis, pour une raison ou une autre, il est revenu là où tout avait commencé. A Sea Cliff.

— A mon avis, c'est le dernier endroit sur Terre où il voudrait se retrouver.

— C'est ce que se dirait n'importe quelle personne saine d'esprit. Peut-être qu'il a décidé d'utiliser cet a priori à son avantage.

— C'est sacrément tiré par les cheveux !

— Sauf que je suis monté là-haut à deux ou trois reprises. J'ai réussi à entrer dans l'enceinte et j'ai vu des traces d'une présence récente. Le problème, c'est que certaines ailes du bâtiment sont tellement sécurisées que je n'ai pas pu y accéder.

Il fronça les sourcils et ajouta :
— Pas encore.

— Je ne peux ps, déclara Ava. Je ne peux pas faire face à tout ça.

Elle n'avait pas encore assimilé l'idée que Jewel-Anne et Evelyn McPherson avaient été tuées par le désaxé qui avait également assassiné Cheryl Reynolds, et voilà qu'à présent, Austin lui annonçait qu'il était de la famille du probable meurtrier !

Elle commença à s'éloigner, mais il la rattrapa par le bras.

— Tu n'as pas le choix, Ava, murmura-t-il.

Il la fit pivoter vers lui, si près que leurs visages se

touchaient presque. Son regard se fit tellement perçant qu'elle eut l'impression qu'il voyait jusque dans son âme.

— Il y a des gens ici qui croient que tu as tué ta cousine, ainsi que deux autres femmes.

Ava se sentit glacée à l'idée que non seulement sa famille, mais aussi la police, la croyait responsable du meurtre de Jewel-Anne et que de nombreuses preuves tendaient à l'incriminer.

Austin était le seul à croire en elle. Il lui avait menti, certes, mais qui ne mentait pas, sur cette île ?

— Moi, je crois que Reece a commis les meurtres, dit-il. Il ne peut s'en empêcher. C'est une obsession, chez lui.

« Vous croyez que Lester Reece aurait pris la peine de disposer des poupées autour de votre cousine ? Sans parler de les découper et de les peinturlurer ? » lui avait demandé Snyder.

— Les flics n'en sont pas convaincus, objecta-t-elle.

— Pour qu'ils le soient, il faut essayer de le faire sortir de sa tanière. Peut-être que ça pourra mettre fin à toute cette folie.

Ava ne demandait qu'à le croire. De toute façon, elle en avait assez de rester à ne rien faire, pendant que les policiers essayaient de prouver qu'elle avait tué trois femmes.

— D'accord ! dit-elle avec force. Allons-y.

— Attends une seconde. Tu ne peux pas m'accompagner.

— Pourquoi pas ? Tu as réussi à me convaincre que Reece était sur l'île. Eh bien, allons lui parler...

Elle se rapprocha davantage de lui.

— Qu'il ait commis les meurtres ou pas, ajouta-t-elle, c'est la seule personne susceptible de nous dire ce qui est arrivé à Noah.

— Ce n'est pas sûr du tout, répondit Austin avec douceur.

— Je m'en fiche ! Pour l'instant, c'est notre seule piste.

Cette pensée l'accabla. Dire que tous ses espoirs reposaient sur un tueur ! Frustrée, elle jeta un coup d'œil par la fenêtre aux voitures de police qui avaient débarqué du ferry et s'agglutinaient devant le portail de Neptune's Gate, phares allumés, alors que le jour se levait enfin. Ils constituaient un véritable détachement armé, Joe Biggs à leur tête.

— Ils vont tuer Reece, dit-elle avec certitude. Ils vont le tuer. Ses doigts se crispèrent autour du bras d'Austin.

— Et s'ils le tuent, je ne saurai jamais ce qui est arrivé à Noah.

Sa voix se brisa sous l'effet du désespoir.

— Il faut que je t'accompagne !

— Ava…, soupira Austin.

Il la prit dans ses bras et la serra contre lui. Elle entendit les battements réguliers de son cœur, sentit son souffle dans ses cheveux et se laissa aller contre son corps solide.

— Ecoute… Essaie de rester calme. Le shérif me laisse venir uniquement parce que je crois savoir où est Reece et que je suis un ancien flic. Je suis capable de me débrouiller, et je ne serai pas un boulet pour eux.

— Tandis que moi, j'en serais un ? C'est de mon fils qu'on parle, Austin ! De mon enfant !

— On va essayer de le retrouver, Ava. Je te le promets.

Des larmes lui brûlaient les yeux. Elle était si près de découvrir la vérité ! Cela faisait si longtemps qu'elle attendait… Elle en avait le cœur déchiré, mais elle ne devait pas craquer. Surtout pas. Et elle était bien obligée d'admettre qu'Austin avait raison. Elle aurait beau les supplier, les policiers ne lui permettraient jamais de les accompagner dans leur battue. En revanche, il y avait quelque chose qu'elle pouvait faire pour les aider. Elle aurait même dû y penser depuis un moment.

Rassemblant ses forces, elle se dégagea de son étreinte et fila dans l'entrée, où se trouvait son sac à main. Elle en sortit le mystérieux trousseau de clés, revint dans la cuisine et le déposa dans la main d'Austin.

— Je suis presque sûre que certaines de ces clés sont

celles de Sea Cliff. Le trousseau appartenait à mon oncle, l'ancien directeur.

— Comment l'as-tu obtenu ?

— Ce serait trop long à t'expliquer maintenant. Disons que je l'ai trouvé.

— Trouvé ? D'accord, dit-il avec un de ces sourires dubitatifs qu'elle trouvait si craquants, refermant les doigts autour du trousseau. Merci, Ava.

— Empêche-les de tuer Reece pour que je puisse retrouver Noah.

— Je ferai tout mon possible.

— Fais mieux que ça, d'accord ?

Un éclair brilla dans le regard d'Austin. D'un geste impulsif, il l'attrapa de nouveau, plaqua son corps contre le sien et l'embrassa. Ce fut un long baiser, dur et brûlant. Elle sentit son souffle s'immobiliser dans sa gorge tandis que le baiser se prolongeait et se chargeait de promesses. Elle ferma ses yeux et son esprit à tout ce qui les entourait et, pendant quelques instants merveilleux, tandis qu'il plongeait les doigts dans ses cheveux et pressait ses hanches contre les siennes, elle se perdit en lui et oublia la douloureuse réalité.

L'espace d'un instant, elle s'imagina ce que ce serait, d'aimer cet homme. D'être avec lui chaque heure du jour et de la nuit.

Sauf qu'elle n'en avait pas le droit.

Ni maintenant…

Ni jamais.

Comme s'il avait senti son humeur tourner, Austin leva la tête et jura à voix basse. Il croisa son regard pendant quelques secondes, puis, aussi rapidement qu'il l'avait étreinte, il la relâcha. Il fit un pas en arrière et passa les doigts dans ses cheveux.

— Je devrais m'excuser, murmura-t-il, mais je ne suis pas désolé.

Les joues d'Ava continuaient à brûler.

— Moi non plus, chuchota-t-elle.

C'est de la folie pure ! songea-t-elle. Avec les événements dramatiques qui se précipitaient, elle ne devait pas se laisser distraire un seul instant.

Elle détourna le regard pour mettre de la distance entre eux au moment précis où un policier afro-américain au visage sévère entrait dans la cuisine.

— Il paraît que vous êtes de la partie ? dit-il à Austin.

Il le dépassait d'une dizaine de centimètres et avait la carrure d'un footballeur américain plutôt que d'un policier. Son badge indiquait qu'il s'appelait Bennett Ramsey, et son expression, qu'il n'était pas du genre à se laisser marcher sur les pieds.

— C'est l'heure. On y va.

— Je vous accompagne, annonça Ava.

Elle jeta un coup d'œil par la fenêtre. L'aube pointait : la nuit laissait place à une grisaille lugubre et la pluie continuait à tomber d'un ciel de plomb.

— On m'a seulement parlé de Dern…

— Mais je connais l'île mieux que personne. Je peux vous aider ! J'ai passé toute ma vie ici et… il y a une chance pour que Reece sache où se trouve mon fils.

— Seulement Dern, répéta fermement l'adjoint.

Une lueur de compassion brillait toutefois dans son regard.

— Attendez ! Il faut à tout prix que je vienne !

La panique s'empara d'elle à l'idée de rester derrière et de perdre sa dernière chance de trouver Noah. Si Reece était acculé, s'il se défendait, si un des policiers avait la gâchette trop facile…

— Je vous en supplie !

Le masque impénétrable du policier se fendit un peu.

— Je vais en parler au commandant de l'opération, dit-il enfin. C'est tout ce que je peux faire.

— Madame Garrison ?

L'inspecteur Snyder apparut à la porte de la cuisine, accompagné par un collègue de la police scientifique.

— Je peux vous parler un instant ?

— J'allais partir avec eux, dit Ava en indiquant d'un geste Austin et Ramsey.

— C'est important.

Son visage était impassible, mais il y avait dans sa démarche quelque chose de changé qui éveilla l'attention d'Ava.

Austin le sentit aussi et leva la main pour arrêter Ramsey, qui l'entraînait déjà vers la porte à l'arrière de la pièce.

— Une seconde, dit-il.

— J'ai seulement besoin de parler à Mme Garrison, insista Snyder.

Ramsey ouvrit la porte et une bouffée d'air froid s'engouffra à l'intérieur.

— Si vous voulez venir, c'est maintenant, lança-t-il. Le shérif n'aime pas qu'on le fasse attendre.

Ava s'avança vers eux, mais Austin lui adressa un petit hochement de tête négatif, comme pour la mettre en garde.

— Je le retrouverai, promit-il en attrapant un blouson sur un crochet dans la véranda. Si Reece sait où est Noah, je lui ferai cracher le morceau.

— Mais…

— S'il te plaît, Ava… Fais-moi confiance.

Avant qu'elle puisse répondre, il disparut en laissant la porte-moustiquaire claquer derrière lui.

Ava eut l'impression qu'une part d'elle-même venait de la quitter.

Elle tenta de se raccrocher aux dernières paroles d'Austin, même si elle savait qu'il s'agissait de promesses qu'il n'avait pas forcément les moyens de tenir. Ce qui se passerait au cours d'un éventuel affrontement avec Reece échapperait totalement à son contrôle. Et même s'il ne l'avait pas dit explicitement, il devait avoir la conviction, comme tous les autres, que Noah était mort.

Elle les regarda rejoindre les autres à petites foulées. Ils s'étaient tous rassemblés près de l'écurie, certains à cheval, certains accompagnés de chiens, d'autres au volant de véhicules tout-terrain dont les phares luisaient dans la pénombre.

Allaient-ils vraiment retrouver Lester Reece sur l'île ? Après toutes ces années ?

Sa gorge était nouée, ses nerfs tendus à l'idée de ne plus revoir non seulement son fils, mais aussi Austin Dern. Une fois que Reece serait traduit devant la justice, Austin n'aurait en effet plus aucune raison de s'attarder sur l'île.

— Madame Garrison ? répéta Snyder d'une voix plus sèche. Vous voulez bien m'accompagner ?
— Je... Bien sûr, où ça ?
— Au premier étage.

Elle se raidit à l'idée de revoir le corps de Jewel-Anne. Elle n'avait vu personne transporter de sac mortuaire dans l'escalier, et supposait donc que la dépouille était restée là-haut.

— Par ici, dit Snyder au sommet de l'escalier.

Mais au lieu de la conduire vers l'appartement de sa cousine, il s'éloigna vers sa propre chambre.

Pourquoi ?

Parce qu'elle était le suspect numéro un : elle avait découvert le corps, mais elle était aussi le seul membre de la famille à avoir eu des rapports conflictuels avec Jewel-Anne.

Sa chambre était sens dessus dessous. De la poudre noire recouvrait toutes les surfaces planes. On avait défait son lit et appuyé le matelas contre le mur pour révéler le sommier à ressorts.

— Qu'est-ce qui se passe ? demanda-t-elle.
— On voulait vous parler de ceci...

Il tendit le doigt vers le sommier, où apparaissait une tache brun rougeâtre, d'une vingtaine de centimètres de long sur trois ou quatre centimètres de large.

Seigneur, qu'est-ce que...

Le regard d'Ava glissa vers le matelas redressé contre le mur. Evidemment, une tache similaire s'y trouvait. Un objet avait visiblement été coincé entre les deux surfaces. Son pouls s'emballa.

— Quoi ? murmura-t-elle.

La panique monta en elle tandis qu'elle comprenait enfin. La tache, c'était forcément du sang.

— Mon Dieu..., murmura-t-elle.

Elle tourna son regard vers Snyder et vit qu'il tenait à la main un sac en plastique transparent.

A l'intérieur, il y avait un couteau. Sa longue lame était acérée et maculée de sang.

Le sang de Jewel-Anne !
L'arme du crime !

Ses jambes se dérobèrent sous elle et elle dut prendre appui sur la commode. Un haut-le-cœur la saisit à la pensée de cet outil de boucher s'enfonçant dans la chair de sa cousine. Elle se précipita vers la salle de bains et vomit dans les toilettes. Des crampes lui contractèrent l'estomac, des larmes lui brûlèrent les yeux tandis qu'elle voyait défiler des images insoutenables du meurtre de sa cousine handicapée. Son estomac se souleva de nouveau, mais il ne contenait plus qu'une bile amère. Jewel-Anne connaissait-elle son agresseur ? De toute évidence, le tueur était au courant de son affection pour ses poupées. Mais qui avait pu...

Les secondes passèrent. Ava restait appuyée sur la cuvette en porcelaine.

— Madame Garrison ? appela Snyder.

Sa voix semblait venir de très loin, alors qu'il se tenait dans l'embrasure de la porte.

L'estomac d'Ava se calma enfin. Après avoir tiré la chasse, elle s'arrêta devant le lavabo, se rinça la bouche et croisa son reflet dans la glace. Elle était livide. Les cheveux en bataille. Le regard hanté.

Les jambes chancelantes, elle revint dans la chambre et constata que la sévère coéquipière de Snyder l'avait rejoint.

— Désolée, dit-elle en regardant le sac que l'inspecteur tenait encore à la main. Mais ce truc, là, ce n'est pas à moi... Je ne sais pas comment il est arrivé dans ma chambre...

Lyons était visiblement sceptique.

— Nous avons quelques questions supplémentaires à vous poser, madame Garrison. Je crois que vous feriez mieux de nous accompagner au poste de police.

Quoi ? Non !

— Attendez... Pas maintenant. Ils viennent de partir à la recherche de Reece et de mon fils...

Mais elle comprit qu'on ne lui demandait pas son avis. Ils la soupçonnaient vraiment d'avoir tué Jewel-Anne et lui imputaient sans doute les deux autres meurtres. C'était parfaitement ridicule ! Pourquoi aurait-elle commis de pareilles atrocités ?

Ils te prennent pour une cinglée, Ava. Une folle qui a succombé à une pulsion meurtrière. Et qui risque sans doute de se suicider, tant qu'elle y est.

Rappelle-toi... Cheryl Reynolds et Evelyn McPherson connaissaient tes secrets. Tu n'as pas accusé ta psy d'être la maîtresse de ton mari ? Tu n'as pas essayé de la renvoyer ? Devant tout le monde, en plus ? Tout le monde savait que tu ne pouvais pas la sentir. Tu es la dernière personne à avoir vu Cheryl vivante. Tu aurais pu regretter de lui avoir confié quelque chose de compromettant. Et pour couronner le tout, tu as essayé de balancer ta chère cousine par-dessus la rambarde de l'escalier... Ici, à Neptune's Gate, chacun sait que tu la détestais, que votre relation était empoisonnée. Et puis tu as découvert qu'elle était la mère biologique de Noah... Tu as craqué. Voilà ce qu'ils pensent tous. Tu as perdu la tête et tu t'es transformée en monstre sanguinaire. Ils ont même retrouvé l'arme du crime. Sois réaliste. Tu es fichue. Ceux qui tirent les ficelles se sont assurés que la police te soupçonnerait en priorité.

Elle faillit avoir un nouveau haut-le-cœur à l'idée du coup monté dont elle était la victime. Sa respiration devint saccadée, des frissons glacés la secouèrent. Les policiers s'apprêtaient à l'emmener, et ce n'était qu'une étape de plus dans le plan qu'on avait élaboré pour la détruire.

Mais qui voulait sa perte ?

Pourquoi ?

— Je...

Elle était sur le point de confier aux policiers sa conviction intime, à savoir qu'on la manipulait depuis le début, mais cette protestation ne ferait que confirmer le fait qu'elle souffrait d'une paranoïa aiguë, comme ils le prétendaient tous. Les deux inspecteurs la fixaient, et même la technicienne du labo, qui passait méticuleusement en revue le contenu des tiroirs de sa commode, se retourna pour la dévisager.

— Je...

Elle s'éclaircit la gorge et soutint le regard de Snyder.

— Je vais chercher mon manteau.

44

Le groupe arriva devant l'asile abandonné au moment où le vent s'intensifiait, déversant sur eux des trombes de pluie et gonflant les vagues en contrebas de la falaise. Ils cernaient les lieux. Des hélicoptères tournaient dans le ciel et plusieurs vedettes étaient positionnées dans la baie, au cas où Reece aurait décidé de faire un plongeon dans l'eau glacée.

— Cette fois, il ne nous échappera pas ! clama Biggs.

Le vent faillit lui arracher son chapeau et le rugissement des vagues couvrit presque sa voix. Ils étaient tous rassemblés devant l'enceinte du bâtiment, où le shérif comptait attendre, pendant que des équipes se déployaient à l'intérieur. Au personnel du département du shérif s'étaient joints des hommes de la police de Washington et de la cellule de suivi et d'investigation des homicides. Au total, ils étaient une douzaine, plus Austin, à traquer un fantôme.

A l'origine, Biggs avait ordonné à Austin d'attendre à l'extérieur, mais puisqu'il leur avait lui-même indiqué la cachette de Reece, qu'il connaissait les lieux, qu'il y avait trouvé des traces prouvant que quelqu'un s'y planquait et qu'il avait en outre réussi à se procurer les clés, il fut autorisé à entrer avec les autres. Son statut d'ancien policier avait sans doute constitué un argument supplémentaire. « Ne gênez pas les autres, c'est tout ! avait grommelé Biggs, le visage rouge de froid et le blouson tendu par sa bedaine. On contrôle la situation, ne vous en faites pas. »

Austin s'était efforcé de retenir le commentaire qui lui était venu. Si l'équipe de Biggs contrôlait la situation, ce ne serait franchement pas trop tôt, et c'était largement grâce à lui ! Mais si, comme il le craignait, les choses tournaient mal, les médias en feraient leurs choux gras, et il constituerait un bouc émissaire tout désigné.

Quoi qu'il en soit, c'était Biggs qui commandait.

Il fut privé de son arme, mais reçut néanmoins un gilet pare-balles, une veste qui l'identifiait comme un membre de la police, ainsi que l'ordre de rester en arrière. Un adjoint au shérif ouvrit le portail de l'hôpital et les hommes se scindèrent en deux équipes. La première fouillerait les habitations et les dépendances ; la seconde, dont Austin faisait partie, s'attaquerait aux bâtiments hospitaliers.

— Il paraît que vous êtes le frère de Reece ? demanda une policière tandis qu'ils avançaient vers l'entrée principale.

— *Demi-frère*. Et je ne l'ai jamais rencontré.

— N'empêche, dit-elle avec un regard de compassion. Pas de bol !

Ils se déployèrent à travers le bâtiment avec quatre autres flics armés. Personne ne dit un mot pendant qu'ils traversaient les couloirs vides, jetaient un œil aux sanitaires où s'accumulaient rouille et toiles d'araignée, montaient l'escalier et parcouraient d'autres couloirs, ouvrant les portes des chambres les unes après les autres, jusqu'à arriver à l'étage où Reece avait été interné, dans une chambre avec vue directe sur Neptune's Gate.

Il n'y était pas, bien sûr.

Ç'aurait été trop simple.

Ils montèrent sur le toit.

Il n'y avait rien à voir, à part la couverture en bitume abîmée, quelques aérations cassées et une haute cheminée qui se découpait à contre-jour sur le ciel morose.

Aucune trace de Reece.

Restait le sous-sol.

Ils commencèrent à redescendre.

— Si jamais il se planquait ici, il s'est fait la malle depuis un moment, grommela un Rambo à la tête enfoncée dans les épaules.

— Tout ça pour des prunes, dit un autre flic à la carrure plus nerveuse, avec un teint rougeaud et de petits yeux méfiants.

Rambo fit entendre un rire sarcastique.

— Biggs va nous faire un caca nerveux, si on...

— Chut ! gronda une des femmes.

Chacun se tut. A l'aide de lampes torches puissantes, ils explorèrent les couloirs souterrains, sortes de tunnels étroits et obscurs qui reliaient toutes les parties du complexe hospitalier. A certains endroits, le béton était fissuré et des flaques d'eau s'accumulaient. Ailleurs, le sol était sec et couvert d'une fine poussière. Des grattements à peine audibles indiquaient qu'ils n'étaient pas seuls : des souris et des rats avaient manifestement établi leurs quartiers dans ces entrailles sombres. En revanche, aucune trace de pas, aucun signe indiquant qu'un être humain les avait récemment parcourus.

Les hommes n'en étaient pas moins sur les nerfs. Le pouls d'Austin s'était accéléré, ses muscles étaient tendus, et il balayait la pénombre du regard, regrettant d'être privé de son arme.

Ils arrivèrent devant une porte qu'il n'avait jamais réussi à forcer. L'adjointe au shérif l'ouvrit avec le trousseau de Crispin Church. La porte bascula sur ses gonds sans un bruit et s'ouvrit sur un vaste local technique. Dès le premier instant, la température et l'odeur de l'air les avertirent que la donne avait changé.

Austin vit Rambo dégainer son arme. Il espérait qu'il avait assez de jugeote pour ne tirer qu'en dernier ressort. Des ricochets de balles seraient bien plus dangereux, dans un tel endroit, que le tueur qu'ils recherchaient.

Les faisceaux des torches éclairèrent des bouches de chauffage géantes qui montaient jusqu'au plafond, des murs couverts de canalisations, des séries de tableaux électriques, d'immenses bennes à ordures, plusieurs chaudières hors service et un incinérateur aux lourdes portes de fonte noire.

Sans un bruit, ils se déployèrent dans la salle, les armes au poing, les nerfs à vif. Austin eut beau tendre l'oreille, il n'entendait que les pas feutrés des flics qui se déplaçaient autour de lui, et les battements bruyants de son cœur.

Il passa prudemment derrière l'une des monstrueuses chaudières et découvrit, à l'abri des regards, un petit campement.

Te voilà, salopard !

Il fit signe aux autres de s'approcher et éclaira de sa lampe un sac de couchage crasseux, un réchaud, des vêtements, des ordures dans un coin, ainsi que deux seaux, l'un rempli d'eau propre, l'autre d'immondices.

Mais Reece n'était pas là.

Ils fouillèrent rapidement le reste de la salle.

— Il a filé, dit un flic avec dépit.

— Pas depuis longtemps, ajouta un autre en secouant la tête.

Austin toucha le réchaud à gaz.

— Il est encore chaud.

— Par où est-ce qu'il a pu passer ? demanda un troisième flic en balayant les murs de sa torche. Il n'y a qu'une façon de sortir d'ici.

— Les bouches de chauffage, lança quelqu'un.

— Elles montent tout droit vers le plafond. Y a pas d'accroche, là-dedans. Et Reece est trop grand pour se faufiler, il fait presque deux mètres.

— Merde alors…

Le regard d'Austin se posa un instant sur le plafond, puis vint s'arrêter sur l'incinérateur. Ils avaient regardé à l'intérieur, bien sûr, mais quelque chose le tracassait. Le grand foyer ne semblait pas tout à fait à sa place et quelques cendres traînaient au sol. Il rouvrit la porte de l'incinérateur. Toujours aussi vide. Mais en braquant sa torche vers le haut du four, il remarqua une échelle intérieure qui devait servir à nettoyer la cheminée.

— Il est sur le toit ! dit-il en s'élançant vers la sortie.
— Hé ! protesta Rambo. On est déjà allés voir !
— Il nous a entendus monter et il a attendu qu'on redescende pour filer par l'échelle à l'intérieur de la cheminée...

Sans plus discuter, il se mit à courir vers l'escalier. Des bruits de bottes résonnèrent derrière lui, ainsi que des jurons, mais il monta les marches deux à deux, sans se retourner, en espérant qu'au moins quelques flics auraient l'idée de monter par la cheminée.

— Ce crétin de Reece va se retrouver piégé ! dit une voix dans son dos.
— Sauf s'il décide de plonger.
— Eh bien, qu'il plonge ! Il ne survivra pas et il l'aura bien cherché. Ça économisera un paquet de fric à l'Etat.

Austin passa le palier du premier à toute vitesse, continua jusqu'au deuxième et arriva devant la porte qui donnait sur le toit. Cette fois, elle était verrouillée. Sans doute de l'extérieur, par Reece.

— Le salopard...

Il cala les mains sur les rambardes de part et d'autre des marches, rassembla ses forces et fit basculer tout son corps vers la porte pour la frapper puissamment de ses pieds.

Le cadre vola en éclats et la porte s'ouvrit vers l'extérieur dans un grand claquement. Un souffle de vent s'engouffra dans l'escalier. Austin entendit des pas derrière lui ; il se releva et se rua dehors. De nouveau, il regretta de ne pas avoir son pistolet tandis qu'il contournait la cage d'escalier et se dirigeait vers le bord du toit, aux aguets.

— C'est quoi, ce délire ? dit une voix dans son dos.
Il se retourna : Rambo le dévisageait d'un air énervé.
— Y a personne ! Je te dis qu'il s'est fait la malle.

Il attrapait déjà son portable pour annoncer la mauvaise nouvelle au shérif. Austin se détourna pour regarder l'hôpital qui s'étendait sous leurs pieds. On voyait clairement le belvédère de Neptune's Gate se découper au loin. Il se rappela Ava sortant sur le toit et descendant l'échelle d'incendie branlante pour…

Un déclic se produisit alors en lui. En arrivant, quelques instants plus tôt, il avait aperçu une échelle d'incendie sur la façade sud. Il se précipita vers le bord du toit et repéra les poignées de fer qui dépassaient de la corniche.

Il se pencha par-dessus le bord.

Deux étages plus bas, ballotté par les bourrasques de vent, Lester Reece se cramponnait de toutes ses forces à l'échelle rouillée. Sentant la présence d'Austin, il releva les yeux.

— Salut, frérot, dit ce dernier.

Sauf qu'avec le tonnerre du ressac et le hurlement du vent, l'homme au regard paniqué, en contrebas, n'avait aucune chance de l'entendre.

— Hé ! Par ici ! s'écria Austin à l'intention des autres.

Reece se mit à descendre aussi vite que possible.

Rambo s'approcha d'un pas pesant, suivi de deux autres flics. Il pointa le faisceau de sa torche sur la façade et aperçut le visage du tueur levé vers lui. Le regard de Reece était maintenant empreint de terreur.

— T'as raison d'avoir peur, mon salaud… Ça va chauffer pour tes fesses !

Il sortit sa radio pour prévenir l'équipe à l'extérieur, tandis qu'Austin commençait à descendre l'échelle d'incendie.

— Hé, arrête ! protesta Rambo. Tu fais quoi ?

Austin descendit rapidement. Il se rappelait comment Ava avait utilisé l'échelle pour accéder à un étage inférieur, et il ne voulait pas prendre le risque avec Reece. Et si cette ordure avait un itinéraire de secours tout tracé ? Il pouvait se glisser par une fenêtre, descendre par un escalier de service et disparaître de nouveau. Il pouvait aussi tenter sa chance en se laissant tomber au sol.

— Bordel de merde ! s'exclama Rambo au-dessus de sa tête.

Il sentit l'échelle trembler un peu et supposa que le grand flic s'y était engagé, mais il ne leva pas les yeux. Le regard rivé sur Reece, il continuait à descendre, un barreau rouillé après l'autre.

Lester était rapide et agile, et l'équipe de flics qu'Austin s'attendait à voir apparaître au pied de l'échelle ne se manifestait pas. Reece arriva au dernier barreau et se laissa tomber au sol.

— Merde !

Au-dessus de lui, Rambo venait de constater qu'il leur filait entre les doigts.

Austin continua à descendre, appelant de ses vœux les flics et les chiens, mais rien ni personne ne se manifestait. Reece s'élança à toute vitesse sur un sentier glissant, envahi de ronces, qui se divisait en deux embranchements, l'un menant vers l'entrée de l'hôpital, l'autre vers la mer.

Il prit vers la mer.

— Bon sang…, marmonna Austin.

Lui-même se trouvait encore au niveau du premier étage. Il fit pendre ses pieds dans le vide et glissa jusqu'au dernier barreau, à la manière des pompiers, puis se laissa tomber au sol. Il atterrit durement et sentit sa cheville se tordre, mais il se releva dans la seconde et se précipita à la suite de Reece. Il ne pouvait pas le laisser filer. Pas après tout ce temps et toutes les promesses qu'il avait faites à Ava et à sa mère. Il ne pouvait pas non plus laisser les flics tirer d'abord et poser les questions ensuite. Il accéléra, s'élançant à travers l'air glacé qui lui brûlait les poumons, son regard fixé sur le crâne de Reece, qui filait sur le sentier en lacet entre les rochers et les hautes herbes. Derrière lui, il entendit des cris. Les autres arrivaient enfin.

Mais où sont les chiens ?

Oublie les chiens. Tu dois coincer ce salopard, un point c'est tout !

Le problème, c'était que Reece connaissait ce petit coin de terre mieux que personne.

— Tu ne m'échapperas pas ! lança-t-il tout haut.

Intérieurement, il maudissait le shérif de lui avoir confisqué son arme. Chaque fois que le sentier s'enfonçait ou virait entre les herbes, Reece échappait brièvement à sa vue, et il craignait qu'il ne disparaisse entre les herbes pour se réfugier dans une crique perdue ou s'enfoncer dans la mer.

— Police ! cria une voix derrière lui. Ne bougez plus !

Austin pria pour qu'ils n'ouvrent pas le feu. Il portait une veste de la police, mais il était dans la trajectoire des balles et, de toute façon, il voulait prendre Reece vivant.

Il continua à courir. Ses bottes dérapaient sur le sentier boueux et sa cheville commençait à l'élancer. N'empêche que l'écart entre Reece et lui se réduisait.

Plus que quatre mètres.

Plus que deux.

Il entendait à présent la respiration rauque de l'homme qu'il poursuivait.

— Reece ! hurla-t-il. Rends-toi !

Son demi-frère lui lança un regard affolé par-dessus son épaule. Il marmonna quelque chose d'incompréhensible, enfonça la main dans la poche de son jean et recommença à courir vers le bord de l'eau. Qu'est-ce qu'il croyait ? S'échapper à la nage ?

Des cris fusèrent derrière lui. Un coup de semonce retentit.

Reece ne se retourna pas. A quelques mètres de l'eau, il semblait sur le point de plonger dans les vagues.

Rassemblant alors toutes ses forces, Austin se jeta sur lui.

Reece pivota sur lui-même, un couteau dans la main. Un sourire cruel étira ses lèvres.

— Viens un peu, enfoiré ! dit-il tandis qu'Austin atterrissait sur lui.

Austin sentit la lame plonger dans sa poitrine. L'air

quitta ses poumons tandis qu'ils s'écrasaient tous deux sur le sable. Reece tenta de s'écarter pour le poignarder de nouveau, de toutes ses forces.

— Crève, espèce de connard, crève !

Austin luttait au corps à corps, utilisant toutes les tactiques qu'il avait apprises à l'armée, mais son demi-frère était dopé à l'adrénaline : il se battait pour sauver sa peau et sa lame meurtrière dansait dans sa main.

Ils roulèrent, enchevêtrés, en direction du bord de l'eau. La pluie s'abattait sur eux, et des bruits de pas, des cris se faisaient entendre par-dessus le grondement des vagues.

Austin essayait de bloquer les bras de son adversaire ; finalement, il utilisa ses jambes pour plaquer Reece face contre terre, tout en essayant d'éviter la lame qu'il continuait à agiter.

Une écume glacée s'écrasait sur eux. Austin cracha une gorgée d'eau salée et plia la main de Reece vers l'arrière, de plus en plus loin, jusqu'à ce que l'autre se convulse de douleur, tout en continuant à essayer de le poignarder.

Une deuxième vague les submergea.

Reece se mit à tousser et à cracher du sable et de l'eau.

Austin décrivit une petite rotation du poignet et sentit des tendons éclater.

Reece hurla de douleur et lâcha enfin le couteau.

— Je ferais mieux de te tuer, souffla Austin. Espèce d'ordure !

— On l'a eu ! hurla Rambo.

Austin se mit à califourchon sur son prisonnier et ne le lâcha pas. Un froid glacial se propagea à tout son corps quand une nouvelle vague les submergea. Enfin, quatre flics les entourèrent et braquèrent leurs armes sur Reece.

— Je répète, dit Rambo au téléphone, on l'a coincé !

Il écarta brusquement Austin pour passer les menottes au prisonnier, qui avait cessé de se défendre et toussait pour reprendre son souffle.

— Toutes mes félicitations, marmonna Austin.

Il était glacé jusqu'aux os, la peau collante de sable et de sel, les cheveux plaqués contre le crâne, et il sentait le gilet pare-balles qui l'avait sauvé du couteau de Reece se raidir contre sa poitrine. Il regarda le monstre qui avait tué tant de personnes, le désaxé dans les veines duquel coulait le même sang que le sien.

Une fois menotté et hissé sur ses pieds, Reece cracha une dernière bouchée de sable et braqua son regard sur lui. Son jean et son blouson crasseux flottaient sur son corps amaigri ; ses cheveux autrefois blonds étaient sillonnés de gris et descendaient en mèches filandreuses jusqu'à ses épaules. Ses yeux sombres se plissèrent un peu, comme si un souvenir insaisissable lui passait à l'esprit.

— Qui es-tu ?

Austin l'ignora royalement. Si Reece apprenait un jour qu'il était son frère, tant mieux pour lui. Les flics finiraient certainement par le lui dire, mais pour l'instant, il ne voulait pas lui faire le plaisir de répondre.

— Réponds, bordel ! Qui es-tu ? s'écria Reece, écumant de rage.

— Ton pire cauchemar, Reece, répondit Rambo en ricanant. Faut dire que toi, t'es le nôtre.

Boitillant, Austin suivit les flics et leur prisonnier le long du chemin qui menait à l'hôpital, où Biggs et d'autres flics les attendaient. Tous suivaient le prisonnier du regard. Du soulagement, et même une euphorie certaine émanaient du groupe. Les chiens gémissaient ; quelques types plaisantaient entre eux ; d'autres parlaient au téléphone, fumaient ou envoyaient des SMS.

On conduisit le prisonnier vers une voiture de patrouille. Biggs rayonnait de satisfaction, songeant sans doute déjà aux multiples avantages politiques qu'il pourrait tirer de cette capture.

Grand bien lui fasse, pensa Austin. L'essentiel, c'était que Reece se retrouve derrière les barreaux et que son règne de terreur s'achève. Reba pourrait alors dormir tranquille.

Il se fraya un chemin au sein du groupe pour arriver jusqu'au shérif.

— Une seconde, dit Biggs à un adjoint qui lui parlait.

Il se tourna vers lui. De la pluie ruisselait du rebord de son chapeau, mais il avait un sourire jusqu'aux oreilles, comme s'il venait de réaliser lui-même l'interpellation du siècle.

— Vous avez besoin de quelque chose ? demanda-t-il.

— J'ai besoin de parler à Reece.

Le shérif éclata de rire.

— Vous n'êtes pas le seul !

Austin était trempé de pluie, glacé jusqu'aux os, et sa cheville commençait à lui faire un mal de chien : il n'était pas d'humeur à plaisanter.

— J'ai besoin de lui parler. Sans moi, vous ne l'auriez pas eu. Je vous ai conduits jusqu'ici. Je vous l'ai ramené vivant. Je veux lui parler !

— Je suis conscient du rôle que vous avez joué dans sa capture, mais je ne peux pas...

— Mais si.

Le message dut passer, car Biggs sembla changer d'avis.

— Je vais voir ce que je peux faire. Entre-temps, allez montrer votre cheville aux ambulanciers.

— Je m'en fous, de ma cheville ! Je dois lui parler tout de suite !

Le sourire de Biggs disparut.

— Impossible, mon vieux. Il y a toutes sortes de gens carrément plus importants qui attendent leur tour. Vous avez eu votre chance tout à l'heure, quand vous jouiez au cow-boy solitaire en empêchant mes gars d'intervenir.

— C'est moi qui l'ai trouvé, je vous rappelle.

— Ouais, ouais, concéda Biggs. On verra tout à l'heure, au bureau. Je peux rien vous promettre, parce qu'il y aura les fédéraux... C'est à prendre ou à laisser.

Sur ce, il lui tourna le dos et s'éloigna sans un mot de remerciement.

Furieux, Austin regarda démarrer le véhicule qui emportait Reece vers le port de Monroe, où il serait transféré sur une vedette à destination du continent.

— Par ici ! dit Rambo en lui tapotant l'épaule. Je te dépose aux urgences pour faire rafistoler ta cheville.

— Dépose-moi plutôt au poste.

— Mais…

— J'ai pas envie de discuter. C'est ma cheville, non ?

— Il a raison, Orvin, dit une de ses collègues, lui révélant du même coup le vrai nom de Rambo. C'est le moins qu'on puisse faire.

— Oh ! Putain… Biggs ne va pas être content, Connie.

— Il ne l'est jamais, de toute façon…

Elle indiqua à Austin une Jeep garée non loin d'eux.

— Eh bien ? Qu'est-ce que vous attendez ? Montez !

Orvin s'installa au volant, Connie grimpa à côté de lui et Austin monta à l'arrière. On lui donna une serviette-éponge et une couverture, et Orvin rejoignit le convoi de véhicules à destination de Monroe, où le ferry avait été réquisitionné pour ramener tout le monde sur le continent.

Arrivés au port, ils attendirent dans la voiture l'arrivée de la navette suivante. Austin en profita pour sortir son téléphone. L'appareil était imbibé d'eau et couvert de sable. Il refusa de s'allumer.

— Génial…, marmonna-t-il.

— Ça va peut-être s'arranger en séchant, suggéra Connie en l'observant dans le rétroviseur. En attendant, je vous prête le mien.

— Vous avez le numéro d'Ava Church ?

— Non. Mais je suis sûre qu'on pourra le trouver une fois arrivés au bureau.

— Laissez tomber.

Tout ce qu'il espérait, c'était qu'elle aurait maintenant une chance de retrouver la paix de l'esprit. Fini, les hallucinations au sujet de son fils ; fini, les plongeons depuis le ponton et les ascensions sur le toit en pleine nuit. Avec la révélation des machinations de Jewel-Anne et l'arrestation de Reece, Ava allait enfin pouvoir reprendre une vie normale.

Qu'est-ce que ça peut te faire ? Elle est toujours mariée à ce crétin, non ?

Et cela lui posait un problème. Un gros problème, même. Qu'il se l'avoue ou non, il était tombé amoureux d'elle.

Il regarda fixement par la vitre embuée de la Jeep en se traitant de tous les noms. Ava était une femme mariée qui avait des antécédents psychiatriques, était obsédée par un enfant probablement mort depuis longtemps, avait fait une tentative de suicide, voyait des complots partout, flirtait avec la paranoïa et se montrait sèche et tranchante quand elle était irritée, c'est-à-dire presque tout le temps.

Pas vraiment la candidate idéale pour une relation amoureuse !

— Le voilà, dit Connie en montrant le ferry qui traversait la baie. On n'en a plus pour très longtemps.

Elle se trompait. Il leur fallut plus d'une heure et demie pour arriver à Anchorville, où la nouvelle de la capture de Reece s'était répandue comme une traînée de poudre dans les magasins, les restaurants et les bureaux. Une foule de curieux s'étaient attroupés devant les quais avec l'espoir de glaner des infos. Et quand les véhicules de la police quittèrent le ferry et s'engagèrent dans les rues sinueuses qui menaient au poste, ils y trouvèrent les journalistes. Des camions satellites, des reporters et des caméras étaient déjà installés devant le perron. Et la foule grossissait de minute en minute : emmitouflés dans des cirés et des chapeaux de pluie, réfugiés sous les branchages des arbres ou dans leurs véhicules, les badauds patientaient, avides d'apercevoir le plus célèbre criminel de la région.

Un peu répugnant, tout ça..., pensa Austin, même s'il n'éprouvait pas un brin d'empathie pour le prisonnier. Pas plus qu'il ne sentait de lien fraternel. Reece était un meurtrier, point à la ligne. Et quand il aurait contourné les chinoiseries administratives pour lui parler et lui aurait tiré les vers du nez, les flics pourraient l'enfermer à vie et jeter la clé si ça leur chantait.

Joe Biggs, pour sa part, savourait pleinement ce rodéo médiatique. Tout sourires, il descendit de son véhicule et, au lieu de se diriger vers l'entrée de derrière, se fraya un chemin vers la plus haute marche du perron pour y improviser une brève conférence de presse.

— On l'a enfin eu, répéta-t-il fièrement aux micros qui se tendaient vers lui.

En dépit de la pluie battante, il se trouvait manifestement dans son élément. D'après les questions qui fusaient de la foule, certains paraissaient déplorer que Reece n'ait pas opposé davantage de résistance. C'était un criminel, certes, un meurtrier, mais il était aussi devenu un élément du folklore local, à la fois haï et vénéré. Une grande majorité des citoyens de cette petite ville dormiraient désormais plus tranquilles, mais une poignée d'entre eux regretterait toujours de voir le mystère résolu et la légende détruite.

Austin, pour sa part, était à la fois soulagé et tourmenté par l'impossibilité de se retrouver face à face avec lui. Il ne demandait que quelques minutes d'entretien, mais Biggs l'avait seulement autorisé à entrer dans la salle d'observation pour suivre l'interrogatoire à travers un miroir sans tain. Peu importait au shérif qu'il ait été le fer de lance de cette chasse à l'homme, qu'il ait rassemblé les infos qui avaient abouti à la capture, qu'il soit un ancien flic et même un membre de la famille du prisonnier. Joe Biggs demeurait inflexible. C'était son heure de gloire et celle de ses équipes : il n'en démordrait pas.

« Vous avez déjà de la chance que je vous laisse l'approcher d'aussi près », avait-il dit.

Puis il s'était retourné vers la chargée de communication pour lui demander si le gouverneur avait appelé.

Quelques minutes plus tard, dans l'obscurité d'une salle exiguë, Austin suivait l'interrogatoire de Lester Reece.

Il ne connaissait pas la femme qui l'interrogeait : elle s'était présentée à Reece comme l'inspecteur Kim. Elle ne dépassait pas le mètre soixante, mais arborait un air de dure à cuire. Elle avait des lunettes sans monture, des cheveux bruns coupés court et une mâchoire bien dessinée qui indiquait qu'elle ne plaisantait pas.

Reece gardait les bras croisés sur sa poitrine et son regard brillait de haine.

— Je vous dis que ce n'est pas moi, déclara-t-il pour la cinquième fois. Je n'ai pas buté ces bonnes femmes. Il y en a deux que je ne connaissais même pas ! Vous essayez de me coller ces saloperies sur le dos, parce que c'est plus facile que de trouver le vrai tueur !

L'inspecteur Kim restait calme. A l'écoute. Elle faisait semblant d'abonder dans son sens, puis repartait à l'attaque.

— Vous aurez beau me poser la même question mille fois, la réponse sera toujours la même… J'y suis pour rien !

Il commençait à s'agiter. Sous sa barbe grisonnante, une grimace retroussait ses lèvres sur des dents jaunies. Il regarda droit dans le miroir sans tain, comme s'il sentait qu'Austin se trouvait de l'autre côté.

— Et Noah Garrison ?
— Qui ?
— Un enfant qui a disparu de l'île, il y a quelques années.
— Qu'est-ce que ça peut me faire ?
— Vous savez ce qui lui est arrivé ?
— Vous délirez ou quoi ? J'y suis pour rien, dans tout ça.
— Que savez-vous de lui ?
— Je vous l'ai dit, rien !
— Etes-vous son père biologique ?
— Quoi ?

Ebahi, Reece secoua la tête en agitant ses longs cheveux filandreux.

— Moi ? Son père ? C'est quoi, ces conneries ?
— Vous avez bien eu une relation avec Jewel-Anne Church ?

— Je la *connaissais*, ouais. De l'hôpital. Mais de là à croire que j'ai couché avec... Putain ! Vous êtes vraiment des malades mentaux !

— Pourquoi pas ?

— Pourquoi pas quoi ? Pourquoi je me la suis pas tapée ? Parce que j'en avais pas envie, tiens ! En plus, son père m'aurait tué. Ou pire !

Son expression devint sournoise, et il coula un regard vers la vitre sans tain.

— Je dis pas qu'elle en avait pas envie, de se faire sauter... Elle m'aguichait en permanence.

Il hocha la tête, le regard fiévreux.

— Elle m'a même montré ses seins, une ou deux fois. Ils étaient pas mal, d'ailleurs.

— Mais vous n'avez pas...

— Non, bordel ! Vous voulez quoi ? Un test ADN ? Allez-y, si vous avez envie de perdre votre temps. Je suis peut-être cinglé, mais pas à ce point.

— C'est vous qui le dites.

— Ecoute, connasse ! J'ai pas tué ces femmes, j'ai pas baisé Jewel-Anne Church et je suis sûrement pas le père du gamin dont tu parles ! T'as pigé ? Alors essaie pas de me coller ces conneries sur le dos !

— Et vous, je vous déconseille de me manquer de respect, d'accord ?

Elle soutint son regard jusqu'à le faire plier, puis attendit qu'il se détende un peu pour reprendre.

— Vous savez où il est ?

— Qui ? Toujours ce foutu gamin ? Qu'est-ce que j'en sais ? Il est sans doute mort, depuis le temps... C'est quoi ces questions débiles ?

De la salive s'accumulait au coin de ses lèvres, qu'il essuya du revers de la main.

L'inspecteur Kim ne se démonta pas.

— Parlez-moi de vos rapports avec Jewel-Anne Church.

— Je vous en ai déjà parlé. Elle passait me voir quand

j'étais à l'hôpital. Elle était... je sais pas, attirée par le méchant tueur fou. Bref, elle a insinué qu'elle se laisserait faire... Vous voyez ce que je veux dire ?

Ses mains esquissèrent un geste obscène.

— Elle m'a même aidé à m'évader. Elle avait trouvé le trousseau de clés de son papa, celui qu'il croyait avoir perdu. Ils ont bien fait de le virer, cet imbécile ! Il a même pas fait changer les serrures. Elle les a toujours, les clés. Elle les avait, je veux dire.

— Après votre évasion, vous êtes allé où ?

— D'après vous ? La petite Church m'a aidé à sortir de l'île et m'a filé du cash. J'ai pris mes jambes à mon cou et je suis parti tout droit vers le Canada.

— Pourquoi êtes-vous revenu ?

Il ne répondit pas.

— Si j'appelle les autorités canadiennes, est-ce qu'ils vont me parler d'autres femmes mortes dans des circonstances suspectes ? La gorge tranchée, par exemple ?

— Non, putain !

Reece abattit son poing sur la table et fit sauter l'enregistreur numérique. Son visage était en proie à une rage incontrôlable. Austin crut qu'il allait craquer et se mettre à table, mais Reece annonça :

— Je veux parler à mon avocat.

Puis il leva un regard mauvais sur ceux qui suivaient l'entretien dans l'autre pièce et déclara :

— Vous avez bien entendu, bande de bâtards ? Je connais mes droits. Je dirai pas un mot de plus avant d'avoir parlé à mon avocat. Vous vous souvenez de lui ? Robert Cresswell ? Eh bien, allez le chercher !

Tous ceux qui connaissaient un peu son dossier reconnurent le nom de l'avocat qui lui avait épargné la prison en le faisant interner à Sea Cliff.

— En attendant qu'il arrive, dit-il à l'inspecteur Kim, vous pouvez faire une pause. Parce que j'ai vraiment rien à ajouter.

45

— On ne peut pas la garder plus longtemps, déclara Snyder en sortant de la salle d'interrogatoire.

Tandis que Lyons et lui interrogeaient Ava Garrison, le poste était devenu une maison de fous : les téléphones ne cessaient de sonner, un brouhaha de conversations flottait au-dessus des box, l'air crépitait d'excitation au fur et à mesure que d'autres policiers étaient appelés en renfort.

Ils avaient échoué dans leur tentative de briser ses défenses. Cette femme censée être mentalement fragile, voire complètement déséquilibrée, s'était révélée être un véritable roc. Ils n'avaient appris que très peu de chose. Au cours des longues heures passées à l'interroger, elle avait campé obstinément sur ses positions. Elle répétait ne pas savoir comment le couteau s'était retrouvé dans sa chambre et avait paru réellement choquée au moment de sa découverte.

Même si elle était la dernière personne à avoir vu Cheryl Reynolds vivante, même si elle avait accusé Evelyn McPherson d'être la maîtresse de son mari et avait agressé physiquement sa cousine la nuit précédant sa mort, les preuves à charge dont ils disposaient étaient uniquement indirectes.

Ils n'avaient aucune preuve formelle de son implication dans les trois crimes.

L'arme, que l'on avait retrouvée dans sa chambre, ne

présentait pas d'empreintes digitales, et les alibis d'Ava Garrison semblaient solides.

Snyder s'imaginait déjà le désastre, au tribunal : n'importe quel avocat un tant soit peu compétent s'en donnerait à cœur joie. Avec toutes les personnes qui vivaient ou travaillaient à Neptune's Gate, ils étaient nombreux à avoir pu planquer le couteau dans la chambre d'Ava Garrison.

Et puis, il y avait ces histoires à dormir debout au sujet d'une machination organisée par Jewel-Anne pour faire croire à Ava qu'elle perdait la raison ; le fait que Jewel-Anne et Lester Reece seraient les parents biologiques de son enfant, et que sa cousine paralysée, confinée dans un fauteuil roulant, aurait néanmoins mis en place un dispositif sophistiqué pour la convaincre qu'elle entendait et voyait son fils, la plongeant ainsi dans des crises de paranoïa.

C'était le truc le plus cinglé qu'il eût jamais entendu ! Ava Garrison prétendait en détenir la preuve en vidéo. On verrait bien… La vidéo pouvait être truquée, bien sûr, même s'il était difficile d'imaginer qu'elle ait pu aller jusque-là. Mais rien n'était impossible.

Quant à l'idée que Lester Reece avait engendré un enfant, elle lui faisait froid dans le dos !

— Tu penses qu'elle est innocente ? lui demanda Lyons, visiblement perplexe.

Une épaule appuyée sur le mur du couloir, elle avait l'air aussi fatiguée que lui. La nuit avait été longue et la journée plus encore.

— Tout ce que je sais, c'est qu'on ne peut pas prolonger sa garde à vue.

— Bien sûr que si. On a encore un peu de temps devant nous.

— Pour faire quoi ? La briser ? L'empêcher de tuer quelqu'un d'autre ?

— Par exemple ! répondit Lyons avec véhémence.

— Elle pourrait demander un avocat.

— Qu'elle le fasse !

Snyder frotta sa barbe naissante.

— Elle a eu les moyens, la motivation et l'occasion de commettre les trois crimes, déclara Lyons.

Un policier passa à côté d'eux à cet instant en poussant devant lui un jeune prisonnier, la nuque couverte de tatouages, un sweat-shirt à capuche trempé de pluie et un jean qui tenait à peine sur ses fesses maigrichonnes. Il posa un regard approbateur sur Lyons, qui n'eut pas l'air de s'en apercevoir.

— On n'a pas d'empreintes sur le couteau, lui rappela Snyder.

— Attendons les résultats du labo. Je parie qu'ils vont nous donner les ADN des victimes et du tueur.

— Ça va prendre du temps.

— Moi, je propose qu'on la mette en état d'arrestation. Histoire de la secouer un peu.

— Ce n'est pas encore le moment, Lyons.

— Pourquoi ? Parce qu'elle a le fric pour se payer le meilleur avocat de la région ?

Elle sortit un élastique de son sac à main et lissa en arrière ses cheveux indisciplinés.

— Entre autres, oui. Mais surtout parce qu'on n'a pas suffisamment de preuves pour une garde à vue.

Lyons leva les yeux au ciel, faisant claquer l'élastique autour de ses cheveux. L'instant d'après, quelques mèches s'échappaient déjà de sa queue-de-cheval.

— Franchement, Snyder... On trime depuis des jours pour savoir qui a tué ces femmes, et tu veux la relâcher dans la nature ? Un peu de courage, bon sang !

Elle s'éloigna d'un pas furieux.

Ouille...

Sa fierté en avait pris un coup. Mais il ne pouvait s'attarder là-dessus. Il avait tellement à faire qu'il remarqua à peine la manière dont le jean de Lyons moulait ses fesses tandis qu'elle s'éloignait. Ni les roulis de sa queue-de-cheval à chacun de ses pas.

Que cela leur plaise ou non, il était temps de relâcher Ava Garrison. Son mari était arrivé, se manifestant bruyamment, exigeant que sa femme puisse consulter un avocat. De toute façon, elle n'allait guère profiter de sa liberté retrouvée... Pour l'instant, les journalistes se concentraient sur Lester Reece, sa famille richissime et son légendaire avocat. Mais le cercle s'élargirait vite, comme les ondulations autour d'un caillou ricochant sur l'eau, et bientôt Ava Garrison les intéresserait au plus haut point. Le bruit courait déjà que son enfant disparu serait le fils biologique du plus célèbre criminel de l'Etat de Washington, et elle était au centre d'une enquête sur le meurtre de trois femmes, dont une qui se trouvait être la mère biologique de l'enfant disparu.

Pour elle, les ennuis ne faisaient que commencer. Dès qu'elle serait libérée, elle se retrouverait assaillie sur son île par la frénésie médiatique.

Il revint vers son box en essayant d'ignorer l'euphorie qui régnait dans les couloirs et les bureaux. Il ralluma son ordinateur, ouvrit le dossier des photos de la dernière scène de crime et se mit à prendre des notes. La présence des poupées le tracassait. Pourquoi se donner tant de mal ? Reece n'aurait jamais fait ce genre de choses, ni Ava Garrison, d'ailleurs. N'empêche que quelqu'un tenait à enfoncer le clou au sujet de l'obsession de Jewel-Anne pour les poupées... Obsession qui était peut-être liée à l'adoption de son bébé ?

Autre mystère : pourquoi le tueur aurait-il laissé la perruque dans la salle de bains de Jewel-Anne, s'il comptait tuer de nouveau ? Fallait-il en conclure que le meurtre de la jeune handicapée était le dernier de la série ?

Il repensa aux poupées mutilées. Constituaient-elles une sorte de revanche sur la poupée enterrée dans le jardin ? Dans cette affaire, impossible de trouver une explication qui tienne debout !

Peut-être Reece pourrait-il l'aider à éclaircir tout ça.

Ce serait en tout cas intéressant de recueillir un autre point de vue.

Il se releva et se dirigea vers la salle d'observation pour assister à une partie de l'interrogatoire.

Au cas où cela se révélerait instructif.

— Passe devant, dit Wyatt en coupant les gaz. Je m'occupe de ranger le bateau.

Ava n'avait pas la moindre envie de passer une seconde de plus en tête à tête avec son mari. Ni l'un ni l'autre n'avait prononcé un mot pendant la traversée depuis Anchorville, mais l'air était chargé d'accusations muettes.

Une nuit froide comme un linceul l'attendait à la sortie du hangar à bateaux. Devant elle se dressait la maison qu'elle avait toujours adorée et qui lui paraissait à présent presque monstrueuse.

Les dernières vingt-quatre heures de sa vie avaient été un concentré de tragédie et de traumatisme. Deux jours plus tôt, Jewel-Anne était encore vivante et passait son temps à la torturer ; à présent, elle savait qu'elle ne la reverrait plus jamais, ne s'irriterait plus de ses déplacements sournois et de ses remarques blessantes, ne lui souhaiterait plus jamais de se trouver une autre idole — Michael Jackson, Katy Perry, Lady Gaga, peu importait, du moment que ce n'était pas Elvis…

Elle fit pivoter sa tête pour essayer de détendre sa nuque. Il lui semblait qu'elle n'avait pas dormi depuis plusieurs jours, et elle sortait d'un interrogatoire qui s'était étiré sur de longues heures. Quand on l'avait enfin relâchée, Wyatt avait insisté pour la raccompagner sur l'île.

La pluie avait cessé de tomber, laissant place à une brume légère qui épaississait l'air et s'agglutinait autour des sources de lumière. Les mains enfoncées dans les poches, elle tourna son regard vers le ponton d'où elle avait sauté. Comment avait-elle pu croire que son fils s'y trouvait vraiment ?

Son cœur se tordit douloureusement à cette pensée. D'après ce qu'elle avait compris, Lester Reece niait tout en bloc : il n'avait pas enlevé Noah et n'avait aucune idée de l'endroit où il se trouvait. Disait-il la vérité ? Ou bien avait-il commis l'impensable ? Après toutes ces années, allait-elle devoir affronter la mort de son enfant ?

Sa gorge se noua douloureusement. Des larmes lui brûlèrent les paupières, mais refusèrent de couler de ses yeux.

Ce qu'il lui fallait, maintenant, c'étaient au moins quarante-huit heures de sommeil ininterrompu. Une fois qu'elle aurait repris des forces, elle réfléchirait à tout cela. Pour l'instant, elle était trop épuisée.

Mais d'abord, le divorce. Epuisée ou pas, demain matin, tu vas te lever tôt pour appeler ton avocat.

Elle jeta un dernier regard sur le ponton vide, qui disparaissait dans les eaux noires et mouvantes. Reprenant le chemin de la maison, elle se rendit subitement compte que sa vie avec son fils était devenue un souvenir lointain, de plus en plus flou. De nouveau, les larmes lui montèrent aux yeux ; de nouveau, elle les refoula.

— Seigneur, où qu'il soit, veillez sur lui...

Peut-être est-il temps de quitter l'île. De recommencer ta vie ailleurs.

En passant dans le jardin où la pierre du mémorial avait été soulevée, elle sentit le chagrin l'accabler plus encore.

Serait-elle capable de renoncer à cette maison qui lui avait causé tant de douleur et de soucis ? De repartir de zéro, seule ? Car il était hors de question de continuer avec Wyatt.

Elle franchit la porte d'entrée et jeta sa veste sur le portemanteau du hall. La maison sentait le café réchauffé, la cigarette froide et les fleurs fanées, mais, par bonheur, le calme régnait. Après avoir passé une bonne partie de la journée à être interrogée par la police, elle avait besoin de paix et de silence, de sommeil et d'oubli.

A part le chat qui la fixait depuis un banc, il n'y avait personne en vue. Elle entendit Wyatt entrer par la porte de derrière. Il lui avait appris que Trent et Ian étaient partis pour le continent dans la journée, et qu'ils n'étaient pas sûrs de revenir. Demetria, bouleversée par la mort de Jewel-Anne, s'était réfugiée chez l'une de ses sœurs et ne repasserait sans doute que pour récupérer ses affaires. Elle cherchait déjà un nouvel emploi. Simon, Khloé et Virginia devaient être chez eux. Restait à savoir où était Austin. Continuerait-il à travailler à Neptune's Gate, maintenant qu'il avait retrouvé son demi-frère ? Probablement pas.

Elle monta l'escalier. Arrivée sur le palier du premier, elle changea subitement d'avis. Au lieu de se diriger vers sa chambre, elle traversa le couloir jusqu'à la chambre d'amis et regarda par la fenêtre qui donnait sur l'arrière. A travers la brume, elle distingua le contour de l'écurie. Les fenêtres de l'appartement au-dessus étaient éteintes. Austin n'était pas revenu.

C'était ridicule, mais elle se sentit encore plus seule qu'avant.

Elle ne pouvait s'empêcher de se rappeler le contact de ses bras, le baiser qu'ils avaient échangé. Cette étreinte lui paraissait si lointaine… Y avait-il seulement vingt-quatre heures qu'elle lui avait rendu visite dans son studio ? Seulement un jour que Jewel-Anne était morte ?

En sortant de la chambre, elle vit que la porte de la chambre de Noah était entrouverte. Des picotements d'angoisse la parcoururent, mais elle se força à avancer jusqu'à la porte et à la refermer. Un jour, elle devrait vider cette pièce. Elle ne pouvait continuer à la préserver comme un mausolée.

Mais pas ce soir.

Tu vas t'en sortir, Ava. Tu en es capable.

Elle revint vers sa propre chambre, jetant au passage

un regard vers le rez-de-chaussée. Un triangle de lumière émanait du bureau.

Wyatt était sans doute trop agité pour dormir.

Eh bien, qu'il vaque à ses occupations ! Du moment qu'il ne venait pas la déranger… Elle n'avait pas besoin de tracas supplémentaires. Elle pressentait qu'elle aurait du mal à s'assoupir, elle aussi, avec les images qui défilaient dans son esprit : celles du cadavre de Jewel-Anne, de la salle d'interrogatoire, sans parler de ses fantasmes au sujet d'Austin Dern.

Quand elle l'avait quittée, sa chambre était sens dessus dessous. Mais en y pénétrant, à présent, elle eut l'impression d'être revenue plusieurs jours en arrière. Quelqu'un avait nettoyé et tout remis en place. En y regardant de plus près, elle remarqua que le tapis avait été enlevé et que le matelas n'était plus le même — sans doute venait-il d'une des chambres d'amis. On avait également changé les draps et les couvertures.

La poudre noire avait disparu. La pièce était si bien ordonnée que c'en était presque irréel, comme si les trois meurtres et la capture d'un psychopathe n'avaient pas eu lieu. Comme si la vie avait repris son cours normal.

Ses médicaments l'attendaient sur la table de nuit, comme toujours.

C'était une plaisanterie ? Ils croyaient vraiment qu'elle allait les prendre ?

L'espace d'une seconde, elle envisagea de le faire.

Tu pourrais te laisser emporter par le sommeil. Dormir toute la nuit et toute la matinée de demain. Le paradis, quoi…

Tu ne peux rien faire de plus ce soir, de toute façon. Puisque Reece est derrière les barreaux, tu ne crains rien. Tu peux leur faire confiance, aux autres… non ?

— Lâche prise, Ava, dit-elle à voix haute. Tu as besoin de repos.

Elle fourra les cachets dans sa bouche, se dirigea

vers la salle de bains pour prendre un verre d'eau, puis recracha subitement les comprimés dans les toilettes et tira la chasse. Elle n'avait aucun moyen de savoir ce qu'ils contenaient. Reece était en prison, certes, et Jewel-Anne morte, mais cela ne signifiait pas que sa vie avait repris un cours normal.

Loin de là !

Dans l'armoire à pharmacie, elle trouva un flacon de somnifères puissants.

— Ça fera l'affaire, dit-elle à son reflet dans la glace.

Elle prit deux comprimés et se pencha pour boire une gorgée d'eau au robinet. Avec un peu de chance, sa rencontre avec le marchand de sable ne se ferait pas attendre. Elle réfléchirait à son réveil à ce qu'elle devait faire du reste de sa vie.

Elle enfila un grand T-shirt et, en attendant que les somnifères fassent effet, se mit en quête de son ordinateur. Il avait disparu, sans doute confisqué par la police, qui avait vidé la chambre de tous les objets un tant soit peu intéressants.

— Génial...

Il lui restait heureusement son téléphone, qu'elle pouvait utiliser pour se connecter à internet et relever son courrier. Déjà ensommeillée, elle le repêcha dans son sac. L'icône de l'application qu'elle avait téléchargée quelques jours plus tôt, et qui lui permettait de visionner les images de la caméra de sécurité placée au grenier, était toujours sur son écran d'accueil.

La police avait-elle démantelé ce dispositif aussi, ou bien avait-elle négligé, dans la précipitation, de fouiller cette partie de la maison ?

Tu plaisantes ? S'il y a des gens méticuleux, c'est bien les flics...

Elle pointa néanmoins le doigt sur l'icône. Une petite fenêtre s'ouvrit à l'écran : une vue du grenier vide. Elle était sur le point de la refermer quand elle crut voir quelque chose bouger à l'image.

Quoi ?

Une onde de peur lui parcourut l'échine.

Elle plissa les yeux et vit de nouveau une ombre passer à l'image.

Peut-être une souris, ou le chat, ou même un animal plus gros qui se serait faufilé dans le grenier…

Non ! Il y avait quelqu'un au grenier ! Elle faillit sauter au plafond quand une silhouette humaine apparut devant l'objectif et remplit l'écran de son téléphone. Elle se figea, osant à peine respirer.

Que se passait-il, là-haut ? Qui pouvait bien se promener au grenier, maintenant que Jewel-Anne était morte ?

— Oh ! Mon Dieu…, murmura-t-elle tandis que la mise au point se faisait et qu'elle reconnaissait Khloé Prescott.

Son ancienne meilleure amie.

Que faisait-elle là-haut ?

N'était-ce pas le territoire de Jewel-Anne, l'endroit où elle dissimulait son ignoble dispositif ?

Depuis le début, tu es persuadée que Jewel-Anne a un complice. Eh bien, maintenant, tu sais de qui il s'agit !

La mort dans l'âme, elle regarda Khloé évoluer dans le grenier, cherchant visiblement quelque chose.

Non, non, c'est impossible… Il doit y avoir une erreur. Khloé ne peut pas être au courant des manigances de Jewel-Anne… Elle n'aurait jamais comploté avec elle…

Tout indiquait, pourtant, que c'était ce qui s'était passé. Incrédule, le cœur battant, Ava vit son amie découvrir le dispositif, le sortir de la penderie et s'acharner fiévreusement à le détruire. Elle sortit la carte mémoire sur laquelle étaient enregistrés les cris d'enfant et la broya sous son talon.

Quelque chose ne tourne pas rond…, pensa Ava, tout en repoussant l'idée épouvantable qui se formait dans un coin de son esprit. Khloé, son amie d'enfance, la nounou de Noah, celle qui s'était occupée d'elle à sa sortie de l'hôpital psychiatrique, ne pouvait avoir trempé dans cette hideuse machination !

Une autre idée, plus glaçante encore, s'insinua en elle.

Et si ce n'était pas Lester Reece qui avait tué Jewel-Anne ? Snyder avait laissé entendre qu'il n'y croyait pas. Que Reece ne se serait pas donné la peine de faire cette mise en scène... Comme Ava, Khloé était exaspérée par les « bébés » de Jewel-Anne... dont Ava comprenait à présent qu'ils constituaient des substituts de l'enfant auquel elle avait renoncé.

Seigneur, se pouvait-il que Khloé soit pour quelque chose dans le meurtre de Jewel-Anne ? Et si oui, avait-elle caché le couteau sous son lit ? Elle avait pourtant toujours été son amie, son alliée !

Pas toujours !

Souviens-toi...

Votre amitié a commencé à s'effriter au lycée, quand tu as fait l'erreur de sortir avec Mel LeFever, son petit ami de l'époque. Ils s'étaient séparés, d'accord, mais depuis une semaine seulement ! Khloé l'a mal pris, sur le coup, mais c'étaient des enfantillages. Elle t'a vite pardonné...

Et si ce n'était pas le cas ? Si elle avait continué à nourrir du ressentiment ? Non, c'était trop improbable.

Et Kelvin ? Elle était folle amoureuse de lui... Et si, comme Jewel-Anne, elle te tenait pour responsable de sa mort ?

Une foule d'éléments contradictoires se bousculaient dans son esprit. Certes, Khloé se montrait souvent sombre et distante, depuis la mort de Kelvin ; d'un autre côté, elle n'avait pas attendu longtemps pour refaire sa vie avec Simon, avec qui elle entretenait une relation tumultueuse.

Elle n'y comprenait rien. Rien n'avait de sens ! Elle se sentait épuisée et engourdie par les somnifères qui commençaient à faire effet. Il fallait pourtant qu'elle reste alerte, qu'elle découvre la vérité.

Sur l'écran de son téléphone, l'image devint floue. Une

ombre s'étendit sur le sol du grenier. Khloé leva les yeux vers la caméra et sourit.

Une deuxième personne entra alors dans le champ. Quelqu'un d'élancé, avec de larges épaules. Un homme.

Les cheveux d'Ava se dressèrent sur sa tête.

Son cœur cessa de battre.

Wyatt ?

Ça ne pouvait pas être lui !

Non !

Sa main, qui tenait le téléphone, se mit à trembler.

Que faisait-il là ? Sans quitter des yeux l'écran du téléphone, elle s'avança furtivement vers la porte et passa la tête dans le couloir qui donnait sur l'escalier. Au rez-de-chaussée, la lumière sortait encore de la porte entrouverte du bureau.

De quel cauchemar était-elle la proie ?

Des dizaines de réponses possibles lui vinrent à l'esprit. Aucune n'était agréable.

Rentrant dans sa chambre, elle vit Khloé accueillir Wyatt avec un sourire séduisant et complice. Elle n'apercevait que le profil de son mari, mais il semblait sourire, lui aussi, comme s'ils partageaient un secret.

Ils étaient donc de mèche ?

Et elle qui était persuadée qu'il la trompait avec Evelyn McPherson !

Il s'avança vers Khloé et dit quelque chose d'inaudible. Elle se mit à rire en renversant la tête. Il posa alors la main sur sa nuque et elle lui lança un regard plein de sensualité et de provocation.

Horrifiée, Ava le regarda attirer Khloé contre lui. Elle prononça quelques mots qui le firent rire à son tour. Puis il l'embrassa. Longuement. Avec fougue. Comme s'il attendait ce moment depuis une éternité.

Ce n'est pas avec Evelyn McPherson qu'il te trompait, espèce d'idiote ! C'est avec Khloé !

Mais... alors... La tête lui tournait. Etait-il possible

qu'ils aient tué Jewel-Anne et les autres ? Non, bien sûr que non ! Ça, c'était forcément Lester Reece !

A moins que...

Une panique glacée s'empara d'elle. En dépit de tout le mal qu'elle pensait de son mari, elle n'avait pas imaginé une seconde qu'il puisse être coupable de meurtre.

Tu ne te doutais pas non plus qu'il avait une liaison avec Khloé ! Que sais-tu vraiment de lui... et d'elle, d'ailleurs ? Seulement ce qu'ils ont bien voulu te montrer.

Avaient-ils participé tous les deux à la machination montée par Jewel-Anne ? Et si les choses avaient mal tourné et que ce canular cruel les avait poussés au meurtre ?

Elle laissa le téléphone tomber sur le lit et expira lentement. Mille questions se bousculaient dans son esprit. Elle ne voulait pas croire qu'ils puissent être pour quelque chose dans le meurtre de sa cousine, ni dans les autres.

Mais au fond, elle sentait que c'était pourtant le cas. Restait à savoir quel rôle ils avaient joué exactement.

Réfléchis, Ava. Il faut que tu fasses quelque chose.

Le problème, c'était qu'en dépit de l'adrénaline qui inondait ses veines, son esprit tournait de plus en plus au ralenti, du fait des somnifères.

Il faut que tu y ailles...

Non. Ça ne marcherait pas. Récupérant son téléphone, elle constata qu'ils s'embrassaient toujours, de plus en plus passionnément.

Il te faut de l'aide. Trouve quelqu'un pour t'aider et aller leur réclamer des explications.

Mais qui ? La maison était vide. Elle l'avait senti dès l'instant où elle y était entrée. Tout le monde était parti.

Sauf Khloé et Wyatt.

Et si Khloé s'était débarrassée de tous les témoins gênants, avant d'envoyer Wyatt, dans le rôle du mari dévoué, la chercher au poste de police ?

Elle attrapa le téléphone fixe sur sa table de chevet.

Même si l'inspecteur Snyder la considérait comme une suspecte, il écouterait ce qu'elle avait à dire.

Elle décrocha.

Pas de tonalité.

Le petit écran d'affichage était éteint.

Rien du tout.

Elle vérifia qu'il était branché et appuya de nouveau sur le bouton « appel ».

Oh ! Mon Dieu...

Ils cherchent à t'isoler !

Elle jeta un regard à l'écran de son smartphone. Les amants s'écartaient enfin l'un de l'autre en se souriant, comme s'ils se félicitaient de la réalisation de leur plan magistral.

Fiche le camp d'ici ! Prends le bateau et quitte l'île. Vite ! Tant qu'ils sont absorbés l'un par l'autre ! Regarde ce qui est arrivé à Jewel-Anne ! C'est peut-être ta dernière chance de t'en sortir vivante !

Elle composa le numéro des urgences avant de se raviser et de mettre fin à l'appel. Si Wyatt voulait vraiment la tuer, pourquoi ne l'avait-il pas poussée par-dessus bord, une heure plus tôt, au milieu de la baie ? Non, c'était ridicule. Elle n'avait pas les idées claires. Il ne lui ferait jamais de mal... Ce n'était pas son objectif...

Mais quel est-il, alors ?

Tu ne peux pas te permettre d'attendre de le découvrir.

Elle se rhabilla en vitesse, tout en gardant un œil sur l'écran de son téléphone. Elle n'avait qu'à se glisser hors de la maison, courir jusqu'au hangar à bateaux...

Et puis quoi ? T'enfuir comme une voleuse ? Les laisser continuer leurs machinations ? Appeler les flics pour leur dire qu'ils sont amants et qu'ils ont détruit l'enregistrement ? Tu crois qu'ils vont te prendre au sérieux ?

Respire, Ava. Réfléchis. Tu es capable de les battre à leur propre jeu.

Mais pas toute seule. Elle avait besoin d'aide. Elle coupa

la vidéo et appela Austin en priant pour que son téléphone soit allumé et qu'il décroche. Elle ne l'avait pas revu depuis son départ pour la battue, mais elle avait entendu les rumeurs qui couraient et savait qu'il avait joué un rôle essentiel dans l'interpellation du fugitif. A présent, elle n'avait aucune idée de l'endroit où il pouvait être.

Elle tomba sur sa boîte vocale.

La poisse !

Elle n'avait pas le temps de lui laisser un message détaillé.

— C'est Ava. Reviens vite sur l'île, il se passe des choses bizarres..., se contenta-t-elle de chuchoter. Rappelle-moi !

Puis elle bascula de nouveau sur le flux vidéo.

Là-haut, l'ambiance avait changé. Les deux amants se tenaient encore tout près l'un de l'autre, mais l'humeur joueuse et séductrice avait laissé place aux tensions et à la colère. La mâchoire de Wyatt était crispée, les yeux sombres de Khloé lançaient des éclairs. Ils se disputaient manifestement.

Au sujet de Jewel-Anne ou d'autre chose ?

Ils parlent de toi, Ava ! Elle veut le convaincre de te tuer ! Ou l'inverse : Khloé ne veut pas, et il essaie de la faire changer d'avis.

Dans les deux cas, il était temps de partir.

Son téléphone toujours à la main, elle sortit de sa chambre. Les yeux toujours fixés sur l'écran, elle voyait la situation évoluer de nouveau. La dispute dégénérait. Le regard de Khloé était froid comme la glace.

Wyatt tendit la main, comme pour la reprendre dans ses bras, mais elle recula et dit quelque chose qui l'arrêta net. Les lèvres de Wyatt formèrent un rond, comme s'il disait « non ». L'instant d'après, Khloé sortit un couteau de sa poche.

Ava laissa échapper un petit cri.

Wyatt leva la main en signe de capitulation.

Khloé se jeta sur lui en montrant les dents, le regard enflammé de colère.

Un reflet de lumière brilla sur la lame. Wyatt s'écarta pour tenter de l'éviter.

En vain.

Avec une expression de triomphe presque animale, Khloé plongea la lame dans son torse.

46

Reece n'était pas le tueur qu'ils cherchaient. Si les flics ne l'avaient pas encore compris, Austin, lui, en avait la certitude.

Ce qui voulait dire que le meurtrier se promenait encore dans la nature.

Un meurtrier qui s'en était pris avec la plus grande cruauté à plusieurs personnes de l'entourage d'Ava.

Il se fit raccompagner par un policier jusqu'au port d'Anchorville.

Le poste de police s'était transformé en maison de fous, où les journalistes ne faisaient qu'ajouter au chaos, mais ici, la brume s'étendait sur l'eau sombre derrière les bateaux amarrés, et la nuit semblait sereine.

N'empêche qu'il la sentait encore, cette peur qui vibrait dans l'air, cette intuition du mal qui suintait de l'obscurité. Au poste, il avait enfin passé à Reba le coup de fil qu'elle attendait tant. Il l'avait entendue ravaler un sanglot après avoir chuchoté : « Dieu soit loué », puis : « Merci, Austin. » Il s'en était ému, mais, après avoir raccroché, s'était demandé pourquoi il ne ressentait pas davantage de satisfaction.

En dépit de la capture de Reece, de sa nuit blanche et de ses muscles courbaturés, il restait agité, aux aguets. Si Reece n'était pas le tueur, qui avait commis les meurtres ?

Il se posait cette question depuis des heures, depuis qu'il avait quitté la petite salle d'observation. Reece était assurément un fou dangereux, mais il s'était montré catégorique sur le fait qu'il n'avait pas « buté ces bonnes femmes », et Austin avait tendance à le croire.

Le vrai tueur courait toujours.

Il pouvait donc recommencer.

Il enfonça les mains dans les poches de son blouson et sortit son téléphone. Ce fichu bidule ne marchait toujours pas ! En apprenant qu'Ava avait été amenée au poste puis en était repartie avec ce goujat de Wyatt, il avait essayé d'appeler Neptune's Gate depuis le bureau de police, mais il n'avait réussi à joindre personne.

Ce qui le tracassait un peu. Beaucoup, même...

Il ne croyait pas une seconde qu'Ava avait pu commettre les meurtres, même si, à ce qu'il avait compris, les flics essayaient de réunir des preuves dans ce sens.

Il était à présent convaincu qu'elle était la victime d'un coup monté. Le (ou la) complice de Jewel-Anne s'était retourné contre celle-ci, puis avait décidé de faire porter le chapeau à Ava.

D'où le fait que le tueur faisait probablement partie de ses proches, puisqu'il pouvait aller et venir sur l'île et dans Neptune's Gate sans éveiller les soupçons.

Il essaya de nouveau d'appeler de son portable : rien à faire. Il ne remarcherait sans doute jamais.

Une angoisse sourde le tenaillait.

Calme-toi. Tu seras au manoir dans moins d'une heure.

Ses bottes résonnaient sur les planches mouillées du quai. Les bateaux étaient tous rentrés dans leur mouillage pour la nuit, mais, à la proue du *Holy Terror*, une petite lueur rougeoyait : le bout d'une cigarette qui se consumait dans la nuit.

— Vous pouvez me ramener à Church Island ? demanda Austin à Butch Johansen.

Il l'avait croisé à quelques reprises, et l'individu lui avait fait une assez bonne impression.

— Ça sera pas donné.

Johansen balança son mégot devant lui, dessinant une courbe incandescente qui s'éteignit brusquement au contact de l'eau.

— Pas de problème, répondit Austin. Du moment que ça va vite.

Il s'inquiétait pour Ava, revenue sur l'île où se trouvait peut-être le meurtrier.

— On fera ce qu'on pourra. Le brouillard se lève.

Mais en dépit de ses ronchonnements, Johansen avait déjà le doigt sur le contact quand Austin grimpa à bord. Tandis qu'il faisait rugir le moteur et sortait le bateau de son mouillage, Austin sonda l'obscurité qui leur faisait face. Impossible de distinguer Church Island dans cette purée de pois, mais il savait qu'Ava se trouvait là-bas. Avec son idiot de mari.

— Vous avez un téléphone portable ? lança-t-il par-dessus le bruit du moteur.

— Non. Juste une radio.

— Sérieux ?

De nos jours, qui n'avait pas de téléphone portable ?

— J'ai eu une prise de bec avec mon opérateur, rétorqua Johansen en fixant la proue et la nuit opaque. Devinez qui a gagné.

Ils fendaient la brume dans un hurlement de vent, mais cela ne suffisait pas à Austin. Peu lui importait le danger, il devait rejoindre Ava rapidement.

— Il peut aller plus vite, votre rafiot ?

— Ça, oui !

Johansen mit les gaz et l'embarcation vola littéralement sur l'eau, comme s'ils devançaient la brume qui se rassemblait en silence à sa surface.

Mais pour Austin, c'était encore trop lent.

*
* *

Ava chancela. Sur l'écran de son téléphone, Khloé se dressait au-dessus d'un Wyatt suffoquant, une tache rouge fleurissant sur sa chemise.

— Non, non !

Elle devait le secourir, vite, mais une lueur maléfique, dans le regard de Khloé, semblait indiquer qu'elle n'avait pas fini. Ava se rappela la plaie béante dans la gorge de Jewel-Anne. Il lui fallait une arme. Un pistolet, un couteau, une batte de base-ball, n'importe quoi…

S'il était encore temps de sauver Wyatt.

La police n'avait aucune chance d'arriver assez vite. Elle seule pouvait agir. Longeant le couloir, elle composa le 911, consciente des précieuses secondes qui s'échappaient et qui pouvaient être déterminantes pour la vie de son mari.

— Les urgences, dit une voix râpeuse. Quel est l'objet de…

— Envoyez des secours à Neptune's Gate, sur Church Island ! Vite ! Mon mari vient de se faire agresser ! Il… Oh ! Mon Dieu, il est peut-être déjà mort !

— Calmez-vous, madame. Donnez-moi votre nom et la nature exacte de…

— Je m'appelle Ava Garrison et je suis en train de regarder mon mari se faire tuer ! Ici, sur l'île ! Il nous faut de l'aide ! Elle a un couteau et elle essaie de le tuer !

— Vous êtes témoin de l'attaque ?

— Sur mon téléphone ! La caméra de mon téléphone !

— Pardon ?

Ava descendit les marches deux à deux. Il n'y avait plus de temps à perdre. Wyatt se vidait de son sang.

— Une caméra est branchée ! Je vois tout ce qui se passe !

Elle courait, à présent, pieds nus en direction du bureau, terriblement consciente que le temps œuvrait contre elle.

Elle tentait de rester concentrée, mais les somnifères qui se diffusaient dans ses veines la rendaient maladroite.

Elle se cogna la hanche au coin du bureau, puis le doigt de pied contre une chaise.

— Aïe !

— Allô ? Vous m'entendez ?

La standardiste était encore au bout du fil.

— Prévenez l'inspecteur Snyder ou l'inspecteur Lyons. Faites vite !

— Si vous voulez bien rester en ligne, madame…

— Impossible !

Elle mit fin à la communication et tenta de rappeler Austin une fois encore. Il ne répondait toujours pas.

En toute hâte, elle composa un texto :

Khloé a poignardé Wyatt dans le grenier. Préviens les secours !

Elle cliqua pour envoyer le message, puis mit son téléphone en mode silencieux. Pas question qu'il trahisse sa présence en se mettant à sonner.

Vite, Ava, vite !

Sa tête lui hurlait des ordres paniqués, mais ses jambes n'obéissaient plus. Ses mouvements restaient lents et léthargiques. Elle fouilla le bureau à la recherche du pistolet caché de Wyatt — cette arme qui avait été une pomme de discorde à l'époque où Noah vivait dans la maison.

Evidemment, les tiroirs étaient fermés à clé.

— Vite ! Vite !

S'attendant à voir surgir Khloé à tout instant, elle retrouva la clé dont elle avait découvert la cachette des années auparavant et, avec des gestes aussi maladroits qu'impatients, réussit à ouvrir le tiroir de l'arme.

Il était vide !

Le désespoir l'accabla. Mais elle ne devait pas baisser les bras. Il fallait qu'elle retrouve ce maudit Ruger dont Wyatt était si fier. Elle ouvrit les autres tiroirs, les uns après les autres, et les vida sur le sol. Le pistolet n'y était pas.

C'est Khloé qui l'a !

Elle a pris le pistolet.
Ne perds pas plus de temps. Va chercher un couteau !

Le cœur battant à se rompre, elle se faufila vers la cuisine, s'attendant à voir surgir un nouvel ennemi à chaque pas. Qui d'autre trempait dans cet immonde complot ? Trent ? Jacob ? Ian ? Et Simon ? Et Virginia ? Se doutaient-ils que Khloé était une meurtrière ?

Ressaisis-toi. Ne pense pas aux autres. Concentre-toi sur Khloé et sur Wyatt. Tu as peut-être le temps de le sauver.

Ses mouvements étaient de plus en plus lents, et il lui était de plus en plus difficile de se concentrer.

La cuisine était plongée dans l'obscurité ; seule une veilleuse, à l'extérieur, jetait un pâle rayon de lumière par la fenêtre. Une ombre passa devant. Ava faillit laisser échapper un hurlement avant de se rendre compte qu'il s'agissait du gros chat noir qui marchait sur le plan de travail, près de l'évier.

Elle repéra la grande gazinière, se pencha par-dessus les brûleurs vers les rails métalliques fixés au mur carrelé et, précautionneusement, du bout des doigts, parcourut les objets qui y étaient fixés, sentit le manche massif du couteau de boucher et le décrocha. Juste avant de s'éloigner, elle décida de prendre aussi un couteau plus petit, qu'elle glissa dans sa poche.

Quittant la cuisine, elle se retrouva dans une totale obscurité. Elle avança à tâtons jusqu'à l'escalier et posa le pied sur la première marche. Puis la deuxième. Elle ne pouvait prendre le risque d'allumer.

Loin au-dessus d'elle, une porte venait de s'ouvrir.

Son cœur faillit cesser de battre.

Elle retint sa respiration.

Des pas furtifs se firent entendre dans l'escalier. Quelqu'un descendait prudemment, essayant de toute évidence de ne pas faire grincer les marches.

Expirant lentement, le cœur battant à toute allure, le front et les mains couverts d'une sueur glacée, Ava redescendit à reculons les marches qu'elle venait de monter et se dissimula dans un coin, près de l'entrée de la cuisine. Le couteau, dans sa main, semblait peser vingt kilos.

Les pas s'amplifiaient. Se rapprochaient.

Tendant l'oreille, Ava comptait les battements de son cœur, attendant le bon moment pour se jeter sur son adversaire.

Trempée de sueur, elle serrait son arme à deux mains.

Venant de très loin, un ronronnement de moteur filtra jusqu'à elle. Austin ! Si seulement il pouvait être déjà là !

Les pas dans l'escalier cessèrent abruptement, comme si Khloé, elle aussi, avait entendu le bateau. Puis ils reprirent plus furtivement et s'arrêtèrent au milieu du couloir.

— Ava ? Je sais que tu es là. Sors de ta cachette...

Ava leva son couteau au-dessus de sa tête. Tous les muscles de son corps étaient tendus, pourtant, elle se sentait si fatiguée ! Il lui était si difficile, en cet instant, de rester sur ses gardes...

— A-va, lança Khloé d'une voix chantante. Aaaa-vaaaa...

Des gouttes de transpiration coulaient dans les yeux d'Ava, et sur ses mains qui enserraient le couteau.

— Tu as tout vu sur ta petite caméra, pas vrai ?

Ava déglutit péniblement. Le couteau trembla entre ses doigts.

— Tu te crois assez maligne pour m'avoir, hein ?

Ava se sentit vaciller. Le somnifère était si puissant que l'adrénaline ne suffisait plus à contrecarrer son effet.

— Désolée, chère amie, mais ça ne va pas marcher...

Maintenant ou jamais !

Ava plongea en avant.

Le monde devint soudain tout blanc. Une lumière éblouissante lui brûla la rétine. Elle n'eut que le temps d'apercevoir l'expression surprise de Khloé, et la torche puissante qu'elle tenait dans une main.

Dans l'autre, il y avait la lame qu'elle venait de plonger dans la poitrine de Wyatt.

*
**

L'appel arriva à Snyder après minuit. Le standardiste de la centrale lui annonça qu'Ava Garrison prétendait avoir vu Khloé Prescott attaquer Wyatt Garrison, son mari, et qu'il était peut-être mort. Snyder écouta deux fois le message. Il n'y comprenait rien, mais téléphona aussitôt au capitaine de la vedette du shérif et lui donna rendez-vous sur le port. N'ayant pas dormi depuis plus de vingt-quatre heures, il se sentait épuisé, mais il repoussa sa fatigue, et, laissant son vélo au bureau, fonça dans une voiture de service vers le port, gyrophare allumé et sirène hurlante.

Lyons serait certainement en rogne de ne pas avoir été prévenue, mais il n'avait pas le temps de l'attendre. Il avait nettement perçu la terreur qui vibrait dans la voix enregistrée d'Ava Garrison, et il était clair qu'elle avait de gros ennuis.

Elle était soupçonnée de meurtre, certes, mais après une journée entière passée à l'interroger, il était convaincu qu'elle n'aurait pas appelé à l'aide si elle n'en avait eu impérativement besoin.

Une vedette et un hélicoptère de la police maritime étaient déjà en route. Snyder comptait les rejoindre au plus vite.

Il grilla un feu orange, puis ralentit devant un feu rouge, mais les rues étaient désertes et son gyrophare allumé, alors il ne s'arrêta pas. Il prit les derniers virages un peu trop vite et s'arrêta en dérapant sur le parking situé en face du port. Près du rivage, des nappes de brume montaient de la baie et promettaient de s'amalgamer avant l'aube.

La vedette attendait.

Lyons était déjà à son bord.

— T'en as mis, du temps ! dit-elle en lui lançant un gilet de sauvetage, et en lui adressant un sourire qui disait clairement : « N'essaie plus jamais de m'avoir. »

— Je t'emmerde, Lyons ! dit Snyder.

Mais il était heureux de la voir.

— C'est réciproque, rétorqua-t-elle avant de se tourner vers le capitaine. On y va ?

Le bateau démarra et fendit le brouillard en direction de l'île.

Le couteau atteignit Khloé à l'épaule.

— Salope ! hurla-t-elle.

La torche lui échappa des mains, rebondit sur le carrelage et roula au loin, balayant le plafond de son faisceau.

Elle battit l'air de sa main libre, essayant de poignarder Ava.

Elles roulèrent ensemble au sol. Le genou d'Ava percuta violemment le carrelage, mais elle réussit à immobiliser le poignet de Khloé avant d'être touchée.

Le visage de son amie était contorsionné par la douleur ; son regard étincelait de haine. Elle parvint à décocher à Ava un violent coup de pied au tibia.

Un élancement irradia dans sa jambe et Ava lâcha prise.

Khloé arracha la lame de son épaule dans un gémissement de douleur et la laissa tomber au sol ; la lame s'écrasa sur le carrelage dans un bruit métallique. Ava recula et tenta de se redresser, dérapant sur le sang tiède et poisseux.

— J'aurais dû te tuer quand j'en avais l'occasion ! cracha Khloé.

— Qu'est-ce qui t'en a empêchée ?

Fais-la parler et ne la quitte pas des yeux. Ne te laisse pas distraire une seconde.

— Il aurait fallu que ça ressemble à un accident, idiote !

— Mais les autres... Ce n'étaient pas des accidents !

Elle fixait le couteau de Khloé, priant pour que la police soit en route. Ou Austin. Ou n'importe qui d'autre. Elle avait entendu un bateau approcher. Où était-il passé ? Pourquoi n'avait-il pas encore atteint le hangar ?

Khloé rampait vers elle, essayant de se remettre debout.

Ava sonda désespérément la pénombre, avant de se rappeler qu'elle avait un second couteau dans la poche.

— Les autres morts n'avaient pas besoin de passer pour des accidents, puisqu'elles sont ton œuvre, à toi, la cinglée !

— Je n'avais aucune raison de le faire.

— Tu les détestais.

— Non ! Pas Cheryl !

Une rage sourde monta en elle, tandis qu'elle se rappelait la douceur de la femme qui avait tenté de l'aider à exorciser ses démons. Ses doigts se crispèrent autour du couteau dans sa poche. Elle devait à tout prix continuer à faire parler Khloé.

— Pourquoi est-ce que j'aurais tué Cheryl ? reprit-elle plus calmement.

— Parce qu'elle connaissait tes secrets. Et quand la police trouvera la cassette de la séance que tu as cachée sous une planche de ta penderie, elle aura de quoi t'inculper officiellement.

— Quelle cassette ?... Je n'ai jamais...

Les yeux de Khloé luisaient d'une fierté sauvage.

— Ne t'en fais pas. Ils la trouveront.

Malgré son ton menaçant, elle vacillait. Un filet de sang ruisselait le long de son bras.

— Tu les as toutes tuées... Pourquoi ?

— Elles en savaient trop ! cria Khloé. Elles ont toutes fini par être au courant, pour Wyatt et moi. Il... il a fallu s'en débarrasser.

Elle aspira une bouffée d'air avec difficulté. Son bras pendait mollement le long de son buste, mais la haine continuait à flamber dans son regard.

— Dis-moi, salope, quel effet ça fait, d'avoir perdu l'amour de ta vie ?

— Quoi ? Qui ? bégaya Ava.

L'espace d'une seconde, elle pensa à Austin.

— Ton mari !

Ava continuait à reculer, tout en réfléchissant aussi

vite qu'elle le pouvait. La blessure de Khloé paraissait profonde, mais ne l'entravait pas totalement.

Wyatt... Etait-il temps encore de le secourir ?

— Il est mort, affirma Khloé.

— Non !

— Si. J'ai vérifié.

— Mais... tu... vous...

Ava fut prise de nausée. Elle n'aimait plus Wyatt depuis longtemps, mais penser qu'il avait péri de la main de sa maîtresse !

— Comment est-ce que tu as pu... ?

Comment cette femme qu'elle avait comptée parmi ses meilleures amies s'était-elle transformée en tueuse impitoyable ?

— Qu'est-ce que ça peut te faire ? Il était trop facile à séduire, je n'ai pas pu résister... Et puis, j'avais envie de prendre ma revanche.

Son sourire s'étira en grimace.

— Ta revanche sur quoi ?

— Sur tout ce que tu as eu ! Ta maison ! Ton argent ! Ton enfance de princesse, pendant que moi, je passais mon temps à m'occuper de mes frères et sœurs ! Ça me fait quel effet, à ton avis, d'être ton employée ? De voir ma mère et mon mari travailler pour toi ?

La rage accumulée depuis de longues années bouillonnait en elle, débordait littéralement.

— Sans compter les hommes ! Déjà, au lycée, tu n'as rien eu de plus pressé que de me piquer mon copain !

— Mel ? Mais c'était il y a des années...

— Et Kelvin... Juste au moment où j'avais enfin l'occasion d'améliorer ma vie, de goûter à tout ce que tu avais depuis la naissance, en me mariant avec lui... Mais voilà que tu le persuades de sortir son bateau en pleine tempête.

— C'était un accident.

— Qui t'a permis d'hériter de tout ! Alors, avec Wyatt,

j'avais enfin la possibilité de prendre ma revanche. A travers lui, je pouvais récupérer la part qui aurait dû me revenir.

Elle agita son couteau, englobant la cuisine, la maison, le domaine, l'île tout entière.

— Mais tu l'as tué ! s'exclama Ava.

Elle continuait à reculer. Il fallait qu'elle gagne encore un peu de temps, pour permettre aux secours d'arriver. Heureusement, Khloé semblait avoir envie d'entrer dans les détails, persuadée qu'Ava n'avait pas beaucoup de chances de s'en sortir.

— Parce qu'il s'est dégonflé ! Il n'a pas été foutu d'aller jusqu'au bout... Il a même parlé de se rabibocher avec toi ! Ce minable voulait tout garder pour lui ! C'est pour ça qu'il n'a jamais voulu divorcer. Il préférait que tu sois vivante et enfermée chez les fous, pour tout contrôler...

— Mais toi...

— Moi, j'ai eu une meilleure idée ! Je savais ce que Jewel-Anne manigançait et je lui ai donné un coup de main pour voir si elle parviendrait à te pousser au suicide. Comme ça n'a pas marché, j'ai lancé le plan B.

— Les meurtres... Pour m'envoyer en prison jusqu'à la fin de ma vie.

— Tu vois, tu n'es pas aussi bête que tu en as l'air.

Ava n'était plus très éloignée de la porte du couloir, maintenant. Si elle pouvait la claquer au visage de Khloé et partir en courant, elle avait une chance de s'en tirer.

Mais partir où ?

Vers le hangar à bateaux. Si elle avait le temps d'y arriver. Les clés du yacht étaient sur le contact.

— Et Simon ? demanda-t-elle.

— Qu'est-ce qu'il vient faire là-dedans ?

— C'est ton mari.

— Plus pour longtemps. Ce salopard a levé la main sur moi une fois de trop. Je le fous dehors et je demande le divorce. Il le sait, il ne va pas se battre.

Elle se tut un instant et cligna des yeux, comme pour

empêcher ses pensées de dériver. Ava eut le temps d'entrevoir, dans son regard, des blessures si profondes que Khloé elle-même ne paraissait pas en être consciente.

— Tout aurait été tellement plus simple si tu avais pu te noyer quand tu étais censée le faire… Tu sais, quand tu as cru voir ton fils sur le ponton. C'était le moment parfait !

— Noah ? murmura Ava en s'adossant à la porte, l'air de rien.

— Qui d'autre ? On a remplacé tes calmants par des hallucinogènes puissants. Mais tu as fini par t'en douter, pas vrai ?

— C'est incroyable…

— Pas tant que ça. Tu aurais fait n'importe quoi pour ce garçon. On savait qu'on pouvait te manipuler avec ça.

— Qui ça, « on » ?

— Jewel-Anne, Wyatt et moi, tiens ! Le plus beau, dans l'histoire, c'est que ce foutu gamin n'était même pas à toi. Ce n'était pas ton fils !

— Si, c'était… *C'est* mon fils !

— Au moins, il vivait avec son véritable père.

— *Quoi ?*

— Ne me dis pas que tu n'es pas au courant ? répliqua Khloé, se préparant manifestement à lui porter le coup de grâce. Lester Reece n'est pas le père de Noah. Ça, c'est un gros canular qu'ils avaient préparé au cas où tu découvrirais le pot aux roses.

Ava avait la tête qui tournait. Elle n'avait pas encore assimilé le fait que Reece était l'amant de Jewel-Anne et le père biologique de son fils, et voilà que…

— Wyatt ? souffla-t-elle.

Khloé confirma d'un grand sourire malveillant.

Ava crut qu'elle allait vomir.

— Wyatt et Jewel-Anne ?

— Evidemment ! Ce que tu peux être aveugle, ma pauvre fille ! Voilà pourquoi il a insisté pour qu'elle reste habiter avec vous !

Ava tentait en vain de rassembler ses idées. Rien de ce qu'elle entendait n'avait de sens. Son cerveau tournait au ralenti, les somnifères prenant définitivement le dessus.

Serre le petit couteau dans ta main. Ne le lâche pas.

— Il vous a mises enceintes en même temps. Si ça, c'est pas tordu...

Wyatt et Jewel-Anne ?

— C'est impossible.

— Impossible ? Réfléchis un peu, Ava. Tu ne t'es jamais demandé pourquoi ta cousine était si arrogante ? Pourquoi elle avait toujours ce petit air suffisant ? Elle a rompu avec Reece bien avant la conception de Noah, même si personne n'était au courant, bien sûr, à part Wyatt et elle.

— Tu racontes n'importe quoi !

Sa voix commençait à devenir pâteuse ; ses yeux picotaient.

Serre le couteau dans ta main et attends le bon moment. Ne le lâche pas. Interdit de le lâcher !

— Ça non plus, tu n'arrives pas à l'accepter, hein ? Si Jewel-Anne te prenait de haut, c'est parce qu'elle avait quelque chose de plus que toi, la femme parfaite.

Une haine inextinguible vibrait dans sa voix.

— Avec ton mari aimant et ton adorable fiston... même si ce n'était pas vraiment le tien...

— Tu es malade, murmura Ava en luttant contre le sommeil. C'est toi, alors, qui as enterré la poupée dans le cercueil... Toi qui as tué Jewel et qui as tranché la gorge de ses poupées.

— Je te l'ai dit, elle en savait trop. Comme les autres.

— Je ne te crois pas...

— Regarde les cicatrices sur tes bras. Comment est-ce que c'est arrivé, d'après toi ? Tu crois vraiment que tu as voulu te suicider ? Tu ne te rappelles pas qui t'a fait rentrer dans ton bain, qui t'a savonnée, qui t'a apporté un verre de vin... en y glissant un petit quelque chose ?

Ava essayait de réfléchir, mais sa tête était si lourde... si lourde… Comme ce soir-là… Wyatt l'avait aidée à s'étendre dans la baignoire, y avait versé du bain moussant, l'avait embrassée au creux de son cou mouillé, avant de faire glisser une lame de rasoir jusqu'au creux de son poignet…

Elle fut reprise de nausée. Wyatt ? C'était donc lui qui avait fait ça ? Qui l'avait droguée et lui avait tranché les veines pour faire croire à une tentative de suicide ?

Elle voulut nier, mais devait admettre qu'elle s'était laissé manipuler par Wyatt pendant trop longtemps. Il n'osait pas divorcer, car la procédure lui aurait coûté trop cher, et il était assez cupide pour vouloir tout garder. Il ne pouvait pas non plus la tuer sans éveiller les soupçons… Mais si elle plongeait dans la folie et se suicidait, il n'avait qu'à jouer le mari éploré.

— Tu commences enfin à comprendre, dit Khloé d'une voix affaiblie.

Ava était sur le point de sortir son couteau quand Khloé récupéra brusquement la lampe torche et la braqua sur elle.

— Ah, ah, ah ! dit-elle. N'y pense même pas ! Je me doute que tu as une arme de rechange, ma chérie… Un couteau ? Une bombe lacrymo ? Peu importe, ça ne servira à rien.

Elle aspira une bouffée d'air entre ses dents, comme si une douleur fulgurante la tenaillait.

— Et, au fait, Ava, ce petit garçon qui t'obsède tant, tu peux l'oublier. Il s'est bel et bien noyé dans la baie, cette nuit-là. Il est sorti tout seul de la maison et il s'est noyé.

— Tu mens ! hurla Ava, sentant pourtant des lames de douleur lui broyer le cœur.

— Regarde les choses en face, Ava. Noah est mort. Tu as perdu tout cet argent, tout ce temps, et même ta santé mentale, à chercher un gamin qui ne reviendra jamais. Un enfant que ton mari a eu avec ta cousine !

Ava l'entendait à peine. L'annonce de la mort de Noah la plongeait dans un abîme de désespoir. Mais à présent qu'elle était sur sa lancée, Khloé n'avait manifestement plus l'intention de s'arrêter.

— Wyatt a rompu avec Jewel-Anne après l'accident, et elle n'a jamais cessé de lui rappeler qu'il lui était redevable. C'était une vraie garce, cette fille. Mais moi, je m'en fichais. Parce que c'est ce qui m'a permis de prendre sa place. Au départ, Wyatt n'a fait que me consoler de la mort de Kelvin, mais on est vite passés à autre chose. Quant à Simon, je m'en suis servie pour rendre Wyatt jaloux, pour qu'il se bouge les fesses, qu'il cherche vraiment un moyen de se débarrasser de toi. Sauf qu'au bout d'un moment, j'ai compris qu'il ne ferait jamais rien.

Elle laissa échapper un rire amer.

— Et toi, pauvre imbécile, tu n'y as vu que du feu ! Tu étais tellement persuadée que Wyatt te trompait avec ta chiffe molle de psy...

Elle s'adossa contre le plan de travail comme si elle avait besoin de soutien.

— Tu sais quoi, Ava ? Tu mérites de mourir. Je m'en délecte d'avance.

L'air subitement lassée par la discussion, elle se lança en avant, couteau au poing.

Un hurlement bizarre déchira l'air.

Khloé dérapa sur une ombre qui détala vers la fenêtre en crachant.

Le chat !

Profitant de cet instant, Ava s'écarta vivement pour esquiver le coup.

Trop tard.

La douleur explosa dans son bras et elle perdit un instant l'équilibre.

— Ça fait un mal de chien, hein ? commenta Khloé en prenant son élan pour la frapper encore.

Rassemblant alors toutes ses forces, Ava sortit le second couteau puis, d'un même mouvement, se jeta sur elle et planta si profondément la lame dans sa poitrine qu'elle vacilla en arrière.

Elle se rétablit, pivota sur ses talons et s'élança vers la porte-moustiquaire, puis sur le chemin qui menait au ponton.

Elle courait pour fuir Khloé.

Pour fuir Neptune's Gate.

Pour fuir l'horrible nouvelle de la mort de son fils.

Trébuchant sur le gravier mouillé…

Fendant l'épais brouillard qui lui glaçait la peau…

Les pensées défilaient à toute vitesse dans son esprit, donnant naissance à d'épouvantables scénarios. Wyatt avait essayé de la tuer. Il avait mis en scène son suicide et, maintenant, c'était lui qui gisait dans une mare de sang… Mais ce qui lui faisait vraiment mal, ce qui inondait ses joues de larmes, c'était l'annonce de la mort de Noah.

Pourquoi a-t-il fallu que sa précieuse petite vie s'arrête ?

« Toi aussi, maman, viens, toi aussi ! » disait-il en riant, avant de détaler sur ses petites jambes, lançant un regard par-dessus son épaule pour s'assurer qu'elle le suivait.

Mon doux bébé…

Un filet de sang tiède coulait sur son bras. Si seulement elle pouvait arriver au yacht avant que…

Un faisceau lumineux apparut, flottant presque à son côté.

La torche de Khloé.

Cours ! Elle est plus mal en point que toi. Tu peux la semer.

Ava regarda derrière elle. Khloé, le visage crispé de douleur, le bras ensanglanté, la poitrine marquée d'une grande tache rouge, parvenait encore à courir, animée par la violence de sa haine. Elle ne se contenterait plus de la faire accuser de meurtres qu'elle n'avait pas commis. Elle voulait la tuer…

Ava accéléra sa course vers le ponton. Ses pieds nus claquèrent sur les planches mouillées, ses poumons se remplirent d'air salé, et, subitement, elle sentit sa peur la quitter.

Elle n'y voyait pas à vingt mètres, à cause du brouillard opaque, mais elle entendait distinctement le ronronnement des moteurs qui approchaient.

Les eaux noires de la baie l'appelaient, lui offraient une alternative à la folie et à la douleur qui avaient envahi son existence. Il serait si facile de sauter...

Comme si elle avait senti ce qui se passait dans son esprit, Khloé hurla :

— Non, ne saute pas ! Laisse-moi...

Trop tard. Arrivée au bout du ponton, Ava s'élança et se précipita corps et âme dans l'obscurité accueillante.

Le téléphone d'Austin se ralluma brusquement et un texto d'Ava apparut à l'écran.

Khloé a poignardé Wyatt dans le grenier. Préviens les secours !

Qu'est-ce que c'était que cette histoire ? Khloé avait *poignardé* Wyatt ? Il essaya de rappeler Ava, mais son téléphone s'éteignit de nouveau.

— On est à combien de l'île ? hurla-t-il à Johansen.

— Cinq minutes.

— Débrouillez-vous pour y être dans trois ! Et prévenez les flics par radio. On a besoin de renforts !

— Pourquoi ?

— J'aimerais bien le savoir !

A l'instant où Johansen attrapait le micro de sa radio, Austin vit les lumières de Monroe clignoter devant eux. Peut-être avaient-ils une chance d'arriver à temps ! Ses mâchoires étaient serrées au point de lui broyer les dents. Il ne s'était jamais senti aussi impuissant de sa vie.

Khloé Prescott ? C'était donc elle, le cerveau du crime ? La meurtrière ? Il était pourtant certain que le mari était de mèche avec la cousine handicapée ; il en aurait mis sa main à couper. Mais à présent, Garrison était blessé, peut-être mort… et Khloé en était responsable ?

Son angoisse monta d'un cran. Le regard fixé devant lui, il tenta de distinguer les lumières de la grande maison ou de la marina privée de Neptune's Gate, mais il ne vit que l'obscurité.

Ce n'était pas bon signe.

Il fallait qu'il rejoigne Ava au plus vite.

Oh ! ces minutes s'étiraient en longueur !

Ava s'abîma dans l'eau glacée. Le choc stimula ses synapses et donna un coup de fouet à son esprit. Mais cet éclair de lucidité ne dura que quelques secondes. Dès que son corps s'habitua au froid, ses paupières s'alourdirent de nouveau. Face aux somnifères, même l'eau glaciale n'était d'aucun effet. Dans les profondeurs salées, ses mouvements de pied restaient léthargiques.

Bats-toi, Ava ! hurlait la part rationnelle de son esprit, tandis qu'une autre part lui conseillait de s'abandonner au néant.

Sous l'eau régnait une sorte de paix, de sérénité, même si elle entendait toujours les moteurs gronder au loin.

Elle refit surface et repoussa ses cheveux en arrière, aspirant de grandes bouffées d'air.

Sous la lumière bleuâtre de la lampe du hangar, Khloé montait la garde pour l'empêcher de sortir de l'eau. Pâle, chancelante, elle brandissait triomphalement son couteau, comme si elle n'avait pas remarqué le sang qui ruisselait sur son propre bras et tachait sa poitrine.

— Reste là ! C'est parfait ! Une mort digne de la folle que tu es !

Toi d'abord, pensa Ava.

Peinant pour garder la tête hors de l'eau, elle tenta de se rapprocher du ponton.

— N'y songe même pas, pauvre idiote !

Petit à petit, son esprit combatif la quittait et se dissolvait dans les profondeurs froides et salées. Affaiblie par l'hémorragie, elle peinait à nager et sentait son instinct de survie l'abandonner.

Elle agitait faiblement les bras et les jambes pour tenter de rester à la surface. L'eau froide tourbillonnait autour d'elle. Des images d'Austin et de Noah défilaient devant ses yeux, tandis que l'inconscience la gagnait peu à peu.

Lançant un dernier regard vers le ponton, elle vit quelqu'un courir vers Khloé.

Dieu merci !

Quelqu'un venait à la rescousse !

Enfin…

Une silhouette familière…

Khloé se retourna.

Attention ! voulut crier Ava. *Elle a un couteau !*

A l'instant où elle tentait de faire jaillir les mots de ses lèvres, elle reconnut son sauveur et ses yeux s'écarquillèrent de stupeur.

Non, non, non ! C'est impossible…

Wyatt entra sous le halo de la lampe. Il tendit les bras vers sa maîtresse.

Ava n'en croyait pas ses yeux. C'était forcément une hallucination ! Wyatt était-il vraiment là, devant ses yeux ? Où n'était-il que le fruit de son imagination détraquée ?

Comme Noah.

Khloé a raison. Tu es vraiment folle à lier.

Abasourdie, elle vit l'homme qu'elle avait cru mort entourer Khloé de ses bras, la serrer contre lui, puis se tourner vers la baie et elle-même qui s'y noyait. Il sourit, comme si tout cela faisait partie de son plan… ou plutôt de leur plan à tous les deux.

Dans sa confusion, Ava se répéta qu'il s'agissait d'une hallucination.

Si Wyatt est vivant, pourquoi Khloé et lui se sont-ils donné tant de mal pour te faire croire qu'elle l'avait tué ?

Pour la faire basculer dans la folie ou, mieux, lui donner l'air encore plus paranoïaque quand elle parlerait à la police ?

Elle ne comprenait absolument rien, n'arrivait pas à concevoir l'étendue de leur plan maléfique...

Petit à petit, les fonds l'attiraient. A travers son champ de vision envahi par l'eau, elle vit Wyatt embrasser Khloé avec plus de passion qu'elle ne l'en croyait capable.

Alors, dans un dernier sursaut de conscience, Ava comprit qu'ils avaient mis en scène le meurtre de Wyatt pour la forcer à réagir, la pousser hors de la maison, en direction de l'eau. Et elle s'était laissé berner comme une idiote ! Voilà pourquoi le couteau de Khloé était propre et luisant, sans une goutte de sang. Wyatt devait porter un gilet de protection et une ampoule de colorant rouge.

Mais pas Khloé. Elle était tellement sûre de l'emporter qu'elle n'avait pas pris cette précaution.

Ava les vit s'embrasser, comme à travers une buée. Ils ne faisaient même plus attention à elle ; ils savaient qu'ils avaient gagné. Sa mort ne ferait que confirmer qu'elle était aussi dérangée qu'ils l'avaient toujours prétendu. Khloé pourrait même mettre ses blessures sur le compte d'une bagarre avec elle ; elle la décrirait comme une meurtrière psychopathe.

Tout avait fonctionné à la perfection.

Sauf que Khloé semblait s'affaisser entre les bras de Wyatt.

Mais cela n'avait plus vraiment d'importance.

Plus maintenant, en tout cas.

Elle s'enfonçait lentement, à l'endroit même où elle avait cru voir apparaître son fils.

Dieu me vienne en aide...

Sa tête résonnait de martèlements et une grande lumière brillante, comme celle de la lune, se levait en elle.

Rien n'avait plus d'importance.

Il faisait tellement froid...

La lumière l'appelait.
Il était temps pour elle de se laisser emporter.

— Vous avez une arme ? hurla Austin tandis que le *Holy Terror* approchait de l'île.

La proue coupait la houle en direction du ponton et du hangar à bateaux qui se dessinaient dans la brume. D'autres embarcations arrivaient derrière, sans doute celles de la police, mais le *Holy Terror* les précédait de loin. Austin craignait néanmoins d'arriver trop tard. L'angoisse lui nouait le ventre, et il trépignait d'impatience.

— J'ai un fusil à harpon, répondit Johansen en plissant les yeux pour distinguer le ponton dans la nuit. Pourquoi ?

— C'est tout ?

— Ben oui, c'est tout ! J'ai besoin de rien d'autre. Je suis marin, moi, pas assassin !

— Sortez-le ! Et… vous avez bien un pistolet lance-fusées ?

— Oui, mais…

— Sortez-le aussi !

— Pourquoi ? Qu'est-ce qui se passe, là-bas ?

— Je ne sais pas, mais ça n'est pas bon du tout…

Enfin, Austin vit apparaître la veilleuse automatique du hangar. Sa faible lumière bleutée éclairait le ponton et deux silhouettes enlacées. Elles s'embrassaient. On aurait presque dit qu'elles se soutenaient.

— Qu'est-ce qu'ils foutent ? demanda Johansen.

Les deux personnes ne levèrent pas la tête en entendant la vedette approcher. L'instant d'après, Austin aperçut une troisième silhouette dans l'eau, flottant sur le ventre.

Son cœur s'arrêta de battre.

Ava !

— Là-bas ! cria-t-il.

Mais Johansen tournait déjà la barre vers le corps inerte. Sur le ponton, l'homme leur fit signe de ne pas approcher.

Comme s'il craignait qu'ils ne s'en prennent à la noyée.
— C'est quoi, ce bordel ? demanda Johansen. C'est pas...
— Si. Wyatt Garrison.

Celui-ci trompait Ava avec une autre femme... Khloé ? Mais... n'était-elle pas censée l'avoir poignardé ? Et maintenant ils s'embrassaient ?

C'était à n'y rien comprendre. La situation ne collait pas avec le texto d'Ava... Sauf que Garrison avait une grande tache sombre sur sa chemise. Khloé l'avait-elle attaqué au cours d'une querelle d'amoureux, pour se raccommoder ensuite avec lui ?

Comment deviner ce qui s'était passé sur cette île de détraqués ? Il n'en avait pas le temps, de toute façon. Johansen avait sorti le fusil à harpon et le lance-fusées. Conscient des secondes qui filaient à toute vitesse, Austin attrapa le pistolet lance-fusées, vérifia qu'il était chargé, arracha son blouson et se débarrassa de ses chaussures. Puis il bondit sur la rambarde en coinçant l'arme dans la ceinture de son pantalon.

— Nom de Dieu ! dit Johansen en ralentissant. Vous faites quoi, là ?
— A votre avis ?

Sourd aux cris qui s'élevaient du ponton, il plongea dans l'eau froide. Il se moquait des autres : il devait secourir Ava. Elle ne pouvait pas être morte. Pas maintenant. Il fallait qu'il puisse la sauver.

Snyder fixait le ponton au loin. Le *Holy Terror* tournait au ralenti, non loin du hangar à bateaux, où un homme et une femme étaient blottis l'un contre l'autre. Une autre personne nageait à toute vitesse vers ce qui ressemblait à un cadavre.

— On dirait qu'il y a eu un gros problème, fit Lyons en dégainant son pistolet.

Elle se tourna vers le pilote de la vedette.

— Rapprochez-vous autant que possible.

Snyder aussi avait dégainé, tout en observant la scène. L'homme — était-ce Wyatt Garrison ? — parut subitement se réveiller et s'apercevoir de la présence de la police. Une expression d'horreur s'afficha sur son visage, comme s'il prenait conscience de l'énormité de la situation.

Tandis que la vedette approchait, il recula, traînant sa compagne avec lui. Elle n'avait plus l'air de bouger. Une tache écarlate s'étalait sur son pull, comme sur la chemise de Garrison.

Au-dessus de leurs têtes, un battement de pales annonça l'arrivée d'un hélicoptère, qui braqua son projecteur sur le ponton.

Garrison prit une attitude d'animal traqué. Il lança un regard rapide à l'hélicoptère, puis à la vedette de police. L'air paniqué, il tentait toujours de traîner le corps inerte en arrière.

— Où est-ce qu'il croit aller ? s'exclama Lyons. Il est sur une île, cet idiot !

Elle attrapa le porte-voix.

— Police ! lança-t-elle. Wyatt Garrison, mettez vos mains au-dessus de la tête.

Garrison changea abruptement de direction et se mit à traîner Khloé vers le hangar.

— Alors là, pas question, dit Snyder en se penchant vers le capitaine. Avancez-vous vers la porte du hangar. Ne laissez pas ce bateau sortir. Et prévenez par radio le débile qui pilote le *Holy Terror* qu'il doit se pousser en vitesse !

Tandis qu'Austin nageait vers le corps inerte d'Ava, un bruit d'hélicoptère déchira la nuit, puis un puissant faisceau lumineux illumina les eaux bouillonnantes et le terrain autour de la maison.

Comment était-ce possible ? Comment avait-il pu la sauver une première fois, pour la perdre finalement ? La rage faisait bouillir son sang ; l'adrénaline le propulsait vers elle.

Tiens bon, Ava… S'il te plaît, tiens bon !

Le bruit d'un deuxième moteur de bateau s'éleva dans son dos, mais il était concentré sur le corps d'Ava qui flottait devant lui. Quelques secondes plus tard, il la retournait sur le dos pour la ramener vers la plage, comme on le lui avait appris.

Depuis le ponton, Wyatt le regardait faire avec incrédulité.

— Police ! hurla une voix de femme. Wyatt Garrison, mettez vos mains en l'air !

Wyatt lança autour de lui un dernier regard affolé.

— Allez vous faire foutre ! cria-t-il.

Il traîna Khloé Prescott vers le hangar, mais elle n'était plus qu'un poids mort. Ses talons s'accrochaient sur les planches et le ralentissaient. Tandis qu'Austin atteignait le rivage et que la police sommait de nouveau Wyatt de s'arrêter, il lâcha Khloé, comme s'il venait de comprendre qu'il n'y avait plus rien à faire, et avait décidé de sauver sa peau. Laissant le corps s'avachir sur le ponton, il se mit à courir en direction du hangar.

— Arrêtez-vous ! ordonna l'inspectrice.

La vedette de police se positionna devant le hangar pour empêcher Wyatt de prendre la fuite.

Austin traîna le corps d'Ava sur le rivage, puis le porta jusqu'aux rochers, près du ponton. Du sang coulait d'une blessure à son bras.

— Tiens le coup, Ava ! chuchota-t-il.

Etait-il déjà trop tard ? A cette idée, il sentit quelque chose se déchirer au plus profond de lui-même. Il ne savait pas depuis combien de temps elle se trouvait dans l'eau, mais elle ne respirait plus. Il l'étendit sur une bande de sable et chercha son pouls. Rien ! Il était arrivé trop tard ! Sa peau était froide et bleutée.

— Ava… S'il te plaît !

Il commença la réanimation cardio-pulmonaire.

— Ouvre les yeux, Ava ! N'abandonne pas !

Il souffla de nouveau dans ses poumons.

— Ava, s'il te plaît ! Ne meurs pas ! Ne meurs pas, tu m'entends ? Je te l'interdis ! Je t'aime !

Sa voix se brisa. Sous ses mains, le corps d'Ava ne réagissait pas. L'air qu'il envoyait à ses poumons ne produisait aucun effet.

Il n'y avait plus rien à faire.

— Il essaie de foutre le camp ! s'exclama Lyons. Attention, il a une arme !

Snyder vit Garrison sortir un pistolet de sa poche.

Les choses tournaient mal. Carrément mal. Dern avait sorti le corps de l'eau et essayait de le réanimer, apparemment en vain. Il ne voyait pas son visage, mais il aurait parié son badge que le corps sans vie était celui d'Ava Garrison.

Lyons enclencha le bouton du mégaphone.

— Wyatt Garrison, posez votre arme ! Lentement. Oh ! merde !

Un crépitement de balles…

L'une frappa la coque de la vedette, une deuxième fendit le pare-brise. Puis Garrison pivota sur lui-même pour viser Dern et le corps à côté de lui.

— Non, mais je rêve ! dit Snyder.

Il tira un coup de semonce.

— Lâchez votre arme ! hurla de nouveau Lyons dans le mégaphone.

— Merde ! dit Snyder. Il va vraiment le faire.

Ava s'arc-bouta. De l'eau gicla de son nez et de sa bouche. Ses poumons étaient en feu et elle s'étrangla avant d'aspirer goulûment des gorgées d'air. Autour d'elle, tout était sombre et flou. Puis le visage d'Austin apparut. Et, derrière lui, une lumière éblouissante et un bruit de tonnerre.

Elle sentit du sable sous ses doigts.

Qu'est-ce qui m'est arrivé ?

— Ava…, murmura Austin.

Il avait l'air de sourire. Prise d'un haut-le-corps, Ava se retourna sur le ventre. Un liquide salé surgit de sa bouche et de ses narines ; son estomac et ses poumons expulsaient de son corps toute l'eau qui l'avait envahie.

Elle régurgita de nouveau et ses vertiges s'apaisèrent.

Des coups de feu résonnèrent.

Des coups de feu ?

En un éclair, tout lui revint. Austin s'écrasa contre elle pour la protéger de son corps. Elle lança un regard par-dessus son épaule et vit Wyatt, accroupi sur le ponton, qui les visait.

— Non ! hurla-t-elle.

Austin se tourna pour prendre quelque chose à sa ceinture.

— Attention !

Une déflagration, puis le sable vola tout près de sa tête.

D'un mouvement vif, Austin s'accroupit en bouclier, puis ouvrit le feu. D'autres armes retentirent, et Ava se tassa sur elle-même, terrifiée. Une grêle de balles s'abattit sur le ponton, faisant voler des éclats de bois. Sous son regard horrifié, un éclat coloré fit exploser le visage de Wyatt. Sa chair et sa peau se déchiquetèrent, ses yeux s'embrasèrent et il se mit à hurler. Des flammes vives s'élevèrent de sa tête : ses cheveux brûlaient. Tandis que des giclées de sang jaillissaient de son corps agité comme une marionnette, il tournoya sur lui-même en hurlant, et s'abîma dans l'eau sombre.

Alors, Austin prit Ava dans ses bras et la serra contre son cœur.

— Tu vas t'en sortir.

Protégée par le cercle de ses bras, Ava décida de le croire.

— Je t'aime…, chuchota-t-elle.

Puis elle ferma les yeux, exténuée.
— Moi aussi, je t'aime, répondit-il d'une voix un peu cassée.

L'avait-il vraiment dit, ou l'avait-elle imaginé ?
L'instant d'après, l'obscurité se fit en elle.

47

Ava allait s'en tirer.

Les médecins avaient expliqué à Austin qu'elle était dans un semi-coma sans gravité, à la suite de son hémorragie et des multiples chocs émotionnels qu'elle avait reçus. Il était resté à son chevet huit heures d'affilée, avant de rentrer à Neptune's Gate pour se doucher, se changer et soigner les bêtes. En dépit du chaos ambiant, le chien et les chevaux avaient besoin de lui.

Ayant achevé son travail, il appela l'hôpital avec le portable qu'il utilisait pour téléphoner à Reba, apprit qu'Ava dormait toujours profondément, et décida alors d'aller examiner les lieux du drame.

Le manoir était vide : employés et parents d'Ava avaient tous déguerpi. Il était troublant de traverser le grand hall en pensant que Wyatt et Khloé, morts tous les deux, n'y remettraient jamais les pieds. Ni le Dr McPherson, ni Jewel-Anne. Même Demetria avait quitté les lieux.

Une maison fantôme…, pensa-t-il en entendant ses pas résonner sur le carrelage. Même la grande horloge semblait s'enfermer dans le silence.

Il ne savait pas exactement ce qu'il cherchait. Sans doute ne trouverait-il rien. Il passa de pièce en pièce et finit par arriver jusqu'au grenier, là où avaient commencé toutes les machinations de Jewel-Anne. Une ambiance sinistre y régnait. Il passa de la minuscule kitchenette au séjour, puis aux anciennes chambres de bonnes, sans rien découvrir d'intéressant.

Tandis qu'il revenait bredouille vers l'escalier, un éclat lumineux attira son attention. En se penchant un peu, il aperçut un disque compact glissé derrière les persiennes d'une fenêtre. Cela n'avait sans doute aucune importance, mais c'était insolite. Il ramassa l'objet et l'examina. Le boîtier en plastique fendu contenait une compilation d'Elvis fortement rayée. Pas étonnant qu'on s'en soit débarrassé... Sur le point de remettre l'objet à sa place, il se ravisa, sortit le livret décoloré de son emplacement et en feuilleta les pages fragiles et jaunies.

Un morceau de papier s'en échappa et voleta jusqu'au sol.

Il le ramassa et le retourna. C'était une photo d'un enfant de quatre ou cinq ans qui regardait l'objectif avec l'ombre d'un sourire. Au dos de la photo, une note manuscrite, d'une écriture qu'Austin avait déjà vue quelque part, indiquait :

« Noah. Quatre ans. »

Il faillit en tomber à la renverse. Bon sang ! Le gamin était vivant ! Et Jewel-Anne le savait depuis le début.

Mais où était-il ?

L'écriture n'était pas celle de la cousine d'Ava, mais il se souvint où il l'avait déjà vue : sur des mots que l'infirmière laissait à sa patiente.

L'instant d'après, il dévalait l'escalier pour appeler Snyder. D'une manière ou d'une autre, contre vents et marées s'il le fallait, il allait retrouver le fils d'Ava.

— Madame Garrison ? appela une douce voix féminine. Ava ? Vous m'entendez ?

Les sons lui parvenaient de très loin. Une main toucha son épaule.

Ava entrouvrit un œil puis, éblouie par la lumière, le referma aussitôt.

— Elle reprend connaissance, dit une voix d'homme.
— Madame Garrison ? Comment vous vous sentez ?
Horriblement mal, pensa Ava.
— Vous m'entendez ? Je suis Karen, votre infirmière. Vous êtes à l'hôpital. Vous pouvez vous réveiller, maintenant ? Allez, pour me faire plaisir.
— Quoi ? articula Ava d'une voix rauque.

Elle rouvrit un œil et vit Austin à côté de son lit. Sa gorge râpait comme du papier de verre et ses yeux lui faisaient un mal de chien.

— Qu'est-ce qui s'est passé ? Où…

Mais des images de la nuit d'horreur lui revenaient déjà.

— Chut…, dit Austin en se penchant pour l'embrasser sur le front.

Il voulut se redresser, mais elle l'attrapa par l'avant-bras et le retint, tirant du même coup sur le fil de son intraveineuse.

— Dis-moi…

Il lança un regard à l'infirmière, une grande femme dégingandée aux cheveux roux frisés. Les doigts d'Ava se resserrèrent autour de son bras.

— Maintenant.
— Allez-y, dit l'infirmière. Mais faites vite, la police va vouloir lui parler.

Austin lui prit la main.

— J'ai quelque chose à te montrer.

Il sortit un morceau de papier de sa poche. C'était la photo d'un enfant de quatre ans, qui regardait l'objectif avec timidité.

— Quoi ? chuchota-t-elle.

Mais elle savait déjà qu'il s'agissait de Noah.

— Je l'ai retrouvé. Il va bien. Il est en bonne santé.
— *Tu l'as retrouvé ?*

Les yeux d'Ava se remplirent de larmes. Elle était sûre d'avoir mal entendu, ou bien d'être en proie à une nouvelle hallucination.

— Ne me mens pas, Austin…

Elle n'osait pas encore s'autoriser à le croire. Après toutes ces années ! Ses doigts se crispèrent autour des siens.

— Où est-il ? Comment...

— Demetria était dans le coup. Wyatt aussi. Ils l'avaient caché au Canada. A Vancouver.

— Quoi ?

Ava repoussa les draps.

— Il faut que je sorte d'ici. Noah... Je n'arrive pas à y croire !

— On est en train de le rapatrier. Snyder s'en occupe.

— Oh ! mon Dieu !

Etait-ce possible ? Cette fois, était-ce bien la réalité, et non un fantasme ou un mirage créé de toutes pièces par son imagination ?

— Tu vas très bientôt le retrouver.

Une émotion indicible étreignit Ava à la pensée de revoir son fils, de le tenir dans ses bras. Des larmes roulèrent sur ses joues alors même que son cœur se gonflait d'espoir. Elle regardait la photo, la regardait encore... C'était bien lui, c'était Noah !

— Est-ce qu'il va bien ? demanda-t-elle en essayant de ne pas céder à la panique. Il n'a rien ?

— Il va bien, répéta Austin pour la rassurer.

— Je crois que ça suffit pour l'instant, dit l'infirmière.

— Non ! protesta Ava en essayant de se lever. Il faut que j'aille retrouver mon fils !

— Je vais demander à un médecin de signer votre décharge au plus vite.

Karen lui sourit, clignant des yeux, comme pour retenir ses larmes.

— Je vous comprends. Je suis une maman, moi aussi.

Les jours suivants passèrent avec une lenteur insupportable. Quand Ava eut enfin le droit de rentrer chez elle, elle passa ses journées à surveiller la mer et à répondre au téléphone, le cœur battant, pour s'apercevoir que c'était encore un journaliste et lui expliquer qu'elle n'avait aucun commentaire à faire.

Heureusement, Austin, le seul à être resté au manoir, se trouvait avec elle.

Petit à petit, ils se rapprochaient, tous les deux, malgré l'état d'extrême sensibilité d'Ava. Elle n'avait pas souhaité organiser l'enterrement de Wyatt. Tout ce que son ordure de mari et sa maîtresse avaient prévu avait fonctionné à la perfection, jusqu'au moment où leur plan s'était effondré comme un château de cartes. La police pensait que c'était Khloé qui avait commis les meurtres ; le rôle que Wyatt avait joué demeurait flou. Ce qui était certain, c'est qu'il avait activement participé au complot destiné à faire basculer Ava dans la folie, même si Jewel-Anne avait sans doute entamé ce jeu sinistre de sa propre initiative.

Ava ne savait pas trop ce que lui inspirait toute cette histoire. Wyatt et Khloé n'avaient eu que ce qu'ils méritaient, et pourtant leur mort lui causait une certaine tristesse. Tout cela était tellement tordu ! Elle ne pouvait s'empêcher de se demander si les autres habitants de Neptune's Gate s'étaient doutés de ce qui se passait. Tous protestaient bien évidemment de leur innocence et prétendaient être sous le choc.

Comme par hasard, Virginia et Simon s'étaient absentés de l'île le soir où Khloé avait mis en scène le meurtre de son amant et tenté de tuer Ava. A présent, ils l'avaient quittée pour de bon et clamaient eux aussi leur innocence. Ses cousins, quant à eux, avaient montré leur vrai visage en abandonnant le navire. Trent était reparti à Seattle en avion, et Ian avait cessé de se plaindre, le temps de faire ses bagages. Même Jacob avait annoncé qu'il voulait quitter dès que possible ce « musée des horreurs ». Il se trouvait à la maison le soir où Ava avait failli mourir ; sans doute était-il complètement défoncé, car il avait prétendu avoir dormi comme un loir sans être dérangé par la fusillade.

Ces dernières trahisons n'atteignaient pas Ava. Ceux qui auraient envie de retisser des liens, peut-être Zinnia ou tante Piper, finiraient par se manifester. Ou pas. Pour l'instant, elle avait surtout besoin de paix et de tranquillité.

Ne restait donc qu'Austin, un homme qu'elle apprenait à connaître au jour le jour, au fur et à mesure qu'il lui dévoilait son passé.

Pour l'instant, tout allait pour le mieux. Elle avait même de l'espoir en ce qui concernait un éventuel avenir commun, une fois que la poussière serait retombée sur les ruines de son ancienne vie.

Mais le plus important, c'était Noah.

Le troisième jour, alors qu'elle se sentait sur le point de devenir vraiment folle, le téléphone sonna et la voix de l'inspecteur Snyder s'éleva à l'autre bout du fil. Son fils était en route. Il avait été abruptement arraché à sa « famille d'accueil », la situation était donc délicate. Mais Ava était prête à s'armer de patience.

Sous de gros nuages blancs poussés par le vent du large, devant la marée qui clapotait sur la plage, elle l'attendit au bout du ponton, évitant de regarder les impacts de balles et les taches de sang qui refusaient de s'effacer tout à fait.

Austin se tenait à côté d'elle. Au cours des deux jours écoulés depuis qu'elle était sortie de l'hôpital, il avait réussi à reconstituer plus ou moins les événements.

— Demetria était la seule à qui Jewel-Anne pouvait faire confiance. Elle l'a convaincue d'enlever Noah pendant la fête de Noël. Wyatt était au courant. Ils se sont mis d'accord pour qu'elle aille le chercher dans sa chambre une fois que tu l'aurais couché. Un ami à eux, qui voulait désespérément un enfant, les attendait dans un bateau caché près du port. Il a traversé la baie, conduit Noah jusqu'à une piste privée sur le continent, et a passé la frontière du Canada dans un petit avion de tourisme. Là-bas, ils lui ont procuré des faux papiers, et Noah s'est évanoui dans la nature.

Austin l'avait serrée dans ses bras avant d'ajouter :

— Mais tout va bientôt rentrer dans l'ordre… Demetria est bouleversée par la mort de Jewel-Anne et tout le reste. Quand je l'ai confrontée à la photo, elle s'est effondrée et a tout avoué. Elle est en train de s'expliquer auprès de la police, du FBI et des autorités canadiennes. C'est un bazar juridique et administratif énorme, mais une chose est sûre : tu vas récupérer ton fils.

— Dieu soit loué…

— Les premiers temps risquent d'être durs. Il croit que sa « maman » est à Vancouver. Cette femme va être poursuivie en justice, bien sûr.

— Mais elle va lui manquer.

— Le papa s'est fait la malle depuis un an, alors…

— Sa place sera plus facile à prendre.

Elle leva les yeux. Austin arborait ce grand sourire engageant qu'elle trouvait irrésistible.

— Tu te portes volontaire ?

— Tu le sais déjà, Ava.

En effet. Il lui avait déclaré son amour et son intention de rester avec elle sur l'île, en tout cas pour l'instant, même s'il avait une propriété au Texas.

Avec lui, tout était possible, et elle avait un pressentiment positif au sujet de leur relation. Un excellent pressentiment, même.

Pour l'heure, c'était surtout de Noah qu'il s'agissait.

La vedette approchait en fendant l'eau grise, laissant derrière elle un sillage écumeux. Ava sentit tous les muscles de son corps se crisper. Le vent faisait voler ses cheveux devant son visage et l'odeur de la mer était particulièrement forte. Au-dessus de sa tête, des mouettes poussaient leurs cris plaintifs. Rover devait sentir la tension ambiante, car il refusa de s'éloigner d'Austin, même quand une otarie passa en nageant tout près de la côte.

Tout cela, Ava s'en apercevait à peine. Son attention était fixée sur la vedette du shérif et sa précieuse cargaison.

Le cœur battant la chamade, les nerfs à fleur de peau, elle attendit, immobile, que le capitaine ait fini d'arrimer le bateau au ponton.

L'inspecteur Snyder, en grand uniforme, aida le petit garçon à descendre de bord.

Noah ! Il avait grandi et s'était affiné ; ses épais cheveux châtains formaient des boucles, mais elle le reconnut tandis qu'il s'avançait vers elle en tenant la main de Snyder.

Sa gorge se serra et des larmes brûlantes lui montèrent aux yeux. Se souvenait-il d'elle ? Non, sans doute.

Austin posa la main sur son épaule et elle avança d'un pas.

— Noah…
— Je m'appelle Peter, dit-il en se renfrognant.
— Oui… Tu as raison. Et moi… c'est Ava.

Vas-y doucement.

Elle aurait tellement voulu qu'il se souvienne d'elle ! Une petite lueur brilla dans les yeux de l'enfant, tandis qu'il regardait tour à tour la maison, le jardin et son visage. Mais si elle avait espéré qu'il recouvrerait subitement la mémoire et se jetterait dans ses bras, elle s'était trompée. Il se contenta de tourner son regard vers Austin, puis vers Rover.

— Il est à toi, le chien ?
— Oui, répondit-elle.
— J'aimerais bien avoir un chien, moi aussi, fit-il avec un sourire timide.
— Il est à toi, dit Austin.
— Vraiment ?
— Vraiment.

La bouche de Noah s'arrondit et son petit visage s'éclaira. Il s'avança vers Rover et fut accueilli par un coup de langue mouillée en plein visage.

— Beurk ! s'écria-t-il avec délectation.

Luttant pour retenir ses larmes, Ava serra la main d'Austin entre ses doigts, puis s'avança vers son fils et se pencha pour l'entourer de ses bras.

— Bienvenue, Noah, dit-elle d'une voix brisée. Contente de te revoir.

— Je t'ai dit que je m'appelais Peter !

— C'est vrai. Eh bien, Peter, je suis très contente de te voir.

Apercevant un écureuil, le chien laissa échapper un aboiement perçant et partit à toute vitesse. Sans hésiter, Noah lui courut après. Il avait tellement grandi pendant les deux années écoulées !

— On dirait qu'il va bien s'en sortir, fit remarquer Snyder en le regardant poursuivre le chien.

Il s'éclaircit la gorge, tourna son regard vers Ava et Austin, hocha la tête comme pour exprimer sa satisfaction, et ajouta :

— Vous aussi, d'ailleurs.

Ava sourit. D'un coup, l'avenir lui paraissait radieux.

— Vous pouvez y compter ! dit-elle.

Puis, allégée d'un poids, elle partit en courant à la poursuite de l'enfant qu'elle croyait avoir perdu pour toujours.

CHEZ MOSAÏC POCHE

Par ordre alphabétique d'auteur

DIANE CHAMBERLAIN	*Une vie plus belle*
SYLVIA DAY	*Afterburn/Aftershock*
ADENA HALPERN	*Les dix plus beaux jours de ma vie*
KRISTAN HIGGINS	*L'Amour et tout ce qui va avec* *Tout sauf le grand Amour* *Trop beau pour être vrai* *Amis et RIEN de plus*
ELAINE HUSSEY	*La petite fille de la rue Maple*
LISA JACKSON	*Ce que cachent les murs* *Le couvent des ombres* *Passé à vif* *De glace et de ténèbres* *Linceuls de glace* *Le secret de Church Island*
MARY KUBICA	*Une fille parfaite*
ANNE O'BRIEN	*Le lys et le léopard*
CHRISSIE MANBY	*Une semaine légèrement agitée*
TIFFANY REISZ	*Sans limites* *Sans remords*
EMILIE RICHARDS	*Le bleu de l'été* *Le parfum du thé glacé*

.../...

CHEZ MOSAÏC POCHE

Par ordre alphabétique d'auteur

NORA ROBERTS
> *Par une nuit d'hiver*
> *La saga des O'Hurley*
> *La fierté des O'Hurley*
> *Rêve d'hiver*
> *Des souvenirs oubliés*
> *La force d'un regard*

ROSEMARY ROGERS
> *Un palais sous la neige*
> *L'intrigante*
> *Une passion russe*
> *La belle du Mississippi*
> *Retour dans le Mississippi*

KAREN ROSE
> *Le silence de la peur*
> *Elles étaient jeunes et belles*
> *Les roses écarlates*
> *Dors bien cette nuit*
> *Le lys rouge*
> *La proie du silence*

KARIN SLAUGHTER
> *Mort aveugle*
> *Au fil du rasoir*

La plupart de ces titres sont disponibles en numérique.

Composé et édité par HARLEQUIN

Achevé d'imprimer en avril 2016

CPI
BRODARD & TAUPIN

La Flèche
Dépôt légal : mai 2016

Pour l'éditeur, le principe est d'utiliser des papiers
composés de fibres naturelles, renouvelables, recyclables,
et fabriquées à partir de bois issus de forêts gérées selon
un système d'aménagement durable. En outre, l'éditeur attend de ses
fournisseurs de papier qu'ils s'inscrivent dans
une démarche de certification environnementale reconnue.